中古中世散佚歌集研究

久保木秀夫　著

青簡舎

目次

はじめに――散佚歌集研究の方法と意義―― 7

第一章　平安時代―――― 21

第一節　道真集
研究史概観…23　伝藤原為家（冷泉為相）筆断簡…27　成立と内容…32
『集目録』の「菅家」と当該断簡と…38

第二節　具平親王集
研究史概観…41　詠歌年次考証…42　田中親美旧蔵残簡…46　寂然筆本の行方…57

第三節　大斎院御集
『大斎院御集』の空白期…61　『栄花物語』「殿上の花見」と関連資料…64
「殿上の花見」年次考証…67　『大斎院御集』の原態と伝来…71

第四節　良玉集
藤原顕仲撰『良玉集』…79　佚文再整理…80　『諸集漢序』所収「序」と附載奥書…87
「序」の解読…92

第五節　法輪百首
源仲正の『法輪百首』…100　伝飛鳥井雅親筆未詳歌集断簡…104　ツレ一葉…106

第六節　歌苑抄

藤原資経筆未詳私撰集断簡…109　俊恵撰『歌苑抄』…111　佚文再整理…118
成立をめぐって…120　『歌苑抄』の性格…125
第七節　諸社十二巻歌合
伝鴨長明筆『伊勢滝原社十七番歌合』断簡…138　『玄玉集』の西行詠…141
西行の『諸社十二巻歌合』…144　『伊勢滝原社十七番歌合』と『諸社十二巻歌合』…147
当該歌合からの逆照射…149
第八節　懐中抄
勝命作『懐中抄』…155　『懐中抄』の性格…158　佚文残存状況と類題集の一特質…164
付『懐中抄』佚文集成…172
第二章　鎌倉・南北朝時代　201
第一節　類聚歌苑
源承撰『類聚歌苑』…203　書誌解題…207　全文翻刻…208　本文の錯乱…225
伝九条教家筆断簡…231　入集歌人と成立事情…232　『類聚歌苑』と『続拾遺集』…241
第二節　京極派贈答歌集
「(伝)後伏見天皇宸翰」翻刻…254　書誌解題…263　錯簡復元…264　復元本文…272
資料的性格…277　成立事情…291

第三節　嘉元元年十月四日京極派歌合
嘉元元年十月四日開催の京極派歌合…297　伝伏見院筆巻子本の部分図版…299
規模と意義…304
第四節　庭林集
伝称筆者未詳残簡…306　庭林集…311　伝中臣祐臣筆断簡…314　第一種と
第二種の関係…323　庭林集ふたたび…327
第五節　新撰風躰和歌抄
伝藤原清範（後京極良経）筆断簡…331　成立・性格・構成…335　『拾遺風躰
集』との関係…341
第六節　自葉和歌集
中臣祐臣と『自葉和歌集』…345　伝二条為道筆西宮切…349　冷泉家時雨亭
文庫本…356　新出本文翻刻…366　詞書の考証…374　合点注記の検討…385
正和四年京極為兼南都下向と春日社司…392
第七節　松吟和歌集
研究史概観…397　断簡翻刻…398　成立・性格…404　資料的価値…407
付　古筆切のツレの認定――公経集・六条切未詳私撰集などを例として――
「ツレ」とは何か…411　ツレ認定の問題点…412　伝慈円筆『公経集』断簡…415
伝光厳院筆六条切をめぐる問題…417

第三章　資料紹介 427
第一節　彰考館徳川博物館蔵「本朝書籍目録」
緒言…429　翻刻凡例…431　翻刻…432　考察…436
第二節　岡山大学附属図書館池田家文庫蔵「歌書目録」
解題…445　翻刻凡例…448　翻刻…449
おわりに 497
初出一覧 501
索引 505
あとがき 551

はじめに――散佚歌集研究の方法と意義――

今日『新編国歌大観』『私家集大成』などに収められている多くの中古中世和歌作品も、実はかつて存在したうちのごく一部に過ぎず、諸文献中に名を残すのみで、あるいはわずかな佚文が伝わるのみで、場合によってはそうした痕跡すら一切留めずに、散佚してしまったものの少なくないことは周知のとおりであろう。例えばほぼ文保年間（一三一七～一八）成立の冷泉家時雨亭文庫蔵『私所持和歌草子目録』(1)には「打聞」として六十八作品が記載されるが、現在も『新編国歌大観』によって読むことができるのは「新撰《菅家》万葉集」「六帖集」をはじめとする二十作品のみであり、かつそれらの中でも「続現葉、」「言葉、」などの八作品は完本ならぬ残欠本が辛うじて伝わっているに過ぎない。

ところが現存する膨大な量の古筆切の中には散佚歌集の内容をわずかながらも伝えているものがあり、すでに先学によって多数が発掘されてきている。前掲『私所持和歌草子目録』記載の散佚「打聞」中でも「八代抄」「石間集」「浜木綿集」などがそうである(2)。従来のそうした研究成果を踏まえ、かつ従来の研究方法を発展的に継承し時に批判も加えつつ、中古中世散佚歌集のさらなる発掘とその存在意義の解明とを目指したのが本書である。

本書は古筆切・散佚歌集という研究対象を総体として論じることを目的とはしていない。また古筆切・散佚歌集という研究対象は最終的にひとつの論に収斂させられるようなものでもない。むしろさまざまな時代・作品・人物に関するさまざまな問題に論点を拡散させ得るという点にこそ、古筆切を用いた散佚歌集研究の最大の意義と特色があると言えよう。実際、本書で取り上げていく対象は平安時代あり鎌倉時代あり南北朝時代あり、また私撰集あり私家集あり歌合ありと、時代も作品も多種多様である。そのような中、本書の各論において通底するのは、いずれも一貫した研究方法に拠っているという点である。すなわち古筆切や残欠本や諸文献中に含まれる佚文といった本文資料と、諸文献中に記載される関連情報とを博捜し集成した上で、各作品の成立・伝来・享受について、のみならず各本文資料に含まれる新出の、もしくは従来認知されていなかった諸情報がもたらす知見について、各時代の文学状況を踏まえながら実証的に論じるという方法である。

○

もちろんこうした資料にしても方法にしても、先学の研究の積み重ねによって見出され整えられ、深められてきたものである。まず古筆切に関しては、明治末年以降相次いで刊行された複製本などにより、散佚歌集を書写内容とするものの少なくないことが次第に認識され始めたようで、堀部正二氏『中古日本文学の研究』(3)では、

・藤原公任撰『如意宝集』（伝宗尊親王筆断簡）
・撰者未詳『麗花集』（伝小野道風筆八幡切・伝小大君筆香紙切）

などが先駆的に論じられている。以後例えば萩谷朴氏『平安朝歌合大成』(4)において、

・「十巻本歌合」（伝宗尊親王筆断簡）
・「二十巻本類聚歌合」（伝藤原忠家筆柏木切・伝藤原俊忠筆二条殿切など）

などが徹底的に集成されたり、久曾神昇氏「私撰集と古写断簡の意義」(5)及び『仮名古筆の内容的研究』(6)などにおいて、

・『京極関白集』（伝源俊頼筆断簡）
・『通具俊成卿女歌合』（藤原定家筆断簡）
・源承撰『浜木綿集』（伝源承筆笠間切）

などが新たに紹介されたりするようになった。一方、特に一九八〇年代頃以降、美術品として秘蔵されることの多かった全国各地の古筆手鑑類の調査が大きく進展し、と同時に研究者による古筆切の個別収集が盛んに行われるようにもなった結果、さらに沢山の散佚歌集の断簡が見出されていくこととなった。小松茂美氏『古筆学大成』全三十巻[7]や古筆手鑑大成編集委員会編『古筆手鑑大成』全十六巻[8]、藤井隆氏・田中登氏『国文学古筆切入門』三部作[9]をはじめとする多数の影印本、及び久保木哲夫氏『平安時代私家集の研究』[10]や田中登氏『古筆切の国文学的研究』[11]、杉谷寿郎氏『平安私家集研究』[12]などによって次々報告されたそれらは、

・『花山院御集』（伝平業兼筆春日切）
・「寛仁元年藤原頼通任摂政大饗料屏風詩歌」（伝藤原行成筆屏風詩歌切）
・「治承二年右大臣家百首」（伝西行筆五首切）
・二条為世撰『続現葉集』（伝津守国冬筆断簡）

などなどそれこそ枚挙に暇なく、拙稿『散佚歌集切集成　増訂第一版』[13]では実に百一作品を収めることができたほどである。

次に諸文献中の佚文資料。早く、

・『盛明親王集』佚文（『花鳥余情』所引）
・源賢撰『樹下集』佚文（『河海抄』『古今集序注』所引）

・『宇治入道関白集』佚文（『夫木抄』所引）
・六条知家撰『明玉集』佚文（『河海抄』所引）
などの存在を指摘した和田英松『国書逸文』[14]を皮切りとして、散佚歌集に関するこうした佚文資料も絶えず発掘され続けている。先駆的な業績としては『夫木抄』の出典注記に注目して、
・藤原顕仲撰『良玉集』
・顕昭撰『桑門集』
・俊恵撰『歌苑抄』
・春誓撰『新撰深窓秘抄』
などを論じた安井久善氏「夫木抄にみえたる散佚撰集について」[15]、また『夫木抄』に限らない近世までの類題集と、それに加えてさらに私家集・歌合・歌学書・歌論書などの諸文献をも幅広く見渡して、
・撰者未詳『遠近集』（『新撰蔵月和歌鈔』ほか所引）
・良暹撰『良暹打聞』（『和歌一字抄』所引）
・賢辰撰『三井集』（『類題俳諧歌集』所引）
・寂身撰『撰玉集』（『前長門守時朝入京田舎打聞集』所引）
などを集成した簗瀬一雄氏「中世散佚歌集の研究」「中世残欠歌集の研究」[16]あたりが即座に挙げられよう。

それから諸文献中に記載される散佚歌集の関連情報。この場合に中心となるのはやはり、前掲『私所持和歌草子目録』のような書籍目録類、また類似する性格の項目を持つ歌学書類、及び古記録類などだろう。こうした資料の重要性は、先学の中でも特に福田秀一氏が「古典研究資料としての書目」[17]や「中世私撰和歌集研究序説」[18]などにおいて繰

り返し説くところであり、事実それらに含まれている、

・御子左大納言（藤原定家自筆『集目録』[19]）
・射山集一部八巻此内詩一巻欠歟又一帖（『桑華書志』所載「古蹟歌書目録」[20]）
・拾遺古今廿巻／右京大夫教長撰之。詞花集撰之比撰之。序者永範朝臣（『和歌現在書目録』）
・山月集　経因撰、ひえの山の歌ばかり也（『代集』）
・森葉集和歌（『看聞日記』紙背「即成院預置文書目録」）
・自武家殷福（富）門院大輔、道因法師＼号樗散集、寂然法師等集可書進之由被仰出（『実隆公記』文明七年〈一四七五〉五月二十二日条）

などの記載によって、散佚歌集の存在の事実はもちろん、時に撰者名や成立時期や性格、伝来などまで判明する場合があるので、貴重な情報源と言えよう。

○

さて以上のような資料と方法とに基づいて進められてきた散佚歌集研究も、実はまだまだ大きく展開させ得る余地がある。佚文資料からみていくと、例えば国文学研究資料館蔵の新出「室町中期連歌学書」（請求番号九九—一一一）には、伊勢室山入道撰という散佚類題集『亀鏡集』の、従来知られていなかった佚文[21]とおぼしき、

亀鏡　つはくらめはつかの雲になくなるはこしちをこふる月にやあるらん

という一首が見出せる。資料の新出によって佚文も新出するというこのような場合が今でもあって、本書でも藤原顕仲撰の散佚私撰集『良玉集』の真名序を収めた、

・四天王寺国際仏教大学図書館恩頼堂文庫蔵「諸集漢序」（第一章第四節）

を紹介している。またこうした新出資料ばかりではない既知の資料の中からも、これまで指摘されることのなかった、

・『具平親王集』（『河海抄』所引、第一章第二節）
・『懐中抄』（『夫木抄』『歌枕名寄』など所引、第一章第八節）
・『新撰風躰抄』（『夫木抄』所引、第二章第五節）

などの佚文を集めることが依然可能な状況である。ちなみに従来、佚文の宝庫として最も活用されてきたのは『夫木抄』と『歌枕名寄』だったが、その際拠られていた本文[22]は実はさほどの善本ではなく、前者は永青文庫本・宮内庁書陵部本などを、また後者は渋谷虎雄氏編『校本謌枕名寄　本文篇』[23]をそれぞれ参照することで、出典注記や集付、作者名や左注などに関する新たな知見を得ることができる。本書でも、

・藤原顕仲撰『良玉集』（第一章第四節）
・俊恵撰『歌苑抄』（第一章第六節）
・勝命作『懐中抄』（第一章第八節）

の佚文についてそれらに基づく再整理を試みている。

次に諸文献中の散佚歌集関連情報。例えば近年報告された『兵藤家系図』なる史料には、

十七代　左衛門尉忠重　永仁五年丁酉十一月十一日逝去
後嵯峨院第一皇子本院御禊之行幸左衛門尉供奉之者右兵衛尉干（ママ）時被遷左令供奉之後者被任左衛門尉宗近（ママ）冷泉藤
大納言為氏卿弘安九年春現葉被撰立之時被集候者被相加之

といった記載が存するという。[24] 二条為氏撰の散佚私撰集『現葉集』の成立時期に関しては、福田秀一氏が「弘安三年頃には成っていたとみてよさそう」と推定していただけなので、[25] 弘安九年（一二八六）春と伝えているのは極めて貴重であると言えよう。それにしても右の記載は、古典文学研究者の目に触れることが相当難しそうなものと言え（論者の場合もまったくの偶然だった）、このような情報がどこにどれほど眠っているのか想像もつかないだけに、今後も諸文献に対して細心の注意を払っていく必要性を痛感している。本書で翻刻している、

・彰考館徳川博物館蔵「本朝書籍目録」（第三章第一節）
・岡山大学附属図書館池田家文庫蔵「歌書目録」（第三章第二節）

という二点の書籍目録もそうして再発見したものである。

加えてもちろん古筆切。未刊の古筆手鑑類や東京大学史料編纂所蔵写真帳、戦前の美術品売立目録類といった図版資料、また市場に現れて機関蔵や個人蔵となった商品の中には、学界未知の古筆切がなおも多数含まれており、散佚歌集の新出本文も依然発掘することができる。本書で取り上げている、

・伝藤原為家（冷泉為相）筆『道真集』断簡（第一章第一節）
・伝寂然筆大富切『具平親王集』断簡（第一章第二節）
・飛鳥井雅親筆未詳歌集（『法輪百首』カ）断簡（第一章第五節）
・藤原資経筆『歌苑抄』断簡（第一章第六節）
・伝鴨長明筆『伊勢滝原社十七番歌合』断簡（第一章第七節）
・伝後伏見院筆「京極派贈答歌集」残簡（第二章第二節）
・伝伏見院筆「嘉元元年十月四日歌合」一巻（部分図版、第二章第三節）

・伝称筆者未詳『庭林集』残簡（第二章第四節）
・伝中臣祐臣筆『庭林集』断簡（同）
・伝藤原清範筆『新撰風躰抄』断簡（第二章第五節）
・伝二条為道筆西宮切『自葉集』断簡（第二章第六節）
・伝二条為遠筆『松吟集』断簡（第二章第七節）

といった断簡、もしくは残簡類はほぼそのいずれかに当てはまっている。

それと本書ではもうひとつ、古筆切ならぬ古典籍の中からもなお散佚歌集の本文を発掘し得ないわけではない、という点も強調しておきたい。古典籍という形での新出資料の発見はもはやあり得ないと思い込まれているのだろうか、近年においてはもう探そうとする意志すら放棄されている感がある。確かに冷泉家時雨亭文庫が公開されて、

・『京極関白集』(26)
・惟宗広言撰『言葉集』下巻(27)
・藤原清輔撰『扶桑葉林』巻六十八(28)

などの作品が次々と世に現れたのは例外中の例外であって、同文庫のような秘庫でもなければ、これほどの新出資料が立て続けに発見されるなどということはさすがにないとは思われる。しかし一方、例えば『弘文荘待賈古書目』第二十号(29)に掲載されたきり長らく行方不明だった、

・撰者未詳『朝集』

という散佚私撰集が、田村憲治氏によって現存を報告された(30)という佳例も存している以上、やはり捜索の手を緩めるべきでもないだろう。本書でもそのような問題意識に基づき調査を進めた結果、

・源承撰『類聚歌苑』残欠本（天理大学附属天理図書館蔵、第二章一節）

という古典籍を見出し得ている。

○

本書で心掛けたのは、以上のように古筆切・古典籍・佚文資料・諸文献中の情報を可能な限り集成し検討していくことに加えて、それらの中でも一見無関係そうな資料や情報同士が実は結びついたりする可能性を常に探っていくことである。資料・情報の博捜と関連性の有無の追求。散佚歌集研究の肝要はおそらくここにあるのであって、実際こうした観点から従来の研究成果に対しても補足をいくつかすることができる。例えば田中登氏は伝藤原為家筆『公時集』断簡(31)を紹介しているが、その『公時集』については『砂巌』(32)所引「伏見殿家集目録」に「公時集一」と記されており、室町時代のとある時点で伏見宮家に伝来していたこと、また『実隆公記』別記「室町第和歌打聞記」の文明十五年（一四八三）八月六日条にも「今日予撰定分、参議実国卿子公時卿集」とされており、足利義尚の打聞編纂に用いられてもいたこと、従って当時においては相応に享受されていたらしいことが知られる。あるいは前述した近年新出の『あしたのしふ』に関しても、守覚法親王の蔵書目録たる「古蹟歌書目録」に「朝集一巻非家集不可入□之□集諸朝哥者也」とあり、おそらく両者は同一作品だろうから、確実にその成立が平安時代末期以前だったと論証できるだろう。そのほかこれも前述した冷泉家時雨亭文庫蔵『京極関白集』『言葉集』などに関しても、福田氏がいち早くその価値を見出していた(33)宮内庁書陵部蔵『歌書目録』（一〇二―一二八）に、

京極前関白集　一

言葉集下　一

のように見えるので、他の時雨亭文庫本同様におそらくは江戸時代前期頃、やはり禁裏において副本が作られており、ある時期までは確実に伝存していたのだろうと推定されよう。

本書は、このような資料・情報の徹底的な博捜と、関連性の有無の徹底的な追求の上に成り立っている。各論すべてが多かれ少なかれそうである中、

・『大斎院御集』（第一章三節）
・『庭林集』（第二章四節）
・『公経集』（第二章付論）

などの論証過程において、それはとりわけ顕著であるかと思われる。ただしもちろん資料や情報を結びつけようとする場合には、細心の注意を払うと同時に相応の手続きをも踏まねばならない。本書でも、

・伝光厳院筆六条切（第二章付論）

などを材料としながら、古筆切のツレの認定の際に必要となる条件と採るべき方法、及びそれにまつわるいくつかの問題について整理している。

○

本書において各論はほぼ各作品の成立年代順に並べてある。これは散佚歌集研究の時代的な広がりを示すためである。本書で取り上げている各作品にしろ、今後の発掘・研究を期すべきその他の作品にしろ、散佚歌集はいつかの時点までは程度の差はあれ確実に読まれ、流布し、諸方面に相応の影響を与えていたに違いない。従って散佚歌集研究と標榜しながら各作品の復元だけに終始するのでは不十分と言わざるを得ず、その復元結果に基づいてさらに各作品

の成立・性格・享受・伝来などについても綿密に考証していくことが重要である。本書でも貫いているそうした姿勢は、それぞれの時代のさまざまな文学状況下における、各作品の存在意義を解明することのみならず、現存する作品を中心に組み立てられている中古中世和歌文学史を補足し修正し批判することにも繫がっていくはずである。

注

(1) 『冷泉家時雨亭叢書　第四十巻　中世歌書集　書目集』(一九九五年四月、朝日新聞社)所収。
(2) 詳しくは拙稿『散佚歌集切集成　増訂第一版』(日本学術振興会科学研究費補助金・基盤研究(C)「古筆切をはじめとする散佚歌集関連資料の総合的調査・研究」研究成果報告書別刷、課題番号一六五二〇一二六、二〇〇八年三月)を参照のこと。
(3) 堀部正二氏『中古日本文学の研究』(一九四三年一月、教育図書株式会社)。
(4) 萩谷朴氏『平安朝歌合大成』(一九五七〜一九六九年、私家版)。
(5) 久曾神昇氏「私撰集と古写断簡の意義」(『国語と国文学』一九七一年四月号)。
(6) 同氏『仮名古筆の内容的研究』(一九八〇年二月、ひたく書房)。
(7) 小松茂美氏『古筆学大成』全三十巻(一九八九〜一九九三年、講談社)。
(8) 古筆手鑑大成編集委員会編『古筆手鑑大成』全十六巻(一九八三〜一九九五年、角川書店)。
(9) 藤井隆氏・田中登氏『国文学古筆切入門』『同　続』『同　続々』(一九八五〜一九九二年、和泉書院)。
(10) 久保木哲夫氏『平安時代私家集の研究』(一九八五年、笠間書院)。
(11) 田中登氏『古筆切の国文学的研究』(一九九七年、風間書房)。
(12) 杉谷寿郎氏『平安私家集研究』(一九九八年、新典社)。
(13) 注(2)参照。
(14) 和田英松『国書逸文』(一九四〇年四月)。

(15) 安井久善氏「夫木抄にみえたる散佚撰集について」(『改訂　中世私撰和歌集攷』所収、一九六一年十二月、三崎堂書店)。
(16) 簗瀬一雄氏「中世散佚歌集の研究」「中世残欠歌集の研究」(『簗瀬一雄著作集4　中世和歌研究』所収、一九八一年六月、加藤中道館)。
(17) 福田秀一氏「古典研究資料としての書目」(『文献』第五号、一九六一年六月)。
(18) 同氏「中世私撰和歌集研究序説」(『中世和歌史の研究　続篇』所収、二〇〇七年二月、岩波出版サービスセンター、初出『和歌文学研究』第十六号、一九六四年四月)。
(19) 『冷泉家時雨亭叢書　第十四巻　平安私家集二』(一九九三年一月、朝日新聞社)所収。
(20) 太田晶二郎氏「「桑華書志」所載「古蹟歌書目録」「今鏡」著者問題の一徴證など」(『太田晶二郎著作集　第二冊』所収、一九九一年八月、吉川弘文館)。
(21) 簗瀬一雄氏「中世散佚歌集の研究」(注16)のうち「亀鏡集」参照のこと。
(22) 『夫木抄』は国書刊行会本、『歌枕名寄』は万治二年版本である。
(23) 渋谷虎雄氏編『校本謌枕名寄　本文篇』(一九七七年三月、桜楓社)。
(24) 菊池正行氏「兵藤家系図と出雲神社記」(『長濱史談』第二十号、一九九六年三月)。
(25) 福田秀一氏「現葉・残葉・続現葉の三集について」(『中世和歌史の研究　続篇』所収、初出『文学・語学』第十五号、一九六〇年三月)。
(26) 『冷泉家時雨亭叢書　第七十巻　承空本私家集　中』(二〇〇六年四月、朝日新聞社)所収。
(27) 『冷泉家時雨亭叢書　第七巻　平安中世私撰集』(一九九三年八月、朝日新聞社)所収。
(28) 『冷泉家時雨亭叢書　第四十六巻　和漢朗詠集　和漢兼作集　尚歯会和歌』(二〇〇五年四月、朝日新聞社)所収。
(29) 『弘文荘待賈古書目』第二十号(一九五一年六月)。
(30) 田村憲治氏「今治市河野美術館蔵『あしたのしふ』について」(『愛媛大学人文学会創立二十周年記念論集』所収、一九九六年十二月）。
（31） 田中登氏「千載集歌人藤原公時の作歌活動とその家集」（『古筆切の国文学的研究』所収）。
（32） 宮内庁書陵部編『図書寮叢刊　砂巌』（一九九四年三月、明治書院）。
（33） 福田秀一氏「宮内庁書陵部及び東山御文庫の「歌書目録」について（一・二）」（『ぐんしょ』第二巻第六号〜七号、一九六三年六月〜七月）。

第一章　平安時代

第一節　道真集

研究史概観

『新古今集』巻十八・雑下巻頭の「菅贈太政大臣」菅原道真の十二首に及ぶ歌群については、周知のとおり、同一歌人の詠作が連続配置された同集中の最大規模のものであること、一字題による述懐詠であること、などの特異性が従来注目されている。とりわけ近年活発なのは、その撰集資料たり得るような道真の家集の存在と性格とを考える方向の研究である。すなわちまず武井和人氏は、道真詠の勅撰集入集状況から、『新古今集』また『続後撰集』の「撰集資料としての〔道真定数歌〕」を想定し、かつ藤原定家自筆『集目録』の「菅家」という記載に拠って、

〔道真定数歌〕が未だ見ぬ『菅家集（?）』に含まれてゐ、定家たちはそれを撰集資料としたのだ、といふ仮説が一応は立てられるのである。

のように述べ、ついに膨大な量にのぼる道真仮託家集類の伝本整理を実施した(1)。次いで有吉保氏は、武井氏の成果を援用しつつ、新たに『新古今集』の撰者名注記を手掛かりとして、

撰者達の撰歌資料となった「家集」のようなものの存在を想定することは自然であろう。撰者名注記に定家・家隆・雅経の名が見えることからは、道真の小家集が少なくとも撰集資料として共有されていたことが裏付けられるように思う。

と論じ、かつ『新古今集』の巻十八巻頭歌群以外の道真詠四首についても、その「一字題を中心とする小家集」から採られたのではないかと指摘した。(2) さらに浅田徹氏は、有吉氏の見解を肯定しつつ、より多くの文献からの佚文収集を試みた上で、その和歌表現と設題傾向とを分析した結果、「一字題家集」は「十世紀後半、しかもあまり十世紀末に近寄り過ぎない頃」に成立した道真仮託の作品にして、いわゆる初期百首の世界に連なるものという見方を示した。(3) この時浅田氏が佚文と認定したのは次の二十二首である（氏が付した通し番号順に掲げる。歌末括弧内の歌番号は新編国歌大観番号。『大鏡』本文についても氏に倣い、地の文を詞書風に二字下げとする）。

山　　菅贈太政大臣

1　あしびきのこなたかなたに道はあれど都へいざといふ人ぞなき　（『新古今集』巻十八・雑下・一六九〇）

日

2　天の原あかねさしいづる光にはいづれの沼かさえのこるべき　（同一六九一）

月

3　月ごとにながるとおもひます鏡西の空にもとまらざりけり　（同一六九二）

雲

4　山わかれ飛び行く雲のかへりくるかげみる時はなほたのまれぬ　（同一六九三）

霧

5　霧たちててる日のもとはみえずとも身はまどはれじよるべありやと　（同一六九四）

雪

6　花とちり玉とみえつつあざむけば雪ふる里ぞ夢にみえける　（同一六九五）

松
7 老いぬとて松は緑ぞまさりける我が黒髪の雪の寒さに　（同一六九六）

野
8 筑紫にも紫生ふる野辺はあれどなき名かなしぶ人ぞ聞えぬ　（同一六九七）

道
9 刈萱の関守にのみみえつるは人もゆるさぬ道辺なりけり　（同一六九八）

海
10 海ならずたたへる水の底までにきよき心は月ぞてらさむ　（同一六九九）

鵲
11 彦星の行き逢ひをまつ鵲のとわたる橋を我にかさなむ　（同一七〇〇）

波
12 流れ木と立つ白波と焼く塩といづれかからきわたつみの底　（同一七〇一）

鶯を　菅贈太政大臣
13 谷深み春の光のおそければ雪につつめる鶯の声　（同・巻十七・雑上・一四四一）

梅
14 ふる雪に色まどはせる梅の花鶯のみやわきてしのばん　（同一四四二）

柳を　菅贈太政大臣
15 道の辺の朽木の柳春くればあはれ昔としのばれぞする　（同一四四九）

16　（題不知）　　　　　　　　　　　　　　菅贈太政大臣
草葉には玉とみえつつわび人の袖の涙の秋の白露　　　　（同・巻五・秋下・四六一）

17　亭子の帝にきこえさせ給ふ
流れゆく我は水屑となりはてぬ君しがらみとなりてとどめよ　　　　（『大鏡』）

18　ものをあはれに心ぼそく思さるる夕、をちかたに所々煙たつを御覧じて
夕されば野にも山にも立つ煙なげきよりこそ燃えまさりけれ　　　　（同）

19　また、雨の降る日、うちながめ給ひて
あめのしたかわけるほどのなければや着てし濡衣ひるよしもなき　　　　（同）

20　流され侍りける道にて詠み侍りける　　　　贈太政大臣
あまつ星道も宿りも有りながら空にうきてもおもほゆるかな　　　　（『拾遺集』巻八・雑上・四七九）

21　浮き木といふ心を
流れ木も三とせ有りてはあひみてん世のうきことぞかへらざりける　　　　（同四八〇）

22　萱草を　　　　菅贈太政大臣
忘れ草名のみなりけりみるからにことの葉しげくなりまさりつつ　　　　（『万代集』巻十五・雑二・三〇六一）

ほか浅田氏は存疑とするが、武井氏はさらに次の四首も視野に入れている（佚文と認定するかどうかは別として、便宜上、通し番号を続ける）。

23　帰雁を　　　　菅贈太政大臣
かりがねの秋なくことはことわりぞかへる春さへなにかかなしき　　　　（『続後撰集』巻二・春中・五七）

（題不知）　　　　　　　　菅贈太政大臣

24　今朝桜ことにみえつる一枝は庵の垣根の花にぞありける　（同八八）

萩を　　　　　　　　　　　菅贈太政大臣

25　まどろまず音をのみぞなく萩の花いろめく秋はすぎにしものを　（同・巻十六・雑上・一〇八八）

藤の花を　　　　　　　　　菅贈太政大臣

26　紫の糸よりかけてさく藤のにほひに人やたちどまるらん　（『雲葉集』巻三・春下・二五二）

伝藤原為家（冷泉為相）筆断簡

ところで有吉氏の論において、初めてその資料的価値が見出された古筆切一葉が存する。それはＭＯＡ美術館蔵手鑑『翰墨城』に貼付された伝冷泉為相筆断簡で、縦二十一・四cm×横十四・三cmの華麗な梅花紋雲母刷り料紙に、次のような本文が書写されている。[4]

断簡Ａ（以下歌頭に丸数字の通し番号を付す）

①なきなかなしふ人そきこえぬ
　　田
②ゆふしてのあらたすきかきいのりこし
　かみはほにいて丶かみなほみせよ
　　道

③かるかやのせきもりにのみみえつるは
　人もゆるさぬみちへなりけり
　　波

うち①と③、及び③の次の「波」題が前掲8・9・12の道真詠（いずれも『新古今集』巻十八巻頭歌群）と一致する一方、②のみは出典不明であるという点、従来この断簡Aは「『新古今和歌集』の異本であるかもしれない」(5)ともされてきた。対して有吉氏は、

この部分は、新古今集の伝本研究において歌の出入などの異同は全く知られていないところであり、現時点では新古今集側に配列などの問題はないように思われる。

と反論し、出典不明の②（の類歌）が道真仮託家集中、武井氏分類するところのB・E系統にそれぞれ、

27　ゆふしてのあした深きに祈りこし神そなへ出て神なみをせは　（B系統394）
　　ゆふしてのあらたすきかけ白かみのその本出て神なをりせよ　（同532）
　　ゆふしてのあら田すきかき祈りこし神もほに出て神なをりせよ　（E系統139）

のように見出せる点、及び題の配列が『新古今集』とも現存家集のいずれの系統とも異なる点から、

この一葉は、新古今集の断簡ではなく、既に紹介されているどの諸本とも異なる道真集の存在を示している貴重な資料ということになる。

と位置づけた。

さてここからが本題である。この有吉氏の説得的な認定ののち、新たに断簡二葉が世に現れた。

断簡B

菅大臣ことにあたりて京いて
たまふ日御前のちかき梅樹に
むすひつけさせたまひける
④こちふかはにほひをこせよむめの花
あるしなしとてはるをわするな
亭子帝によみてたてまつりける
⑤なかれゆくわれはみくつとなりぬとも
きみかしからみかけてとゝめよ

断簡C

⑥みはまとはれしよるへありやと
⑦あめのしたのかれぬ人のなけれはや
きてしぬれきぬひるよしのなき
鴈
⑧かりかねのあきにときくはことはりそ
かへるはるさへなきかゝなしさ
雪
⑨はなとちりたまと見えつゝあさむけは

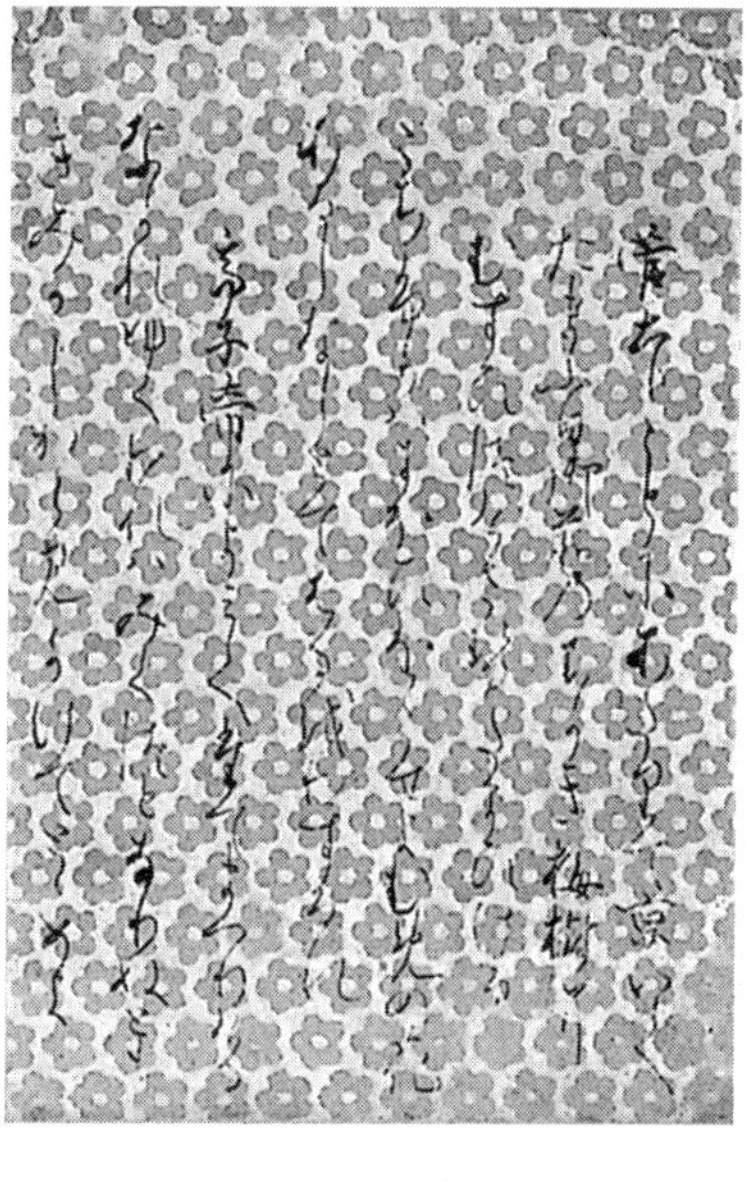

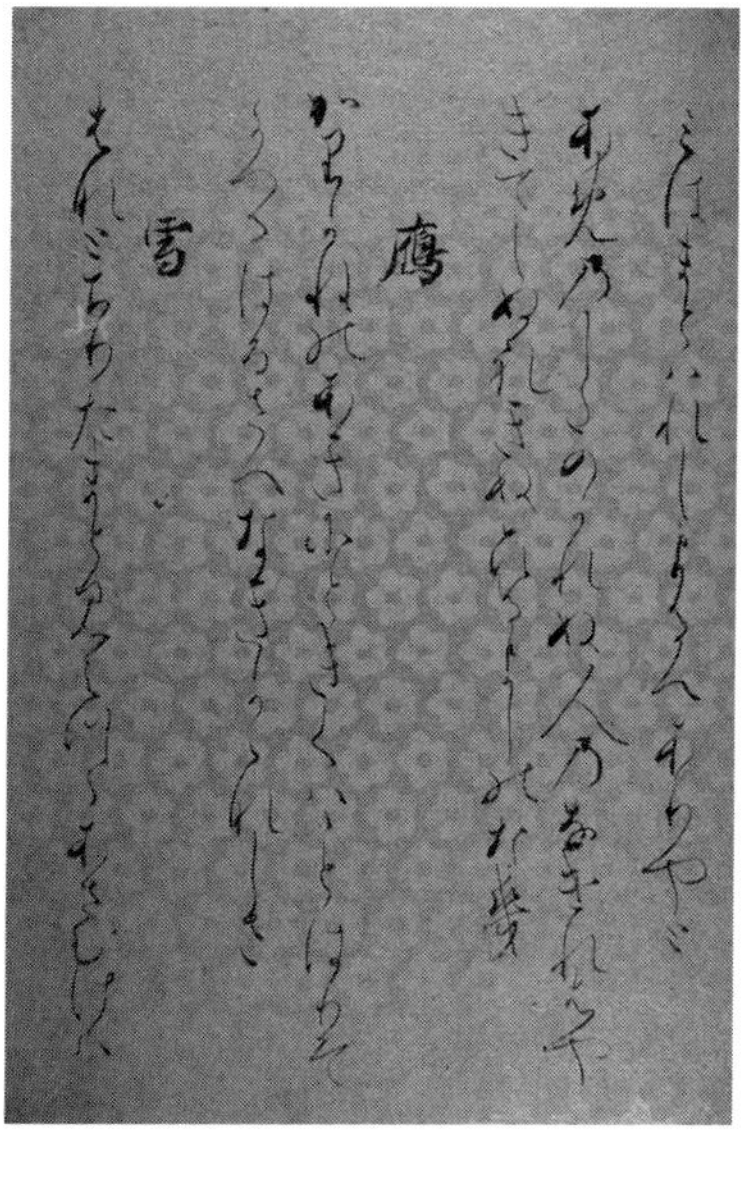

断簡Bは個人蔵の狩野探幽筆「騎馬菅公図」一軸に貼付されている一葉。二〇〇一年度東京国立博物館ほか特別展示「菅原道真没後千百年　天神さまの美術」において初公開されたこの「騎馬菅公図」、画中の、

聖廟御詠二首為家卿筆跡拝見之次／不堪感心而奉描其神像者也／宮内卿法印探幽筆

という款記によって、探幽が断簡Bに触発されて描いたという事情が知られる逸品中の逸品である。[6] ご所蔵者の方の格別のご厚意により直接拝見したところ、断簡Bは梅花紋雲母刷り料紙、縦二十一・四cm×横十四・四cm、「為家卿菅大臣こちふかは（琴山）」という古筆了音の極札等が付属しており、右の「為家卿筆跡」という款記ともよく合致する。記載の二首中④が『拾遺集』（巻十六・雑春・一〇〇六、なお後述）ほか、⑤が『大鏡』（前掲17）ほかに所収の道真詠たることは、あまりに有名な歌であるので言う必要もないだろう。この断簡Bが断簡Aのツレとみられること、よって極めて高い資料的価値——美術的価値のみならず——をも有していることについては、すでに同展示図録の解説で坂井孝次氏が、

本作と同様の料紙装飾の伝為相筆とされる一葉がMOA美術館蔵　手鑑　翰墨城（国宝）に収められている。その一葉は有吉保氏（略）により今日紹介される道真集のどの諸本とも異なる存在を示している貴重な作。本作は同じ手になる筆致、拾遺集に収められる道真の歌からその断簡のつれと考えられ、別本の道真集を補う断簡として、鎌倉時代の古筆として国文学、書道史上極めて貴重な作品である。

と簡潔明快に指摘しているとおりであろう。

一方の断簡Cは人間文化研究機構国文学研究資料館蔵のマクリ一葉（二〇〇三年度末に収蔵、請求番号九九―一〇八）、やはり梅花紋雲母刷り料紙、縦二十二・〇cm×横十四・六cm。極札等は付いていないが、紙背に「御子左為家卿」という墨書が存する。右に掲げた図版によっても明らかなとおり、料紙・筆蹟の特徴からこれも断簡A・Bのツレと認

めて差し支えない。記載歌も⑥が前掲5、⑦が19、⑧が23、⑨が6と一致する、すべて道真詠である。

伝称筆者を断簡Aが為相とし、断簡B・Cが為家とする当否は不明。ただ書写年代はまず大まかに鎌倉時代と判断されるし、また『日本名跡叢刊』(7)『古筆学大成』(8)がすでに看破している個人蔵『信明集』古写一帖との料紙の一致も見逃せない。今挙げた両書に全丁の図版が掲載されているこの『信明集』、当該断簡とまったく同じ梅花紋雲母刷り料紙を本文料紙としているのである。のみならず同筆とまでは言えないにしろ筆蹟もよく近似しており、これらの事実は『道真集』と『信明集』がさほど時を隔てぬ時期に同一圏内において書写されたことを推断させよう。ちなみに類筆同料紙の古筆としてはもう一点、やはり『古筆学大成』(9)掲載・指摘の伝九条教家筆『高光集』断簡二葉(10)も挙げられるので、これら三作品を含めた同体裁の写本群がかつては存在していたのだろう。

ところでうち『信明集』には、

本云
以九条入道三位知家本書写之了
（摺り消し痕）

（二行分空白）

以他本校合哥少々書入了

六十一俊成書之

という奥書があり、一行目の本奥書と二行目の校合奥書とが同筆で、三行目のみが別筆とみられる。前掲両書は右のうち一・二行目に「腑に落ちない」点がいくつかあるとしながらも、その「六十一俊成」について、一行目に名の見える六条知家以降の人物に比定しようと試みている。しかしこれについてはおそらくのところ、藤原俊成筆本に見せかけることを目論んだ後人による書き入れであるとみるのがよかろう。一・二行目間の摺り消し痕もその偽装行為に伴うもので、俊成筆本と称する際に抵触するような人名なり年号なり（位置的には本奥書に連なるものか）が本来ここには存していたかと推測される。そうした情報が失われてしまったのは非常に残念だけれども、ともあれ知家が「九条入道三位」と呼ばれ得るのは出家した嘉禎四年（一二三八）八月十七日（『公卿補任』）以降であり、しかし決して鎌倉時代末期は下らぬ写本であるので、『信明集』はまずその間の書写と認めてよさそうである。ならば問題の『道真集』もほぼ同じ、鎌倉時代中～後期頃の書写としてよく、従って作品自体の成立は少なくともそれ以前だったということになろう。

成立と内容

もっとも現時点で成立年代をより絞り込むことは困難で、また④詞書中の「菅大臣」から他撰であることも間違いなく、さらに断簡三葉の記載歌がすべて、

断簡A

①…新古今集（前掲8）など
②…道真仮託家集B系統・同E系統（前掲27）
③…新古今集（前掲9）など
③の次…新古今集（前掲12）か

断簡B

④…拾遺集（後掲28）・拾遺抄・大鏡など

⑤…大鏡など

断簡C

⑥…新古今集（前掲5）
⑦…拾遺集・大鏡（前掲19）など
⑧…続後撰集（前掲23）など
⑨…新古今集（前掲6）など

のように他文献にも見出せる以上、この『道真集』も鎌倉時代中〜後期頃までの諸文献中の道真詠を抜き出す形で編纂された作品だったという可能性は考えておいた方がよい。ただここで注目されるのは、現存する他文献に拠る限りでは知られないような独自内容が当該断簡に記されていることである。ひとつは②の、

田

ゆふしてのあらたすきかきいのりこしかみはほにいて丶かみなほみせよ

という一首の「田」題で、これは類歌を載せる前掲仮託家集B系統・E系統ともに見出すことができない。(11) もうひとつは④の、

菅大臣ことにあたりて京いてたまふ日御前のちかき梅樹にむすひつけさせたまひける

という詞書。例えば『拾遺集』の、

流され侍りける時、家の梅の花を見侍りて　　贈太政大臣

28　東風ふかばにほひおこせよ梅の花あるじなしとて春を忘るな　　（巻十六・雑春・一〇〇六）

という詞書や、また『拾遺抄』の「流されてまかり侍りける時、家の梅の花を見侍りて」（巻九・雑上・三七八）とい

う詞書、あるいは『大鏡』の、

　帝の御おきて、きはめてあやにくにおはしませば、この御子どもを、同じ方につかはさざりけり。かたがたにいとかなしく思し召して、御前の梅の花を御覧じて、

　　東風吹かばにほひおこせよ梅の花あるじなしとて春を忘るな

という地の文あたりと見較べてみると、④の方が描写が細かく具体的であり、特に傍線部などは右のいずれにも見られない内容であることに気づく。唯一仮託家集のD系統には、

　此一首は御所を出させ給けるに紅梅殿の心なき草木まで頼(?)をむすはせ給てと云々　（2）

という左注があるが、内容も表現も異なっており、また注（11）で触れたとおり成立も後代なので、影響を及ぼしたということはなかろう。

　こうした点、どうも当該『道真集』は、勅撰集をはじめとする諸文献の単なる抜粋などではなかったように思われる。もちろんB・D・E系統のような本文を持つ仮託家集がある以上、その原拠資料たり得るような何らかの文献はあったとおぼしく、『道真集』もそれと同類の散佚文献に拠っていただけなのかもしれない。しかしながら、やはり考えてみたくなるのは、この『道真集』こそが仮託家集の原拠資料にして、『拾遺集』や『拾遺抄』の出典となった作品そのものだったのではないか、ということである。これはなかなか論証しにくい見方ではあるが、少なくとも④に関して言えば、『拾遺集』『拾遺抄』からこの詞書が書かれることは難しくても、この詞書から『拾遺集』『拾遺抄』のように要約できないことはない。また『道真集』は前述のとおり『信明集』『高光集』とともにひとつの写本群を構成していたようであるが、それは『道真集』を平安時代成立の私家集と同等とみなす書写者の認識の表れであると言って言えないこともない。あるいはこの『道真集』は、すでに十一世紀初頭以前には成立していた作品なのではな

かろうか。

仮にそのように認めた場合、また『大鏡』『新古今集』『続後撰集』との同一歌も持つ『道真集』は、さらにそれらの出典でもあったという可能性すら生じてこよう。ここで当然想起すべきは前述浅田氏の説である。『新古今集』の撰集資料として氏が提案した道真の「一字題家集」は、繰り返すと十世紀後半頃成立の仮託作品にして、少なくとも『拾遺集』『大鏡』『新古今集』『万代集』に採歌されたということだった。そうした想定は以上述べてきた当該『道真集』に関する仮説と齟齬していないようである点、本仮説にもそれなりの蓋然性は認めてよいことになろうか。

すると浅田氏は「一字題家集」の佚文認定に際して「⑴一字題を持つか、それを想定しうること」、及び「⑵前項の物に寄せた述懐（配流の嘆き）の心情を中心としていること」というふたつの条件を挙げている。これは『新古今集』ほかの出典となった家集が一字題による述懐詠のみで構成されていたという見通しであると言えよう。ところが断簡Bには一字題ならぬ詞書を持つ④⑤が見出されるので、本仮説を仮に事実と認めた場合、出典となった『道真集』には一字題以外の歌も含まれていたことになる。すなわち武井氏が「〔道真定数歌〕が未だ見ぬ『菅家集（？）』に含まれてゐ」たとしている「仮説」同様、『道真集』は「一字題家集」ではなく「一字題歌群を𠆤む家集」だったとみるのがよさそうである。ならばまた浅田氏の認定からは外された、

流され侍りてのち、いひおこせて侍りける　　贈太政大臣

29　君がすむ宿の梢のゆくゆくとかくるるまでにかへりみしはや　（『拾遺集』巻六・別・三五一）

という一首についても佚文として扱うことが許されようか。この一首、『拾遺抄』に「流され侍りてのち、乳母のもとにいひおこせて侍りける」（巻六・別・二二七）、『大鏡』に「都遠くなるままに、あはれに心ぼそく思されて」としても見られる述懐歌である。

ほか浅田氏認定外の歌の中ではもう一首、武井氏指摘の23も断簡Cの⑧と一致する点、『道真集』が『続後撰集』の撰集資料でもあった可能性が再浮上してくるだろう。浅田氏が23〜26を除いたのは「これらの歌には述懐性が見られなかったり、述懐風であっても題で示された物に中心が置かれていなかったりする」という理由によるが、ここで興味深いのは、23の二句目「秋なくことは」及び四句目「なにかかなしき」に対し、⑧が「あきにときくは」「なきか、なしさ」という異文を有している点である。23のとおりに読めば「雁は毎秋鳴くわけだから、春に去ってもどうして悲しむ必要があろう」という諧謔味ある春歌となるが、⑧の表現に拠れば「春帰る雁と違って、帰る術のないこの身が悲しい」という述懐歌となり、流謫中の道真の心情としてそれは大変相応しいものと言えよう。無論こうした異同がある以上、⑧が23の出典そのものだったとは必ずしも限らないことになろうが、それでも出典だったとすると、当時存した『道真集』の伝本間ですでに異同が生じていたか、『続後撰集』撰者藤原為家が春部に採るため改変したかのいずれかだろうと推測できる。ならば『続後撰集』にはさらにまた、24・25という出典未詳歌二首があるので、それらについても『道真集』から採られたという可能性を問い直してみてよいかもしれない。

ただし以上のような仮説を立てて、すべてがきれいに説明できるというわけでもない。浅田氏は「一字題家集」の歌題について「漢籍的な秩序に基づい」ているを指摘し、近似例として『李嶠百二十詠』[12]の、

乾象部十首

日・月・星・風・雲・煙・露・霧・雨・雪

坤儀部十首

山・石・原・野・田・道・海・江・河・路

芳草部十首

蘭・菊・竹・藤・萱・萍・菱・菰・茅・荷

嘉樹部十首

松・桂・槐・柳・桐・桃・李・梨・梅・橋

霊禽部十首

鳳・鶴・烏・鵲・鴈・鳧・鶯・雀・雉・燕

という最初の五十題を提示しながら「一字題家集」佚文の歌題と比較し、

伝道真歌の一字題歌群は、漢籍の類書的項目の中から自然物に関わるものを抜き出して編集したものではなかったか。もしそうであれば、歌題の配列は類書風であった可能性が高く、その冒頭は恐らく「日」であっただろう。

のように推定している。そこで断簡における一字題の配列を見ると、断簡Aでは①＝（野）・②＝田・③＝道・③の次＝浪となっており、確かに右「坤儀部」と非常に近く、氏が「歌題の配列は類書風であった」としたその適切さが知られよう。ところが断簡Cでは⑥＝（霧）・⑦＝ナシ・⑧＝鴈・⑨＝雪で、まず⑦のナシが問題となる。ただし「あめのした」「きてしぬれきぬ」という表現は、一首前の⑥（霧）を承けるものとは思われないので、とりあえず「雨」題あたりの誤脱とみよう。すると断簡Cの一字題は⑥＝（霧）・⑦＝雨・⑧＝鴈・⑨＝雪という順番だったことになろうが、しかし⑥⑦⑨が右「乾象部」の終わり三題と合致する中、⑦⑨に挟まれ「霊禽類」所属の鴈が⑧として位置しているのが腑に落ちない。浅田氏の説が説得的であるだけに、ここは断簡C本文の方に何らかの不備や誤りを疑いたくなってしまう。これをどのように考えるべきか。

例えばこうした問題を解決し、かつ以上の仮説を少しでも実証の域に近づけるためには、何より断簡のツレを一葉でも多く見出すことが必要だろうと思われる。今後の博捜を心掛けたい。

『集目録』の「菅家」と当該断簡と

最後に定家自筆『集目録』記載の「菅家」に関して一言しておく。かつて定家認知の道真の家集が存在したらしいことを伝え、かつその家集こそが『新古今集』の撰集資料だったのではなかろうかとも想像させるという点で、今日に至るまで期待され続けているこの「菅家」については、また『大鏡』の、

かの筑紫にて（略）折々の歌書きおかせ給へりけるを、おのづから世に散り聞こえしなり。

という一節によって知られる世間に流布した歌稿の類や、嘉承元年（一一〇六）成立[13]という藤原陳経撰『菅家御伝記』の、

道真公所詠歌集曰菅家御集。有一巻。

という「菅家御集」、及び本論で取り上げてきた断簡との関係の有無も注目されよう[14]。無論それぞれ成立事情を異にした別々の作品だった可能性も相応に考えられるが、一方でまず「菅家」と「菅家御集」との書名の類似は見逃せないし、加えてもし『大鏡』の伝える歌稿によって『大鏡』自体も作られており、同時に『集目録』の「菅家」が本当に『新古今集』の出典だったとした場合、前節までの仮説に拠れば、断簡を併せて四者は同一作品ともみなし得る。仮定に仮定を重ねた上での見方であるが、あるいは当該断簡に記されている『道真集』こそが「菅家」そのものなのかもしれない。

注

（1）武井和人氏「菅原道真仮託家集・百首研究序説」（『中世和歌の文献学的研究』所収、一九九九年七月、笠間書院）。のちに引用する道真仮託家集Ｂ・Ｄ・Ｅ系統の本文・歌番号も同論に拠る。
（2）有吉保氏「撰者と資料――巻十八雑歌下・道真詠歌の場合――」（『新古今和歌集の研究　続篇』所収、一九九六年三月、笠間書院）。
（3）浅田徹氏「菅原道真の新古今入集歌おぼえがき」（『早稲田本庄高等学院国語科論集』創立二十周年記念特別号、二〇〇三年三月）。
（4）小松茂美氏監修『国宝手鑑　翰墨城』（一九七九年、中央公論社）所収の原寸大の図版に拠る。
（5）注（4）付録「総説・解題」。
（6）なお東京国立博物館・福岡市博物館・大阪市立美術館編の同展示図録（二〇〇一年七月、ＮＨＫ・ＮＨＫプロモーション・東京新聞）112にも図版掲載。
（7）小松茂美氏監修『日本名跡叢刊　鎌倉　信明集』（一九八一年九月、中央公論社）。
（8）小松茂美氏『古筆学大成　第十八巻　私家集二』所収「筆者未詳　信明集」（一九九一年五月、講談社）。
（9）小松茂美氏『古筆学大成　第十九巻　私家集三』所収「伝九条教家筆　高光集」（一九九二年六月、講談社）。
（10）なお、このうち「十月九日冷泉院にて神名月と」で始まる一葉（図版番号65）は『旧篠山藩主　青山子爵家御蔵器入札』（一九三五年十一月、東京美術倶楽部）なる売立目録にも掲載されているが（通し番号二〇）、そちらの図版では「為家卿十月九日冷泉院（琴山）」という古筆了祐筆の極札を伴っている。
（11）もっとも「田」題の有無の問題以前に、Ｂ・Ｅ両系統を含む仮託家集類の「成立上限は、鎌倉末期あたりまでしか引き上げられない」（武井氏）由なので、②の出典としてはそもそもいずれも不適格であると言えよう。
（12）本文は柳瀬喜代志氏『李嶠百二十詠索引』（一九九一年三月、東方書店）に拠るが、読みやすさを考えて浅田氏に倣い、題は「・」で区切った。

（13）『群書解題』第六「菅家御伝記」（西田長男氏執筆、一九六二年四月、続群書類従完成会）に拠る。

（14）ほか『河海抄』（本文は玉上琢彌氏編『紫明抄　河海抄』〈一九六八年六月、角川書店〉に拠る）所引の和歌には「菅家」と付される五例があって、詳細は省くがそのほとんどは作者名注記ではなく出典注記のようにみられる。よって問題の「菅家」に関わるかもしれない一方、あるいは家集ではなく「菅家の御日記」（巻第十七・第廿八・橋姫）なる作品の佚文である可能性も疑われるので、ここでは取り上げないことにした。この問題については『河海抄』に見出される他の散佚和歌関連作品、例えば源賢撰『樹下集』や源信作『勧女往生義』、などと併せて別に論じる機会を得たい。散佚歌集研究の立場からも『河海抄』は頗る興味深い作品である。

第二節　具平親王集

研究史概観

『増補新撰古筆名葉集』「大原寂然」の項に「色紙形　哥チラシ書砂子紙白紙」と記載され、出光美術館蔵手鑑『見ぬ世の友』の認定から大富切と呼ばれもする伝寂然筆断簡については、他に一致する作品が存しない点から内容未詳と扱われ、あるいは歌僧寂然自身の家集だろうかとみられる場合もかつてはあった。ところが萩谷朴氏[1]によってそれが具平親王の家集だったことが明らかにされ、結果『私家集大成』書籍版において「なかつかさのみこのしふ」（中務の御子の集）という内題を含む十葉七首分の本文が集成された[2]。具平親王は周知のとおり村上天皇第七皇子、詩歌のみならず書道・仏教・医学などの多分野において傑出した才能を発揮、中務卿だったことから前中書王源兼明と対比されて後中書王とも呼ばれた人物。その具平親王の和歌作品と和歌活動とを具体的に伝える資料として大富切は重要で、『私家集大成』以後も小島孝之氏[3]・伊井春樹氏[4]・小松茂美氏[5]によって新出断簡の紹介が続けられ、それらを踏まえた久保木哲夫氏[6]によって、記載内容から知られる藤原公任らとの交友の様子や、『具平親王集』と他文献との関係などが詳しく検証されもした[7]。

この大富切は寂然真筆・藤原定家手沢本だった可能性が高そうである。すなわち萩谷氏当時「田中親美翁御所蔵」にして現在某家に蔵されている大富切残簡（なお後述）末尾には、

唯心房寂然壹岐守頼業／少年之時狂手跡也

という識語が存して「定家卿」（蓋裏書）筆の由であり、それを前提に実物を検してみると確かに定家真筆のように思われてくる。萩谷氏もそう認めた上で、定家と寂然との近しい間柄からその記載内容に「万一の狂いはない」と指摘している。

さて以上の成果を踏まえつつ、拙稿「散佚歌集切集成　本文篇」(8)では『秋の特別展　諸家集の古筆』掲載の新出断簡二葉(9)をも加えて、二十三葉二十八首分の大富切を集成したが、その後になってさらに未紹介の一葉が架蔵に帰した。すでに二〇〇四年度国文学研究資料館秋季特別展示「古筆と和歌」に出品し、その展示図録を兼ねた『古筆への誘い』(10)にも掲載した一葉で、同書の解説には書誌情報のほか、

『具平親王集』の新出断簡。（略）平安末期の歌人寂然の真筆にして定家所持本の可能性あり。ならば記載歌は『新古今集』に見出され、撰者名注記には定家の名しか挙がっていないようなので、あるいは当該断簡こそが『新古今集』の撰集資料そのものだったのかもしれない。

といったことをも記しておいた。しかしそれ以外にもう少し考究すべき点もあるので、本論において詳述していくことにしたい。

詠歌年次考証

架蔵断簡は縦十四・三㎝×横十一・九㎝、金銀箔砂子散らしの斐紙である。書写年代は平安時代末期頃。極札等の鑑定資料は付属せず。本文は次のとおり。

すみそめの
　そてはそらにもかさ
　　　　なくに
しほりも
　あへすつゆそ
　　おきける

この歌は前述のとおり『新古今集』の、
　母の女御かくれ侍りて、七月七日よみ侍りける
　　　　　　　　　　　　　　　中務卿具平親王
墨染の袖は空にもかさなくにしぼりもあへず露ぞこぼるる
　　　　　　　　　　　　　　（巻八・哀傷・八五五）

という一首と（五句目に異同が存するほかは）一致しており、まずは具平親王詠と認めてよさそうである。加えて特徴的な筆蹟及び料紙から、架蔵断簡が大富切のツレたることはおそらく間違いないだろう。うち一・二行目間には折り目と綴じ穴の痕があり、既知の断簡からすでに言われているとおり、大富切がもと列帖装だったことが確認できる。列帖装の料紙というのは、装訂をほどいて一枚だけを取り出した場合、折りたたんで内側になる方の右面と左面とは内容的に連続しないのがほとんどで、唯一の例外はその料紙が括りの中で一番内側に位置していた時だけである。ところが架蔵断簡においては、右面と左面とで一首の歌がきちんと構成されている。それは本来的に左右の面が続いていたということだから、かつて典籍だった段階で、架蔵断簡はとある括りの一番内側の料紙の、さらにその内側の面

にあったと知られよう。

さて架蔵断簡がなおも抱える問題というのは、右『新古今集』の詞書を検討することによって明らかとなる。「母の女御かくれ侍りて、七月七日よみ侍りける」とある「母の女御」とは、『尊卑分脈』に、

村上天皇（注記略）――具平親王　二品中務卿　和漢才人　号後中書王是也　母女御荘子　代明親王女　寛弘六七廿八薨四十六才

とあるように代明親王女の荘子で、彼女が「かくれ」たのは『日本紀略』寛弘五年（一〇〇八）七月十六日条に、

今日。前女御従四位上荘子女王卒。村上女御。

とあるように同日のことである。それを踏まえて久保田淳氏『新古今和歌集全評釈』[11]は、

女御の没したのは七月十六日であるというから、この歌が詠まれたのはその一周忌も近い寛弘六年の七月であろうか。

と指摘している。が、ここで具平親王の方の伝記も調べてみると、今掲げた『尊卑分脈』に「寛弘六七廿八薨四十六才」とあり、また『御堂関白記』寛弘六年（一〇〇九）七月二十九日条に「子時許中務卿親王薨云々具平、」とあるとおり、実は親王もその翌年の七月二十八日もしくは二十九日に没していたことが知られる。従って母荘子の一周忌に近いという事情を勘案するまでもなく、当該歌が詠まれた「七月七日」は寛弘六年以外にはあり得なかったことになろう。つまり当該歌は具平親王最晩年の一首と位置づけることができるのである。

そうするとまず前述のように、当該歌はとある括りの一番内側という、つまりは列帖装の末尾近くではない途中の料紙に書かれていたので、『具平親王集』の構成は少なくとも編年順ではなかったらしいと推定できよう[12]。それに加えてもうひとつ、そのように寛弘六年七月七日に詠まれた一首が『具平親王集』に採られていたということは、とり

もなおさず同集の編纂が寛弘六年七月七日以降だったということをも意味するはずである。すなわち架蔵断簡によって『具平親王集』の成立時期がある程度明らかになってくるわけである。

また『具平親王集』のほかの詞書において[13]、

断簡15

月のあかゝりけるよよふくるまでおはしまして

よにふれはものおもふとしもなけれとも月にいくたひなかめしつらむ　(13)

のように具平親王に対して敬語を用いたり、あるいは、

断簡11

あさな〳〵ひとへはやへのはなとこそみれ　(9)

宮の御てつからかゝせたまへるを一品のみやよりかりきこえさせたまひて返したてまつらせたまふとて

断簡19

女御殿

おもひやる心しきみをはなれねはとほきほとゝもおほえさりけり　(18)

御返事　宮

よろつよを行すゑとほくいのれはやはるかにのみは　(19)

のように親王を「宮」と呼んだりしている点、『具平親王集』は明らかに親王以外の人物によって編纂された作品と知られる。従来ほとんど言及されてこなかったこの問題、後述するように萩谷氏のみ自撰家集かとしているけれども、そうではなく、『具平親王集』は寛弘六年七月七日よりのちの、親王が没する直前、もしくはそれ以降に成立し

た他撰家集とみておそらく間違いないはずである。

田中親美旧蔵残簡

ところで本論の最初で触れた田中親美旧蔵の大富切残簡は現在某家に蔵されており、本論初出後、現蔵者の方の格別のご好意によって実地に調査することができた。厚く御礼申し上げたい。当該残簡は巻子本一軸、表紙は後補で縦十五・一cm×横十五・三cmの水色菱繋ぎ地格子文様布表紙、見返しは布目地金紙。横八・五cmの銀箔散らしの補紙に続けて六葉分の断簡と、最後にまた横九・五cmの軸巻紙を継いだものである。本紙部分の横寸法は第一葉が十・七cm、第二葉が十二・八cm、第三葉が十二・五cm、第四葉が十二・八cm、第五葉が十・九cm、第六葉が十一・九cmであり、料紙は第一葉が金銀箔野毛砂子散らし料紙、第二・三・五葉が素紙、第四葉が金銀箔野毛散らし料紙、第六葉のみ紙質が異なっていて薄藍色の素紙である。次述のとおり第六葉は一条兼良の識語とされる部分であるので、後補の料紙とみてよいだろう。極札の類は付属しておらず、その代わり巻子本が収められている桐箱に、

大原寂然色紙四枚継奥書定家卿其奥兼良公　都而六枚
奥あなみくるし詞書之哥者寂然自詠なるへし考へし古昔菴什物

という蓋裏書が見出せる。記主は未詳、「古昔菴」は江戸時代の古筆鑑定家大倉好斎の号である。それと箱の中にはあと二点、

としをへて　続後拾上　具平親王
わたつみも　拾遺雑秋　中務のみこ

あなみくるし〳〵　此哥ハ寂然ガ自詠ナルベシ
いそかくれ　　可考

と墨書した紙片と、

かくはつかしの
中務宮しふ
春はなほこぬ人
またしはなをのみ　61. 5. 17.
心のと《か》にみてを
くらさむ

と鉛筆で書いた紙片とが存する。うち後者について、三～六行目で散らし書きされている一首は『続拾遺集』ほかに、

見花日暮といへる心を　　中務卿具平親王
春は猶こぬ人またじ花をのみ心のどかにみてをくらさむ　（巻二・春下・八七）

のように見える具平親王詠であり、また二行目の「中務宮しふ」も「中務宮集」と解することができそうである。のみならずこの紙片においては仮名表記に際して、現代では一般には使われにくい、

可久**者徒可**之**乃**
中務宮之**婦**
春波奈保己奴人

末**多**之**者那**遠乃三
心**乃**止仁《可》美天遠
久**羅**左**無**

のような字母が用いられてもいるのであって、そうした点からおそらくこれは、一九六一年もしくは一九八六年（昭和六十一年）五月十七日の時点で何処かに存した大富切を、その字母どおりに翻刻しておいたものだと思われる。誰の手になる翻刻なのかは定かではなく、現蔵者の方にもお心当たりはない由であるが、一九六一年であれば田中親美（一九七五年没）の可能性もあろうか。ともあれ「中務宮しふ」とあるからには『具平親王集』冒頭一葉の翻刻とみてよく、[14]断簡そのものが現在知られていないだけに極めて貴重な資料と言えよう。

さて当該残簡記載の本文は次のとおり。歌頭の通し番号、及び欄外の断簡番号は拙稿『散佚歌集切集成　増訂第一版』のそれである。また「▒」は虫損を表している。

ゆきのふる日てすさひに
かしらしろきをんなわかな
つみたるかたをつくらせ
給て
5としをへてわかなを
つむとせしほとに
かしらのゆきに
a

第一葉＝断簡3

ふりにけるかな

b

（継ぎ目）

第二葉＝断簡4

c

くれかたに
なりけれは
やう〳〵とけてしまも
みえすなりけれは
人〳〵のよみ
けるに

d

〇わたつみは
ゆきけのやま
そ

e f g

（継ぎ目）

第三葉＝断簡5

g f e

まさるらし
おちの
しま〳〵
みえす
なりゆ

d

く

あな
みくるし〳〵
これをも

（継ぎ目）

第四葉＝断簡6

ものかくと
おもひて
しつけゝたる
とか

d

7いそかくれあまのすさ
ひ《み》にかきすつるかゝる
もくつを人
みさらなむ

e
f
g

（継ぎ目）

第五葉＝断簡7

f
e

d

唯心房寂然壱岐守頼業

少年之時狂手跡也	加奥書墨付五丁 代々令秘蔵者也

（継ぎ目）

第六葉＝断簡7(15)

　このような本文を持つ当該残簡において問題となるのはもちろん、後補の第六葉を除いた五葉分の裁断以前の位置関係、つまりはこの五葉分の本文が内容的にも連続しているのかどうかということである。うち確実に連続すると言い切れるのが第二葉と第三葉で、それは前者の終わりに存する二句目までと、後者の始めに存する三句目からとが、合わせて一首の歌として、

　　雪を島々の型につくりて見侍りけるに、やうやうきえ侍りければ　中務のみこ
　わたつみも雪消の水はまさりけりをちの島々見えずなりゆく
　　　　　　　　　　　　　　　　　　　　　　（『拾遺集』巻十七・雑秋・一一五二）

のように『拾遺集』に見られる点から明らかだろう。一方、第一葉と第二葉との間には、右『拾遺集』詞書中「雪を島々の型につくりて見侍りけるに」の部分に該当するような本文があってしかるべきかと思われるので、脱落があると想定されよう。

そうした見方の裏付けとなりそうなのが、翻刻中に「　」で示した虫損である。ここでは当該残簡中の目立った虫損を取り上げており、同一の虫損とみられるものにはすべて同一の小文字アルファベットを付している。それらを確認していくと、まず第二葉と第三葉にはc〜gの五つがあって、冊子本においてオモテとウラの位置関係にある面同士の虫損がそうなるように、確かにcのみ除いて対称形となっている。cは料紙の端にかかっているので、第三葉では裁ち落とされてしまったのだろう。それはさておきここで注目されるのが、『古筆学大成』所収の大富切のうち図85（＝断簡18）という二面分の一葉で、実はここにもc及びe〜gの虫損が、

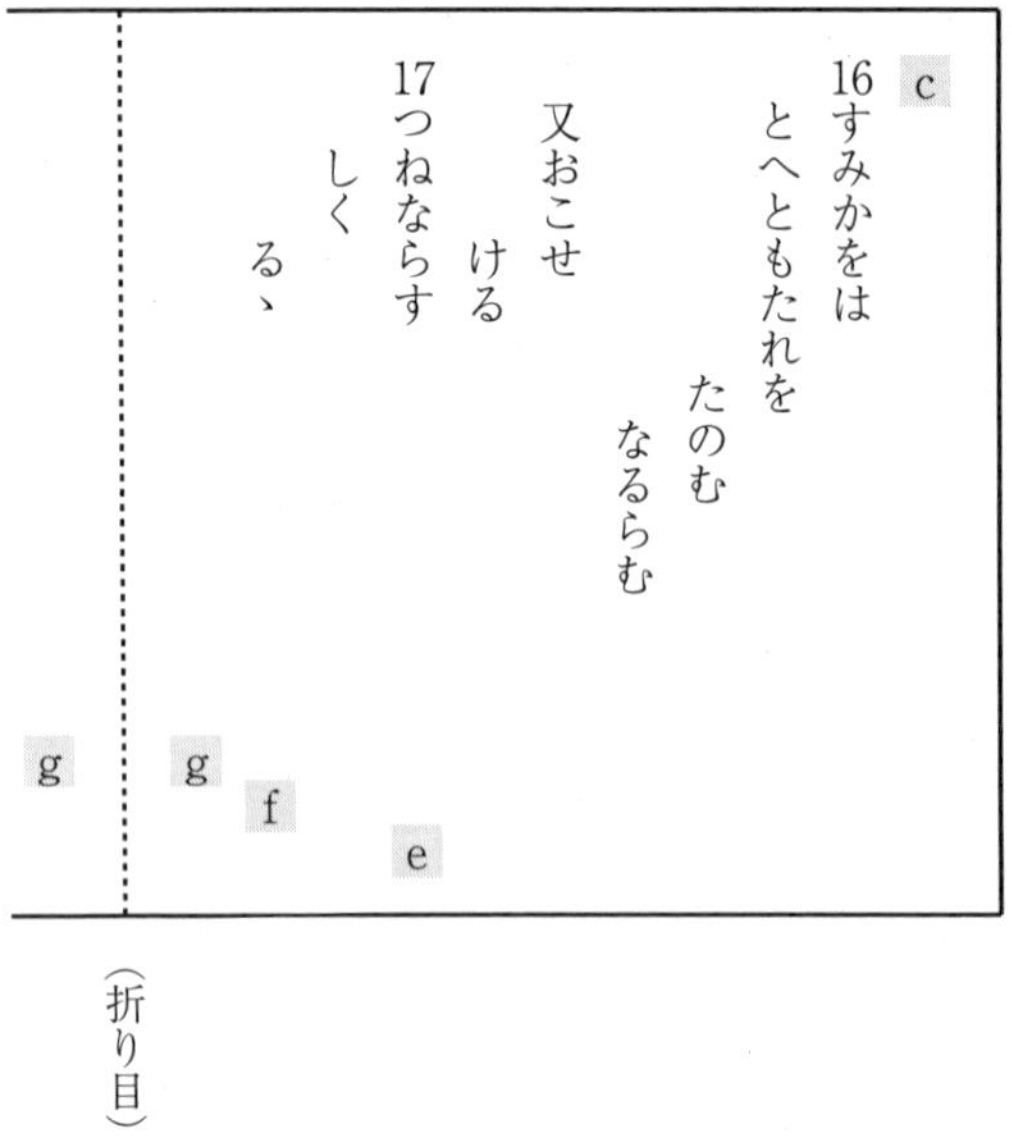

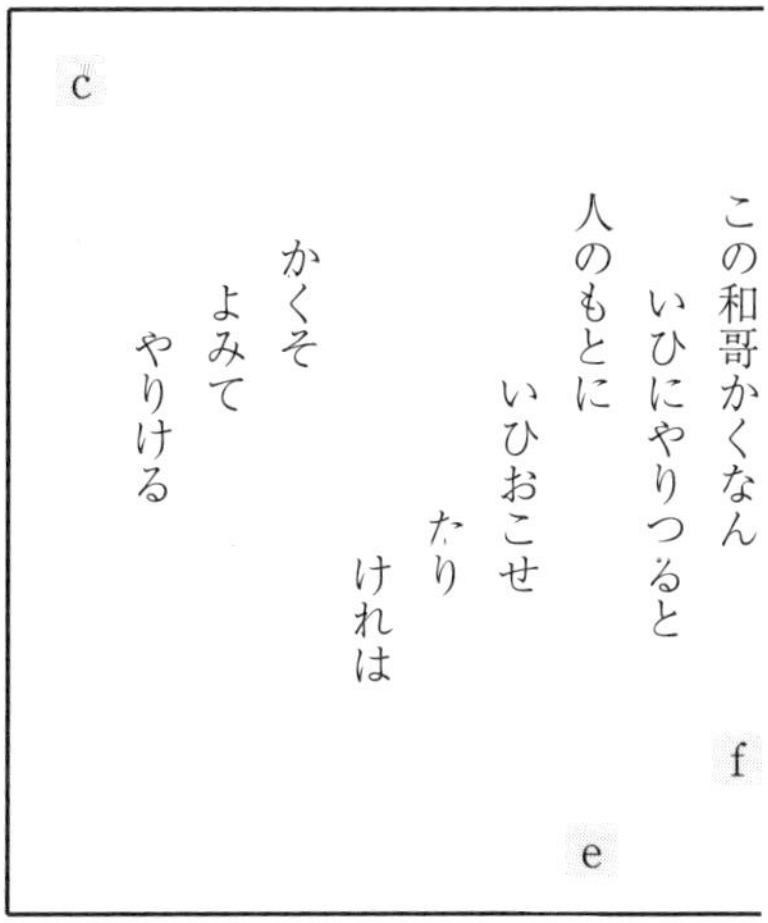
c
この和哥かくなん
いひにやりつると
人のもとに
いひおこせ
たり
けれは
かくそ
よみて
やりける
f
e

のように見出せる。この断簡18では中央に折り目と綴じ穴痕があるので、括りの内側と外側のいずれを向いていたにしろ、右がウラ面、左がオモテ面に該当していたはずである。従って当該残簡に関しても、第二葉がウラ面で第三葉がオモテ面だったと位置づけられるだろう。すると、仮に第二葉が第一葉から直接続いていたのであれば、第一葉はオモテ面だったことになるので、第三葉と同じ配置でc～gの虫損を有していなければならないが、実際に残っているのはそれとはまったく重ならないａｂふたつの虫損である。よって第一葉と第二葉とは、互いの虫損が及ばないような離れた位置にあったと推されるわけである。

　またc～gの虫損のうちd～gは第四葉にも、d～fは第五葉にも存しており、かつ一見して明らかなように第四葉と第五葉とで対称形ともなっている。それらの配置は第二～三葉と同じであるので、やはり第四葉がウラ面で第五葉がオモテ面だったとみられよう。このように第二～五葉がウラ・オモテ・ウラ・オモテと続き、かつ虫損もほぼ共有しているた点からすると、第二葉と第三葉のみならず、これら四葉すべてが内容的にも連続していた可能性はさほど低くはなさそうである。

そこでひとまず第二葉から第五葉までの間に一切脱落はないとみた場合、まず第三葉の終わりに存する「あなみくるし〳〵これをも」と、第四葉の始めに存する「ものかくとおもひてしつけゝたるとか」とは一文として繋がっていることになり、実際そうみて続き具合に不自然さはない。ただし「しつけゝたるとか」が文意不通で、この部分については すでに萩谷氏が「しつけゝたると歟」と翻刻しており、本論では「歟」のみ平仮名に改めたが、確かにそうと読むしかないようである。しかし難読極まりない大富切のことであるから、あるいはより適切な読み方があるのかもしれず、これについては保留としたい。ともあれこの、

あな見苦し見苦し、これをも物書くと思ひてしつけけたるとか

という一文に関しては、直後に、

磯隠れ海士のすさひ《み》にかき捨つるかかる藻屑を人見ざらなむ（7）

という一首が続いているので、まずはその詞書と理解するのがよさそうである。

さてこの7番歌までが第四葉で、次の第五葉には定家とおぼしき人物による識語が記入されている。このような識語は一般的には末尾の余白に加えられるのだろうから、第四葉と第五葉とが確かに連続していた場合、識語の直前にある7番歌は裁断以前の大富切における最末の一首だったということになろう。

ところでこの7番歌を萩谷氏は、

いそかくれあまのすさひ《み》にかきすつるかゝるもくつを人かへさなむ

と翻刻し、前掲「あな見苦し見苦し…」の一文と併せて具平親王の「自跋の文章和歌」とみた上で、さらに、

仮に、この寂然筆無名歌集を、具平親王の自撰家集であると想定するならば、巻末の自嘲的な跋文及び自跋の歌から察して、何びとか同時代の同好の人物にあてて、この歌集は送付せられたものであり、かつ、用事の済み次第に返送を希望せられたものであったことが考えられる。或は、歌道の上に親交のあった公任などの求めに応じてのことであったかという憶測も働くわけである。ともかく、そのような自分より身分の低い相手を意識してのことであろう、この歌集の詞書には「御覧じて」「つくらせ給て」などという自敬の語が用いられているのである。

と論を展開させている。しかし『具平親王集』が他撰家集だったことについては既述のとおりで、それを自撰家集とみたり詞書中の敬語を自敬表現とみたりしなければならない根拠や必然性はどこにもない。おそらく萩谷氏の説は、先に7番歌を自跋の歌とする見通しありきで組み立てられていったものかと推測されるが、いずれにしても『具平親王集』が他撰である以上、7番歌については親王の自跋の歌と解するわけにはいかないだろう。

そこで本論初出時においては、萩谷氏の翻刻を前提としながら、次のふたつの解釈案を示しておいた。

(1)『具平親王集』編纂に際し、具平親王が手許にあった歌稿の類を編者に貸し出すことがあって、その時に添えた一首がこの7番歌であり、編者はそれをも家集の最後に取り込んだのではなかろうか。すなわち「磯隠れ海士」を具平親王、「藻屑」を歌稿、「人」を編者とみるわけである。この場合、『具平親王集』は繰り返し述べているように、寛弘六年七月七日に詠まれた歌を収録しており、かつ同月二十八日に具平親王は没しているので、親王が編者に歌稿を渡せたのはそのわずかの期間に限られてくる。この読み方が適切ならば、『具平親王集』の編纂に親王が関与したのは死の直前だったということになろう。もっともそれはタイミングとしてあまりに際どいようでもあるし、また最晩年の具平親王の動向については記録が皆無と言ってよく[16]、従って親王が自らを「磯隠れ海士」と表現し得るような状況にあったかは不明。

⑵7番歌は大富切の筆者が詠んだ一首であると読んで読めないこともない。すなわち（定家の識語を信じるならば）寂然が、手ずから書写した裁断以前の大富切を人に貸し出す機会があり、その際に詠んで写本に書き付けたのがこの歌だった、と解するのである。「磯隠れ海士」は寂然、「藻屑」は彼が書写した裁断以前の大富切、「人」は写本を貸した某人を、それぞれ指していることになろう。ただ一方、たとえ自分で書写したものでも、『具平親王集』の写本を指して「かき捨つる藻屑」と言ったりするだろうかという点が、少々気にならないでもない。また定家の識語は大富切の筆蹟について、寂然の「少年之時狂手跡」と語っており、それが確かならば「磯隠れ海士」という表現とは年齢的にそぐわないことにもなろうか。

しかしながら、すでに先程の当該残簡翻刻中でもそうしておいたが、7番歌の第五句については「人かへさなむ」ではなく「人みさらなむ」と読むのがよかったようである。つまり7番歌は「藻屑」の返却を求めた歌などではなくて、書き捨ての「藻屑」であるので人目に触れさせたくはない、という歌だったとおぼしいのである。するとこのような歌を詠む人物として相応しいのは、具平親王ではなく『具平親王集』の編者でもなく、やはり大富切の筆者であろうと思われる。従って右⑵の後半のような疑問はいまだに残るけれども、まずは前掲蓋裏書に「奥あなみくるし詞書之哥者寂然自詠なるへし考へし」とあり付属紙片に「あなみくるし〳〵／いそかくれ／此哥ハ寂然ガ自詠ナルベシ／可考」とあったその推定どおり、7番歌は寂然の歌と位置づけるのがよさそうである。なお大富切の冒頭部分を伝えるらしき前掲鉛筆書きの付属紙片には「かくはつかしの中務宮しふ」とあった。これは「かく恥づかしの中務宮集」と解するほかなさそうで、内題にそのように「かく恥づかしの」と冠してあるのは不審と言うほかないのだが、おそらくは7番歌と呼応している寂然の、自身の「狂手跡」についての謙退もしくは諧謔の類だったとみておきたい。

寂然筆本の行方

さて寂然真筆にして定家手沢本だった可能性のある古筆切は、周知のとおり大富切に限らない。伝寂然筆村雲切『貫之集』断簡は定家による多数の校訂が施されているし、また徳川美術館蔵手鑑『鳳凰台』所収の伝寂然筆『光孝天皇御集』断簡も、その極札に「寂然法師くさ許定家加筆」とあるように、加筆は定家とされている。[17] これらすべてを寂然真筆と認めてよいか、言い換えればすべてを同筆と認めてよいかという点については、もとより論者の判断の及ばないところであるので、ぜひとも仮名古筆の専門家からの示教を得たい。が、たとえ伝称を論証することは難しいにしても、こうまで寂然と定家の名前が揃って挙がると、何か実際に関わるところがあったのではとも思われてくる。ほか伝寂然筆ではないが、やはり定家が「此集以作者自筆之本／八条坊門局下官大姉所書写也」と伝える定家実姉坊門局筆『唯心房集』のような例もある。「定家の母は、曾て寂然の兄寂超の妻であった」（萩谷氏）という縁故も関係しているのだろうか、寂然筆本がまとまって御子左家に移管されていた可能性、寂然筆本を御子左家の人々が活用していた可能性を、あるいは積極的に考えてみてもよいかもしれない。

注

（1）萩谷朴氏「所謂〝伝寂然筆自家集切〟は具平親王集の断簡か。」（『和歌文学研究』第二十二号、一九六八年一月）。

（2）『私家集大成　中古Ⅰ』（一九七三年十一月、明治書院）。

（3）小島孝之氏「私家集の断簡少々（その一）――古筆切拾塵抄（二）――」（『立教大学日本文学』第四十九号、一九八二

年十二月）。なお大富切の料紙には金銀の箔・野毛・砂子を散らした装飾料紙と素紙との二種類あることが知られているが、小島氏は後者について、より具体的には『見ぬ世の友』所収の一葉について「夙い時期（春名氏は鎌倉時代中ごろの書写と判定されている）の模本なのではなかろうか」と疑っている。しかし田中親美旧蔵残簡は後述もするとおり「八つ半切小色紙を継いだ巻子本であって、大小の金銀切箔・野毛・砂子を散らした楮紙や素紙を交えた雅味掬すべき小本」（萩谷氏）であって、一点の写本において装飾料紙と素紙とが併用されている。素紙の大富切を模本とみる必要はないだろう。

（4）伊井春樹氏「伝寂然筆『具平親王集』切」（『日本古典文学会会報』第百十二号、一九八七年七月）。

（5）小松茂美氏『古筆学大成　第十九巻　私家集三』（一九九二年六月、講談社）及び『同　第二十八巻　釈文三』（一九九一年十一月、講談社）。

（6）久保木哲夫氏「中務卿具平親王とその集」（有吉保氏編『和歌文学の伝統』所収、一九九七年八月、角川書店）。

（7）なお具平親王の家集の存在を示す資料として久保木氏は、冷泉家時雨亭文庫蔵・藤原定家自筆『集目録』記載の「中務宮具平」を引くが、ほか『河海抄』（本文は玉上琢彌氏編『紫明抄　河海抄』〈一九六八年六月、角川書店〉に拠る）巻十三・第二十「若菜下」にも、

二月のなかの十日あまりはかりのあをやきのわつかにしたりはしめたらん心ちしてうくひすのはかせにもみたれぬへし

（略）

鶯の羽かせになひく青柳のみたれて物をおもふころ哉　具平親王集

という出典注記が見られたりする。また同巻六・第九「陬磨」の、

いへはえにかなしう思へるさま

いへはえにふかくかなしき笛竹のよこゑやたれととふ人もかな　具平

という一首もその佚文であるかもしれない。一方萩谷氏以来、伊井氏・小松氏・久保木氏が揃って挙げるのが『源平盛衰記』巻七「大納言出家」の、

御布施ニハ、六帖抄ト云御歌双紙ヲゾ被渡ケル。彼抄ト申ハ、村上帝ノ第八御子具平親王家ノ御集ナリ。（略）殊ニ歌道ニ巧ニ御坐ケルガ、後ノ世ノ御形見トテ集サセ給タリケル草子也。

という一節、及び『和歌色葉』の「六条の宮後中書王の六帖」、『八雲御抄』の「六帖後中書王六条宮」といった記載で、各氏はこれらの資料から、具平親王に「六帖」なる家集もあったと指摘する。が、それはおそらく『源平盛衰記』にひかれ過ぎての失考だろう。『和歌色葉』において「六帖」が「私の集打聞髄脳口伝物語」として「樹下集」「麗花集」などと同列に扱われている点からすれば、この「六帖」は個人の家集ではなく撰集の類とみるべきであり、より具体的には今日言うところの『古今六帖』を指すと認めるべきである。すでに如上の資料に基づいた『古今六帖』具平親王撰者説もある。平井卓郎氏『古今和歌六帖の研究』（一九六四年、明治書院）などを参照。従ってまた久保木氏が提示している「具平親王には複数の家集が存在していたのではないか」という見方についても、それが「六帖」の記載を根拠とする限りにおいては成り立たないかと思われる。

（8）拙稿「散佚歌集切集成　本文篇」（『調査研究報告』第二十三号、二〇〇二年十一月）。

（9）『秋の特別展　諸家集の古筆』（二〇〇〇年九月、春日井市道風記念館）。なお、のちに一葉は『潮音堂書蹟典籍目録』第四号（二〇〇三年）に掲載され、もう一葉は久曾神昇氏「具平親王集」（『汲古』第四十六号、二〇〇四年十二月）においてあらためて取り上げられた。

（10）国文学研究資料館編『古筆への誘い』（二〇〇五年三月、三弥井書店）。

（11）久保田淳氏『新古今和歌集全評釈　第四巻』（一九七七年二月、講談社）。

（12）本論初出時における田中大士氏からの示教。

（13）以下特に断らない限り、『具平親王集』の本文・断簡番号・歌番号は拙稿『散佚歌集切集成　増訂第一版』（日本学術振興会科学研究費補助金・基盤研究（C）「古筆切をはじめとする散佚歌集関連資料の総合的調査・研究」研究成果報告書別刷、課題番号一六五二〇一二六、二〇〇八年三月）に拠る。

（14）ちなみに『私家集大成』で初めて翻刻紹介された「なかつかさのみこのしふ」という書写内容の断簡（注（13）拙稿にお

ける断簡8）は「外題の書かれた一葉」（『私家集大成』解題）の由。従ってこれ以外に内題を持つ断簡があっても決して不自然ではない。

(15) この第六葉は前述のとおり後補であり、第五葉とは別の料紙となっているので、正確には断簡8とあるべきところ、注（8）の拙稿で同一断簡と扱ってしまい、注(13)の拙稿でもその誤りを引き継いでしまった。そのためここでも断簡7のまとしておく。

(16) 大曾根章介氏「具平親王考」及び「具平親王の生涯（上・下）」（いずれも『日本漢文学論集』第二巻〈一九九八年八月、汲古書院〉所収）に拠る。

(17) もっとも池田和臣氏「国文学古筆切等資料」（『茨城大学人文学部紀要（人文学科論集）』第二十一号、一九八八年三月）は加筆者が定家であることを疑う。詳細は省略するが、氏が発した疑義のひとつは、「新」「勅」「延喜」という書き入れのうち「延喜」も定家の所為だとすると、彼の関わった『新古今集』『新勅撰集』との間に矛盾が生じてしまう、というものである。しかしこの場合、定家の加筆は「新」「勅」のみで、「延喜」については定家以前から存していたとも考えられよう。池田氏も指摘するとおり「「延喜」の作者名と「新」「勅」の集付では、墨色が異なっている。前者が濃く後者が淡く、「延喜」の方は本文の墨色に近い。字形からも同手の筆跡と断ずるにはためらわれる」ようであるから。

第三節　大斎院御集

『大斎院御集』の空白期

村上天皇第十皇女の選子内親王は、円融朝の天延三年（九七四）に卜定され、後一条朝の長元四年（一〇三一）に退下するまで、賀茂斎院であり続けること五代にわたり、ゆえに後世「大斎院」と称された。(1) その選子と周辺人物たちの、斎院生活中の日常詠を収めた家集が『大斎院前の御集』（以下『前の御集』と呼ぶ）と『大斎院御集』（『御集』）である。次頁の年表にも示したとおり、選子の斎院生活は五十八年間にも及んでいるが、うち『前の御集』は永観二年（九八四）頃から寛和二年（九八六）頃までの三年間、『御集』は長和三年（一〇一四）頃から寛仁二年（一〇一八）頃までの五年間のうちに詠まれた歌を記録したもの、と従来考えられている。(2) ただ両集とも必ずしも年代順の配列となってはいないが、それはすでに指摘されているように、(3) 本文上に脱落や錯簡などの痕跡が認められること、また斎院女房と目される編纂者によって、配列構成にある程度の手が加えられたらしいこと、などに起因しているようである。

さて従来の研究において問題とされてきたのは、この『前の御集』と『御集』以外の年代、すなわち次頁年表中の空白期Ａ・Ｂ・Ｃの存在である。早く両集について調査した橋本不美男氏は、『前の御集』と『御集』とが密接な関係にあることを明らかにした上で、この両集と同じ組織形態を持った、別の時期の斎院家集の存在を想定し得ることを指摘した。(4) そうした推定の妥当性はその後、久保木哲夫氏によって一層強められることとなった。(5) そこで氏は足か

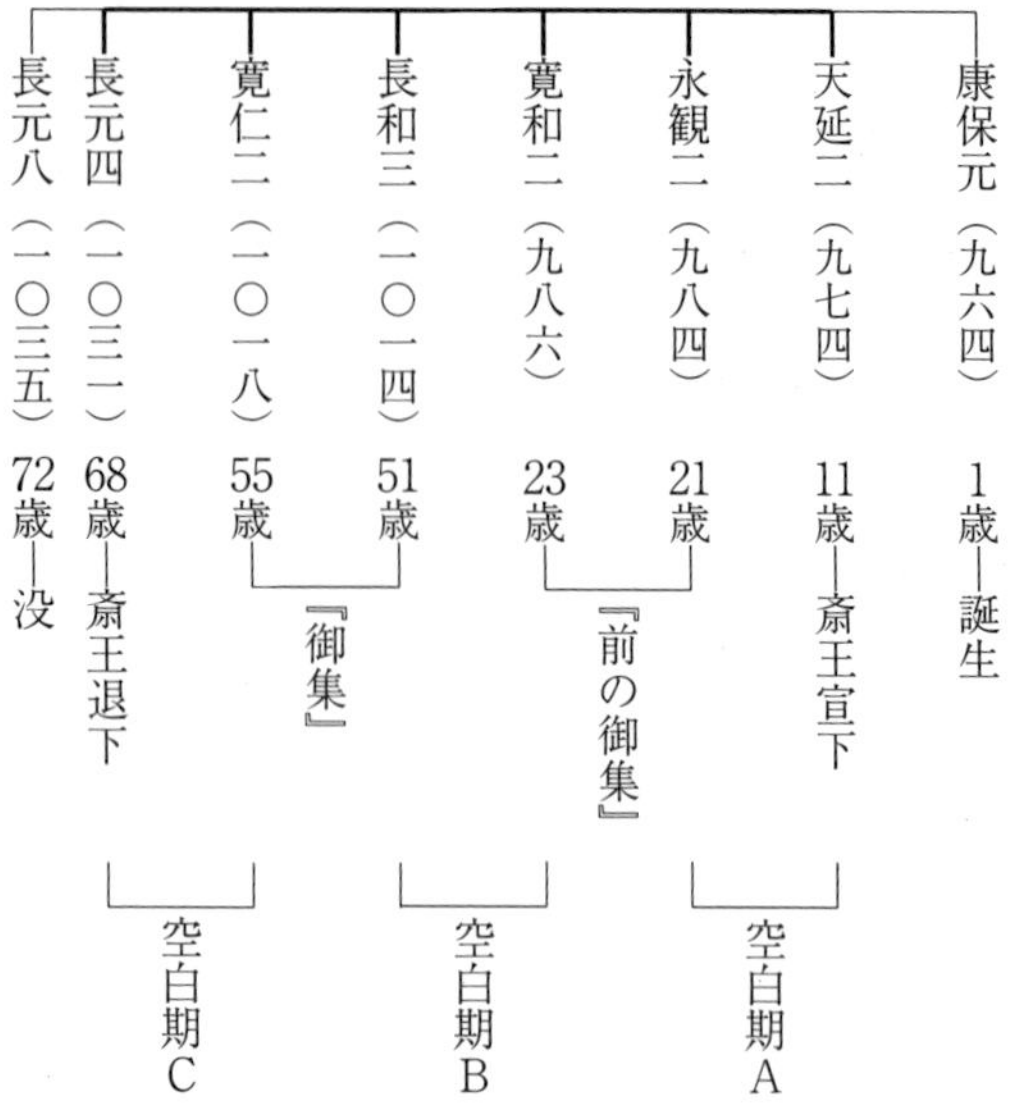

け二十九年にわたる空白期Bの存在を疑問視した結果、おそらくは本来長期にわたる家集があって、そのうちのふたつの部分がたまたま現在に伝わったのだろう、という見解を示すに至ったのであるが、その際に論拠としたのが『栄花物語』巻三十一「殿上の花見」の次のような場面であった。

まことや、殿上の人々も花見、関白殿も御覧じけるに、斎院より、

残りなく尋ぬなれども注連のうちの花は花にもあらぬなりけり

と聞えさせたまへりければ、春宮大夫の御返し、

　　風をいたみまづぞ山べを尋ねつる注連結ふ花は散らじと思ひて

この歌の返しは、かくこそ集には。（A）

　　残りなくなりぬる春に散りぬべき花ばかりをばねたまざらなん

と聞えさせたまへり。民部卿、関白殿に、

　　いにしへの花見し人は尋ねしを老いは春にも忘られにけり

入道殿などまづ誘ひきこえさせたまひけるを思しけるなるべし。これは法住寺の大臣の二郎なり。殿の御返し、

　　尋ねんと思ふ心もいにしへの春にはあらぬ心地こそすれ

と聞えさせたまひけり。

　ここには選子と堀河右大臣頼宗、また関白頼通と藤原斉信の贈答歌五首が見られる。その詳しい内容については次節で触れることにして、当面の問題に関して言えば、右のうち傍線部Aの「かくこそ集には」が注目されるわけである。この記述から、選子と頼宗との贈答歌三首が、『栄花物語』に先立つ何らかの「集」に載っていたことが知られる。当然その「集」というのは、選子の家集と頼宗の家集のどちらか、ということになろうが、久保木氏は『入道右大臣集』（後掲）との比較などから、『栄花物語』が参照したのは頼宗の家集とは考えにくく、別の年代の『大斎院御集』であった可能性が極めて高い、と論じたのである。この結論自体はおそらく今後とも揺るがないだろうけれども、ただその際『栄花物語』の事件年次については不明としており、頼宗の「春宮大夫」という呼称から、彼がその任に就いた治安元年（一〇二一）以降、つまり年表中の空白期Cに当たるのかもしれない、という推定をわずかに行った程度であった。このように『大斎院御集』が本来長期にわたる家集であったことはほぼ確実とされながらも、具体的にどれほどの期間に及んでいたのかについてはいまだに不明、と言えるのである。

『栄花物語』「殿上の花見」と関連資料

ところで問題の『栄花物語』というのは、いわゆる続編の冒頭たる巻三十一「殿上の花見」の、その巻名の由来ともなっている花見の場面のことである。諸注の解釈を参照しながらその内容を示しておくと、おおよそ次のようになる。

ある時「関白」頼通が殿上人と花見をしていたところ、「斎院」選子の許から「花の名所は残さずお尋ねになったそうですが、この斎院領内の花は花のうちにも入らないのですね」という歌が届いた。それに対して頼通異母弟の「春宮大夫」頼宗が「風が激しいので真っ先に山辺の花を見に行ったのです。斎院の花は浮世の風には散るまいと思いまして」という歌を返すと、さらに選子から「残り少なくなった春ですから、散ってしまうに違いない花ぐらいは、吹く風も、ねたまずに残しておいてほしいものです」という返歌があった。また同じ折「民部卿」斉信も頼通の許に「昔一緒に花見をした人は、今年もまた花を尋ねに行ったけれども、年老いた自分は春からも忘れられてしまいました」という歌を贈っていた。道長が花見をした時などは誰よりも先に斉信を誘ったものだったという。その斉信の歌に対して頼通は「花を尋ねようと思う心も、昔花見に行った時の、楽しかったあの春とは、まるで違った心地がするのです」という歌を返した。

この場面で詠まれている五首のうちの何首かは、他文献にも見出せる。まず一首目と二首目の選子・頼宗の贈答は『玉葉集』に入集しており、

斎院に侍りける時、宇治前関白太政大臣所所の花見るよし聞きて申しつかはしける

残りなく尋ぬなれどもしめの内の花は花にもあらぬなるべし　選子内親王

返し、関白にかはりて詠み侍りける　堀川右大臣

風をいたみまづ山辺をぞ尋ねつるしめゆふ花は散らじと思ひて

（巻二・春下一五八）

（同一五九）

となっている。歌句に若干異同があるほか、傍線部Bに「関白にかはりて詠み侍りける」とあるのが注目されよう。頼通に代わって頼宗が返歌を詠んだという詠作事情は『栄花物語』には記されておらず、『玉葉集』の独自記載と言ってよい。

また『栄花物語』二首目の頼宗の歌は、前述のようにその家集『入道右大臣集』に、

上卿、花見るとて観音院の方より雲林院をながめて帰るほどに、斎院の車出でて、物見て過ぐるほどに文あり、見れば、しめの内の花は花にもあらぬなるべし、とありしに

風をいたみまづ山辺をぞ尋ねつるしめゆふ花は散らじと思ひて　（八）

のように見られる。(6)この詞書によって花見の実際の状況もかなり明確となってこよう。とりわけ殿上人たちが観音院から雲林院へ向かい、その後帰路についたという情報は貴重である。観音院・雲林院はいずれも愛宕郡にあった寺院で、とりわけ雲林院は、紫野にあった斎院に隣接していたと推測されている。(7)つまり花見の一行は斎院のすぐそばを通りながら斎院には立ち寄らず、別の場所でばかり花見をしていたわけで、だから選子は、斎院の花は花のうちにも入らないのですね、という歌を贈ったのである。選子の歌の意図するところは、このように花見の経路が明らかとなることで、より明解となるだろう。

なおこの『入道右大臣集』においては、選子の贈歌が詞書内に取り込まれ、かつ『栄花物語』三首目以降の歌も見

えず、あるのは頼宗の歌だけである。これらの点から先の久保木氏は、同集と『栄花物語』との直接的な関係は認めがたい、としているのである。

それから『栄花物語』四首目の斉信の歌は『後拾遺集』に、

宇治前太政大臣花見になむと聞きてつかはしける

民部卿斉信

いにしへの花見し人は尋ねしを老いは春にも知られざりけり

（巻二・春下・一一三）

として入集している。歌句に異同が見られるものの、内容的に目立った違いは認められないようである。

以上の諸文献によって「殿上の花見」の具体的状況をまとめてみると、

・頼通を始め頼宗や殿上人が参加した。

・花見は観音院を経て雲林院に到り、そののち帰路につく経路であった。

・それが斎院のすぐそばであるにも関わらず、一行は斎院には立ち寄らなかった。

・そのため選子から頼通宛に歌が贈られた。

・選子に対して頼通の代わりに頼宗が返歌を詠んだ。

・するとさらに選子の返歌があった。

・またこの花見には不参加だった斉信が頼通と贈答歌を詠んだ。

のようになるだろう。

「殿上の花見」年次考証

問題はこの「殿上の花見」が、一体いつの出来事だったのかということである。早く『史料綜覧』は長元四年（一〇三一）三月条に「是月、関白頼通等、所々ノ花ヲ観ル、栄花物語」として立項し、次いで和田英松・佐藤球『栄花物語詳解』は、『小右記』長元四年三月五日～八日条に見られる、上東門院彰子発案の花見のことではなかろうか、と指摘している。両説ともに長元四年としている論拠は特には示されていないが、おそらくは花見の場面に続く『栄花物語』の記述が、

かくて長元四年九月廿五日、女院、住吉・石清水に詣でさせ給ふ。

となっているためかと推される。つまり『栄花物語』のエピソードが年代順であるならば、「長元四年九月廿五日」の直前にある花見の場面は、当然長元四年春の出来事になるはずだろう、というわけである。しかしながら少なくとも巻三十一に関しては、その年代順という前提は成り立ちにくいようである。次に掲げるのは『栄花物語全注釈』において松村博司氏が作成した、巻三十一の構成記事の一覧である（必要箇所のみ引用、行頭の丸括弧内は推定年次）。

（長元四・九・二二）大斎院選子内親王退下。

（長元四）　女二宮（馨子）斎院に卜定の予定、今年三歳。

（万寿四・一二）　藤原行成薨去の時（万寿四・一二・四）の公任の和歌（回想）。

（長元六・一二）　中納言実成大弐となる、及びその子女。

（長元六・一・二九）実成の孫資綱、任少将（ただし資綱を十五、六歳という。それならば長元七、八年）。

中宮権大夫能信、左兵衛督公成女を養女とする。
権大納言長家、女院の中将の君に通う。
関白頼通、鷹司殿倫子の女房に通ず。
（長元四・九）　前斎院、入道兵部卿宮（致平）と対面、和歌の贈答。
（長元四・三・五）　関白・殿上の人々花見。
長元四・九・二五　上東門院石清水・住吉参詣。

確かに一瞥したところ、花見の前後に長元四年のエピソードが多く見られる一方で、時に万寿四年（一〇二七）に戻ったり、あるいはいきなり長元六年（一〇三三）へ飛んだりと、年次は少なからず錯綜してもいる。そもそも花見の場面のはるか以前に、選子の斎院退下が描かれているのだから、それだけでも年代順と限らないことは明らかだろう。巻三十一のこのような在り方からすると、年代順を前提とするとおぼしき右の長元四年説は、いささか説得力に欠けるもの、とせざるを得ない。

また『栄花物語詳解』が「他に殿上人の花見の事を載せず、もしはこの事をいへるか」として引用する、『小右記』長元四年三月五日及び七日条の次の記事も、「殿上の花見」と同じとするには問題がありそうである。

五日、壬子、（略）女院忽有可覧白河院之告、中将従関白第営出、着狩衣欲参入之間、[C]院者留給、関白及上達部相共向白河第云々、中将参白河、中納言来云、今明物忌、而依有大弁告、破物忌欲候院御共、留給之由、只今亦有其告、仍不可参白河、因物忌者、入夜中将帰来云、[D]関白並卿相向白河、無事各々分散、無食云□〔々〕、明日可御座者、

七日、甲寅、[E]女院御覧白河花、依雨留給云々、中納言来云、俊遠朝臣消息云、白河事停止、三位中将従関白第差

下人示送云、今日御行不止、装束可営縫者、差式光朝臣令取案内、亦差信武令見気色、（略）式光帰云、問俊遠、今日事停止、若明日可有歟、信武申云、已無気色、関白可被参女院无（共カ）之由、随身等申者、（略）中将来云、□□（今日カ）事未有一定、亦参入院、追遣信武、良久帰来云、F関白被候於院、両度差随身遣鴨川、令実検浅深、歩渡人脱衣裳僅渡者、仍令留給之由、有中将消息、明日可御坐歟、亦未一定云々、臨夜中将来云、明日可御坐白河院、

これは彰子の要望に応じた頼通が、別邸白河殿における花見を急遽企画したという内容だが、しかし傍線部C～Fや、また同八日条の、

八日、乙卯、早朝中納言告送云、G今日女院御座白河殿之輩（事カ）停止之由、有俊遠朝臣告、

という傍線部Gなどからもわかるように、雨と賀茂川の増水とによって、この時の彰子の渡御は延引の末に中止となり、そのため結局最後まで肝心の花見は催されなかったらしいのである。このエピソード、京でも有数の桜の名所として、また摂関家累代の別業として、貴族たちによるさまざまな文芸活動が繰り広げられた白河殿の歴史の一齣としては興味深いが、今ここで取り上げている「殿上の花見」の問題とは、まずは関係なさそうである。すでに『栄花物語全注釈』も、長元四年説については「『入道右大臣集』の詞書を参照すると合致しない」と疑問視しており、結局そのまま今日に至るまで、花見の年次は不明とされ続けてきたようである。(8)

ところがこの問題を解く鍵が、実は同じ『小右記』の中にあったのである。すなわち従来の長元四年説より二年早い、長元二年（一〇二九）三月二日条には次のような記事が見られる。

二日、辛酉、（略）関白並内府・諸卿騎馬廻見山花云々於六条関白旅亭騎馬、乗暗、中納言来云、関白・内大臣・諸卿騎馬、先到六波羅密寺、出自其寺経東山到白河院、於文義山庄被食、H次廻見観音院、次到雲林院令蹴鞠、入暗被帰、I今日不会人、下官・大納言斉信・中納言実成・参議通任云々、

この日「関白」頼通と「内大臣」教通、また「諸卿」たちが馬に乗って花見に出かけた。実資は参加しなかったが、夜になってやってきた実資養子の「中納言」資平によると、まず六波羅密寺に着いた一行は、東山を経て白河殿に至り、次いで小野文義の山荘で食事をとり、それから観音院を見物し、さらに雲林院で蹴鞠をし、日が落ちてから帰ったという。もはや言うまでもなかろうが、ここで語られている花見のコースのうちの傍線部Hは、先の『入道右大臣集』の詞書に一致している。加えてさらに興味深いのが傍線部Iで、そこには花見に参加しなかった公卿として「大納言斉信」の名が見えるのである。『小右記』の記事と「殿上の花見」とは、これらのように状況的にまったく同じであると言えよう。右の条に斎院の名は一度たりとも現れないが、先程述べたように花見の一行は結局斎院には立ち寄らなかったのであるから、むしろ話題の中に出てこない方が自然なように思われる。また長元二年三月という年次であれば、『栄花物語』の官職表記とも合致する。先にも触れたとおり「殿上の花見」の場面において頼通は「関白」、頼宗は「春宮大夫」、斉信は「民部卿」と呼ばれているが、『公卿補任』長元二年条の、

関白左大臣　従一位　同頼通三十八（略）
大納言　　　正二位　同斉信六十三　民部卿。中宮大夫。
権大納言　　正二位　同頼宗三十七　春宮大夫。按察使。

という記事によって、確かに三人とも当時その職に就いていたことが知られるのである。以上のことから『小右記』同日条と「殿上の花見」とは、同じ折の出来事だったとみてよさそうである。『栄花物語』の事件年次、及び『後拾遺集』以下の所収歌の詠歌年次は、よっていずれも長元二年三月二日と確定できるようになるわけである。

『大斎院御集』の原態と伝来

そしてこのことは、そういった注釈的次元にとどまらず、冒頭に述べた『大斎院御集』の空白期の問題にも直結していくはずである。「殿上の花見」が長元二年三月の出来事だったとすると、当然同年までの『大斎院御集』がかつては存在していた、ということになるからである。そうした場合、「殿上の花見」からわずか二年後の長元四年九月に、選子が斎院を退下していることは注目されよう。その最後の二年間だけ記録が途切れるということは、一般的には想定しにくいだろうから、おそらくは選子の斎院退下頃まで『大斎院御集』は書き継がれていたとみて大過ないのではなかろうか。本来長期にわたっていたとおぼしい『大斎院御集』（以下「原態御集」と仮に呼ぶ）の内容的な下限は、よって長元四年頃、とひとまず考えられそうである。

すると次に問題となるのが上限、つまりいつ頃の歌から家集という形にまとめられ始めたのか、ということではあるが、それについてはよくわからない。現在のところ『前の御集』に先立つ部分が存したという明徴は残念ながら得られていないが、ただそれに関連して示唆的なのが、『斎宮女御集』の、

下り給へる頃、かの宮より

秋霧のたちてゆくらん露けさに心をつけて思ひやるかな　（Ⅱ二〇三・Ⅰ一二一・Ⅲ六三・Ⅳ二九）

御返し

よそながらたつ秋霧にいかなれや野辺に袂はわかれぬものを　（Ⅱ二〇四・Ⅰ一二二・Ⅲ六四・Ⅳ三〇）

という贈答歌である。この二首は『続古今集』にも見られるが（巻九・離別・八三三～八三四）、そこでは贈歌の作者が

「選子内親王」となっており、『斎宮女御集注釈』(9)でも選子と考証されている。また同注釈は当該歌の詠歌年次について「承平七年徽子が九歳で伊勢へ下向した時のこととは思えぬから」「娘の規子内親王の下向とするほかはなかろう」ともする。規子の伊勢下向は、『日本紀略』などによって貞元二年（九七七）九月十六日と知られるので、右の説に従った場合、この贈答は『前の御集』より七年も前の、すなわち空白期Aの頃の歌だったということになろう。当時十四歳だった選子が確かにその頃から歌を詠んでいたとすると、あるいは原態御集の上限もそれに近い時期に求められるのかもしれない。

このように原態御集の内容が、選子の斎院生活五十八年間のほぼすべてに及んでいた、と考えることは可能なように思われる。そこで試みに『前の御集』三年間の三百九十四首、『御集』五年間の百三十五首、従って一年間の平均歌数が約六十六首、という数字に基づき単純計算してみると、五十八年間で実に三千八百首を超える歌が詠まれていたということになる。もちろんこれはあくまでも目安に過ぎず、実際の歌数にどれだけ近いかは定かではないけれども、それでも原態御集が内容的にも形態的にも相当大部であったこと自体は間違いないだろう。

しかしおそらくはその大部さゆえに、原態御集が原態を保ったまま伝来することは難しかったようである。近時新出した冷泉家時雨亭文庫蔵の『御集』は鎌倉時代後期頃の書写であるので、当然それ以前には『御集』の部分が原態御集から独立していたことになる。また『前の御集』も藤原定家らが書写した時点で、すでにその親本は錯乱した残欠本だったのだから、遅くとも鎌倉時代に入るか入らないかの頃には、原態御集はもはや原態を留めなくなっており、少なからぬ部分が失われてしまっていたものとおぼしい。

ただし『前の御集』『御集』以外の部分が、鎌倉時代以降まったく伝来もせず享受もされなかったのかというと、そういうわけでもなさそうである。順を追ってみていくと、まず『夫木抄』には「家集」という出典注記を持つ、

家集、万代　　　　　　　　　　　　　　　　選子内親王家大輔

かげにそふ葎の床の独り寝も月よりほかのなぐさめぞなき

（巻三十一・雑十三・一四九〇八）

という一首があるが、これは『御集』の一二二番歌と一致する。また『高良玉垂宮神秘書紙背和歌』にも「選子内親王集」から採られたという、

選子内親王集

霧こめてたえだえあくる月かげに夜半のむら風吹きかへさなむ

（八〇）

という一首があって、これも『御集』の一一六番歌に同じである。よって『夫木抄』『高良玉垂宮神秘書紙背和歌』が成立した鎌倉時代末期～南北朝時代頃には、現存する『御集』と年代の重なる『大斎院御集』が、相応に世間に流布していたことになろう。その『大斎院御集』というのは、現存する『御集』と同じ収録範囲であったかのかもしれないないし、そうではなかったかもしれない。ただここで興味深いのが、『夫木抄』とほぼ同時期に成立した『玉葉集』の存在である。同集に採られた選子関連歌は十一首、うち三首は『円融院御集』『続詞花集』『発心和歌集』といった先行文献に見出される[10]一方で、別の四首は現存『御集』の所収歌と一致している[11]。それら四首の本文を見較べてみると、表現にわずかな異同は見られるものの、例えば『玉葉集』の、

中務里に出でて侍りけるが、今日参るとのみ申すほどに、御前の桜散り果てぬべくなりにければ、いひつかはしける　　　　　　　　　　　　　　　　選子内親王家中将

いかにせん見にもやくると山桜待たるる花も散り果てぬべき

返し　　　　　　　　　　　　　　　　　　同家中務

（巻二・春下・二六二）

待ちつけて散り果てぬとも山桜しばしは庭をはらはざらなん（同二六二）

という贈答歌の詞書と、『御集』のそれに対応する「中務、里にて、今日参る今日参るとのみ申す程に、御前の桜散り果てぬべければ、中将いひやる」という詞書（六九～七〇）、あるいはまた『玉葉集』の、

月の晴れ曇りする夜、里なる人のもとへつかはしける　選子内親王

雲がくれさやかに見えぬ月影に待ちみ待たずみ人ぞ恋しき（巻十八・雑五・二五〇五）

という詞書と、同じく『御集』の「月の曇りみ晴れずみする程に、小大夫近き程にまかでたりけるに」（三九）という詞書などは、よく似ているように思われる。その点両集は密接な関係にあるようで、おそらくは当時伝存していた『大斎院御集』が『玉葉集』の撰集資料に用いられたものと想定してよさそうである。

そうした場合に問題となってくるのが、同じ『玉葉集』に収められている次のような二首である。

にはとりのかひごのいまだかへらぬ程に、親のなくなりたるをあはれに思ひけるに、また雀の子を失ひて、親々なくを聞きて　選子内親王

とりどりの別れの程もかなしきにすべてこの世に又はかへらじ（巻十六・雑三・二二六六）

一品資子内親王の許より、村上のみかどの書かせ給へるものや、と尋ねて侍りける、つかはさるとて　選子内親王

子を思ふ道こそ闇と聞きしかど親の跡にもまよはれにけり（巻十七・雑四・二四三三）

いずれも現存する他文献には見出すことができない歌だが、撰者の京極為兼は一体どこからこれらを採ってきたの

だろうか。おそらくその手掛かりとなるのが『玉葉集』における選子関連歌の残り二首、すなわち例の『栄花物語』「殿上の花見」に見え、またその「かくこそ集には」という記載によって、かつては原態御集にも載っていたことが確実視される、

斎院に侍りける時、宇治前関白太政大臣所所の花見るよし聞きて申しつかはしける　選子内親王

残りなく尋ぬなれどもしめの内の花は花にもあらぬなるべし　（巻二・春下・一五八）

返し、関白にかはりて詠み侍りける　堀川右大臣

風をいたみまづ山辺をぞ尋ねつるしめゆふ花は散らじと思ひて　（同一五九）

という贈答歌である。岩佐美代子氏によると、『玉葉集』には『栄花物語』との重複歌が二十八首あり、その多くが『栄花物語』を出典とするものとみられるが、しかしこの二首に関しては「異同の様相がやや複雑で、必ずしも栄花物語のみを資料としたとも言えず、栄花物語・玉葉集に共通の原資料があったのかも知れない」という(12)。確かに前述しておいたとおり、詞書中の傍線部Jが『玉葉集』の独自内容である点からしても、ここは『栄花物語』以外の出典を想定した方がよさそうである。そして本論における考察からすれば、それに該当する可能性がもっとも高い作品は、やはり『大斎院御集』の散佚部分をおいてほかにはなかろうと思う。つまり当時存在していた『大斎院御集』の伝本の中には、現存『御集』と重なる年代のみならず、長元二年の「殿上の花見」をはじめ、今日失われてしまっている年代をまだ収めているものがあり、『玉葉集』選集に際して為兼が用いたのもそれだったのではなかろうか、ということである。そのように考えてみれば、先に掲げた出典未詳歌二首の存在も、散佚部分からの採択ということできれいに説明することができよう。またそのような伝本があったとすると、『玉葉集』から十年近くを経て成立した

『続千載集』に、やはり現存する他文献には見出せない、

　夕暮がたに、小さき籠に鈴虫を入れて、紫の薄様に包みて、萩の花にさして、さるべき所の名のりをせさせて、斎院にさしおかすとて、その包み紙に書きつけたりける

　　　　　　　　読人不知

しめの内の花のにほひを鈴虫の音にのみやはききふるすべき（巻四・秋上・三八一）

　返し　　　　　選子内親王

色々の花はさかりに匂ふとも野原の風の音にのみきけ（同三八二）

という贈答歌が採られていることについても得心がいく。[13] 一般に撰集所収歌の出典について論じることは非常に困難であり、特にそれが現存する他文献には認められない歌の場合は尚更であるが、それでも以上のような状況証拠からすると、『大斎院御集』が南北朝時代頃までに、現在よりも多くの年代を収める形で残っていた可能性は決して少なくなさそうである。

注

（1）この呼称の由来、及び「おほさいゐん」という読み方については、高田信敬氏「大斎院名義考証」（『創立三十周年　鶴見大学文学部論集』所収、一九九三年三月）を参照のこと。

（2）秋葉安太郎氏・鈴木知太郎氏・岸上慎二氏「大斎院前の御集の研究——いはゆる馬内侍歌日記——」（『日本大学創立七十周年記念論文集　第一巻　人文科学編』所収、一九六〇年十月）、橋本不美男氏「大斎院御集の性格」（『王朝和歌史の研究』所収、一九七二年一月、笠間書院）。もっとも中周子氏「大斎院御集攷——その配列構成をめぐって——」（『同志社国文学』第十四号、一九七九年三月）という異論もあって、「年月次配列という前提を疑う場合」、歌群それぞれの詠歌年次

については「かなりの隔たりをもつ複数の年月を想定せざるを得」ず、よって「本御集が年月を追って配列編纂されていると考えることはできない」とされている。しかし『前の御集』及び『御集』の詞書を見てみると、直前の歌群を承けて「同じ月の…」「同じ頃…」などのように始まる例が至るところに確認される。そうした点から判断する限りにおいては、年代順であるかどうかは別として、少なくとも同年代の歌が集められていること自体は疑えないように思われる。

(3) 注(2)に同じ。

(4) 橋本不美男氏「社交圏と家集」(『王朝和歌史の研究』所収)。

(5) 久保木哲夫氏「選子内親王と大斎院御集」(『平安時代私家集の研究』所収、一九八五年十二月、笠間書院)。

(6) そのほか『後葉集』六四（巻二・春下）『続詞花集』六七（巻二・春下）にも入集。いずれの詞書も『入道右大臣集』のそれに近似しており、密接な関係が窺える。

(7) 岡崎知子氏「大斎院選子の研究」(『摂関時代史の研究』所収、一九六五年六月、吉川弘文館)。

(8) 例えば岩野祐吉氏「栄花物語続篇新考」(『平安文学研究』第六十四輯、一九八〇年十二月)、池田尚隆氏「栄花物語続篇の構成――原資料と成立をめぐって――」(山中裕氏編『栄花物語研究』第一集、一九八五年九月、国書刊行会)など。また校注テキストとしては最も新しい新編日本古典文学全集本でも、年次については特に言及されていない。

(9) 平安文学輪読会『斎宮女御集注釈』(一九八一年九月、塙書房)。

(10) 『玉葉集』一八三二（巻十四・雑一、円融院）・二三三二（巻十七・雑四、選子）・二六三二（巻十九・釈教、選子）が、それぞれ『円融院御集』五七・『続詞花集』九二一（巻十八・雑下）・『発心和歌集』三三と一致。ただしいずれも出典であるかどうかは別問題。

(11) 『玉葉集』二一七（巻二・春下、頼宗）・二六二～二六三（同、中将・中務）・二五〇五（巻十八・雑五、選子）が、それぞれ『御集』一六・六九～七〇・三九と一致。

(12) 岩佐美代子氏「玉葉集と栄花物語」(『国文鶴見』第二十九号、一九九四年十二月)。

(13) この『続千載集』の一首については、安西奈保子氏「大斎院和歌考――出典未詳歌から他の「大斎院御集」の存在を考える――」（『平安文学研究』第七十二輯、一九八四年十二月）においても同様の可能性が指摘されている。

第四節　良　玉　集

藤原顕仲撰『良玉集』

『和歌色葉』『私所持和歌草子目録』などにその名が見える『良玉集』については、『和歌現在書目録』「撰集家」に、

良玉集十巻。

八条兵衛佐入道顕仲撰之。金葉集撰之比。大治元年十二月廿五日撰之。

と見られる点から、堀河百首歌人藤原顕仲の手に成る十巻仕立ての私撰集にして、大治元年（一一二六）十二月二十五日の成立だったということが知られる。また『八雲御抄』「家々撰集」の「良玉集十巻顕仲兵衛佐撰大治元年嘲金葉集」という記述によれば、『金葉集』批判という性格をも有していたということになる。山田洋嗣氏は、顕仲が重代の歌人であると自負していたであろう点、にも関わらず『金葉集』入集歌数がわずか四首に過ぎなかった点などを指摘して、「自分に対する意外な評価の低さ、自己評価と周囲の評価との落差」が編纂動機になったのか、と推定している(1)。

この『良玉集』はかつて相応に流布したらしく、『夫木抄』や『歌枕名寄』に加え、室町時代後期頃に成立したとされる『纂題和歌集』(2)にも「良玉」という出典注記を持つ歌が見出されるので、それが孫引きでない限り、少なくともその頃までは伝存していたものとおぼしい。しかし今日においては一本の伝本も一葉の古筆切も確認されていない

ため、研究対象としてはなかなか取り上げにくいのだろう、『良玉集』について多少なりとも提言した論というのはまことにわずかで、右の山田氏のほかは安井久善氏(3)・簗瀬一雄氏(4)それぞれによる佚文集成作業と、後述する谷山茂氏の附随的な考察(5)とが挙げられる程度に過ぎないようである。

ところが猪熊信男旧蔵の古典籍類を収蔵する四天王寺国際仏教大学図書館恩頼堂文庫には、『良玉集』に関する重要資料が含まれていた。すなわち『諸集漢序』なる書物が収める、『良玉集』の真名序とおぼしき文章等（仮に「序」と呼ぶ）がそれである。この「序」の存在自体については、早く「旧恩頼堂文庫目録（一）(6)」の、

161　諸集漢序　延宝頃写　一冊

古今和歌集ヨリ良玉和歌集ニ至ル歌集ノ漢字序文集ナリ

という記載によって示されており、論者もかねてより興味を抱いていたところ、先般の『恩頼堂文庫分類目録(7)』刊行に伴い調査のご許可をいただけた。そこで以下本論において、最初に『良玉集』佚文の再整理を試みたのち「序」を紹介し、その記載内容と関連諸資料から浮上してくるいくつかの問題について検討していくことにしたい。

佚文再整理

「良」「良玉」「良玉集」という出典注記は、前述『夫木抄』『歌枕名寄』『纂題和歌集』のほか『和歌一字抄』『袖中抄』『中古六歌仙』などにも見出され、それら諸文献を博捜した簗瀬氏によって実質七十五首分が佚文として集成・認定されている。ただ簗瀬氏が用いた『夫木抄』は国書刊行会本であり、また『歌枕名寄』は版本であるので、その後の研究成果を踏まえ、前者については『新編国歌大観』本文（静嘉堂文庫本を底本とする。「大観本文」と略）と永

青文庫本(9)（「永青本」と略）、宮内庁書陵部本(10)（五一一―三〇、「書陵部本」と略）を、後者については『校本謌枕名寄』(11)をそれぞれ参照してみると、多少異なる結果が得られる。

まず『良玉集』の出典注記を持つ歌として、簗瀬氏の集成に次の十七首を追加可能である（以下『夫木抄』は大観本文を、『歌枕名寄』は永青文庫本を底本とした『校本謌枕名寄』の翻刻本文を掲げる。両本文とも私に表記を改め、また濁点・読点を付したところがある）。

夏歌中、良玉　　源顕国朝臣

(1) 鳴き渡る声うつりせば郭公檜隈川に駒とめてまし　（『夫木抄』巻八・夏二・二九〇一）

(2) 良玉五月雨に笠取山はこゑゆかじ花色衣かへりもぞする　六条右大臣　（『校本謌枕名寄』巻一・一二八）

(3) 六帖小塩山ほのかに人をみてぐらの大幣にこそ思ひかけつれ　二条宣旨弁乳母　（同・巻三・五七六）

(4) 良玉真菰つむ淀野にあるる春駒は夏来ることを今日や知るらん　皇后宮甲斐　（同・巻五・九六〇）

(5) 紅葉 良玉色々の三室の紅葉見てしより花の都のあくがれぬべき　永覚　（同・巻八・補612）

(6) たまさかに逢瀬はなくてみなれ川涙の淵にしづむ頃哉　実雲　（同・巻十一・一七一四）

(7) 雲葉雉子鳴く交野の野辺の花薄かりそめに来る人な招きそ　藤原時房　（同・巻十二・一七九一）

(8) 良玉夜をかさね待兼山の郭公雲のよそにて一声ぞ聞く　周防内侍　（同・巻十六・二三〇七）

(9) 良玉しほるるや知る人もなき袂かなこれやしのびの岡の影草　河内　（同・巻二十一・三〇九六）

(10) 良玉集さざなみの志賀の浦わに霧晴れて月冴え渡る辛崎の浜　鳥羽院御、　（同・巻二十二・補1924）

(11) いかで我しのぶの浦に身をなして恋をするかと人にいはれん　内大臣越後　（同・巻二十七・三八九九）

裏書云、良玉詞云、忍恋寄駿河、然者忍浦在駿河歟、可尋之

(12) 小夜更けてかたらひ山の郭公ひとり寝覚めの友と聞くかな　肥後　（同・巻二十七・三九七五）
(13) いかなればとふの浦波いちしろく末の松山越すと見ゆらん　読人不知　（同・巻二十八・四〇三四）
(14) 良玉雪ふれば豊浦の竹の埋もれて一よも見えずなりにけるかな　読人不知　（同・巻三十二・四八八四）
(15) 良玉君を我おもふ心のいはた川岩垣淵の瀬とかはるまで　読人不知　（同・巻三十三・四九九〇）
(16) 岩田川谷の雲間にむらきえてとどむる駒のこゑもほのかに　後鳥羽院、　（同・巻三十三・四九九一）
(17) 身の憂さをおもふ涙はわふか山なげきにかかる時雨なりけり　（同・巻三十六・五七一一）

いくつか補足を加えていくと、(1)は大観本文のみならず永青本・書陵部本にも「良玉」とあり。ただし『校本謌枕名寄』は同じ歌に「雲葉」という出典注記を施しているが（巻十・補1018）、新潟大学附属図書館佐野文庫本（以下「佐野本」と略）、及び京都大学附属図書館近衛本（以下「京大本」と略）に「雲葉」は存しておらず、歌そのものも現存『雲葉集』には見られないので、今のところは『夫木抄』を信じておきたい。あるいは脱落が生じる以前の『雲葉集』には存したのかもしれないが、仮にそうであっても『良玉集』の佚文たることは妨げないはずである。

(3)には「六帖」とあるが、『校本謌枕名寄』の校異欄によると静嘉堂文庫本（以下「静嘉堂本」と略）には「良玉」とあり、佐野本・書陵部本には出典注記自体なし。その静嘉堂本にはまた、

右一首、実基朝臣、宮の御方の大原野祭の陪膳して、取り入れつる女房にやらむ、とこひ侍ければ詠めるとなん

という左注も存しているといい、確かに古典文庫本においてもそう翻刻されている[12]。当該歌は他文献には見出せないが、右の左注は出典における詞書と読むべきだろうし、作者も「二条宣旨弁乳母」[13]であるというので、出典としても「六帖」よりは「良玉」の方が相応しい。

(5)の「良玉」は、この歌を有する伝本（と断るのは『校本謌枕名寄』底本の永青本が欠いているから）のうち佐野本・書

陵部本には見られないという。同様に(8)は高松宮家本（国立歴史民俗博物館現蔵のため以下は「歴博本」と略）になく、(14)は内閣文庫本になく、(15)も佐野本・書陵部本にない。が、やはりここではそれぞれについて「良玉」とする伝本があるという点をこそ重視したい。

(6)は静嘉堂本にのみ「良玉」とあり。他本にないのが難点であるが、(3)の例からしても、静嘉堂本の記載は信頼し得ると思われる。

(7)には「雲葉」とあるが、静嘉堂本・書陵部本・佐野本には「雲葉」ではなく「同」とあり。この三本とも(7)の歌の直前に、簗瀬氏認定済みの、

良玉　身をしればあはれとぞ聞く逢ふことの交野の岸のつま恋ふる音は　藤隆頼

（『校本詞枕名寄』巻十二・補1183／簗23）

という一首を載せているので、「同」は「良玉」を承けることになろう。ちなみに(7)の歌は現存『雲葉集』になし。

(11)は歴博本にのみ「良玉」とあり。その記載の適切さについては、当該歌の左注に「裏書云、良玉詞云、忍恋寄駿河」と見られる点から知られよう。

(12)は歴博本に「良（明イ）玉」とあるが、佐野本には「明玉」とあり。六条知家撰『明玉集』も鎌倉時代中期の散佚私撰集なので、いずれが是かは判断できず、存疑としておく。ただし『良玉集』と『明玉集』の両方に入集していたという可能性も考えられないことはない[14]。

(13)は歴博本・佐野本に、(17)は佐野本・書陵部本・陽明文庫本にそれぞれ「良玉」とあり。

(16)は歴博本・書陵部本に「同」とあり。この場合直前の歌は(15)ということになるから、本来ならば先の(7)と同様に、その「良玉」を承けると扱うべきだろう。しかし(16)の作者名表記は「後鳥羽院、」であり、実際『後鳥羽院御

集』に見られもするので（八二）、「同」の記載は誤りとみられる。

一方、簗瀬氏認定済みの中には種々の点から存疑とすべきものがある。

湖辺擣衣　良玉　　右兵衛督基氏卿

(18) せきあらし夜寒に吹けやさざ浪の粟津の里に衣うつなり　（『夫木抄』巻十四・秋五・五七六七／簗5・78）

(19) 賀《良玉》茂川原か《本本ノマ、》はらにさらす百石を明日や我が身とみるぞかなしき　顕昭　（『校本謌枕名寄』巻一・四八／簗10）

(20) 君《良玉》が代は貴船の宮にまかせたり沈まば神の名こそたちなめ　賀茂成助《明イ》　（同・巻四・八〇四／簗16）

(21) 梓《新古イ 雁 新六》弓つるがの山を春こえて帰りし雁は今ぞ鳴くなる　為家　（同・巻二十九・四一四六／簗45）

(22) 引《良玉》き別れいる空ぞなき梓弓つるがの山の岩のかけみち　家親　（同・巻二十九・四一四七／簗46）

公任

(23) 波《(朱)》の上《〈良玉 名寄〉》にあふ事かたき亀山の浮き木をただにつくすべしやは　（『類字名所補翼鈔』第二／簗81）

此哥は、為基新発意まいりあひて、かくなどもいはで、又の日つかはしける

俊成

(24) 霰ふる玉野の原に御狩り《(ママ)》てあまのひつぎの贄たてまつる　（同・第三／簗83）

宗尊親王

(25) あ《良玉》ふ事《名寄》は那須のゆり金いつまでかくだけて恋にしづみはつべき　（同・第三／簗88）

同（良玉）　　土御門院御製

(26) 伊勢の海ちぎりも深き秋ならば今宵かげみん星合の浜　（『類字名所外集』第一／簗100）

まず(21)と(22)は『校本謌枕名寄』においても連続する二首。前者の「新古イ新六」は書陵部本に「良玉《新撰イ》」、佐野本に「良玉

」《新撰イ》、沢潟久孝氏蔵本に「新擅」、京大本に「新撰」とあり、後者の「良玉」は書陵部本に「新六《良玉イ》」、京大本に「新六《良玉》」、佐野本に「良玉新六」とあって、要するにこの二首に関する出典注記が錯綜しているわけである。しかしいずれにせよ(21)の作者「為家」は、同じ歌を載せる『夫木抄』の「民部卿為家」という作者名表記（巻二十・雑二・八四四七、ちなみに出典注記は「家集」）からしても、藤原定家男の為家だろうから建久九年（一一九八）の生である。一方(22)の「家親」も『良玉集』以前に該当しそうな人物はおらず、もし『玉葉集』以下の勅撰歌人藤原家親のことならば鎌倉時代中期の生。また併せて述べれば(18)の「右兵衛督基氏卿」は持明院基家男の基氏とみられるので建暦元年（一二一一）の生、(19)の「顕昭」は大治五年（一一三〇）頃の生、(25)の「宗尊親王」は仁治三年（一二四二）の生、(26)の「土御門院」は建久六年（一一九五）の生である。よって作者名表記を信じる限り、これらは『良玉集』成立の大治元年十二月より確実にのちの詠歌ということになろう。すでにこの問題については安井氏も、(18)の例に基づき、

その歌が入るのは時代的に矛盾であり夫木抄の誤記かに推されるが、或は良玉集に後世追補があつたのかも知れない。

のように論じているが、ほかに明確な徴証がない限り「後世追補」は言うべきではなく、ここはいずれも出典注記の誤りとみたい。なお(22)に関しては、書陵部本・佐野本が作者名表記を「家親《藤隆頼イ》」としており、藤原隆頼ならば『金葉集』初出歌人にして、すでに簗23によって『良玉集』歌人だったことも判明しているので、可能性としてあり得るけれども、あくまで一異本注記に過ぎない点で不安が残る。今は従うことは控えておきたい。

それから(20)の「良玉」は、同じ歌を載せる『夫木抄』（巻三十四・雑十六・一六一五二）においては大観本文・永青本・書陵部本いずれも「明玉」。よって先の(12)と同様に当面保留とせざるを得ない。残るは(23)と(24)。うち(23)は「良玉名寄」という朱書きの出典注記を有するものの、『歌枕名寄』の中には見出せない。ところが(23)を載せる『類字名所

補翼鈔』のその一首前には、『校本謌枕名寄』に見られ（巻二一・三八六、出典注記「良玉」）、すでに簗瀬氏も『良玉集』佚文と認定済みの、

同（夫木）経信家集
亀山にとる榊葉の常葉にとさしても君を祈つるかな　（『類字名所補翼鈔』第二／簗7・11）

という歌があるので、㉓の出典注記はどうも本来こちらにあるべきものだったという疑いが強い。一方㉔について簗瀬氏は「良玉歌上に出　夫木」という出典注記を伴うとするが、これも『契沖全集』の校異欄によって、『類字名所補翼鈔』における一首前の歌（やはり簗瀬氏認定済みの佚文、簗纂4である。『校本謌枕名寄』巻二十四・三五六二などに一致）に対するものだったと知られる。もっともこの㉔の歌自体、平治元年（一一五五）大嘗会悠紀方屏風歌の藤原俊憲詠であるので（よって作者名表記の「俊成」も誤り）、その点からも佚文たり得ないことは明らか。

以上、いささか単調な考察を続けてきたが、まとめると⑴～⑾・⒀～⒂・⒄の十五首が新たに佚文として追加可能で、⒅～㉖の九首（簗5・78／簗10／簗16／簗45／簗46／簗81／簗83／簗88／簗100）が簗瀬氏による七十五首分の集成から削除可能。ほか簗瀬氏が看過していたらしい『袖中抄』第十七[15]の、

○しがのやまごえ（略）

良玉集に・絶えにし志賀の山越ぞする・

という下句（他文献になし）をも併せれば、結局八十二首分が現在知られる『良玉集』の佚文ということになろう。

そこで、これら佚文から判明することをもう少しだけ述べておきたい。まず同一作者の簗38（『校本謌枕名寄』巻二十七・二九六一）と簗40（『校本謌枕名寄』巻二十八・四〇三一）について。『校本謌枕名寄』が底本とした永青本は、その二首ともに作者名表記を「顕仲」と記すばかりで、それが兵衛佐藤原顕仲と神祇伯源顕仲という同時代人二人のうちのいずれを指すのか判然とはしなかった。ところが書陵部本・佐野本においては二首ともに「藤顕仲朝臣」となって

おり、それに従うと『良玉集』撰者たる藤原顕仲の方の自詠とみられることになろう。ならば自讃歌と位置付けることも可能になってくるかもしれない。また二首ともに他文献には見出せないが、うち簗40に関してはやはり書陵部本・佐野本が「右三宮にて暁恋寄陸奥之事」という左注を持っており、詠作事情が明らかとなる。「三宮」は言うまでもなく後三条天皇第三皇子の輔仁親王。従来認知されていなかった親王の一和歌事績と、顕仲との接点が窺える有益な記述と言えよう。

また簗瀬氏の段階で「作者名なし」とされていた佚文の作者名を確定し得る場合もある。すなわち簗43・94／簗44・95の二首がいずれも「読人不知」（『校本謌枕名寄』巻二十九・四一一一／同四一一四）、簗纂1の一首が「藤原孝善」（『新古今集』巻十七・雑中・一五九八／『袖中抄』巻二十ほか）、そして簗24・60・87の、

良玉集風吹けば池の藤波松ならで難波の木にも咲きかかりけり　（『校本謌枕名寄』巻十三・補1259）

右一首、天王寺に詣でけるに、藤花、松ならぬ木どもに咲きかかりたりけるを見て詠めるとなんという一首が「経定」（佐野本）。この「経定」は京極関白師実孫、権大納言経実男の藤原経定を指していよう。母方の祖父に『後拾遺集』撰者藤原通俊を持ち、自らも歌合や歌会を主催していた経定の、大治元年以前の和歌活動の一端が新たに知られるわけである。

『諸集漢序』所収「序」と附載奥書

それでは右の結果を前提としつつ、「序」の紹介と考察とに移りたい。手始めに「序」を載せる『諸集漢序』の書誌を記そう。当該本は袋綴一冊本。江戸時代中期頃の写か。他に伝存を聞かない孤本であり、奥書類も一切ないの

で、この恩頼堂文庫本が原本なのか転写本なのか、今のところは判断できない。表紙は原装の鳥の子色横刷毛模様、縦三十・六㎝×横二十一・一㎝。外題、左上に「諸集漢序」と打ち付け書き。本文料紙は楮紙、全二十五丁。前後に一丁ずつ遊紙あり。二オ右中央やや下に朱方印の痕跡を留めるも判読不能。

書写内容は「古今和歌集序」（二オ～五ウ）に始まり、その真名序中の「時歴十代、数過百年」に対する注記（六オ。六ウは白紙）を挟んで「新古今和歌集序 仮名序後京極摂政良経公／中納言親経」（七オ～十オ。十ウは白紙）「続古今和歌集序 仮名序前内大臣／長成卿」（十一オ～十四オ。十四ウは白紙）「風雅和歌集序／花園院」（十五オ～十七オ。十七ウは白紙）「新続古今和歌集序／前摂政兼良公」（十八オ～二十オ。二十ウは白紙）「後撰和歌集後序／順」及び同集の別当・撰者に関する注記（二十一オ～二十二ウ）「八雲鈔序／順徳院御製」（二十三オ～ウ）と続いたあとの、墨付き最後の一丁（二十四オ～ウ）に次のような文章が記されている（翻刻に際しては一部を除いて通行の字体に改めた。また改行位置は底本どおりとし、改面位置は鉤括弧閉じ記号で示した。なお「・」及び二重傍線は底本においては朱筆である）。

良玉和歌集　大治元年十二月二十五日撰之 八条兵衛佐顕仲
和詞者・神世之余流・我朝之習俗也・是以・
好事之家・或奉綸綍以撰集・或顧忽忘・
以部類・礼部納言後拾遺・将作太匠金
葉集・能因法師玄々集・皆載佳句・悉尽
能事・今予所撰・彼集之外・所漏脱也・編
列之体・未兼美（ママ）実而已」

真名序

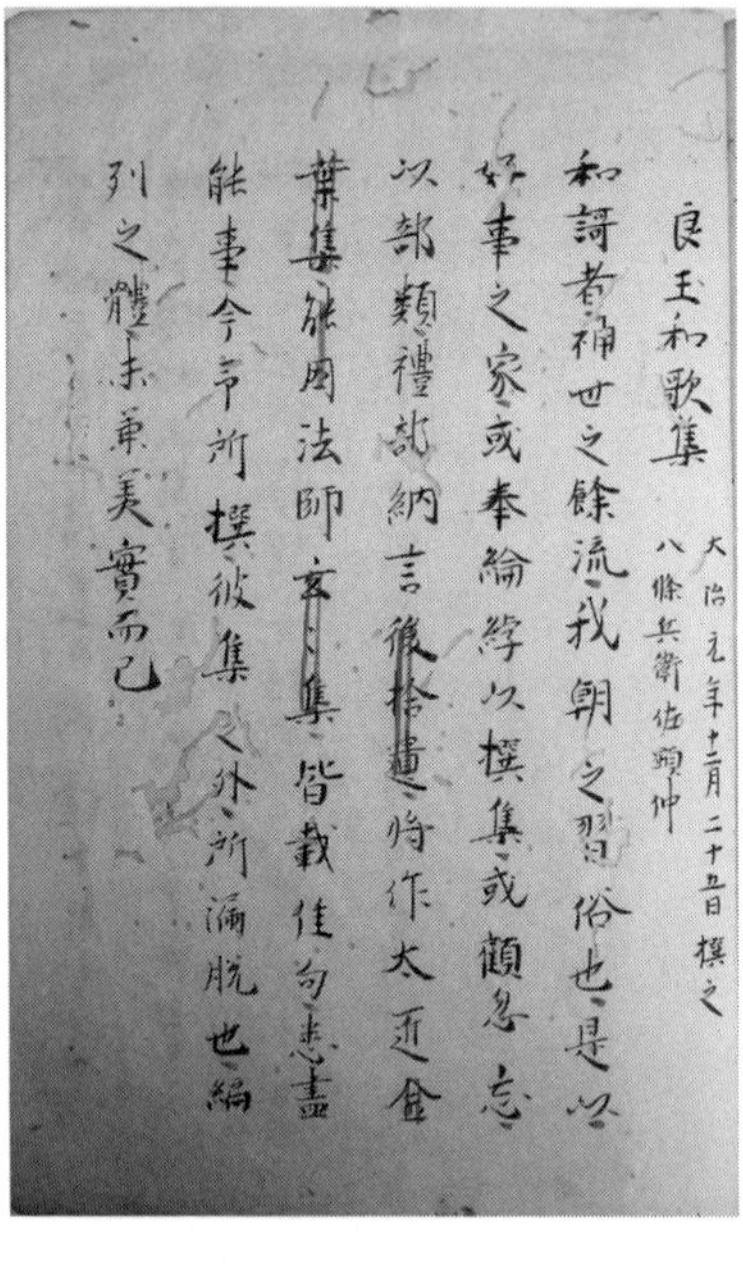
良玉和歌集　大治元年十二月二十五日撰之　八條兵衛佐顕仲
和詞者神世之餘流我朝之習俗也是以
好事之家或奉綸綍以撰集或顧忽忘
以部類禮部納言後拾遺将作太匠金
葉集能因法師玄々集皆載佳句悉盡
能事今予所撰彼集之外所漏脱也編
列之體未兼美實而已

養和元年十月十一日於灯下自書写功了
件本顕昭公自筆之本也件本奥書云　　奥書A

八条兵衛佐顕仲之撰也　以件自筆
之本書之天養元年九月前（ママ）山房書写之　　奥書B

一行目に「良玉和歌集　大治元年十二月二十五日撰之八条兵衛佐顕仲」とあり、終わりから二行目に「八条兵衛佐顕仲之撰也」とある点からして、これが問題の『良玉集』に関する文章であることはおそらく間違いないだろう。内容は、二〜七行目が真名序、八〜十一行目がABという二種の奥書のように読むことができ[16]、よってとある時点でまだ伝存していた『良玉集』の一写本から真名序と奥書のみを転写したものとみられる。ちなみにこの文章自体が、例えば後人の手に成る偽作なのではないかといった可能性ももちろん検討してみたが、少なくとも現時点でそうした徴証は認められないようである。ならば強いて疑う理由も特にないので、以下その記載を信頼して論を進めることにする。

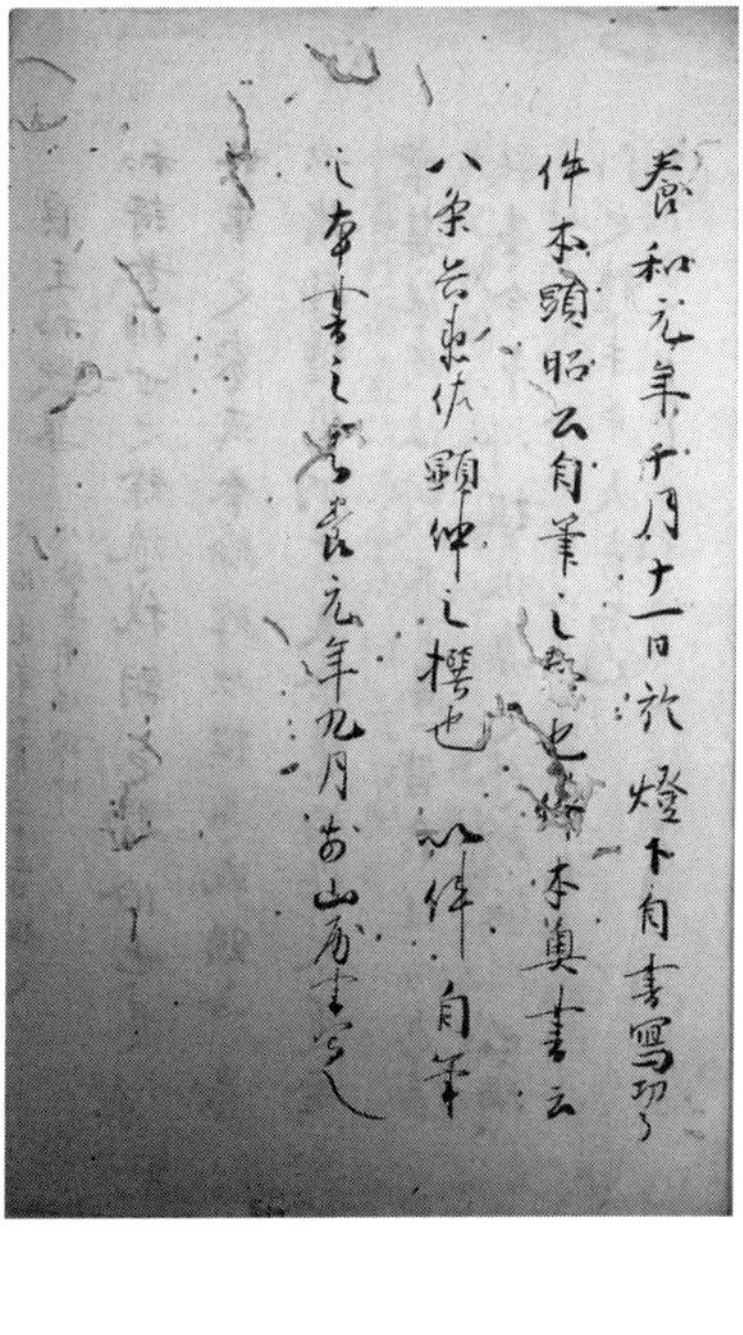

そこで最初に取り上げたいのは「良玉和歌集」という冒頭部である。『良玉集』をこのように「良玉和歌集」と呼んだ例は他に見出せないようである。これが底本からの引用であるのか、それとも『諸集漢序』の編者が独自に加えた見出しであるのか、何とも判断しづらいが、仮に前者であるならば、この「良玉和歌集」こそが本来的な作品名だったと知られることになろう。また続く「大治元年十二月二十五日撰之八条兵衛佐顕仲」という割注も底本の段階ですでに存していたのであれば、ほぼ同文の記載を持つ『和歌現在書目録』（前掲）の典拠に比定もできそうである。ただ逆に同目録あたりか

らこの割注だけを補ったと考えられないこともないので、その場合同目録の記載については、何らかの典拠が別にあったとみなければならない。

次に奥書Aの、

養和元年十月十一日、於灯下自書写功了、件本顕昭公自筆之本也、件本奥書云、

という一文。これによってまず養和元年（一一八二）十月十一日に某人[17]が書写したという古写本の存在が明らかとなろう。ここで注目されるのは、前頁の図版から知られるように、『諸集漢序』二十四ウのこの奥書部分の筆蹟がそれ以前とは異なっており、どうも相当な古写本の模写であるような印象を受けるということである。とすると、もとより『諸集漢序』の拠った一本が養和元年本そのものだったのか、それとも養和元年本から派生した一転写本だったのかは不明であるが、少なくとも奥書部分の筆蹟に関しては、養和元年本のそれをある程度忠実に伝えていると判断できるのかもしれない。

ともあれ奥書Aの続きに戻ると、さらにその養和元年本の親本について「顕昭公自筆之本」だったと語り、のみならず「件本奥書云」としてその顕昭本に存したという奥書Bを、

八条兵衛佐顕仲之撰也、以件自筆之本書之、天養元年九月前（ママ）山房書写之、

のように引いているのでなお興味深い。『袖中抄』には前述の一例以外にも、

○勝間田の池

（略）良玉集云、物へ参ける道に昔の勝間田の池とていひの跡ばかり見えけるに、道済、

朽ちたてるいひなかりせは勝間田の昔の池と誰か告げまし

此歌などは大和国とおぼゆ。美作国ならむに物詣の道など言ひ難し。又薬師寺の跡とも聞えず。勝間田の池と

ていひばかり見ゆと書けり。（巻三／築67）

○玉勝間

（略）良玉集歌、

玉勝間待つ夕暮のまきの戸はおとなふさへぞ人頼めなる（巻十六／築纂7）

○めもはる

（略）良玉集に孝善歌云、

須磨の浦のなぎたる朝はめもはるに霞にまよふ海人の釣り船（巻二十／築纂1）

という記述が見られ、よって顕昭が『良玉集』に接していたことは確実である。ならば『袖中抄』執筆時に用いられたその本こそが、今ここに知られた「顕昭公自筆之本」だったという可能性も十分考えられるだろう。

加えて大変有益なのは、所引のこの奥書Bによって、顕昭伝に新たな一事蹟が追加可能となるかもしれないことである。顕昭の特に若年期については現在なお不明な点が多いようであり、大治五年頃誕生し、永治二年（一一四一）頃に十二歳で初めて歌作し、天養元年（一一四四）十五歳の時より叡山東塔西谷寂静房等にて『倶舎論』を書写校合し始めたかと推定されるばかりであった[18]。しかし奥書Bが確かに顕昭による書写奥書だったとすれば[19]、そのような中で顕昭は、同じ天養元年の九月に『良玉集』の書写をも行っていたわけである。十五歳前後にしてすでに歌書の書写蒐集に励んでおり、しかも撰者たる「八条兵衛佐顕仲」の「自筆之本」を親本とし得るような伝手すらあった。ここに顕昭歌学の形成過程の一端が垣間見られるかもしれない。なお顕昭本奥書の続き「前山房書写之」[20]における「前山房」は未詳だが、「前」が「於」あたりの誤写だとすれば、顕昭が若年期修行していたという比叡山中の彼の僧坊を指すものとみることができよう。天養元年に始まった義父藤原顕輔による『詞花集』の撰集作業中「顕昭ナドハ其時有二若者一之上、住山修学之間」だったと伝える『詞花集注』の記述ともよく符合してくるようである。

「序」の解読

さて、最後に真名序を検討して本論を締め括りたい。朱筆の記号を除き、読点を加えて再掲すれば次のとおりである。

和謌者、神世之余流、我朝之習俗也、是以好事之家、或奉綸綍以撰集、或顧忽忘以部類、礼部納言後拾遺、将作太匠金葉集、能因法師玄々集、皆載佳句、悉尽能事、今予所撰、彼集之外所漏脱也、編列之体、未兼美実而已、

和歌は神代からの流れを汲む日本の習俗であるので、和歌に心を寄せる者達は、勅命によって撰集し、あるいは備忘のために部類してきた。その中でも「礼部納言」藤原通俊の『後拾遺集』、「将作太匠」源俊頼の『金葉集』、能因法師の『玄々集』はいずれも秀歌を載せており、それぞれが最善を尽くしているので、私は遺漏を拾うだけである。配列なども優れていない。と、大意を辿ればこのようになろう。撰集の序文としては比較的短い方と言えようが、抱えている問題は決して少なくなさそうである。特に本論では次の二点に注目したい。

ひとつは「皆載佳句」という先行作品として、『後拾遺集』『金葉集』という二勅撰集とともに『玄々集』を挙げているという点である。周知のとおり『玄々集』は、早く『後拾遺集』において「繰り返し同じことを抜き出づべきにもあらざれば」と撰歌対象外とされ、続く『金葉集』三奏本（奏覧本）と『詞花集』においては逆に積極的に取り入れられた[21]という作品であり、つまりそれだけ院政期の歌人から意識され続けていた作品だったと位置付けられよう。よって右の事象もそうした『玄々集』重視の風潮の反映であると考えられるが、ただそうは説明してみても、やはり

『玄々集』という一私撰集が勅撰集とほとんど同格に扱われているというのは見逃し得ない。『玄々集』に対するこれほどまでの評価がいかに形成されていったのか、またその評価の内実がいかなるものであったのか、今後あらためて問い直されてもよい問題だろうと思われる。

そしてもうひとつが「皆載佳句、悉尽能事」という先行作品として、『玄々集』『後拾遺集』のみならず『金葉集』をも挙げているという点である。この真名序の記載を素直に読めば、『金葉集』を論難するどころか、逆に尊重する姿勢が『良玉集』にはあったということになろう。これは大変意外と言えようが、ただ考えてみれば「嘲金葉集」とする『八雲御抄』や、後述する『袋草紙』があるからといって、顕仲自身もそうした目的で『良玉集』を編纂していたとは必ずしも限らない。実のところ既知の資料から顕仲の撰集意図を窺うことはほとんど不可能なのであり、むしろ今回出現した真名序の記載を額面どおりに受け取って、顕仲には『金葉集』批判の意図などなかったらしい、と論じてしまうことすらできよう。

そのような水掛け論にもなりかねない話はさておき、ここで問題としたいのは、少なくとも内容的には穏当な真名序を持った『良玉集』が、にも関わらず、享受者たちから『金葉集』批判の撰集として読まれていたという事実である。この点についてはすでに谷山茂氏が、『詞花集』をめぐる藤原教長・同為経・同清輔らの対立論争の実態と意義を検討する過程において、教長撰『拾遺古今』とともに『良玉集』をも取り上げて、

『和歌現在書目録』や『和歌色葉』では、『良玉集』を難金葉、『拾遺古今』を難詞花の集だとは、まだ明言していない。けれども、『八雲御抄』までくだると、「良玉集十巻（中略）嘲二金葉集一」とか「拾遺古今廿巻（中略）嘲二詞花集一」とかと言い切っている。『良玉集』と『拾遺古今』とは、それらの撰歌において、それぞれ金葉集と詞花集とを破棄する型のものではないにしても、その両集が金葉集と詞花集との撰進直後という時点において

私撰されたこと自体は、すでに難金葉また難詞花の行為であると解釈されてもしかたがあるまい。のように述べている。ただ氏はここで「『八雲御抄』までくだると」とするが、また大治元年当時すでに二十三歳となっていた清輔の『袋草紙』にも、

撰集之後、又集出来事、流例也。古今集之後、貫之一人奏之撰新撰集。（略）

後拾遺ニ有続新撰。偏集中歌也。一人撰集尤有其理。

金葉集之後、良玉集出来。顕仲入道撰之、同除彼集歌。

詞花集之後、拾遺古今出来。教長入道撰之、同除彼集歌。

余案之、撰集無私事。難且撰者不実事之（也イ）。何次ニ必如此撰玄々玄歟。傍人之所為ハ別事也。


という記載が見られる。うち最終行の、勅撰集には私情を入れないものなのに、それを難じて秀歌を私撰したりするのはけしからぬ、特に第三者の所為の場合はもってのほかだ、という清輔の見解は、文脈上「金葉集之後、良玉集出来」「詞花集之後、拾遺古今出来」の両方に係っていると理解されよう。つまりは清輔のような成立当時の人間からも、すでに『良玉集』は『金葉集』を「難」じたものと認識されていたわけである。

あるいは顕仲自身の証言が伝わっていたのか、それとも撰集の意図なり経緯なりを具体的に示した何らかの資料が存していたのか。右のように『良玉集』が、すでに同時代人から難金葉と受け取られていた理由については種々想定ができようが、ひとつは確かに谷山氏の説明どおり、「金葉集（略）の撰進直後という時点において私撰された」ためでもあろうと思われる。そのあたりのことをもう少し具体的に述べておこう。

そもそも撰者顕仲に参看され真名序に明記された『金葉集』は、今日言うところの初度本・二度本・三奏本の一体いずれであったのか。この問題を考える場合、まず真名序に「将作太匠金葉集（略）、今予所撰、彼集之外所漏脱也」

とあり、右に引いた『袋草紙』に「金葉集之後、良玉集出来（略）、同除彼集歌」とある点が手掛かりとして挙げられよう。すると『良玉集』佚文中の前掲(2)の一首は、『金葉集』初度本にも、

郁芳門院根合に五月雨の心を　　　六条右大臣
五月雨に笠取山は越えゆかじ花色衣かへりもぞする
（巻二・夏・一九九）

のように見られるので、確かに『良玉集』が『金葉集』所収歌を一首たりとも採らなかったというのであれば、顕仲が用いた『金葉集』は、少なくとも初度本ではなかったということになろう。一方また三奏本も、その上奏は「大治元、二年」のあたりと伝えられ、しかもそれきり世間にほとんど流布しなかったらしいから（『袋草紙』）、やはり可能性としては考えられないようである。

よって残るは二度本となる。おそらく真名序の『金葉集』は、複雑多岐にわたる二度本系統中のいずれか一本――さすがに特定までは困難――だったと認めてよいだろう。そこで今度は二度本の上奏時期を確認すると、これも確言しづらいのだが、仮に「天治二年四月依　院宣撰之／撰者木工頭源俊頼」という伝兼好筆本の奥書に従うならば天治二年（一一二五）四月とみられる。すると二度本の上奏から『良玉集』の成立までの間には、たったの一年八ヶ月しかなかったことが知られよう。これは確かに「撰進直後」と言うべきだろうが、ともあれこのように二度本の上奏・流布後、極めて短い期間のうちに『良玉集』が撰ばれており、しかも『金葉集』所収歌は一首も採らないという主張さえもが真名序に明記されている点からは、何より『金葉集』を強く意識して止まない顕仲、という撰者像が浮かび上がってくるようである。加えて極論を承知で言えば、今も取り上げた真名序の「将作太匠金葉集（略）、今予所撰、彼集之外所漏脱也」という一節などは、『金葉集』を尊重する姿勢であるとも読める反面、『金葉集』が成ったあとでももう一編の私撰集を作れるほどに秀歌が採り残されている、という皮肉のようにも解釈できないことはない。顕仲

にそうした含意の企図があったかどうかは別として、ここらあたりに『金葉集』批判という性格が読み取られた可能性は考えてみてもよいだろう。『金葉集』と『良玉集』の相次ぐ成立を目の当たりにした同時代人にはなおさら容易に察せられたのではなかろうか。

勅撰集を批判する風潮は『後拾遺集』から顕著となるが、『後拾遺集』『金葉集』の段階ではまだ「小鯵集」「臂突アルシ」のような異名を広めて揶揄したり、あるいは自身の入集歌数についての不満をぶつけたり（以上『袋草紙』）、といった程度のものが多かったようである。『難後拾遺』のごとき内容にまで踏み込んでの論難はむしろ例外的だった。そのような状況下における『良玉集』の出現は、『金葉集』という権威ある勅撰集の撰歌をまったく相対化させてしまったという点で、おそらく相当な衝撃と関心とをもって受け止められたと思われる。勅撰集の批判・論難に際して同規模撰集の編纂をもってするという一方法を世に周知させ、のちの『拾遺古今』や『後葉集』などが成立する基盤を創り出したというところに、『良玉集』最大の意義があったと言えるだろう。

注

（1）山田洋嗣氏「藤原顕仲年譜」（『立教大学日本文学』第三十八号、一九七七年七月）。

（2）以下本文は荒木尚氏・今井源衛氏・金原理氏・西丸妙子氏・迫徹朗氏編『纂題和歌集　本文と索引』（一九八七年九月、明治書院）に拠る。

（3）以下安井氏の説は『改訂中世私撰和歌集攷』（一九六一年十二月、三崎堂書店）に拠る。

（4）以下簗瀬氏の説は、A「中世散佚歌集の研究一　良玉集」及びB「『纂題和歌集』と中世散佚歌集」（ともに『簗瀬一雄著作集四　中世和歌研究』所収、一九八一年六月、加藤中道館）に拠る。また本論においてA論所収の佚文に言及する場合は、その通し番号に基づき「簗1」「簗2」と示していくことにする。一方B論では『良玉集』『明玉集』両方の佚文七首が区別なく列挙されており、しかも通し番号も付されていないので、とりあえず記載順に「簗纂1」～「簗纂7」と呼ぶことにする。

(5) 以下特に断らない限り、谷山氏の説は「詞花集をめぐる対立」(『谷山茂著作集三　千載和歌集とその周辺』所収、一九八二年十二月、角川書店、初出『人文研究』第十三巻第十五号、一九六二年六月)に拠る。

(6) 「旧恩頼堂文庫目録(二)」(『四天王寺女子大学紀要』第一号、一九六九年六月)。

(7) 恩頼堂文庫研究会編『四天王寺国際仏教大学所蔵恩頼堂文庫分類目録』(二〇〇三年三月、四天王寺国際仏教大学図書館)。

(8) 簗瀬氏はA論で百八首、B論で五首を集成しているが、例えば簗2・22・58・纂4のように、同一歌を複数の文献から採録している場合も少なくない。それら重複分を差し引いたのがこの数字である。

(9) 以下本文は財団法人永青文庫編『細川家永青文庫叢刊　第五～六巻　夫木和歌抄(上)(下)』(一九八三年六月～九月、汲古書院)に拠る。

(10) 以下本文は宮内庁書陵部編『図書寮叢刊　夫木和歌抄　一～五』(一九八四年二月～一九八八年三月、明治書院)に拠る。

(11) 渋谷虎雄氏編『校本謌枕名寄　本文篇』(一九七七年三月、桜楓社)。また『同　研究索引篇』(一九七九年二月)をも活用した。

(12) 福田秀一氏・杉山重行氏・千艘秋男氏編『謌枕名寄　静嘉堂文庫本』(一九九六年八月～十二月、古典文庫)。

(13) この作者名表記中の「弁乳母」は、二条院宣旨と弁乳母とを同一人と認める立場からの注記であろう。両者の関係については守屋省吾氏「弁乳母のこと」(『平安後期日記文学論』所収、一九八三年五月、新典社)が同一人説、片山剛氏「『弁乳母集』所載歌作者攷」(『平安文学研究』第七十五輯、一九八六年六月)が別人説を唱えているが、なお決し切れない複雑な問題が横たわっているようである。

(14) 例えば簗25(『校本謌枕名寄』巻十四・二〇五九)が『続詞花集』(三四七)や『万代集』(三七七八)、『袋草紙』などに、また築32（『校本謌枕名寄』巻二十三・三五〇三）が『秋風集』（六一一）や『和漢兼作集』別本（二五四）などに見出せたりもするように、同一歌が複数の文献に含まれていても当然ながら問題はない。よって例えば築31・89の一首の場合、書陵部本・佐野本が出典注記を「良玉」とし（『校本謌枕名寄』巻二十四・三五六一）、『夫木抄』が「古来歌合」としているけれども（四八四四）、やはりそのいずれにも入集していた可能性があるわけだから、ここでは存疑としないでおきたい。詳細は省略するが、築9と築21との二首も同様の例である。なお「良玉」と「明玉」のみを問題視するのは、言うまでもなく書名の類似による誤写が生じやすいと考えられるためである。

(15) 以下本文は川村晃生氏校注『歌論歌学集成　四～五　袖中抄』（二〇〇〇年三月～八月、三弥井書店）に拠る。なお引用に際しては一部表記を改めた。

(16) ただし真名序と認めた部分についていては、序ではなく跋と読めないこともない。跋であれば続けて奥書を転写していることについても理解しやすい。しかし跋であると断じるだけの確証もないので、『諸集漢序』に収められていることを根拠に、今は真名序とみておきたい。

(17) 残念ながら誰かは未詳。ただし養和元年は後述する親本の筆者顕昭の生前であるので、彼に比較的近い立場の人物だったという想定はできそうである。すると顕昭が守覚法親王の許に親しく出入りしていたことや、その守覚法親王の蔵書目録と推される『桑華書志』所載「古蹟歌書目録」に「良玉集一部三帖」と記されていることなどが、ついつい頭をよぎってしまう。もちろんこれらを結び付ける根拠はどこにもないけれども、想像ぐらいは許されるだろう。

(18) 川上新一郎氏「顕昭略年譜」（『六条藤家歌学の研究』所収、一九九九年八月、汲古書院、初出『三田国文』第三号、一九八五年三月）。

(19) このように断るのは、奥書Bが顕昭筆本の親本にすでに存した可能性もないわけではないからである（浅田徹氏からの示教）。従って以下は仮説ということになる。

(20) 顕昭の手に成る奥書には、例えば『後拾遺抄注』京都大学附属図書館本の「勝功徳院」「長尾直廬」や、『俊頼髄脳』顕昭本（完本）系統の「大雲院御所」「紫金台寺」などのように、書写した場所に関する記述がしばしば見られる。彼の奥書の一特徴と言えようか。

(21)　谷山茂氏「玄々集と金葉集三奏本」(『谷山茂著作集三　千載和歌集とその周辺』所収、初出『国語国文』第二十一巻第九号、一九五二年十月)、及び同氏「金葉集と詞花集」(同前、初出『国語国文』第二十二巻第六号、一九五三年六月)。

第五節　法輪百首

源仲正の『法輪百首』

今日においては散佚してしまっているが、源頼政の父仲正に、かつて複数の和歌作品が存したことが『夫木抄』の出典注記によって知られる。

家集、立春　源仲正
今朝きけば人の言のはあらためていはふはじめの春は来にけり　（巻一・春一・三〇）

百首歌、万代　源仲正
三輪の山ふもとめぐりのよこ霞しるしの杉ぞうれなかくしそ　（巻二・春二・五二七）

牆柳垂枝、山家百首　同（源仲正）
をりてうゑし籬のそひの青柳しだりにけりな枝もたわわに　（巻三・春三・八七〇）

法輪百首、寄桜述懐　同（源仲正）
①いかでわれつぼめる花に身をなして心もとなく人にまたれん　（巻四・春四・一〇六八）

うち一首目の「家集」については『桑華書志』所載「古蹟歌書目録」[1]中の「仲正集一帖号蓬屋集」[2]との関連が注目されよう。二首目の「百首歌」については詳細は不明であって、『夫木抄』にもう一首が見られるばかりである。三首目の

「山家百首」についてもやはり『夫木抄』によって、ほかに六首[3]が知られるのみである。

一方、残る四首目の「法輪百首」については、同様に『夫木抄』からあと七首の佚文を集めることがまず可能である。

②春のうちの一さかりにはあひなまし身のなげきだにさくらなりせば
　法輪百首、寄桜述懐　源仲正　（巻四・春四・一二六八）

③かじきはくこしの山路の旅すらも雪にしづまぬ身をかまふとか
　法輪百首、寄雪述懐　源仲正　（巻十八・冬三・七一六六）

④たてきるか屛風のうらのはるがすみよにあふさかのせきこさじとて
　法輪百首、寄霞述懐　源仲正　（巻二十五・雑七・一一七一一）

⑤足引の山ばとのみぞすさめけるちりぬる花のしべになるみは
　法輪百首、寄桜述懐　源仲正　（巻二十七・雑九・一二八三一）

⑥おもしろや花にむつるるからてふのなればや我も思ふあたりに
　法輪百首、虫　源仲正　（巻二十七・雑九・一三一四〇）

⑦わび人のかたそにかくるあぶりやのしたくらなりや山陰にして
　法輪百首、寄山家述懐　源仲正　（巻三十・雑・一四四一九）

⑧いざひきてこほりをきしるすみ車おもきうれへは我ぞまされる
　法輪百首、寄氷述懐　源仲正　（巻三十三・雑十五・一五七二一）

これら八首のことを最初に詳しく取り上げたのは井上宗雄氏である。[4]氏は「法輪」について「当時多くの歌人が逍遥した嵯峨法輪寺であろう」とし、『法輪百首』は「法輪寺においての、或は法輪寺奉納の百首」だったと位置づけつつ、その特徴を、

身を恨み、運を恥じる体の歌である。家集を「蓬屋集」と号したのと同じく沈淪を嘆く歌である。訴嘆の歌であろうか。多くは珍奇な語を入れている。「かじき」「あぶりや（焙矢）」など著しいもので（略）ある。

のように把握した。また『頼政集』(5)の、

郭公　法輪寺百首中

時鳥又こそきかね我は世にあふちの花のさかりならねは　（夏・一三八）

世中を過かてになけ時鳥おなし心にわれもきくへき　（同一三九）

一声はさやかに過て時鳥雲ちはるかに遠さかる也　（同一四〇）

郭公あかてすきにし名残をは月なしとてもなかめやはせぬ　（同一四一）

という四首のうち、最初の二首が「法輪寺百首中」という詞書を承けるのだろうとも指摘して、

父子同時に詠んだものか、仲正一人が詠んだものを頼政が後年倣って詠んだのか明らかではないが、何れにしても仲正は、その没する保延末頃までには詠んでいたのであろう（略）。

と論じた。

このような『法輪百首』に関しては、近年になってもうひとつ重要資料が発見された。すなわち『類題鈔（明題抄）』(6)に記載されている、

42百首　号法輪百首保延三年九月十八日

題寄述懐

霞十首　梅（桜）十首　郭公十首　五月雨五首　月十首　虫十首　雪十首　氷五首　山家十首　羇旅十首　閑居十首

という一項がそうである。井上氏はこの新たな資料に基づいて、「仲正は他の資料により保延三年（一一三七）までは生存していたようだが」「これによって同年九月十八日に生存していたと推定される」と新たな知見を加えた上で、さらに『類題鈔（明題抄）』所伝の歌題と一致している『頼政集』の、

寄月述懐

天原朝行月のいたつらに世にあまさる丶心ちこそすれ　（秋・二三五）

寄月述懐

さやかなる月の光をしるしにて世をふる道をたとらすも哉　（同二四一）

寄氷述懐

われか身やふる川水のうす氷昔は清きなかれなれとも　（冬・三〇四）

という三首についても「父と共に詠じたのかもしれない」とした。[7] また松野陽一氏も、当初『法輪百首』は二十題百首とみていたところに『類題鈔（明題抄）』の出現を受け、「四季各二題で「梅」は「桜」（夫木抄）であることは間違いなかろう」と訂正し、かつ井上氏と同様に、右の頼政の歌が『法輪百首』のうちだったという可能性をも取り上げた。[8] そのほか柴佳世乃氏は、この『法輪百首』が西行に影響を与えていたらしいことを論じてもいる。[9] ともあれ井上氏がまとめたように『類題鈔（明題抄）』によって「この百首の催行年・題の全体が明らかになった点は注意されてよい」だろう。すでに「寄桜述懐」題三首（①②⑤）の存在からも推定は可能であったが、各題ごとにやはり十首乃至五首ずつという複数首が詠まれていた点、井上氏が『類題鈔（明題抄）』出現以前に指摘していた、

寄霞述懐のこころをよめる　源仲正

おもふことなくてや春をすぐさましうき世へだつるかすみなりせば
（『千載集』巻十七・雑中・一〇六四）

という一首――前掲④と歌題が一致――についても、『法輪百首』のうちだったという蓋然性がより高まるだろうと思われる。

伝飛鳥井雅親筆未詳歌集断簡

ところで仁和寺蔵手鑑には次のような一葉が貼付されている。

断簡A

1にほとりをこほりのしたにとちこめて
　くひもさゝせぬ世にこそ有けれ

（紙継ぎ）

2いさいきてこほりにきしるすみ車
　をもきおもひはわれそまされる

（一行分空白）

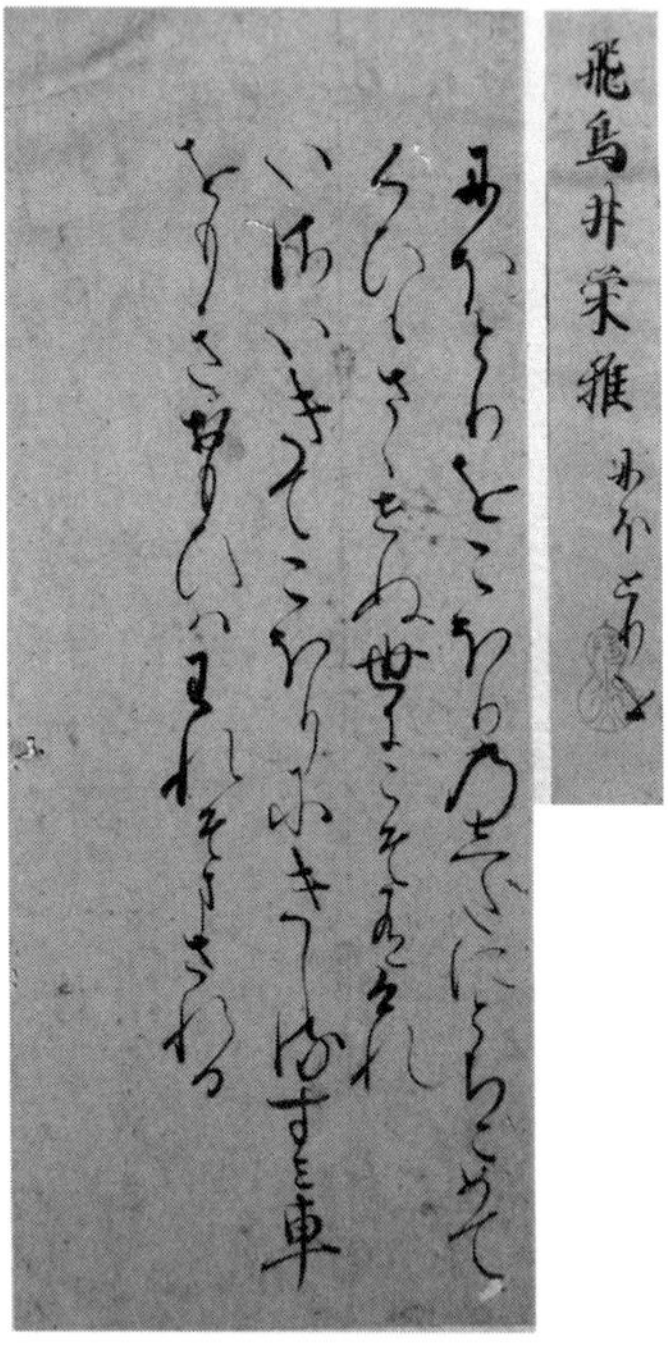

縦二十四・〇㎝×横九・八㎝。料紙は楮紙。記載歌二首のうち1上句の字高は二十・五㎝。1と2の間（右から三・五㎝の位置）に紙継ぎあり。継ぎ目には綴穴痕とおぼしきものも存するが、あるいは虫損の類とみるべきかもしれない。「飛鳥井栄雅にほとりを（朱印）」という極札は三代目畠山牛庵によるもので、確かにこの断簡Aの筆跡は、栄雅すなわち雅親自筆「述懐十首和歌」[10]などと酷似してお

り、雅親真筆の可能性が高そうである。

さて記載歌のうち1は現存する他文献には見出し得ないようであり、従って断簡Aは今日伝わらない作品の一部であると考えてよい。ところが2の方が問題であって、これは前掲『法輪百首』佚文中の⑧とほぼ一致している歌なのである。そうすると当然ながら、もしかするとこれは『法輪百首』の断簡なのではなかろうか、と思われてこよう。仲正の『法輪百首』に関しては、かつて独立した作品として伝わっていたことが『夫木抄』の出典注記の在り方から明らかである。あるいは断簡Aは、その『法輪百首』のとある一伝本の一部分だったのではなかろうか。

もっとも断簡A2と⑧との間には、

(1)　いきて（断簡A2）…ひきて（⑧）

(2)　こほりに（断簡A2）…こほりを（⑧）

(3)　をもきおもひ（断簡A2）…おもきうれへ（⑧）

といった異同も存してはいる。従って断簡Aに関しては、むしろ『夫木抄』に引かれた⑧（もしくは当時伝わっていた『法輪百首』そのもの？）を焼き直す形で詠まれた、仲正とは別の歌人の、『法輪百首』とは別の家集もしくは詠草だったという可能性もないわけではない。しかし一方、(1)の異同はおそらく②のような「いさひきて（いざ引きて）」という本文をよく理解しないまま、「ひ」を「い」に写し変えてしまったものかとおぼしいし、また(2)(3)の異同も歌意としてそれほど離れているわけではない。その点、やはり同一作品の伝本間に何らかの事情によって本文異同が生じただけということで、断簡A2と⑧については別個の歌とまでは扱わなくてもよいようにも思われる。

このふたつの見方はいずれも成り立ち得るであろうが、仮に後者の方が是であるならば、断簡A1に「くひもさゝせぬ」といった特異表現が存しているのも、それがやはり「珍奇な語を入れている」（井上氏）『法輪百首』中の一首だったからということで納得がいく。加えてこの1が2同様「寄氷述懐」題として相応しい歌であるのも、『法輪百首』で同題の歌が五首詠まれていたという事情と整合するだろう。なおこのように一首目もまた「寄氷述懐」題だったとすると、前述のとおり断簡Aにおいては1と2の間に紙継ぎがあるが、本来的にはやはりほとんど離れてはいない位置にあったと認めることができそうである。断簡A末尾に一行分の空白があるのはおそらく、この左側の料紙が同題五首の一番最後に該当する部分だったということを物語っているのであろう。

ツレ一葉

ともあれ断簡Aが『法輪百首』である可能性は決して少なくなさそうであるが、それをより説得的に論じるためには何よりツレを発掘していく必要がある。そうしたところ本論初出後、次のような一葉が架蔵に帰した。

断簡B

3そへてけりふしのすそ野に旅ねして
たえぬけふりにたえぬおもひを
4なにことをおもひてにてか世のなかを
うらみていてしみちもかへらむ
5かへりてはよはけそ見えんたひにても
つよからぬ身はかさとかめせ□

縦二十六・〇cm×横十・二cmの楮紙。3上句の字

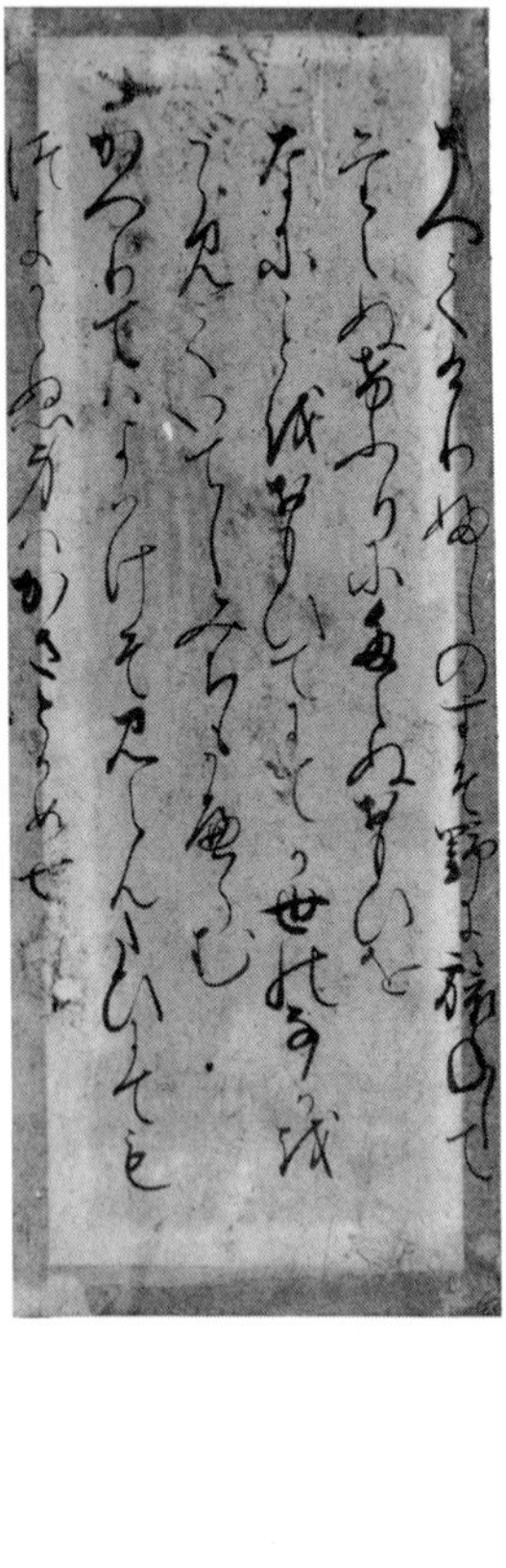

高は二十・九cmで断簡Aとはほぼ一致する。また紙背には「飛鳥井殿栄雅そへてけり（守村）」という古筆別家三代日了仲の極札が貼付されており、確かに雅親の真筆にして断簡Aとも同筆とみられる。しかも記載歌三首が他文献には見出せない未詳歌集でもあるという点、この断簡Bは断簡Aのツレと認めてよさそうに思われる。

すると記載歌は三首とも『法輪百首』「題寄述懐」のうち「羇旅十首」に基づく詠としてとても相応しい内容となっているので、断簡ABが『法輪百首』たる蓋然性がより高まることになりそうである。5に「かさとかめ（笠咎め）[11]」などという極めて珍しい表現が存しているのも、いかにも仲正詠らしいと言えるのではなかろうか。

このような断簡Bが今も出現するのであるから、これから先のさらなるツレの発掘も十分期待できそうである。その際には、断簡ABと同筆同体裁であることに加えて、『夫木抄』所引の①〜⑦と一致する歌が見出せること、『類題鈔（明題抄）』記載の歌題が見出せること、あるいはその歌題で詠まれたとおぼしき歌が見出せること、といった徴証がツレ認定の際の手掛かりとなるはずである。ついでに言えば、『法輪百首』題と一致する頼政の歌が果たして仲正のそれと同時詠だったのかどうかは不明とせざるを得ないであろうが、もしかすると当該断簡のツレを博捜していった結果、頼政の歌を含んだ断簡が見つかるのではなかろうか、などとも想像されるのである。

注

（1）太田晶二郎氏「「桑華書志」所載「古蹟歌書目録」「今鏡」著者問題の一徴證など」（『太田晶二郎著作集　第二冊』所収、一九九一年八月、吉川弘文館）。
（2）『夫木抄』巻二・春二・五五一「百首歌、霞」。
（3）『夫木抄』巻五・春五・一八八七（題不明）、巻六・春六・二〇〇〇「水辺杜若」、巻七・夏一・二五一二「葵蔵老髪」、巻二十六・雑八・一二五二二「海辺泉」、巻三十一・雑十三・一四八一三「遠村花」、巻三十六・雑十八・一七二三一「忍恋」。
（4）井上宗雄氏「仲正」（『平安後期歌人伝の研究』所収、一九七八年十月初版、一九八八年十月増補版、笠間書院）。
（5）以下『頼政集』の本文は宮内庁書陵部桂宮本（五一一―一五）に拠る。ちなみに井上氏が拠っていたのは群書類従本である。
（6）「類題鈔」研究会編『類題鈔（明題抄）影印と翻刻』（一九九四年一月、笠間書院）。
（7）井上宗雄氏「「類題鈔（明題抄）」について――歌題集成書の資料的価値――」（『国語と国文学』一九九〇年七月号）。
（8）松野陽一氏「平安末期の百首歌」（『鳥帚　千載集時代和歌の研究』所収、一九九五年十一月、風間書房）。
（9）柴佳世乃氏「西行と法輪寺――道命との関連において――」（『国文』第八十二号、一九九五年一月）。
（10）日本古典文学会編『高松宮御蔵　御手鑑』61（一九七九年十二月、ほるぷ）。ちなみにこの十首和歌については橋本不美男氏「雅親と室町期の飛鳥井家」（『王朝和歌　資料と論考』所収、一九九二年八月、笠間書院）においてより詳しく言及されている。
（11）『日本国語大辞典　第二版』によると「道の途中、他人のかぶっている笠が自分の笠に触れた無礼をとがめだてすること。また、身分の低い者が笠を着けたまま高貴の人の前を通り過ぎる無礼をとがめだてすること」という。

第六節　歌苑抄

藤原資経筆未詳私撰集断簡

原美術館蔵手鑑『麗藻台』は現存する古筆手鑑中の逸品の一つで、五行の大聖武をはじめとする所収切の一部については『かな——王朝のみやび——』[1]『御殿山　原コレクション』[2]などの二、三の図録類で知ることができる。しかしそれら以外の、図録未掲載の切の中にも学術的価値を有するものはなお多い。例えば伝二条為遠筆『松吟集』[3]断簡や伝中山定宗筆国栖切『道玄集』[4]断簡などが特に注目されるところで、また次に掲げる断簡もそうした中の一葉である。

断簡A（以下歌頭に通し番号を付す）

重家朝臣家花さかりにさきてはへりけるに人〳〵まかりてうたよみけるによめる　　顕照法師

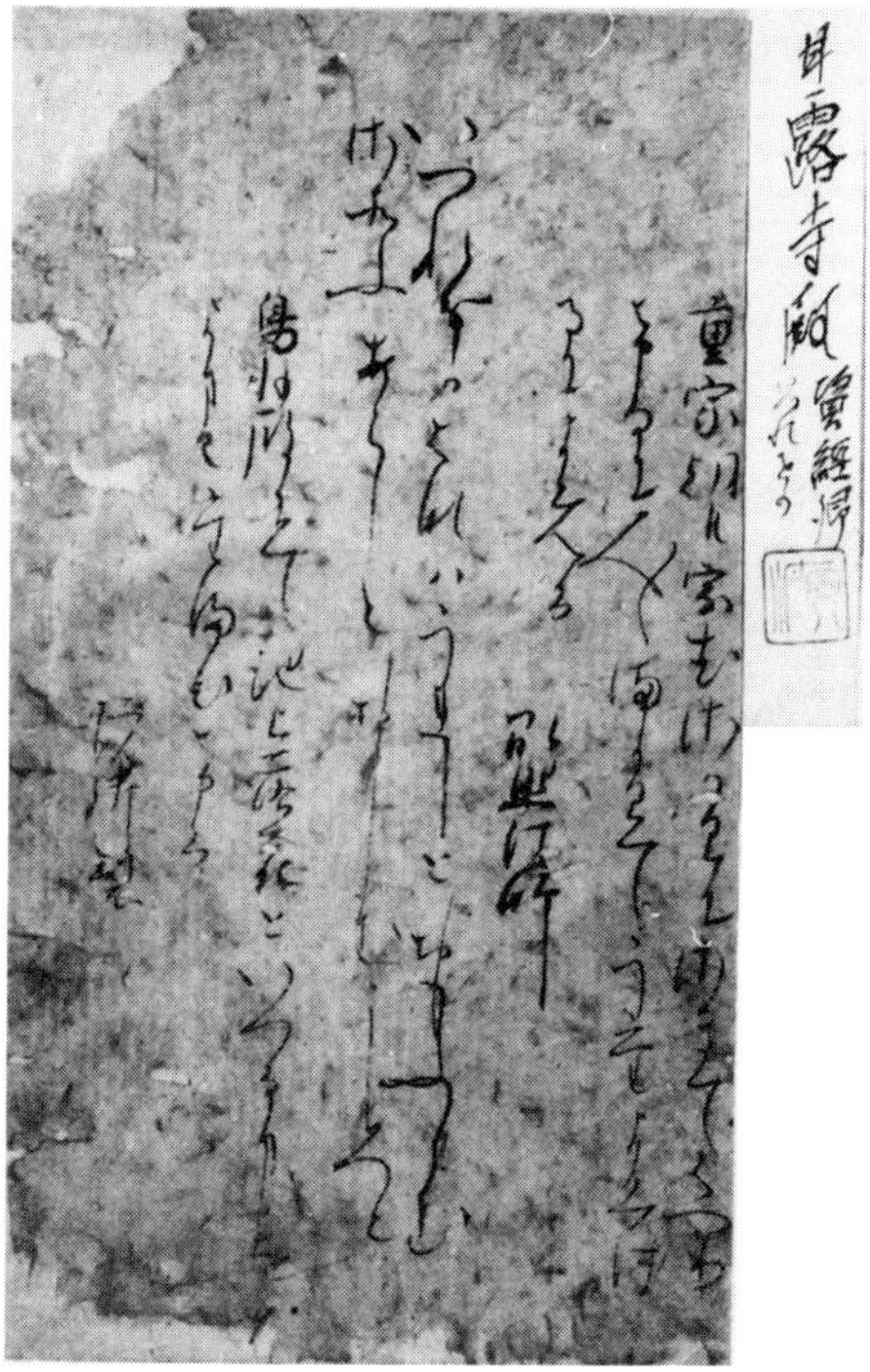

1いつれをかはなはうれしとおもふらむ
さそふあらしとおしむこゝろと
鳥羽殿にて池上落花といへる事を
よませたまひける
院御製

2（歌欠）

縦二十一・三cm×横十二・一cm。極札には「甘露寺殿資経卿いつれをか（守村）」とあり、筋目模様入りの楮紙というその料紙と特徴的な筆蹟とから、これは甘露寺ならぬ藤原資経の真筆と考えられる。資経と言えば冷泉家時雨亭文庫蔵の資経本私家集群が著名であるが、彼が書写していたのは私家集ばかりではもちろんなく、同文庫にはほかに『万葉集抄』が伝わり、また古筆切として巷間に流布しているものの中にも『後撰集』『顕註密勘』などがある。右の断簡Aも私家集ならぬ撰集の類であることは一目瞭然、ところが『新編国歌大観』を繙いてみても記載内容と合致するような作品は検し得ない。すなわち断簡Aは資経の生きた鎌倉時代末期以前に成立した散佚歌集とみられるわけで、あるいはこれこそ『増補新撰古筆名葉集』資経の項の「集未詳、哥二行書、コノ切西行ト古札アルモアリ、誤ナリ」に該当するものかもしれないが、ではその作品名を明らかにする手立てがないかというとそうでもない。実は断簡Aの1の歌が『夫木抄』に入集しており、そこには、

重家卿家会、歌苑抄　　法橋顕昭　　（巻四・春四・一五一九）
いづれをか花は嬉しと思ふらんさそふ嵐と惜しむ心と

のように「歌苑抄」という出典注記が見られるのである。

俊恵撰『歌苑抄』

『歌苑抄』は平安時代末期の歌僧にして歌林苑の主たる俊恵法師が編纂した私撰集で、『和歌色葉』の「俊恵が歌苑抄」、『八雲御抄』の「歌苑抄　俊恵」、『代集』の「歌苑抄　俊恵撰」といった記事によってその存在が知られるものの今日においては散佚、しかし『中古六歌仙』『夫木抄』や久遠寺本『宝物集抜書』などの所収歌の中には「歌苑抄」といった集付・出典注記を持つものがあり、それらを博捜した簗瀬一雄氏によって現在九十一首が佚文として集成されている。[5] また簗瀬氏は種々の徴証から成立を安元三年（一一七七）七月以前――のちに俊恵自身の歌については追補もあった――とした上で、『歌苑抄』の基本的な性格について「普通の形式に従つた一私撰集であるが、主として歌林苑に集ふ人々の歌を集めたものであつた」と結論づけた。また歌林苑を単なる俊恵の僧坊としてのみならず、当時において「相当の勢力を持つてゐた」、「何らかの結社的形態」乃至「同人的雰囲気」を伴う「俊恵を中心とする歌人の集団」であると捉える立場から、『歌苑抄』編纂はその「歌林苑の事業」の一環として計画されたものだったという見方も示した。

この簗瀬氏の説についてはあとであらためて検討するとして、まずは問題の断簡Aである。記載歌の1と2とでは作者も詠作事情も全く異なり、しかし前者の顕昭詠は嵐に誘われ惜しまれる花、後者の「院御製」（後白河院のようである。後述）は「池上落花」といずれも散り際の花を主題とする点、おそらくこれはとある私撰集の春部後半あたりとみられる。また「院御製」とだけあって具体名が示されていないことからは、断簡Aの作者名表記が編纂当時の官位・身位を反映させている様子が窺われないだろうか。すると注目されるのは、前掲『夫木抄』の「法橋顕昭」に対する1の「顕照法師」という異同である。顕昭が法橋に叙せられたのは、承元元年（一二〇七）五月に『日本紀歌注』を後鳥羽院へ献じた際のことだから（『明月記』同月二十日・二十三日条）(6)、『夫木抄』がその最終僧位を用いているのは当然として、ならば法橋ではなく法師とする断簡Aは、少なくともその承元元年以前――『夫木抄』より百年近く遡る――に成立していた私撰集であることになろう。さらに1の「重家朝臣家花さかりにさきてはへりけるに人〳〵まかりてうたよみけるによめる」という詞書は、『夫木抄』の「重家卿家会」に較べて遙かに詳しく、それは前者が後者の典拠たり得る資格を有し、しかもその逆は決してあり得ないという事実を告げよう。

　このように断簡Aは承元元年以前に成立した散佚私撰集の一部とおぼしく、また載せているうちの一首が『歌苑抄』に収められていたという顕昭詠、そしてその詞書は今日それを伝えている『夫木抄』以上に詳しいのである。現存資料に基づく限りのこれらの徴証からすると、断簡Aがその『歌苑抄』である可能性は相当高いと言えるだろう。

　そこで断簡Aのツレはないかと探してみると、まず『旧日向飫肥藩主　伊東子爵家所蔵品入札』（一九三六年五月二十五日、東京美術倶楽部）なる売立目録中の「五〇　古筆手鑑帖」に次の一葉が貼られていることがわかった。

断簡B

　　　　上西門院兵衛
3すみれつむたよりにのみそふるさとの
あさちかはらはひとめみえける
　　すみれをよめる
　　　　源仲正
4つまこひのはるのきゝすに□

あたにすみれのはなちりにけり

前掲『古筆名葉集』も語るがごとく、資経筆の断簡は時に西行筆と極められることがあり、ちょうどその「西行法師」という極札を断簡Bは持っている。また記載の二首とも他文献には見出せない新出歌であり、うち4の仲正の歌が三句目を欠く理由は不明だが、ともあれこれも散佚私撰集の春部――すみれの歌が並ぶことから――の断簡と考えてよい。寸法未詳、ただし売立目録では同手鑑所収の断簡がほかに五葉ほど図版化されていて縮小率も同じとおぼしく、中に四行の大聖武があるのでその界高を二十三・二cm前後とみて比率計算してみると、断簡Bの縦は二十一・四cm（ちなみに横は八・九cm）前後という結果が得られる。サイズも断簡Aとは一致しているわけである。唯一料紙が筋目模様かどうかという点のみ確認できないが、売立目録の不鮮明な図版を拡大したものであるので致し方ないところであろう。筆蹟についても同様の理由で厳密な比較は難しいものの、全体的にはよく通じている印象であり、特に断簡A三行目、断簡B四行目にそれぞれ存する「よめる」という三文字などは酷似している。これらの点から断簡Bは断簡Aのツレである可能性が高そうであり、確実性には欠けるけれども、今はそうと認めてみることにしたい。

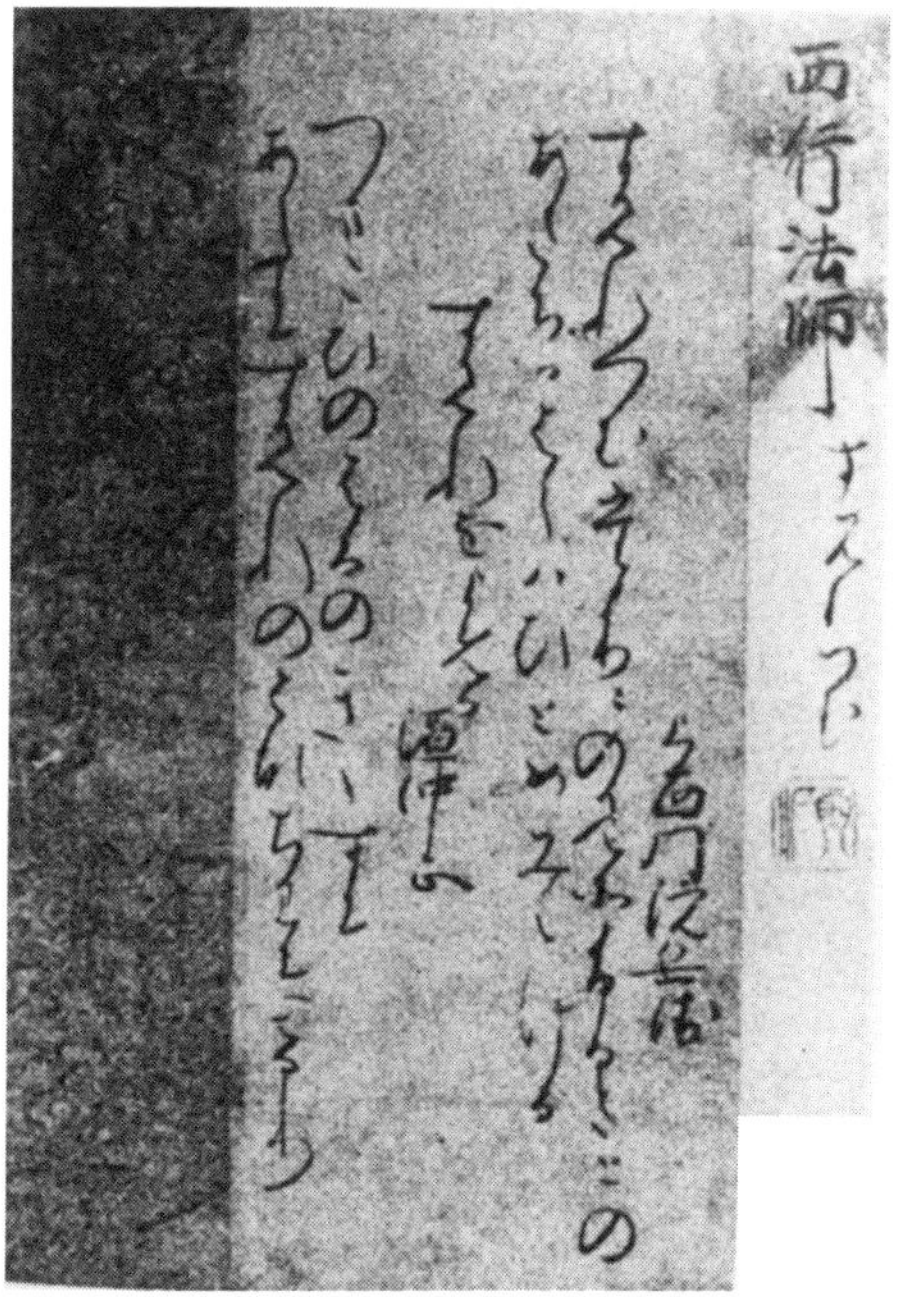

また本論初出後、さらに次の四葉の存在を知り得た。

断簡C

5たれかまたはなたちはなにおもひいてん
われもむかしのひと丶なりなは

照射をよめる

藤原親重

6ともしするさつきのやまはくらけれと
しかにおもひをかけてこそいれ

俊忠卿家哥合に照射をよめる

藤原顕綱朝臣

7さつきやみしけきはやまにたつしかは
ともしにのそ《み》人にしらる丶

蛍火をよめる

8（歌欠）

断簡D

一宮紀伊

9ほと丶きすゆくゑ《も》しらぬひとこゑに
こ丶ろそらなるさつきやみかな

花菀左大臣

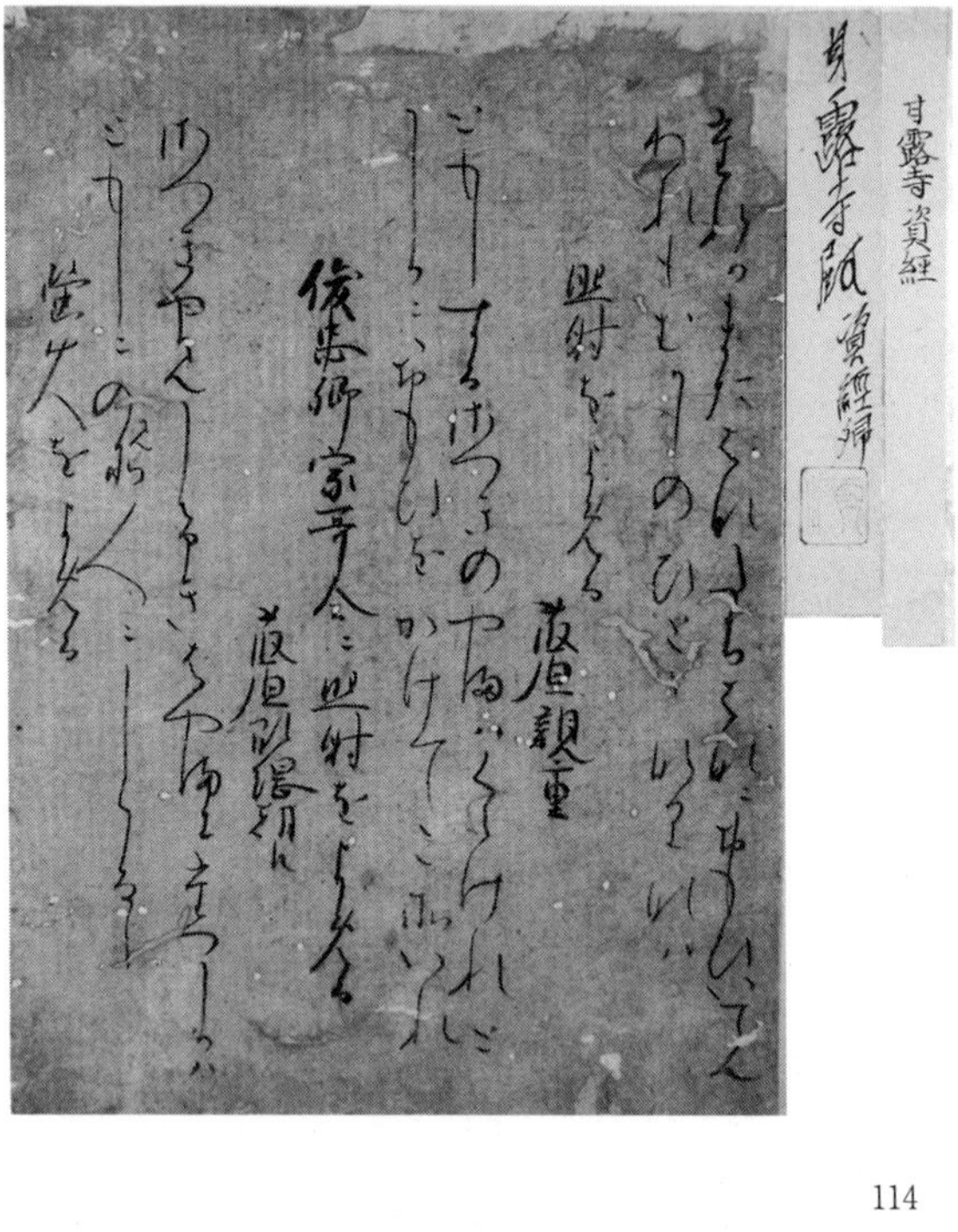

10きゝてしもなをそねられぬほとゝきす
まちしよころのこゝろならひに
兼房朝臣ひさしくをとしはへらさ
りけれは五月五日にいひつかはしける
大納言経信
11□をたえてはるよりのちのとはぬには
けふにそいとゝあやめられける

断簡E

安心法師
12たかさこのをのへのさくらさきぬれは
こすゑにかくるおきつしらなみ
人〱大門にてはな見にまかりぬと
きゝてよみてつかはしける
空仁法師
13くも[の]うゑにちれるさくらのはなをもや
そらにしられぬゆきと見るらむ
哥林苑にて人〱百首の哥よみはへり
けるに落花をよめる

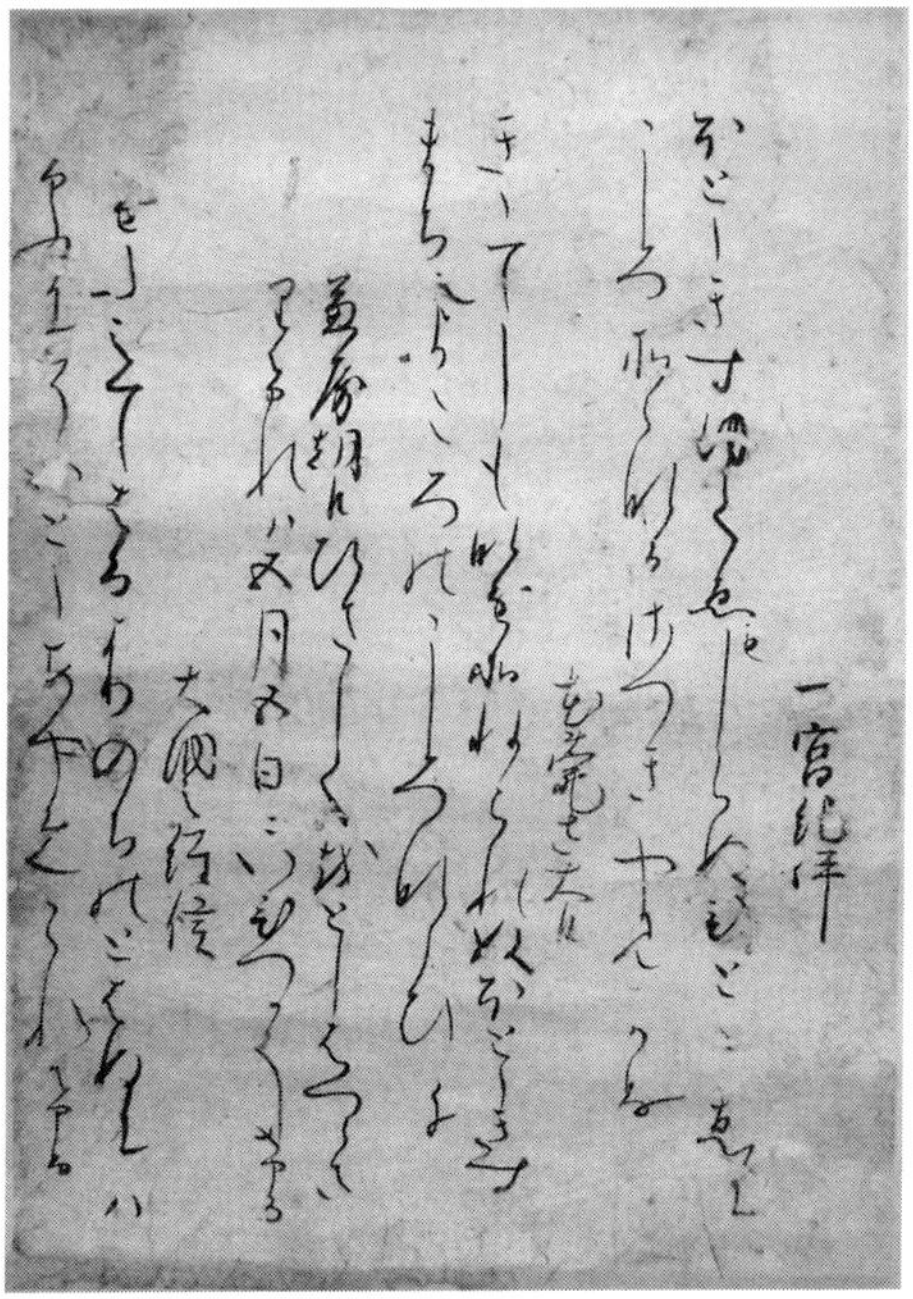

14（歌欠）　　源通清

断簡F

〈オモテ〉

待郭《（ママ）》心をよみたまへる　　法性寺入道前太政大臣

15よしさらはなかてもやみねほと、きす

〈ウラ〉

16□くひなとしりぬれは

よのあくるにそまかせたりける　　藤原隆信

17□や□は

断簡Cは個人蔵手鑑所収で「甘露寺殿資経卿（守村）」という極札を持っている。うち5が『新古今集』（巻三・夏・二三八）ほか所収の藤原俊成詠、7が『千載集』（巻三・夏・一九六）ほか所収の藤原顕綱詠とそれぞれ一致している一方で、該当歌不明の8はともかく、6の藤原親重（勝命の俗名である。後述）詠は現存する他文献には見出せず、つまりは断簡A・Bと同様の散佚私撰集と位置づけられるものである。また料紙は縦二十一・〇cm×横十五・四cm、筋目模様入りの楮紙、少なからぬ破損を被っているのも断簡Aと共通しており、まずは断簡Aのツレとして『歌苑抄』の夏部と認めてよさそうである。断簡Cの方は一面十一行と断簡Aに較べて三行多いが、その分横の寸法も三cm近く長いので矛盾はしない。断簡Aは料紙の右側が切り離されているとおぼしく、断簡Cのそれが典籍時の本来的な寸法だったとみられよう。

次の断簡Dは池田和臣氏によって紹介された坂田穏好氏蔵の伝西行筆の一葉である。[7] 池田氏の論では9の紀伊詠が『一宮紀伊集』（一四）に、10の花園左大臣源有仁詠が『新古今集』（巻三・夏・一九九）ほかに見出せる中、11の源経信詠が従来知られていなかった新出歌であることに注意が払われてはいながらも、この断簡Dの書写内容自体については「平安時代の末期から鎌倉初期に成立した今に伝わらない散佚私撰集」と言及された程度であった。しかし縦二十一・一㎝×横十五・一㎝という寸法及び筆蹟はやはり断簡A・Cと共通しており、また坂田氏のご厚意により実地に調査したところ、その料紙には筋目模様も確認できた。従ってこれも『歌苑抄』の夏部と扱うことができよう。

断簡Eは『思文閣墨蹟資料目録』第百十九号（一九八二年五月）に「西行法師　和歌二首切　猪熊信男旧蔵」として掲載されている一葉で、大垣博氏のご教示によって知り得た。筋目模様の有無については断簡Bと同じく確認できないが、寸法は「縦二一糎」「巾一五糎」の由であり（同目録）、また図版を見る限り断簡A～Dと同筆であるとおぼしい。加えて内容も未詳私撰集であるという点、やはりツレであろうと思われる。記載歌のうち12の安心法師詠は『千載集』では、

　花歌とてよめる　賀茂成保
　たかさごのをのへの桜さきぬればこずゑにかくるおきつ白浪　（巻一・春上・六八）

のように賀茂成保詠となっており、また藤原公重の『風情集』にも、

　桜
　高砂のおのうゑのさくらさきぬれはきゝのこすゑにかゝるしらなみ　（三六三）

という類歌が存して問題となる。13の空仁法師詠は『御裳濯集』（巻三・春下・一五七）に入集している。14の源通清詠については、現存資料の範囲内では該当しそうな歌は見出せないようである。ただ詞書によると「落花」の歌だったというので、この断簡Eはおそらくのところ断簡Aの近くに位置していたのであろう。

最後の断簡Fは殿本佳美氏によって紹介された田中登氏蔵の伝甘露寺資経筆の一葉である。[8] 縦二十・二cm×横四・二cm。ウラ面は相剝ぎされているらしく墨痕がわずかに残っているだけであり、しかも裏打ちされてもいる由なので、掲載図版に拠る限り判読はかなり困難である（ここでも殿本氏の翻刻を参考にしている）。殿本氏は15が『田多民治集』（三五）に存していること、16は他文献に検し得ない新出歌たること、17は判読困難ながら16同様「くひな」詠だった可能性があること、15と16・17との間には本来もう数首があったと推されることなどを指摘している。

佚文再整理

ところで簗瀬氏が『歌苑抄』佚文集成に活用した資料のうち『中古六歌仙』と『夫木抄』だが、その後見出されたそれぞれの伝本の中には集付や出典注記、また作者名などに異同が存するものもあるので、今あらためて整理し直しておきたい。まず『中古六歌仙』は簗瀬氏は続群書類従本に拠っているが、[9] 橋本不美男氏が報告した「薫集歌抄」なる箱書を持つ伝寂蓮筆の鎌倉時代初期写本では、簗瀬氏が採集した以外の、

（俊頼）
旅
しながどりゐなのはまや《ママ》に旅寝して夜半のひかたに目を覚ましつる　（六一）

という一首（ほか『堀河百首』一四六四）にも「歌苑抄」という集付が見られる。(10)次に簗瀬氏が国書刊行会本（以下「国書本」と略）を用いた『夫木抄』だが、現存伝本すべてを調査するのはいたって困難、そこでとりあえず『新編国歌大観』本文（静嘉堂文庫本を底本とする。「大観本文」と略）に加えて永青文庫本(11)（「永青本」と略）と宮内庁書陵部本(12)（五一一・三〇、「書陵部本」と略）、及び寛文五年版本(13)（「版本」と略）とを照らし合わせてみたところ、問題となる異同としては以下の三つが確認できた。すなわち一つ目は大観本文の、

家集、夏神楽　　　権僧正公朝

河社しのにふりはへ秋津羽の袖振る妹が夏神楽する　　　（巻八・夏二・三三八六）

という一首の歌頭に国書本では「歌苑抄」とあるのだが、右の大観本文のみならず他の三本ともそれを欠く。そもそも作者の公朝は宗尊親王に近侍した鎌倉時代の歌僧であるから、ここはないのが正しいだろう。次に二つ目は大観本文に、

源氏物語の名によせてよめる恋歌、歌苑抄　　　登蓮法師

逢はぬ夜の心ゆかしの手習は恋しとのみぞ筆は書かるる　　　（巻三十六・雑十八・一七一二五）

とある出典注記の「歌苑抄」が国書本（と版本）では「歌林抄」となっており、故に簗瀬氏はこれを『歌林抄』の佚文として扱っている。(14)しかしながらほかに書陵部本も「歌苑抄」として大観本文同様なので（なお永青本には出典注記そのものがない）、いずれが是かは俄に判断できないが、少なくとも可能性としては『歌苑抄』の方とも考えられるわけである。それから三つ目は大観本文の、

恋歌中、歌苑抄　　　鴨長継

ことわりやたゆればこそは乱るらめ節繁かりし賤のしけ糸　　　（巻三十三・雑十五・一五六八一）

という一首の作者「鴨長継」を国書本（と版本）が「鴨長明」とするもので、すでに辻勝美氏によって論じられているように[15]、この異同、『歌苑抄』の成立時期がいつかという問題に関わってくる点で重要である。

成立をめぐって

順を追って説明すると、『歌苑抄』の成立時期について簗瀬氏は、①『楢葉集』の、

　　俊恵法師が歌苑抄撰び侍りける末つ方、集はいできたりや、ゆかしくこそとて　　法橋顕昭

おぼつかな歌の林にあつむなるその言の葉は散るや散らずや　（巻十二・雑三・九四七）

返し　　俊恵法師

散りぬべき歌の林の言の葉もそなたの風を待つと知らなむ　（同九四八）

という贈答歌の存在から、まず顕昭の歌壇進出以降とみてそれを永暦元年（一一六〇）前後とし、また②「拾遺歌苑抄序」（後掲）が安元三年（一一七七）七月に執筆されていることから同年以前とし、さらに③『八雲御抄』の、

現存集　敦頼　　拾遺現存　憲盛　　歌苑抄　俊恵

　現存集已下三箇度、今撰集、桑門集以前也。而不被書入之条太以不審事也。

という二行目のいわゆる「後人私記」の記述から『今撰集』成立の永万元年（一一六五）頃以前として外部徴証の主なものとした。一方④『歌苑抄』佚文のうち、

安元元年十月右大臣家歌合、落葉、苑抄（ママ）　　藤原基輔朝臣

紅葉ちる清滝川をきてみれば錦をつまぬ筏士ぞなき

（『夫木抄』巻十六・冬一・六四三八）

という一首の作者藤原基輔、及び前掲「ことわりや」の歌の作者鴨長明をともに若年なりと推測して「年齢から考へるならば、成立年次の上限を治承元年（一一七七）以前に置くことは困難であ」ろうかとし、⑤同じく佚文中の俊恵の歌二首（『中古六歌仙』一九五・二〇〇）が網羅主義を標榜する家集『林葉集』には見られない点から「その成立以後の詠とすれば、治承二年（一一七八）八月二十三°（二イ）日以後のものをも含むことになる」としてこれらを内部徴証とした。そして外部徴証と内部徴証とを突き合わせ、うち③については「後人私記」であり「直ちに信用することは、頗る危険を含む」から、④と矛盾するようであるなら「撤回しなければなら」ず、結果前述のように、

『歌苑抄』は安元・治承の交の撰述で、安元三年（一一七七）七月以前に一旦成立し、俊恵自身の歌は後に加へられたものも存すると見るべきである。

としたのであった。

しかし問題の「ことわりや」の歌の作者が大観本文では長明ではなく長明の父「鴨長継」となっており、のみならず永青本・書陵部本もまた同様であるのでそれが正しい可能性が高く、ならば辻氏が指摘したとおり「長明については『歌苑抄』作者から除外しうるので問題は生じないことになる」。またついでに述べれば簗瀬氏が同時に取り上げた藤原基輔も、詞書に「安元元年十月右大臣家歌合」とあり実際その歌合で詠んでいることが確認できるので（七番左）、たとえ若年であったにしても取り立てて不審とするには足りないだろう。さらに⑤に関しても、現存する『林葉集』は流布本・異本ともに完本ではない残欠本であるとおぼしく、(16)従って氏が問題とする二首も本当に『林葉集』に最初から入っていなかったかどうかはわからないので、そのような曖昧な事象に基づいてわざわざ問題を増やさなくてもよいように思われる。

そうすると結局簗瀬氏が掲げた徴証の中で生き残るのは、①の顕昭歌壇進出時期と②の「拾遺歌苑抄序」（以下「序」と略）の二つだけだということになる。うち②の「序」は内閣文庫蔵「和歌序集」[17]所収、中原時元（安性法師）が『歌苑抄』を承けて編纂した『拾遺歌苑抄』（やはり散佚）の真名序のみが伝わったものである。初めて紹介したのは樋口芳麻呂氏[18]、ついで簗瀬氏が具体的に検討を加え、その末尾に「于時安元三年歳次丁酉七月　日中原時元記之」とあることから『歌苑抄』は当然それ以前の成立と論じた。「序」に基づくこの下限の設定は現在もなお有効のようで、ならば上限の方はいつかと言うと、確かに①の顕昭歌壇進出時期も参考にならないことはないものの、それよりは先の④で触れた基輔詠の方が年代的に一層下る徴証である。従って『歌苑抄』の成立は安元元年（一一七五）十月以降、「序」が執筆された同三年七月以前の約二年半ほどのうち、と考えることがひとまずはできよう。

しかしそれでは『歌苑抄』と『拾遺歌苑抄』との成立時期があまりにも接近しすぎていることにならないだろうか。「序」には、

近年有歌苑抄、蓋乃永承以後承暦以往[a]不入諸集之代抄内千三百篇、

と『歌苑抄』についてまず述べたあと、

彼時漏撰定之句句振玉金声、其後滋秀逸人人連綿継蹄[b]、若小致校拾之勤、延有■《胎湮歟》煙滅之恨、仍採新旧於一千首、
分部帙於十二巻、号同拾遺歌苑抄、

のように『拾遺歌苑抄』撰集の理由と経緯とを明らかにした一節がある。うち傍線部bでは『歌苑抄』以後も秀逸の歌人は連綿と続いていったと言っており、この書きぶりは『歌苑抄』と『拾遺歌苑抄』との間にある程度の年数が存したことを思わせる。のみならずこれに関わってもう一つ問題となるのは、傍線部aで『歌苑抄』の撰歌範囲を「永承以後承暦以往」と伝えている点である。もっとも下限が承暦年間（一〇七七～一〇八一）というのは明らかに誤り

で、『歌苑抄』佚文としてこれまでに挙げてきた数首についてもそうであるし、また例えば『無名抄』が伝える、

俊恵語云、「（略）俊恵が哥苑抄の中には、

一夜とて夜離れし床の小筵にやがても塵の積りぬる哉

是をなんおもて哥と思ひ給ふるは、いかが侍らん」とぞ。

という二条院讃岐の歌（ほか『千載集』巻十四・恋四・八八〇など）なども承暦以後の詠たることは言を俟たない。そこで「承暦」を仮に「永暦」年間（一一六〇～一一六一）あたりの誤写ではないかとみてみると、『歌苑抄』撰歌範囲の下限から『拾遺歌苑抄』成立までには約二十年近い空白期間が生じるわけで、少なくとも傍線部bの記述については納得できることになろう。

加えて『歌苑抄』成立の上限が安元元年だったとすると、それは断簡C6の作者名表記が勝命の俗名「藤原親重」となっていることとも相容れないようである。勝命が出家した正確な年次については未詳だが、承安二年（一一七二）十二月八日の道因法師勧進広田社歌合にはまだ「親重」（十九番左・三七ほか）で出詠している。一方『夫木抄』には、

同（承安五年三月重家卿家歌合、故郷新柳）　勝命法師

猿沢の池のうすらひ打解けて玉藻をやどす岸の青柳　（巻三・春三・七八九）

七夕を、歌苑抄　藤原親重

七夕の雲のはたたておる衣うらめづらしく打ちかさぬらん　（巻十・秋一・四〇〇七）

滝辺時雨、万代　勝命法師

一時雨すぎにけらしなみ吉野の吉野の滝津岩たたくなり　（巻十六・冬一・六四一八）

承安五年三月重家卿家歌合、池辺寒蘆　勝命法師

水はらむ姿の池の汀にてしほるる蘆や我が身なるらん　（巻二十三・雑五・一〇八六三）
家集、小松が崎　勝命法師
なにはがた浦風さむみ塩みてば小松が崎に千鳥鳴くなり　（巻二十六・雑八・一二一五九）
承安五年三月重家卿家歌合、逢不逢恋　勝命法師
よぶたびにくれどもなどやしけいとのよるは心にまかせざるらん　（巻三十三・雑十五・一五六七九）

という六首の勝命詠があり、うち二首目のみ「藤原親重」となっているのは、出典たる『歌苑抄』の作者名表記をそのまま用いたためとみられる。従って一・四・六首目の「勝命法師」についても同様に、承安五年（一一七五）三月開催の重家卿家歌合における作者名表記の反映であると理解されよう。この点から勝命はすでに承安五年までには出家していたと推されるのであり、ならば断簡Ｃ６や右の二首目の作者名を「藤原親重」とする『歌苑抄』はおそらくはそれ以前の成立だったということになり、先の安元元年上限説とは矛盾してくるわけである。

さらに安元元年上限説についてはもうひとつ、断簡Ｆ17に「藤原隆信」とのみあることに基づいた殿本氏の、一般的に歌集では四位になると作者名に朝臣がつくといわれるが、ここでの作者名表記が「藤原隆信」のままである（略）。『歌苑抄』の成立年代の（略）下限を隆信が四位となる承安四（一一七四）年以前とすれば、今度は（略）上限「安元元年十月以降」と矛盾することになる。

という説得的な指摘も存する。これは右の勝命の問題とも整合してくる指摘であって、こうなってくるともはや基輔の安元元年詠に限っては、『歌苑抄』の佚文と認定すること自体を見直してみる方がよいかもしれないと思われてくる。その場合、詠作年次の判明するほかの歌のうち、仁安二年（一一六七）八月開催の太皇太后宮亮平経盛朝臣家歌合への出詠歌（八番右）と一致する、

秋歌中、歌苑抄　　　　　　　　　　　　　　　　　　　　　　実清朝臣

あはれとやねらふさつをも思ふらん牡鹿妻どふ秋の夕暮れ

（『夫木抄』巻十二・秋三・四八五二）

という一首についても、永暦年間までという撰歌範囲の下限からは六年も後れてしまっている以上、佚文として扱うわけにはやはりいかなくなるだろう。

とある佚文の信憑性を疑うことは、同一資料内――この場合は『夫木抄』――におけるその他の佚文の信憑性をも揺るがしかねないことになるので、あまり積極的には行いたくないのであるが、今は状況的にそうするのが最も適切なように思われる。よって仮に基輔の安元元年詠及び実清の仁安二年詠を佚文から除外して考えてみると、『歌苑抄』の成立は承安四年以前のとある時点ということになろう。もちろん今後のさらなる資料発掘によって補訂されてもいくであろうが、現段階における一推定として示しておきたい。

『歌苑抄』の性格

さて、ここでもう一度「序」の「永承以後承暦以往」という『歌苑抄』の撰歌範囲に関する記述を取り上げてみたい。簗瀬氏は「この記載をそのまま認めることは出来ない」と一蹴したきり省みず、確かに繰り返し述べてきたように「承暦」という下限については問題があった。しかし一方の「永承」年間（一〇四六～一〇五三）という上限はどうであろうか。それを検討するために、前述の異同を反映させかつ断簡A～Fをも含める形で、『歌苑抄』佚文から知られるすべての作者を次に示そう。なお配列は没年順（含推定）とし[19]、『中古六歌仙』は「中古」、『夫木抄』は「夫木」、久遠寺本『宝物集抜書』は「宝物」、『楢葉集』は「楢葉」、『無名抄』は「無名」とそれぞれ略することにする。

⑴源兼隆／天喜元年（一〇五三）没／一首…宝物五九
⑵藤原道宗（通宗か）／応徳元年（一〇八四）没／一首…夫木三八六一
⑶源経信／永長二年（一〇九七）没／一首…断簡Ｄ11
⑷源頼綱／永長二年（一〇九七）没／一首…夫木六一二六
⑸藤原顕綱／長治元年（一一〇四）までは生存／一首…断簡Ｃ７
⑹康資王母／長治三年（一一〇六）までは生存／一首…宝物三五六
⑺一宮紀伊／永久元年（一一一三）までは生存／一首…断簡Ｄ９
⑻源経兼／保安二年（一一二一）までは生存／一首…夫木九〇六六
⑼源俊頼／大治三～四年（一一二八～一一二九）頃没／八首…中古一・四・一六・一八・二六・三一・六一・六六
⑽行尊／長承四年（一一三五）没／一首…夫木二二九一
⑾源仲正／保延三年（一一三七）までは生存／一首…断簡Ｂ４
⑿藤原基俊／永治二年（一一四二）没／六首…中古一三三（＝夫木四七三〇）・一三六・一三八・一三九・一四五・
夫木一七一五一
⒀源忠季／久安二年（一一四六）までは生存／一首…夫木一六〇三
⒁源有仁／久安三年（一一四七）没／一首…断簡Ｄ10
⒂平忠盛／仁平三年（一一五三）没／一首…夫木二一一八
⒃源頼行／保元二年（一一五七）没／一首…夫木六一三九
⒄恩覚／応保二年（一一六二）までは生存／一首…夫木四四九五

(18)源惟重／長寛元年（一一六三）没／一首…夫木二七四六
(19)藤原忠通／長寛二年（一一六四）没／一首…断簡F15
(20)快修／承安二年（一一七二）没／一首…夫木一二二五三
(21)安心／承安二年（一一七二）までは生存／一首…断簡E12
(22)藤原重義／承安二年（一一七二）頃までは生存／一首…夫木三二八八
(23)鴨長継／承安二～三年（一一七二～一一七三）頃没か／一首…夫木一五六八一
(24)源通能／承安四年（一一七四）没／一首…夫木六七四一
(25)藤原清輔／安元三年（一一七七）没／十六首…中古六九・七二・七六・七八・八一・八三・八六・八七・八九・九五・一〇〇・一〇三・一〇五・一一七・一一八・夫木一五二五
(26)空仁／治承元年（一一七七）頃までは生存か／一首…断簡E13
(27)藤原公光／治承二年（一一七八）没／一首…宝物一〇八
(28)藤原教長／治承二年までは生存／一首…楢葉二一五
(29)登蓮／治承二年（一一七八）までは生存／九首…中古二一〇～二一二・二一六・二一七・夫木五一九二・一六〇九一・一七一二五・宝物三七五
(30)道因／治承三年（一一七九）までは生存／三首…夫木三四七・宝物一八・一三七
(31)源頼政／治承四年（一一八〇）没／一首…夫木一一〇〇二
(32)源通清／治承四年（一一八〇）までは生存／一首…断簡E14
(33)寂超／治承四年（一一八〇）頃までは生存か／一首…宝物三二五

(34)寂念／養和元～寿永元年（一一八一～一一八二）頃までは生存か／一首…夫木二九一七
(35)寂然／寿永元年（一一八二）までは生存／一首…宝物一一二
(36)上西門院兵衛／寿永二～元暦元年（一一八三～一一八四）頃没か／一首…断簡B3
(37)藤原資隆／文治元年（一一八五）までは生存か／一首…夫木六一三一
(38)藤原親重／文治三年頃（一一八七）までは生存／二首…夫木四〇〇七・断簡C6
(39)賀茂重保／建久二年（一一九一）没／一首…夫木二三三〇
(40)俊恵／建久二年（一一九一）以前に没／十四首…中古一五二・一六二・一六四・一六七（＝夫木四〇〇八）・一六九（＝夫木一〇八八六）・一七二・一七八・一八六・一八九・一九五・一九八・二〇〇～二〇二
(41)後白河院／建久三年（一一九二）没／一首…断簡A2
(42)藤原実家／建久四年（一一九三）没／一首…宝物八五
(43)祐盛／正治二年（一二〇〇）までは生存／一首…宝物三五七
(44)殷富門院大輔／正治二年（一二〇〇）頃没か／一首…宝物九五
(45)源師光／元久元年（一二〇四）までは生存か／一首…宝物六六
(46)藤原俊成／元久元年（一二〇四）没／二首…夫木四四九四・断簡C5
(47)藤原隆信／元久二年（一二〇五）没／二首…断簡F17・宝物六九
(48)顕昭／承元三年（一二〇九）までは生存／一首…夫木一五一九（＝断簡A1）
(49)二条院讃岐／建保五年（一二一七）頃没か／一首…無名「代々恋歌秀歌事」
(50)藤原季経／承久三年（一二二一）没／一首…夫木九四一四

(51)読人不知／一首…夫木四三三五

(52)不明／二首…断簡C8・断簡F16

以上作者は五十一名（不明の断簡C8・F16は(50)以前の誰かと重なる可能性もあるのでここでは数に入れないでおく）、歌数は（詞書のみの断簡A2・C8・E14をも含めて）百六首である。うちいくつかについて補足説明を加えておくと、まず(1)源兼隆の、

源ノ兼隆《カネタカ》

哥苑抄　ヨヒノマニキミヲシイハイヲキツレハマタヨノフカキコ、チコソスレ　（久遠寺本『宝物集抜書』五九）

という一首は実は『続詞花集』（巻七・賀・三二六）及び『兼澄集』（Ⅰ八三・Ⅱ二八）に見られる源兼澄（長和元年〈一〇一二〉までは生存）の歌である。しかし『宝物集抜書』のみならず『歌苑抄』も確かに作者を兼隆としていたならば、たとえそれが誤伝であっても「永承以後」という撰歌範囲とよく合致することにはなろう。

次に(2)の藤原道宗は伝未詳、ただしこの『夫木抄』の、

題不知、歌苑抄　　藤原道宗朝臣

葛の葉のうら吹きかへす風の音も今日はすずしな蝉の羽衣　（巻十・秋一・三八六一）

という一首は『経衡集』に、

からきの兵衛佐みちむねのもとより、いとおほつかなきまては、なとかそのこと、なくて、これよりもまさぬを、けふは秋の節にいれは、かせにをとろきてとて

くすのはのうらふきかへすあき風にけふはすゝしなせみのはころも　（一一六）

返し

あきかせのたよりにしもはおとすらむうらむるくすのはとはしらすや　（一一七）

のように和歌六人党の一人藤原経衡との贈答歌として収められている点、時代的には藤原通俊の兄通宗に比定できるかもしれず[20]、もしそうでなくても大きくずれることはないはずなので、一応その仮定に沿って没年を示しておいた。

また⑽の行尊は『夫木抄』の、

三月尽夜、歌苑抄　　大僧正行尊

夜もすがら惜しみ惜しみて暁の鐘とともにぞ春は尽きぬる　（巻六・春六・二二九一）

という一首に基づくものだが、同じ歌が『玉葉集』では「大僧正行慶」作となっており（巻二・春下・二九一）、もしこちらが正しければ行慶は永万元年（一一六五）没であるから⑽よりも少々遅れる⒆と⒇との間に位置づけなければならない。

同様に㉘藤原教長の一首はその『楢葉集』の、

（題不知）　　実叡法師

鹿の音を寝覚にきけば菅原や伏見の里は秋ぞかなしき　（巻三・秋・二一五）

此歌、奈良の人々、故郷歌合といふ事して、参議教長卿に判をうけ侍りける時、実叡法師が詠なり、而に歌苑抄に教長卿と記せり、誤れるなり

という左注によれば本当は実叡の歌だったといい、ならば実叡は建久三年（一一九二）までの生存が確認されるので㊶と㊷との間あたりが相応しくなる。それにしてもこの左注の指摘といい先の兼隆・兼澄の例といい、『歌苑抄』にはこうした類の不備・混乱が少なくなかったのであろうか。

最後に断簡Ａ２の「院御製」。『歌苑抄』の成立時期にただ「院」とだけ呼ばれていたのは後白河院だろうから、そ

う比定して⑷に掲げた。なおこの「鳥羽殿にて池上落花といへる事をよませたまひける」という詞書を持つ断簡A2は、あるいは『千載集』の、

親王におはしましける時、鳥羽殿に渡らせ給ひける頃、池上花といへる心を詠ませ給うける

院御製

池水にみぎはの桜ちりしきて浪の花こそ盛りなりけれ

（巻二・春下・七八）

という後白河院詠と同一の歌である可能性が存していようか。こちらの題は「池上花」だが歌そのものは「池上落花」の題意にもよく適っているように読むことができる。それから『粟田口別当入道集』には、

新院、鳥羽南殿にわたらせたまひて、池上落花といふ題にて、上達部、殿上人めして、和哥講せさせ給し、殿上人のうちにめされて

（以下空白、一〇九の次）

という詞書（ちなみに「新院」は崇徳院である）が見られ、場と題とが一致する点、これとの関係も考慮した方がよいかもしれない。

ともあれそれでは作者を通覧してみると、最初に注目されるのはやはり⑴源兼隆と⑵藤原道宗だろう。右に述べたように前者はその没年から、後者は経衡との贈答歌である点から、それぞれ永承年間に近い時期の詠として扱われることが可能であり、従って『歌苑抄』が撰歌範囲の上限を永承年間としていたというのはおそらく認めてよいのだろうと思われる。のみならずこの一覧には見逃せない点がもう一つあり、すなわち俊恵の僧坊歌林苑は遅くとも長寛年間（一一六三〜一一六四）頃にはほぼ確実に存在していたとみられるが[21]、そうすると⒃源頼行、もしくは⒂平忠盛あたりまでの作者は歌林苑を構える以前にすでに没していたことになろう。このことは実は『歌苑抄』の性格を考える上で大変重要なのである。

先にも少し触れた点だが、歌林苑を当時相当の勢力を築いていた「地下の作家集団」と位置づける簗瀬氏は、

（歌林苑に）歌人達が集つて、月次・臨時の歌会を開催してゐる間に（略）歌林苑の事業として撰集のことが計画されるやうになつたことは、最も注意すべきである。歌人集団としての団体意識が明確になると共に、さうした気運が自から醸成され、『歌苑抄』（略）等が編纂されることゝなつたのである。

と論じて俊恵による『歌苑抄』の編纂をもその活動の一環として捉え、かつ『歌苑抄』の性格についても、

普通の形式に従つた一私撰集であるが、主として歌林苑に集ふ人々の歌を集めたものであつたらう。『夫木抄』の頭注に誤謬が無いとすれば、前代の歌人の歌のみならず、読人しらずの詠をも収めてゐることになるが、当代の、しかも歌林苑と関係の深い人々を主としてゐることは明らかである。

のようにまとめた。以後例えば島津忠夫氏が「『歌苑抄』は恐らく俊恵が、その歌林苑に集ふ人々を中心に集めた私撰集と考えられる」と言い[22]、大取一馬氏が「歌林苑歌壇の収穫とも言うべき『歌苑抄』」と言い[23]、松野陽一氏が「歌林苑を中心とした、歌苑抄、拾遺歌苑抄の編纂」と言っている[24]のはいずれも右を踏まえた上とおぼしく、つまりこの簗瀬氏の把握はそれだけ定説として認められてきたわけである。

しかしながら「歌林苑と関係の深い人々を主としてゐること」は本当に「明らか」であるのかどうか、簗瀬氏も一言断ってはいるように『歌苑抄』には「前代の歌人の歌」や「読人しらずの詠」が収められており、うち「前代」の定義は難しいが仮に前述した歌林苑以前の(16)源頼行までとみておくと、それらは合計二十八首で佚文中の四分の一以上を占めるということになる。また歌林苑の存在時期に生存していた(17)恩覚以降の歌人にしても、その恩覚をはじめ(18)源雅重・(19)藤原忠通・(20)快修・(22)藤原重義・(23)鴨長継・(24)源通能・(27)藤原公光・(33)寂超・(34)寂念・(35)寂然・(36)上西門院兵衛・(41)後白河院の十三名は、実のところ歌林苑における催しへの参加が現在なお確認も想定もされていないの

である。[25] そうした彼らと⒃源頼行以前とを併せた歌数は四十一首、全体の四割近くにものぼるのであって、これでは『歌苑抄』がその所収歌人を「歌林苑と関係の深い人々を主としてゐることは明らか」だとは到底言えないのではなかろうか。[26]

さらに『歌苑抄』の撰集が「歌林苑の事業として」計画されたものだったという簗瀬氏の見解も、それを具体的に示したり証したりする資料はどこにも見当たらないようであり、おそらく唯一支えているのは歌林苑を「俊恵を中心とする歌人の集団」にして「民間の文学団体」とする簗瀬氏自身の概念規定だけなのだろう。ところが肝心のその概念規定も、それを徹底的に批判しかつ再検証した中村文氏の論[27]が存する今日においてはもはや鵜呑みにすることはできない。すなわち中村氏によると、歌林苑は簗瀬氏が言うような結社乃至同人的性格を持つ文芸集団などではなく、また参加歌人に「歌人としての特権的な意味づけやアイデンティティ」が付与されるような「特別の場」などでもなくて、第一義的にはあくまで単なる俊恵の僧坊の名称であり、と同時に「白河に存在する、歌を詠もうとする人々が自由に出入りできる場」だったと考えられる由である。もっともこれには松野氏の「基本的には是認され」ながらも「旧概念の解体の必要を感じる一方で、集団活動の存在や共有する文芸性の全てを否定してよいかという点には疑念がある」という相対的評価も提出されている[28]が、ともあれ中村氏の提言は簗瀬氏の一連の説の見直しを迫るには十分過ぎるほどの説得力を持っており、従って旧来の概念規定のみを頼りとしていた簗瀬氏の『歌苑抄』認識はついにその根拠を失ってしまうわけである。

このように『歌苑抄』は歌林苑の事業として編纂されたものでも、歌林苑と関係の深い歌人の詠を中心に集めたものでもなかったとおぼしく、では一体どのような歌集であったのかというと、おそらく前掲『和歌色葉』の「俊恵が歌苑抄』や『楢葉集』の「俊恵法師が歌苑抄撰び侍りける」（九四七詞書）、及び「序」の「近年有歌苑抄、蓋乃永承以後承暦《ママ》以往不入諸集之代抄内千三百篇」といった記述を素直に受け取ればよいだけの話で、要するに俊恵が永承年間から当代までの諸集に入らぬ秀歌千三百首を自らの見識に基づいて撰んだ一私撰集だったのだろう。こう言ってしまうとあまりに当たり前な把握に聞こえるかもしれないが、ところがその当たり前の把握が今日までほとんど為されることはなく、簗瀬氏の見解は常に無条件に受け入れられて、極端な場合『歌苑抄』佚文の作者はそのまま皆「歌林苑会衆」であるとまで見做されたりもしていたのだった(29)。しかしそれでは後白河院までもが「歌林苑会衆」になってしまうという点でこの説の否なることは言うまでもなく、また藤原忠通についても同じ事情であることは殿本氏の指摘にあるとおりであろう。むしろ『歌苑抄』の佚文から何事かを導き出そうとするのであれば、あくまでそれを俊恵個人の撰集であると認めた上で、例えば源頼政が採られていること、のみならず頼政の祖父頼綱・父仲正・女二条院讃岐までもが漏れなく入集していることから、『無名抄』にも、

俊恵云、「頼政卿はいみじかりし哥仙也。心の底まで哥になりかへりて、常にこれを忘れず心にかけつゝ、鳥の一声鳴き、風のそゝと吹くにも、まして花の散り、葉の落ち、月の出入、雨・雪などの降るにつけても、立居起き臥しに、風情をめぐらさずといふ事なし。真に秀哥の出で来る、理とぞ覚え侍し。かゝれば、しかるべき時名を上げたる哥は、多くは擬作にて有りけるとかや。大方、会の座に連なりて哥打詠じ、よきあしき理などせられたる気色も、深く心に入りたることゝ見えていみじかりし。かの人のある座には、何事もはへあるやうに侍りしなり」。

とあるような、頼政に対する、またその家系に対する俊恵の評価の高さを読み取ってみる、などの方がよさそうである。

『無名草子』に「『歌苑集』『今撰集』などは、人、よしと思ひてはべるめり」とあり、また流布本『歌仙落書』に

「『歌花抄《ママ》』とかや引出たれば（略）よろしき歌も入らず、させることなき腰折どもも入たむめれば[30]」とあるように、毀誉褒貶相半ばに評されていたらしい『歌苑抄』は、つまりそれだけ世の注目を集めた撰集だったのだろう。その一事だけを取ってみても『歌苑抄』に関わる諸問題の徹底的な検証と的確な把握は不可欠であると思われ、のみならずそれが俊恵の和歌活動や歌林苑の意義・位置づけなどと絡めて論じられるのであればより一層の慎重さが求められよう。幸い今回までにその断簡とおぼしき六葉が見出され、これから先もツレを博捜し続けることによって『歌苑抄』の具体的内容はより明らかになっていくはずであり、結果平安時代末期和歌史に関する資料はさらなる充実をみるはずである。

注

（1）徳川美術館編『開館六十周年記念秋季特別展　かな――王朝のみやび――』（一九九五年九月、徳川美術館）。

（2）根津美術館・徳川美術館・原美術館編『御殿山　原コレクション』（一九九七年三月、根津美術館・徳川美術館）。

（3）本書第二章第七節参照。

（4）徳植俊之氏「「国栖切」考――道玄とその家集――」及び日比野浩信氏「私家集断簡拾遺――広沢切・野宮切・御文庫切・国栖切など――」（ともに久保木哲夫氏編『古筆と和歌』所収、二〇〇八年一月、笠間書院）参照。

（5）以下簗瀬氏の説は『簗瀬一雄著作集一　俊恵研究』『同四　中世和歌研究』（一九七七年十二月・一九八一年六月、加藤中道館）から適宜引用する。なお集付・出典注記の中には「歌花抄」「弁苑抄」などというのもあるが、簗瀬氏は「『歌苑抄』の誤写と認めてもよいやうに思はれる」とし、本論でもその見解に従っておく。

（6）久曾神昇氏『顕昭・寂蓮』（一九四二年九月、三省堂）などを参照。

（7）池田和臣氏「中古・中世散佚和歌資料」（『中央大学文学部紀要』第九十九号、二〇〇七年三月）。

（8）殿本佳美氏「『歌苑抄』断簡考」（『国文学（関西大学）』第九十二号、二〇〇八年三月）。のち田中登氏編『平成新修古筆

資料編　第四集』（二〇〇八年九月、思文閣出版）にも図版掲載（ただしオモテ面のみ）。
（9）橋本不美男氏『院政期の歌壇史研究』第三章「堀河院歌壇と基俊・俊頼」（一九六六年二月、武蔵野書院）。なおこの「薫集歌抄」は現在所在未詳である。
（10）『新編国歌大観』解題。また井上宗雄氏より拝借した「薫集歌抄」の紙焼写真でも確認。
（11）財団法人永青文庫編『細川家永青文庫叢刊　第五巻　夫木和歌抄（上・下）』（一九八三年六月〜九月、汲古書院）に拠る。
（12）宮内庁書陵部編『図書寮叢刊　夫木和歌抄』（一九八四年二月〜一九九三年三月、明治書院）に拠る。
（13）国文学研究資料館蔵紙焼写真のうち大和文華館本（請求番号C一〇七七二）に拠る。
（14）簗瀬氏は『夫木抄』から「歌林抄」「歌林」という出典注記を持つ歌三十三首を収集し、『歌林抄』と呼んで「歌林苑関係者の撰集」とする。
（15）辻勝美氏「鴨長明伊勢下向年時考」（『古典論叢』第十一号、一九八二年十二月）。
（16）拙著『林葉和歌集　研究と校本』（二〇〇七年二月、笠間書院）参照。
（17）国文学研究資料館蔵紙焼写真（請求番号C三二六五）に拠る。
（18）樋口芳麻呂氏「拾遺歌苑抄序」（『未刊国文資料刊行会々報』十七、一九六〇年十一月）。
（19）作者それぞれの没年については『和歌大辞典』（一九八六年三月、明治書院）や『国書人名辞典』（一九九三年十一月〜一九九九年六月、岩波書店）、及び井上宗雄氏『平安後期歌人伝の研究　増補版』（一九八八年十月、笠間書院）などを参照してほぼ通説と思われるものに従った。
（20）山之内恵子氏「藤原通宗小考」（『文芸論叢』第十号、一九七四年三月）。
（21）『林葉集』のうち「月二首　歌林苑歌合」という詞書を持つ一首（巻三・秋・Ｉ四二五）が、『楢葉集』に「長寛二年八月十五夜、白川歌合に」として入集しているという簗瀬氏の指摘に基づく。
（22）島津忠夫氏「俊恵法師をめぐって――その和歌史的考察――」（『国語国文』第二十二巻第十二号、一九五三年十二月）。

ただしその後の『島津忠夫著作集　第七巻　和歌史　上』（二〇〇五年六月、和泉書院）においては、注(27)の中村文氏の論、及び初出時の本論を踏まえて「この簗瀬氏の論考に従った叙述も、今では」「修正を要する」としている。

(23)　大取一馬氏「歌林苑歌壇の形成とその歌風（下）」（『高野山大学国語国文』第五・六合併号、一九七九年十二月）。

(24)　松野陽一氏「寿永百首について」（『鳥帚　千載集時代和歌の研究』所収、一九九五年十一月、風間書房）。

(25)　石川暁子氏「歌林苑をめぐる歌人たち」（『和歌文学研究』第五十号、一九八五年四月）などに拠る。

(26)　むしろこうした歌林苑関係の撰集として相応しいのは、それこそ注(14)で触れた「歌林抄」の方だろう。なおこの「歌林抄」――岡山大学附属図書館池田家文庫蔵「歌書目録」（本書第三章第二節参照）記載の「622・歌林園和歌　俊恵法師集之」と同一作品の可能性あり――についても若干の再考が必要である。

(27)　中村文氏「歌が詠み出される場所――歌林苑序説――」（『後白河院時代歌人伝の研究』所収、二〇〇五年六月、笠間書院、初出『和歌文学論集6　平安後期の和歌』所収、一九九四年五月、風間書房）。

(28)　松野陽一氏「歌林苑の原型――難波塩湯浴み逍遥歌群注解――」（『鳥帚』所収）。

(29)　小泉弘氏「「歌苑抄」の散佚歌の発見」（『国語国文学研究論文集』第八巻、一九六三年三月）、同氏『古鈔本宝物集　研究篇』（一九七三年三月、角川書店）。

(30)　「歌花抄」は「歌苑抄」の誤りとみる通説に従う。

第七節　諸社十二巻歌合

伝鴨長明筆『伊勢滝原社十七番歌合』断簡

杉谷寿郎氏蔵断簡の中に、次のような両面書写の一葉がある
（便宜上歌頭に通し番号を付す）。

〈オモテ〉

伊勢瀧原社十七番哥合

一番

左　権司

1ナカレイテ、イハマヒ、カスタキツセハ[イス]

、ノカハノワカレナリケリ

右　少司

2ナミトミエテヲハナカタヨルタキノハラニ

松ノアラシノヲトナカルナリ

二番

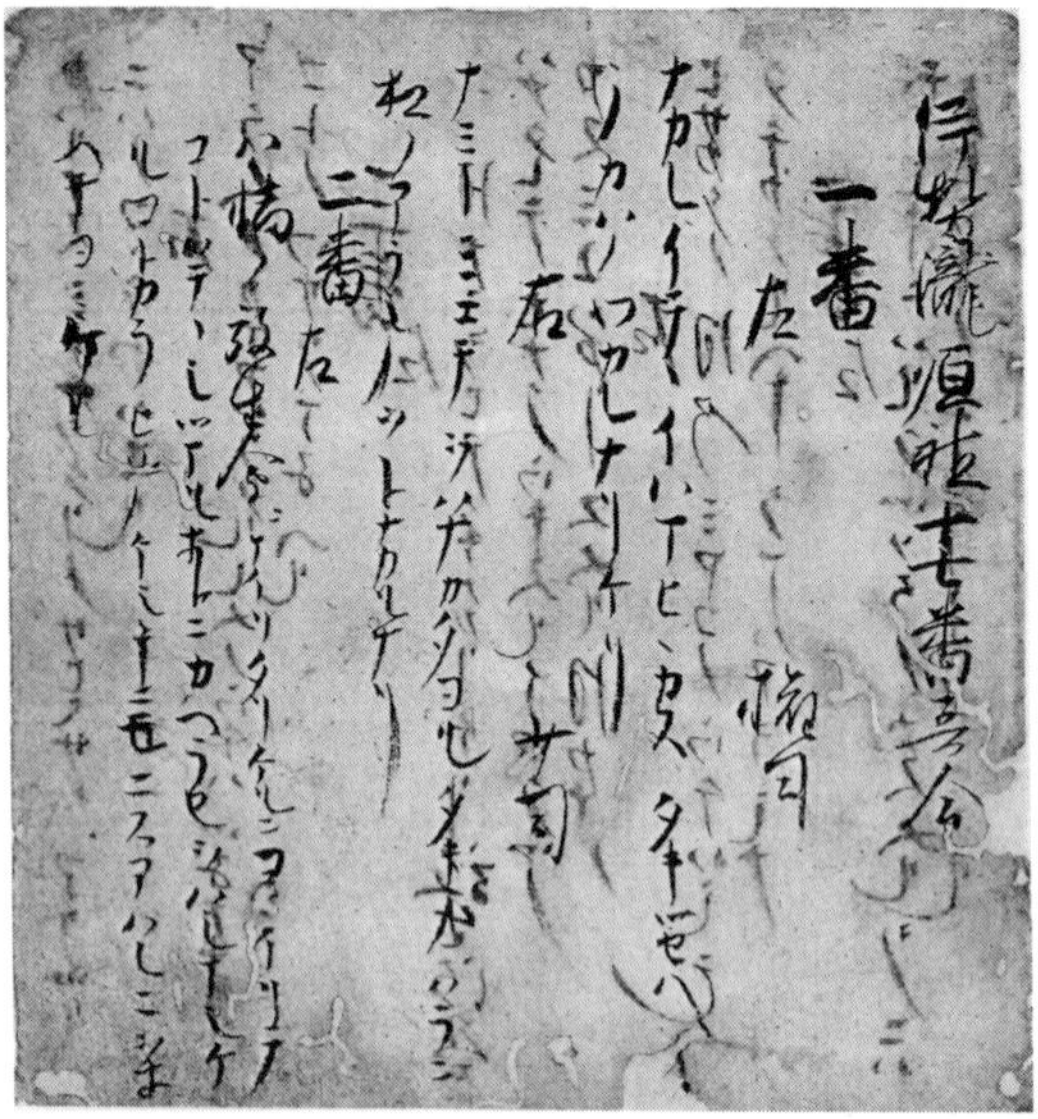

左

八幡ノ放生会ニマイリタリケルニヨ[ニ]イリテ
コトハテ、シツマルホトニカヘラセヲハシマシケ
ルコトカラヒ[ル]ノケシキニモニスアハレニヲホ
ヘテヨミケル

〈ウラ〉

3カハリマスミチノヲクリノサヒシサハアリツル
ニハノコ、チヤハスル

右

4アラ人ノカケヤハラクルシメノウチハツネナキ
コトノワサヲマネヘル

三番

左

月ナニヲヒテクマナカリケリ放生河ヲ見遣テ

5ハナタレテモナクウキヌルイロクツノ
カスミユハカリスメル月カナ

右

6ヒサカタノ月ノミヤコノウチハシモ

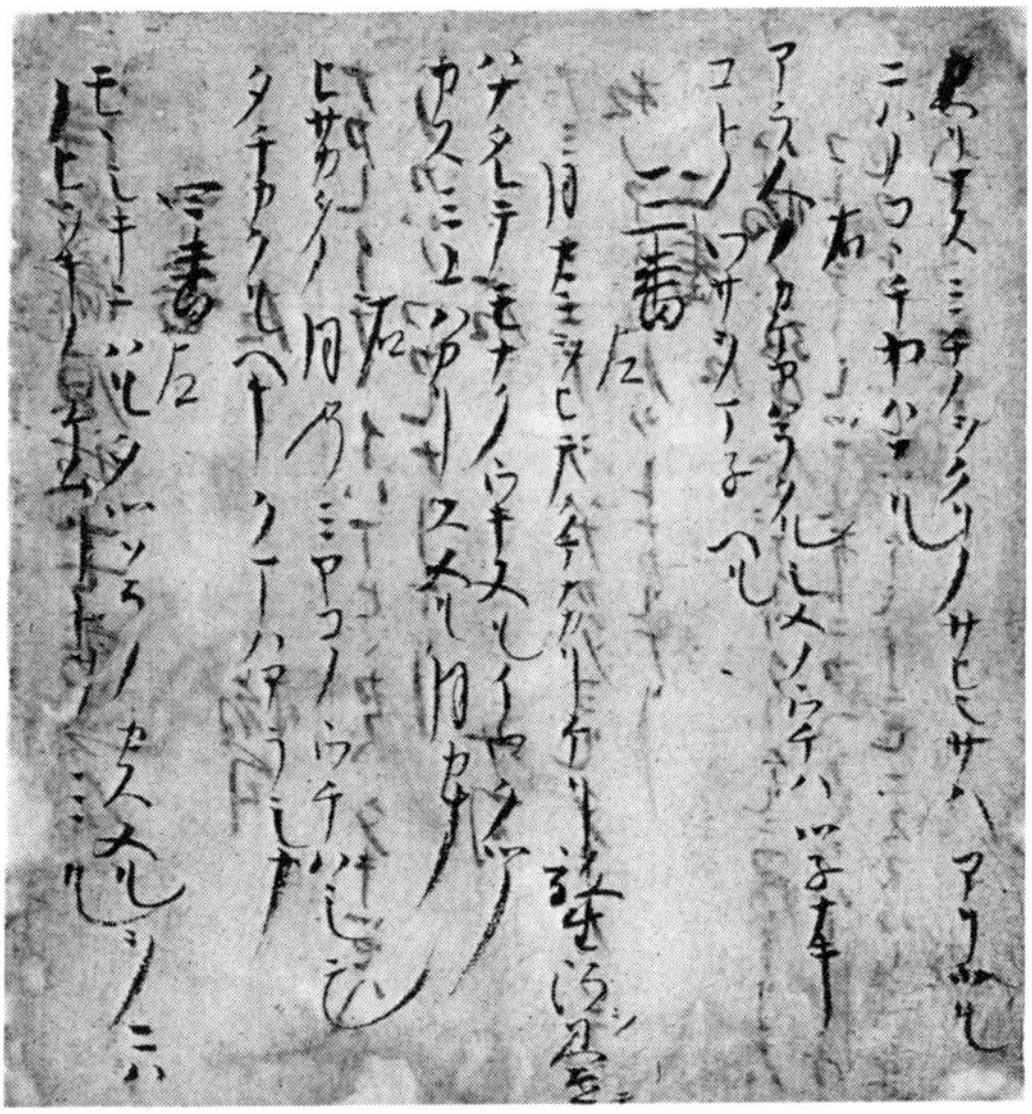

タチカクルヘキクマハアラシナ

四番

左

7モ、シキニハルタツソラノカスメルヲニハ

ノヒタキノケムリトソミル

縦十五・五cm×横十四・八cmのもと枡形本、料紙は薄手の楮紙である。添えられている正筆書には、

正筆　明

一　加茂長命　片カナ

伊勢瀧原　哥切

ナカンイテ、　廿二

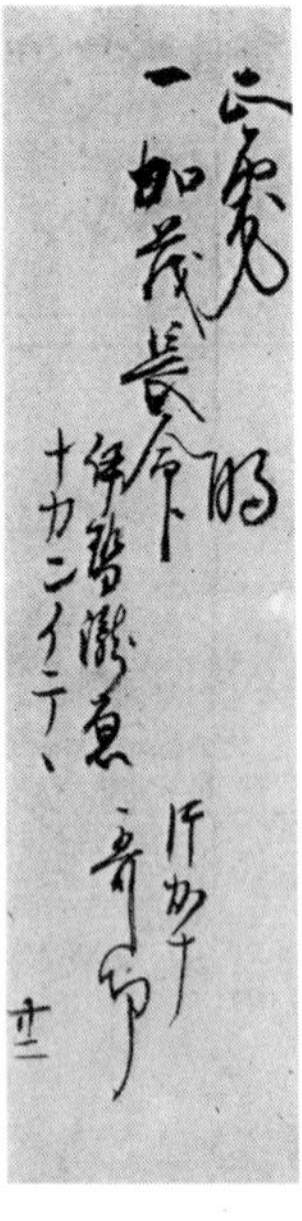

のように記されている。ここにいう「加茂長命（明）」とはもちろん鴨長明のことだろう。伝長明筆の古筆資料としては、大福光寺蔵『方丈記』や土佐切『古今集』断簡などが挙げられ、特に『方丈記』と当該断簡との筆蹟は、同筆とまでは言えないにしても通じるところがあるようである。当該断簡の書写年代も『方丈記』とほぼ同時期の鎌倉時代中期頃かと思われる。ツレの存在は現在もなお確認されない。

それにしても一見して奇妙な歌合ではなかろうか。内題には「伊勢瀧原社十七番哥合」と記されているが、このような名の歌合は今日知られるどの文献にも見出せない。開催年次ももちろん不明。よって「権司」「少司」なる作者二人に関しても人物比定は不可能である。もっともそれは年次不明のせいばかりでなく、そもそも「権司」「少司」という作者名表記自体が説明不足に過ぎるのである。一方、番についてもみていくと、内題に拠れば完本時には十七

番まであったというが、この断簡が伝えているのは一番左~四番左の七首のみであり、そのいずれの番にも歌題や勝負付や判詞の類が見られない。代わりにオモテ面の終わり四行とウラ面の前から八行目には、歌より一字下がりの文章があって、どうやらそれぞれ3と5の歌にかかる詞書と読めそうである。歌合中の歌にこのような、詠作事情を示す類の詞書が付されるというのは一体どういうことなのか。しかしそうした疑問もさることながら、それら以上に問題だろうと思われるのは、記載の七首のうちの2の歌が、『玄玉集』に、

　題不知　　　円位法師
浪と見えて尾花かたよる滝原に松の嵐の音ながるなり　（巻七・草樹下・六六九）

のように「円位法師」すなわち西行の詠として入集していることである。

『玄玉集』の西行詠

『玄玉集』については松野陽一氏に詳細な論がある。[1] それによるとまず伝本は国立歴史民俗博物館高松宮家旧蔵本[2]（「高」と略）・彰考館徳川博物館本・群書類従本（「類」と略）の実質三本、「九条家に極めて近く、崇徳院・西行・俊成に親近感を懐く人物」による撰定であり、「建久二年に一応成立し三年には推敲・補訂の段階にあった」という。建久二年（一一九一）と言えば西行が入寂した翌年だから、その点資料的な信憑性は極めて高いとみられよう。ただ松野氏も指摘するように、『玄玉集』の「円位法師」表記には諸本間に異同があって、それが若干問題となる。具体的に示すと次のようである。

二七作者　円位法師（高・彰・類）

七八作者　円位法師（高・彰・類）
一〇一作者　円位法師（高・彰・類）
＊一六八作者　円位法師（高・彰）—因（円歟）位法師（類）
二一六作者　円位法師（高・彰・類）
＊二四三作者　ナシ（高・彰）—円位法師（類）
二四九作者　円位法師（高・彰・類）
二六一作者　円位法師（高・彰・類）
三二〇作者　円位法師（高・彰・類）
三五一作者　円位法師（高・彰・類）
三九六作者　円位法師（高・彰・類）
四二七作者　円位法師（高・彰・類）
＊四五七作者　円位法印（高・彰）—円位法師（類）
四七一作者　円位法師（高・彰・類）
五七二作者　円位法師（高・彰・類）
＊五九三作者　因位法師（高）—円位法師（彰・類）
＊六四九作者　因位《本ノママ》法師（高）—円位法師（彰・類）
＊六六三作者　因信法師（高）—円信法師（彰）—円位法師（類）
＊六六九作者　因位《本ノママ》法師（高）—円位法師（彰）—円信法師（類）

＊六八六作者　因位法師《本ノママ》（高）—円位法師（彰）—円信法師（類）
＊六九〇詞書　因位法師《本ノママ》（高）—円位法師（彰・類）
＊六九七作者　因位法師《本ノママ》（高）—円位法師（彰）—円信法師（類）
七一三作者　因位法師《本ノママ》（高）—円位法師（彰・類）

このうち＊印を付したところに異同が存する。それらのほとんどは「円位」「因位」「円信」「因信」の混乱であり、問題の「ナミトミエテ……」（断簡2）と一致する六六九の作者名表記についてもそうである。しかしそうした異同を持つ多くの例は他文献によって西行のことと確認可能で、よって「因位」「円位」「円信」「因信」はいずれも「円位」の誤りとみてよいだろう。もっとも肝心の六六九と、もう一首、

（中宮月次の御屏風に、草花の歌とて）　円位法師
萩が枝の露に心のむすぼれて袖にうらある秋の夕露　（巻七・草樹下・六四九）

という歌については現在のところ『玄玉集』だけにしか見ることができない（もちろん当該断簡は除いて、である）。そのため松野氏やまた伊藤嘉夫氏(3)は、六六九を一応の存疑歌とする慎重な態度を採ったが、しかしそのうちの六六九は彰考館本で、また六四九は彰考館本と類従本で、それぞれ「円位法師」となっている。従ってやはり他例と同様に、これらについても「円位法師」の誤写と認めて差し支えないかと思われる。久保田淳氏編『西行全集』(4)でも右二首は西行詠として、問題なく扱われているようである。

さてそうすると、その「ナミトミエテ……」の歌を収める『伊勢滝原社十七番歌合』は、とにかく何らかの形で西行に関わりのある歌合だったと考えて、まずは間違いないことになろう。

西行の『諸社十二巻歌合』

ところで慈円の『拾玉集』には、次のような全十二首から成る歌群が見られる。

文治六年二月十六日未時、円位上人入滅、臨終などまことにめでたく、存生にふるまひ思はれたりしに、更に違はず、世の末に有り難き由なん申し合ひけり、其後詠み置きたりし歌ども思ひ続けて、寂蓮入道の許へ申し侍りし

君知るやその如月と言ひ置きて言葉におへる人の後の世　（五一五八）
風になびく富士の煙にたぐひにし人の行方は空に知られて　（五一五九）
千早振神に手向くる藻塩草かき集めつつ見るぞ悲しき　（五一六〇）

これは、「願はくは花の下にて我死なんその如月の望月の頃」と詠み置きて、其に違はぬ事を世にもあはれがりけり。又、「風になびく富士の煙の空に消えて行方も知らぬ我が思ひかな」もこの二三年の程に詠みたり。これぞ我が第一の自嘆歌と申しし事を思ふなるべし。又、諸社十二巻の歌合、太神宮に参らせんと営みしを受け取りて沙汰し侍りき。外宮のは一筆に書きて、すでに見せ申してき。内宮のは、時の手書共に書かせむとて、料紙など沙汰する事を思ひて、かく三首は詠めるなり。

朝夕に思ひのみやる瑞垣の久しくとはぬもろ心かな　（五一六一）
山川に沈みしことは浮かびぬるをさても猶澄む我が心かな　（五一六二）
諸共にながむべかりしこの春の花も今はの比にも有るかな　（五一六三）

返し　　　　　　　　　　　　　　　　　　　　　　　　　寂蓮

君はよし久しく思へ瑞垣の昔とならん身の行方まで　（五一六四）

此間所労大事にて、皆も御返事え申さず、「水がき」ばかりを所労述懐に寄せて申し候とてかくなん。後日に所労のびのびに令和進とて五首送之

いさぎよくさぞ澄みぬらむ山河に沈むと見えて浮かぶ心は　（五一六五）

思ひあまり身にしむ風もいかがせん花も今はの比となりなば　（五一六六）

言ひ置きし心もしるしまどかなる位の山に澄める月影　（五一六七）

たぐひなく富士の煙を思ひしに心もいかに空しかるらむ　（五一六八）

伊勢の海にかき集めてぞ藻塩草終はり乱れぬえにはなりける　（五一六九）

これは文治六年（一一九〇）二月十六日の西行入寂に際して詠まれた、慈円と寂蓮との贈答歌である。その解釈についてはすでに松野氏が綿密に論じているので(5)繰り返したりすることはしない。今問題としたいのは、傍線部によってその存在が明らかとなる西行の「諸社十二巻の歌合」なる作品である。

早くこの記述に注目した伊藤嘉夫氏は、「諸社十二巻の歌合」を「十二社奉納の十二巻の自歌合」と解して「御裳濯河、宮河の両歌合のほか、今日傳はるものなく」散佚してしまったものと論じた。つまり現存する『御裳濯河歌合』『宮河歌合』の両自歌合は、元来「諸社十二巻の歌合」の一部であったとみたわけである。ところがその後、久曾神昇氏は「(御裳濯河・宮河歌合が)古来十二社歌合のうちであるといふが、最初からこの二社歌合以外には作られなかった」と伊藤氏の説を否定し(6)、また萩谷朴氏も「拾玉集にいう諸社十二巻の歌合とは、西行の自歌合とは関係なく、慈鎮ら自身の結構した歌合かと思われる」とした(7)。このように一時は「諸社十二巻の歌合」の存在すら疑問視さ

れていた中で、それが確かに西行最晩年の自歌合と考えられ、のみならず『御裳濯河歌合』『宮河歌合』とも浅からぬ関係にあったらしい、ということを明らかにしたのはやはり松野氏であった。氏は右のうち三首目の「千早振……」という慈円の贈歌と、それに対する十二首目の「伊勢の海に……」という寂蓮の返歌、及び傍線部以下の記述（これは「千早振……」の歌についての左注である）に加えて、さらに『拾玉集』に見られる、

円位上人十二巻歌合の滝原下巻書きて遣すとて

大納言実家

こころざし深きに堪へず水茎の浅くも見えぬあはれかけなん　（五三三四）

返し

こころざし深く染めける水茎は御裳濯河の浪にまかせつ　（五三三五）

というもう一組の贈答歌の読解から、「諸社十二巻の歌合」について次のように整理した。

①西行の自歌合であること
②伊勢太神宮（の諸社）への奉納歌合であること
③「諸社」は、伊勢太神宮関係の「諸社」を意味すること
④その一社に内宮別宮の「滝原宮」が含まれること
⑤「諸社」は内宮と外宮が含まれること（この場合、④の存在から、両宮とも本宮のみを意味せず、場合によっては本宮を含まぬ「内宮の摂社」「外宮の摂社」を意味するかもしれない）
⑥外宮（或は外宮関係摂社）への奉納歌合は慈円が一人で執筆したこと
⑦内宮（或は内宮関係摂社）への奉納歌合は当代の名筆が分担執筆していること

⑧その一人に藤原実家がおり、彼が「滝原宮の下巻」を担当していること

その上でまた松野氏は「諸社十二巻の歌合」と『御裳濯河歌合』『宮河歌合』との関係についても検討を加えて、結果「両者が同一の歌合であることは殆んどあり得ない」とひとまずは断りながらも、

それでは全く別の歌合かといえば、成立時期が重なっていることといい、（略）共に慈円が関係していることといい、同じ太神宮奉納という性格を有っていることといい、無縁とは考えられない。（略）「諸社十二巻歌合」は「御裳濯河歌合・宮河歌合」に次いで、一連のものとして伊勢の諸社に奉納さるべく慈円に依頼された、西行の生涯最後の事蹟だったと考えておきたい。当初から全体が結構されていたのではなく、宮河歌合の判詞が定家の手で最終的にまとめられるのと前後して、追加された企画だったのではないだろうか。そのために、彼が生を終える以前には、やっと外宮の分のみしか完成せず、その後には存在そのものを否定される「幻の歌合」となってしまったのではないかと思う。

のように総括した。この松野氏の考察によって『諸社十二巻歌合』の実在は認められることとなり、以来『諸社十二巻歌合』は西行最晩年の最も注目すべき事蹟として、大方の関心を集め続けているわけである。

『伊勢滝原社十七番歌合』と『諸社十二巻歌合』

さて断簡記載の歌合である。「伊勢瀧原社十七番哥合」という内題を持ち、のみならず西行の「ナミトミエテ……」の歌一首を含む当該歌合は、つまり以上にみてきた『諸社十二巻歌合』のうち「滝原」に奉納されたという巻の、巻頭部分に当たるものではなかろうか。もちろんたった二面分の断簡しかない現時点では、それはあくまで推測の域を

出るものではない。しかしそのように考えてみた場合、当該歌合が抱えるいくつかの不審点についても、それなりに説明することが可能となってくるのである。

例えば作者名表記の問題である。「権司」「少司」というその表記が、実在人物のものとしてはいささか説明不足に過ぎていることはすでに述べたが、要するにこれらは西行の自歌合における、西行自身の仮名だったのではないか。周知のとおり西行は『御裳濯河歌合』で「山家客人」「野径亭主」、また『宮河歌合』で「玉津島海人」「三輪山老翁」といった仮名を用いている。当該歌合の「権司」「少司」についても、それらと同様の仮名と位置づけることができそうである。

また例えば詞書の問題である。通常の歌合作品において、詠作事情を示す類の詞書が付されることは、おそらく皆無に等しかろう。ところがそれには例外があって、すなわち既存の歌を番わせた、いわば秀歌撰的な性格を持つ歌合作品の中には、詞書を伴うものが少なからず見出せるのである。具体的には『治承三十六人歌合』や『物語二百番歌合』などが挙げられようが、また新古今時代以降盛んに撰ばれていった自歌合のうちのいくつかもそうであった。例えば西行の一連の自歌合よりも若干遅れる良経の『後京極殿御自歌合』には、

三番

左　文治六年女御入内の月次の屏風に、住吉の松に霞かかれる、かきたる所に

ながめやる遠里小野はほのかにて霞に残る松の風かな　（五）

右　春の歌あまたよみける中に

氷りゐし水の白浪立ちかへり清滝川に春風ぞ吹く　（六）

といった例があり、また慈円の『慈鎮和尚自歌合』にも、

（小比叡十五番）
十三番
病に患ひける比　左
頼め来し我ふる寺の苔の下にいつしか朽ちん名こそ惜しけれ　（五六）
世を厭ふ心深きよしなど語りし事を思ひ出でて、円位上人が許へ遣しける　右勝
世を厭ふしるしもなくて過ぎ来しを君やあはれと三輪の山もと　（五七）

といった例がある。そのほか『定家卿百番自歌合』などにおいては、「花月百首建久元年左大将家」（七番左・一三）や「於先妣旧宅詠之」（八十九番右・一七八）といった詞書が二百首すべてにわたって見られる。これらからして明らかなように、歌合の歌に詞書が付されることは、自歌合作品に限って言えば、決して珍しい事例ではなかったのである。従って当該断簡が『諸社十二巻歌合』という自歌合であったとすると、そこに詞書が存するという問題も、きれいに解決するわけである。

以上を判断する限り、当該歌合が『諸社十二巻歌合』だったという可能性はかなり高いと言えそうである。ちなみに松野氏の「憶測」によれば、『諸社十二巻歌合』には「勿論、判詞の付される暇はな」かったといい、当該断簡にも勝負付や判詞の類は見られない。例えばそうした点なども、右の傍証たり得ようかと思われる。

当該歌合からの逆照射

ただしそのように考えてみて、まったく問題がないわけでもない。『拾玉集』の「滝原下巻」という記述によれば、

元来「滝原」奉納分には上下もしくは上中下という複数巻が存していたことになる。ところが当該断簡は、二でも三でも割り切れない「十七番」の歌合である。そうすると『伊勢滝原社十七番歌合』そのものが分割されていたわけではなく、この歌合とともに上（中）下巻を構成するような、別の滝原歌合があったとみざるを得ないだろうか。しかし当該断簡を見る限り、『伊勢滝原社十七番歌合』はそれだけで独立している感があり、それ以外の滝原歌合というのは、なかなか想定しにくいようにも思われる。この問題に関しては、結局のところよくわからないとしか言いようがない。

それから詞書の存在自体はよいとして、その施され方がまた不審なように思われる。なぜ3と5の歌にだけあって、残りの五首にはないのだろうか。もっとも先の『後京極殿御自歌合』や『慈鎮和尚自歌合』にしても、必ずしもすべての歌に詞書が見られるわけではないのだが、それにしても当該断簡の場合、詞書を伴う歌と伴わない歌との違いをうまく説明し得ないのである。これをどのように考えるべきか。

こうした疑問はしかし、当該断簡が『諸社十二巻歌合』だったという可能性を真正面から否定してしまうほどのものでもないだろう。このような問題がなお残っていることは認めた上で、以下もう少しだけ論を進めることにする。すなわちひとつの試みとして、今度は逆に当該歌合に基づいて『諸社十二巻歌合』を捉え直してみたいと思う。まずはその規模について。当該歌合はもと十七番で、残りの十一巻も仮に同規模だったとすると、全十二巻で二百四番、歌数にして四百八首。それは松野氏の、

御裳濯・宮河両者歌合と「十二巻」の一巻ずつが等規模であるのは少々不自然だから、六社一巻ずつ（滝原の例からみて）計十二巻でほぼ御裳濯・宮河に数量的に見合う程度の規模（略）、例えば、一巻六番ずつ、十二巻で七十二番、これで、和魂を祭る本宮の歌合である御裳濯・宮河歌合と対照的な構成を有つということになる。

という推測の、約三倍の分量であるが、しかし決してあり得ない歌数でもないように思われる。その場合『諸社十二巻歌合』は必ずしも「御裳濯・宮河に数量的に見合う程度の規模」だったわけではなさそうだ、ということになる。

次にその奉納先について。松野氏は『拾玉集』にいう「滝原」を、伊勢皇太神宮（内宮）に属する別宮のひとつ滝原宮であろうと推した。『皇太神宮儀式帳』に「伊勢志摩両国堺大山中在。大神宮以西相去九十二里」とある別宮である。その上でさらに松野氏は、奉納先を示す「諸社」という語の定義について、「滝原の下巻」とあるからには、「上巻」もあったはずであり、別宮の一社に二巻を当てているということになる。ということは、「諸社」の内容がどのようなものであるかということを自ら示しているといってよい。「諸社」は、例えば俊成の「五社百首」の住吉・賀茂といった大社を指すのではなく、「慈鎮和尚自歌合」の日吉七社と同様な、「伊勢太神宮関係の諸社」を意味するのである。

のように論じた。のみならずその候補として、

内宮七所別宮

荒祭宮　伊弉諾宮　月読宮　滝原宮　並宮　風宮　伊雑宮

外宮四所別宮

多賀宮　土宮　月読宮　風宮

といった「滝原宮と同格の別宮」を提示し、またそれ以外にも「内外両宮の摂する社は数十社に上っている」として、

これらの内から、「十二巻」という条件と結びつけてどれを比定したらよいのか、和魂を祭る内宮（朝日宮）と外宮（豊受宮）に対して、荒魂を祀る別宮が、御裳濯河歌合（内宮）・宮河歌合（外宮）に対して何らかの意味を有

つものであるのか、など今の段階では不明というほかはないが、これらのどれかが十二巻の歌合を奉納する対象

になったということだけは間違いない。

のようにまとめた。

この松野氏の推定は右にみたように、『拾玉集』の「滝原」を滝原宮と解したことから始まっている。ところが当該断簡のそれは、同じ滝原でも「瀧原社」であって、すなわち松野氏指摘の滝原宮ではないのである。おそらく当該断簡にいう「瀧原社」は、伊勢国度会郡三瀬村に所在し、麻奈胡神を祭神とする皇太神宮の摂社のひとつ、多岐原神社（また「瀧原神社」とも）を指していよう。(8) なお先程から別宮といい摂社といっているが、両者はもちろん別物である。別宮は「要するに、宮号を称する社であって」「神宮の附属神社中第一に列せら」れるとされるもの。一方の摂社は『皇太神宮儀式帳』所載の「官帳社廿五処」と、『止由気宮儀式帳』所載の「載官帳社名社十六処」とを合わせた四十一社、もしくは『延喜式』巻四・神祇四「伊勢大神宮」に「大神宮所摂廿四座」及び「度会宮所摂十六座」として挙げられている四十社の総称とされるものという。(9)

さて『拾玉集』の「滝原」が滝原宮ではなく多岐原神社だったとすると、やはりその他の奉納先も、松野氏が提示するような別宮ではなくて、多岐原神社と同格の摂社であったとみるべきだろう。次に『延喜式』に従う形で摂社のすべてを掲げてみよう。

皇太神宮（内宮）摂社

朝熊社　園相社　鴨社　田乃家社　蚊野社　湯田社　大土御祖社　国津御祖社　朽羅社　伊佐奈彌社　津長社
大水社　大国玉比売社　江神社　神前社　粟皇子社　久具都比売社　奈良波良社　榛原社　御船社　坂手国生社　狭田国生社　多岐原社　川原社

豊受神宮（外宮）摂社
月夜見社　草名伎社　大間国生社　度会国御神社　度会大国玉比売社　田上大水社　志等美社　大川内社　清野井庭社　高河原社　河原大社　河原淵社　山末社　宇須乃野社　小俣社　御食社

仮に多岐原神社への奉納分を上下二巻と考えた場合、松野氏も説くとおり一社に二巻が充てられていたことになるから、残りは当然五社となる。その五社を特定するのは、残念ながら現時点では不可能に近い。ただ皇太神宮二十四社、豊受神宮十六社というその総数からして両者が等分だったとは考えにくく、おそらくは皇太神宮四社、豊受神宮二社という配分だったのではないか。松野氏の、

慈円が「外宮のは一筆にかきて」といっているのは、外宮の別宮が少かったから、という理由に拠っているのではないかと思う。

という推測は摂社の場合もなお有効であると思われる。ともあれ『諸社十二巻歌合』の「諸社」というのは、具体的には別宮を含まぬ、摂社に限った謂であったとみておきたい。

事実当該歌合が『諸社十二巻歌合』であったとすると、何よりもまず、かつては存在すら否定されていた「幻の歌合」の現存が確認されるという点で、その資料的価値は計り知れないはずである。のみならず西行の新出歌六首を含む（当然そういうことになろう）所収歌の内容や表現などを検討することによって、『諸社十二巻歌合』の性格の一端を明らかにし得るであろうし、場合によっては西行最晩年の歌境や思想を解明する手掛かりにもし得るかもしれない。それらの考察をどこまで深めることができるのか、すべては当該断簡の精緻な読解とツレの博捜とにかかっていよう。

注

（1）松野陽一氏「玄玉和歌集考」（『鳥帚　千載集時代和歌の研究』所収、一九九五年十一月、風間書房、初出『立正学園女子短大紀要』十四号、一九七〇年十二月）。

（2）以下本文は『国立歴史民族博物館蔵貴重典籍叢書　文学篇　第六巻　私撰集』（一九九九年一月、臨川書店）に拠る。

（3）以下伊藤氏の論は『歌人西行』（一九八七年四月復刻、第一書房、初版一九五六年、鷺の宮書房）に拠る。

（4）久保田淳氏『西行全集』（一九九六年十一月第三版、貴重本刊行会）。

（5）以下松野氏の論は「西行の「諸社十二巻歌合」をめぐって」（『鳥帚　千載集時代和歌の研究』所収、初出『平安朝文学研究』第二巻第八号、一九六九年十二月）に拠る。

（6）伊藤嘉夫氏・久曾神昇氏編『西行全集　第二巻　文献叢刊』解題（久曾神氏執筆、一九八一年二月、ひたく書房）。

（7）萩谷朴氏『平安朝歌合大成　増補新訂』第四巻「四六五〔文治五年十一月以前〕西行三十六番御裳濯河歌合」（一九九六年七月、同朋舎出版、初版一九六五年四月、私家版）。

（8）『皇太神宮儀式帳』及び『延喜式』巻九「神名上」の記述に拠る。ちなみに現在の地図で言えば滝原宮の北方約三キロほどに位置するという。

（9）阪本廣太郎氏『神宮祭祀概説』（一九六五年三月、神宮文庫）。

第八節　懐中抄

勝命作『懐中抄』

『夫木抄』『歌枕名寄』をはじめとする中世近世類題集の出典注記や集付が、散佚文献の復元に非常に役立つことは周知のとおりで、それらに基づきすでに多くの散佚和歌作品に関する研究が為されてきている。しかしいまだ詳しく論じられていない出典注記や集付もいくつかあるので、本論ではそのうちのひとつ「懐中」を取り上げてみることにする。「懐中」は類題集に例えば次のように見られる（以下に掲げる佚文番号は後掲「『懐中抄』佚文集成」のそれである）。

佚文1
題不知　懐中　　読人不知
あはぢのやうらの霞やへだつらんゑしまの松もあさみどりなる
（『夫木抄』巻一・春一・四六八）

佚文132
（櫨）
懐中　みとり色に春はつれなくみゆるきのはしらも秋はまつもみちけり
（『纂題和歌集』中之三・五〇三九）

佚文162

水名河　六帖ニハミハ川とあり
懐中　みな川のみなはさかまきゆく水のことかへすなよおもひそめたり
（『校本謌枕名寄』巻五・山城国五・一〇五五）

この「懐中」に関しては、これまで研究されたことが一切なかっただけあって、作者も成立事情も未詳であった。ところが彰考館徳川博物館蔵「本朝書籍目録」(1)には、

132　八雲抄順徳院
133　袖中抄廿巻顕昭
134　懐中抄五十巻勝命
135　宮司袋六巻清輔
136　和歌色葉三巻目肥前

のように記されており、これによって平安時代末期の歌学者勝命が著したという「懐中抄」という作品の存したことが明らかとなった。

勝命は俗名藤原親重。久曾神昇氏の先駆的な研究(2)によると、天永三年（一一一二）の生、承安二年（一一七二）十二月から治承二年（一一七八）三月までの間の出家、元暦元年（一一八四）九月以降の没という。父は親賢、岳父は祝部成仲。また浅見和彦氏は女婿に鴨長明の父長継がいた可能性を説いている。(3)『新古今集』以下の勅撰集に六首入集。『万葉集』成立について顕昭と論争したこと（『万葉集時代勘文』）は周知のとおりで、井上宗雄氏は「勝命は歌学史・注釈史上、特筆すべき学者」と評価し、(4)浅田徹氏は「清輔を上回る博覧の者」にして「「知識の集積」という院政期歌学の一つの方向を、最もよく体現した人物」と位置づけている。(5)従来知られていた著作として挙げられるのは、

・『古今集序注』（陽明文庫蔵(6)）
・『大和物語』勘物（いわゆる勝命本、九州大学附属図書館支子文庫蔵(7)）
・『古今集目録』（藤原仲実目録を増補(8)、『群書類従』所収）
・「勝命注」（散佚、『顕昭古今集注』に拠る）
・『難十載』（散佚、『和歌色葉』などに拠る）
・家集（『夫木抄』巻二十六・雑八・一二一五九「家集」「勝命法師」に拠る）

である。ただ今日においてはもう少し情報を追加することが可能であって、先の「本朝書籍目録」にはさらに次のような記載が存する。

117　古今和歌集注勝命
118　伊勢物語註同
119　大和物語同　已上三部治承三年註之

これによって治承三年（一一七九）に勝命が、『古今集』『伊勢物語』『大和物語』それぞれに注を施していたことが知られる。うち117「古今和歌集注」はおそらく前述「勝命注」のことであろう。その佚文を、

サダトキノミコノヲバノ四十ノ賀ヲホヰニテシケルヒヨメル
紀惟岡
カメノヲノ山ノイハネヲトメテオツルタキノシラ玉チヨノカズカモ（三五〇）
カメノヲノヤマハ亀山ナリ。一名ニ、カメノヲ山ト云也。抑勝命注云、紀惟岡、此名不聞。紀惟凞也。於院文殿有此説之由、陪従範光所申也云々。依之書改此名、直目録畢。顕昭案之、此案左道所為也。諸古今証本并目

録等、皆載惟岡。而文殿衆等不知此人之故、一旦疑惟濔歟之由歟。何無左右可削棄惟岡乎。雖不及沙汰事、後代自此説出来之時可思食合之料、所注進也。又第八巻詞ニ、藤原ノコレヲカヾ武蔵ノ介ニマカリケルトキニオクリニ、アフサカヲコユトテヨミケル、貫之といへり、同名歟。

のように伝える『顕昭古今集注』は文治三年（一一八七）の注進であるので、成立の先後関係にも矛盾は生じないようである。また119「大和物語」も勝命本『大和物語』を指すものとみてよいだろう。従来まったく明らかでなかったその成立時期が治承三年だったというので、今後そうした観点から勝命本を再読する必要がありそうである。一方、これまで存在自体が認知されていなかったとおぼしいのが、残る118「伊勢物語註」である。現存する『伊勢物語』関係の伝本の中に、この勝命注の痕跡を留めるものがあるいは存在しないかどうか、再確認してみるのもよいかと思われる。

『懐中抄』の性格

ともあれ問題の『懐中抄』は、そのような勝命の手に成る作品だったというので、成立はまず大まかに平安時代末期だったと位置づけられよう。すると『夫木抄』以前に「懐中」という名を持つ作品はほかに見出すことができない点、前節に引いたような出典注記はいずれもこの勝命の『懐中抄』を指しているとみてよさそうである。そうした見方を前提としつつ、以下『懐中抄』の性格や成立事情をより詳しく考証していくことにしたい。

まず後掲「『懐中抄』佚文集成」から明らかなように、現在知られる『懐中抄』の佚文はすべて名所に関わっている。また『毘沙門堂古今集注』には、

佚文230

シホノ山サシテノイソニスム千鳥君カミヨヲハヤチヨトソナク

注、シホノ山サシテノ磯勝命カ懐中ニハ西国ニ有ト云又或先達ハ東国ト云然ハタシカニシル人ナキニヤ故黄門ハ甲斐国ニ一定アリト云ハレシ也ヤチヨト鳴トハ千鳥ハチヨ〳〵トナク鳥也此モ同賀ノ歌也

という記載も見られ、これらからする限り『懐中抄』は、『歌枕名寄』のような名所歌集――分類項目を名所に特化した類題集――だったかとも推測されよう。

ところがそう考えた場合、逆によくわからないことがひとつ出てくる。『懐中抄』の佚文は『夫木抄』と『歌枕名寄』にとりわけ多く残されており、前者が百六十一首、後者が百二十五首で[9]、うち共有歌は五十七首となっている。その共有歌の中には例えば、

佚文13

たちのの山　相摸

題不知　懐中　読人不知

さがみなるたちのの山のたちまちに君にあはんとおもはざりしを

（『夫木抄』巻二十・雑二・八四二五）

立野山

懐中　さかみなるたちの、山のたちまちに君にあはんとおもはさりしを

（『校本謌枕名寄』巻二十・相模国・二九九九）

佚文69

とこしま　尾張

題不知　懐中　　　　　　　　　　　　　　　　　　読人不知
君なくてひとりぬる夜のとこ島はよするなみだぞいやしきりなる
（『夫木抄』巻二十三・雑五・一〇四三二）

床嶋
同（懐中）君なくてひとりぬる夜のとこの嶋はよするなみたそいやしきりなる
（『校本謌枕名寄』巻十九・尾張国・二六七八）

のように立野山や床嶋について、共にそれぞれ相模国・尾張国にあるとするなど、名所の所在国の認定を等しくしている場合がもちろん見られる一方で、しかしながら次のような場合も相応に存するのである。

佚文39
（しづくの山　近江）
題不知　懐中　　　　　　　　　　　　　　　　　　読人不知
いもにより夜はにやこゆるしづく山如何に露けくなりまさるらむ
（『夫木抄』巻二十・雑二・八九一三）

溜山
懐中　いもにより夜はにやこゆるしつく山なに〻露けくなりまさるらん
（『校本謌枕名寄』巻二十一・常陸国・三三五五）

佚文95
おほ川　大和又備前
題不知　懐中　　　　　　　　　　　　　　　　　　読人不知
おほかはのをち方のべにかるかやのつかのまもわがわすられぬやは
（『夫木抄』巻二十四・雑六・一一一〇六）

大河
懐中　おほ河のをちかたのへにかるかやのつかのまも我わすられんやは
（『校本謌枕名寄』巻三十二・美作国・四八〇三）

一見して明らかなように、佚文39では『夫木抄』が溜山を近江国とするのに対して『歌枕名寄』が常陸国とし、また佚文95でも『夫木抄』が大河を大和国また備前国とするのに対して『歌枕名寄』が美作国としている。特に佚文91などは『夫木抄』自体がすでに複数説を提示している。同じ『懐中抄』から歌を引用しているはずなのに、作品によってあるいは作品内部において、所在国の認定に異同が見出せるのである。従って仮に『懐中抄』が、所収歌を国別・地域別・名所別などに分類列挙する形式の名所歌集だったのであれば、このような現象は生じにくいのではなかろうか、と思われてくるわけである。

もっとも現存する名所歌集のうち、例えば『歌枕名寄』などを見てみても、

佚文51

山菅橋
老の世にとしをわたりてこほれるはつねよかりけり山すけのはし
（『校本謌枕名寄』巻二十六・下野国・三八二四、高宮佐「懐中[10]」）

山菅橋　習俗抄入之
おひかせにとしをわたりてこほれねはつよかりけり山すけのはし
（『校本謌枕名寄』巻三十六・未勘国下・六〇二二、宮佐「懐中」）

のように同一歌を別々の巻に重出させたりしてもいるので、『懐中抄』についても同様の揺れを有したやはり名所歌

集だったみておくこともできよう。ただここで注目されてくるのが、前掲「本朝書籍目録」において、『懐中抄』が『八雲御抄』『袖中抄』『宮司袋』『和歌色葉』などと並んで記されているというその記載位置である。また『懐中抄』の名は冷泉家時雨亭文庫蔵「私所持和歌草子目録」にも見出されるが、そこでもやはり、

範永自筆抄
袖中抄　懐中抄不具備
童蒙抄　八雲抄

のようになっている。これらによって少なくとも両目録の編者が、『懐中抄』を『袖中抄』や『八雲御抄』と同様の歌学書と認識していたらしいことが明らかとなろう。そのような眼で前掲『毘沙門堂古今集注』を見直してみると、「シホノ山サシテノ磯勝命カ懐中ニハ西国ニ有ト云」というのは、『懐中抄』における名所の所在に関する考証結果の引用であると確かに読めないこともない。

そうした場合に併せて注目されるのが、『懐中抄』『袖中抄』という作品名の類似である。『懐中抄』と、文治二〜三年（一一八六〜八七）頃の成立とされている『袖中抄』との先後関係は定かではないが、右の「本朝書籍目録」にしても「私所持和歌草子目録」にしても、揃って『懐中抄』を『袖中抄』よりあとに掲載しているのは、あるいは成立順序を踏まえた結果なのではなかろうか。博引旁証の顕昭が『袖中抄』に『懐中抄』を引用することが一切ないのは要するに、執筆段階でいまだ『懐中抄』が成立していなかったからではなかろうか。すなわち『懐中抄』は『袖中抄』に対して編まれた、名所に関する種々の考証に特化した（あるいはそれを中心にした）内容の歌学書だったのではなかろうか。例えば『袖中抄』[11]には、

○いそなつむめざし（20）

こよろぎの磯たちならし磯菜つむめざし濡らすな沖にをれ波

顕昭云、めざしとはめのわらはべ、こわらはべなり。それらが磯に生ひた（ママ）ある和布を小刀にて切りて取り集むるなり。伊勢国の住人の志摩国へ久しく通ひ侍しが申しゝかば、ひが事にはあらじとぞ覚侍。

或物語云、紀伊国のなぐさの浜に貝拾ふあまのめざしのおとなゝりせば、此歌も磯菜つむおさなきものと心得られたり。（第二）

という項目があるが、うち傍線部の「紀伊国の……」という一首が『夫木抄』に、

（なぐさのはま　紀伊）

題不知　袖中　　読人不知

きのくにのなぐさのはまにかひひろふあまのめざしのおとなかりせば　（『夫木抄』巻二十五・雑七・一一七八一）

のように見出せる(12)。これと同じように『懐中抄』からもその所収歌が類題集へと採られていったのではなかろうか。

ところで勝命は自らの著作の中で実に多様な文献を引用しており、浅田氏はそうした姿勢を「新資料に対する勤勉な貪欲さ」と評価している。実際『懐中抄』佚文の他出状況を調べてみると、全二百三十首のうち単純計算で百六十四首が佚文掲載作品以外には見出せない、という結果が得られる。『懐中抄』に引用されている歌は勝命の時代すでに稀覯のものが多かったように推定されよう。勝命は、例えば奏覧後もほとんど流布していなかったらしい『金葉集』三奏本を所持していて、「光阿弥陀仏」なる人物から「世以希物也」と驚嘆されたり（同奥書）、また例えば山上憶良撰『類聚歌林』の伝本の所在について、

64　類聚謌（ママ）山上憶良撰在法性寺宝蔵〈勝命／説〉在平等院宝蔵通憲説　（彰考館本「本朝書籍目録」）

のような珍しい説を唱えていたりと、卓越した資料・情報の収集能力を備えていたようである。それは『耀天記』

が、

此次第ハ、成仲禰宜、聟ノ美濃守入道勝命ガ許ニ有ル賀茂ノ日記ニ見此旨、成仲ハ申候也云々、件勝命者、賀茂ノ泉ノ禰宜ノ甥也、仍賀茂事有由縁、能々知之云々、

のように伝える「賀茂ノ日記」の入手経路などから推して、勝命の人的ネットワークを最大限に活用した成果だったとおぼしいが、ただそのように博覧強記・博引旁証である一方、勝命の歌学には引用資料が「論述上不要であったり、たんに合載されているだけで互いに有機的な関連を持っていなかったりする」傾向や、「網羅的な調査の結果」を「そのまま無批判に呈示」したりする傾向があると、やはり浅田氏によって指摘されている。

そうした観点からすると、あるいは『懐中抄』もまた、名所の所在地考証よりも名所に関する珍しい資料、珍しい説の網羅的な提示に興味の中心があった歌学書だったという可能性が生じてくるようである。先に問題として取り上げた、同一歌の佚文間にまま見出せる所在国認定の異同は従って、候補をひとつに絞り込もうとする考証の不徹底さ（意欲の少なさ？）の顕れかとも想像されたりするのであるが、いかがであろうか。

ともあれ前掲「本朝書籍目録」によれば、『懐中抄』は実に五十巻にも及ぶ内容だったというので、ちょうど藤原仲実撰『和歌類林』五十巻や藤原清輔撰『題林抄』百二十巻、また同じく清輔撰『扶桑葉林』二百巻といった大部な歌学書が相次いで成立していた、平安時代末期歌学の動向に連なる作品だったと言えよう。

佚文残存状況と類題集の一特質

ところで佚文を眺めていてもうひとつ興味深く思われてくるのは、同じ『懐中抄』に拠っているにも関わらず、

『夫木抄』と『歌枕名寄』とで引用する歌が重ならない場合の方が多いということである。すなわち佚文全二百三十首のうち『夫木抄』『歌枕名寄』ともにあるのはわずか五十七首に過ぎず、『夫木抄』のみにあるのが百四首、『歌枕名寄』のみにあるのが六十八首で、しかも『夫木抄』のうちの三十三首に関しては、

いつはの山（佚文8）　まさきの山（19）　あづちの山（30）　まねきざか（46）　たつかみのさか（47）　みるめのせき（57）　やまふぢのの（58）　むめのはら（59）　あめのもり（64）　わたのうみ（66）　あかしのうみ（67）　いかごの池（76）　かほの池（77）　ながらのいけ（78）　おさへの池（79）　ころの池（80）　さくらまの池（81）　てすさびの池（82、項目名は「さびのいけ」、三四句目に拠る）　いほの井川（86）　いしふり川（88）　かがみ川（89）　かくれ川（90）　たまほしがは（92）　あした川（102）　みせ川（103）　ななしの沼（109）　やはぎのうら（113）　ふるえの浦（114）　いほずみのはま（119）　かたみのはま（124）　さかづきの井（144）　なすの湯（146）　いそぎのさと（150）

というそれらの名所が『歌枕名寄』に立項すらされていないということが知られる。もちろん先行作品から歌を引用してくる際に、類題集の編纂目的によって取捨選択が行われることは十分あり得ようから、その単なる結果かともみられよう。しかし一方、少なくとも『歌枕名寄』に関しては、名所を網羅するのが主目的であるはずなのに、『夫木抄』には見られる百四首に何ら言及していないのは、しかもうち三十三首の名所について項目として挙げてすらいないのは、やはり不審とせざるを得ないのではなかろうか。

ところがここで頗る注目されてくるのは、前掲「私所持和歌草子目録」に「懐中抄不具備」とあったということである。これは同目録に記載された『懐中抄』の伝本が、その内容のすべてを有していない残欠本だったと伝える注記にほかならない。つまり同目録が編纂された文保年間（一三一七〜一三一九）頃――『夫木抄』『歌枕名寄』の成立時期とも近接する頃――には、すでに内容の一部を欠落させた『懐中抄』の伝本が存在していたわけである。

　このように『懐中抄』が鎌倉時代末期の時点で残欠本となっていたのは、ひとつには五十巻という大部さゆえかと推察されるが、ともあれそうすると可能性として考えたくなってくるのは、『夫木抄』と『歌枕名寄』それぞれの撰者の手許にあった『懐中抄』の伝本が、要するにそれぞれ完本ではない残欠本で、しかもその残欠状況が異なっていたのではないか、ということである。より詳しく言うと『夫木抄』が拠った一本と、『歌枕名寄』が拠った一本との間には、内容的に重なる部分もあった（両作品が共有している佚文五十七首はここに含まれていたとみたい）反面、前者では『歌枕名寄』のみが収める六十八首に関する部分が失われており、また後者では逆に『夫木抄』のみが収める百四首に関する部分が失われていたのではないか、ということである。そのように仮定してみれば、『夫木抄』と『歌枕名寄』とでかなりの数の佚文が一致しない点については説明しやすくなるのではなかろうか。

　そうした仮説を認めた場合、この『懐中抄』の事例から知られてくるのは、撰者周辺の資料の残存状況によって類題集の内容は大きく左右されるという、言ってしまえば当然でもあることである。現存する類題集は内容的に、

　A勅撰集所収歌のみによって構成されているもの…二八明題和歌集・続五明題和歌集・勅撰名所和歌抄出など
　B勅撰集以外の作品の所収歌をも（あるいは所収歌のみを）収めているもの…夫木抄・歌枕名寄・纂題和歌集・類題和歌集・松葉名所和歌集など

のように大別し得るだろうが、うちBの編纂方針は、Aのように勅撰集ばかりに規範を仰ぐのではなく、なるべく収載範囲を幅広くして、その類題集を質量ともに充実させようとするものだったと思われる。従ってBにおいては、どれだけ多数の珍しい文献から歌を引用してきたか、ということがひとつの売りともなっていたかと推量されよう。しかし『夫木抄』以後の類題集の出典注記を概観すると、例えば、

　夫木抄…雲葉集・懐中抄・歌苑抄・歌林苑和歌・歌林良材・疑開抄・亀鏡集・現存集・言葉集・現葉集・五葉

集・古来歌合・拾栗集・人家集・新撰深窓集・新撰風躰抄・（新修）桑門集・石間集・浜木綿集・扶桑葉林・
明鏡・明玉集・良玉集など

歌枕名寄…雲葉集・遠近抄・懐中抄・現存集・現葉集・古来歌合・石間集・本朝習俗抄・良玉集など

纂題和歌集…雲葉集・懐中抄・明玉集・良玉集など

明題和歌全集…現存集・藤葉集

類題和歌集…遠近集・現存集・石間集・藤葉集など

松葉名所和歌集…玉計集・七帖抄・春雨抄・類聚名所集など

のように、成立年次が下るにつれて珍しい文献も次第に少なくなっているのがわかる。これは結局、時代の変遷に伴い諸文献の伝本が次々と失われていき、類題集撰者の周辺でも入手困難となっていたために違いなかろう。酒井茂幸氏は、正徳六年（一七一八）の『新明題和歌集』編纂時、当時すでに稀覯となっていた『樹下集』『明玉集』『撰玉集』『新玉集』『拾葉集』『言葉集』などについて霊元院が捜索命令を出していたこと、しかしその多くは結局入手し得なかったことを指摘している(13)。このエピソードは、類題集編纂に際しての大きな課題が出典資料の充実にほかならなかった、ということを実によく物語っていると言えるだろう。

一方、時代の下った類題集の中には、例えば加藤古風撰『類題和歌補闕』(14)（文政八年〈一八二五〉自序）における、

　引用書

万葉集　古今集（中略）新続古今集　新葉集　続詞花集　後葉集　玄玉集　雲葉集　万代集　秋風抄　門葉集　続門葉集　現葉集　続現葉集　臨永集　藤葉集　玄々集　今撰集　柳風集　新和歌集　類聚和歌集　夫木抄　古今六帖　現存六帖　新撰六帖（以下略）

のように、実際には参照していないはずの「門葉集」や「現葉集」――当時すでに散佚していた可能性が極めて高い――などを「引用書」として掲げてみたり、また例えば竜貞玄撰『伊勢名所拾遺集』[15]（延宝七年〈一六七九〉自序）における、

伊勢名所拾遺集	夫木抄
夫木 伊勢の海波にたけたる秋のよの有明の月に松風そふく　鎌倉右大臣	御集　海辺月　鎌倉右大臣 伊勢の海浪にたけたる秋の夜の有明の月に松風ぞふく （巻二十三・雑五・一〇二九九）
歌林良材 神風やいせの浦はによするなる常世の波や君か代のかす　読人不知	いせのうら　伊勢／題不知　歌林良材　読人不知 神風やいせのうらわにきよすなるとこよの浪や君がよのかず （巻二十五・雑七・一一四〇九）
桑門 浪の上に出るもいるも二見かた月にうらむる山の端そなき　読人不知	題不知　桑門　読人不知 なみのうへにいづるもいるもふたみがた月にうらむるやまのはぞなき （巻二十五・雑七・一一九五八）

や、契沖撰『類字名所補翼鈔』[16]における、

類字名所補翼鈔	歌枕名寄
（花山　寺）（山城　宇治郡）　光俊 名寄	（花山） かくはかりさくてふ藤の花山をなとよそにみて人かへるらん

かくはかり咲てふ藤の花山をなとよそにみて人帰るらん （第一）	懐中 神南備山　丹波 神なひの山のけしきはつれなくて時雨ふりくる村雲の里 読人不知 （第二）	良玉 （宇祢野）（近江） 幾秋かつれなき妻をうねの野にあふみちしらて鹿の啼くらん 忠兼 （第四）
光俊 （『校本謌枕名寄』巻四・山城国四・八六〇）	（村雲山）（里） 懐中　神な月山のけしきはつれなくてしくれふりくるむら雲の里 （『校本謌枕名寄』巻三十・丹波国・四三九八）	（宇祢野） いくあきかつれなき人をうねの、にあふみちしらてしかのなくらん 正兼 （『校本謌枕名寄』巻二十四・近江国下・三五六一、宮佐「良玉」）

のように、『夫木抄』や『歌枕名寄』の出典注記を孫引きして「歌林良材」「桑門」「懐中」「良玉」などに拠ったと装ったりするものがある。いずれの場合もその目的はひとつには、珍しい出典資料を提示して類題集としての価値を高めようとするところにあったのだろう。

このように『夫木抄』『歌枕名寄』の登場以降、Bに属する類題集が次から次へと編まれていったが、時代が下るにつれ資料的な制約も強まっていき、どれだけ珍しい歌を採っているかという点での独自性は次第に薄まっていかざるを得なかった。そのためBのような類題集が成立すれば成立するほど、かえって『夫木抄』や『歌枕名寄』の内容的な豊富さが際立っていく結果となった。『夫木抄』と『歌枕名寄』とが、中世近世を通じて広く流布し、様々に享受されていた一要因は、あるいはそのあたりに存していたのではなかろうか。

注

（1）本書第三章第一節参照。
（2）久曾神昇氏・山本寿恵子氏『勝命本大和物語と研究』（一九五七年八月、未刊国文資料刊行会）。
（3）浅見和彦氏「発心集の原態と増補」（『説話と伝承の中世圏』所収、一九九七年四月、若草書房、初出『中世文学』第二十二号、一九七七年十月）。
（4）井上宗雄氏『平安後期歌人伝の研究　増補版』（一九八八年十月、笠間書院）。
（5）浅田徹氏「勝命の歌学」（『早稲田大学大学院文学研究科紀要別冊　文学・芸術学編』第十六集、一九九〇年一月）。以下浅田氏の説は同論に拠る。
（6）「影印　陽明文庫蔵　古今和歌集序注」（『和歌文学の世界　第七集　論集　古今和歌集』所収、一九八一年六月、笠間書院）、及び『新日本古典文学大系11　古今和歌集』（一九八九年二月、岩波書店）。
（7）『在九州国文資料影印叢書（第二期）　大和物語』（一九八一年五月、在九州国文資料影印叢書刊行会）。
（8）西村加代子氏「『古今和歌集目録』作者考」（『平安後期歌学の研究』所収、一九九七年九月、和泉書院、初出『中古文学』第二十五号、一九八〇年四月）。
（9）渋谷虎雄氏編『校本謌枕名寄　本文篇』（一九七七年三月、桜楓社）、毛利家旧蔵・明治大学附属図書館現蔵『名寄』下巻（請求番号〇九一・四／二〇／H）、及び冷泉家時雨亭文庫本（『冷泉家時雨亭叢書　第八十四巻　古筆切　拾遺（二）』所収、二〇〇九年二月、朝日新聞社）に収められている『懐中抄』佚文から、重出歌を除いた歌数がこれである。
（10）以下「高」「宮」「佐」などは『校本謌枕名寄』における伝本の略称である。詳しくは後掲「『懐中抄』佚文集成」凡例を参照のこと。
（11）本文は川村晃生氏校注『歌論歌学集成　第四巻　袖中抄〔上〕』（二〇〇〇年三月、三弥井書店）に拠る。
（12）ちなみに『夫木抄』には「袖中」という出典注記を持つ歌が、

たけくま　武　陸奥

家集　袖中　　　　　　　　　　　　　　重之
たけくまのはなはにたてる松だにもわがごとひとりありとやはきく　　（巻二十一・雑三・九二六五）
かつまたの池　美作又下総
同　袖中　　　　　　　　　　　　　源道済
かつまたの池に有りてふこひこひてまれにはよそに人を見るかな　　（巻二十三・雑五・一〇七七三）
のようにあと二首存しているが、うち二首目の方は現存『袖中抄』には見出せない。『夫木抄』の拠った『袖中抄』は現存本とはいささか異なる内容だったのかもしれない。なお「かつまたのいけ」という項目自体は現存本にも存してはいる（第三・32）。

(13) 酒井茂幸氏「霊元院仙洞における歌書の書写活動について」（『国立歴史民俗博物館研究報告』第百二十一集、二〇〇五年三月）。

(14) 刈谷市中央図書館村上文庫本を国文学研究資料館蔵マイクロフィルム（三〇―三一〇―一）で披見。

(15) 刈谷市中央図書館村上文庫本を国文学研究資料館蔵マイクロフィルム（三〇―七〇八―三）で披見。

(16) 本文は久松潜一氏監修『契沖全集　第十一巻　名所研究一』『同　第十二巻　名所研究二』（一九七三年八月～一九七四年二月、岩波書店）に拠る。

付　『懐中抄』佚文集成

【凡例】

(1)『夫木抄』『歌枕名寄』『纂題和歌集』『高良玉垂宮神秘書紙背和歌』『毘沙門堂古今集注』に見出せる「懐中」という集付・出典注記を持つ歌について勝命作『懐中抄』の佚文と認定し、上欄に本文を掲げる。
(2)一首に対して複数の文献が「懐中」という出典注記を施す場合、右に並べた順番の最上位にくる文献の本文を上欄に掲げ、それ以外の文献については下欄に必要事項のみ掲げる。
(3)下欄には集付・出典注記等に関する『夫木抄』『歌枕名寄』諸本間の異同情報、及び佚文の他出情報（網羅的ではない）などを掲げる。
(4)各文献はそれぞれ次の本文に拠る。左以外は『新編国歌大観』『新編私家集大成』に拠る。なお各文献の名称は判別に支障のない範囲で省略することがある。

・『夫木抄』永青文庫本…『細川家永青文庫叢刊　第五～六巻　夫木和歌抄』（一九八三年六月～九月、汲古書院）
・『夫木抄』宮内庁書陵部本…『図書寮叢刊　夫木和歌抄』（一九八四年二月～一九九三年三月、明治書院）
・『歌枕名寄』…渋谷虎雄氏編『校本謌枕名寄　本文篇』（一九七七年三月、桜楓社）
・『歌枕名寄』明治大学附属図書館本…同館ホームページにおいて公開されている原本画像を翻刻
・『歌枕名寄』冷泉家時雨亭文庫本…『冷泉家時雨亭叢書　第八十四巻　古筆切　拾遺（二）』（二〇〇九年二月、朝日新聞社）

・『纂題和歌集』…荒木尚氏・今井源衛氏・金原理氏・西丸妙子氏・迫徹朗氏編『纂題和歌集　本文と索引』（一九八七年、明治書院）
・『毘沙門堂古今集注』…『未刊国文古註釈大系　第四巻』（一九三八年二月、清文堂出版株式会社）、及び片桐洋一氏編『毘沙門堂本古今集注』（一九九八年十月、八木書店）
・『和歌童蒙抄』…久曾神昇氏『日本歌学大系　別巻一』（一九五九年六月、風間書房）
・『袋草紙』…藤岡忠美氏校注『新日本古典文学大系29　袋草紙』（一九九五年十月、岩波書店）
・『袖中抄』…川村晃生氏校注『歌論歌学集成　第四巻　袖中抄』（二〇〇〇年三月、三弥井書店）
・『六花集注』…三村晃功氏・稲田利徳氏・井上宗雄氏・島津忠夫氏編『六花集注〈蓬左文庫本〉』（一九七七年一月、古典文庫）
・『大和物語』…高橋正治氏校注『新編日本古典文学全集12　竹取物語　伊勢物語　大和物語　平中物語』（一九九四年十二月、小学館）
・『河海抄』…玉上琢彌氏編『紫明抄　河海抄』（一九六八年六月、角川書店）
(5)『大木抄』永青文庫本は「永」、宮内庁書陵部本は「宮」と略称する。
(6)『歌枕名寄』明治大学附属図書館本は「明」もしくは「明大本名寄」、冷泉家時雨亭文庫本は「冷泉家本名寄」と略称する。同作品のその他の伝本は『校本謌枕名寄　本文篇』に倣い、静嘉堂文庫本は「静」、国立歴史民俗博物館高松宮家旧蔵本は「高」、宮内庁書陵部本は「宮」、新潟大学附属図書館佐野文庫本は「佐」、内閣文庫本は「内」、京都大学附属図書館近衛本は「京」、天理大学附属天理図書館本（旧西荘文庫本）は「天一」、同館本（旧竹柏園本）は「天二」、陽明文庫本は「陽」と略称する。

1　題不知　懐中　読人不知
あはぢのやうらの霞やへだつらんゐしまの松もあさみどりなる　（夫木・春二468）

2　題不知　懐中　読人不知
けふまつるおほはら野べのつぼすみれ君もろ共につまんとぞ思ふ　（夫木・春六1952）

3　題不知　懐中　読人不知
神やまの身をうのはなのほととぎすくやしくやしとねをのみぞなく　（夫木・夏一2437）

4　題不知　懐中　読人不知
あきのみぞいぶきの山のほととぎすまれになくねはうれしからまし　（夫木・夏二2810）

5　題不知　懐中　同（読人不知）
草枕ゆめぞたえぬるみちのくのあさかのぬまのしぎのはかぜに　（夫木・秋五5720）

6　いなぶち山　南淵　大和／同（題不知）　読人不知
しるやきみつららひまなきはらの池にかはらぬをしのよはのうきねを　（夫木・冬二6965）

7　いつはの山　越中／同（題不知）　懐中　同（読人不知）
秋なればいなぶち山のきりぎりす声よわり行く暮ぞ悲しき　（夫木・雑二8152）

8　いくら山　信乃／題不知　懐中　読人不知
しらま弓いつはの山のときはなるいぶりあやなよこひつつやへん　（夫木・雑二8153）

9
わすらるる身のうきことやいくら山いくらばかりのなげきなるらむ　（夫木・雑二8157）

2　夫木・永「懐中」ナシ
3　六帖2188
5　高良玉垂宮神秘書紙背和歌113「懐中集」
6　続詞花・恋中583「（題不知）藤原惟規」
7　夫木・宮「懐中」／名寄・大和五1616「稲淵山」
9　名寄・信濃3742「伊倉山」

10　とりすみの山　大和／懐中　読人不知
ふかければ声もきこえず鳥すみのやどりは山の名にぞありける　（夫木・雑二8222）

11　ちかみ山／懐中　読人不知
おもふ人ちかみの山ときくからにふもとの里もなつかしきかな　（夫木・雑二8229）

12　かまどの山　周防又筑前或美乃／題不知　懐中　読人不知
みのの国かまどの山の日くるればけぶりたえせぬなげきをぞする　（夫木・雑二8363）

13　たちのの山　相撲／題不知　懐中　読人不知
さがみなるたちのの山のたちまちに君にあはんとおもはざりしを　（夫木・雑二8425）

14　つげの山　伊賀／同（題不知）　懐中　同（読人不知）
かぎりなくおもふ心はつげのやま山口をこそたのむべらなれ　（夫木・雑二8451）

15　（ながらの山　長楽　長柄　近江摂津上総）／題不知　懐中　読人不知
ながら山いざながらへじながれても程ひさしくはわすれもぞする　（夫木・雑二8474）

16　（くりこま山　山城又陸奥）／題不知　懐中　読人不知
くり駒の松にはいとど年ふれどことなし草ぞおひそめにける　（夫木・雑二8575）

17　（くりこま山　山城又陸奥）／同（題不知）　懐中　同（読人不知）
いかでわれくり駒山のもみぢばを秋ははつとも色かへてみん　（夫木・雑二8576）

18　くちなし山　大和又讃岐／題不知　懐中　読人不知
やまとなるくちなし山のやま人はいはでぞおもふこころひとつに　（夫木・雑二8578）

10　名寄・未勘上5704「鳥住山」

11　名寄・未勘上5715「近見山／懐中」

13　名寄・相模2999「立野山／懐中」

14　名寄・加賀4193「都気山　正字可詳」、明「懐中」

16　名寄・陸奥上・補2261「栗狛山」／六帖3858

17　名寄・陸奥上3931「栗狛山／現六」

18　名寄・大和五1613「口無山／懐

まさきの山　真佐木　備中／建久九年大嘗会　懐中　前中納言資実卿

19 まさき山柾木のかづら紅葉してしぐれも時をたがへざりけり　（夫木・雑二8609）

ふなさか山　播磨又大隅／題不知　懐中　読人不知

20 風はやみ立つしら波をよそ人にふなさか山とみゆるぞあやふき　（夫木・雑二8632）

ふかしの山　石見／題不知　懐中　読人不知

21 なべてそのふかしの山に入りぬればかへらん道もしられざりけり　（夫木・雑二8634）

（ふは山　不破　近江又美乃）／不破山を　懐中　読人不知

22 君をおきておもふは山のうぐひすのなくなくこゑはたれにかたらん　（夫木・雑二8657）

ころもでの山　伊勢又山城／同（題不知）　懐中　読人不知

23 きてみらんことを頼まぬ身にしあればたちわびぬべきころもでの山　（夫木・雑二8666）

（ころもでの山　伊勢又山城）／同（題不知）　懐中　同（読人不知）

24 さのみこそことひき山と人はいはめしらべでもなくせみのこゑかな　（夫木・雑二8668）

あはぢ島山　淡路／題不知　懐中　左京大夫顕輔卿

25 いかにせんとぶひもいまはたてわびぬ声もかよはぬあはぢ島山　（夫木・雑二8718）

（あしき山　悪木　筑前）／同（題不知）　懐中　同（読人不知）

26 うきことをおもひつくしのあしき山なげ木こりつむ年やへぬらん　（夫木・雑二8726）

（あはた山　粟田　山城）／同（題不知）　懐中　同（読人不知）

27 見るたびにけぶりのみたつあはた山はれぬかなしき世をいかにせむ　（夫木・雑二8729）

中」

19　大嘗会和歌968「阿波院」「主基方備中」「藤原朝臣資実」「真佐木山有紅樹」「建久九年十一月七日」

20　名寄・肥前5566「船坂山／懐中」、静佐京「懐中」ナシ

21　名寄・未勘上5714「深師山」

23　名寄・伊勢下2527「衣手山」、高佐「同（懐中抄）」、明「懐中」

25　続詞花・恋上523「左京大夫顕輔」／顕輔集51／袖中抄・第八「とぶひの〻もり」

28　あづまぢをゆきつくしつゝあはた山人よりこえて君をこそおもへ　（夫木・雑二　8730）
（あはた山　粟田　山城）／同（題不知）　懐中　同（読人不知）

29　秋の色はあさごの山のからにしき露いかなればわきてそむらん　（夫木・雑二　8770）
あさごの山　但馬／題不知　懐中　読人不知

30　春のよの月弓はりになる時ぞあづちの山にいるはみゆらん　（夫木・雑二　8771）
あづちの山　若狭／同（題不知）　懐中　同（読人不知）

31　立ちよれど雨ふり山の木のもとはたのむかひなくおもほゆるかな　（夫木・雑二　8775）
あめふり山　相摸／同　懐中　同（読人不知）

32　夜とともにたのまれぬかな信濃なる名にたちにけりあだしのの山　（夫木・雑二　8777）
あだしのの山／題不知　懐中　読人不知

33　都人おぼつかなしやゆめやまをみるかひありて行きかへるらん　（夫木・雑二　8834）
ゆめ山　甲斐／題不知　懐中　読人不知

34　あひ見つつ猶おぼつかなみや路山こやしかすがのわたりなるらん　（夫木・雑二　8864）
みやぢ山　参河／同（題不知）　懐中　読人不知

35　尋ねきてわれこそは又みえもせめ峰こし山はいつもわすれじ　（夫木・雑二　8865）
みねこし山　陸奥／同（題不知）　懐中　同（読人不知）

36　わたるともつくべくもなし君が世のみはしの山のうごきなければ　（夫木・雑二　8869）
みはしの山　石見／題不知　懐中　読人不知

29　名寄・但馬4512「朝来山／唐錦懐中」／同4520「朝子山〈顕照哥枕但馬郡名也云々／今案朝来郡也〉」、高佐「懐中」

31　名寄・相模3000「雨降山」

32　名寄・信濃3741「安太師野山正字可尋」、高「懐中」

33　明大本名寄・甲斐「夢山　懐中」

34　夫木・雑八12212「(しかすがの渡　志賀須香　参川）題不知懐中　同（読人不知）」

35　名寄・未勘上5691「峯越山／懐中」、陽「懐中」ナシ

36　名寄・未勘上5677「階山／懐中」

37　うちつけにみづのを山の秋かぜを岩まにたぎつ音かとぞきく　（夫木・雑二8870）
みづのを山　水尾　山城／同（題不知）　懐中　同（読人不知）

38　ゆくさきをみすみの山をたのむにはこれをぞ神に手向けつつゆく　（夫木・雑二8890）
みすみの山／題不知　懐中　読人不知

39　いもにより夜はにやこゆるしづく山如何に露けくなりまさるらむ　（夫木・雑二8913）
（しづくの山　近江）／題不知　懐中　読人不知

40　君をとふみちのながてはこえがたきせきのを山のなからましかば　（夫木・雑二8964）
せきのを山　伊勢／題不知　懐中　読人不知

41　鈴鹿山伊せのはま風さむくともちよまつまでに色かふなゆめ　（夫木・雑二8968）
（すずか山　伊勢）／題不知　懐中　読人不知

42　人しれず恋をのみこそすはら山これよりふかくいりぬとやさは　（夫木・雑二8970）
すはら山　山城／題不知　懐中　読人不知

43　みちしげくさはりおほかる身なれどもあみだがみねはゆかむとぞおもふ　（夫木・雑三9040）
あみだのみね　阿弥陀　山城／題不知　懐中　読人不知

44　よしだののきねにもまつはあらねどもまにまに見ゆるかぐらをかかな　（夫木・雑三9150）
（かぐらをか　神楽　山城）／題不知　懐中　読人不知

45　まりのをかなにをかかりとおもふらんかたうつなみのおとばかりして　（夫木・雑三9186）
（まりのをか　長門）／題不知　懐中　読人不知

37　名寄・丹波4390「水尾山／岩間／能宣」

38　名寄・伊勢下2526「御炭山／懐中抄」、明「同（懐中）」

39　名寄・常陸3255「（溜山）／懐中」

40　名寄・近江上3315「関小山／懐中」、静宮佐「懐中抄」

41　名寄・伊勢上2396「（鈴鹿川（山）」

42　名寄・未勘上5695「須原山／能宣」

45　名寄・未勘上5762「鞠岡／遠近

46　まねきざか　伊勢／題不知　懐中　読人不知
まねきざかまねくを誰ととひつれば霧のはれまのをばななりけり（夫木・雑三9242）

47　たつかみのさか／同（題不知）　懐中　同（読人不知）
秋なればおもほゆるかなすずかやましかときりとのたつかみの坂（夫木・雑三9243）

48　あぶくま　陸奥／題不知　懐中　読人不知
あぶくまをいづれと人にとひつればなこそのせきのあなたなりけり（夫木・雑三9266）

49　ふるのかけはし）／題不知　懐中　読人不知
ちはやぶる神もしるらんかけてだにふみみぬものをふるのかけはし（夫木・雑三9374）

50　をがはのはし／読人不知
みちのくのをがはのはしのあゆみ板の君しそむかばわれもそむかん（夫木・雑三9419）

51　やますげのはし　下野／題不知　懐中　読人不知
おいのよにとしをわたりてこぼれぬはねづよかりけり山すげのはし（夫木・雑三9466）

52　（あさむつのはし　みづとも三両本　浅水　大和又山城或飛騨）／題不知　懐中　読人不知
あさみづのはしはしのびてわたれどもところどころになるぞわびしき（夫木・雑三9478）

53　ささやきのはし　越後／題不知　懐中　読人不知
くまのなるおとなし川にわたさばやささやきのはししのびしのびに（夫木・雑三9492）

54　（みなそこのはし）／みなそこのはしを　懐中　読人不知
河かみにとはばこたへよみなそこのはしのうへにやわたるせはありと（夫木・雑三9499）

抄／時用女」／六花集・雑上1677「時国女」

49　名寄・大和四・補745「掛橋」

50　夫木・永「懐中」

51　名寄・下野3824「山菅橋」、高宮佐「懐中」／同・未勘下6022「山菅橋　習俗抄入之」、宮佐「懐中」

52　名寄・越前4154「浅水橋」、明「懐中」

53　名寄・備後4849「密語橋／懐中」／同・紀伊4981「(音無山)河」、高宮佐「懐中」／六花集注299「サ、ヤキノ橋北国ニ有也」

　ひつかはのはし　山城／題不知　懐中　読人不知

55 日くれなばをかの屋にこそふしみなみあけてわたらんひつかはのはし　（夫木・雑三9501）

　（おさへのせき　陸奥）／題不知　懐中　読人不知

56 まれにきて恋もつきぬにいそぎ行く人をおさへのせきもすゑなん　（夫木・雑三9536）

　みるめのせき　摂津／題不知　懐中　読人不知

57 あふ事はなほかたいとのわればかりみるめのせきにゆるしやはせん　（夫木・雑三9592）

　やまふぢのの　山城／題不知　懐中　読人不知

58 やましろのやまふぢののにふすしかのあさふしかねて人にしらるる　（夫木・雑四9754）

　（むめのはら　山城）／題不知　懐中　読人不知

59 たれここのありすなるらんむめのはらなどうぐひすのひとりなくらん　（夫木・雑四9883）

　うのはら　山城／同（懐中）　同（題不知）　同（読人不知）

60 しらざりきたのめしことをわすれぐさ身をうのはらにおふる物とは　（夫木・雑四9884）

　みかきがはら　御垣　大和／題不知　懐中　読人不知

61 かたをかのみかきがはらのうぐひすははなちりぬとや春はなくらん　（夫木・雑四9948）

　（もろこしのはら　相摸）／題不知　懐中　読人不知

62 はるかなるなかこそうけれゆめならでとほくみえけりもろこしのはら　（夫木・雑四9963）

　いはてのもり　陸奥又摂津／題不知　懐中　読人不知

63 みちのくのいはてのもりのいはでのみおもひをつぐる人もあらなん　（夫木・雑四9991）

---

54 名寄・近江下・補2154「（水底橋）（渡）懐中」

58 夫木・秋三4700「題不知　六二同（読人不知）」／名寄・山城一143「山吹尾　六帖」／六帖・第五2687「人丸」

60 名寄・未勘上5821「（宇乃原或云上野或山城）」、宮「好忠」

61 中務集Ⅰ77

62 名寄・相模3002「（諸越原）／懐中」

64 このもとをたのむこころもあるものをあめのもりにぞおもひわづらふ　（夫木・雑四10081）
（あめのもり　山城）／題不知　懐中　読人不知

65 つばなぬくたよりにとこそおもひしかあはでのもりにかへりぬるかな　（夫木・雑四10082）
あはでのもり　阿波手　尾張／同（題不知）　懐中　同（読人不知）

66 秋風はたえてな吹きそわたの海のおきなる玉藻わがかづくまでに　（夫木・雑五10318）
わたのうみ　遠江／題不知　懐中　読人不知

67 かひなくてあかしの海の秋風にこひしき浪ぞたちさわぎける　（夫木・雑五10371）
あかしのうみ　播磨／家集　懐中　中務

68 朝夕に定めなき世をなげくにはいき島にこそすむべかりけれ　（夫木・雑五10418）
いきしま　出雲／題不知　懐中　読人不知

69 君なくてひとりぬる夜のとこ島はよするなみだぞいやしきりなる　（夫木・雑五10433）
とこしま　尾張／題不知　懐中　読人不知

70 さよ更けて月たけ島の影見ればふしうき旅のねをのみぞなく　（夫木・雑五10467）
たけしま　越後又備中／題不知　懐中　読人不知

71 舟よするいさりの島は風ふかで浪もたたでやのどけかるらん　（夫木・雑五10515）
いさりのしま　尾張／題不知　懐中　読人不知

72 海士のかるみるめの島にしら雪のまだら島にもふりかかるかな　（夫木・雑五10531）
まだらじま　壱岐／同（題不知）　懐中　同（読人不知）

---

67 中務集Ⅰ229

68 名寄・播磨4686「生嶋」、高宮佐「懐中」

69 名寄・尾張2678「床嶋／同（懐中）」／同・未勘下5978「床嶋或云尾張入之」

72 名寄・壱岐5605「海松和布浦

73 淡路しましほつをさして漕ぐ舟のなはふりにしを浅からぬやは
（あはぢしま　淡路）／同（題不知）　懐中　同（読人不知）　（夫木・雑五10557）

74 をぐろさきみつの小島にすまばこそ都のつとに人もさそはめ
（みつのこじま　陸奥）／題不知　懐中　読人不知　（夫木・雑五10577）

75 白波のたちのみかくすわかめ草もとめじまにやあまは程へし
もとめじま　尾張／題不知　懐中　読人不知　（夫木・雑五10596）

76 近江なるいかごの池のいかにいかに契りし人の心なりけり
いかごの池　近江／題不知　懐中　読人不知　（夫木・雑五10744）

77 われもいざ立ちよりてみん玉ひかるかほの池には水やひかると
かほの池　大和／題不知　懐中　読人不知　（夫木・雑五10764）

78 あらためてたのむのみかはくみてしれはかなながらの池のこころを
ながらのいけ　大和／題不知　懐中　読人不知　（夫木・雑五10793）

79 思へども人目をつつむ涙こそおさへの池となりぬべらなれ
おさへの池　陸奥／同（題不知）　懐中　読人不知　（夫木・雑五10803）

80 見てもあかぬ花盛なるころの池はすぐる月日もうらめしきかな
ころの池　未国／題不知　懐中　同（読人不知）　（夫木・雑五10814）

81 鏡とも見るべきものを春くればちりのみかかるさくらまの池
さくらまの池　阿波／題不知　懐中　読人不知　（夫木・雑五10824）

---

73 班嶋　顕昭哥枕当国入之／懐中」

75 名寄・未勘下5985「求嶋／懐中」

79 名寄・未勘下5924「朝露池」

さび《(ママ)》のいけ　山城／題不知　懐中　読人不知

82　あら小田にほり任せつるてすさびの池と成るまでたたへぬるかな　（夫木・雑五10827）

（いづみがは　泉　山城又近江）／同（題不知）　懐中　同（読人不知）

83　泉川こまのわたりのとまりにもまだ見ぬ人の恋しきやなぞ　（夫木・雑六10898）

（いづみがは　泉　山城又近江）／同（題不知）　懐中　同（読人不知）

84　山しろのやまとにかよふいづみ河これやみくにのわたりなるらん　（夫木・雑六10899）

いささ河　常陸／同（題不知）　懐中　同（読人不知）

85　せきとむる人もなき世にあやしくもいささのかはのゆきもやられぬ　（夫木・雑六10924）

いほの井川　近江／同（題不知）　懐中　同（読人不知）

86　あふみなるいほの井がはの水すみて千とせのかずのみえわたるかな　（夫木・雑六10925）

いちかは　山城或常陸播磨／題不知　読人不知

87　水上もしろくぞ見ゆるいちかははほのぼの波のたてばなりけり　（夫木・雑六10927）

いしふり川　紀伊／家集　忠盛朝臣

88　みくまのやいしふりがはのはやくよりねがひをみつのやしろなりけり　（夫木・雑六10928）

（かがみ川　とさ）／題不知　懐中　読人不知

89　影みんと思ひしものをかがみがは浅ましくても絶えしみづかな　（夫木・雑六10989）

かくれ川　未国／題不知　懐中　読人不知

90　かげろふのいはかきふちのかくれがはふしてしぬともなが名はいはじ　（夫木・雑六10992）

84　夫木・永「懐中」ナシ

85　名寄・未勘下5870「伊佐良河　或云常陸国後拾遺序近江国ナル　イサラ川詞歟／懐中」、佐「懐中」ナシ

87　夫木・永「同（懐中）」／名寄・山城五1056「市川　或幡州餝磨河上云々」、静「懐中」

88　夫木・永「同（懐中）」／忠盛集Ⅱ83

91 ひとつして万代てらす月なればそこも見えけり玉つくり川　（夫木・雑六11031）

（玉つくり川　播磨）／題不知　懐中　読人不知

たまほしがは　陸奥／同（題不知）　懐中　同（読人不知）

92 みちのくのたまほしがはのたまさかにながれあふせやあるとこそまて　（夫木・雑六11032）

たかせ川　山城或河内　摂津又安房又上野／同（題不知）　懐中　同（読人不知）

93 かぎりなくふかきみ山のたに水をたかせ河にもよどむよあらん　（夫木・雑六11033）

むこ川　武庫　摂津／題不知　懐中　読人不知

94 つのくにありといふなるむこ河のながれてなにもいはれきしかな　（夫木・雑六11067）

おほ川　大和又備前／題不知　懐中　読人不知

95 おほかはのをち方のべにかるかやのつかのまもわがわすられぬやは　（夫木・雑六11106）

くろかは　未国／題不知　懐中　読人不知

96 くろかはと人は見るらん墨染の衣の袖にかかるなみだを　（夫木・雑六11123）

くめ川　久米　大和／題不知　懐中　読人不知

97 みかりする君かへるとてくめがはにひとことぬしぞ出でまさりける　（夫木・雑六11129）

ふみまき川　下総／題不知　懐中　読人不知

98 みづぐきのかきながせどもながれぬはふみまきがはといへばなりけり　（夫木・雑六11150）

こづがは　山しろ或河内／題不知　懐中　読人不知

99 君こずはたれに見せましこづ川のせぜのうづまくたきのしら糸　（夫木・雑六11164）

91　名寄・陸奥下4008「（玉造江）川」、宮「懐中」／重之集136「ゆきのかた、たまつくりがはを題にて」

95　夫木・永「懐中」ナシ／名寄・美作4803「大河／懐中」

96　名寄・未勘下5881「黒川　下野国歟／懐中」

97　夫木・雑十八16965「同（日本紀竟宴）有穂」／名寄・大和三1336「（久米道）／有恒」、高「御狩一言主」、高宮佐「河」「日本紀」「竟宴」／日本紀竟宴36「得大泊瀬天皇　中納言従三位兼行民部卿春宮大夫藤原朝臣有穂」

こほり川　武蔵又安房又備前／題不知　懐中　読人不知

100 打解けて水もむすばずこほりがはしたなるこひやわびしかるらん　（夫木・雑六 11167）

（こほり川　武蔵又安房又備前）／名所歌に　懐中　同

101 そらさむみ月のひかりはさやけくてこほりがはには水もながれず　（夫木・雑六 11168）

あした川　備後／題不知　懐中　読人不知

102 稀に来てあかず別れしあした河なみだぞ袖にみをとながるる　（夫木・雑六 11198）

みせ川　伊勢／題不知　懐中　読人不知

103 すずか山いせぢにかよふみせがはの見せばや人にふかきこころを　（夫木・雑六 11257）

（みもすそ川　御裳濯　伊勢）／題不知　懐中　読人不知

104 つかへませしらがのかみをゆふにしてみもすそ川のみづはぐむまで　（夫木・雑六 11261）

（みなせ川　山しろ又摂津或大和）／題不知　懐中　読人不知

105 底ふかきふちなければやよの人のみなせ河とはいひはじめけん　（夫木・雑六 11289）

（白かは　山城或筑前又陸奥関なり）／同（題不知）　懐中　同（読人不知）

106 としふれど水だにすまじしら河の月のとまりと成りにけるかな　（夫木・雑六 11301）

（ひつかは　山城）／題不知　懐中　読人不知

107 年を経て袖ひつかはのうづまきに恋しき人のかげなかりけり　（夫木・雑六 11309）

すすぎ河　伊勢／題不知　懐中　読人不知

108 哀てふ人もなきよになにしおはば身をすすぎがは清くながれよ　（夫木・雑六 11328）

---

98 名寄・下総3176「書巻川／懐中」
99 名寄・山城三485「木津川」
101 名寄・武蔵3128「氷川」、高宮佐明「懐中」
107 名寄・山城三714「（櫃河）／六帖」／六帖1585「（かは）」／同1594「（かは）」
108 名寄・伊勢下2628「濯川」、高

ななしの沼　陸奥／題不知　懐中　読人不知

109 みちのくの名なしの沼の水絶えていひはあれども人だのめなる　（夫木・雑六11390）

はちすの浦　加賀／題不知　懐中　読人不知

110 つみふかき身はほろぶやとおとにきくはちすのうらをゆきてだにみん　（夫木・雑七11413）

ときのうら　長門／題不知　懐中　読人不知

111 おもひいづるときのうらにもうき人はわすれがひこそひろはれにけれ　（夫木・雑七11423）

たもとのうら　相模／題不知　相模　懐中　読人不知

112 なびきこしたもとのうらのかひしあらば千鳥のあとをたえずとはなん　（夫木・雑七11467）

やはぎのうら　常陸／題不知　懐中　読人不知

113 いくさ見てやはぎのうらのあればこそやどをたてつつ人はいるらめ　（夫木・雑七11572）

ふるえの浦　武蔵／題不知　懐中　読人不知

114 あしたづのふるえの浦にあさりするあまとや見らんたびゆくわれを　（夫木・雑七11594）

ふえのうら　丹後／題不知　懐中　読人不知

115 おとたかきなみたちよりてききしかばふえのうらにも風はふきけり　（夫木・雑七11596）

あそびの浦　丹後／題不知　懐中　読人不知

116 うちよするみるかひありてよさのうみのあそびのうらにころもへぬべし　（夫木・雑七11628）

（しかのうら　鹿　肥後又対馬）／同（題不知）　懐中　同（読人不知）

117 あさりせししかのうらまにゆきしよりよにふるかひもいざやひろはむ　（夫木・雑七11683）

佐明「懐中」

110 名寄・加賀4194「蓮浦」、明「懐中」／六花集・夏456「俊頼」

111 名寄・長門4881「時浦／懐中」、宮佐「懐中」ナシ

112 名寄・相模3029「手本浦」、明「手太浦　懐中」

115 名寄・丹後4508「笛浦」、明「同（懐中）」

116 夫木・雑十13453「題不知　良玉　同（読人不知）」／名寄・丹後4473「遊浦　懐中」

118　しだのうらのこぎいづるふねのめもはるにいやとほざかるたびのわびしさ（夫木・雑七11686）
（しだのうら　志太浦　伊勢又駿河）／題不知　懐中　同

119　あさなぎにつりするあまのなければやいほずみのはまかずもしられぬ（夫木・雑七11740）
いほずみのはま　播磨／題不知　懐中　読人不知

120　つなでなはひききるほどにかぜふけばいとのはまにぞふねもよりける（夫木・雑七11741）
いとのはま　紀伊／同（懐中）　同（題不知）　同（読人不知）

121　たくなはをちひろのはまのくりかへしこれにやあまのよをつくすらん（夫木・雑七11748）
（ちひろのはま　紀伊又伊勢）／題不知　懐中　読人不知

122　いろいろのかひありてこそひろはるれちぐさのはまをあさるまにまに（夫木・雑七11750）
（ちぐさのはま　上総）／題不知　懐中　読人不知

123　なき名をばすすぎやするとおもひしにいとどおりたちのはまにぞ有りける（夫木・雑七11755）
おりたちのはま　近江／題不知　懐中　読人不知

124　こひしさのなぐさむやとてあふまではいさやかたみのはまにかもねん（夫木・雑七11759）
かたみのはま　上総／題不知　懐中　読人不知

125　おしてるやよさのはまこそこひしけれ涙をよするかたしなければ（夫木・雑七11760）
よさのはま　丹後／同（題不知）　懐中　慈心上人

126　いせのうみはなごりだになくあせにけりなのみたかしのはまときこえて（夫木・雑七11772）
（たかしのはま　高師　和泉又伊勢）／題不知　懐中　読人不知

120　名寄・筑前5432「怡土浜／懐中」

122　夫木・永「懐中」ナシ／名寄・上総3151「千草浜　同（懐中）」、明「懐中」

123　名寄・近江下3605「下立浜」、宮佐「懐中」

125　名寄・丹後4467「（与謝篇）（浜）／忍照」／袋草紙「慈心上人清豪」／袖中抄・第三「おしてるや」

うづらはま　筑前／題不知　懐中　読人不知
127 かりにとはおもはぬたびをいそなれやうづらはまをばゆきくらすらん　（夫木・雑七 11800）

くものはま　若狭／若狭国　懐中　読人不知
128 はるかにもおもほゆるかなくものはまあまのかはらにゆきやかよへる　（夫木・雑七 11807）

くらなしのはま　上総／題不知　懐中　読人不知
129 くるあまのそこらかりおくみるめをばいづくにつまんくらなしのはま　（夫木・雑七 11809）

こひのはま　播磨／恋歌中　懐中　読人不知
130 人しれずくるしき物としりぬればなもうらめしきこひのはまかな　（夫木・雑七 11836）

えだのはま　上総／題不知　懐中　同（読人不知）
131 ちりにけるあきのなごりのこひしさにえだのはまべをいざゆきてみむ　（夫木・雑七 11837）

あじろのはま　伊勢／題不知　懐中　同
132 わがこふるやそうぢ人にあひも見であじろのはまにひをもふるかな　（夫木・雑七 11844）

みのうはま／題不知　懐中　読人不知
133 みのうはまなにはのなみのよるをまつひるこそかひのいろも見えけれ　（夫木・雑七 11861）

（をののみなと　伊勢）／同（題不知）　懐中　同（読人不知）
134 みそぎするをののみなとの松をこそいくよかへしとふべかりけれ　（夫木・雑七 11897）

かほのみなと　出羽／同（題不知）　懐中　同（読人不知）
135 君みねばかほのみなとにうちはへてこひしきなみのたたぬ日ぞなき　（夫木・雑七 11898）

---

126 名寄・伊勢上2490「高浜／中務卿親王」／元輔集Ⅰ88「（なかつかさかありしところに、こにかひをいれてはへりしに、よみてつかはしゝ／なみわけてみるかひあるはいせのうみのいつれのかたのなこりなるらん）かへし、なかつかさ」／同Ⅱ81「（中つかさかある所にまかりたりしに、かひをこにいれて侍しに／浪まわけみるかひ本　いせのうみのいつれ本かたのなこり成らん）返し、中務」

127 名寄・筑前5434「鶉浜／懐中」／高遠集208「うつらはまをゆくとて」

128 名寄・若狭4105「雲浜／懐中天河原」、宮佐「懐中」ナシ、宮佐明「天河原」ナシ、明「銀河」

131 名寄・上総3152「枝浜」、高「同（懐中）」、明「同（懐中）」

132 名寄・伊勢下2589「網代浜　寛平菊合名所第九番／懐中」／纂題3351「（網代）懐中」

133 名寄・筑前5421「（美能宇浦

136　しほかぜにけさひえにけりなにはがたあし火たくやぞこひしかりける　（夫木・雑七11967）
（なにはがた　摂津）／題不知　懐中　読人不知

137　ひたちなるたなべのいそにけふよりや風のふかぬに浪のたつらん　（夫木・雑七12082）
たなべの磯　常陸／題不知　懐中　読人不知

138　いづくとてふみまどはせるたまづさをここはたなべのいそならなくに　（夫木・雑八12083）
（たなべの磯　常陸）／同（題不知）　懐中　同（読人不知）

139　はるかにもかすみのさきをおもふかな波の花もやたちまがふらん　（夫木・雑八12124）
かすみのさき　武蔵／武蔵国歌　かすみの崎　懐中　読人不知

140　人をわくこころはうしとそむけどもにくきが崎に松もたつかな　（夫木・雑八12149）
（くきが崎　駿河又摂津）／題不知　懐中　読人不知

141　なみたてるまつが崎なるあしたづはちよをかさぬるためしなりけり　（夫木・雑八12153）
まつが崎　山城又尾張／同（題不知）　懐中　同（読人不知）

142　近江なるこころみのさき年へてもよしこころみよ人わするやと　（夫木・雑八12157）
心みの崎　心見　近江／題不知　懐中　読人不知

143　いかにしていかによるらんをの山のうへよりおつる音なしの滝　（夫木・雑八12354）
（おとなしの滝　陸奥或山城　紀伊）／題不知　懐中　読人不知

144　あづまぢにさしてこむとは思はねどさかづきの井にかげをみるかな　（夫木・雑八12438）
さかづきの井　上総／題不知　懐中　読人不知

国雖不審暫任一説載之顕照歌枕当国歟）浜／懐中」、内「懐中」ナシ／高遠集204「みのふはまといふ、かひおほかるはまにて」

134　名寄・伊勢上2466「（小野古江）（湊）」

135　名寄・出羽3850「顔湊」、高宮佐「懐中」

136　六帖2989

137　名寄・常陸3271「田辺礒／懐中」

138　名寄・常陸3272「（田辺磯）／同（懐中）」／六帖2859

140　名寄・摂津四2282「（玖冲岐渡）崎　或云駿河国也／懐中」、京「懐中」ナシ／同・伊豆2945「玖伎崎」、高宮佐「懐中」

142　名寄・近江下3615「心見崎／懐中」／纂題1297「（崎）懐中」

143　名寄・紀伊4976「雄山／元輔」

145　あすか井　飛鳥　山城／題不知　懐中　読人不知
あすか井に影やどしつるかり人はみづはさむみやこまにかふらん（夫木・雑八 12440）

146　なすの湯　信濃／題不知　懐中　読人不知
しなのなるなすのみゆをもあむさばや人をはぐくみやまひやむべく（夫木・雑八 12495）

147　（松）／題不知　懐中　読人不知
みちのくのあこやの松に木がくれていでたる月のいでやらぬかな（夫木・雑十一 13738）

148　いなのこほり　伊那　信濃／題不知　懐中　読人不知
しなのなるいなのこほりとおもふにはたれかたのめのさとといふらん（夫木・雑十三 14533）

149　いづしのさと　但馬／題不知　懐中　読人不知
たじまなるいづしのさとのいつしかもこひしき人を見てなぐさまん（夫木・雑十三 14549）

150　いそぎのさと　未国／同（題不知）　同（懐中）　同（読人不知）
いつしかとわれをまちつつこし人のいかでいそぎのさとをきかばや（夫木・雑十三 14550）

151　（かすがのさと　大和）／越後国　懐中　読人不知
かすみたつ春日のさとのさくらばな山おろす風にちりやしぬらん（夫木・雑十三 14602）

152　たびゐのさと　未国／題不知　懐中　読人不知
都いでてたびゐのさとをながむれば月ばかりこそかはらざりけれ（夫木・雑十三 1463）

153　むらくもの里　丹波／丹波村雲の里　懐中　祐挙
神無月山のけしきはつれなくてしぐれふりくるむら雲の里（夫木・雑十三 14663）

147　名寄・陸奥下 4022「阿古耶松正字可尋当時出羽国也云々」、高佐「明玉」、宮「古哥」

148　名寄・信濃 3763「伊那郡　付馮里」、高「懐中」／纂題 1593「（郡）懐中」

149　夫木・永「懐中」ナシ／名寄・但馬・補 2318「（五師里）懐中」（この一首高明のみアリ）

151　夫木・春三 656「同（梅花中）万八」「大伴宿禰村上」／名寄・大和一 1172「（春日篇）里」／万葉・春雑 1437「（大伴宿祢村上梅歌二首）」／六帖 4150／麗花集 13「大とねりのすくねむねをか」

うりふの里　若狭又山城／題不知　懐中　読人不知

154　雲のたつうりふのさとのをみなへしくちなしいろにいひぞわづらふ　（夫木・雑十三14668）

くるまのさと　上野／題不知　懐中　読人不知

155　都よりかへりくるまのさと人はひとねがはせはわたらざらなん　（夫木・雑十三14687）

ますだの里　近江／題不知　懐中　読人不知

156　としごとにますだの里のいねなればつくともつきじちよの秋まで　（夫木・雑十三14704）

まつかぜのさと　尾張／題不知　懐中　読人不知

157　松かぜのさとにむれゐるまなづるはちとせかさぬる心ちこそすれ　（夫木・雑十三14706）

けぶりのさと　丹波／同（題不知）　懐中　同（読人不知）

158　恋しきをおもひのがるとせしかどもいとどけぶりのさとにこそふれ　（夫木・雑十三14707）

あはでのさと　尾張／題不知　懐中　読人不知

159　日くるればあはでのさとのわらはべのゆふとどろきは物もきこえず　（夫木・雑十三14764）

あをやぎのさと　未国／題不知　懐中　読人不知

160　木がらしの風はふけどもちらずしてあをやぎのさとやときはなるらん　（夫木・雑十三14768）

しのだのさと　和泉／題不知　懐中　読人不知

161　いづみなるたかしの浜の浪しあればしのだのさともあらはれにけり　（夫木・雑十三14805）

水名河　六帖ニハミハ川とあり／懐中

162　みな川のみなはさかまきゆく水のことかへすなよおもひそめたり　（名寄・山城五1055）

152　名寄・未勘下6006「旅居里」、宮佐「顕仲」

153　夫木・永「懐中」ナシ／名寄・丹波4398「（村雲山）里／懐中」

154　名寄・山城四877「（瓜生山）里　或云若狭国也云々可尋」／小大君集Ⅱ98「ちひさきうりのきなるを、ゝなしいろのかみにつゝみて、おみなへしにつけてあさみつの少将にやるを、きゝたかへてともひらにとらせたりければ」

155　名寄・上野3806「群馬里」、高「懐中」

156　名寄・大和六・補1108「（益田池）里　近江国在之歟」「右哥近世大嘗会哥也近江国益田里歟」、宮佐「大嘗会哥」／能宣集Ⅰ157「よしたのさと」／大嘗会和歌187「円融院　天禄元年十一月廿日」「悠紀」「能宣」「稲春歌　吉田郷」

157　名寄・尾張2681「松風里／懐中」

158　名寄・未勘下6013「煙里　習俗抄丹後」、宮佐「習俗抄」

出雲道／懐中

163 花の色はいつもち草にみゆれともちれはひとつものこらさりけり　（名寄・山城五1105）

唐橋／同（懐中）

164 うきせにはゆきかへりなん世中になからはしのふ人もありやと　（名寄・山城五1106）

戻橋／同（懐中）

165 かきりなき人にあふ夜の暁になくともとりはしのひねになけ　（名寄・山城五1107）

鷺山又鶯岡浦里等哥可勘注之能因哥枕鶯関河内国載之／懐中

166 我やとの花そのにまたをとせぬはうくひす山をいてぬなりけり　（名寄・大和五1614）

（耳梨山）／紅葉　懐中

167 アタ人ハミ、ナシ山ノ紅葉カナマテ、フトシヲキカテチリヌル　（名寄・大和五・補954）

（香具山）／懐中

168 旅人の袖の香にしむかく山はいかなる春に匂ひそめけん　（名寄・大和五・補994）

（山辺）／懐中

169 うちなひき春さりくれは山の辺の槙のこすゑのさき行みれは　（名寄・大和六1765）

（高瀬川）里

170 さしのほるたかせのさとのいたつらにかよふ人なき五月雨のころ　（名寄・河内1832）

恵尓賀市　正字可詳／懐中

171 花さくらにほへるなかにすゑにかにいちなるえたをとりてこそ見れ　（名寄・河内1844）

---

159 名寄・尾張2677「（阿波堤浦正字可詳建保百首名所用手字）里／懐中」

160 名寄・近江下3635「青木里」、宮佐「光俊」／同・未勘下6009「青木　里　近江在之名所歟未決」、宮佐「顕朝」／高遠集192「あをき」

161 名寄・和泉1849「（信太森）里／懐中」

163 名寄・佐「懐中イ」、宮「懐中」ナシ

164 名寄・高宮佐「懐中」、静「同」ナシ

165 名寄・高宮佐「懐中」、静「同」ナシ

167 名寄・この一首高宮佐のみアリ

168 名寄・この一首宮のみアリ

169 六帖4284

170 名寄・静宮佐「懐中」、高「懐中抄」／夫木・雑十三14630「たかせのさと　河内又未国／建長八年百首歌合　衣笠内大臣」

172　ふねならぬよとのみなとやうつるらん人のこゝろもさためなき世に　（名寄・和泉1864）
余遠湊　正字可詳

173　みさひいしさひえのはしのしたみつもきみしわたらはかけやみゆらん　（名寄・摂津四2249）
（佐比江）橋／懐中

174　ふかみとりかいある春にあひぬれはかすみならねとたちいてにけり　（名寄・摂津四2327）
鳥養御牧／懐中

175　星合の浜とはなとかなつけけんもし七夕のかよひところか　（名寄・伊勢上2488）
（星合浜）／懐中

176　冬さむみあさけのこほりとちぬれはいはまの水の音そたえぬる　（名寄・伊勢下2630）
朝気郡

177　あふ人のこゝろもしらすあつまちのしるはの崎をみせしとそおもふ　（名寄・遠江2780）
（志流波磯）崎

178　みとり色に春はつれなくみゆるきのはしゝも秋はまつもみちけり　（名寄・伊豆2950）
由流伎《由留宜イ》橋　懐中

179　我ためにうき事みえは世の中をいまはかきりの山にいりなん　（名寄・上総3150）
限山／懐中

180　しらなみのたちのほりこしこの浦もみるかひありきしほのひるまは　（名寄・下総3177）
同（懐中）

172　名寄・静宮佐「懐中」

173　名寄・佐「懐中」ナシ

174　大鏡／大和物語・百四十六段「大江の玉淵がむすめ（略）鳥飼といふ題を」など

176　名寄・明「（朝香）郡」、高明「懐中」

177　名寄・高宮佐「懐中」

178　名寄・高宮佐「八雲御抄当国也或云伊与国云々懐中抄可検也」（宮佐「…検之」）、高宮佐明「懐中」、京「懐中」ナシ、明「由魯城森」・四句「はやくも秋は」／同・伊予5314「由流宜橋〈八雲御抄在之　初学抄同／

百聞山

181 いかこなるもゝきゝ山の谷水のにこらぬ音になかるなるかな（名寄・近江下3519）

高見山／懐中　万代

182 あられふるたかみの山の宮木引たみよりもけにものをこそ思へ（名寄・近江下3520）

鷹尾山／懐中

183 みかりするたかのお山に立きしや君かちとせのはしめなるらん（名寄・近江下3532）

絹河

184 なにゝかはかけてみるへき別るとてかたみといひし人のきぬ川（名寄・近江下3590）

筑夫嶋／懐中

185 ことしおひの竹につくへしまちかくる世のうきことをきゝわたるかな（名寄・近江下3616）

竹嶋／懐中

186 いにしへはかくやはきゝし竹しまのふしをへたてゝいまそさゆなる（名寄・近江下・補2152）

奈曾白橋

187 いてはなるなその白橋なれてしも人をあやなく恋わたるかな（名寄・出羽3838）

鶴嶋

188 あしのつるしまにもさはになれぬれは雲ゐさへこそこひしかりけれ（名寄・出羽3851）

二方山／懐中

189 みちのくのふたかた山のしら雲はこなたかなたに立そわつらふ（名寄・陸奥上3937）

懐中抄　美由流宜橋云々〉」、静高「懐中」／纂題5039「（爐）懐中」

179 名寄・静高「懐中」／同・未勘上5716「限山」、宮佐「懐中」、陽「同（懐中）」

180 名寄・高「堀越」

181 名寄・静宮佐「懐中」／伊勢集419

182 名寄・静宮佐「懐中」ナシ／夫木・雑二8428「たかみの山　高見　近江又豊前／家集　相撲」／和歌童蒙抄・第三「万葉三に有。高見山は近江の国にあり。みや木引と書り。此山いみじくさかし。さればかくよめり」

183 万代・賀3822「（康治元年大嘗会悠紀方近江国御屏風　左京大夫顕輔）」／夫木・春五1789「鷹狩を　万代　左京大夫顕輔卿」／同・雑二8426「たかのを山　鷹尾　近江／康治元年大嘗会悠紀方御屏風　近江国　左京大夫顕輔卿」／顕輔集131「（御屏風六帖和歌十八首）／鷹尾山付鷹狩人」

多胡浦嶋

190 あまたたひ君か心をみちのくのたこのうら嶋うらみてそふる　（名寄・陸奥下4044）

（珠洲海）御牧／駒　懐中

191 なつけつるすゝのみまきのこまならはかひしふるのをわすれさらなん　（名寄・能登4211）

（石坂山）／鶴　姫子松　懐中

192 つるのすむいはさか山のひめこまつ千代のけしきのしるくもある哉　（名寄・丹波4417）

滝郡／懐中

193 なるたきのこほりはいまや春ならんこゝろとけたる音たかくなる　（名寄・丹波4452）

根蓴浦　沼縄／懐中

194 くる人もなきねぬなはの浦なれは心とけすはみゆるなるへし　（名寄・丹後4505）

枯木浦／浪花　同（懐中）

195 枝もなきからきの浦も風ふけは浪の花こそちりみたるらめ　（名寄・丹後4506）

諸寄河／懐中　淵

196 こゝろしてもろよせ川の水ならはふちをもわかすおもひわたらん　（名寄・但馬4518）

副山／懐中

197 しるしあれはこれをや神に手向つゝいのらはつねに君にそひ山　（名寄・因幡4522）

能伎郡／懐中　軒氷

198 雨ふれはやとのしつくのおちくるにのきのこほりのとくるなるへし　（名寄・出雲4539）

---

184 名寄・宮佐「懐中」
185 名寄・佐「同（懐中）」
186 名寄・この一首宮のみアリ
187 名寄・高宮「懐中」
188 名寄・宮佐「同（懐中）」
189 名寄・宮佐「懐中」ナシ、宮佐「作者可尋」
190 名寄・高宮「懐中」／夫木・雑五10485「たごのうらしま／題不知　一字抄　読人不知」
191 纂題2976「（駒）懐中」／夫木・雑四10113「すずのみまき　能登／家集　人のもとへいひやりける、のとのくにすずのみまき祐挙」
192 夫木・雑二8164「（いはさか山石坂）／大嘗会主基方歌　石坂山を　読人不知」
193 名寄・佐「懐中」は次歌にアリ、目移りか
195 名寄・宮佐「浪花　同（懐中）」ナシ／雲玉・雑459
196 夫木・雑六11317「もろよせ川　但馬／題不知　読人不知」
198 名寄・明「能義郡」

199 いつしかとおもふあたりへいなむしまこよひはかりそ舟と丶むへき（名寄・播磨4588）
（印南篇）嶋／懐中
（伊保湊）山／懐中

200 すきゆけとおもふにもの丶かなしきはいほ山なりときくになるへし（名寄・播磨4680）
木綿崎／懐中

201 神のますうら〳〵のことにこき過てかけてそいのるゆふさきのまつ（名寄・播磨4703）
寵嶋／懐中

202 あたならん人にはみせしいつくしまなみのぬれきぬきせんものかは（名寄・安芸4855）
鳴耶浜／懐中

203 なくさますなをたつ人はよとともにねをそなくやのはまのまに〳〵（名寄・紀伊5159）
幸橋／懐中／高遠

204 たのもしき名にもあるかなみちゆけはまつさいはひの橋をわたらん（名寄・筑前5462）
垂間野橋／懐中

205 しまつたひとわたる舟のかちまよりおつるしつくやたるまの丶はし（名寄・筑前5464）
八双(仮)浜／懐中／高遠

206 春の日のはるかにみちのみえつるはやいろのはまをゆけはなりけり（名寄・筑前5497）
大隅浦／懐中

207 我かためにつらき心はおほすみのうらみんとたにおほ丶ゑぬかな（名寄・大隈5589）

200　名寄・この一首宮佐ナシ

201　夫木・雑八12168「ゆふざき　播磨／大宰任にて下りける時、ゆふざきにてよめる　大宰大弐高遠卿」／高遠集227「ゆふさき」

204　名寄・伊勢下2634「幸橋　初学抄並ニ八雲御抄ニハ当国立之或筑前国也云々大弐高遠哥如何懐中抄可極也」「高遠」／夫木・雑三9491「さいはひのはし　筑前／家集　つくしへまかりけるに、さいはひのはしを　大宰大弐高遠卿」／高遠集194「さいはひのはし」

205　夫木・雑三9433「たかたまのは

唐湊

208　たのめともあまのこたにもみえぬかないかゝはすへきからのみなとに（名寄・薩摩5599）

雨山／懐中

209　雨山のあたりの雲はうちつけにくもりてのみそみえわたりける（名寄・未勘上5670）

（松原山）／懐中

210　君かため一木に千代をちきりつゝゆくすゑとをき松はらの里（名寄・未勘上5686）

思子山　或云彦山也／懐中

211　かくてのみわひおもひ子の山ならは身はいたつらになりぬへしなり（名寄・未勘上5706）

中山　美濃中山歟／懐中

212　きみもこすわれもゆかすの中山はなけきのみこそしけるへらなれ（名寄・未勘上5722）

冨山／懐中

213　むかしよりなつけそめけるとみ山のわか君の代のためにそありける（名寄・未勘上5724）

寒河　或云下野或云讃岐／懐中

214　から衣ぬふさむかはのあほやきのいとよりかくる春はきにけり（名寄・未勘下5879）

吹立川

215　秋かせのふきたち川の紅葉はをにしきとみつゝわたりぬるかな（名寄・未勘下5889）

身関浦／懐中

216　かすならぬ身のせきうらにうちよするもにすむむしのこゝろあるらし（名寄・未勘下5950）

し　筑前／家集　たかたまのはし　大宰大弐高遠卿」／高遠集195「たるたまのはし」

206　夫木・雑七11810「やひろのはま　豊前／家集　大宰大弐高遠卿」／高遠集219「やひろはまといふ所にて」

207　名寄・静「懐中」ナシ／六帖1284／夫木・雑四10060「けしきのもり　大隅／題不知　新二《ママ》　読人不知」

208　名寄・静佐「懐中」

210　名寄・この一首佐ナシ

211　名寄・この一首内ナシ

212　夫木・雑二8468「なか山　中相摸／題不知　読人不知」

213　名寄・陽「懐中」ナシ／夫木・雑二8225「(とみ山　富備中)／題不知　秋風　読人不知」／秋風集・神祇607「(むらかみの御時、おほむべのあふみのくにのうた)おなじおほむべのびちうのくにうた」／大嘗会和歌157「(村上天皇　天慶九年／主基備中国)とみ山」

214　夫木・雑六10946「はりかはい

浪屋浦／懐中

217 浪のやのうらにすむてふあまなれやしほもさぬ（マヽ）て衣くちけり　（名寄・未勘下5960）

柏野　懐中

218 なら山のこの手かしはのはるの市うるもうらぬも君かまに〳〵　（明大本名寄・伊賀）

渋久山　同（懐中）

219 浪のうつ音のみそせしおほつかな誰にとはまししふく山かせ　（明大本名寄・伊賀）

浜松江　懐中

220 昨日こそいもかありしかおもはすにはま松のえの雲のたなひく　（明大本名寄・遠江）

白羽崎　懐中

221 あふ事のこゝろもしらぬ東路にしろはのさきをみせしとそ思ふ　（明大本名寄・遠江）

佐留橋　懐中

222 つらけれとおもひはなるゝ人しもそさるはしはしもみねは恋しき　（明大本名寄・遠江）

色河　懐中

223 なかれてはよるせになるといふならはいく代をへてか色かはるらん　（明大本名寄・相模）

蝦手山　懐中

224 色かへて野やまたあるときてみれは萩の下葉そもみちしにける　（明大本名寄・武蔵）

（鹿嶋）浦　懐中

225 しほひかま人はかしまの浦といふなみのよるこそみるへかりけれ　（明大本名寄・常陸）

せ／家集　躬恒」／躬恒集Ⅳ161「はりかは」／同Ⅴ264「はりかの」

215 名寄・宮陽佐「懐中」

216 名寄・宮佐「懐中」ナシ

子日崎　同（懐中）

226　はるかなるねのひかさきにすむ海士のうみまつをのみひきやよすらん（明大本名寄・丹後）

麻機山／懐中

227　ヨト丶モニアサハタ山ニヲルモノハ（以下欠）（冷泉家本名寄・未勘国上）

熱佐山　今案云長門国厚佐郡歟／懐中

228　アマツ風フカスモアルラシ夏ノヒノアツサノ山ニクモ丶ノトケシ

武信（ママ）山／懐中

（冷泉家本名寄・未勘国上）

229　人コリモオモヒノホレルキミナレハムヘ山クチハシルクナリケリ（冷泉家本名寄・未勘国上）

230　シホノ山サシテノイソニスム千鳥君カミヨヲハヤチヨトソナク

注丶シホノ山サシテノ磯勝命カ懐中ニハ西国ニ有ト云又或先達ハ東国ト云然ハタシカニシル人ナキニヤ故黄門ハ甲斐国ニ一定アリト云ハレシ也ヤチヨト鳴トハ千鳥ハチヨ〱トナク鳥也此モ同賀ノ歌也

（毘沙門堂古今集注）

226　夫木・雑八12136「子の日がさき　丹後　読人不知」

229　河海抄・松風「六帖」

230　古今・賀345「（題不知）（読人不知）」／新撰和歌・賀165／六帖2240／伊勢集Ⅰ405・Ⅱ409・Ⅲ449／名寄・甲斐国2798「塩山　指出礒／古」

第二章　鎌倉・南北朝時代

第一節　類聚歌苑

源承撰『類聚歌苑』

法眼源承は藤原為家の二男にして二条為氏の同母弟、その著作『源承和歌口伝』の過激な論調から今日、二条家の番犬的存在と評されている歌僧である。[1]また『浜木綿集』『太秦集』『類聚歌苑』といった散佚私撰集の撰者としても名を残しており、うち熊野関係の歌を集めた『浜木綿集』のみは伝源承筆笠間切という古筆切によって一部分ながらも知ることができる。しかし『太秦集』『類聚歌苑』に関してはそうした断片資料の存在すら未確認で、よってこれまで両集の具体的内容はほとんど不明とされてきた。特に『太秦集』などは『代集』に「うづまさ集　源承法眼撰、類聚歌林(ママ)をいふか、いまだみず」と曖昧に記されているの[2]が唯一の手掛かりで、わずかにその書名から、源承が住した太秦の地にまつわる歌を集めたものかと推測されるばかりである。ただ一方の『類聚歌苑』についてはもう少しだけ関連資料が残されている。すなわち『閑月集』の、

類聚歌苑しるし侍りし時、送りて侍りし歌の中に
右衛門督実冬
かへりこむほどは雲居に霞みつつうはのそらなる春のかりがね
（巻一・春上・四五）

類聚歌苑しるし侍りし時

（コノ間欠落）

神路山玉垣越しに見渡せばすきまに高きちぎのかたそぎ　（巻八・羇旅・四二九）

という二首、及び『寂恵法師文』(3)の、

一　寂恵自歌を中除き候事

類聚歌苑と中候打聞は、今の宗匠の舎弟源承法眼これを集めてのち、故入道大納言家治定せられ候き、彼集第十七云、

寂恵法師世をのがれ侍けるのちつかはしける　中務卿親王

捨つる世のあとまで残る藻塩草形見なれとや書きとどめけん　①

返し　寂恵法師

捨つる世の形見と見ずは藻塩草書き置くあともかひやなからん　②

同巻云、

この草子をある人取りて奉られけるを、返しつかはさるとて　中務卿親王

しるし置く夢のをしへを見てぞ猶かしこき身とは思あはする　③

返し　前大納言為家

夢をだに思あはせば三代までの庭のをしへもあとや残らん　④

先の贈答の歌は入道大納言家治定せられ候し上、中務卿親王家この集を御覧じて御感の御詠を贈られ候ぬる上は、かの集のうちの歌、入道亜相の治定といひ、中書大王の御意といひ、ともにそむかぬ事にて候はば、今の

撰集に書き載せられ候べき由を望み申候しに、三月廿七日の返事に、ひしと思ひ定むる由を承候き、よりて中書にも載せられ候しを、寂恵つらつら思ひ候へば、少納言統理世をのがれてのち三条院の御製を下され、蓮生法師隠居の身に西山法親王の御贈答侍る事、代々の集にあとありといへども、寂恵初めたる作者としていささか目に立つ所や候らんと存候て、我とこれを申除き候し時は、当座に感申之仁も候き、そののちかやうの事、而々の作者の望みにまかせてまかり入候し時は、一身の賢をたて候し事も由なく思給候き、

という一節である。中でも『寂恵法師文』が伝えるところは重要で、これによって『類聚歌苑』が「故入道大納言為家の後見のもと編纂されたこと、「中務卿親王」宗尊親王に献上されて「御意」を得たこと、またその際に詠まれた親王と為家との贈答歌、及び寂恵出家後に詠まれた親王と寂恵との贈答歌が、ともに『類聚歌苑』の「第十七」に採られていたこと、従って『類聚歌苑』は二十巻仕立ての撰集だったらしいこと、などの事実が明らかとなる。もっとも『類聚歌苑』の献上後に詠まれたはずの宗尊親王と為家との贈答歌が、その巻十七に採られていたというのは一読すると不審だが、右の一節について検討を加えた池尾和也氏[4]、及び「『寂恵法師文』注釈（上）[5]」は、むしろこの点から成立後に若干の歌が追補された可能性が考えられると説いている。かつ池尾氏はまた『類聚歌苑』の成立時期を、宗尊親王が鎌倉将軍を廃されて帰洛した文永三年（一二六六）七月以前と推定してもいるのだが、しかし右の資料によるばかりの論証には自ずと限度が生じることは致し方なく、結局『類聚歌苑』そのものが今日までに見出されてこなかったため、それ以上に論を深めていくことは残念ながら困難だった。

ところが従来見逃されていたようであるが、実はこの『類聚歌苑』と同一作品とおぼしき残欠本一冊が、天理大学附属天理図書館に蔵されていた。早く『天理図書館稀書目録　第二[6]』に、

横山由清雑稿

（略）

類聚歌苑巻第十三　写　一冊　八四

横山由清筆　和袋綴堅紙表紙　八寸二分五寸七分　「雅語便覧」「月舎梓」の刻ある十行罫紙十三丁　外題左肩

「類聚歌苑残缺」、「竹柏園文庫」

奥書　右類聚歌苑残缺巻第十三　赤松琴二所蔵

慶応三年三月三日書写了　横山由清（花押）

識語　（表紙右肩）由清翁手録本

（巻第十三の初葉を謄写し「本書如此以下略　古筆了仲云為氏卿筆云々」とあり　〇八一―イ一五）

と明記されているのがそれで、中に「竹柏園文庫」とあるので『竹柏園蔵書志』(7)を繙いてみると、確かに、

類聚歌苑巻第十三　一冊

奥に、「右類聚歌苑残缺巻第十三赤松琴二所蔵　慶応三年三月三日書写了横山由清」とあり。最初の一葉を原本のままに影写して、「本書如此以下略　古筆了仲云為氏卿筆云々」とあり。

のようにある。すなわち佐々木信綱の竹柏園文庫旧蔵、天理図書館現蔵の横山由清（一八二六～一八七九、『月詣和歌集補』『魯敏遜漂行紀略』などの著作で知られる国学者）筆写・書入本全三十六点のうちの一点である。そこで早速実地調査してみたところ、確かに当該本が『類聚歌苑』の残欠本と認められたのみならず、そこに少なからぬ資料的価値を見出すことができたので、以下に紹介・考察していきたい。

書誌解題

『天理図書館稀書目録』と重なる点もいくつかあるが、まずは当該本の書誌から述べる。当該本は請求番号〇八一—イ一五—三〇。袋綴一冊。表紙は後補の無地厚紙、縦二十四・八cm×横十七・三cm。外題、右側に「由清翁手録本」、左側に「類聚歌苑残缺」と打ち付け書き。全十五丁。遊紙（前後各一丁）・二丁目・十四丁目は素紙、それ以外は十行の罫紙を使用。ともにほぼ縦二十四・二cm×横十五・八cm。罫紙の界高十八・九cm、罫幅一・三cm。柱に「雅語便覧」、左下欄外に「月舎梓」と刻。虫損少々。蔵書印、二オ右上・十四オ中央下に「天理図/書館蔵」の朱方印、二オ右下に「竹柏園文庫」の朱方印各一顆あり。

注目すべきは二ウ末尾に「本書如此以下略古筆了仲云為氏卿筆云々」という細字注が存することで、後掲の図版からも窺われるように、確かに二オ・ウの素紙一丁分は鎌倉時代後期頃の筆蹟——古筆了仲（初代・二代目のいずれかは不明）の鑑定によれば伝為氏筆という——を模写（料紙が薄い点からすると透写か）している趣である。ちなみにこの模写部分は一面八行、上句の行の字高は十八・五cm前後。一方、罫紙へと変わる三オにおいては、図版のごとく、模写部分と内容が重なりながらもあらためて親本を巻頭から写し直しており、それは十三ウまで続けられていき、最後に素紙に戻った十四オに、

右類聚歌苑残缺巻第十三赤松琴二所蔵/慶応三年三月三日書写了　横山由清（花押）

という書写奥書が記される。ここに登場する「赤松琴二」は幕末～明治期に活動した書画商・鑑定家の赤松香雨（一八一三～一八七四）、彼自身が幹事を務めた文久元年（一八六一）三月の古筆了佐二百回忌追福古筆展観に「後光厳帝御

消息〈二枚継御判アリ〉」「世尊寺行成卿四半切」ほかを出品している（『古筆展観目録』）[8]ことなどから、所持する古筆も相応にあったと知られる。よって当該本の親本という伝為氏筆本もそうした香雨コレクションのひとつだったと考えられ、それを香雨と親交のあったらしい由清が[9]、慶応三年（一八六七）三月三日に転写し終えた、ということのようである。ならば伝為氏筆本は慶応三年の時点までは確実に伝存していたことになろうが、他に伝来の徴証を一切残さないこの稀覯の古筆、その後の所在もまた不明である。

ともあれ図版のような巻頭部分が伝わったのは幸いで、これによって当該本が「類聚歌苑」という和歌作品の一部であることがまず判明する。また「巻第十三」「恋哥三」という記載から、おそらくはもと二十巻仕立ての部立を有する私撰集だったと推され、加えて親本たる伝為氏筆本を確かに鎌倉時代後期頃写とみてよいならば、当然「類聚歌苑」はそれ以前には成立していたことになろう。これらの点のみからしても、当該「類聚歌苑」が源承撰『類聚歌苑』と同一作品である可能性は極めて高いと言えそうで、よほどの反証がない限り、その前提で論を進めて差し支えないと思われる。実際これから述べる論証過程と結果においても、当該本が例えば偽書などであったという徴証は一切見出すことができない。

全文翻刻

さて当該本の翻刻である。翻刻は次のとおりに行った。

一、底本は天理大学附属天理図書館蔵本（請求番号〇八一―イ一五―三〇）である。天理大学附属天理図書館本翻刻第一〇五七号。

一、字体は漢字・仮名とも通行のものに改めた。ただし「哥」など一部の異体字は活かした。
一、虫損部分は「□」、判読不能部分は「■」、推定可能部分は「さ」のように示した。
一、改行位置は底本どおりとした。
一、文字の大小・字配りは必ずしも底本に忠実ではない。
一、詞書は歌に対して二字下がりとした。
一、便宜上、歌頭に洋数字の通し番号を施した。なお模写部分（二オ・ウ）と再録部分（三オ）とで重複する四首については、再録部分の方に通し番号を打ち、模写部分にはそれと同じダッシュ番号を付した。
一、改丁位置は」1オのように示した。
一、誤りでないことを示すために適宜「（ママ）」を付した。
一、活字で表現することが困難な本文については、歌末に「※1」のような注を付し、翻刻の最後で説明を加えた。

【翻刻】

類聚歌苑巻第十三
恋哥三
久安百首哥に
待賢門院堀川
1' たのめすはうき身のとかとなけきつゝ

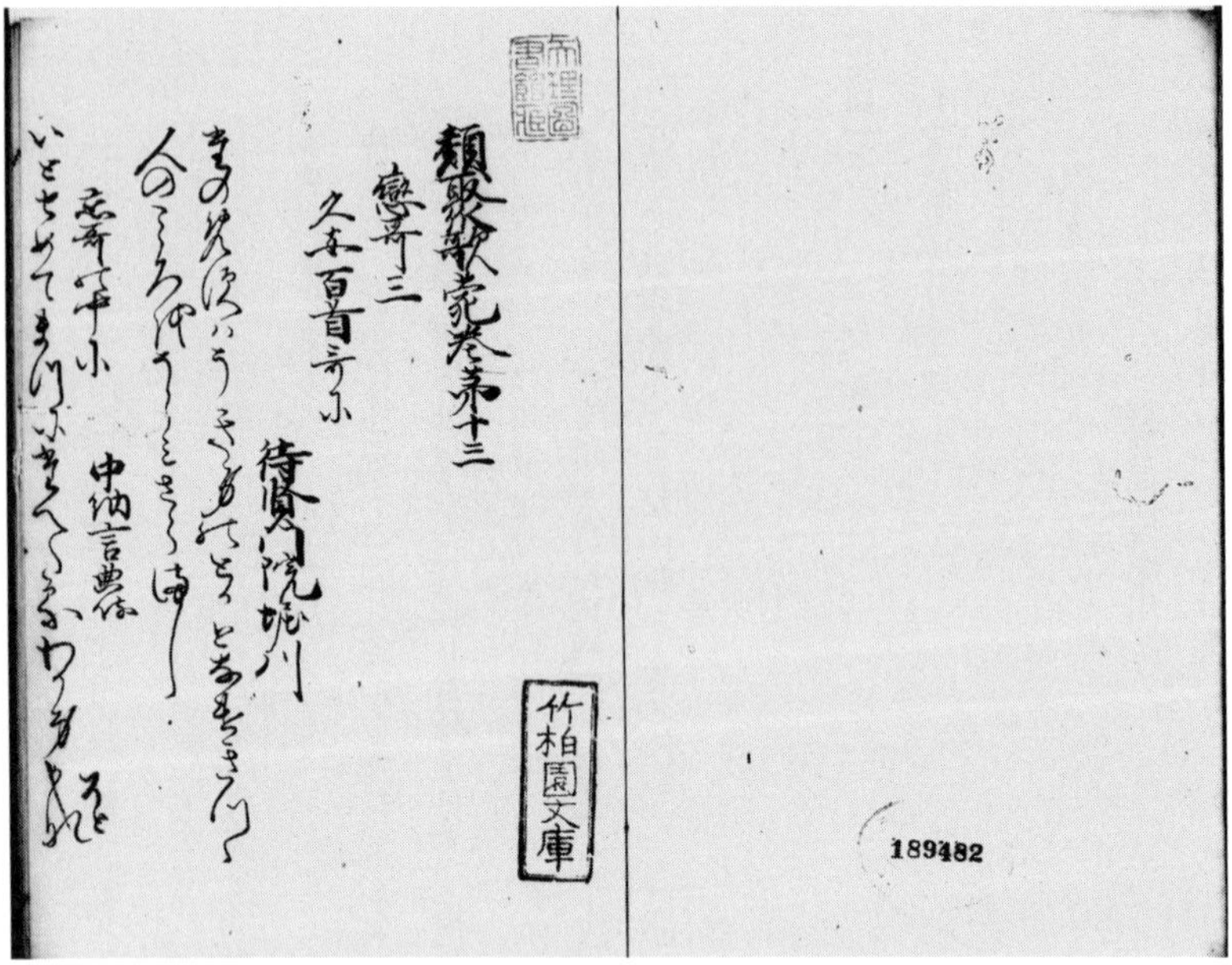
類聚歌苑巻第十三
戀哥三
久安百首哥に
待賢門院堀川
中納言典侍
竹柏園文庫
189482

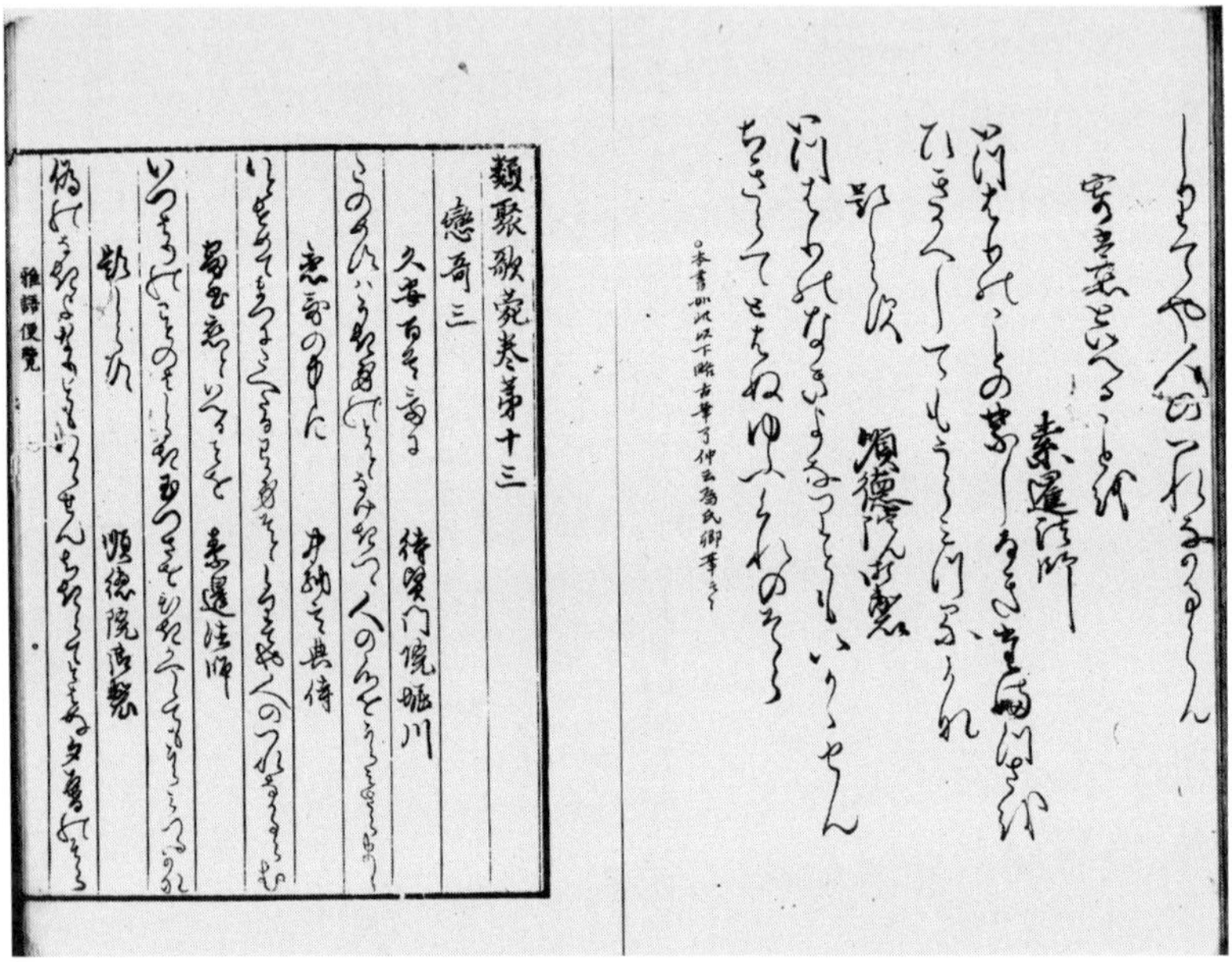
類聚歌苑巻第十三
戀哥三
待賢門院堀川
素暹法師
順徳院御製

人のこゝろをうらみさらまし
恋哥の中に　中納言典侍
2' いとせめてまつにたへたるわか身か《そ》な《と》」2オ
しりてや人のつれなかるらん
寄書恋といへることを
素暹法師
3' いつはりのことの葉しるきたまつさを
ひきかへしてもうらみつるかな
題しらす　順徳院御製
4' いつはりのなきよなりともいかゝせん
ちさらてとはぬゆふくれのそら
○本書如此以下略古筆了仲云為氏卿筆云々」2ウ

類聚歌苑巻第十三
恋哥三
久安百首哥に　待賢門院堀川
1 たのめすはうき身のとかとなけきつゝ人の心をうらみさらまし
恋哥の中に　中納言典侍

2　いとせめてまつにたへたるわか身そとしりてや人のつれなかるらむ

寄書恋といへることを　素暹法師

3　いつはりのことのはしるき玉つさをひきかへしてもうらみつるかな

題しらす　順徳院御製

4　偽のなきよなりともいかゝせんちきらてとはぬ夕暮のそら」3オ

契久恋といへる心を　前大納言為家

5　たのめしはたゝなほさりのあらましを待とはなしに年のへにける

偽不逢恋を

6　なからへてわれのみしるはかひもなしたのめてうとき夕くれの空

久安百首哥に　待賢門院堀川

7　つれなさをいかにしのひて過しけん暮まつ程もたへぬ心に

契恋のこゝろを　中務卿親王

8　いさやわれ待みんことも頼まれすあすしらぬ身のあたし契りは

待恋を

9　宵のまと頼めし人はつれなくて山のはたかく月そなりぬる」3ウ

中納言典侍

10　頼めしはこよひもいかに成ぬらむ更ぬる物を山のはの月

前左兵衛督教定哥合し侍りけるに

真昭法師

11　こぬ人をおもかけさそふかひもなしふくれは月を猶うらみつゝ

文永五年九月十三夜五首哥合に深夜待恋

前大納言為氏

12　われはかりたのむもかなし今こむといひて更ぬるいさよひの月

権中納言経任

13　たのめてもむなしくふくるほとみえてよそなる月の影さへそうき」4オ

題しらす

源家清

14　契あ□よひ□結ふ逢坂やよそにかけみし関の清水を

弘長元年百首歌に初逢恋

前大納言為家

15　手枕に結ふすゝきのはつをはなけふ逢坂のかひやなからむ

前左おほいまうちきみ家の十首歌に寄心恋

といへることを

藤原公方朝臣

16　たのめおく契もいさやうき人のあたし心のさためなき夜は

日吉社哥合に寄紐逢恋

前大納言為家」4ウ

17　かはるなよ契むすへる下紐のかはす袖さへ露けかりけり

乍臥無実恋といへるこゝろを

18 したはなほしくるゝ松に《の》いたつらにぬるとはかりの名にやふりなん　※1

題しらす　後鳥羽院二条

19 きてもまたしをれそ増る唐衣へたつる中の夢のつらさに

初逢恋を　安嘉門院右衛門佐

20 のちにまたつらき心のせきもゐはたえ間よりもる袖のなみたは《本ノ》

忍逢恋の心を　二条院讃岐

21 我恋人めをたにもつゝますはあふよも物をおもはましやは

家の二十首哥合に　中務卿親王」5オ

22 よひ〳〵は曇れとそ思ふ人しれぬわか通路の秋の月かけ

□前覧恋といへることを　前大納言資季

23 待わひて独あり明の月みれは別れしよりも猶うかりけり

百首題をさくりて哥よみ侍ける時片思のこゝろを　前大納言為氏

24 たのましな雲間の月の中空にたゝわれはかり思ひいつとも

弘長元年百首歌に　前大納言為家

25 うくつらきよその関守みちとちてねられぬよはゝ夢も通はす

恨恋の心を　洞院摂政」5ウ

26 まとく《ろ》まて夢さへうときさむしろにかへす衣のうらみてそぬる ※2

建長三年吹田にて十首歌講せられけるに

恋　前右兵衛督信家

27 さよ衣かへすはかりの頼みたにねぬにはたえてみる夢もなし

文永二年九月十三夜亀山殿の五首哥合に

絶恋　前関白

28 はかなしやわれのみかよふ思ひ寝の夢路斗の絶ぬ契は

題しらす　藤原信蔭

29 思ひ　のわか心よりみる夢をたかなさけとて袖ぬらすらん

行念法師」6オ

30 人はいさ思ひもいてぬよな〳〵もわか心より夢やみゆらむ

惟宗行経

31 ぬるかうちにさても心のなく《本ノ》さまは夢こそ恋のいのちなりけれ

藤原範忠朝臣

32 おのつから忘れんと思ふうたゝねにおなしつらさの夢そ悲しき

前左おほいまうちきみ家の十首哥に忍絶恋

といへるこゝろを　前内大臣公

33　人しれぬ夢の通路いかにしてまたみぬ中を驚かさまし
宝治二年百首歌に寄虫恋
春宮大夫師継」6ウ

34　恨みわひわれからぬるゝ袂かなもにすむ虫にあらぬ身なれと
中務卿親王家哥合に
惟宗忠景

35　いかさまにうらみよとてか逢みての後さへ人のつれなかるらむ
寄弓恋といふことを　増遍法師

36　契りしに又引かへて梓弓もとのつらさにかへりぬるかな
恋哥の中に　行念法師

37　とはれぬもあふもわか身のとかなれは心の外にうき物はなし
従二位頼氏

38　身のとかに人のつ　さを思ふこそ忘らるましき心なりけれ」7オ
清輔朝臣

39　岩　みかさなる山のおくよりもくるしき物は恋路也けり
従二位家隆

40　君故はとこの山なる名もつらしいさやかはらぬ心ともみす
文永二年七月白河殿の七百首題哥に寄蜻

蛤恋

41 わひぬれは猶や頼まんかけろふのあるかなきかの人の契りを　春宮大夫師継

寄鳥恋といへる心を　中務卿親王

42 山こえてわかる丶雁のねをそなく弥遠さかる人にこふとて

寄船恋」7ウ

43 あひみしもしはしはかりそ稲舟のいなとて人はとほさかりつ丶

光明峯寺入道前摂政家恋十首歌合にお
なし心を　前大納言資季

44 漕いつるおきつ浪間のあま小船うらみしほとに遠さかりつ丶

藻壁門院但馬

45 蜑小船われをはよそにみくまの丶浦よりをちに遠さかりぬる

文永五年九月十三夜白川殿五首哥合に恨
不逢恋　右京大夫行家

46 涙□にのうき瀬にかはりてか渡りかたくは成まさるらむ

日吉社歌合に　法印宗円」8オ

47 つらくのみ成行恋の松山にこゆるは袖の涙なりけり

□長元年百首歌に遇不遇恋

前大納言為氏

48　契りしをたか偽にうらむらむこえける浪の末のまつ山

恋哥の中に　　九条左大臣

49　逢事はかけてもいはしあた浪のこゆるにやすき末の松やま

被忘恋といへる心を　　右おほいまうちきみ

50　さためなき心はまたもかはるやと忘るゝ人を猶たのむかな

題しらす　　前中納言定家

51　心からあくかれそめし色の香に猶物思ふ春の明ほの」8ウ

光明峯寺入道前摂政家恋十首哥合に寄鏡恋

52　行水の花のかゝみの名もつらしあたなる色のうつりやすさは

前大納言為家家百首哥に　　従二位家隆

53　うつり行心の花の露なれやうらむる袖にあまる涙は

寄花恋の心を　　前大納言為家

54　今はたゝ人の心の花さくらうつろふをたにかたみとやみむ

千五百番哥合に　　慈鎮和尚

55　あら□てうつろふ色のしるけれは人の心の花をみるかな

恋哥の中に　　法眼慶融」9オ

56　契こそ今はあたなれ色みえぬ心の色のうつりやすさに

□あれの日おとつれて侍ける人の返事に
祐子内親王家紀伊
57 かわくまもなきひとりねの手枕にいとゝあやめのねをやそふへき
あたなりける人のもとへ五月六日人にかはりて
つかはしける
周防内侍
58 さもこそはかりそめならめあやめ草やかてのきはにかれにける哉
後京極摂政家哥合に夏恋
前中納言定家
59 よひなから雲のいつことをしまれし月をなかしと恋つゝそぬる」9ウ
題しらす
光俊朝臣
60 夏かりのあしのかりねのひとよたにみしかゝりける身の契哉
源家長朝臣
61 とふほたるそれかあらぬか玉のをのたゑぬ斗に物思ふ比
光明峯寺入道前摂政家恋十首哥合に
寄衣恋
源兼康朝臣
62 遠さかる身はうつせみの夏衣なれはまさらて秋風そふく
七月七日女につかはしける
権中納言顕基

63 かつみても恋しきものを棚機の秋のためしと何契りけむ」10オ

寄七夕恋の心を　前大納言為家

64 頼　やまたこんとしの秋とたに思はぬ中の一夜はかりを

ちかきところにかたらふ人ありとき丶ける人につか

はしける　和泉式部

65 天河おなしわたりにありなからけふも雲ゐ《の》によそに聞かな　※3

題しらす　殷富門院大輔

66 たなはたにたえぬ思ひはかはらねと逢夜は雲のよそにこそきけ

従二位家隆

67 今こんと頼めてとはぬ秋のよの明るもしらぬ松虫の声

建仁元年三月歌合に」10ウ　後京極摂政

68 しはしこそこぬよあまたをかそへても猶山のはの月を待しか

前中納言定家

69 思ひいてよたかきぬ〱の暁もわかまた忍ふ月そみゆらむ

秋夜恋といへる心を　橘為仲朝臣

70 長月の有明の月は出にけり恋しき人はかけもみえねと

藤原永光

71 うらみわひ夢てふことも頼まぬによるの衣をかへす秋風

来不留恋の心を　権中納言俊忠

72 我恋は葛のうらはの風なれやなひきもあへす吹かへしつる」11オ

寄草恋を　藤原隆祐朝臣

73 いか□む人の契の月日へて浅ち色つく庭の秋かせ

秋恋の心を　前関白

74 いそのかみふるのわさ田のかりにたに今さら人のまたれやはせむ

前内大臣家卅首歌に恨恋　前中納言定家

75 かけてたにまたいかさまにいはみかた猶浪たかき秋のしほ風

恋哥の中に　正三位元家(ママ)

76 うつろはん物とや人に契りおきしのちせの山の秋の夕露

文永二年七月白河殿の七百首歌に寄月草恋」11ウ　参議資平

77 月草のうつろひやすき心ともかつしりなからなとうらみけむ

題しらす　従二位家隆

78 ことの葉もしたにかれゆく松風の浅ちかうへの露やけなまし

弘長元年百首哥に遇不遇恋

信実朝臣
79 ことのはのあきにはあへすうつれはやかはるつらさの色をみすらん
家の恋十首哥合に寄枕恋
光明峰寺入道前摂政
80 時雨行紅葉のしたのかり枕あたなる秋の色にこひつゝ」12オ
恋歌の中に
前大納言為家
81 あた人の秋の限りともみち葉の色こきいるゝ袖をみせはや
光俊朝臣
82 今そしるわれをふるせる時そともしくれてかはる秋の夕くれ
順徳院御製
83 ことの葉もわか身しくれの袖のうへに誰を忍ふの杜の木枯
前中納言定家
84 契らすよ心に秋はたつた河渡る紅葉の中絶むとは
寄霜恋といへることを　安嘉門院右衛門佐
85 契置しことのはかれて朝霜の結ふかひなき宿の道しは」12ウ
寄河恋を
従三位泰光
86 かきたえて幾日に成ぬつらゝゐし谷の小河の音つれもせぬ
建保五年内裏五首歌合に冬夜恋

参議雅経

87 涙せく袖の氷をかさねてもよはの契りは結ひかねつゝ

八条院高倉

88 なかきよに氷かたしきふしわひぬまとろむほとのなみたならねは

順徳院兵衛■《内》侍

89 涙川そてゆく水のこほるよりうきねのとこの夢は結はす　※4

つゝむことのみいひける人に」13オ

馬内侍

90 峰の雪谷の氷にとちられて跡みえかたきみわの山もと

題しらす

小弁

91 もろかつらかた〳〵かくる心をはあはれともみしかもみつ《（ママ）》かき

百首歌よみ侍けるに

源家長朝臣

92 何とかや名さへわするゝもろかつらそよそのかみにかけはなれつゝ

をとこに忘られにける人の五月五日枕にさうふを

さしおけるをみて

赤染衛門

93 よしの山ゆきふるほともつもらぬにまたきたゑぬる人のあとかな」13ウ

右類聚歌苑残欠巻第十三赤松琴二所蔵

慶応三年三月三日書写了　横山由清（花押）」14オ

※1　二句目「しくるゝ松に《の》」、底本では「に」の上にさらに「の」を重ね書き。
※2　初句「まとく《ろ》まて」、底本では「く」の上にさらに「ろ」を重ね書き。
※3　四句目「けふも雲ゐに《の》」、底本では「に」の上にさらに「の」を重ね書き。
※4　作者名「順徳院兵衛■《内》侍」、底本では「■」の上にさらに「内」を重ね書き。なお以上の1〜4については、いずれも本文と同筆とみられる。

虫損部分が少なからず見出されるのは残念であるが、ともあれ当該本は以上のような本文を持つ。ここでひとつ注意されるのは、同じ本文であるはずの二オ・ウの模写部分と三オの再録部分との間に、

・わか身かな《そと》（2′三句）…わか身そと（2三句）
・つれなかるらん（2′五句）…つれなかるらむ（2五句）
・ことの葉（3′二句）…ことのは（3二句）
・たまつさ（3′三句）…玉つさ（3三句）
・いつはりの（4′初句）…偽の（4初句）
・ゆふくれ（4′五句）…夕暮（4五句）

といった小異が認められるという点である。これによって再録部分が、伝為氏筆本の用字については必ずしも忠実に再現してはいないこと、及び伝為氏筆本の段階ですでに施されていた訂正については訂正後の本文のみを記している

ことが明らかとなろう。模写部分がなく比較しようのない三ウ以降の本文においても、おそらくはそれと同様の書写態度が採られているものとみられる。

本文の錯乱

それでは右の翻刻に基づきながら、当該本に関する詳しい考察を進めていくことにする。まずは歌数と歌順について。歌頭に付した通し番号は一応93で終わっているが、しかし当該本の所収歌数を実質的にも九十三首と数えてよいか、またそのすべてを一続きの内容と取り扱ってよいかというと、実はそれには問題がある。例えば15〜17の、

　弘長元年百首歌に初逢恋　　前大納言為家
手枕に結ふすゝきのはつをはなけふ逢坂のかひやなからむ　（15）
　前左おほいまうちきみ家の十首歌に寄心恋といへることを　　藤原公方朝臣
たのめおく契もいさやうき人のあたし心のさためなき夜は　（16）
　日吉社哥合に寄紐逢恋　　前大納言為家
かはるなよ契むすへる下紐のかはす袖さへ露けかりけり　（17）

という三首の場合についてだが、傍線部Aの15上句は、その出典たる『弘長百首』に、

（初逢恋）　　融覚
手枕に結ぶ薄の初尾花かはす袖さへ露けかりけり　（四八〇）

と見られる点から、本来は傍線部Bの17下句へと繋がるべきものであったと知られよう。すなわちこの部分においては、15上句と17下句との間に、15下句〜17上句が誤入してしまっているらしい、と推されるのである。ちなみにその誤入とおぼしき三首分のうち、15下句の「けふ逢坂のかひやなからむ」は他文献に見出せない歌である。一方17上句の「かはるなよ契むすへる下紐の」は、『中院集』の、

（寛元四年）

寄紐逢恋　同（日吉三社歌合）

かはるなよ契結べる下紐のとけぬる中の同じ心に　（Ⅱ三九〇）

という一首に一致し、下句が「とけぬる中の同じ心に」だったとわかる。しかしこの『中院集』の下句にしても、また先の15下句に対応しそうな上句にしても、当該本の中に見出すことはできない。従ってまず15上句・17下句（傍線部A・B）については内容的に連続するものとして扱い、問題の誤入三首分についてはどこへも繋げられないのだから、別歌群として独立させる、という処置を行う必要があろう。

また例えば57の、

□あれの日おとつれて侍ける人の返事に　　祐子内親王家紀伊

かわくまもなきひとりねの手枕にいとゝあやめのねをやそふへき　（57）

という一首。一見特に問題のなさそうな歌だが、これもやはり15・17の例と同様、『続千載集』の、

みあれの日、おとづれて侍りける人の返事に　祐子内親王家紀伊

諸葛かたがたかくる心をばあはれとも見し賀茂の瑞垣　（巻九・神祇・八九四）

という傍線部Cと、『続拾遺集』の、

男に忘られにける人の、五月五日、枕に昌蒲をさしおきたりけるをみて

赤染衛門

かわくまもなき独り寝の手枕にいとど菖蒲のねをやそふべき　（巻十四・恋四・九八九）

という傍線部Dとが合わさったものなのである。ただこの57が15・17の例と異なっているのは、ちょうどその間に入りそうな本文が当該本の他の部分に記されているという点である。すなわち91〜93の、

題しらす　小弁

もろかつらかたく〳〵かくる心をはあはれともみしかもみつ《(ママ)》かき　(91)

百首歌よみ侍けるに　源家長朝臣

何とかや名さへわするゝもろかつらそよそのかみにかけはなれつゝ　(92)

をとこに忘られにける人の五月五日枕にさうふをさしおけるをみて

赤染衛門

よしの山ゆきふるほともつもらぬにまたきたゑぬる人のあとかな　(93)

という三首中の四角で囲った部分がそれで、一見して91歌が前掲『続千載集』の紀伊詠と、また93詞書作者名が『続拾遺集』の赤染衛門詠のそれと、各々一致していることが了解されよう。よってこの四角の部分を57詞書作者名と歌との間に挿入してしまえば問題は解決するわけであり、おそらくはそう復元してよいのだろうと思われる。

なお四角の部分を除いたあとの右においては、自然91詞書作者名と93歌とが繋がる形となろうが、実際両者が本来

的にも連続していたのかどうかについては明らかではない。ただ93歌は『範永集』（本文は『新編国歌大観』に拠る）に、

人の落としたる文ある、それなめりと見て
よしの山雪ふるほどもつもらぬにまだきもきゆる人のあとかな　（一一八）
かへし
あとたゆる人こそあらめよしの山雪ふかくとも我はさはらじ　（一一九）

として入集している。これは落ちていた手紙から男の心変わりを疑う「人」と、否定に努める藤原範永との贈答歌、一方91作者名に見える「小弁」は祐子内親王家小弁に違いなく、まさに範永の同世代人であるから、その相手の「人」が小弁だったという可能性は十分考えることができよう。従って91詞書作者名と93歌とが確かに連続していたならば、右の贈答時の状況がわずかながらも具体性を帯びてくるのみならず、範永伝に小弁との交渉という新たな出来事を付け加え得ることにもなって有益である。

ともあれ以上の二例によって、当該本の本文に少なからぬ混乱が存することが明らかとなった。それはひとえに当該本が、親本たる伝為氏筆本の段階ですでに生じていた脱落・錯簡を受け継いでしまったために発したものに違いなかろう。そのような目で当該本を見直してみると、また次のような本文も問題のように思われてくる。

建仁元年三月歌合に　後京極摂政
しはしこそこぬよあまたをかそへても猶山のはの月を待しか　(68)
前中納言定家
思ひいてよたかきぬ〳〵の暁もわかまた忍ふ月そみゆらむ　(69)

ここでは記載の二首とも一見、建仁元年（一二〇一）三月開催『新宮撰歌合』詠かのように読むことができ、うち

68は確かにそうであるものの（三十四番左・六七）、69の方は実のところ『千五百番歌合』詠なのであり（千二百六十一番右・二五二二、定家の歌には違いない）、「建仁元年三月歌合に」という詞書とは噛み合っていない。この場合、当該本にはほかに、

千五百番歌合に　　慈鎮和尚

あら　てうつろふ色のしるけれは人の心の花をみるかな　(55)

という一首があり、撰集資料として『千五百番歌合』が参看されていたらしいことが窺われるから、少なくとも69が『新宮撰歌合』詠と誤認されたものではなさそうである。そこで考えられるのは、前述二例と同様にここにも本文の断絶があるのではないかということで、つまり68歌と69作者名、もしくは69作者名と69歌との間で線引きをし、左右それぞれを別々の本文と判断すれば、問題はほぼ解決するかと思われる。ただ途切れ目の位置を今述べたうちのどちらとみるかは難しく、仮に69作者名と69歌との間と認定すると、完本時の当該本にはやはり『新宮撰歌合』における定家詠が入集していたことになろう。しかしもし本来そうではなかったならば、その処置は新たな異文を発生せしめる結果を招いてしまうので、ここは68歌と69作者名との間としておくのが無難のようである。

さらにもう一例。

題しらす　　藤原信蔭

思ひ　のわか心よりみる夢をたかなさけとて袖ぬらすらん　(29)

これによると29の作者は「藤原信蔭」なる人物（信実二男か）、ところが同一歌を載せる『日吉社撰歌合』（三十二番右・六四）では作者名が「前信濃守従五位下藤原朝臣信忠」、また『万代集』（巻十一・恋三・二三五二・題不知）では「証蓮法師」となっていて、皆それぞれに異なっている。うち藤原信忠はおそらく勅撰歌人（新古今集初出）の業清

三男、一方の証蓮については伝未詳だが、当該歌の一致から信忠の法名であるとも言われる。[10]いずれにせよ『日吉社撰歌合』の伝えるところは確かだろうから、同歌合にいう信忠ではなく信蔭を作者としている当該本の記載は正しくないことになろう。しかしどうしてこうなったのか、例えば信忠を誤写して信蔭という本文が生じたなどとは考えにくく、あるいは撰集段階ですでに存した失策だったのかもしれない。ただこれまで述べてきたような点からすると、やはりここにも本文上の錯乱があると認め得るのではあるまいか。すなわち29詞書作者名と29歌とはたまたま一首を構成するかのように見えているだけで、本来は別々の歌だったということであり、その可能性は相応にあると思われる。

以上、他文献との記載の齟齬から明らかになる当該本の問題箇所と復元案とを指摘してきた。うち確定的とまでは言えない例をも含めて整理し直すと、

第一歌群…1〜15上句＋17下句〜29詞書作者名＝二十七首分
第二歌群…15下句〜17上句＝三首分
第三歌群…29歌〜57詞書作者名＋91歌〜93詞書作者名＋57歌〜68＝四十二首分
第四歌群…69〜91詞書作者名＋93歌＝二十三首分

のように全四歌群九十五首分。もとより『類聚歌苑』の全体の規模は不明だが、前述のとおり二十巻仕立てだったらしいから仮に千首前後とみると約十分の一、千五百首前後とみると約十五分の一程度は残存していることになり、それは『類聚歌苑』の作品としての性格・特質・傾向などをある程度は導き出せそうな歌数であると言えるだろう。

なお右の歌群に関しては、当該本の内容を他文献――特に後述するような理由によって『続拾遺集』――と比較しつつ、より綿密に検討していくことによってさらに細分化し得る可能性も残されているが（それは換言すれば、当該本

には本文上の混乱がまだ沢山ありそうだということであるが）、しかしその方法を採ろうとすると、時にかなり恣意的な判断を加えなければならなくなるので、有効性は認めながらも今は控えておきたいと思う。

伝九条教家筆断簡

ところで本論初出時においては見出すことができなかったが、伝為氏筆本のツレが古筆切として伝存している可能性自体は皆無ではない、という言及だけはしておいた。そうしたところつい最近、確かにそのツレとみられる一葉が田中登氏によって発見・紹介されたのである。(11) 伝称筆者は九条教家、縦二十一・一cm×横十四・五cm、料紙は斐楮交漉紙、本文は次のとおり。

光明峯寺入道前摂政内大臣の時家百首哥に
名所恋といへるこゝろを
前中納言定家
94いかにせんうらのはつしまはつかなる
うつゝのゝちはゆめをたにみす
千五百番哥合に
後鳥羽院御製
95うつゝこそぬるよゐ〳〵もかたからめ
そをたにゆるせゆめのせきもり

田中氏は初出時の本論を踏まえつつ、この断簡と天理本における伝為氏筆本の模写部分とが同筆のようにみられること、94作者名表記「前中納言定家」が天理本の51・59・69・75・84のそれと一致すること、95が天理本の55と同様に『千五百番歌合』の歌であること、といった徴証を指摘して、これを為氏筆本のツレであり、すなわち『類聚歌苑』の散佚部分の断簡であると論じた。また94・95とも夢を詠み込んだ恋歌なので、あるいは天理本29詞書作者名と29歌との間の脱落部分に位置していたのではないかとも推測した。この田中氏の考察結果に異論を差し挟む余地はないので、以下本論においても伝教家筆断簡を『類聚歌苑』の一部と認め、天理本と同等に扱っていくこととしたい。

入集歌人と成立事情

さて、続いて当該本の入集歌人をみていこう。まずは当該本と伝教家筆断簡、及び『寂恵法師文』（「寂」と略称）から知られる作者名表記を没年順（含推定）に次に掲げる。

(1)「馬内侍」／没年未詳、長保五年（一〇〇三）頃生存か…一首（90）
(2)「和泉式部」／没年未詳、万寿四年（一〇二七）生存…一首（65）
(3)「赤染衛門」／没年未詳、長久二年（一〇四一）生存…一首（93詞書作者名＋57歌）
(4)「権中納言顕基」（源顕基）／永承二年（一〇四七）没…一首（63）
(5)「小弁」／没年未詳、天喜三年（一〇五五）生存…一首（91詞書作者名＋93歌）
(6)「橘為仲朝臣」／応徳二年（一〇八五）没…一首（70）
(7)「周防内侍」／天仁元年（一一〇八）頃没か…一首（58）

(8)「祐子内親王家紀伊」／没年未詳、永久元年（一一一三）生存…一首（57詞書作者名＋91歌）
(9)「権中納言俊忠」（藤原俊忠）／保安四年（一一二三）没…一首（72）
(10)「待賢門院堀川」（待賢門院堀河）／保元・平治年間（一一五六〜一一六〇）頃没か…二首（1・7）
(11)「清輔朝臣」（藤原清輔）／安元三年（一一七七）没…一首（39）
(12)「殷富門院大輔」／正治二年（一二〇〇）頃没か…一首（66）
(13)「後京極摂政」（九条良経）／元久三年（一二〇六）没…一首（68）
(14)「二条院讃岐」／建保五年（一二一七）頃没か…一首（21）
(15)「順徳院兵衛■内侍」／没年未詳、承久元年（一二一九）生存…一首（89）
(16)「参議雅経」（飛鳥井雅経）／承久三年（一二二一）没…一首（87）
(17)「行念法師」／嘉禄元年（一二二五）没…二首（30・37）
(18)「慈鎮和尚」（慈円）／嘉禄元年（一二二五）没…一首（55）
(19)「藤原信蔭」／没年未詳、寛喜元年（一二二九）生存か…一首（29詞書作者名）
(20)（藤原信忠）／没年未詳、寛喜四年（一二三二）生存…一首（29歌）
(21)「源家長朝臣」／文暦元年（一二三四）没…二首（61・92）
(22)「洞院摂政」（九条教実）／文暦二年（一二三五）没…一首（26）
(23)「源家清」／没年未詳、嘉禎二年（一二三六）生存…一首（14）
(24)「八条院高倉」／没年未詳、嘉禎三年（一二三七）生存…一首（88）
(25)「従二位家隆」（藤原家隆）／嘉禎三年（一二三七）没…四首（40・53・67・78）

(26)「後鳥羽院御製」／延応元年（一二三九）没…一首（95）
(27)「前中納言定家」（藤原定家）／仁治二年（一二四一）没…七首（51・52・59・69・75・84・94）
(28)「順徳院御製」／仁治三年（一二四二）没…二首（4・83）
(29)「藤原永光」／没年未詳、宝治元年（一二四七）生存…一首（71）
(30)「惟宗行経」／没年未詳、宝治二年（一二四八）生存…一首（31）
(31)「従二位頼氏」（藤原頼氏）／宝治二年（一二四八）没…一首（38）
(32)「従三位泰光」（源泰光）／没年未詳、建長元年（一二四九）生存…一首（86）
(33)「源兼康朝臣」／建長年間（一二四九〜一二五六）頃没…一首（62）
(34)「藤原隆祐朝臣」／没年未詳、建長三年（一二五一）生存…一首（73）
(35)「真昭法師」／建長三年（一二五一）没…一首（11）
(36)「光明峯寺入道前摂政」（九条道家）／建長四年（一二五二）没…一首（80）
(37)「正三位元家《ママ》」（六条知家であろう）／正嘉二年（一二五八）没…一首（76）
(38)「九条左大臣」（二条道良）／正元元年（一二五九）没…一首（49）
(39)「素暹法師」／弘長二年（一二六二）頃没か…一首（3）
(40)「藤原範忠朝臣」／没年未詳、文永三年（一二六六）生存…一首（32）
(41)「藻壁門院但馬」／没年未詳、文永三年（一二六六）生存…一首（45）
(42)「信実朝臣」（藤原信実）／没年未詳、文永三年（一二六六）生存…一首（79）
(43)「藤原公方朝臣」／没年未詳、文永八年（一二七一）生存、後述…一首（16）

(44)「中務卿親王」（宗尊親王）／文永十一年（一二七四）没…七首（8・9・22・42・43・寂①・寂③）
(45)「前右兵衛督信家」（坊門信家）／文永十一年（一二七四）没…一首（27）
(46)「後鳥羽院二条」／没年未詳、建治元年（一二七五）生存…一首（19）
(47)「前大納言為家」（藤原為家）／建治元年（一二七五）没…十首（5・6・15上句＋17下句・17上句・18・25・54・64・81・寂④）
(48)「右京大夫行家」（九条行家）／建治元年（一二七五）没…一首（46）
(49)「光俊朝臣」（真観）／建治二年（一二七六）没…二首（60・82）
(50)「中納言典侍」（真観女親子）／弘安元年（一二七八）以降没…二首（2・10）
(51)「春宮大夫師継」（花山院師継）／弘安四年（一二八一）没…二首（34・41）
(52)「安嘉門院右衛門佐」（阿仏尼）／弘安六年（一二八三）…二首（20・85）
(53)「前関白」（一条実経）／弘安七年（一二八四）没…二首（28・74）
(54)「参議資平」（源資平）／弘安七年（一二八四）没…一首（77）
(55)「前大納言為氏」（二条為氏）／弘安九年（一二八六）没…三首（12・24・48）
(56)「前大納言資季」（二条資季）／正応二年（一二八九）没…二首（23・44）
(57)「権中納言経任」（中御門経任）／永仁五年（一二九七）没…一首（13）
(58)「惟宗忠景」／正安二年（一三〇〇）没…一首（35）
(59)「法眼慶融」／没年未詳、嘉元元年（一三〇三）生存…一首（56）
(60)「寂恵法師」／没年未詳、正和三年（一三一四）生存…一首（寂②）

(61)「増遍法師」／没年未詳…一首（36）
(62)「法印宗円」／没年未詳…一首（47）
(63)「前内大臣公」（未詳、ただし後述）…一首（33）
(64)「右おほいまうちきみ」（未詳、ただし後述）…一首（50）
(65)（未詳）…一首（15下句）

以上のうちやはり最初に注目すべきは、極官極位ならざる官位記載を伴っている作者名表記であろう。言うまでもなくそれらは『類聚歌苑』成立当時の官位を反映しているとおぼしいわけで、従って各人がそれぞれに就いていた時期を突き合わせることによって、自ずと『類聚歌苑』の成立時期も絞り込まれてくるはずである。

そこでそうした作者名表記のうち、さらに個人名が判明する六例について『公卿補任』に基づきながらみていこう。まず(45)「前右兵衛督信家」。もっともこれが早速問題で、信家は文永十年（一二七三）に右兵衛督となったが、そのまま翌十一年（一二七四）に没しているので、「前」と呼ばれる機会はなかった。しかしながら彼はまた文永七年（一二七〇）の時点で従三位・非参議・左兵衛督、同年八月十四日に一度「止督」、翌八年（一二七一）四月七日に再び「任左兵衛督」という経歴を持っており、よって仮に当該本の「前右兵衛督」を「前左兵衛督」の誤写と認めてよいならば（実際そうするよりほか手はなかろう）、その間のことと考えることができるだろう。

次に(48)「右京大夫行家」。行家は文永三年（一二六六）二月一日から文永八年十月十三日まで任右京大夫。

(51)「春宮大夫師継」。師継は文永五年（一二六八）八月二十五日から文永八年三月二十七日まで兼春宮大夫。

(53)「前関白」。これについては入集二首のうち28が『続拾遺集』に「前関白左大臣一条」、また文永二年（一二六五）九月開催『亀山殿五首歌合』に「関白従一位藤原朝臣」として見える点、一条実経のことと解せる。さらにこの場合、例えば(63)「前内大臣公」の「公」のような人名区別が明記されていないので、実経一人のみが「前関白」と呼ばれる状況だったとおぼしく、ならば文永七年十一月十一日から文永十年（一二七三）五月五日までの間ということになる。ちなみにこの時期、ほかに鷹司兼平が前太政大臣にして前関白でもあったが、彼が記されるとすれば「前太政大臣」あたりだろうから、考慮に入れなくてもよかろう。

(54)「参議資平」。資平は弘長元年（一二六一）三月二十七日から文永八年四月七日まで任参議。

最後に(57)「権中納言経任」。経任は文永七年正月二十一日から建治三年（一二七七）正月二十九日まで任権中納言。

これら六例を一瞥するに、文永七年十一月十一日から翌八年三月二十七日までの間で重なり合っていることが知られる。ここで作者名表記を離れ、年次記載を持つ詞書に目を転じてみても、

・弘長元年百首歌に（25詞書）
・建長三年吹田にて十首歌講せられけるに恋（27詞書）
・文永二年九月十三夜亀山殿の五首哥合に絶恋（28詞書）
・宝治二年百首歌に寄虫恋（34詞書）
・文永二年七月白河殿の七百首題哥に寄蜻蛉恋（41詞書）
・文永五年九月十三夜白川殿五首哥合に恨不逢恋（46詞書）
・建仁元年三月歌合に（68詞書）
・建保五年内裏五首歌合に冬夜恋（87詞書）

などのように文永八年三月二十七日という下限を越えるものはなく、従って基本的には右の約四ヶ月間のいずれかの時点で『類聚歌苑』は成立したと考えられよう。ならば個人名が不明な(63)「前内大臣公」と(64)「右おほいまうちき

み」の二例についても、時期が限定されるのだから、前者には弘長二年（一二六二）正月二十日から弘安九年（一二八六）三月十日まで前内大臣だった三条公親を、後者には文永六年（一二六九）四月二十三日から同八年三月二十七日まで右大臣だった花山院通雅を、それぞれ当てはめることができるようにもなるだろう。

しかしここで問題となるのは、実は一首だけ、右の論証結果と食い違う内容の歌があることである。すなわち16の、

前左おほいまうちきみ家の十首歌に寄心恋といへることを　　藤原公方朝臣

たのめおく契もいさやうき人のあたし心のさためなき夜は　（16）

という一首で、これはおそらく『大納言為家集』の、

寄心恋　同（文永）八年三月廿九日前左大臣家月次十首

いつはりのある世かなしき心こそたのまじとたに思ひ定めね　（Ⅰ一一三七）

という一首と同時詠かと思われる。が、そうすると16の詠歌年次もこの為家詠と同様に文永八年三月二十九日だったことになり、『類聚歌苑』推定成立時期の下限から二日遅れてしまうのである。

ただこれについては本論の冒頭で紹介した、池尾氏と「『寂恵法師文』注釈」による『類聚歌苑』の追補説、を援用することで解決しよう。前掲『寂恵法師文』のうち、『類聚歌苑』献上後に詠まれた宗尊親王と為家との贈答歌が、その『類聚歌苑』の巻十七に収められていたという記述を合理的に読もうとすれば、確かに同説のように成立後に若干の歌が追補されたと想定するよりほかに手がない。よって問題の16もそうした追補歌のうちの一首であって、やはり『類聚歌苑』の成立は、文永七年十一月十一日から翌八年三月二十七日までの約四ヶ月の間だったとみておきた

い。追補は言うまでもなく同月二十九日が上限で、一方下限は未詳であるが、上限からそう離れた時期ではなかっただろうと想像される。

なおついでに述べると、この16詞書の「前左おほいまうちきみ」は洞院実雄で、作者の公方はその四男、かつ当該歌は他文献に見出せない彼の新出歌にして、現在知られる唯一の詠歌でもある。『尊卑分脈』によると公方は、「物狂」のためか「正四位下」「皇后宮権亮」「左中将」を極位極官として「出家」してしまったらしいが、しかしこの16の一首によって、彼が『類聚歌苑』に追補されるほどの歌は残していたことが新たに知られ、興味深い。

ところで当時の歌壇だが、一体どのような情勢だったか。井上宗雄氏によれば、文永三年の宗尊親王帰洛ののち沈滞していた反御子左派の活動が次第に復調してきたのが、ちょうどこの文永七～八年頃だったという。すなわち『為氏卿記』文永七年十月五日条に、

参内、中務宮歌合、拝見判詞、後日真観書之、比興歌共也、末代■《如》此〳〵、衆議勝負云々、頃日如此、

とあり、かつ『吉続記』同年閏九月九日条に、

参内、権弁奉行也、題再酌菊花盃、（〇酒シ）（各分一字）、文人如前々、和哥御会、同権尚書奉行、題事、真観出現（〇題カ）事、厳親真観上人撰進、為桑門之身撰進之条、人々為不審、詩哥披講了、有連句連歌、御前、定忠執筆、詩端書之様、閏九月九日同賦、書之、或後九月九日、少々不同也、御製、後九月九日ト被書之、

とあることなどから井上氏は、

文永三年七月帰洛せしめられた宗尊親王も詩歌は怠りなく、家集（竹風和歌抄）を見ると、熱意の程が窺われる。七年十月頃、歌合を行い（或は自歌合か）、真観に判せしめている（為氏卿記。但し「比興哥共也」とあり、好感を持っていないようだ）。（略）何といっても、為家・為氏の指導力が大きかったが、対して真観は宗尊の失脚以来、あま

り表に出なかったようだが、七年閏九月九日内裏歌会の題者となり（吉続記）、指導者として一応復活する。次いで石間集を撰んだ。

のように概括している。また右の最後で「次いで石間集を撰んだ」とも触れられているごとく、翌文永八年、真観はさらに『石間集』を成立させて後嵯峨院の叡覧を得、結果「叡覧に供した以上は公的なものだ」という理由から「自己を勅撰々者に擬え」るまでになっていた。[12]

従って文永七～八年頃に源承が『類聚歌苑』を編纂した背後には、おそらくはそうした真観ら反御子左派の再躍進を牽制する意図が多分に込められていたのだろうと推測される。しかもそれが源承の独断ではなく、いわば御子左家ぐるみの所為だったらしいことは為家が治定を加えたという点から窺われ、ならば宗尊親王に献上されたという一件も、真観が親王の歌道師範的立場を維持していたことからするとかなり確信犯的に狙ったものと思われてくる。『類聚歌苑』はひとつには、御子左家の権威を保持し、正統性を主張する目的で編まれたとみてまず間違いないだろう。

もっともここであらためて作者名表記一覧を見直してみると、㊼為家の十首は当然、㊹宗尊親王の七首は一応穏当なところとして、㊾真観が二首、㊿親子（真観女）が二首、㊲知家が一首、㊽行家が一首、というように反御子左派にも目配りはされており、彼らを排除しようという姿勢はそれほど強くは感じられない。ついでに述べれば⑴の馬内侍、⑵の和泉式部、⑶の赤染衛門など、ほぼ一条天皇の時代以降、当代までの各時代の歌人を万遍なく撰出してもいるあたり、『類聚歌苑』は派閥的・時代的な偏りに対し相応に気を配った撰集だったと言えそうである。うち派閥の方に関しては、やはり宗尊親王への配慮があったのかもしれないが、あるいはそればかりではなく、例えば為家が反御子左派に対して採っていたという、石田吉貞氏言うところの「長者的態度」を踏襲したものだったようにも思われる。対抗勢力を排除するのではなく、むしろ包容する姿勢を覗かせることによって自派の優位性を誇示しようとしたのだろう。時に源承は四十七〜八歳、のちの『源承和歌口伝』に横溢する過激な攻撃性はここにはほとんど現れておらず、為家が後見していたことを差し引いたとしても、今日「あまりに悪罵家」（石田氏）「家を守る必死の闘将」（同氏）「二条家にとっては重宝な、言わば番犬的存在」（福田秀一氏）などと把握されている彼の人物像や歌壇史的位置づけについては、再考の必要が生じてきたと言えそうである。

一方さらに付言をすれば、以上のような反御子左派の問題を離れ、もうひとつ興味深いのが御子左家内部の問題、すなわち(55)為氏の三首、(52)阿仏尼の二首、そしてあくまで現存部分に限っての話であるが、源承の同母弟為教の入集歌ナシ、という各人の入集状況についてである。これを一体どのように捉えればよいのか、今も私案を持たないが、あるいはこうしたあたりから、二条・京極・冷泉の三派にまさに分裂しようとする時期の御子左家の内部事情を垣間見ることができるようにもなるかもしれない。今後の検討すべき一課題として挙げておきたい。

『類聚歌苑』と『続拾遺集』

最後に所収歌九十五首分の他出状況に触れておく。復元案の歌群順、次いで歌番号順で一覧にすると次のようになる。

〈第一歌群〉
1…新後撰集・巻十三・恋三・九九八／久安百首一〇七四／待賢門院堀河集七四
2…新後撰集・巻十二・恋二・九三四／雲葉集・巻十五・恋五・一〇一一／三十六人大歌合・十七番左・一八七
3…新後拾遺集・巻十二・恋二・一〇八〇／題林愚抄・恋四・八二三八

4…続千載集・巻十三・恋三・一二八三／秋風集・巻十二・恋二・七六六／順徳院百首七五
5…大納言為家集Ⅰ九九三／中院集Ⅱ二四六
6…大納言為家集Ⅰ九八三／中院集Ⅱ三五
7…続拾遺集・巻十三・恋三・八九二／万代集・巻十・恋二・二一〇二／久安百首一〇六八／中古六歌仙二五一
8…中書王御詠Ⅲ一七一
9…瓊玉集Ⅰ三五八
10…新後撰集・巻十三・恋三・九九二／秋風抄・下・恋・二〇二／閑窓撰歌合・十二番右・二四／題林愚抄・恋一・六六八五
11…続拾遺集・巻十三・恋三・九〇一
12…ナシ
13…続拾遺集・巻十三・恋三・九〇〇／題林愚抄・恋一・六七〇五
14…ナシ
15上句＋17下句…続拾遺集・巻十三・恋三・九二一／弘長百首・四八〇／大納言為家集Ⅰ一〇〇八／中院集Ⅱ六九三／井蛙抄・巻三／題林愚抄・恋二・六七四八
18…大納言為家集Ⅰ一〇三一／中院集Ⅱ三九
19…ナシ
20…ナシ
21…ナシ

22…瓊玉集Ⅰ三六五
23…続拾遺集・巻十三・恋三・九〇二
24…ナシ
25…弘長百首五一六／大納言為家集Ⅰ一〇二二／中院集Ⅱ六九五／中院詠草Ⅲ一〇一
26…洞院摂政家百首一三九二
27…ナシ
28…続拾遺集・巻十五・恋五・一〇四九／亀山殿五首歌合・四十一番右・七五
29詞書作者名…不明

〈第二歌群〉

15下句…ナシ
16…ナシ
17上句…大納言為家集Ⅰ一〇八〇／中院集Ⅱ三九〇

〈第三歌群〉

29歌…万代集・巻十一・恋三・二三五二／日吉社撰歌合・三十二番右・六四
30…続拾遺集・巻十三・恋三・九四四
31…ナシ
32…ナシ
33…ナシ

34…続千載集・巻十五・恋五・一五六八／宝治百首二八九四／題林愚抄・恋四・七九九七
35…新続古今集・巻十四・恋四・一三九八／宗尊親王百五十番歌合・百三十九番右・二七七
36…ナシ
37…ナシ
38…続拾遺集・巻十五・恋五・一〇八九／万代集・巻十三・恋五・二五九一
39…続後拾遺集・巻十二・恋二・七七九／清輔集二五三
40…続拾遺集・巻十五・恋五・一〇三五／玉吟集一三一一／歌枕名寄・巻二十三・六一六三
41…白河殿七百首四九〇／題林愚抄・恋四・八〇三六
42…柳葉集Ⅱ七九六／中書王御詠Ⅲ二〇五
43…中書王御詠Ⅲ二〇六
44…続拾遺集・巻十五・恋五・一〇八二／光明峰寺摂政家歌合・九十四番左・一八六／題林愚抄・恋四・八三三一

○

45…新拾遺集・巻十四・恋四・一三〇九／光明峰寺摂政家歌合・九十六番右・一九一
46…ナシ
47…ナシ
48…弘長百首五二二
49…続拾遺集・巻十五・恋五・一〇二六／歌枕名寄・巻二十七・七〇二九
50…ナシ

51…続拾遺集・巻十四・恋四・九七九／万代集・巻十四・雑一・二七九九／和漢兼作集（別本）・巻六・中納言・一九七／和漢兼作集（御所本）・巻二・春中・二四七／拾遺愚草二六〇八／定家卿百番自歌合・七十九番左・一五七

52…新拾遺集・巻十四・恋四・一二六〇／万代集・巻十三・恋五・二五六九／光明峰寺摂政家歌合・十三番右・二六／拾遺愚草二五九〇／題林愚抄・恋四・八〇八五

53…玉吟集九六九・二五六一

54…大納言為家集Ｉ一一二五／中院集Ⅱ一三一

55…千五百番歌合・千三百八番左・二六一四／拾玉集Ｉ三五八五

56…ナシ

57詞書作者名＋91歌…続千載集・巻九・神祇・八九四／一宮紀伊集一三／歌枕名寄・巻一・七〇

92…日吉社撰歌合・三十八番左・七五

93詞書作者名＋57歌…続拾遺集・巻十四・恋四・九八九／赤染衛門集Ｉ四八〇・Ⅱ五六

58…続拾遺集・巻十四・恋四・九九〇／周防内侍集八一／行宗集六一

59…拾遺愚草二五五二

60…洞院摂政家百首一三六一

61…続拾遺集・巻十四・恋四・九九二／三十六人歌合三二

62…玉葉集・巻十一・恋三・一六一六／光明峰寺摂政家歌合・十番右・二〇／題林愚抄・恋四・八一七六

63…続拾遺集・巻十四・恋四・九九七／和漢兼作集（別本）・巻六・中納言・五三

64…大納言為家集Ⅰ一〇九五／中院集Ⅱ七三
65…続千載集・巻十三・恋三・一三八五／和泉式部続集Ⅱ三八〇／和泉式部集Ⅳ八三
66…続拾遺集・巻十四・恋四・九九六／題林愚抄・恋三・七四二九
67…家隆卿百番自歌合・八十番左・一五九
68…続古今集・巻十五・恋五・一三一二／万代集・巻十三・恋五・二七一四／新宮撰歌合・三十四番左・六七／秋篠月清集一四五〇／題林愚抄・恋二・六九二四

〈第四歌群〉

69…新後撰集・巻十四・恋四・一〇六六／千五百番歌合・千二百六十一番右・二五二一／拾遺愚草一〇八五／定家卿百番自歌合・六十七番左・一三三／六華集・巻四・冬・一〇九九
70…新続古今集・巻十三・恋三・一二六四／為仲集Ⅰ五四
71…ナシ
72…俊忠集Ⅰ二三・Ⅱ三六
73…隆祐集五八／題林愚抄・恋三・七八二八
74…ナシ
75…続千載集・巻十五・恋五・一五四七／万代集・巻十三・恋五・二六七五／拾遺愚草二〇七七
76…続拾遺集・巻十四・恋四・一〇一一
77…続拾遺集・巻十五・恋五・一〇四〇／白河殿七百首四七四／題林愚抄・恋三・七八三八
78…万代集・巻十三・恋五・二六二九／玉吟集七七二

79…続拾遺集・巻十四・恋四・一〇一三／弘長百首五三二
80…続拾遺集・巻十四・恋四・一〇一四／光明峰寺摂政家歌合・四十六番左・九一／題林愚抄・恋四・八一三二
81…為家千首七八九
82…続拾遺集・巻十四・恋四・一〇一五
83…続拾遺集・巻十四・恋四・一〇一六／紫禁和歌草八八二／歌枕名寄・巻二十七・六九五五
84…拾遺愚草三八〇
85…ナシ
86…ナシ
87…続拾遺集・巻十四・恋四・一〇二三／冬題歌合・五十四番左・一〇七／明日香井集一二八三／題林愚抄・恋
二・七二八二
88…新拾遺集・巻十一・恋一・一〇〇二／秋風集・巻十二・恋二・七四四／冬題歌合・五十二番右・一〇四／題
林愚抄・恋二・七二八四
89…冬題歌合・五十六番左・一一一
90…秋風集・巻八・冬下・五三八／馬内侍集一七七
91詞書作者名＋93歌…範永集一一八

〈伝教家筆断簡〉

94…新拾遺集・巻十四・恋四・一三〇八／拾遺愚草一一六四
95…続拾遺集・巻十二・恋二・八四二／千五百番歌合・千二百六十一番左・二五二〇／後鳥羽院御集四八五

以上のうち、まず他文献に検し得ない新出歌は12・14・15下句・16・19・20・21・24・27・31・32・33・36・37・46・47・50・56・71・74・85・86の二十二首。中に為氏（12・24）や阿仏尼（20・85）、二条院讃岐（21）といった著名歌人の詠があるのは注目されよう。また前述の公方詠（16）のみならず、建長三年（一二五一）閏九月二十六日の後嵯峨院吹田御幸十首歌中の信家詠（27）や、文永五年九月十三夜の白河殿五首歌合における行家詠（46）など、歌壇資料として役立ちそうな歌も見られる。もっとも本文に多々問題を持つ当該本のことだから、もしかすると先に指摘したような、詞書と作者名、あるいは詞書作者名と歌、もしくは歌の上句と下句とが実は繋がっていなかったという例が右の新出歌中にもあるかもしれない。あっても他文献に見出せない以上、指摘のしようがないのである。従って新出歌を今後活用しようとするならば、常にその危険性だけは認識しておくべきだろう。

一方、他文献の中に『万代集』（7・29歌・38・51・52・68・75・78）『秋風抄』（10）『秋風集』（4・88・90）『雲葉集』（2）『和漢兼作集』（別本、51・63）『閑窓撰歌合』（10）『宗尊親王百五十番歌合』（35）『三十六人大歌合』（2）といった反御子左派の撰集や催しがあるのもまた見逃し得ない。直接の出典であったかどうかは別として、それらと同一の歌を採っている点、『類聚歌苑』が反御子左派を表立っては排撃しようとしていなかったことがここでも裏付けられたと言えよう。

加えて何より興味深いのは勅撰集との関係である。今わかりやすくするために、右の一覧を勅撰集に限って文献別にまとめてみよう。

続古今集…一首（68）

続拾遺集…二十五首（7・11・13・15上句＋17下句・23・28・30・38・40・44・49・51・58・61・63・66・76・77・79・80・82・83・87・93詞書作者名＋57歌・95）

新後撰集…四首（1・2・10・69）
玉葉集…一首（62）
続千載集…五首（4・34・57詞書作者名+91歌・65・75）
続後拾遺集…一首（39）
新拾遺集…四首（45・52・88・94）
新後拾遺集…一首（3）
新続古今集…二首（35・70）

一見して一致する歌の少なくないことが知られるが、しかしながら実のところ『類聚歌苑』以前に成立していた勅撰集は、唯一『続古今集』だけなのである。その『続古今集』ともわずか一首しか重ならないという点からは、『類聚歌苑』が基本的には先行する勅撰集入集歌は収めないという方針を採っていたらしいことが推測されるが、ともあれ問題は『類聚歌苑』以後に成立した右の八勅撰集、就中、二十五首もの同一歌を持つ『続拾遺集』との関係である。

言うまでもなく『続拾遺集』は、亀山院の院宣により為氏が撰進した第十二番目の勅撰集で、奏覧は弘安元年（一二七八）十二月、下命は建治二年（一二七六）七月、ただし撰集の動きは文永十一年（一二七四）頃からすでにあったかとされ[13]、それは『類聚歌苑』の成立からわずか三年後のことである。しかも同母弟源承の撰にして為氏自身が入集している『類聚歌苑』を彼が目にしていなかったはずもなく、従って『続拾遺集』と『類聚歌苑』の歌が二十五首も一致するという点については、前者が後者に基づいたと考えるのが最も適切なように思われる。すなわち『類聚歌苑』は『続拾遺集』の主要な撰集資料のひとつだったのではないか、ということである。

右のような見方は実際、本論の冒頭に掲げた『寂恵法師文』によっても確認し得る。そもそもこの一節は、『続拾遺集』の編纂時、寂恵が『類聚歌苑』所収の自詠（宗尊親王との贈答歌）を自薦して中書本の段階までは入集を果たしていたこと、しかし勅撰集初出の身としては少々目立ち過ぎる歌かと判断して辞退を申し出たところ、他の人々の歌はめいめいの希望どおりに撰ばれていたので（しかも寂恵は結局一首も採られず終いとなったので）後悔したこと、などを悲憤混じりに述べたものだが、これは取りも直さず為氏による『類聚歌苑』参照の事実を物語っていると言えよう。

さらに両集の直接的な関係性は『類聚歌苑』の他の内容面からも窺い知ることができる。例えば『類聚歌苑』復元案・第三歌群の途中51から第四歌群の最後93までには四季の順に並べられた恋歌四十三首が見られるが、実は『続拾遺集』にも、

　　題不知　　　　　　　　　　　　　土御門院御製

恨みこし人の心もとけやらず袖の氷に春はきぬれど　　　　（巻十四・恋四・九七五）

から始まり、

　　百首歌たてまつりし時　　　　　　春宮大夫実兼

ゆく年のむなしき袖は浪こえて契りし末のまつかひぞなき　　（巻十五・恋五・一〇二四）

で終わる同様の歌群が存し、すでに同集の特色のひとつに数えられている。(14) 中で『類聚歌苑』の51・93詞書作者名＋57歌・58・61・63・66・76・77・79・80・82・83・87という十三首が、それぞれ『続拾遺集』巻十四・恋四の九七九・九八九・九九〇・九九二・九九七・九九六・一〇一一・一〇四〇・一〇一三・一〇一四・一〇一五・一〇一六・一〇二三と一致している。しかも配される順番もほとんど同一で、特に『類聚歌苑』において連続している93詞書作

者名＋57歌・58の二首、及びほぼ連続している79・80・82・83の四首とが、『続拾遺集』においてもやはり、

〈93詞書作者名＋57歌・58との同一歌〉

男に忘られにける人の、五月五日まくらに昌蒲をさしおきたりけるを見て　赤染衛門

かわく間もなき独り寝の手枕にいとど菖蒲のねをやそふべき　（『続拾遺集』巻十四・恋四・九八九）

あだなりける男のもとに、五月六日人にかはりてつかはしける　周防内侍

さもこそはかりそめならめ菖蒲草やがて軒端にかれにけるかな　（同・九九〇）

〈79・80・82・83との同一歌〉

弘長元年百首歌たてまつりけるに、逢不遇恋　信実朝臣

ことの葉も秋にはあへずうつればやかはるつらさの色を見すらん　（『続拾遺集』巻十四・恋四・一〇一三）

家恋十首歌合に、寄枕恋　光明峰寺入道前摂政左大臣

時雨れゆく紅葉の下のかり枕あだなる秋の色に恋ひつつ　（同・一〇一四）

題しらず　光俊朝臣

今ぞ知る我をふるせる時ぞとも時雨れてかはる秋の夕暮れ　（同・一〇一五）

順徳院御製

ことの葉も我が身時雨の袖の上に誰をしのぶの杜の木枯　（同・一〇一六）

のように連続入集している点は頗る注目されるだろう。歌のみならず配列までもが等しくなっているわけである。

また例えば前述のとおり、『類聚歌苑』はほぼ一条朝以降の歌を撰んでいるとおぼしいが、九州大学附属図書館細川文庫蔵『代々勅撰部立』に「続拾遺集（略）正暦以来作者入之」とあるように、『続拾遺集』もまた「一条朝の正暦（九九〇～五）以後の歌を撰歌範囲と」しているのである。(15)

このようにみてくると、『類聚歌苑』は『続拾遺集』の単なる撰集資料のひとつどころか、ほとんどその母体であったかのように思われてくる。もしかすると『類聚歌苑』を基盤とし、それに取捨選択を加える形で成立したのが『続拾遺集』だったのではなかろうか。今はこれ以上深く立ち入ることはできないが、この問題は必ずや『続拾遺集』の成立や性格について、また同集以後の勅撰集への『類聚歌苑』の影響について（少なくとも為世撰の『新後撰集』『続千載集』に関しては、やはり『類聚歌苑』を撰集資料としていた可能性が高そうである）、及び為氏と源承との関係について、さらに御子左家内部、ひいては当時の歌壇全体における源承の存在意義と発言力の程度について、といったいくつものより大きな問題に結び付いていくはずである。

『類聚歌苑』完本時の全体量に較べれば、わずか十数分の一程度に過ぎない残欠本、にも関わらず以上のような広がりを見せる当該本は、鎌倉時代和歌史研究のさらなる活性化をもたらし得る好資料であると言えよう。当該本を丁寧に読解すること、かつ当該本が提起する様々な問題を追求解明することは、従ってこれから先不断になされてしかるべきかと思われる。

注

（1）源承については石田吉貞氏「法眼源承論」（『新古今世界と中世文学（下）』所収、一九七二年十一月、北沢図書出版、初出『国語と国文学』一九五六年八月号）、福田秀一氏「二人の歌僧――承空と源承――」（『中世和歌史の研究』所収、一九七二年三月、角川書店、初出『国語と国文学』一九五八年六月号）などを参照した。なお以下両氏の説は両論より引く。

（2）なおこの記述、『代集』編者が「源承（為家子）撰の集を直披」できないような「御子左家の中枢」外の人物だったことを窺わせる点でも有益。井上宗雄氏「『代集』についての一考察」（『中世歌壇と歌人伝の研究』所収、二〇〇七年七月、笠間書院、初出『日本音楽史研究』第四号、二〇〇三年三月）参照。

（3）本文は石澤一志氏・加畠吉春氏・小林大輔氏・酒井茂幸氏「『寂恵法師文』翻刻」（『研究と資料』第四十二集、一九九九年十二月）に拠る。ただし私に濁点を付し、一部表記を改めた。

（4）池尾和也氏「『原・続古今集』の痕跡を求めて——古筆切資料の再検討——（上）」（『中京国文学』第十号、二〇〇一年三月）。

（5）寂恵法師文輪読会「『寂恵法師文』注釈（上）」（『研究と資料』第四十五輯、二〇〇一年七月）。

（6）『天理図書館稀書目録　第二』（一九五一年十月、天理図書館）。

（7）佐々木信綱編『竹柏園蔵書志』（一九三九年一月初版、一九八八年六月復刻版、臨川書店）。

（8）都立中央図書館加賀文庫本（請求番号四四〇四）に拠る。

（9）例えば由清編『尚古図録』（一八七六年八月、国立国会図書館本を披見、請求番号ＹＤＭ六四八）に「赤松香雨蔵」の「源実朝公真蹟」「楠正行朝臣真蹟」が模刻されていたりする点からの類推。

（10）安田徳子氏『和歌文学大系14　万代和歌集　下』（二〇〇〇年十月、明治書院）。

（11）田中登氏「類聚歌苑の古写断簡」（『国文学』第九十一号、二〇〇七年三月、関西大学国文学会）。

（12）井上宗雄氏「歌壇の概観」（『鎌倉時代歌人伝の研究』所収、一九九七年三月、風間書房）。

（13）安田徳子氏「続拾遺和歌集成立の周辺——亀山院と藤原為氏——」（後藤重郎氏・算賀世話人会編『後藤重郎先生傘寿記念　和歌史論叢』所収、二〇〇〇年二月、和泉書院）など。

（14）武内章一氏・井上寿彦氏・加藤英夫氏・小池光氏・山口邦子氏「続拾遺集についての一考察——体言止め、恋の歌の配列よりみて——」（『名古屋大学国語国文学』第十号、一九六二年五月）。

（15）小林一彦氏『和歌文学大系７　続拾遺和歌集』解説（二〇〇二年七月、明治書院）。

第二節　京極派贈答歌集

「(伝) 後伏見天皇宸翰」翻刻

東京大学史料編纂所蔵の写真帳の中に「(伝) 後伏見天皇宸翰」(請求番号六一三二―二〇) と題される一冊がある。従来特に注意されてはこなかったようだが、『東京大学史料編纂所写真帳目録Ⅰ』(1) に「某歌集断簡」と注記されているように、これは歌集の断簡、より正確に言えば残簡である。しかもいまだ知られていない歌集であるらしく、大変興味深い内容を持ってもいるので、最初に翻刻した上で、資料的性格と価値とを明らかにすべく考察していくこととしたい(2)。翻刻に際しての措置は次のとおりである。

一、料紙の天地と継ぎ目を実線、折り目を点線で示した。
一、字体は漢字・仮名とも通行のものに改めた。ただし「哥」など一部の異体字は活かした。
一、虫損部分は「□」、推定可能部分は「[を]」のように示した。
一、改行位置は底本どおりとした。
一、文字の大小・字配りは必ずしも底本に忠実ではない。
一、便宜上歌頭に通し番号を付した。
一、誤りでないことを示すために適宜「(ママ)」を付した。

【翻刻】

（見返しより続く）

（継ぎ目）

返し　　藤大納言典侍

1あさきりのうきたるそらにまかひなは
我身もしはしたちをくれめや

九月はかりとりのねにそゝの
かされて人のいてぬるに
頼成朝臣

第一紙
右面

2とりのねや心しりけむいまはとて
おきつるのちも秋のひと夜を

かへし　　藤大納言典侍

3心しる鳥のねならはあきの夜の

（綴じ穴）

（折り目）

人めになむつゝむといへりけれは
中宮大納言

4つゝむなる人めよさらはしけくなれ
さてもあひみぬかたにおもはん

返し　　藤大納言典侍
5やへふきのひまをはしゐてもとめすて
しけき人めにことよせんとや
心さしのほとをなんえしらぬと
いへりける人に
中将

6わひはてしそのふし〳〵をわすれてや
さらに心をしらすとはいふ
かへし　　藤大納言典侍
7なをいさやことの葉こそはあさからね
そのふし〳〵もけにはみえねは
なを世にありふましきといふ
人に　　頼成朝臣
8されはこそそはまほしけれたれも世に
さてありふへき物としらねは
返し　　中将

（綴じ穴）

第一紙　左面

（継ぎ目）

第二紙　右面

（折り目）

9てなたのそらをなかめてそふる
　返し　　頼成朝臣
10いまよりはもしかよは丶のたのみゆへ
なかめのそらそあはれそふへき
　秋きりのたちわたるつとめて
　いとつらけれはこのたひはかりなん
　いふへきといへりけれは
　　　頼成朝臣
11あさきりのそらにまかひてきえねわれ
さてとはれてはあらし身なれは

第二紙
左面

（継ぎ目）

12よしみよさらにわれはかはらし
　いかてた丶ひとたひたいめむ
　せんといひたるに
　　　中将
13ひとたひとさこそはやすくおもふとも
なかきなけきとならし物かは
　返し　　頼成朝臣

第三紙
右面

14なかゝらんなけきはたれもかなしけれと
せめてわひぬる身とはしらすや
かれかたになりにけるおとこに

（綴じ穴）

15のちの世までをいかゝたのめむ
おとこのいかにそえまうてこぬ
事といへりけれは
中将

16なにとたゝさそとは見てしそのきはを
たかせきならぬせきそゐるらん
返し　　頼成朝臣

17ゆきかよふ心のまゝのみちならは
かへらんかたやせきとならまし
世の中にへしなとおもふころ

為兼卿

18物にふれてあはれそふかきうき世を

（折り目）

第三紙
左面

（継ぎ目）

いく程かはとおもひたつころ
かへし　　頼成朝臣
19おもひすてむ世はおほかたのあはれよりも
我身のうへそわれはかなしき
雨のふるかつれ《（ママ）》〳〵となかむるに
むかしあはれなりしことなと
いふ人に　藤大納言典侍
20君もまたしのはゝかたりあはせはや
ゆふへの雨のふるきあはれを

（綴じ穴）

返し　　中将
21はるさめのそのふることはかきつくし
かたりあはすとは《（ママ）》れしとそ思
心かはりたるおとこしはしおもひ
かはるなといふに
中将
22なこりとは心のみこそなりぬれは
なにかいまさらあらためもせん
返し　　藤大納言典侍

第四紙右面

（折り目）

第四紙左面

23まちたのめけにあらためぬ心ならは

（継ぎ目）

ぬにも　中将

24すてやらぬたゝひとことのあはれゆへ

まよはむみちのすゑそかなしき

返し　頼成朝臣

25我のみやまよはむみちのすゑまても

おくれぬともとならむとすらむ

第五紙右面

さくらの花を人のおりてこれに

なくさめよとあれは

頼成朝臣

26うつりやすきためしをみする花にしも

（綴じ穴）

（折り目）

27あさくななしそ水くきのあと

としのくれに雪のいみしう

ふるひいひやる

中将

28ころしもあれいくへの雪にみちたえて

第五紙

さはりやすさはとしやへたてん
　返し　　藤大納言典侍
29とはてわれあるへきものかとしもくれ
　雪もいくへのみちうつむとも
　　うしろめたき心あるをわか心を

左面

（継ぎ目）

　　そへてみてしかな[と]いふ人に
　　　頼成朝臣
30そへて見はあはれそみえんふかくしむ
　心のほかはわけぬおもひを
　　返し　　中宮大納言
31よしやよし心もそへしそへて見は
　人のふかさそいとゝしられん
　　しのひてかたらふ人のたゝあらは
　　れにあらはるゝをはいかゝおもふと
　　いひたるに　為兼卿

（綴じ穴）

第六紙
右面

（折り目）

32みたれはまさるこひの涙も
　つれ〳〵のつきせぬまゝにおほゆる
　　事おほかれは
　　　　　　　藤大納言典侍
33いかて〳〵わすれむこ□よなれし世の
　しのはれまさることのかす〳〵
　　返し　　　頼成朝臣
34わすられはやすくすつへきなこりかと
　さらにかなしきあはれをそおもふ
　　世中をえひたすらおもひはなれ

（印）　（花押）

這巻物一軸者
後伏見院天皇宸翰《（ママ）》也
　不可有疑者
　　賞鑑家
　　　古筆了仲（守村）

第六紙
左面

（継ぎ目）

第七紙

まずは写真帳のモノクロ写真からわかる範囲の書誌を述べよう。当該本は巻子本一軸。表紙は後補、布製で左端に無記入の題簽あり。見返しは金もしくは銀箔散らし。本文料紙は素紙。紙数は一見、ほぼ正方形大の料紙が十二枚分継がれているかのようである。ところがその一枚一枚の続き目の部分をよくよく観察してみると、翻刻にも示したとおり、一箇所おきに綴じ穴の痕が認められることに気がづく。またその正方形大の料紙のサイズについてだが、写真には原本に重ねる形で測量用のメジャーが写されているところがある。それに基づき比率計算してみると、料紙一枚分で縦十五・四cm×横十五・六cm程度、すなわちいわゆる六半本のサイズと同じぐらいということになる。要するに当該本は、もと列帖装の六半本の残簡を巻子本に改装したものであるらしい、と考えられるわけである。

　言うまでもなく列帖装は、下掲の図一のような二つ折りにした横長の料紙を、図二の俯瞰図のように数枚重ねて一括りとし、その括りを二つ以上重ねて一帖の本にする。従って当然列帖装の料紙一枚分には、書写できる面が、例えばA・B・C・Dというように四面分生じるということにな

図一

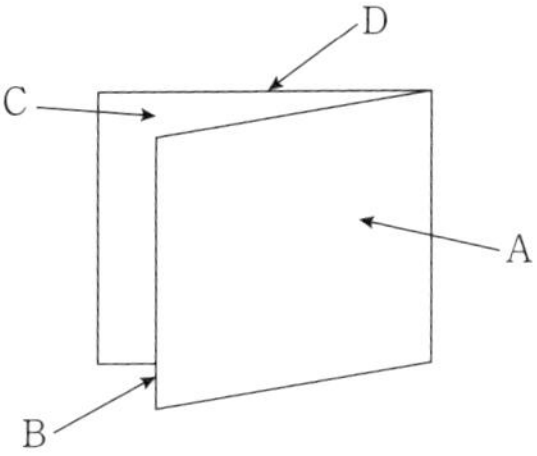

図二

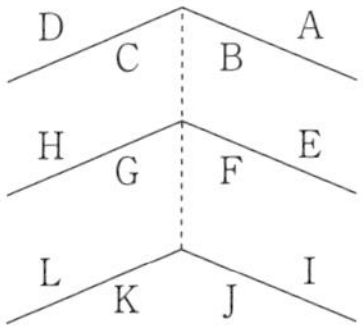

図三

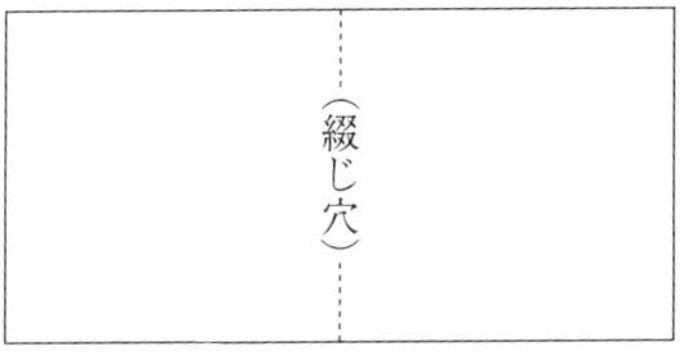

る。当該本はそのような列帖装の一紙四面分の料紙が、さらにオモテウラ二枚に剥がされて一紙二面分となったもの、具体的には図三のような料紙が都合六枚分、横一列に継がれて巻子本に仕立て直されたもののようである。

　なお当該本の第七紙目には「這巻物一軸者後伏見院天皇宸翰也不可有疑者」という古筆別家十三代目了仲の極書がある。了仲が活動していたのは江戸時代末期頃から大正時代中期頃にかけてであるから、当該本の巻子本への改装時期は少なくともその頃以前ということになろう。その了仲によると当該本は後伏見院筆の由、実際にそうであるかどうかはともかく、確かに当該本の筆蹟は鎌倉時代末期～南北朝時代あたりの特徴をよく備えているようである。

錯簡復元

　さて当該本の内容についてであるが、まず一瞥して各面に記されているすべての歌が、二首一組の贈答歌であるらしいことに気がづく。例えば第一紙と第二紙とでは2と3の歌、4と5の歌、6と7の歌、9と10の歌が贈答歌となっているし、また1及び8の歌についてもその前後の記述から、もともとは贈答歌だったことが知られる。それは第三紙～第六紙においても変わりなく、ひとつひとつ確認はしないが、そこに並んでいる歌のほとんどはやはり二首一組の贈答歌とみてよいように思われる。これらのことから当該本は、二首一組の贈答歌を列記していく内容の歌集だったらしい、とひとまず考えることができそうである。

　ただ当該本において問題なのは、第一紙から第六紙までの全十二面分の内容が必ずしも連続しているわけではない、ということである。例えば第一紙右面の最後の行には「心知る鳥のねならば秋の夜の」（3）という上句が見られるが、続く第一紙の左面はそれとはまったく繋がらない「人目になむつつむ、といへりければ」という詞書から始まっている。また例えば第三紙を見てみても、右面は「かれ方になりにける男に」という詞書で終わっているが、左面の最初の行には「のちの世までをいかがたのめむ」(15)という、やはり右面とは無関係な下句が記されている。なお今取り上げた二例はいずれも料紙の折り目の部分に当たっているが、そうではない料紙の継ぎ目の部分においても、やはり同様の現象を指摘することが可能である。もう本文は示さないが、第二紙の左面から第三紙の右面にかけての部分などはその一例であると言えよう。

それにしても一体どうしてこのような、各面同士が繋がらないという問題が生じてしまったのかというと、それはひとえに当該本が、もと列帖装の零葉だったということによる。前掲図二からも見て取れるように、列帖装の典籍において本文が書き進められていく場合、それはほぼ例外なく、A・B・E・F・Iと続き、J・Kで折り返し、またL・G・H・C・Dと続いていく、といった順序になるはずである。従ってその列帖装の括りがほどかれ、四面分の横長の料紙一枚だけが取り出された状態になった時、料紙の外側の、例えばAとDや、EとHのような位置関係にある面同士の内容は、決して連続することがない。また内側の、BとC、FとGといった面同士の場合も、唯一JとKのような位置関係を除いては、やはりその内容は続かないということになる。このように列帖装の料紙一枚のみの状態において、左右の面が連続することは非常に稀だと言えるのである。そして当該本はまさに、そうした性格を持つ列帖装の料紙を繋ぎ合わせた本なのだから、折り目の部分にしろ継ぎ目の部分にしろ、それを挟んだ面同士の内容はどうしても連続しないことの方が多くなってしまうわけである。

しかしながら、それでは当該本におけるすべての面がどれひとつとして繋がっていないのかというと、そういうわけでもなさそうである。面同士の続き具合に注意しながら当該本を読み進めてみたところ、数ヶ所にわたって、内容的に連続しているのではないかと思われる部分に出くわした。まず一ヶ所目は第一紙の左面と第二紙の右面である。

前者は詞書と作者名で終わり、後者は贈答歌そのものから始まっている。その詞書の「こころざしのほどをなん、え知らぬ、といへりける人に」という記述と、6・7の歌、とりわけ6の「わびはてしそのふしぶしを忘れてやさらに心をしらずとはいふ」という贈歌とは、表現・内容ともに実によく対応していると思われる。また二ヶ所目は、第三紙の左面と第四紙の右面である。前者の終わりの「世の中に経じなど思ふころ」という詞書と、後者の始め、作者名に続く18の「ものにふれてあはれぞ深き憂き世をいく程かはと思ひ立つ頃」という贈歌、及び19の返歌とは、やはり内容的にうまく繋がっていくようである。それから三ヶ所目は第五紙の左面と第六紙の右面である。前者は詞書の途中で終わり、後者は詞書の途中から始まっているが、それらを通して読んでみると「後ろめたき心あるを、わが心を添へてみてしがな、といふ人に」となって、文章が問題なく続いていく。またそのように前者の最後の「わが心を」と、後者の最初の「添へてみてしがな」とを繋げた場合、その詞書は30・31の贈答歌、とりわけ31の「よしやよし心も添へじ添へてみば人の深さぞいとど知られん」という返歌の表現とより密接に重なり合ってくることにもなろう。

このように以上の三ヶ所においては、並んだ面同士を続けて読むことで、詞書から始まり返歌に終わる二首一組の贈答歌がきれいに構成されていく。しかもそれらは表現的にも内容的にも決して齟齬することがない。その点以上の三ヶ所は、本来連続していたものと考えておそらく間違いないようである。しかし連続していたとなると、ではそれらの各面は本来はどのような位置関係にあったのか、ということが次に問題となってこよう。そこで以上の三ヶ所における各面同士の続き具合を確認してみると、一見してそのいずれもが、料紙の継ぎ目の部分に当たっているということに気がづく。つまり三ヶ所ともに一紙二面分の料紙の左面から、それとは別の料紙の右面へと続いていっているわけである。

ここで前掲図二をもう一度ご参照願いたい。列帖装の典籍において面と面とが今述べたとおりの続き方をするのは、まず例外なくAとB、EとF、もしくは反対側のCとDなどのような、オモテとウラの関係にある場合だけであり、どのように想定してみてもそれ以外の位置関係にはなり得ないかと思われる。そうすると当然問題の三ヶ所も、それらA・BやE・Fなどと同様の位置関係にあったということになろう。もはや言う必要もなかろうが、要するに問題の箇所の各面は、もともと同じ料紙のオモテウラだったと考えられるのである。

このことは当該本を読解していくに際して、また少なからぬ便宜を与えてくれそうである。以上の三ヶ所のうちどこでもよいのだが、例えば一ヶ所目の場合で言うと、オモテウラの関係にあったのは、第一紙の左面と第二紙の右面のみではない。それらを含む第一紙と第二紙そのものが本来はオモテウラ一枚だったはずである。つまりはこの時点で図一～二のA・B・C・Dのような、一紙四面分の料紙の状態にまで復元されたということである。もっとも第一紙と第二紙のどちらが内側で、どちらが外側だったのかという点についてはわからない。ここでは仮に第一紙の左面をAの面、第二紙の右面をBの面としておくが、さてそうすると自ずから第二紙の左面がCの面、第一紙の右面がDの面にそれぞれ当てはまってもいくだろう。そしてそのCとDとは、繰り返すが列帖装の特性として必ず連続するのであるから、当然それらと同じ位置関係にある第二紙の左面と第一紙の右面もまた、まず間違いなく連続しているはずなのである。そこで実際に、それら二つの面を繋ぎ合わせてみると、

（前略）
秋きりのたちわたるつとめて
いとつらけれはこのたひはかりなん

いふへきといへりけれは
頼成朝臣
11あさきりのそらにまかひてきえねわれ
さてとはれてはあらし身なれは

返し　　　藤大納言典侍
1あさきりのうきたるそらにまかひなは
我身もしはしたちをくれめや
（後略）

（前略）

のように11の歌に続いて1の歌がくることになる。その11の歌と1の歌とが表現的にも内容的にも通じ合っていることは一読して明らかだろう。その点確かに右二首は本来一組の贈答歌だったとみてよさそうに思われる。このように現在位置的には離れてしまっている第二紙の左面と第一紙の右面も、元々はオモテウラ一枚で、形態・内容ともに連続していたものらしいと考えられるのであるが、もちろんそれは右の二面に限ったことではないのであって、同じ位置関係にある第四紙左面と第三紙右面、また第六紙左面と第五紙右面も、やはり本来はオモテウラの関係にあったとみなせるはずである。そこで今の場合と同様にそれぞれの面を繋げてみせると、まず第四紙左面と第三紙右面とは、

心かはりたるおとこしはしおもひ
かはるなといふに
中将
22なこりとは心のみこそなりぬれは
なにかいまさらあらためもせん
返し　藤大納言典侍
23まちたのめけにあらためぬ心ならは

12よしみよさらにわれはかはらし
（後略）

のようになり、また第六紙左面と第五紙右面とは、

（前略）
世中をえひたすらおもひはなれ

ぬにも　中将
24すてやらぬたゝひとことのあはれゆへ
まよはむみちのすゑそかなしき

返し　　頼成朝臣
25我のみやまよはむみちのすゑまても
おくれぬともとならむとすらむ
（後略）

のようになる。詳しくはもう触れないが、いずれの場合も確かにその本文は連続していると判断してよいようである。

ここで一旦以上の考察を整理しておくことにしよう。まず当該本のうち第一紙・第三紙・第五紙の各左面と、第二紙・第四紙・第六紙の各右面とが本文的に連続しているらしいことを述べた。次にそのことから、第一紙と第二紙、第三紙と第四紙、第五紙と第六紙とがそれぞれオモテウラの関係にあったらしいことを指摘した。加えてさらにそのことから、位置的に離れている第二紙・第四紙・第六紙の各左面と、第一紙・第三紙・第五紙の各右面も、実は続けて読むことができるということを明らかにした。一見、全十二面ある各面同士が、内容的に繋がっていないような印象を受ける当該本だが、以上の考察により少なくともその六ヶ所においては、それぞれ二面ずつを一続きのものとして扱うことができるようになったわけである。

ところがその六ヶ所以外にもう一ヶ所だけ、本文的に続いているのではないかと思われる部分がある。それは第四紙の右面と、同じ第四紙の左面とである。うち右面は20の「君もまたしのばばかたりあはせばや夕べの雨のふかきあはれを」という贈歌で終わり、左面は21の「春雨のそのふるごとはかきつくしかたりあはすと晴れじとぞ思ふ」という返歌で始まっている。この二首が本来一組の贈答歌であったことは、表現面・内容面から考えてやはり間違いないところだろう。その点この第四紙の右面と左面もまた、以上の六ヶ所と同様に、本来連続する面同士であったとみなしてよさそうである。ただこれまでの例と違うのは、今回の場合その繋がっている面同士が別々の料紙にまたがっているのではなく、綴じ穴痕の部分を挟んで第四紙という同じ料紙の中にある、ということである。先程列帖装の料紙において、見開きの左右の面が連続することは非常に稀だと説明したが、しかしそれには一ヶ所だけ例外があるということも述べた。すなわち列帖装の括りのうち一番内側にある料紙の、さらに内側を向いた面同士、具体的には図二のうちJとKのような位置関係にある面同士のことである。ここに書かれた本文だけはよほどの例外がない限り、JからKへと必ず繫がっていくはずだろう。問題の第四紙は、つまり本来はそのJ・Kと同じような位置づけにある料紙だったとみられるのである。具体的には第四紙の右面がJ、左面がKにそれぞれ該当しよう。とすると自然に、第四紙とオモテウラの関係にあった第三紙の左面がIの面、また右面がLの面に当てはまっていくことにもなろう。このように第三紙と第四紙とは、冊子本の状態時、括りの一番内側にあった料紙と推されるのである。

そうした場合次に考えるべき問題は、その第三紙と第四紙の組み合わせの料紙に、第一紙と第二紙の料紙、及び第五紙と第六紙の料紙とが直接重なっていかないだろうか、ということである。残る二枚のそれらの料紙が、それこそE・F・G・Hの料紙や、A・B・C・Dの料紙のような位置に綴じられていたとすると、当該本の十二面は結局すべてが連続していたということになるのだが、しかしさすがに、そこまでうまくはいかないようだ。料紙同士の重なり具合をいろいろ想定してみたが、残念ながらどの組み合わせも本文的に繫がることはなかった。当該本が制作された時点で、すでに離れた位置の料紙しか残っていなかったということのようである。ともあれ、十二面すべてというのは不可能だったが、少なくとも第三紙と第四紙とに関しては、I・J・K・Lの料紙と同様に、第三紙の左面・第四紙の右面・第四紙の左面・第三紙の右面という順番で、その四面分を続けて読むことができるようになったわけである。

復元本文

以上の考察に基づき復元した本文を次に掲げる。現状では結局五つの歌群に分けざるを得ず、それら歌群同士の前後関係はわからないので、とりあえずは継がれている順番に従っておいた。また本文の判読不能部分及び誤写とおぼしき部分の一部には、岩佐美代子氏からご教示いただいた校訂案を（　）で括って傍書してみた。歌番号はここで新たに振り直し、翻刻において付した当初の番号は参考までに歌末に示した。以下の考察では新番号の方を使用していくことにする。

〈第一歌群〉

人めになむつゝむといへりけれは　中宮大納言

1　つゝむなる人めよさらはしけくなれさてもあひみぬかたにおもはん（4）

返し　藤大納言典侍

2　やへふきのひまをはしゐてもとめすてしけき人めにことよせんとや（5）

心さしのほとをなんえしらぬといへりける人に　中将

3　わひはてしそのふし〳〵をわすれてやさらに心をしらすとはいふ（6）

かへし　藤大納言典侍

4　なをいさやことの葉こそはあさからねそのふし〳〵もけにはみえねは（7）

なを世にありふましきといふ人に　頼成朝臣

5　されはこそそはまほしけれたれも世にさてありふへき物としらねは（8）

返し　中将

〈第二歌群〉

6　そなたのそらをなかめてそふる（9）

返し　頼成朝臣

7　いまよりはもしかよはゝのたのみゆへなかめのそらそあはれそふへき（10）

秋きりのたちわたるつとめていとつらけれはこのたひはかりなんいふへきといへりけれは　頼成朝臣

8　あさきりのそらにまかひてきえねわれさてとはれてはあらし身なれは（11）

返し　藤大納言典侍

9　あさきりのうきたるそらにまかひなは我身もしはしたちをくれめや（1）

九月はかりとりのねにそゝのかされて人のいてぬるに　頼成朝臣

10　とりのねや心しりけむいまはとておきつるのちも秋のひと夜を（2）

かへし　藤大納言典侍

11　心しる鳥のねならはあきの夜の（3）

〈第三歌群〉

12 のちの世までをいかゝたのめむ（15）

おとこのいかにそえまうてこぬ事といへりければ

中将

13 なにとたゝさそとは見てしそのきはをたかせきならぬせきそゐるらん（16）

返し

頼成朝臣

14 ゆきかよふ心のまゝのみちならはかへらんかたやせきとならまし（17）

世の中にへしなとおもふころ

為兼卿

15 物にふれてあはれそふかきうき世を（はカ）いく程かはとおもひたつころ（18）

かへし

頼成朝臣

16 おもひすてむ世はおほかたのあはれよりも我身のうへそわれはかなしき（19）

雨のふるか（日カ）つれ〱となかむるにむかしあはれなりしことなといふ人に

藤大納言典侍

17 君もまたしのはゝかたりあはせはやゆふへの雨のふるきあはれを（20）

返し

中将

18 はるさめのそのふることはかきつくしかたりあはすと（もカ）はれしとそ思（21）

心かはりたるおとこしはしおもひかはるなといふに

中将

19　なこりとは心のみこそなりぬれはなにかいまさらあらためもせん（22）

返し　藤大納言典侍

20　まらたのめけにあらためぬ心ならはよしみよさらにわれはかはらし（上句23＋下句12）

いかてたゝひとたひたいめむせんといひたるに　中将

21　ひとたひとさこそはやすくおもふともなかきなけきとならし物かは（13）

返し　頼成朝臣

22　なかゝらんなけきはたれもかなしけれとせめてわひぬる身とはしらすや（14）

かれかたになりにけるおとこに

〈第四歌群〉

23　あさくななしそ水くきのあと（27）

としのくれに雪のいみしうふるひいひやる　中将

24　ころしもあれいくへの雪にみちたえてさはりやすさはとしやへたてん（28）

返し　藤大納言典侍

25　とはてわれあるへきものかとしもくれ雪もいくへのみちうつむとも（29）

うしろめたき心あるをわか心をそへてみてしかなといふ人に　頼成朝臣

26　そへて見はあはれそみえんふかくしむ心のほかはわけぬおもひを（30）
　返し　　　　　　　　　　　　　　　　　中宮大納言
27　よしやよし心もそへしそへて見は人のふかさそいと丶しられん（31）
　しのひてかたらふ人のた丶あらはれにあらはる丶をはいか丶おもふといひたるに
　　　　　　　　　　　　　　　　　為兼卿

〈第五歌群〉

28　みたれはまさるこひの涙も（32）
　つれ〳〵のつきせぬま丶におほゆる事おほかれは
　　　　　　　　　　　　　　　　　藤大納言典侍
29　いかて〳〵わすれむこ□よなれし世のしのはれまさることのかす〳〵（33）
　返し　　　　　　　　　　　　　　　　　頼成朝臣
30　わすられはやすくすつへきなこりかとさらにかなしきあはれをそおもふ（34）
　世中をえひたすらおもひはなれぬにも　　中将
31　すてやらぬた丶ひとことのあ[は]れゆへまよはむみちのすゑそかなしき（24）
　返し　　　　　　　　　　　　　　　　　頼成朝臣
32　我のみやまよはむみちのすゑまてもおくれぬともとならむとすらむ（25）
　さくらの花を人のおりてこれになくさめよとあれは
　　　　　　　　　　　　　　　　　頼成朝臣

33　うつりやすきためしをみする花にしも（26）

資料的性格

それではあらためて当該本の内容を検討していくことにする。まず当該本に見られる作者とその歌数とを整理してみよう。

頼成朝臣……十一首（5・7・8・10・14・16・22・26・30・32・33）
中将…………八首（3・5の次・13・18・19・21・24・31）
藤大納言典侍…八首（2・4・9・11・17・20・25・29）
為兼卿…………二首（15・27の次）
中宮大納言……二首（1・27）
作者不明………四首（6・12・23・28）

「頼成朝臣」なる人物が一番多くて十一首、続いて「中将」と「藤大納言典侍」とがそれぞれ八首ずつ、「為兼卿」と「中宮大納言」とがそれぞれ二首ずつ。なお第二歌群から第五歌群までの冒頭の四首はいずれも作者名表記と上句とを欠いているので、ここでは一応「作者不明」としておいた。

さてこれらの中に「為兼卿」すなわち京極為兼と、「藤大納言典侍」すなわち為兼の姉の為子とが含まれている点、当該本が京極派に関わる歌集であるらしいことは容易に推察されるだろう。そこでこれまでに知られている京極派関連の資料を調べてみたところ、永仁五年（一二九七）八月十五夜に催されたとされる歌合の中に、当該本の作者のほぼ全員の名を見出すことができた。その歌合では「左近権中将藤原朝臣頼成」と「中将」とが左方に、また「中宮大納言」と「藤大納言典侍」とが右方にそれぞれ作者として加わっている。唯一為兼の名前だけ見当たらないが、彼は前年の永仁四年（一二九六）五月十五日に讒言によって権中納言を辞しており、以後永仁六年（一二九八）正月十三日に佐渡に流されるまでずっと籠居の身にあったので、[3]不参加だったのはそのためだろうと従来指摘されている。ただし井上宗雄氏によってまた、やはり為兼も表には出ない形で指導したりはしていたのだろう、と推測もされているので、[4]結局当該本の作者はすべてこの歌合に関わっていたらしい、と考えられることになろう。

ところでこの永仁五年の歌合における「頼成朝臣」については、実は伏見院の隠名であるということが、すでに井上氏や岩佐美代子氏[5]によって指摘されている。また「中将」というのがほかならぬ永福門院の隠名であることも、早く谷宏氏が明らかにしたところである。[6]その点おそらくは当該本における「頼成朝臣」と「中将」も、永仁五年の歌合の場合と同じく、伏見院と永福門院の隠名であるとしてよいのだろう。すなわち当該本は伏見院・永福門院・為兼・為子という、まさに京極派の中心メンバーと呼ぶべき人々の歌を収めた歌集だったとみられるのである。

ただしそれでは当該歌集が、一体どのような性格なのかということについては、復元案を一瞥する限りにおいては即答するのが難しい。例えば仮に、伏見院周辺の日々の詠歌を記録した、いわゆる集団の歌集に類するものかと考えてみても、所収歌がすべて二首一組の贈答歌であるという点でかなりの不審が残りそうである。また仮に、何らかの撰集の類だったのかと見当をつけてみても、作者の顔ぶれが組み合わせはさまざまながらも結局五人に限られる点、既存の贈答歌を集めただけの歌集であるとも考えにくい。そうではなく、ある時京極派の歌人らによって贈答歌を詠み合う趣向の催しが開かれていたのではないか、当該歌集はその際の詠歌の記録ではなかろうか、などと推測しても、都合二十一組分ある贈答歌のほとんどに、詠作事情を示す類の詞書が付されている点、やはりそれぞれの歌は同時期ではなく、別々の折に詠まれたものだと判断せざるを得ないだろう。このように当該歌集は、一見極めて把握しづらい性格のように受け取れるのである。

そこで問題解決の糸口を求め、それぞれの贈答歌の他出状況を調査してみたところ、実に注目すべき結果を得ることができた。もっとも他出状況と言っても、当該歌集に収められている三十三首分の歌そのものが他文献に見出せたということではない。『新編国歌大観』『私家集大成』などに加えて、先学による伏見院・永福門院・為兼の和歌集成(7)をも参照したが、当該歌集と一致する歌はそれらの中には一首たりとも見られなかった。ところが大変興味深いことに、当該歌集においては、歌ではなくて詞書の方が他文献に見出せるのである。具体的に一覧にして示してみよう。

<table>
<tr><th>当該歌集</th><th>他文献</th></tr>
<tr><td>①1～2（第一歌群冒頭）
（前欠カ）人めになむつゝむといへりければ
中宮大納言
つゝむなる人めよさらはしけくなれさてもあひみぬかたにおもはん
返し　藤大納言典侍
やへふきのひまをはしゐてもとめすてしけき人めにことよせんとや</td><td>『後撰集』
心ざしをばあはれと思へど、人目になんつつむ、と言ひて侍りければ（読人不知）
あふばかりなくてのみふるわが恋を人目にかくることのわびしさ
（巻十四・恋六・一〇一八）</td></tr>
<tr><td>②3～4
心さしのほとをなんえしらぬといへりける人に</td><td>『後撰集』
女のもとより、心ざしのほどをなんえ知らぬ、と言へり</td></tr>
</table>

中将 わひはてしそのふし〳〵をわすれてやさらに心をしらすとは いふ かへし　藤大納言典侍 なをいさやことの葉こそはあさからねそのふし〳〵もけには みえねは	**ければ** 藤原興風 わが恋を知らんと思はば田子の浦に立つらん浪の数を数へよ （巻十・恋二・六三〇） 『興風集』 女のもとより、**心ざしのほどをなむ知らぬ、と言へりけ** **れば** わが恋を知らんとならば田子の浦に立つ白波の数を数へよ （Ⅰ七二）
③5～5の次（第一歌群末尾） **なを世にありふましきといふ人に**　頼成朝臣 されはこそそはまほしけれたれも世にさてありふへき物とし らねは 返し　中将 （以下欠）	『和泉式部集』 **なを世にもあり果つましきことの給はすれば** 呉竹のよよのふるごと思ほゆる昔語りは君のみぞせん （Ⅰ四二一）
④8～9 **秋きりのたちわたるつとめていとつらけれはこのたひは** **かりなんいふへきといへりけれは**　頼成朝臣 あさきりのそらにまかひてきえねわれさてとはれてはあらし 身なれは 返し　藤大納言典侍	『後撰集』 **秋霧の立ち渡るつとめて、いとつらければ、このたびば** **かりなん言ふべきといひたりければ**　伊勢 秋とてや今はかぎりの立ちぬらん思ひにあへぬものならなく に （巻十二・恋四・八二四）

あさきりのうきたるそらにまかひなは我身もしはしたちをくれめや	
⑤10～11（第二歌群末尾） **九月はかりとりのねにそゝのかされて人のいてぬるに**　頼成朝臣 とりのねや心しりけむいまはとておきつるのちも秋のひと夜を かへし　藤大納言典侍 心しる鳥のねならはあきの夜の（以下欠）	『和泉式部集』 **九月ばかり、鳥のねにそそのかされて、人の出でぬるに** 人はゆき霧は籬に立ちどまりさも中空にながめつるかな　（Ⅰ一八一） 『和泉式部続集』 **九月ばかり、鳥の声におどろかされて、人の出でぬるに** 人はゆき霧は籬に立ちどまりさも中空にながめつるかな　（Ⅱ四一八）
⑥13～14 **おとこのいかにそえまうてこぬ事といへりけれは**　中将 なにとたゝさそとは見てしそのきはをたかせきならぬせきそゐるらん 返し　頼成朝臣 ゆきかよふ心のまゝのみちならはかへらんかたやせきとならまし	『後撰集』 **男の、いかにぞ、えまうでこぬこと、と言ひて侍りければ**　読人不知 こずやあらんきやせんとのみ河岸の松の心を思ひやらなん　（巻十三・恋五・九三八）
⑦15～16 **世の中にへしなとおもふころ**　為兼卿	『和泉式部続集』 **世の中に経じなど思ふころ、**幼き子どものあるをみて

物にふれてあはれそふかきうき世をいく程かはとおもひ
たつころ
かへし　頼成朝臣
おもひすてむ世はおほかたのあはれよりも我身のうへそわれ
はかなしき

憂き世をばいとひながらもいかでかはこのよのことを思ひ捨
つべき　（Ⅱ三一三）

⑧17～18
雨のふるかつれ〳〵となかむるにむかしあはれなりしこ
となといふ人に　藤大納言典侍
君もまたしのはゝかたりあはせはやゆふへの雨のふかきあは
れを
返し　中将
はるさめのそのふることはかきつくしかたりあはすとはれし
とそ思

『和泉式部集』
雨の降る日、つれづれとながむるに、昔あはれなりし
ことなど言ひたる人に
おぼつかなたれぞ昔をかけたるはふるに身を知る雨か涙か　（Ⅰ二〇四）

⑨19～20
心かはりたるおとこしはしおもひかはるなといふに　中将
なこりとは心のみこそなりぬれはなにかいまさらあらためも
せん
返し　藤大納言典侍
まちたのめけにあらためぬ心ならはよしみよさらにわれはか

『和泉式部集』
心かはりたる男の、まくら《（ママ）》しばし思ひかはるな、となん
言ふに
いさやまだかはりも知らず今こそは人の心を見てもならはめ　（Ⅰ二一一）

はらし

⑩21～22　**いかゝたゝひとたひたいめむせんといひたるに**　中将

ひとたひとさこそはやすくおもふともなかきなけきとならし物かは

返し　頼成朝臣

なかゝらんなけきはたれもかなしけれとせめてわひぬる身とはしらすや

『玉葉集』

いかでただ一たび対面せむ、と言ひたる人に　和泉式部

世々を経て我やはものを思ふべきただ一たびのあふことにより　（巻九・恋一・一二八七）

『和泉式部集』

いかなる人にか、**いかでただ一たび対面せん、と言ひたるに**

世々を経て我やはものを思ふべきただ一たびのあふことにより　（Ⅰ四九九）

⑪22の次（第三歌群末尾）　**かれかたになりにけるおとこに**（以下欠）

『後撰集』

かれがたになりにける男のもとに、装束調じて送れりけるに、かかるからにうとき心地なんする、と言へりければ　小野遠興が女

つらからぬなかにあることそうとしと言へ隔て果ててしきぬにやはあらぬ　（巻十一・恋三・七二四）

⑫24～25　**としのくれに雪のいみしうふるひいひやる**　中将

『和泉式部集』

冬の果てつ方、雪のいみじう降る日、人やる

ふりはへてたれはたきなんふみつくる跡見まほしき雪の上か

ころしもあれいくへの雪にみちたえてさはりやすさはとしや
へたてん
返し　藤大納言典侍
とはてわれあるへきものかとしもくれ雪もいくへのみちうつ
むとも

な
（Ⅰ五二八）

⑬26～27
うしろめたき心あるをわか心をそへてみてしかなといふ人に　頼成朝臣
そへて見はあはれそみえんふかくしむ心のほかはわけぬおも
ひを
返し　中宮大納言
よしやよし心もそへしそへて見は人のふかさそいと丶しられ
ん

『和泉式部集』
うしろめたな心あるを、わが心そへて見てしかな、と言ひたるに
ひきかへて心のうちはなりぬともこころみならば心見てまし
（Ⅰ八三二）

⑭27の次（第四歌群末尾）
しのひてかたらふ人のたゝあらはれにあらはるゝをはいかゝおもふといひたるに（以下欠）

『和泉式部集』
しのびてあたら《ママ》ひたる人の、ただあらはれにあらはるるを、かかるをばいかが思ふ、と人の言ひたるに、八月ばかりに
風をいたみ下《ママ》葉の上になりしよりうらみてものを思ふ秋萩
（Ⅰ七一五）

⑮29～30

『和泉式部続集』

つれ〳〵のつきせぬまゝにおほゆる事おほかれは 藤大納言典侍 いかて〳〵わすれむこ□よなれし世のしのはれまさることのかす〳〵 返し　頼成朝臣 わすられはやすくすつへきなこりかとさらにかなしきあはれをそおもふ	**つれづれの尽きせぬままに、おぼゆる事**を書き集めたる、歌にこそにたれ。昼しのぶ、夕のながめ、宵の思ひ、夜中の寝覚め、暁の恋、これを書き分けたる 昼しのぶ 昼しのぶことだにことはなかりせば日を経てものは思はざらまし（Ⅱ一一二）
⑯31～32 **世中をえひたすらおもひはなれぬにも**　中将 すてやらぬたゝひとことのあ[は]れゆへまよはむみちのすゑそかなしき 返し　頼成朝臣 我のみやまよはむみちのすゑまてもおくれぬともとならむとすらむ	『和泉式部続集』 **世の中をひたすらにえ《も歟》思ひ離れぬ**やすらひに われすまばまた浮き雲・かかりなん吉野の山も名のみこそあらめ（Ⅱ一〇〇）
⑰33（第五歌群末尾） **さくらの花を人のおりてこれになくさめよとあれは** 頼成朝臣 うつりやすきためしをみする花にしも（以下欠）	『和泉式部続集』 南院の梅**花を、人のもとより、これ見てなぐさめよとあるに** 世に経れど君に遅れて折る花は匂ひて見えず墨染にして（Ⅱ四八）

例えば①の詞書は「人目になむつつむ、といへりければ」というものだが、それは『後撰集』の「心ざしをばあは

れと思へど、人目になむつつむ、といひて侍りければ」という詞書の後半部とほぼ完全に一致する。また④の「秋霧の立ちわたるつとめて、いとつらければ、このたびばかりなむいふべき、といへりければ」という詞書も、その下段に示した『後撰集』の詞書と、若干の言い回しの違いを除いてほとんど同文であると言えよう。それから⑧の「雨の降るか、つれづれとながむるに、昔あはれなりしことなどいふ人に」という詞書は、『和泉式部集』の「雨の降る日、つれづれとながむるに、昔あはれなりしことなど言ひたる人に」という詞書と大略同じであるし、⑦の「世の中に経じなど思ふころ」という詞書は、『和泉式部続集』の「世の中に経じなど思ふころ、幼き子供のあるを見て」という詞書の前半部と合致する。このように当該歌集の詞書を調べていくと、必ず『後撰集』『和泉式部集』『和泉式部続集』のいずれかの中に見出すことができるのであり、すなわち当該歌集の詞書は、それら先行する古典和歌作品からの引用らしいとみられるのである。

このことによって当該歌集の性格もようやく判明してこよう。まず所収歌がすべて二首一組の贈答歌であるという点、また作者が伏見院以下数名に限られているという点、やはりおそらくある時期に、伏見院周辺の京極派歌人の間で、互いに贈答歌を詠み合う類の催しがあったと認めるべきである。その際の詠歌の記録がつまりは当該歌集だったのだろう。そしてその贈答歌というのは、古典和歌作品の詞書を引用し、そこに示されたシチュエーションに基づいて自由な発想で詠み合っていくという、擬似的・創作的なものであったとみられるのである。

ここで当該歌集の詞書と、出典とおぼしき文献との関係をもう少し詳しくおさえておきたい。今し方も触れたように、当該歌集の詞書はすべて『後撰集』『和泉式部集』『和泉式部続集』のいずれかの中に見出せる。そのうち②は『後撰集』のほか『興風集』に、また⑤は『和泉式部集』と『和泉式部続集』の両方に見えるが、本文的にはわずかながらも、それぞれ『後撰集』及び『和泉式部集』の方に近いようである。それから⑩は『和泉式部集』以外に『玉葉集』にも見られるが、のちほど詳しく述べるように、当該歌集の成立は『玉葉集』成立以前と考えられるので、ここは除外して差し支えない。すると結局①②④⑥⑪の五例が『後撰集』、③⑤⑧⑨⑩⑫⑬⑭の八例が『和泉式部集』、⑦⑮⑯⑰の四例が『和泉式部続集』に一致していることになる。もっとも一言一句完全に一致する例というのは非常に稀で、ほとんどの場合、言い回しや表現などに何らかの異同が存在する。もしかするとそれらの中には、引用に際し意図的に手が加えられたものなども存するのかもしれないが、当時流布していた本文の問題なども絡んでくるので確実なことは現時点ではわからない。ともあれ当該歌集の詞書が、その頃伝わっていた『後撰集』及び和泉式部の家集から引用されたものであること自体は疑えないように思われる。

しかし、それにしてもなぜ『後撰集』であり和泉式部の家集であるのかと言うと、まず和泉式部に関しては服部喜美子氏が早くに指摘しているように(8)、十三代集中とりわけ『玉葉集』に多く採られているという事実がある。

歌集名	総歌数	入集数
新勅撰	1374	14
続後撰	1371	16
続古今	1915	3
続拾遺	1459	6
新後撰	1607	0
玉　葉	**2800**	**34**
続千載	2143	7
続後拾	1353	5
風　雅	2211	8
新千載	2365	5
新拾遺	1920	4
新後拾	1554	4
新続古	2144	3

各勅撰集の総歌数の違いを差し引いても、『玉葉集』の三十四首という入集歌数は、同時代の二条派による勅撰集と較べてかなりの好待遇だと言えるだろう。また黒岩三由里氏によると、『玉葉集』内部においてもその入集数は他の古典歌人の比ではなく、それどころか京極派の主要歌人に肩を並べるほどだという(9)。和泉式部に対する京極派歌人

の評価の高さがこれらのことから窺えるだろう。

それから『後撰集』の方であるが、『忠光卿記』康安元年（一三六一）六月六日条には次のような大変興味深い記事が見られる。

六日（略）伏見院宸筆三代集、古今者被遣関東了、二代集裏被摺写涅般経草子也、銘可被染宸翰之由、去年歟、自法皇被申之、此間閑可有御結縁之由被申云々、一合納数状、予依仰拝見、非凡眼之処及、打雲井紙也、歌道事御執心無比類、子細等委細被申之、道事被申置花園院並永福門院、此三代集被預申永福門院云々、凡歌道不過三代集、三代集内後撰集殊被執思食之由被仰也、此風体衰微時節者、可被成灰燼之由ナト被申請云々、

これは伏見院の歌道執心のほどを示す資料として従来よく知られているものである。その内容についてはすでに井上氏と岩佐氏[10]による詳しい考察があるので、今は要点のみを述べておく。すなわちここには、歌道のことは花園院と永福門院に申し置くこと、また伏見院宸筆の三代集は永福門院に預け置くこと、そして傍線部であるが、歌道においては三代集を最重要古典とし、中でも『後撰集』を愛すること、『後撰集』の風体が衰微するような時は灰燼とすべきこと、という伏見院の訓示とでも言うべきものが記されているのである。岩佐氏は最後のこの『後撰集』に関する条と、伏見院の和歌表現及び人格性とを結び付けて、その歌人としての指向性を明らかにしているが、ともあれ『忠光卿記』のこの記事からは、伏見院が『後撰集』に限りない愛着を持っていたらしいことが窺えよう。当該歌集で『後撰集』の詞書が取り上げられているのは、従って伏見院のそのような好尚の顕れだろうと考えることができそうである。

さて当該歌集の詞書にはもうひとつ、それ

歌群	歌番号	詞書出典（歌番号）	贈歌作者	返歌作者
第一	1～2	後撰集（一〇一八）	中宮大納言	藤大納言典侍
	3～4	後撰集（六三〇）	中将	藤大納言典侍

	5〜?	和泉式部集（四二一）	頼成朝臣	中将
第二	6〜7	不明	不明	頼成朝臣
	8〜9	後撰集（八二四）	頼成朝臣	藤大納言典侍
	10〜11	和泉式部集（一八一）	頼成朝臣	藤大納言典侍
第三	?〜12	不明	不明	不明
	13〜14	後撰集（九三八）	中将	頼成朝臣
	15〜16	和泉式部続集（三一三）	為兼卿	頼成朝臣
	17〜18	和泉式部集（二〇四）	藤大納言典侍	中将
	19〜20	和泉式部集（二一一）	中将	藤大納言典侍
	21〜22	和泉式部集（四九九）	中将	頼成朝臣
	22の次	後撰集（七三四）	不明	不明
第四	?〜23	不明	不明	不明
	24〜25	和泉式部集（五二八）	中将	藤大納言典侍
	26〜27	和泉式部集（八三三）	頼成朝臣	中宮大納言
	27の次	和泉式部集（七一五）	為兼卿	不明
第五	?〜28	不明	不明	不明
	29〜30	和泉式部続集（一一二）	藤大納言典侍	頼成朝臣
	31〜32	和泉式部続集（一〇〇）	中将	頼成朝臣
	33〜?	和泉式部続集（四八）	頼成朝臣	不明

らが引用されていく順番についての問題がある。各贈答歌における詞書と作者の組み合わせとを一覧にして上に示そう。

まず詞書出典の欄から確認していくと、第一歌群から第三歌群までは問題の三集がまさに混在していると言えよう。一方第四歌群と第五歌群とは、それぞれ『和泉式部集』『和泉式部続集』のみで一応まとまってはいるものの、しかしその詞書の順番となると、少なくとも『和泉式部集』『和泉式部続集』の内部の歌順どおりではなく、かといってそれ以外の規則性も特に見出すことはできない。このように詞書の引用される順番というのは、いずれの歌群でも不規則であるとおぼしく、こうした現象をどのように捉えればよいのか、明快な回答は残念ながら持ち合わせていない。ただ憶測混じりの私案であるが、当該歌集の贈答歌というのは例えば、探題和歌の一種だったと捉えてみるのはどうであろうか。飛鳥井雅有の『春の深山路』などからは、春宮時代の伏見院が探題の当座歌会をかなり好んでいたらしい様子が窺えるし、(11)また小林守氏によれば、その後も伏見院は三百首や千首といった大規模の探題和歌を主催していた由であるので、(12)当該歌集がそうであったという可能性も皆無というわけではなさそうである。もちろんその場合は、歌題の代わりに詞書がくじのように引かれていたということになる。このように想定してみれば、詞書の順番に規則性が認められないという問題も、贈答歌ごとに無作為に選ばれていった結果だったということで説明することができよう。

なおついでに述べると、当該歌集のもとになった京極派歌人の催し――贈答歌を詠み合う趣向の――というのは、萩谷朴氏が整理する(13)ところの問答体の歌合、具体的には『堀河院艶書合』の、

内にて、殿上の人人歌よむと聞こゆるに、宮づかへ人のもとに懸想の歌よみてやれと仰せ言にて

大納言公実

おもひあまりいかで洩らさむ奥山の岩かきこむる谷の下水　（一）

返し

周防内侍

いかなれば音にのみ聞く山河の浅きにしもは心よすらむ　（二）

のような形式に近いものだったと考えた方がわかりやすいのではなかろうか。また前掲一覧の今度は作者のところを見ていくと、先の詞書と同様にやはりその順番や組み合わせが一定していないことが知られる。この点についても萩谷氏が探番の歌合とされたもの、例えば『山家五番歌合』の、

山家五番歌合　天永三年四月晦日　歌人不分左右当座探得之

題　卯花　野草　郭公　五月雨　寄衣恋

作者　中宮亮藤仲実　左近衛中将源師時　木工頭同俊頼　皇后宮権亮同顕国　左少弁同雅兼　少納言藤定通
　前和泉守藤道経　木工助藤敦隆　阿闍梨大法師隆源　琳賢法師

のように歌人を左右に分かたずに、番ごとにくじを引かせて順番と組み合わせとを決定していく形式だったと捉えてみると、理解しやすいかと思われる。本論では最初に当該本を目にした時の印象から、ひとまず「贈答歌集」と呼んではいるが、それよりも以上のように探題探番の問答歌合だったとみた方が、あるいは本質に適っているのかもしれない。

成立事情

最後にその贈答歌を詠み合う催しが開かれた時期について考えてみたい。一般的にこのような場合、開催時期と歌がまとめられた時期とは大体同じか、そうでなくても近接しているはずだろうから、その答えを得るには当該歌集の記述を検討すればよいことになる。そうするとまず目につくのは「為兼卿」という作者名表記である。為兼がそのように「卿」を付されて呼ばれ得るのは、彼が参議に任じられた正応二年（一二八九）正月十三日（『公卿輔任』同年条）以降のことと考えられる。次に「藤大納言典侍」だが、岩佐氏によると為子がそう称するようになったのは、ほぼ正応二年（一二八九）四月二十五日以降、同三年（一二九〇）九月十三日以前のある時期からということである。[14]それからもう一人の作者「中宮大納言」は、別府節子氏の示教によると、西園寺実顕女でのち実兼養女になった女性であるという。しかし詳しい経歴はなお不明。先の永仁五年の歌合で右方の筆頭作者を務めていた点は注目されるが、そのほかの和歌活動としては、正応三年（一二九〇）九月十三夜に催された和歌会に、

（詠三首和歌）

（夕月）　中宮大納言

風のおとの吹きのみ増る哀より月にながめのうつる暮かな　（一〇）

（暁月）

いとど又哀そふ夜のけしきかな秋もくれゆく有明の影　（一一）

（夜恋）

つくづくとひとりおきぬ（ママ）て更くる夜の心のうちを思ひだにやれ　（一二）

のように出詠したことぐらいしか現在のところは確認できないようである。ただしいずれの催しも永福門院の中宮時代であるという点、「中宮大納言」と呼ばれる彼女がその頃の永福門院付きの女房だったということは間違いなかろう。その中宮大納言がそれこそ「中宮大納言」という呼称のまま掲載されているわけだから、当該歌集の催しは逆に永福門院の中宮時代に開かれたものと考えることができそうである。『女院小伝』などによると、永福門院は正応元年（一二八八）八月二十日に伏見天皇中宮となり、それから十年後の永仁六年（一二九八）八月二十一日に院号宣下されている。こうした永福門院の中宮在位期間と、為兼と為子に関する先程の条件とを突き合わせてみると、問題の催しが開かれたのはほぼ正応二、三年頃から永仁六年八月二十一日までの、約九年間のうちのいずれかの時点であったということになろう。もっとも前述したとおり、為兼は永仁四年五月から自宅籠居を続けており、さらに永仁六年正月には佐渡へ流されてしまうので、このような催しはそうした騒動以前に開かれていたと考えることもできそうである。その場合開催時期は最大であと二年少々絞り込まれることになる。いずれにせよ開催時期と当該歌集の成立時期とが、ほぼ正応・永仁年間に限られるという点についてはおそらくは動かないものと思われる。

ところで岩佐氏は、その正応・永仁年間を前期京極派の第一次模索期と、またそれに先立つ弘安年間の伏見院の春宮時代を揺籃期と定義している[15]。うち揺籃期においては伏見院近辺で文芸が非常に愛好されており、『源氏物語』などの古典摂取が盛んになされていたといい[16]、また続く第一次模索期には京極派の各歌人が『為兼卿和歌抄』の主張を具現化すべく、試行錯誤を繰り返しながら活発な和歌活動を繰り広げていたという[17]。ただ残念なことに第一次模索期のもので現存している作品の数は、従来知られる範囲内では必ずしも多くはなかった。当該歌集はそのような空白をわずかながらも埋める資料として、また揺籃期からの流れを汲む、第一次模索期における具体的な古典摂取の様相を明らかにする資料として、位置づけることができそうである。

それにしても古典和歌作品の歌ではなくて詞書を引用し、そのシチュエーションに身を置いて作者や登場人物たちになりかわり、自在に贈答歌を詠み合っていくなどという趣向は、少なくとも中世までの和歌作品ではおそらくはほかに例を見ないのではなかろうか。そのような特異な趣向を京極派歌人がなぜ用いたのかという点については、今後さまざまな角度から検討していく必要があろう。ただ現時点で一応考えられるのは、例えば『為兼卿和歌抄』に見られるような京極派の歌論を具現化するための、それはひとつの手段だったのではないかということである。心の絶対尊重を説く『為兼卿和歌抄』には定家の言説を肯定的に引用した、

中納言入道申しけるやうに、上陽人をも題にて詩をもつくり哥をもよまば、その才学をのみもとめてつゞけてよむうちにもよしあしおほけれど、ひとつわのうちなり。又それよりは心に入て、さはありつらむと思やりてよめるは、あはれもまさり、古哥の躰にも似也、猶ふかくなりては、やがて上陽人になりたる心ちして、なく〳〵ふるさとをもこひしう思、雨をもきゝ、あかし、あさゆふにつけてたへしのぶべき心ちもせざらむ所をも、能々なりかへりてみて、其心よりよまん哥こそ、あはれもふかくとをり、うちみる、まことにこたへたる所も侍べけれ、

といふに、委心をかし。されば恋ノ哥をばひきかづきて、人の心にかはりてもなく〳〵その心を思やりてよみけるとぞ。かやうにむかはぬ人の哥は、さは〳〵とも、おもしろきやうなるはあれど、いかにぞ、いふのそひ、いきおひのふかき事はなくて、古哥にかはれる事也。

という一節がある。簡単にまとめてみれば、例えば「上陽白髪人」という題で詩歌を詠む場合、何よりもその「上陽人」になりきることが大切であり、そうして心の底から詠むことによって初めてあるべき心の表現が生まれるのだ、といったあたりの内容となろう。このような『為兼卿和歌抄』の主張と当該歌集の趣向とは、他の人物になりかわり、なりきってその心を詠むという点で、通じ合うものを感じさせはしないだろうか。その意味において問題の、詞書の引用という特殊な行為は、彼らの歌論を実践するための、すなわちあるべき心を表現するための一手段ではなかったか、と思われてくるわけである。当該歌集が第一次模索期の作品であるということも、そうした見方の傍証ぐらいにはなりそうである。

以上、本論においては当該本の基礎的な考察に終始した。今後贈答歌そのものの内容と表現とをより詳しく検討していくことによって、京極派歌人の古典摂取の在り方をより具体的に把握することができるだろうし、のみならず京極派歌風の形成過程の一端をも明らかにし得るかもしれない。当該歌集の綿密な解釈こそが今後の課題であると言えよう。

注

（1）『東京大学史料編纂所写真帳目録Ⅰ』（一九九七年二月、東京大学史料編纂所）。

（2）なお『写真帳目録』によると写真帳の原本は個人蔵で、撮影は一九七一年に行われたという。ただその後、所蔵者の方は転居されてしまったらしく、いろいろと手を尽くしたものの最後まで連絡を取ることができなかった。従って原本の所在も現在は不明ということになる。所蔵者の方のご許可が得られないまま発表してしまうことについては、やはりいささか躊躇いを覚えもしたが、しかし原本の撮影がなされた時点で、おそらく学術利用は了承されていたのだろうと判断し、翻刻という形で取り上げてみる次第である。

（3）『公卿補任』永仁四年条・同六年条、及び『花園院宸記』正慶元年（一三三二）三月二十四日条などを参照。

（4）井上宗雄氏『中世歌壇史の研究　南北朝期』（一九六五年十一月初版、一九八七年五月改訂新版、明治書院）。以下井上氏の説は同書より引用する。

（5）岩佐美代子氏「京極派歌人一覧」（『京極派歌人の研究』所収、一九七四年四月初版、二〇〇七年十二月改訂増補新装版、笠間書院）。

（6）谷宏氏「永福門院に就いて――「中将」という御隠名――」（『歴史と国文学』一九四二年八月号）。

（7）伏見院・永福門院・為兼の順に掲げる。

〈伏見院〉

・国民精神文化研究所編『伏見天皇御製集』（一九四三年、目黒書店）

・次田香澄氏「京極派和歌の新資料とその意義」（『二松学舎大学論集』一九六二年度、一九六三年三月）

・同氏「近時出現の広沢切巻子本及び断簡（伏見院筆宸筆御集）について――付・翻刻」（『日本文学研究』第二十一号、一九八二年一月）

・同氏「広沢切攷――広沢切の現状と幾つかの問題（付・翻刻）」（『二松学舎大学論集』一九八三年度、一九八四年三月）

・同氏「広沢切の歌題、およびその考察」（『大東文化大学紀要〈人文科学〉』第二十三号、一九八五年三月）

・同氏「伏見院の書跡と書風――付・新出の広沢切その他――」（『日本文学研究』第二十六号、一九八七年一月）

・同氏「広沢切（伏見院宸筆御集）における初句および末句の考察――付・広沢切初句索引」（『大東文化大学紀要〈人文科学〉』第二十五号、一九八八年三月）

〈永福門院〉

・大野順一氏監修・小林守氏編『永福門院歌集・全句索引』（一九九〇年一月、私家版）

〈為兼〉

・岩佐美代子氏「京極為兼全歌集」（『京極派和歌の研究』所収、一九八七年十月初版、二〇〇七年十二月改訂増補新装版、笠間書院）

（8）服部喜美子氏「建礼門院右京大夫集の本質と玉葉・風雅集」（『愛知県立女子大学・愛知県立女子短期大学紀要』第十二号、一九六一年十二月）。ただし次に掲出する十三代集入集状況一覧は、『新編国歌大観』に基づき本論において作成し直したものである。

（9）黒岩三由里氏「『玉葉和歌集』における、古典歌人としての和泉式部の役割」（『駒沢大学大学院国文学会　論輯』第二十五号、一九九七年五月）。

（10）岩佐美代子氏「伏見院と永福門院――愛情生活と歌――」（『京極派歌人の研究』所収）。

（11）例えば五月二十七日条・七月五日条・八月十五日条・十一月三日条など。

（12）小林守氏「玉葉和歌集と探題和歌」（『明治大学日本文学』第二十二号、一九九四年九月）。

（13）萩谷朴氏『平安朝歌合大成　増補新訂　第五巻』（一九九六年十二月、同朋舎出版）。以下萩谷氏の説は同書に拠る。

（14）岩佐美代子氏「大宮院権中納言――若き日の従二位為子――」（森本元子氏編『和歌文学新論』所収、一九八二年五月、明治書院）。

（15）岩佐美代子氏「京極派作歌活動の時期区分」（『京極派歌人の研究』所収）。

（16）岩佐美代子氏「源具顕」（『京極派歌人の研究』所収）、同氏「伏見院宮廷の源氏物語――鎌倉末期の享受の様相――」（『古代文学論叢　第十四輯　源氏物語とその前後　研究と資料』所収、一九九七年七月、武蔵野書院）など。

（17）注（15）に同じ。

第三節　嘉元元年十月四日京極派歌合

嘉元元年十月四日開催の京極派歌合

乾元二年（一三〇三、八月五日嘉元に改元）閏四月、佐渡配流の身にあった京極為兼がようやく帰京したことで、それまで一条派の優勢に抗いかねていた京極派の和歌活動は俄然活気を帯び始めた。同月二十九日の、為兼の赦免を祝して行われた「仙洞五十番歌合」を皮切りに「五月四日歌合」「為兼卿家歌合」などを立て続けに開催、これらによって京極派和歌は一斉開花を果たしたという(1)。近年盛んに和歌集成がなされている『伏見院三十首』(2)もこの年に企画・詠進されたものである。

そのような中で、作品そのものはいまだ確認されていないものの、同年十月四日にも伏見院周辺で歌合のあったらしいことが『為兼卿記』(3)同日条によって知られる。

四日、御哥合、左方、御製・新院御製・予、右方、女院御哥・権大納言三品・藤大納言典侍也、題、朝庭・夕野・夜山、隠名衆儀(ママ)判也、不定合手、面々一首一巡被合之、御製一首御勝、二首御持、新院御製御勝一首、御持一首、御負一首、予勝二首、負一首、簾中御負也、凡無非透逸(ママ)、珍重々々、万代之美談、可為此事之由有其沙汰、愚詠、

朝庭勝暁の時雨の餘波ちかゝらし庭の落葉もまたぬれてみゆ

夕野 負 都思ふ涙も不堪くさまくら夕露もろきのへのあらしに

夜山　吹しほるあらしをこめて埋らし深行山そ雪にしつまる

この記事によると同日、伏見院（御製）・後伏見院（新院御製）・為兼（予）を左方、永福門院（女院）・親子（権大納言三品）・為子（藤大納言典侍）を右方として「朝庭」「夕野」「夜山」三題の隠名衆議判による歌合が催されたという。「不定合手、面々一首一巡被合之」とあるので、左方と右方とをいわば総当たり的に番わせていたようである。その結果については左方の分しかわからないが、伏見院が勝一・持二、後伏見院が勝一・持一・負一、為兼が勝二・負一。このことから一人が三題を一首ずつ詠んだとみられ、それが六人いるわけだから、全体の規模は九番十八首だったという計算となろう。しかしここに記されているのは残念ながら為兼の歌三首だけである。なおそのうち「朝庭」題と「夜山」題の二首は、伏見院（左）と為兼（右）の秀歌撰的歌合とされる『金玉歌合』にそれぞれ、

廿六番　冬　左

嵐のみ答へぬ枝に吹き過ぎて木の葉のあとの山ぞ寂しき　（五一）

右

暁の時雨の名残近からし庭の落ち葉もまたぬれて見ゆ　（五二）

卅番　左

埋もるる松のしづえやこれならむ岡辺に近き雪のひとむら　（五九）

右

吹きしをる嵐をこめて埋づむらし更けゆく山ぞ雪にしづまる　（六〇）

のように収められている。

さてこの『為兼卿記』の記事に基づき、井上宗雄氏は歌合開催の事実を、十月四日には歌合があった。左は伏見・後伏見・為兼、右は女院・親子・為子。朝庭・夕野・夜山三題各人三首で隠名衆議判。すべて秀逸であったという。為兼の歌が卿記に見える。

のように簡潔に指摘した。(4) また岩佐氏は為兼詠三首を具体的に取り上げ、

「ちかからし」「夕露もろき」「吹きしほる」など、京極派の特異表現が成熟した歌語として一首の中に安定した姿を見せ、特に「夜山」詠は、佐渡体験を普遍的な大自然のたたずまいそのものにまで止揚して深い静寂の美をうたった、彼生涯の秀作の一つである。

と論じた上で、

（「夜山」詠と）「朝庭」詠が勝を得、のちの金玉歌合にも入っているのに対し、直接に佐渡体験を露わにふまえて格別に難もない「夕野」詠が、相対的な判定にもせよ負となり、金玉歌合の選にも洩れている事からは、帰洛当初の感傷、述懐はすでに過去の事となり、伏見院はじめ京極派グループ全員が、次々と生み出される新しい歌境にいきいきと立ち向かっているであろう雰囲気が感じられる。

ということをこの歌合から看取した。しかし歌合そのものの伝本が確認されてこなかった現状、これ以上の考察を加えることはさすがに困難だったと言わざるを得ない。

伝伏見院筆巻子本の部分図版

ところが『大辻草生・雷庵両家所蔵品入札目録』（一九三四年三月三日、京都美術倶楽部）なる売立目録には、「伏見帝

御震翰《ママ》　歌合巻」（一三四）という雲紙巻子本の図版が掲載されていた。見出しに「天地一尺　長サ七尺八寸七分」とあるのによれば、原寸はほぼ縦三十cm×横二百四十cm。ただし図版化されているのはその一部に過ぎず、比率計算の結果からは百二十二cm分、つまりはちょうど半分である。実際に伏見院筆かどうかはなお検討を要するとして、確かに筆蹟自体は鎌倉時代末期頃の特徴を備えているようである。翻刻は次のとおり（便宜上歌頭に通し番号を付す）。

哥合　当座

題

朝庭　夕野

夜山

作者

講師

読師

判者　衆議隠名

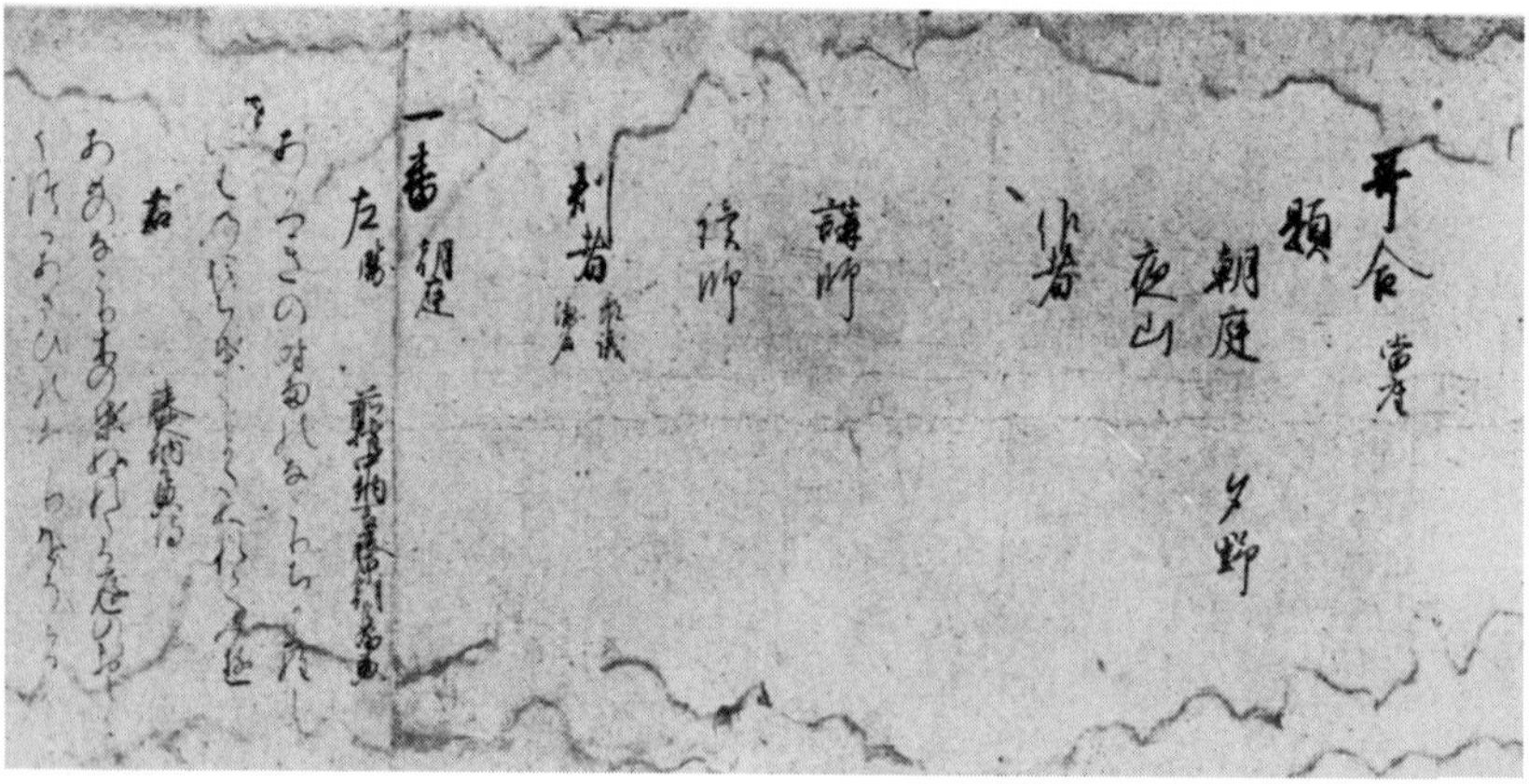

一番　朝庭

左勝　前権中納言藤原朝臣為兼

1あかつきの時雨のなこりちかゝらし
にはのをち葉もまたぬれてみゆ

右　藤大納言典侍

2あめのなこり木の葉ぬれたる庭のおもに
うつるあさひのひかりをそみる

二番

左勝　左近衛権中将藤原朝臣範春

3いてそむる木間の日かけさむくおちて
しもきえのこる朝あけの庭

右　従三位親子

4このはしくあさけのにはに時雨して
冬すさましきよもの色かな

三番

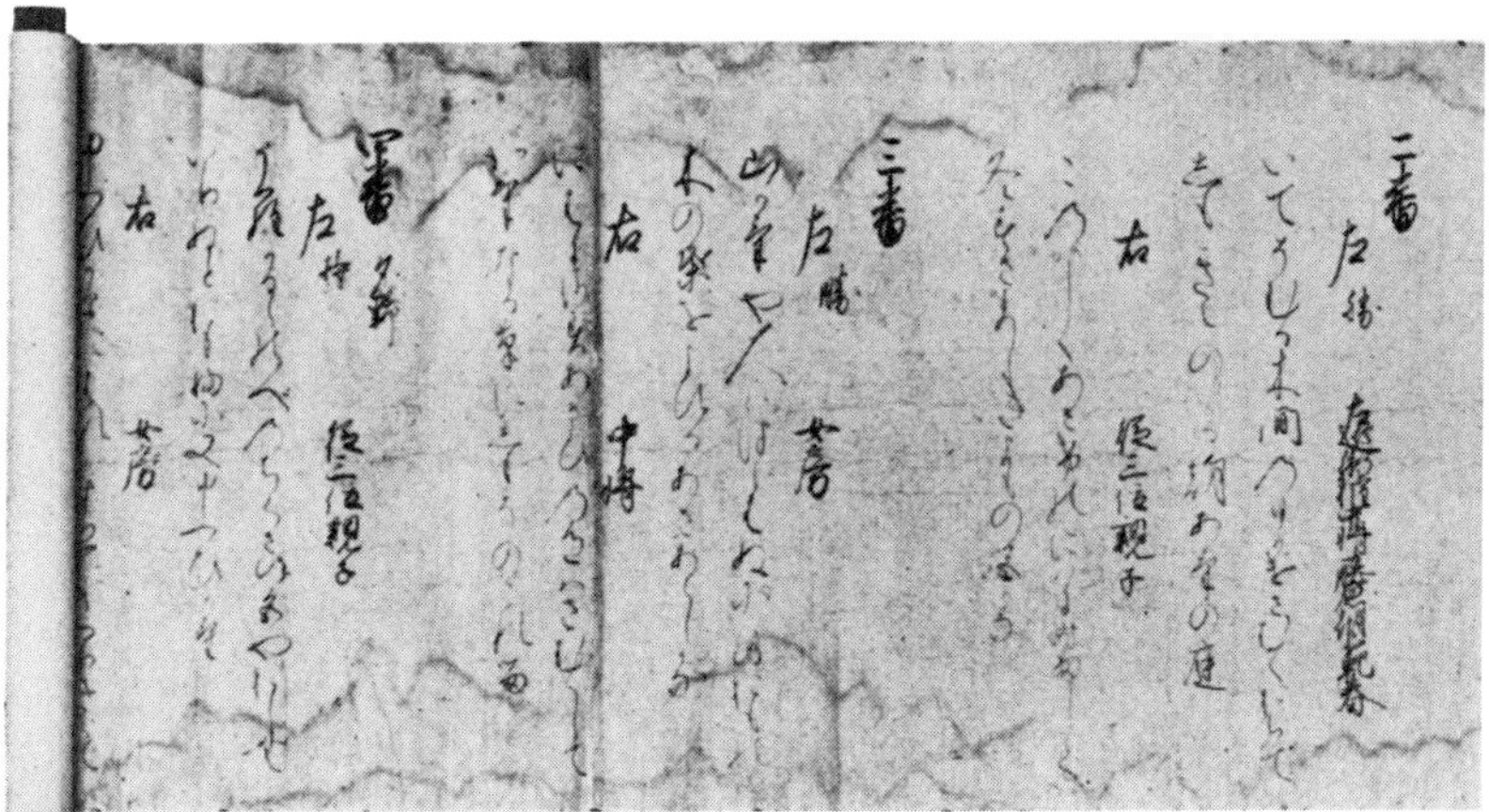

左勝　女房

5山かけや人ははらはぬにはのおもの
木の葉をよするあさあらしかな

右　中将

6にはにさすあさひの色はさむくして
かけなる草にしもそのこれる

四番　夕野

左持　従三位親子

7うらかるゝのへのちくさの色やおしむ
いりぬとおもふに又ゆふひかけ

右　女房

まず作者の中に京極為兼（1）・藤大納言典侍（＝為子、2）・親子（4・7）などの名が見られる点、これが京極派に関わる歌合であるらしいことは容易に推察されるだろう。よって3の「左近衛権中将藤原朝臣範春」と6の「中将」も、他の京極派の歌合同様、それぞれ後伏見院と永福門院の隠名であると考えてよいことになる。(5) また5及び7の次の作者「女房」であるが、うち5は『伏見院御集』（以下同集は新編国歌大観に拠る）に、

朝庭

山陰や人は払はぬ庭の面の木の葉をよする朝嵐かな　（一九六〇）

として見えるので、それは伏見院の隠名だったとみられよう。なお『伏見院御集』におけるこの直後の歌は、

夕野

夕日影尾花が末に移り消えて野辺もの寒き冬枯れの色　（一九六一）

というものである。「夕野」というのは当該歌合の二つ目の歌題と一致しており、「女房」すなわち伏見院も四番右で詠んでいる。もっとも肝心の歌は知られないのだが、しかしながら翻刻では示し得ないだけで、図版では上句の行の右半分がわずかながらも現れている。その本文を、右「夕日影……」の歌を念頭に置きながら注視してみると、確かに「ゆふひかけ□はなかすゑに□つりきえて」と読めるようである。当該歌合の七番右にあったのは、従ってこの「夕日影……」の歌だったとみて間違いなかろう。

さてもはや言うまでもなかろうが、当該歌合は前掲『為兼卿記』に見える「嘉元元年十月四日歌合」そのものであると思われる。それは顔触れからして歌題からして、加えて共に隠名衆議判であることからして、さらに当該歌合「朝庭」題の、

あかつきの時雨のなこりちかゝらしにはのをち葉もまたぬれてみゆ　（1）

という為兼詠が『為兼卿記』の一首目（及び『金玉歌合』五二）と一致することからして、まずは間違いないところだろう。「十月四日歌合」における伏見院の勝一・持二、後伏見院の勝一・持一・負一、為兼の勝二・負一という結果も、当該歌合の知られる限りのそれ（「朝庭」題では三者ともに勝、「夕野」題では伏見院が持）とは矛盾もしていない。また当該歌合には「冬すさまじきよもの色かな」（4）といった冬歌的な表現がまま見られるが、それも詠まれたのが十月だったからということで納得がいく。ただ唯一不審に思われるのは、「十月四日歌合」では左方であるはずの伏見院と、右方であるはずの親子とが、当該歌合の四番においてはそれぞれ左右を逆にして詠んでいることであり、こ

れについては現時点ではよくわからない。あるいは先に触れた「不定合手、面々一首一巡被合之」ということと何か関係があるのかもしれないが、しかし左方と右方とを総当たり的に番わせた場合でも、その左右まで変える必要はないようにも思われる(6)。なお後考を俟ちたい。

規模と意義

ともあれ以上をまとめれば、当該歌合は嘉元元年十月四日に京極派の主要歌人らが催したもので、当座の隠名衆議判、九番十八首が全体の規模。うち問題の図版から知られるのは『伏見院御集』を援用して四番右の八首目まで、すなわちおおよそ半分である。前述のとおり図版化されているのは分量的にもちょうど半分であるから、原本たる巻子本は完本だったとみられよう。

また諸資料によって判明する歌を歌人別に整理しておくと、為兼三首、伏見院・親子が二首ずつ、後伏見院・永福門院・為子が一首ずつである。ちなみに伏見院の不明歌は「夜山」題の一首であるが、『伏見院御集』には、

夜山

峰近み軒端もわかず暗き夜の山の響きは松風ならし　（二〇五四）

という歌が存する。当該歌合での詠かどうかは必ずしも明らかではないけれども、可能性としては考えてみてもよいだろう。

京極派の和歌活動が質量ともに充実・高揚していたこの時期の催しの中でも、「凡無非透逸《（ママ）》、珍重々々、万代之美談、可為此事」と評される程の出色の出来映えでありながら、従来は窺い知ることのできなかったその具体的内容

が、以上のようにたとえ半分でも明らかになったことには相応の意義があるはずである。今後その所収歌の表現を分析していくことで、当時の京極派歌人の和歌的達成度をより明確に把握し得るようになろうかと思う。

注

（1）岩佐美代子氏「京極為兼の和歌」（『京極派和歌の研究』所収、一九八七年十月初版、二〇〇七年十二月改訂増補新装版、笠間書院）。以下岩佐氏の説は同論に拠る。

（2）詳しくは拙稿『散佚歌集切集成　増訂第一版』（日本学術振興会科学研究費補助金・基盤研究（C）「古筆切をはじめとする散佚歌集関連資料の総合的調査・研究」研究成果報告書別刷、課題番号一六五二〇一二六、二〇〇八年三月）、及び日比野浩信氏「伝顕昭筆『伏見院三十首』切の新出断簡」（『汲古』第五十五号、二〇〇九年六月）などを参照されたい。

（3）本文は浜口博章氏『陽明文庫蔵為兼卿和歌抄　京都大学附属図書館蔵為兼卿記』（一九七九年七月、和泉書院）に拠る。

（4）井上宗雄氏『中世歌壇史の研究　南北朝期』（一九六五年十一月初版、一九八七年五月改訂新版、明治書院）。

（5）谷宏氏「永福門院に就いて――「中将」といふ御隠名――」（『歴史と国文学』一九四二年八月号）に拠る。

（6）佐々木孝浩氏「中世歌合諸本の研究（三）――乾元二年為兼卿家歌合について・附校本――」（『斯道文庫論集』第三十四号、二〇〇〇年二月）によると、京極派歌合では方人が固定せず左右に異動することがしばしばあって「同派の特徴の一つに加えても良いのかもしれない」という。ただし「十月四日歌合」では方人自体は固定されていたようなので、同列には扱えないようである。

第四節　庭林集

伝称筆者未詳残簡

有吉保氏蔵資料の中に、大変興味深い内容を持つ未詳私撰集の残簡がある。(1) 氏の紹介によると残存するのは「列葉装一葉半十四首」で、その記載内容から鎌倉時代末期頃に「鷹司基忠と近い関係にある者」によって撰ばれたものと推されるという。先般、氏の格別のご好意によって実地に調査したところ、有吉氏蔵残簡は確かにもと列帖装だった両面書写の四面分の一枚と、その縦半分のやはり両面書写の二面分の一枚とから成っており、一面分のサイズは縦二十五・二cm×横十六・〇cmである。うち四面分の一枚の方は典籍だった状態時、どちらが右側の丁でどちらが左側の丁だったのか（言い換えれば図版一と図版二のどちらが内側を向いていてどちらが外側を向いていたのか）判然としないけれども、現在の折り癖に従って図版一の左面を右側の丁のオモテ面、図版二の右面を同ウラ面、図版二の左面を左側の丁のオモテ面、図版一の右面を同ウラ面とみておきたい。またその折り目は丸みを帯びており、列帖装の括りの中でも外側近くに綴じられていたと推されようから、図版二の右面（＝右側の丁のウラ面）と図版二の左面（＝左側の丁のオモテ面）とは内容的には連続していないと認めるべきだろう。一方の二面分の一枚についても同様に、両面書写のどちらがオモテ面でどちらがウラ面だったかという問題が生じるが、これは確定的に図版三をオモテ面、図版四をウラ面と位置づけることができそうである。と言うのは図版三は「ふちのすゑはをなをやかこたん」という下句で始まっており、図版四は「高階邦泰」という作者名表記で終わっているので、図版四から図版三へと続いていくことは決してないはずだからである。以上を踏まえて翻刻を示すと次のようになる（便宜上歌頭に通し番号を付す）。

〈第一歌群〉

題不知
法眼宗円
1春口山神のめくみもさかへ行影
をそたのむきたの藤なみ
前大僧正聖忠
2うきみにもさしてそたのむみかさ山
神のめくみをあふく心に
神祇哥の中に
前大僧正聖兼」図版一左面
3くもりなく世をてらせとや春の日の
ひかりをやまの名にさためけむ
前大僧正公澄
4すみまさるこゝろの水のきよければ

図版一

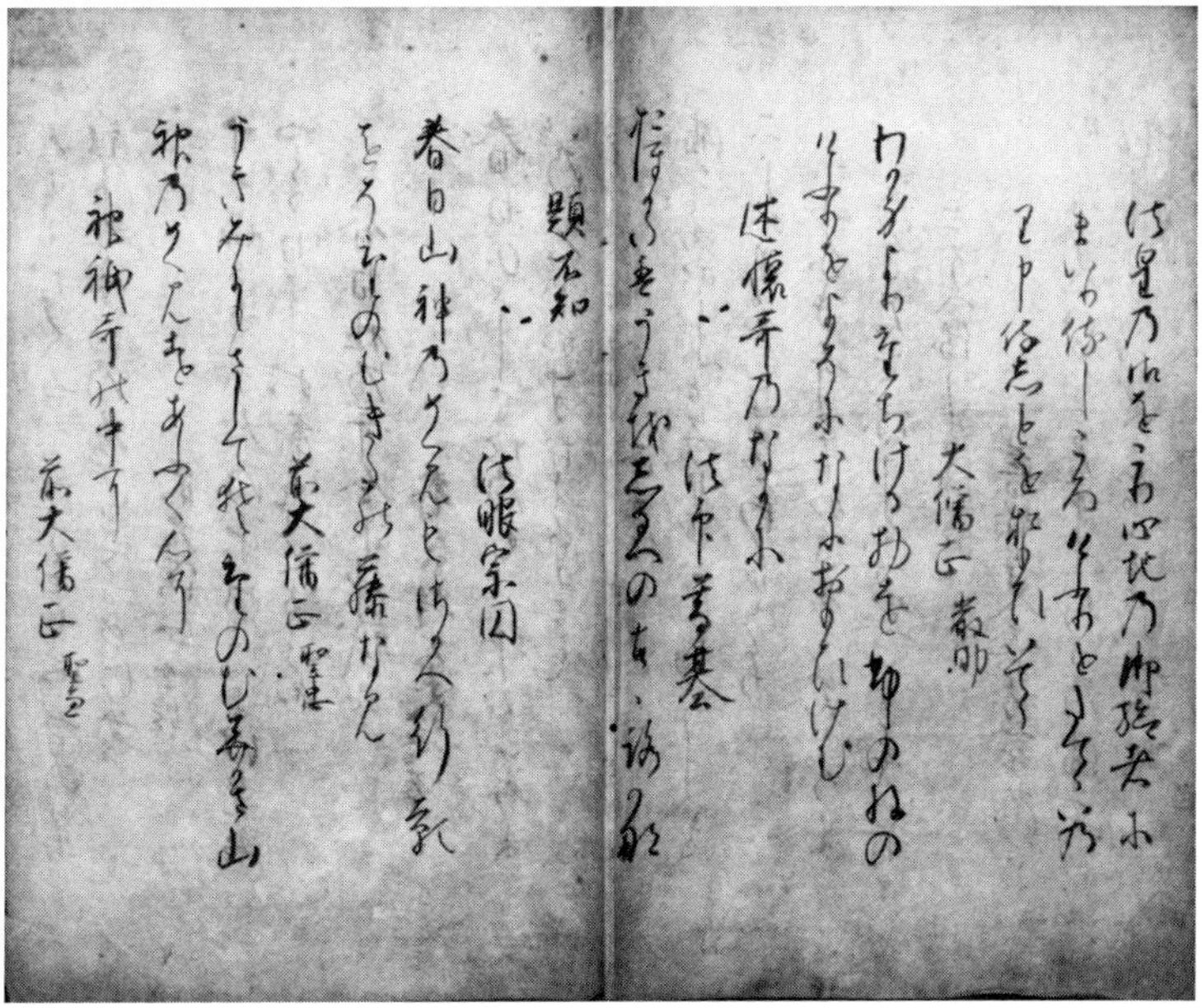

やとる日よしの影そくもらぬ
　春日社の哥合に神祇を
　　春宮権大夫冬基
5春日のさしてたのむと神はみよ
　いのる心はかすならすとも」図版二右面

〈第二歌群〉

　　　　正三位経尹
6浦ちとりかよふとみれとたまくしけ
　二よのあとはなをわかれけり
　　ふるき哥ともかきあつめたるも
　　のを見せ侍しをかへすとて一首
　　をそへ侍しかは
　　　　普賢寺入道前摂政家少納言
7かゝらすはいかてか見ましわかの浦に
　むかしたちつく君かことの葉」図版二左面
　　法皇の御をこり心地の御験者に
　　まいり侍しころけふりをたてゝいの
　　り申侍しことをおもひいてゝ

図版二

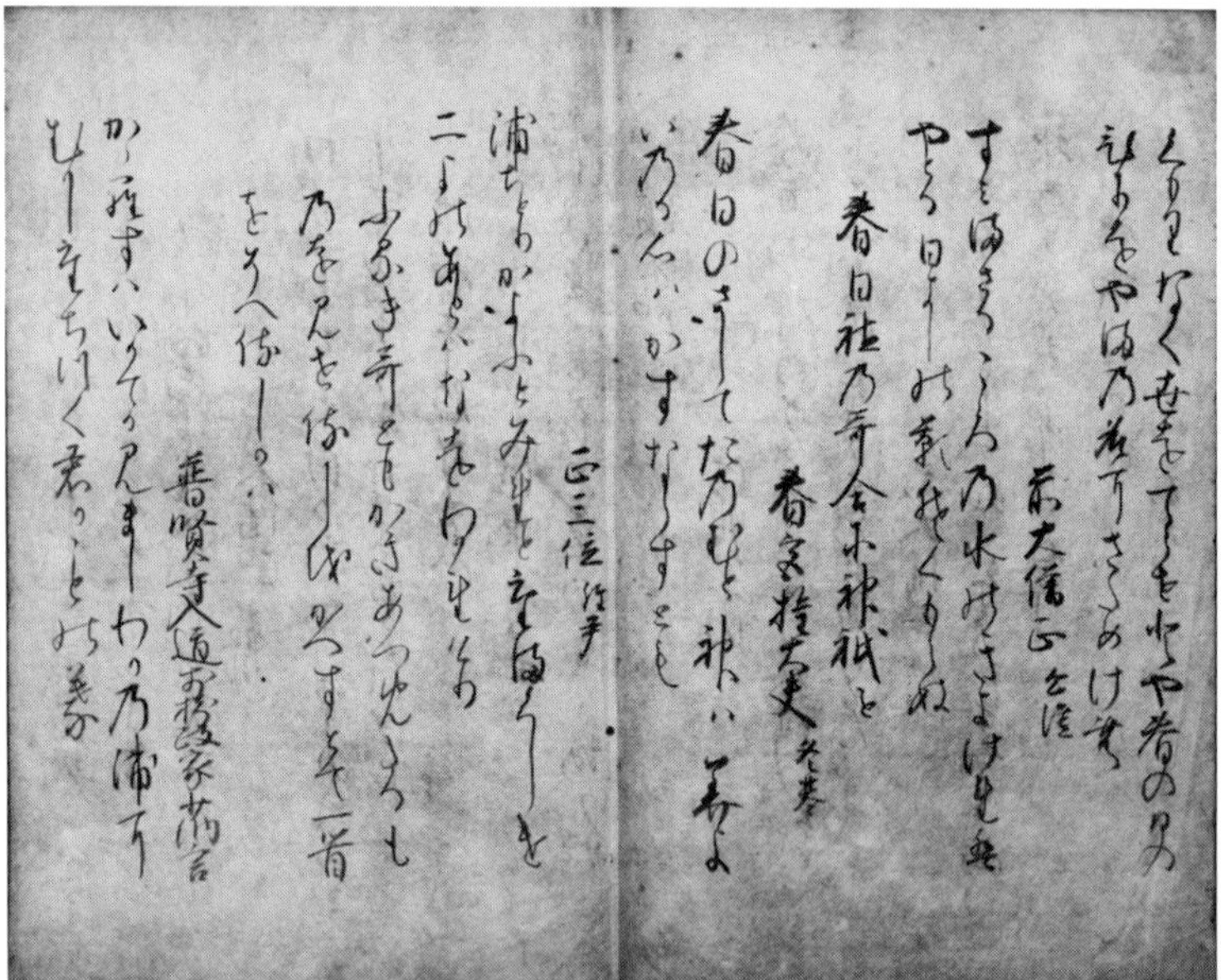

大僧正厳助
8わか身よりたちける物をふしのねの
けふりをよそになにおもひけむ
述懐哥のなかに
法印尊基
9おほかたはうきをしるへのこゝろかな」図版一右面

〈第三歌群〉

10ふらのすゑはをなをやかこたん
五百番哥合に懐旧の心を
藤原親方
11うき身にはそれやおもひいてたらちねの
おやのおやまてありしいにしへ
前大僧正聖忠
12なにことを思いてとしはなけれとも
しのふるかたはむかしなりけり
法印良信」図版三
13なにことのすくれはとてもしのはれて
ありしむかしのこひしかるらん

図版三

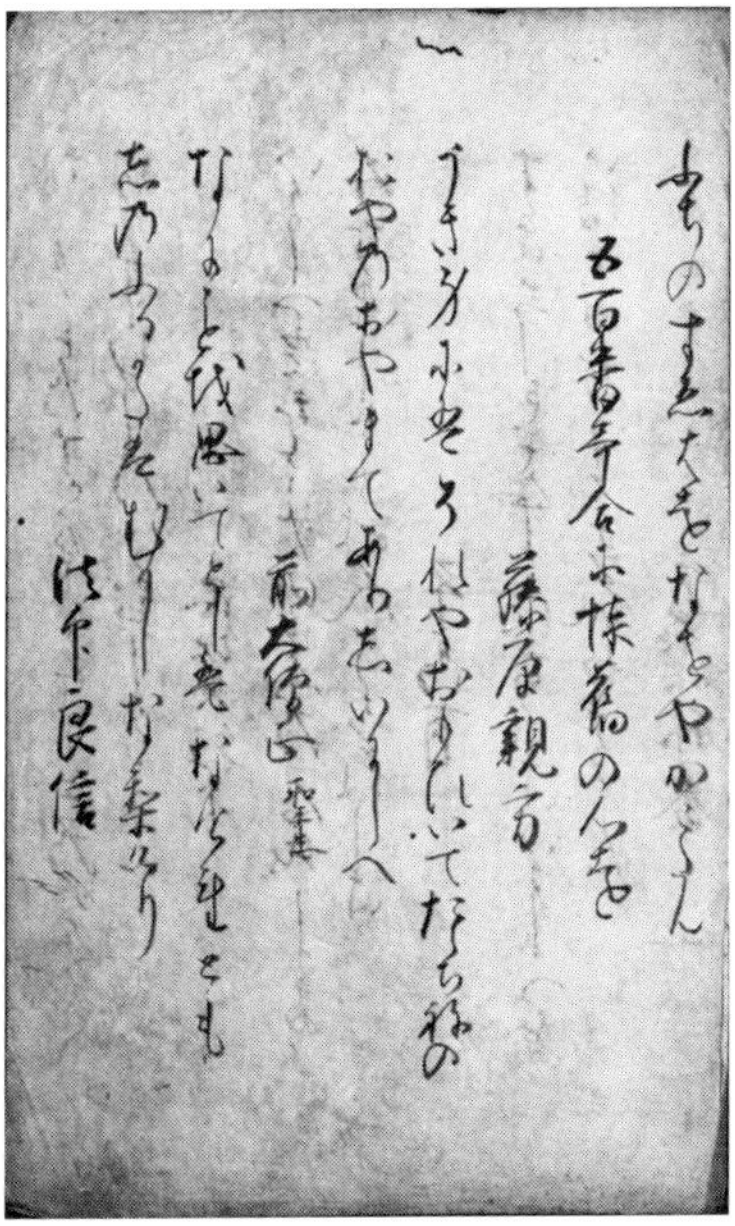

忠資朝臣
14いにしへはたゝめのまへの心地して
みなれしよゝの人そこひしき
平高有
15すきこしもさすかにちかきいにしへを
いまよりなにとこひわたるらん
高階邦泰」　図版四
16（歌欠）

この翻刻の順序は有吉氏による最初のそれと同じであるが、第一歌群から第三歌群までをより明確に分けた点、及び9と10とを別々の歌と扱った点、15の次の作者名表記だけの歌にも歌番号を振った点だけ異なっている。そのため歌番号は有吉氏よりも二首多い16までとなっている。

さて右のような残簡について有吉氏は、まず作者の中に鷹司兼平（一二二八～一二九四）の系統の者が五人もおり、しかもうち四人は鷹司基忠（一二四七～一三一三）男でもあることを指摘して「この比較的小さい部立の中であるにもかかわらず鷹司一門が集中している」点に注意を喚起した。確かに鷹司家の略系図は次頁のようになっており、有吉氏蔵残簡3の聖兼が兼平弟（異母弟）であること、また5の冬基・2と12の聖忠・9の尊基・13の良信がいずれも基忠男であることが知られよう。それに加えて有吉氏はまた、聖兼・聖忠及び1の宗円・16の高階邦泰が嘉元三年（一三〇五）成立の『続門葉集』や正安二年（一三〇〇）成立の『遺塵集』にも入集していることをも指摘し、結果前述の

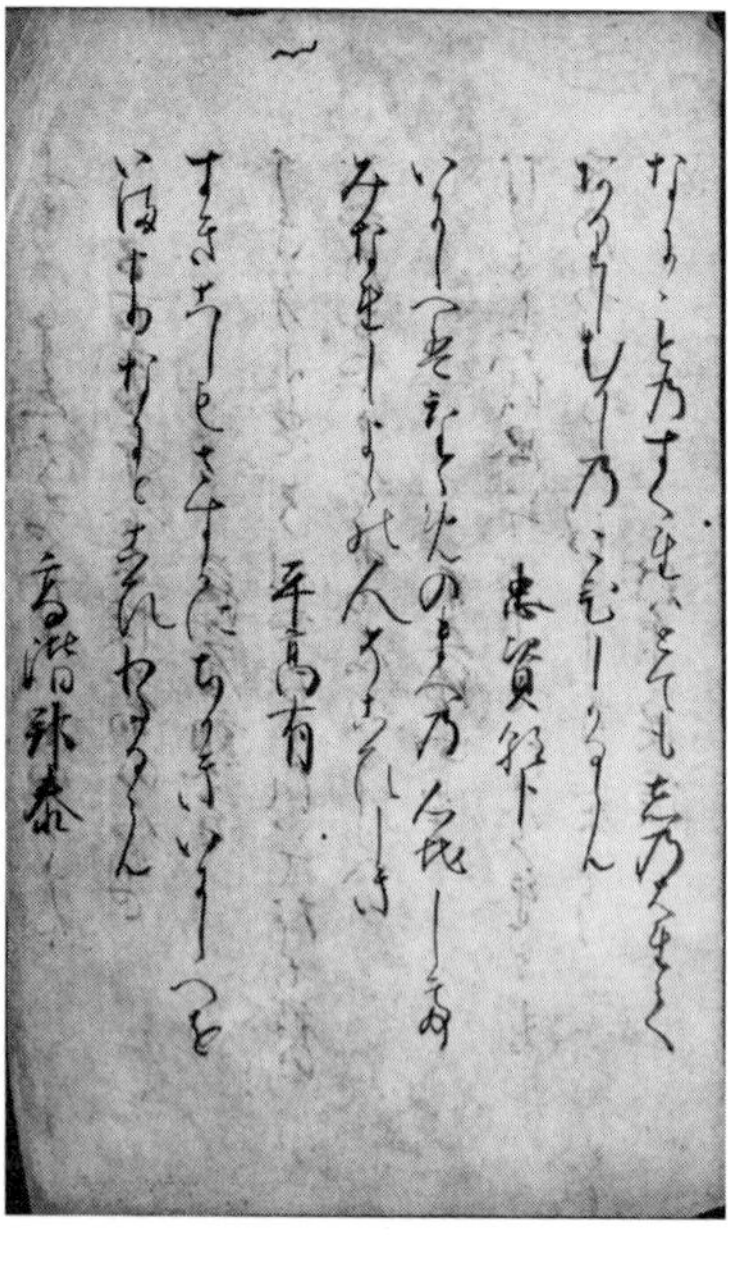
図版四

- 近衛基通
  - 家実
    - 家通
    - 家輔
    - 兼経
      - 基平
        - 家基
    - **鷹司兼平**
      - **基忠**
        - 冬平
        - **冬基**
        - **聖忠**
        - **良信**
        - 道珍
        - **尊基**
        - 慈兼
        - 増基
        - 禅基
        - 増静
        - 聖尋
        - 良聖
      - 兼忠
      - 静誉
      - 慈基
    - 聖実
    - 実静
    - 慈禅
    - 増忠
    - 澄誉
    - **聖兼**

ように、

本残葉は、両集とほぼ同じ時代であるか僅かに遅れて成立した鎌倉末期の私撰集であり、鷹司基忠と近い関係にある者が撰者として想定されるように思う。

と説得的に論じたのだった。

庭林集

有吉氏蔵残簡がそのような性格の私撰集だったとして、しかし具体的な作品名は依然不明のままだった。ところが実は彰考館徳川博物館蔵「本朝書籍目録」には、次のような注目すべき記載が存していたのである。(2)

109　庭林集十巻大閤鷹司家中所読之歌集之

これによって「大閤」たる鷹司家において詠まれた歌を集めた『庭林集』という散佚私撰集の存在が明らかとなろう。一方、鎌倉時代末期の春日若宮神主たる中臣祐臣の家集『自葉集』には、

鷹司のおほきおほいまうちきみの春日社哥合に郭公

入庭林なきすつるたゝ一こゑも身にそひてこゝろにすきぬほとゝきすかな　（巻三・夏・一〇六）

という一首が存し、集付によって当該歌が「庭林」に入集していたことが知られる。この「庭林」と右目録伝えるところの「庭林集」とは、同一作品とみておそらく間違いないだろう。当該歌の詞書に「鷹司の太政大臣の春日社歌合に」とある点も、右目録の「大閤鷹司家中所読之歌集之」とよく合致していると言えよう。

ところで本書第二章第六節で詳しく論じているように、『自葉集』における「入庭林」といった注記の類は正和二年（一三一三）七月七日以降、ほぼ文保年間以前に祐臣自身によって施されたものとみられる。それに加えて、文保年間（一三一七〜一三一八）頃の成立とされる冷泉家時雨亭文庫蔵「私所持和歌草子目録」にも、

一　打聞

………　………

聞底抄　洞花抄

庭林集　社壇抄

月詣集　松風集

………　………

のようにあるので、これらの点から『庭林集』が、少なくとも文保年間以前には成立していたことが確認されよう。

すなわち鷹司家関連という性格と、鎌倉時代末期以前という成立時期のふたつの点で、『庭林集』と有吉氏蔵残簡とは非常によく重なり合っているわけであり、ここにおいて両者同一作品だったという可能性が急浮上してきたと言えよう。

そこでさらなる徴証を求めて、有吉氏蔵残簡の記載内容をもう少し詳しくみてみると、7の作者の「普賢寺入道前摂政家少納言」は有吉氏も「藤原基通家の女房か」としているように、兼平の祖父にして基忠の曾祖父たる近衛基通（一一六〇～一二三三）に仕えた女房だったと考えられる。従って確かに7も「大閤鷹司家中所読」の歌だったということになる。一方、5の作者名には「春宮権大夫冬基」とあり、また6の作者名表記には「正三位経尹」とある。基忠二男の冬基が春宮権大夫であったのは嘉元二年（一三〇四）正月十四日から延慶元年（一三〇八）八月二十六日までの間であり、世尊寺経尹が正三位であったのは永仁二年（一二九四）四月十三日から徳治元年（一三〇六）二月五日までであるので（ともに『公卿補任』）、両者付き合わせて有吉氏蔵残簡記載作品は嘉元二年（一三〇四）正月十四日から徳治元年（一三〇六）二月五日までの間の成立だったと推定できよう。これも確かに文保年間以前という『庭林集』の成立時期と齟齬を来さないようである。

以上の徴証からすると、有吉氏蔵残簡が『庭林集』だったという可能性は相当高いと言えそうで、おそらくはそうと認めて間違いないかと思われる。そこで以下本論では有吉氏蔵残簡を『庭林集』として扱ってみることにしたいが、さてそうすると実はもうひとつ、あるいはこれも『庭林集』を書写内容としているのではないかと疑えそうな古筆切が見出されてくる。有吉氏蔵残簡とは別種たる、伝中臣祐臣筆の未詳私撰集断簡がそれである。

伝中臣祐臣筆断簡

本書第二章第六節で詳しく論じているように、祐臣は鎌倉時代末期の春日若宮神主である。その祐臣を伝称筆者とする未詳私撰集の断簡が現存する古筆資料中に含まれており、論者はこれまでに都合十葉を確認し得ている。ただし次述のとおりその筆蹟は二種に分かれるようなので、翻刻は第一種・第二種と区別し掲出してみることにする。

〈第一種〉

断簡A（個人蔵手鑑所収、紙背文書あり）

　　　　近衛関白前右大臣

17ふりにける神よのはるをみかさやま
　あとまてのこすはなのしら雪

　　見花思昔といふことを
　　　　民部卿兼行

18おもひいてゝこゝろにそむるいにしへの
　はるこそはなの色にみえけれ

断簡B（星名家蔵二号手鑑所収、縦二十九・八㎝×横八・八㎝、紙背文書あり）

19ちりのこる花のゆくゑをたつぬれは
　よしのゝたきにかゝるしら雲

落花　　　高階時家

20ちるはなを庭にもとめすふきたてゝ
よその木すゑにゝほふはるかせ

断簡C（出光美術館蔵手鑑『浜千鳥』所収、寸法未詳、紙背文書あるか）

従三位房通

21なかむれはおほろ月よのかけもうし
くれゆくはるのなこりのみかは

海辺暮春といふことを

22（歌欠）

断簡D（永青文庫蔵手鑑『墨叢』所収、縦二十九・四cm×横十一・三cm、紙背文書あり）

鵜河を　　　惟宗時俊朝臣

23大井かはゝやせのなみのうかひふね
のほりもはてすあくるみしかよ

蛍を　　　高階時方朝臣

24あしねはふさはへのはたるよをへてそ
きえぬおもひのほともみえける

断簡E（美保神社蔵手鑑所収、縦二十九・五cm×横十三・三cm、紙背文書あり）

前中納言経親

25ひにそへて秋こそふかく成ぬとも
　あはれはいまにいかゝまさらん
　　九月十三夜に詠侍ける
　　　　　　歓喜苑前摂政家伊与
26なにしほふ月にとはゝやいにしへの
　みぬよの秋もかくやさやけき

断簡F（久曾神昇氏『私撰集残簡集成』57、縦二十七・八cm×横十五・〇cm、紙背文書あり）

27□なをあけくれもいそかまし
　しの□中のわかれなりせは
　□恋を　　　前中納言冬良
28おもかけはとまらぬけさのわかれちに
　のこる《も》つらき我いのちかな
　　　　　　前大僧正聖兼
29きぬ〳〵のなこりをゆめとおもへはや
　けさはこゝろのうつゝともなき

断簡G（観音寺蔵手鑑所収、縦二十八・六cm×横十四・三cm、紙背文書あり）

30すきぬるかあしやのおきの浪まより
　ほのかに見えてわたる舟人

旅泊夢といふことを
藤原経行朝臣
31舟とむるかとりのうらのなみまくら
うきねのとこにいくよあかしつ
藤原親方
32ふかき夜のゆめちもたえてなみまくら
うらぬるなかにかよふうらかせ

〈第二種〉

断簡H（国文学研究資料館編『古筆への誘い』10、縦二十九・四cm×横十九・二cm、紙背文書なし）

百首哥に　右大臣
33むめかえに吹はるかせをしるへにて
はなのやとゝふうくひすのこゑ
中院に三十首哥めされ侍し時朝霞を
春宮権大夫冬基
34けさもなをはれぬ雪けの雲のうへに
かすみそへたるはるの山のは
鶯を　法印良信
35（歌欠）

断簡Ｉ（『春日懐紙』『墨美』[3]所収、寸法未詳、紙背中臣祐春和歌懐紙）

照念院入道前関白太政大臣

36みかさ山みれはかすめるみねつゝき
みとり色そふまつそなみたつ

前大僧正聖忠

37あつさゆみはるの山辺にを□
まつたなひくはかすみなり[けり]

あしたの鶯といふ心をよみ侍ける

前大僧正聖兼

38かすみしくたにのあさとのあけたて[は]
おりはへきなく鶯のこゑ

野若菜といふ心を　読人不知

39風さむみなを□さへてとふ火野に
[ゆ]きのたえ〳〵わかなつむなり

春草を　前大納言為氏

40今よりはみとりしられてか□
雪まのくさのしたにもえ□

五十首の哥のなかに

藤原仲久

41もえいつる草はみなからはるめきて
かすめるかたやむさしのゝはら

若草　□

42（歌欠）

断簡I（久曾神昇氏『私撰集残簡集成』58、縦二十九・〇cm×横九・〇cm、紙背文書あるか）

権僧正増基

43あとたれし常陸の神の名もふりて
三笠の山にしかそなくなる

この伝祐臣筆断簡の筆蹟について最初に問題視したのは、断簡Iの所蔵者にして『古筆への誘い』解題執筆者でもある佐々木孝浩氏であった[4]。氏は同解題で断簡Hが、当時すでに公刊されていた断簡D～Gとは別筆とみられる一方、断簡IJとは「ツレらしく」、また断簡Iを収める『春日懐紙』及び『墨美』の、

祐春の懐紙紙背は歌集切である。（略）これは祐春が書いたものらしい。

という「推測どおり、祐臣父の祐春の筆と思われる」とした。また前述の有吉氏蔵残簡について、かつて論者が一言だけ述べておいた、

当該残簡は鷹司基忠周辺の歌を集めた『庭林集』である可能性が高そうである。

という指摘[5]に基づき、断簡H～Jはその「記載内容から」有吉氏蔵残簡の「ツレである可能性も高い」と論じた。のみならず「今一つの祐臣筆切」（右断簡D～G）も「形態や筆蹟が似通ってはおり、親子で寄合書きした可能性も」あ

ろうかとも指摘した。うち断簡H～Jという（論者言うところの）第二種と有吉氏蔵残簡との関係に関しては、筆蹟・料紙・寸法のいずれも異なるのでツレではなかったということになるが、断簡A～Gという第一種と第二種との筆蹟が異なるという点に関しては、確かに佐々木氏の慧眼どおりと思われる。そうした場合、第一種と第二種とについては確かにツレとは限らないことになるので、まずはそれぞれ別個に論じていくのがよかろう。

そこで作者名表記について第一種の方から整理をしてみると、おおよそ次のようになる。

17「近衛関白前右大臣」…近衛家基。基平男。永仁四年（一二九六）六月十九日没。『玉葉集』ほか入集。

18「民部卿兼行」…楊梅親忠男。民部卿だったのは永仁六年（一二九八）十月十九日から正安三年（一三〇一）三月十四日まで。『新後撰集』ほか入集。

20「高階時家」…未詳。撰集類への入集なし。

21「従三位房通」…藤原房教男。従三位だったのは正安元年（一二九九）以前から正安二年（一三〇〇）五月二十九日まで。撰集類への入集なし。

23「惟宗時俊朝臣」…良俊男。『続千載集』ほか入集。

24「高階時方朝臣」…未詳。『遺塵集』入集、『源承和歌口伝』にも一首記載。

25「前中納言経親」…平時継男。前中納言だったのは正安二年（一三〇〇）十一月二十四日から正和二年（一三一三）九月六日まで。『玉葉集』ほか入集。

26「歓喜苑前摂政家伊与」…「歓喜苑前摂政」は鷹司兼忠。兼忠は正安三年（一三〇一）八月二十五日没。伊与はその家に仕えた女房とみられる。撰集類への入集なし。

28「前中納言冬良」…衣笠経平男。前中納言だったのは乾元元年（一三〇二）三月二十三日から嘉元元年（一三〇三）

十月に出家するまで。撰集類への入集なし。正応三年（一二九〇）九月十三夜歌会・永仁元年（一二九三）内裏御会に出詠。

29「前大僧正聖兼」…近衛家実男。3・38と一致。永仁元年（一二九三）九月十一日寂。『続拾遺集』『続門葉集』ほか入集。

31「藤原経行朝臣」…楊梅親忠男・兼行兄か。撰集類への入集なし。

32「藤原親方」…藤原俊嗣男・光俊孫。『新後撰集』ほか入集。

うち18の兼行が民部卿だった期間と、21の房通が従三位だった期間とを付き合わせると、当該私撰集の成立時期は⑴永仁六年（一二九八）十月十九日から、正安二年（一三〇〇）五月二十九日までの間だったということになる。ところが一方、25の経親と28の冬良がそれぞれ前中納言だった期間を付き合わせると、成立時期は⑵乾元元年（一三〇二）三月二十三日から、正和二年（一三一三）九月六日までの間となるのであって、ここに矛盾が生じてしまう。しかし26の「歓喜苑前摂政」は兼忠の諡号であるから、少なくとも彼が没した正安三年（一三〇一）八月二十五日以降の成立であることは動かず、それは⑵とよく合致する。従ってこの第一種私撰集の作者名表記においては官位記載の統一に不徹底なところがあって、⑴の根拠となった18の「民部卿兼行」や21の「従三位房通」はおそらく詠作時点のそれであったと捉えておきたい。

次に第二種についても同様にみてみよう。

33「右大臣」…次述。

34「春宮権大夫冬基」…鷹司基忠男。5と一致。春宮権大夫だったのは嘉元二年（一三〇四）正月十四日から延慶元年（一三〇八）八月二十六日まで。『新後撰集』ほか入集。

35「法印良信」…鷹司基忠男。13と一致。『新後撰集』ほか入集。

36「照念院入道前関白太政大臣」…鷹司兼平。永仁二年（一二九四）八月八日没。『続拾遺集』ほか入集。

37「前大僧正聖忠」…鷹司基忠男。2・12と一致。『新後撰集』『続門葉集』入集。

38「前大僧正聖兼」…前述(29)。

39「読人不知」

40「前大納言為氏」…弘安九年（一二八六）九月十四日没。『続後撰集』ほか入集。

41「藤原仲久」…未詳。

43「権僧正増基」…鷹司基忠男。撰集類への入集なし。


やはり注目されるのは、有吉氏蔵残簡5の「春宮権大夫冬基」とまったく同じ作者名表記が34にも存することで、これによって第二種私撰集の成立時期が、前述したようなその在任期間の嘉元二年（一三〇四）正月十四日以降、延慶元年（一三〇八）八月二十六日までの間だったと確定されよう。その他の作者名表記と矛盾することもないようである。その場合33の「右大臣」は基忠嫡男の冬平（嘉元三年閏十二月二十一日まで任）もしくは近衛家平（同日より任）のいずれかだったということになる。

以上の考証結果を含め、第一種と第二種それぞれの特徴をまとめてみると、

〈第一種〉

・乾元元年（一三〇二）三月二十三日から正和二年（一三一三）九月六日までの間に成立。
・作者の中に17の近衛家基・26の鷹司兼忠家伊与・29の聖兼という鷹司家に近しい人物が含まれている。

〈第二種〉

・嘉元二年（一三〇四）正月十四日から延慶元年（一三〇八）八月二十六日までの間に成立。
・作者の中に34の鷹司冬基・35の良信・36の鷹司兼平・37の聖忠・38の聖兼・43の増基という鷹司家に近しい人物が含まれている。

のようになろう。

さてもはや言うまでもなかろうが、推定成立時期が嘉元二年から徳治元年の間に収まるという点で、さらに鷹司家関係の歌人が多数入集しているという点で、これら第一種私撰集と第二種私撰集は、有吉氏蔵残簡すなわち『庭林集』とまったく共通しているのである。そうした場合、同じ時期に同じ性格の私撰集が複数別個に成立していた可能性もあり得ないわけではなかろうが、それよりもまずは三者同一作品と認めた方がより適切なように思われる。すなわち以上の考察によって、有吉氏蔵残簡のみならず、第一種私撰集と第二種私撰集についても同様に『庭林集』と認定してみたいと思う。

第一種と第二種の関係

そこであらためて問題として取り上げるべきは、前述佐々木氏の説のように、伝祐臣筆断簡の第一種と第二種とが寄合書きのもと同一伝本だった可能性があるかないか、ということである。一般的に、複数の筆者によって書写された典籍が裁断されて古筆切となった場合、異なる筆蹟部分の断簡同士を寄合書きのツレと認定することはなかなかに困難であり、とりわけ散佚作品の場合はほとんど不可能だろうということは、本書第二章付論で指摘したとおりである。従って論者のそうした立場からすると、今回の第一種と第二種とについても同様に、寄合書きのツレと認めるわけにはいかなくなってくるのであるが、しかし一方で当該二資料に関しては、次のような徴証を見出すこともできるのである。

・いずれも『庭林集』を書写内容とするとみられる。
・いずれも（判明する限りにおいては）縦二十九㎝前後の断簡である。
・いずれもほとんどの断簡に紙背文書が認められる。
・いずれも伝称筆者を同じくしており、実際類筆とは言えそうである。

これらの徴証は第一種と第二種とが、寄合書きのもと同一伝本だった可能性を物語っているようであり、どうもその可能性は決して低くはなさそうな感触である。

それに関連してもうひとつ注意されるのは、伝称筆者を中臣祐臣とする点である。祐臣の真筆仮名資料はいまだ見出されていないようだが、根津美術館蔵手鑑『文彩帖』には伝祐臣筆の、

ゆくすゑもなをしるへせよかすか野、
むかしのあとはしかもわすれし

やはらくる神のひかりもさしそへて
みかさのやまの月そさやけき

という詠草断簡が貼付されている。もちろんこれも伝称切ではあるものの、いかにも春日若宮神主の家に生まれた者らしい詠歌内容とは言えよう。しかもその筆蹟は、今回取り上げているうちの第一種と通じてもいるようであり、両

者支え合って共に祐臣の真筆資料たる蓋然性が高まっていくかもしれない。

一方、第二種の筆者については佐々木氏は、祐臣の父祐春だろうと認定していた。確かに断簡Ⅰが祐春の和歌懐紙の紙背を利用しているという点、春日若宮社の文化圏内で書写されたことはまず間違いなかろうし、実際祐春の真筆資料とされている『古筆大辞典』掲載の、

雪

＼きのふといひけふとさえてやあすかゝせ
たゝいたつらに雪のふるらん

恋

まつ人のこぬもさこそとなくさめて
心よはきは《雨の》ゆふくれ
ねぬなはのねぬ名もくるしおもひつゝ
ますたのいけに身をやうらみん

先年内裏御百首愚詠

旅　似通候歟（別筆）

今日もなをわけゆくすゑははるかにて
おなし名にきくむさしのゝはら

述懐

＼をのつからまつことあらはすてはてぬ

身をことはりと人やいはまし
　異国の事きこへ侍に神国たのも
　しくて
西の海よせくるなみもこゝろせよ
　神のまもれるやまと嶋根そ

といった詠草断簡などと比較してみても、第二種の筆者が祐春だったという可能性は高そうである。そうなってくるとやはり佐々木氏が指摘するとおり、第一種と第二種とは「親子で寄合書きした」もと同一伝本だったのかとも思われてくる。

仮にそうだった場合に見逃せないのは、第一種中の断簡Gに、

　正安四年十二月二日自衆徒以下所司

という紙背文書があることである。この文書によって第一種に関しては『古筆手鑑大成』解説(6)の指摘のとおり、正安四年（一二九九）「以降の書写であることは確か」とみられることになる。一方、第二種が事実祐春筆だった場合、祐春は元亨四年（一三二四）に没しているので、第一種・第二種が書写されたのは正安四年から元亨四年までの約二十五年のいずれかの時点だったということになろう。これは『庭林集』成立の推定時期とも齟齬はしないというだけでなく、『自葉集』に「入庭林」という集付が付されたという、前述の正和二年から文保年間までという推定時期とも重なり合ってくるわけである。このことと先程来の筆者の問題とを考え合わせてみるならば、第一種・第二種の裁断以前の一本こそが、集付の際に祐臣の拠った『庭林集』そのものだったという可能性すら浮かび上がってくるようで、大変興味深い事例と言えよう。

庭林集ふたたび

さて、以上を踏まえてあらためて『庭林集』についてまとめてみると、まず成立時期は嘉元二年（一三〇四）正月十四日から徳治元年（一三〇六）二月五日までの二年間のいずれかの時点とおぼしい。撰者は未詳。鷹司家中において詠まれた歌を集めたという同集の性格からすると、あるいはまだ存命だった基忠自身の手に成るものか、と想像されないでもないが、おそらくは基忠側近の和歌に堪能な某人の撰とみておくのが穏当だろうと思われる。撰歌範囲は、前述したように普賢寺入道前摂政家少納言の詠作なども見出せるので、少なくとも鎌倉時代初期頃までを含み込み、しかし基本的には当代歌人の詠作を中心に据えてはいたようである。全十巻。現存残簡・断簡はそれぞれ、

有吉氏蔵残簡

第一歌群（1～5）…神祇歌

第二～三歌群（6～16）…雑歌

伝中臣祐臣筆第一種断簡

A～C（17～22）…春歌

D（23～24）…夏歌

E（25～26）…秋歌

F（27～29）…恋歌

G（30～32）…羇旅歌

伝中臣祐臣筆第二種断簡

H〜I（33〜42）…春歌

J（43）…神祇歌

という内容を持っているので、十巻の中には四季部・恋部・神祇部・羇旅部・雑部という部立が含まれていたと推定されよう。なお春歌が第一種と第二種のいずれにも見出せる点、「朝霞」「鶯」「あしたの鶯」「野若菜」「春草」「若草」といった歌題を持つ第二種が春上、「見花思昔」「落花」「海辺暮春」といった歌題を持つ第一種が春下だったとみるのがよいかもしれない。その場合は「九月十三夜に詠侍ける」という詞書を持つ第一種断簡Eは秋下となろう。ともあれ総歌数は五百首前後だったと憶測されようか。

それにしても鷹司家関係の歌だけで十巻規模の私撰集ひとつを編んでしまうとは、まったく驚くべき所為である。周知のように平安時代末期以降、地域や文化圏を限定して撰歌する私撰集が次々成立していった。それは撰集を志す歌人たちが独自性を打ち出そうとしてさまざまな工夫を凝らした結果でもあったのだろうし、とある主張を表明するための有効な手段でもあったのだろうし、時に歌壇的業績をほとんど持たない無名歌人がそれでも私撰集を編纂したいと思った時の、極めて便利な方法論でもあったのだろう。そうして成立した私撰集として挙げられるのは、例えば次のようなものである。

〈現存〉

・御裳濯集…寂延撰／伊勢国関係

・楢葉集…素俊撰／南都関係

・新和歌集…二条為氏撰／宇都宮歌壇

・東撰六帖…後藤基政撰／鎌倉歌壇
・浜木綿集…源承撰／熊野関係
・遺塵集…高階宗成撰／高階家関係
・続門葉集…吠若麿・嘉宝麿撰／醍醐寺関係
・柳風抄…冷泉為相撰か／鎌倉歌壇
・安撰集…興雅撰／安祥寺関係
・新三井集…撰者未詳／園城寺関係

〈散佚〉
・山階集…撰者未詳／南都関係（『八雲御抄』）
・三井集…賢辰撰／園城寺関係か（『代集』、以下同）
・山月集…経因撰／比叡山関係
・大原集…証心撰／大原関係
・松葉…津守国助撰／住吉関係

一瞥して、ひとつの家の歌だけで編まれた私撰集は『遺塵集』のみであることが知られよう。以て『庭林集』撰集方針がかなりユニークだったことの証左とし得るのかもしれない。もっとも逆に、現在は散佚してしまい記録も残されなかったがため把握のしようがないだけで、かつては『庭林集』や『遺塵集』のような性格の私撰集がほかにも多く成立していた可能性もあろう。今後の資料発掘が進んでいくことを期待したい。

ともあれ嘉元〜徳治年間と言えば、佐渡に配流されていた京極為兼の帰洛によって持明院統・京極派が俄然活気づき、頻りに歌合が催されたり[7]『伏見院三十首』が詠進されたりした一方、後二条天皇の践祚によって大覚寺統・二条派の地位が回復し、『嘉元百首』の詠進を経て二条為世によって第十三代目の勅撰集『新後撰集』が撰進されたりもしていたという時期だった。[8]そのような激変する歌壇の状況下にあって、貴顕の数奇者・貴顕の歌人として一目置かれていた基忠を当主とする鷹司家の存在を、大いに主張し顕示しようという目的で編纂されたのが『庭林集』だったのではなかろうか。当時の歌壇においては無視しがたい作品として相応の地位を占めていたかと推察されるし、だからこそ祐臣も自詠が『庭林集』に採られたことを、誇らしげに『自葉集』に注記したりもしたのだろう。しかしそのように、とある一時期における主張を目指して成立した私撰集でもあったがために、一旦役割を終えたあとには次第に需要がなくなっていき、ついに今日においてはわずかな残簡と断簡とを残すのみになってしまったということだろう。

注

（1）有吉保氏「中世散佚私撰集の残葉紹介」（『和歌史研究会会報』第百号、一九九二年十二月）。
（2）本書第三章第一節参照。
（3）『春日懐紙』（一九六八年四月、墨跡研究会）及び『墨美197号　春日懐紙』（一九七〇年一月、墨美社）。
（4）国文学研究資料館編『古筆への誘い』（二〇〇五年三月、三弥井書店）。
（5）拙稿「散佚歌集切集成　本文篇」（『調査研究報告』第二十三号、二〇〇二年十一月）。
（6）『古筆手鑑大成　第十六巻　手鑑（重美）　京都・観音寺蔵』（一九九四年八月、角川書店）。
（7）本書第二章第三節で取り上げた嘉元元年十月四日歌合もそのひとつである。
（8）井上宗雄氏『中世歌壇史の研究　南北朝期』（一九六五年十一月初版、一九八七年五月改訂新版、明治書院）。

第五節　新撰風躰和歌抄

伝藤原清範（後京極良経）筆断簡

西本願寺蔵手鑑『鳥跡鑑』は近年古谷稔氏によって初めて存在が報告された[1]手鑑で、明治年間の製作とみられる石版刷模刻手鑑『心画帖』の原本と目されるものである。本願寺史料研究所撮影の写真に拠ると、この『鳥跡鑑』は二帖より成り、合わせて三百六十葉ほどの断簡類が貼付されている。一方の『心画帖』には六十三葉分が刷られているだけなので、差し引き三百葉近くが新出資料ということになろう。うち短冊類を除いた和歌・物語などの文学資料はほぼ百葉。そこには伝後伏見院筆広沢切『伏見院御集』断簡や伝兼空筆下田屋切『松花集』断簡（しかも散佚部分とおぼしい）などの興味深い資料が多数含まれている。それらの中でもとりわけ注目されたのが、「藤原清範」という極札を持つ次のような一葉だった（以下歌頭に通し番号を付す）。

断簡A

新撰風躰和歌抄巻第四

雑夏哥

題しらす　　中務卿宗親王

1なつきてもころもはほさぬ涙かな

いつくなるらんあまのかくやま

小侍従

2いたつらにさきてやちらんやまかつ　の

身のうのはなはおりもしらねは

平重時朝臣

3卯花のさかりになれはかたをか　の

このはかくれも月そさやけき

寸法未詳、書写年代は伝称筆者の清範（生没年未詳、鎌倉時代初期の能書家）よりもやや下る鎌倉時代末期頃。ツレには次の三葉がある。

断簡B

事かはりて後百首哥よませ給けるに　後鳥羽院御製

4おもひやれましはのとほそおしあけて

ひとりなかむるあきのゆふくれ

後法性寺入道前関白家百首哥に月

皇太后宮大夫俊成卿

5かすならぬひかりをそらにみせかほに

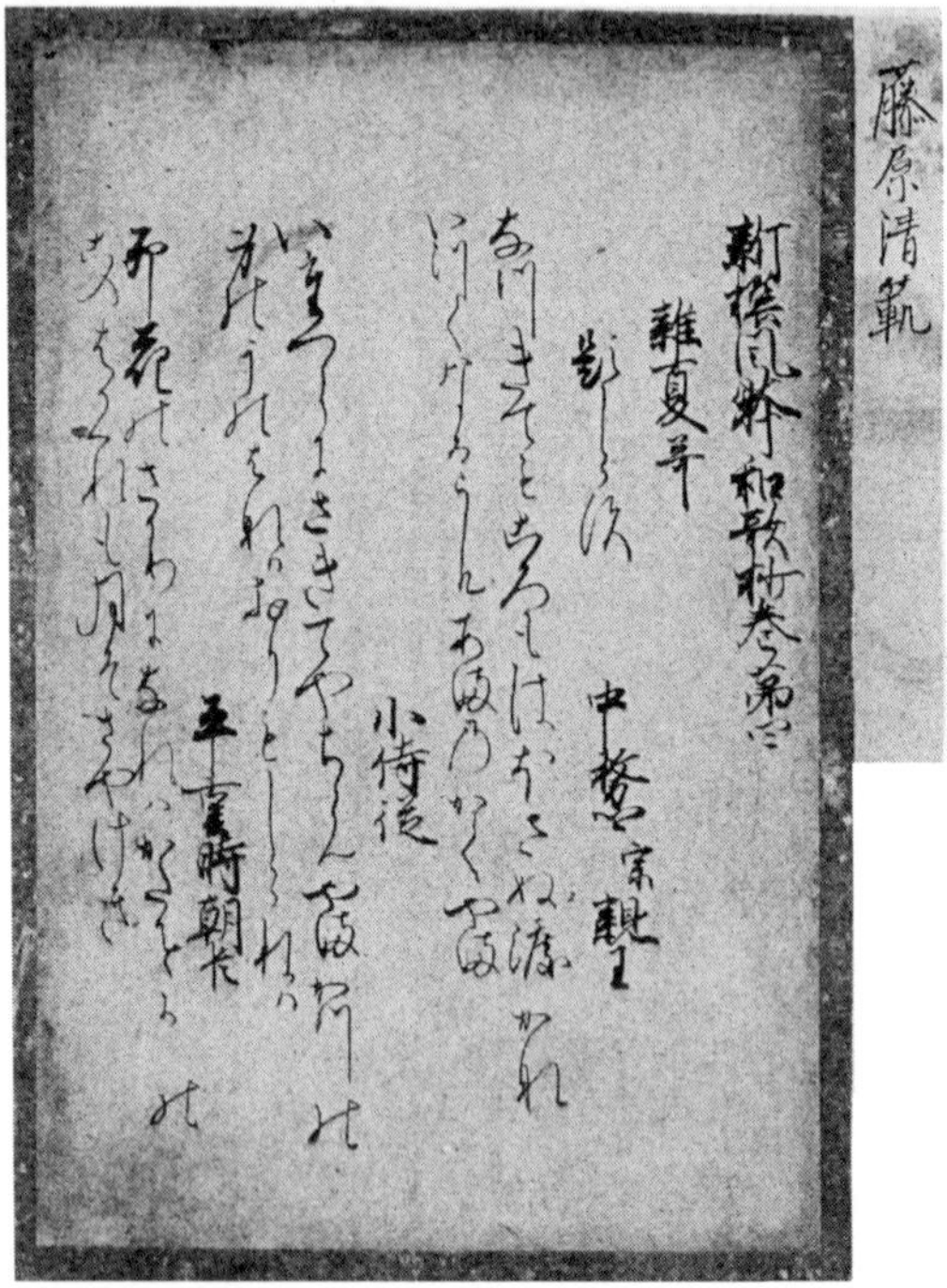

月に宿かすそてのつゆかな
　弘長百首哥合に
　　　　　　　　後九条内大臣

断簡C

6こゝろあらはなをいかならむかすならぬ
身にたにかなしあきのよの月
　月哥中に　　前大納言忠良卿

7うき身ゆへ月のあはれのまされはや
ものおもふそてにかけをそふらん
　　　　　　　　権僧正公朝

8月も又かたふくかけそやとり　け　る
わか身ふけぬる老のなみたに
　正応五年秋十首哥に
　　　　　　　　従二位隆博卿

断簡D

9をしねほすいほのかき柴風立て
たのもしくるゝあきのやまもと
　秋哥　　　　平時村朝臣

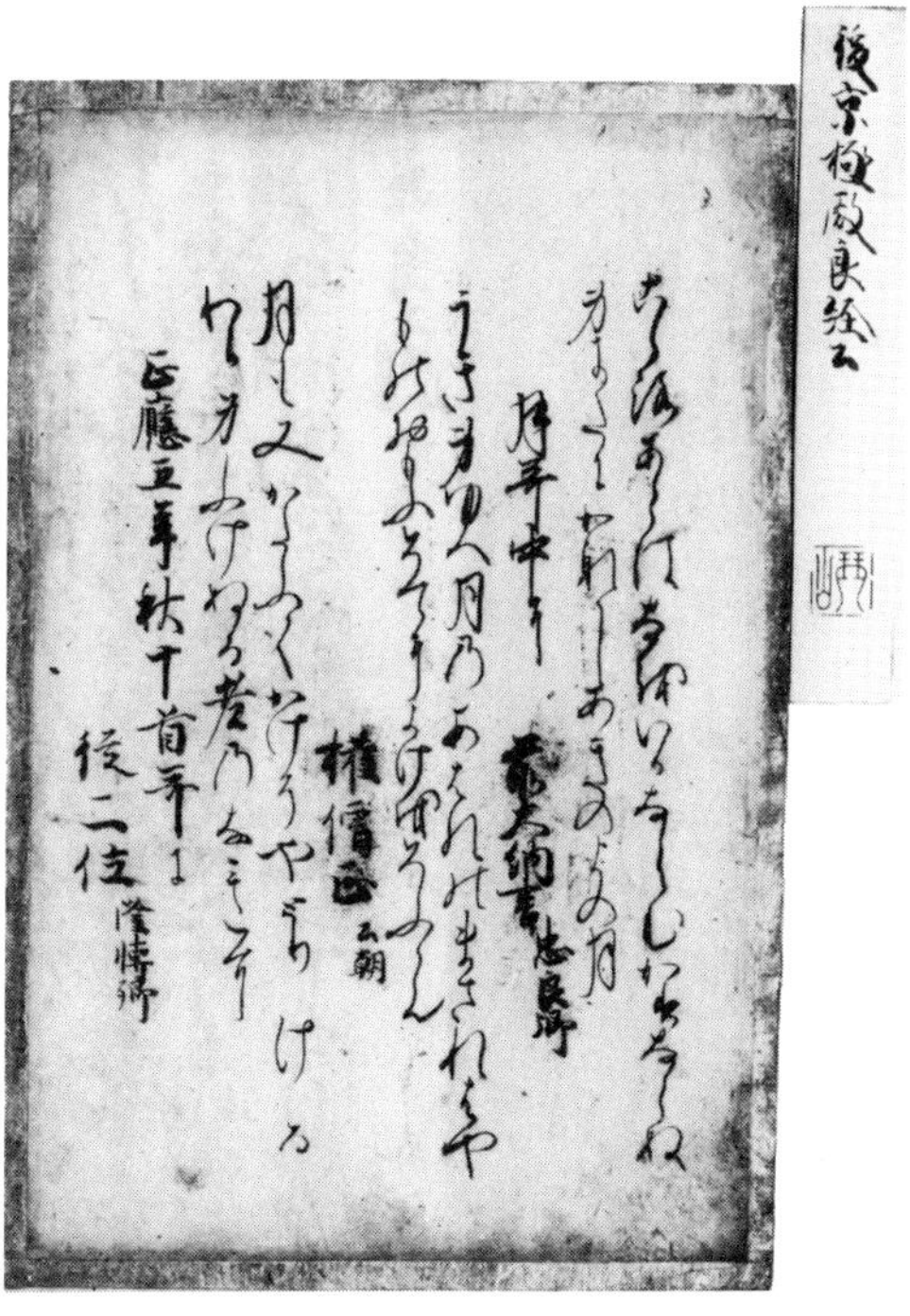

10露しものそむるはかりは見えわかて
もみちになすもあきのむらさめ
　正治百首哥に　慈鎮和尚
11もみち葉の木すゑにかよふまつ風は
をとはかりふるしくれなりけり
　やまさとにもみち見にまかりてよみ
侍ける　権大納言長家卿

いずれも未詳私撰集の断簡である。うち断簡Bは久曾神昇氏編『私撰集残簡集成』[2]所収、縦二十四・七cm×横十六・二cm、極札「南家高倉清範」。また断簡Cは都立中央図書館特別文庫室（加賀文庫）蔵手鑑『古名筆帖（一）』所収、極札「後京極良経公（琴山）」、縦二十三・五cm×横十五・五cm、縁飾りをも含めれば縦二十四・六cm×十六・六cm。伝称筆者は断簡ABとは異なるものの、上句の行の終わりで字間を広げる特徴的な書式が一致する点、ツレとみてまずは間違いないだろう。それから断簡Dは本論初出後大垣博氏の所有に帰した軸装一葉、伝称筆者に関する情報は付属しないが、書写内容と書式・筆蹟からツレである可能性を同氏より示され、確かにその慧眼のとおりであると思われる。四周の余白は裁ち落とされているのだろう。

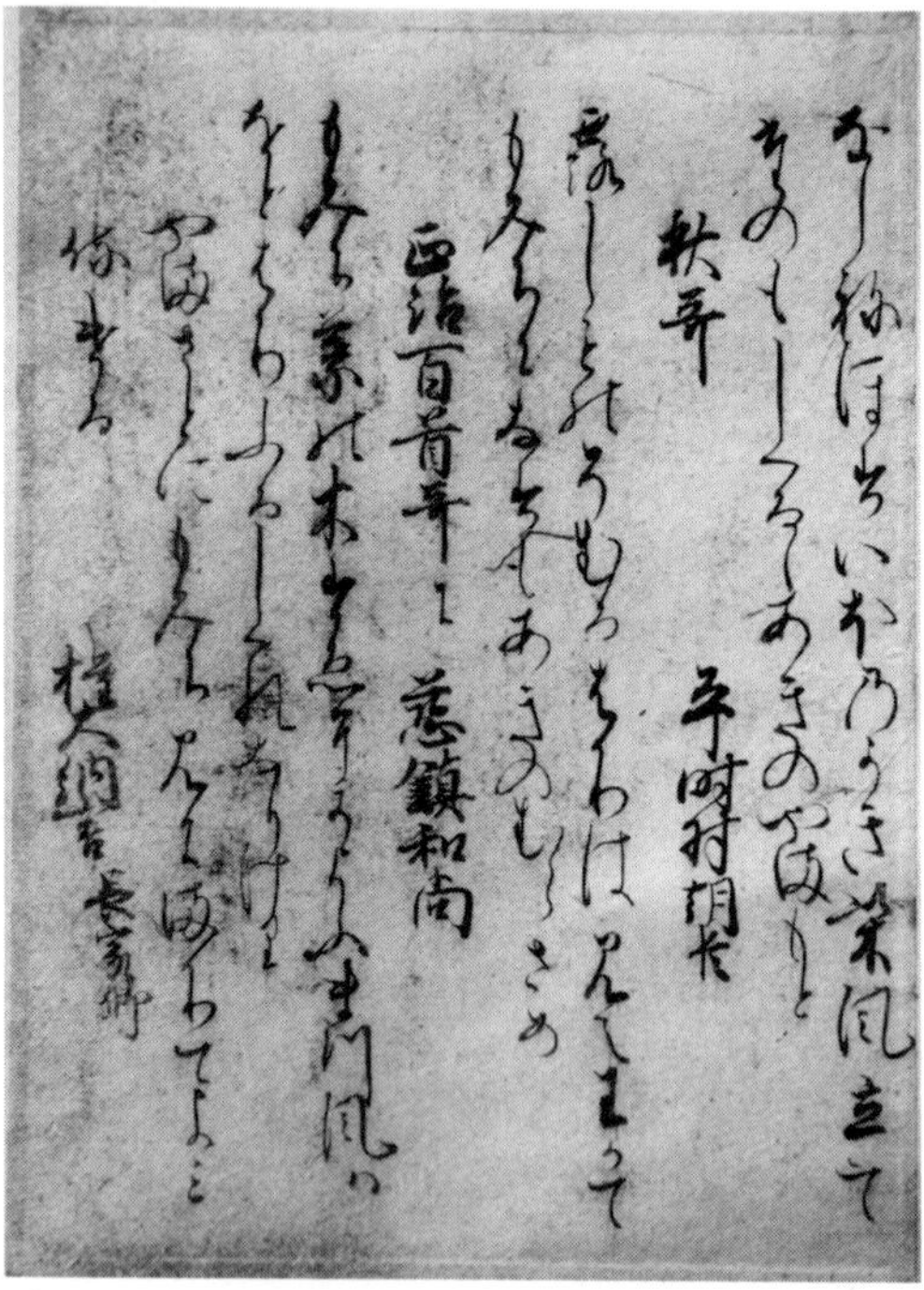

　ところで断簡Cには秋月の歌三首（6～8）が並ぶが、中で詞書と作者名とを欠いている6は、弘長元年（一二六

一）詠進の『弘長百首』における、

（月五首）

心あらば猶いかならん数ならぬ身にだにかなし秋の夜の月　同（基家）（二九〇）

という九条基家詠と一致する。一方、断簡Bには秋夕の歌（4）と月の歌（5）とに続く形で、「弘長百首哥合に」「後九条内大臣」という記載が見られる。「後九条内大臣」すなわち基家の関与した百首歌合としては、彼自身が主催した建長八年（一二五六）九月十三日のそれが有名であるが、弘長年間のものは知られないようである。ならばこの詞書、未知の百首歌合の存在を新たに伝える貴重な情報たり得るのかもしれないが、しかし肝心の歌そのものを欠いている以上、そう即断するわけにもいかない。それよりここは「建長百首哥合」もしくは「弘長百首哥」の誤りとみるのが適切なようにも思われる。そのいずれであるかの特定は残念ながら不可能に近いが、ただ仮に後者だったとすると、それは「後九条内大臣」という作者名と相俟って、6の歌に付く記述として大変ふさわしいものともなろう。（3）断簡Bの5、及び断簡Cの6〜8がすべて秋月の歌で揃っている点からしても、本来それらが連続する二葉だったという可能性は決して少なくなさそうである。（4）またそうではなくても秋月歌群が構成されるという点で、やはり二葉はそれほど離れた位置にはなかっただろうと思われる。

成立・性格・構成

さて断簡Aの記載によって、以上の四葉は「新撰風躰和歌抄」なる私撰集の一部だったということが知られる。うち断簡Aが「巻第四」「雑夏哥」で、残る三葉は秋部あたりとおぼしいが、それにしても「新撰風躰和歌抄」とは聞き慣れない作品名ではなかろうか。実際このような歌集に関する報告はなされたことがなかったようだが、しかしながらそれについての資料が皆無というわけではなかった。『夫木抄』には「新撰風」「秋撰風《（ママ）》」「新撰風体」といった出典注記を持つ次のような七首が見られる。

（春月）
春歌中、新撰風　前大納言為氏卿
①空にたつ春の霞の関守や朧月夜の名をとどむらん　（巻四・春四・一五八三）

（橘）
百首御歌、新撰風　同（衣笠内大臣）
②あやめふくむぐらの宿の夕風ににほひすずしき軒の橘　（巻七・夏一・二六九四）

（夏神楽）
夏神楽をよめる、秋撰風　中原光成
③かはやしろ椎柴がくれゆく水にながれぬ波やしののゆふしで　（巻八・夏二・三二八七）

（水鳥）
水鳥を、新撰風　前大納言忠良卿
④霜むすぶ入江の真菰末わけてたつみとさぎの声もさむけし　（巻十七・冬二・七〇四四）

（橋立）
天の橋立を見てよめる、新撰風　前大納言為氏卿
⑤はるかなる入海かけて沖つ波きくにこえたる天の橋立　（巻二十三・雑五・一〇二九〇）

（淀川、山城）

淀の渡にてよめる、新撰風　　読人不知

⑥かはぶねのはやき綱手にひきすぎてみはてぬ岸に残る松原

（巻二十四・雑六・一一〇一四）

（眺望）

天の橋立にて、新撰風体　　前大納言為家（ママ）卿

⑦はるかなる入海かけて沖つ波きくにこえたる天の橋立

（巻三十六・雑十八・一七〇〇〇）

③の「秋撰風」と⑦の「新撰風体」以外は「新撰風」である。[5] うち⑤と⑦とは同一歌なので[6]「新撰風」は「新撰風体」を略した呼称と考えてよい。また「秋撰風」についても誤写とみておいて問題なさそうである。

その「新撰風体」に該当するのが断簡A～Dなのだろう。とするとこれら四葉すなわち『新撰風躰抄』の成立は、延慶二～三年（一三〇九～一〇）頃に一応は編まれていたとみられる『夫木抄』[7]よりは少なくとも早かったということになる。一方、内部徴証を求めるべく、『新撰風躰抄』所収歌（1～11と5の次・8の次・11の次、及び①～⑦の実質二十首分）の他出状況を調べてみると、次のような結果が得られる。

断簡A

1…『中書王御詠』Ⅲ五一・詞書「夏／百五十首の哥に、夏山」／『竹風抄』巻三・Ⅳ五三四・詞書「（文永三年八月百五十首歌）夏山」

2…『拾遺風躰集』雑・三六八・詞書「卯花」／『小侍従集』Ⅰ二九・Ⅱ一一二・詞書いずれも「卯花」

3…ナシ

断簡B

4…『後鳥羽院遠島百首』三九・詞書「(秋)」
5…『長秋詠藻』Ⅰ五三四・詞書「(右大臣家百首治承二年五月晦比給題七月追詠進)月」／『俊成家集』Ⅲ一一二「右大臣家の百首の、月五首がうち」
5の次詞書「弘長百首哥合に」…不明

断簡C

6…『弘長百首』二九〇・詞書「月五首」
7…ナシ
8…ナシ
8の次詞書「正応五年秋十首哥に」…不明（該当しそうな歌はナシ）

断簡D

9…『夫木抄』巻十三・秋四・五五三九・詞書「(秋雑)／秋時雨を」・作者名表記「前民部卿雅有卿」／『拾遺風躰集』秋・一一二・詞書「田家秋」・作者名表記「雅有卿」
10…ナシ
11…『正治初度百首』上・六五四・題「秋」
11の次詞書「やまさとにもみち見にまかりてよみ侍ける」・作者名表記「権大納言長家卿」…『玉葉集』巻五・秋下・七九六か・詞書「山里の紅葉たづぬとて」・作者名表記「権大納言長家」／『秋風集』巻六・秋下・四二八・詞書「題不知」・作者名表記「民部卿長家」

夫木抄

①…ナシ
②…『拾遺風躰集』夏・六三・詞書「夏歌の中に」
③…ナシ
④…ナシ
⑤⑦…ナシ
⑥…ナシ

うち詠歌年次の判明する歌についていくつか補足しておくと、1は文永三年（一二六六）七月に鎌倉将軍を廃され帰京した宗尊親王が、直後の同年八月に詠んだ百五十首歌、また2は寿永元年（一一八二）詠進のいわゆる寿永百首、4は承久三年（一二二一）の隠岐配流後に後鳥羽院が詠んだという百首歌、5は治承二年（一一七八）の右大臣九条兼実主催の百首歌、5の次と6とについては前述のとおり、8の次は九条隆博が正応五年（一二九二）秋に詠んだという十首歌、11は正治二年（一二〇〇）に後鳥羽院が詠進せしめた百首歌で、それらの中のそれぞれ一首ということになる。

ほか8の歌の作者名表記には「権僧正公朝」とある。公朝が権僧正となったのはほぼ弘安十年（一二八七）頃だという[8]。それから8の次の作者名表記にも「従二位隆博卿」と見られる。九条隆博の叙従二位は正応三年（一二九〇）正月十二日である（『公卿補任』）。

そうすると隆博による「正応五年秋十首哥」が、以上の中では年代的に最も下ると考えられよう。その歌を採る『新撰風躰抄』は従って、少なくとも正応五年秋頃以降に編まれた歌集でなければならない。成立時期に関する手掛かりは現在のところこのようで、すなわち正応五年秋頃から延慶三年頃までの、ほぼ十八年間のうちのいずれかの時点で成立をみた作品だったということになろう。

次に入集歌人を確認すると、宗尊親王（1）・小侍従（2）・北条重時（3）・後鳥羽院（4）・藤原俊成（5）・九条基家（5の次・6）・藤原忠良（7・④）・公朝（8）・九条隆博（8の次）・飛鳥井雅有（9）・北条時村（10）・慈円（11）・藤原長家（11の次）・二条為氏（①・⑤）・衣笠家良（②）・中原光成（③）・読人不知（⑥）の計十七名。うち11の次の長家詠は前掲のとおり、おそらくのところ、

山里の紅葉たづぬとて　　　　権大納言長家
うちむれて紅葉たづぬと日はくれぬあるじもしらぬ宿やからまし
（『玉葉集』巻五・秋下・七九六）

という一首に該当するかと推されるが、ともあれ道長五男にして御子左家の祖たるこの長家の名が見出せる点、撰歌範囲は平安時代中期頃にまで及んでいたとみられよう。一方、宗尊親王・重時・公朝が鎌倉歌壇に関わりの深いこと、時村も言うまでもなく鎌倉方であること、また家良・基家・隆博がいわゆる反御子左派の歌人であることなど(9)はやはり注目されようか。全体の何パーセントに当たるのかもわからない、たった二十首分の情報に基づくだけではあるけれども、こうした入集状況が『新撰風躰抄』の性格の一端や、撰者の歌壇的立場を示している可能性はありそうである。ただし撰者についてはもちろん今後、それなりの徴証が見つかるまでは未詳とせざるを得ないであろう。

興味深いのはその部立である。断簡Aには「巻第四」「雑夏哥」と見られるが、一体どのような部立を想定すれば巻四が雑夏部になるのであろうか。まず可能性のひとつとして挙げられるのは、巻一〜三が雑春部の上中下、これなら確かに続いて巻四に雑夏部がくるだろう。その場合は以下同様に、巻五〜七が雑秋部の上中下で、巻八が雑冬部だったということになる。ならば断簡BCは雑秋部の中巻あたりに属していたものであろうか(10)。断簡BCの歌はいずれも「一人ながむる」（4）「数ならぬ」（5）「身にだにかなし」（6）「憂き身ゆへ」（7）「我が身ふけぬる老の涙に」

（8）といった具合に多分に述懐的と言え、その点確かに雑部とみて差し支えないようである。
もっとも同じ秋歌であっても、断簡D記載の四首分については述懐歌とは位置づけにくいようである。『夫木抄』所収の佚文のうち春歌の①、夏歌の②③、冬歌の④なども同様である。従ってここは雑四季部ばかりとするのではなく、「雑」のつかない単なる四季部の存在も認めた方がよいかもしれない。その場合は巻一が春（①）、巻二が雑春、巻三が夏（②③）、巻四が雑夏（断簡A）、巻五が秋（断簡D）、巻六が雑秋（断簡BC）、巻七が冬（④）、巻八が雑冬、とみるのがおそらく適切である。いずれにしても『新撰風躰抄』の部立は、他に例を見ないようなかなり特殊なものであったと思われる。

『拾遺風躰集』との関係

ところで『新撰風躰抄』と聞いて直ちに想起されるのは、言うまでもなく『拾遺風躰和歌集』である。『拾遺風躰集』は正安四年（一三〇二）七月以降、嘉元元年（一三〇四）十二月頃以前の成立にして冷泉為相の撰かとされる、鎌倉歌壇の代表的撰集のひとつである。冷泉派に厚く二条派には薄い傾向があるといい、「拾遺」というその歌集名には、既存の勅撰集の未収歌を集める意が込められているとも、成立時に為相が官としていた侍従の唐名「拾遺」が掛けられているとも言われる[11]。このような『拾遺風躰集』と『新撰風躰抄』とは、「集」と「抄」との違いを除けば大変よく似た作品名であるのみならず、成立時期も近接しており、さらに鎌倉歌壇に近しいという性格もまた重なり合う。『新撰風躰抄』の撰者や成立事情がより具体的に明らかとならない限りはなかなか確言しにくいが、それでも両者に何らかの関係があったこと自体は認めてよいのではないかと思う。先に掲げた『新撰風躰抄』所収歌の他出状況一覧から知られる、2・9・②の三首がまた『拾遺風躰集』にも入集しているという点も、その一環として考えるべき問題だろう。

最後に『新撰風躰抄』については、冷泉家時雨亭文庫蔵『私所持和歌草子目録』(12)にも、

一　打聞

………　………

崑崙抄　藍田抄

浜木綿集　新撰風躰抄

障子集　拾栗集

………　………

のように見えている。周知のとおり『私所持和歌草子目録』は、ほぼ文保年間（一三一七～一三一九）頃までの成立とみられる某人の蔵書目録で、某人については従来おそらく冷泉為相だろうと推定されてきた(13)。もっとも『冷泉家時雨亭叢書』解題によると、確かに為相も候補者の一人であるが、結局のところ「御子左家の系統につらなるだれかという点までしか、限定するのは困難」だという。それに関連してひとつ注目されるのは、右のように『新撰風躰抄』を載せている一方で、同目録が『拾遺風躰集』の名は記していないことである。従来説のように同目録が為相の蔵書目録だったとすると、自身が撰んだ（とされている）『拾遺風躰集』を掲載しないというのは考えにくいのではなかろうか。その点からも同目録については為相とは無関係とみておく方がよさそうである。

それはさておき『拾遺風躰集』の方は『東野州聞書』に、

康正第二春於鎌倉拾遺風体集といふ物をみる。誰人の撰を不知。其の中に素暹の歌両首あり。

寄鳥恋
御狩野や真柴がくれにすむ鳥の音をだにやすくなかぬ恋かな
題しらず
ひとすぢにいとふぞかたき世の中のうきことはりはおもひしれども

のように記されており、すでに井上宗雄氏によって、

康正二年春、関東に張陣した東常縁は鎌倉においてこの集を披見（略）。二条派系の常縁には、京で見る事ができなかったのである。また必ずしも流布したものでもなかったのであろう。そして鎌倉で見たという事も、この撰集の性格からいって当然のような気もするのである。

と指摘されている。このようにほぼ関東でのみ流布していた可能性のある『拾遺風躰集』と、『私所持和歌草子目録』に記載され、従って御子左家周辺でそれなりに読まれていたかと想像される『新撰風躰抄』。成立に際して関係があったとおぼしい一方で、流布と享受の様相にこのような差が生じた理由は何だったのか、興味の尽きるところがない。

注
（1）古谷稔氏「伝久我通光筆「梁塵秘抄断簡」と後白河法皇の書」（『日本音楽史研究』第二号、一九九九年三月）。
（2）久曾神昇氏編『私撰集残簡集成』（一九九九年十一月、汲古書院）。
（3）ちなみに『私撰集残簡集成』は、この5の次の二行に関わる歌として、
弘長元年百首歌奉りける時、鹿を　　後九条前内大臣
白露をならしの岡のさねかづらわけくる鹿や涙そふらん　（『新続古今集』巻第五・秋下・五〇〇）
という一首を挙げている。『弘長百首』で基家の詠で秋の歌、という点からの指摘であろうが、しかし必ずしもこの一首だ

けに限定されるわけではなかろう。

（4）なお断簡Bの右端には綴穴痕あり。従って断簡Bから断簡Cへと確かに続いていた場合、それらはもと表裏一葉だったことになろう。

（5）永青文庫本・宮内庁書陵部本でも異同なし。

（6）作者名表記に存する「為氏」「為家」の異同については前者が正しいようである。『夫木抄』において為家は通常「民部卿為家卿」とされている。

（7）浜口博章氏「夫木和歌抄成立攷」（『中世和歌の研究　資料と考証』所収、一九九〇年三月、新典社、初出『国語国文』第十九巻第三号、一九五〇年十二月）、福田秀一氏「夫木和歌抄」（『中世和歌史の研究　続篇』所収、二〇〇七年二月、岩波出版サービスセンター、初出『和歌文学講座　第四巻　万葉集と勅撰和歌集』所収、一九七〇年三月、桜楓社）など。

（8）中川博夫氏「僧正公朝について――その伝と歌壇的位置――」（『国語と国文学』一九八三年九月号）。

（9）重時については『桃裕行著作集　第三巻　武家家訓の研究』（一九八八年三月、思文閣出版）及び外村展子氏『鎌倉の歌人』（一九八六年一月、鎌倉春秋社）に詳しい。

（10）例えば勅撰集の中では『後撰集』『続後撰集』『風雅集』が春部・秋部に上中下の三巻を充てている。それらにおいて秋月の歌はほぼ秋部の中巻に配されているようである（『風雅集』のみ下巻に及ぶ）。

（11）浜口博章氏「鎌倉歌壇の一考察――拾遺風躰和歌集・柳風和歌集について――」（『中世和歌の研究　資料と考証』所収、初出『国語国文』第二十三巻第七号、一九五四年七月）、中川博夫氏「『拾遺風躰和歌集』の成立追考」（『中世文学研究』第二十一号、一九九五年八月）など。

（12）『冷泉家時雨亭叢書　第四十巻　中世歌書集　書目集』（赤瀬信吾氏解題、一九九五年四月、朝日新聞社）所収。

（13）井上宗雄氏『中世歌壇史の研究　南北朝期』（一九六五年十一月初版、一九八七年五月改訂新版、明治書院）、片桐洋一氏『伊勢物語の研究〔研究篇〕』（一九六八年二月、明治書院）。なお以下井上氏の説は同書に拠る。

第六節　自葉和歌集

中臣祐臣と『自葉和歌集』

和歌を能くした鎌倉時代の春日若宮神主としては、いわゆる春日懐紙の詠者の一人であり、かつその紙背に『万葉集』を書写した四代目の祐茂（祐定）が知られているが、続く五代目の祐賢（祐茂一男）以後も神主の和歌活動は依然盛んであったとみられる。すなわち祐賢は『続拾遺集』から『続千載集』までに各一首ずつ採られている勅撰歌人であり、次の六代目祐春（祐賢一男）も『新後撰集』ほかの六勅撰集に十四首入集、のみならず彼の場合は伝自筆の詠草類の断簡もいくつか伝わり、中には二条為氏の点と評語とが加えられたとされるものもある。(1) その祐春のあとに神主に任じられたのが本論で取り上げる祐臣で、今日に続く千鳥家という家名の祖にして「歌名最も高」いと言われる(2)人物である。建治元年（一二七五）生、祐春の嫡男とも、祐春弟祐世の実子でのち祐春の養子になったともされるが詳細は不明。東京大学史料編纂所蔵『千鳥文書　二』所収「千鳥神主伝」によると、その経歴は、

弘安二年（一二七九）十月十七日「年五而加元服」

同六年（一二八三）十二月二十三日「叙従五位下、任木工助、于時九歳」

正和二年（一三一三）八月七日「以父祐春譲補若宮神主」

同三年（一三一四）二月「叙従五位上」

元徳二年（一三三〇）三月八日「叙正五位下」のようであり、最終的には正四位下、在職三十年を経て康永元年（一三四二）神主を辞し、同年十二月二十二日に六十八歳で没、亡骸は高円山麓に葬られたという。「性廉貞居職最端正」で、神に仕える傍らに自ら好んで和歌を詠み、結果『新後撰集』（一首）『玉葉集』（一首）『続千載集』（三首）『続後拾遺集』（一首）『風雅集』（一首）『新千載集』（一首）『新続古今集』（二首）にそれぞれ入集を果たした。しかしながら初出の『新後撰集』では「読人不知」とされ名を隠されて、それを嘆いた祐臣が、

同じ集（新後撰集）に名を隠して入り侍ることを思ひて　　中臣祐臣

和歌の浦に跡つけながら浜千鳥名にあらはれぬ音をのみぞ鳴く　（巻十八・雑五・一四五三）

と詠んだところ、これを聞いて感じ入らぬ者はなく、その評判はやがて宮廷にまで達して直ちに『玉葉集』に「入集顕名」、以後祐臣は「千鳥神主」と呼ばれ、それが千鳥家という家名の由来になったと言われる。ちなみに『新後撰集』で読人不知にされたという祐臣詠について、永島福太郎氏は根拠は不明ながら、

題不知　　読人不知

花だにも惜しむとは知れ山桜風は心のなき世なりとも　（巻二・春下・一一〇）

という一首がそれに当たると指摘している(3)。ともあれ「千鳥神主伝」に再び戻ると、もうひとつ興味深いのは「撰家集号榊葉集」と記されていることである。これを信じれば祐臣には「榊葉集」なる自撰家集があったということになろうが、そのような作品は残念ながら伝わっていない。祐臣の家集として現在知られているのは『自葉和歌集』ひとつだけである。

『自葉集』については近年、冷泉家時雨亭文庫本の現存が明らかとなり影印本も刊行されたが、(4) 従来披見できたのはその江戸時代前期頃の転写本たる宮内庁書陵部御所本（五〇一―一八〇）の一本のみだった。当該本は列帖装一帖、縦十七・五cm×横十七・八cmの枡形本、料紙は色変わりの斐紙、紙数は全四十二丁。外題は左上部に打ち付け書きで「自葉和歌集」、見返し題「中臣祐臣詠」、内題「自葉和歌集」。二百三十九首を収め、その巻頭には（以下しばらく『自葉集』の本文は御所本の紙焼写真に拠る）、

自葉和歌集巻第一
春哥上
はるたつ心をよめる　　中臣祐臣
天のとをいつるひかけも春日山はるとやけさはのとけかるらん　　（一）

とあり、以下巻二から巻六まで春下・夏・秋上・秋下・冬と続いていく。各巻とも最初に「中臣祐臣」と記されており、これが祐臣のいわば署名であるとおぼしき点、及び詞書のほとんどに直接体験の過去の助動詞「き」が用いられている点から、まずは自撰家集としてよいだろう。なお『自葉集』の最末尾は、

永仁三年に千首哥よみ侍しに時雨洩袖
御点なみたたにおき所なきわか袖に露をかさねてもるしくれかな　　（巻六・冬・二三九）
同五年に百首哥よみ侍しに（以下欠）

のように冬部の途中で途切れている。すなわち当該御所本は残欠本とみられるわけで、同本に基づき『自葉集』を初めて翻刻紹介した『桂宮本叢書』解題も「もと四季・恋・雑の一〇巻仕立であつたらしい」としつつ、

現存本は第四〇丁紙裏一杯にまで書写され、次に白紙二葉を残してある所から推量しても、現存本の落丁散佚で

はなく、すでに親本からの脱落であつたらうと考へられる。

と説いている。(5)

さてこの『自葉集』で特徴的なのは、所収歌の多くに「＼」という合点と、「御点」「隆博卿合点」「円光院殿御点」「一条法印御房御点」「故左中将殿御点」「入庭林」といった注記が付されていることである。それらについてはすでに井上宗雄氏が、「御点」は二条為世か、「一条法印」は定為、「円光院殿」は鷹司基忠とした上で「これは自詠を京の有力歌人に送って批点を求め、それを書き入れたものなのであろう」と指摘している。(6)特に「御点」を為世のものとするという見解は、この顔ぶれからして最も蓋然性が高そうなので、まずは従うべきであろう。なお井上氏が触れていない「故左中将殿御点」というのは為世嫡男で早逝した二条為道のものとみられる。

また『自葉集』の内容に関しても井上氏は、

正応六年祐臣十九歳の詠歌が既に見え、この年以降、一々掲げるのは煩わしいほど五十首・百首・歌合その他を行って詠歌している。永仁二年には千首歌を詠じている。若年であるからその多くは習作的な独詠も多かったのであろうが、二年三月には人々が集まって祐春家千首を行なうなど、千鳥家歌人グループの存在は明らかに認められる。

のように述べている。その詳細についてはあとであらためて検討したいが、「とにかく熱心な歌人であった」（井上氏）という祐臣ひいては南都歌壇の和歌活動の実際を、この『自葉集』からは垣間見ることができそうで、それだけに御所本が巻六までしか伝えていないという点が、何と言っても惜しまれていたわけである。

伝二条為道筆西宮切

ところで二条為道を伝称筆者とする古筆切の中に、西宮切と呼ばれる未詳私家集の断簡がある。『増補新撰古筆名葉集』為道の項に「西宮切　六半　哥二行書自詠家集歟未詳」とあるのがそうで、従来知られていたのは京都国立博物館蔵手鑑『藻塩草』所収の（以下便宜上歌末に通し番号を付す）、

断簡A

永仁三年に千首哥よみ侍しに
忍逢恋
をのつからしたにこゝろそとけそむる
こほりのひまのにほのかよひち（1）
同六年に左近権中将殿すゝめさせ
おはしまし侍し春日社十五番の
哥合に逢恋
をのつからまとろまてみるあふことも
なをゆめなれやうつゝともなき（2）

という一葉のみである。縦十六・八cm×横十四・一cmのもと六半本で、書写年代は鎌倉時代末期頃だろう。記載の二首は他文献には見出せず、そのため『国宝手鑑藻塩草』解説では「何集の断簡かなお明らかにし難い」とされ(7)、同書

に基づいた久保田淳氏も、

これはやはり誰かの家集であろう。しかし、誰の集か、為道の集としてよいのかどうか、全く見当がつかない。
永仁六年の「右近権中将殿」も何人もいそうで、決めかねる。

とした上で「正体はわからないけれども、この詞書は永仁年間の和歌史的事実を物語っていて貴重である」と述べるに留まった[8]。またその後の『古筆手鑑大成』解説では、前掲『古筆名葉集』の「自詠家集歟未詳」という注記が重視され、

もし推測のように「自詠家集」であるとすれば、為道の家集は伝存していないだけに、大変興味深い、貴重な切ということになる。（略、為道は）正安元年（一二九九）、二九歳の若さで没した。切の詞書に、「永仁三年（一二九五）」「同六年」などの年時が記されており、その没年と考え合わせてみると、為道自身の筆であるかどうかは別として、為道の家集であった可能性は十分にあると思われる。

という推定が示されもした[9]。

そのような中、この西宮切が実は『自葉集』の散佚部分ではないかと説いたのはやはり井上氏だった。氏は断簡A1の「永仁三年に千首哥よみ侍しに忍逢恋」という詞書に注目して「これは自葉集と形式がよく似ているのではなかろうか（いま散逸している恋部か）」とし、かつ永仁六年の詠である2についても「自葉集であることを妨げ」ず、その詞書に見られる「左権中将こそ伝承筆者の為道ではないか」と論じた。「自葉集と形式がよく似ている」というのは、同集の例えば、

永仁三年千首哥よみ侍しに海霞

隆博卿合点　うつもれぬをとこそのこれなこの海やかすみのしたのおきつしら浪　（巻一・春上・一九）

などとの一致を指すのであろう。言われてみれば確かにそうで、その点この井上氏の説は極めて説得的な見解のように思われる。ただ残念なことに既知の西宮切が断簡Aの一葉のみしかなかったために、それ以上の論の展開は望み得ないのがこれまでの状況だった。

しかしながら論者は近年、西宮切のツレとみられる断簡をほかに数葉見出しており、結論を先に言えば、それらによって井上氏の説の蓋然性をより高めることができそうなので、以下に詳述することとしたい。ツレというのはまず青蓮院旧蔵手鑑『もしの関』所収の、

断簡B

永仁二年に名所百首よみ侍しに

恋

行すゑをたれにとはましゝのふ山
人はこゝろをゝくのかよひち（3）

忍恋の心を

みせはやな人にしられて白なみの
よる〳〵さわく袖のみなとを（4）
しられしな袖のみなとによる浪の
御点　うへにはさわくこゝろならねは（5）

永仁元年に百首哥よみ侍しに

という一葉と、イェール大学バイネキ稀覯書図書館蔵手鑑所収の、

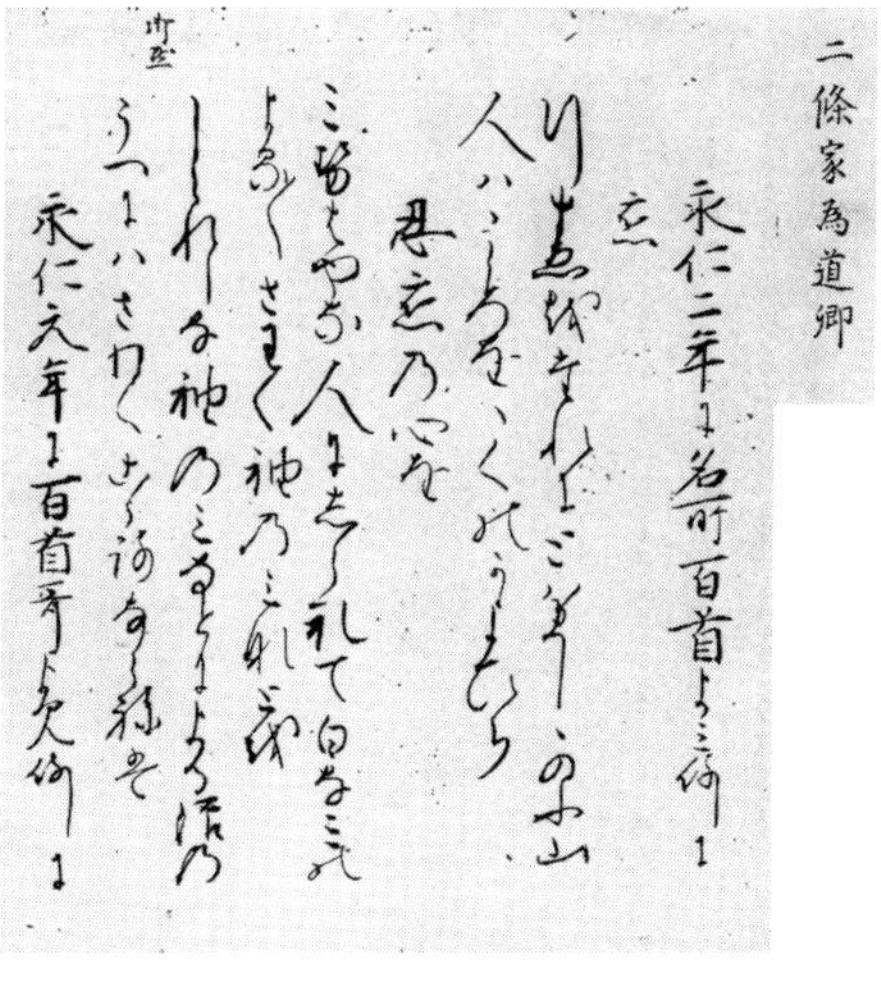

断簡C

しるしなくはいかゝはせんとおもひしに
いのりしまゝときくそうれしき（6）
述懐哥中に
一すちにうきをわか身のとかそとは
おもひなせとも人もうらめし（7）
あらましにおもひすつるはやすけれと
御点
けにそむかれぬよをなけくかな（8）
ゆくすゑをたのむこゝろのあれはこそ
うきにいのちを猶をしむらめ（9）
永仁二年古今哥ことに一首の哥

という一葉とである。断簡Bは寸法等未詳、「二条家為道卿」という極札を持つ。断簡Cは縦十七・〇cm×横十五・五cm。極札には「二条家為定卿しるしなく（拝）[10]」とあって為道ではないものの、断簡ABと同筆同体裁たることは一見して明らかなので、西宮切と判断して差し支えないものと思われる。

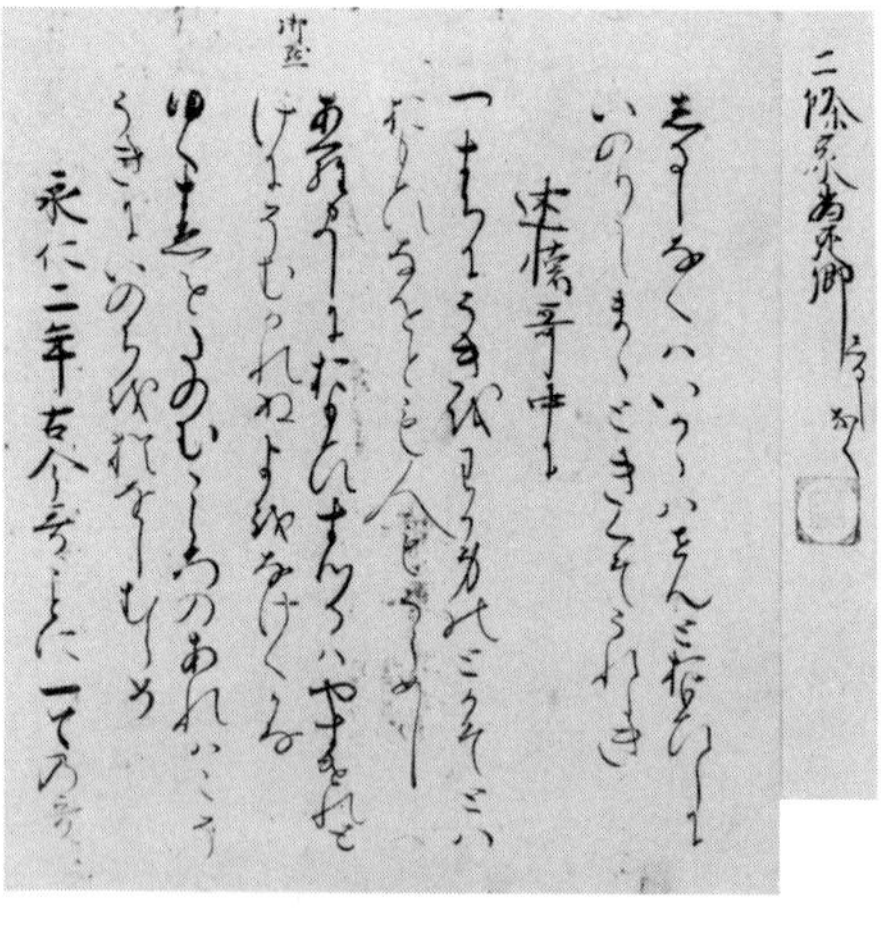

さて3から9までの七首は断簡A同様に他文献には検し得ない。しかしそれらの記載を調べてみると、やはり断簡A同様に『自葉集』との共通点を見出すことができるのである。順に確認していくと、まず注目すべきは5と8とに「御点」という注記が付されていることで、これは前述した『自葉集』のそれ（為世のものとみられるという）とまさに同一であると言えよう。次に3の詞書「永仁二年に名所百首よみ侍しに恋」だが、『自葉集』にはそれと酷似した、

　永仁二年名所百首に秋

御点いなみのゝあさち色つく秋風にゆふへをさむみうつら鳴なり　（巻五・秋下・二二三）

という詞書を持つ歌がある。また5の次に見られる詞書「永仁元年に百首哥よみ侍しに」も、『自葉集』の、

　永仁元年百首哥よみ侍し中に名所郭公

御点ほとゝきすなこりもとはす鳴すてゝいつちいくたのもりの下かけ　（巻三・夏・一一二）

　永仁元年百首歌よみ侍しに

さひしさの今よりつらき秋もかないかゝたもとの露はまさると　（巻四・秋上・一五九）

　永仁元年百首哥よみ侍しに同心を

くれかゝるいりひのをかのをみなへし露もあらはに色をそへつゝ　（同一七一）

という三首のそれと合致する。さらに9の次の「永仁二年古今哥ことに一首の哥」という途中までしか知られない詞書も、『自葉集』の、

　永仁二年に古今哥ことに一首の哥よみ侍し中に

御点つらしとははなもうき世をいとへはやさてありはてぬ色に咲らむ　（巻二・春下・五三）

　永仁二年に古今の哥ことに一首の哥よみ侍し中に夏哥

かせそよくみねのさゝやにかけもりてねさめすゝしき夏のよの月　（巻三・夏・一三八）

御点風かよふ山下みつの岩まくらよせくる浪のをとそすゝしき　（同一三九）

　永仁二年に古今哥ことに一首哥よみ侍しにすゝきを

物おもふたもとはおなし花すゝきわか身をよそに露やをくらん　（巻四・秋上・一六九）

永仁二年に古今哥ことに一首の哥よみ侍しに虫

隆博卿合点　かせさむきをのゝあさちのきり〳〵す霜よりさきにこゑよはりつゝ　（巻五・秋下・二一九）

という詞書の前半部とほぼ同文である。このように断簡BCと『自葉集』には、おそらくは同一の折とみられる詠が少なからず含まれているわけである。それが例えば一首だけとかいうことならば、西宮切は祐臣とともにその詠に臨んだ別人の家集だったという可能性も生じてこようが、一致するのが断簡BCで三例、また断簡Aに関する井上氏の指摘一例の合計四例も存するとなると、もはやそうとも判断しにくい。すなわち少なくともそれら四例については『自葉集』所収歌と一連の祐臣自身の詠と捉えるべきであり、加えて西宮切が私家集の断簡であるらしいこと、及び「御点」という注記を有することをも考え併せるならば、やはり西宮切は井上氏の推定どおり、『自葉集』の散佚部分であるとみるのが適切なように思われる。

なお以上の私見を本論初出時よりも以前に、小林強氏に口頭にてお伝えしたところ、後日これも西宮切であろうということで、高城弘一氏蔵手鑑『筆宝帖』所収の次の一葉を示して下さった。

断簡D

かせさえてけさはしくれのたえ〳〵に
わかるゝ雲にあられふる也（10）

霰を

御点　吹まよふ山かせさむき雲まより
ひかけはみえてふるあられかな（11）

□百首哥よみ侍しに霰

冬さむみこほりてよとむたきつせに
なをたまちるやあられなるらん（12）
（二行分空白）

縦十六・八cm×横十五・四cm。極札には「京極黄門定家卿かせさえて哥三首（守村）」とあるものの、その筆蹟・体裁が断簡A〜Cと一致することに加えて、11に「御点」という注記が見られる点、確かにこれは西宮切だと認められよう。うち六行目（12詞書）の上部には四文字分、八行目の次には二行分の空白が存するが、小林氏によれば当該部分は擦り消されているとのことで、おそらくは「定家」という伝称に不都合となる記載があったのだろうという。詠歌年次などに関わる情報が失われてしまったのはまことに残念と言わざるを得ないが、それでも西宮切の一葉として極めて貴重であることに変わりはない。

また『当市東区某大家所蔵品売立』（一九二五年一月二十二日、名古屋美術倶楽部）なる売立目録には、「定家歌切　流れ江の　光広卿箱」という次の一葉（軸装）が掲載されている。

断簡ヒ

なかれ江のあしまかくれに舟とめて
をの丶みなとに日をすこすなり（13）
同年に後撰哥一句を題にさくり

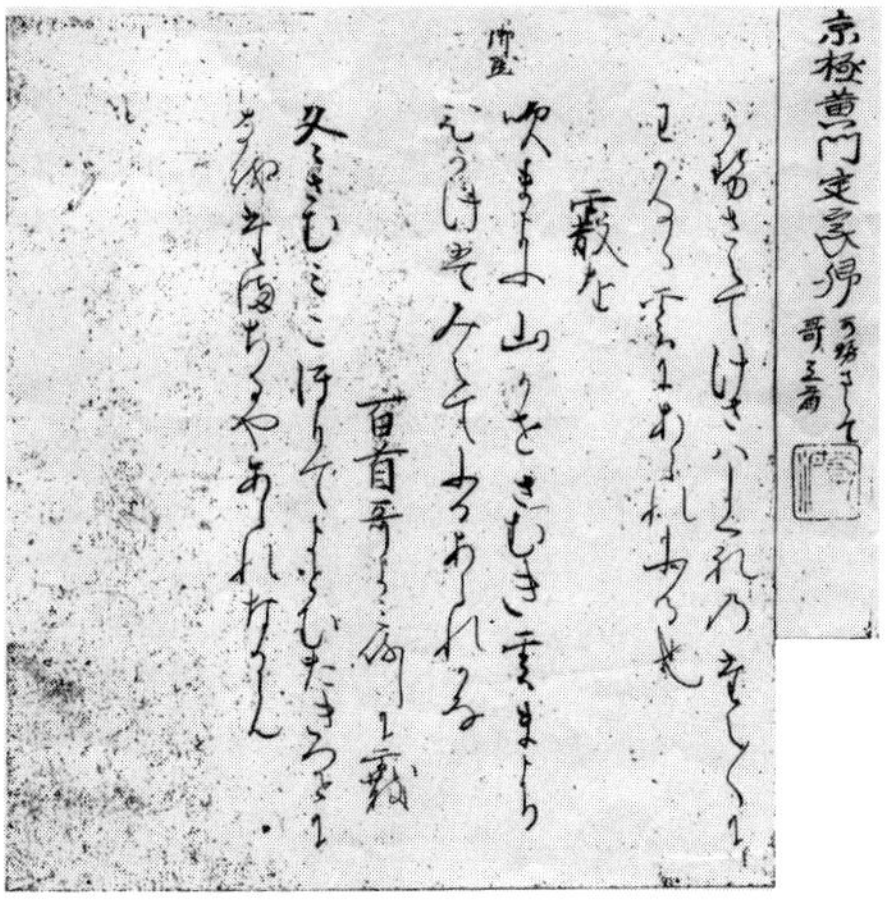

て人々哥よみ侍しにゆくもかへるも
あまをふねゆくもかへるも大□の
た□まてはかよふものかは（14）

旅の心を
こきいてしけさはのさかの□
みしまにちかくゆふ浪そたつ（15）

図版が小さく不鮮明なため、筆蹟などの特徴は明確には把握しがたい。しかし14の「同年に後撰哥一句を題にさくりて人々哥よみ侍しにゆくもかへるも」という詞書は、『自葉集』の、

正安元年後撰哥一句を題にさくりて哥よみ侍しに山は雪ふる
春きても山は雪ふる春日野にころも手さえてわかなつみつゝ
（巻一・春上・一一）

という一首のそれと酷似しており、おそらくは一連の詠と考えられそうである。その点やはり断簡A～Cと同じ理由で、この一葉も西宮切と認めてよいように思われる。従って13・14の詠歌年次は、右の一首と同じ正安元年（一二九九）だったことにもなるだろう。

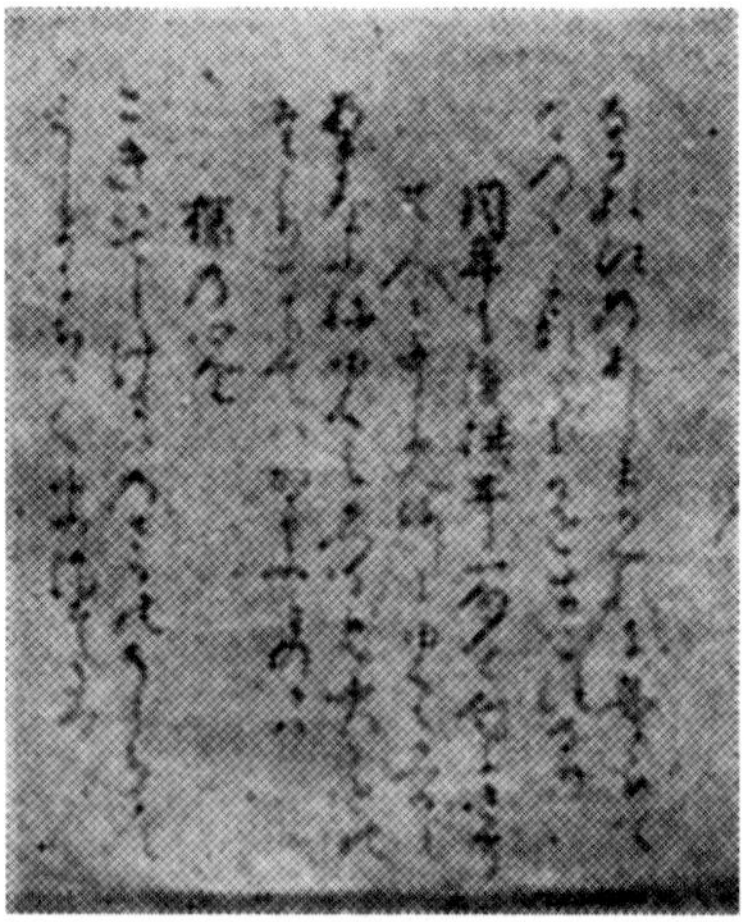

冷泉家時雨亭文庫本

さて本論初出時においてはもうひとつ、書陵部御所本の素性についても次のように指摘しておいた。

・御所本は枡形の列帖装にして一面ほぼ十行、歌一首二行書きとなっているが、これは西宮切と酷似した形態・書式である。
・この一致はおそらく偶然などではなさそうで、要するに西宮切が切り出されたあとの伝為道筆の残欠本が御所本の親本であり、御所本はその残欠本の書式をかなり忠実に再現する形で書写されたものとみられる。
・御所本の直接の親本となった残欠本が、伝為道筆本そのものか、それともその忠実な模本だったのか、という点についてまではわからないが、仮に前者だったとすると、伝為道筆の残欠本は少なくとも江戸時代前期頃までは確実に伝わっていたことになるので、あるいは今日においても、どこかでひっそりと眠っている可能性がないわけではなさそうである。
・ちなみに宮内庁書陵部蔵の柳原紀光編『歌書類目録』（柳―八三二）「御集並家集」の項には「中臣祐臣歌　一冊冷」という記述が見られる。前述のとおり御所本の見返し題は「中臣祐臣詠」であるので、これは『自葉集』を指すかもしれない。そうすると「中臣祐臣歌　一冊冷」の「冷」は「冷泉家文書目六」の略号であるから、とある時点で『自葉集』は冷泉家に伝来していたことになる。その冷泉家本が問題の伝為道筆残欠本であったとすれば、今後の出現にさらなる期待を抱けるだろう。

そうしたところ本論初出後、冷泉家時雨亭文庫本の実在と現存とが確認され、次いで影印本も刊行されたことは前述のとおりである（よって以下『自葉集』の本文は時雨亭文庫本に拠っていく）。小林一彦氏が担当したその影印本の解題において、時雨亭文庫本がやはり伝為道筆残欠本そのものであり、西宮切のツレだったこと、また御所本の直接の親本でもあったこと、などが明らかにされているので、右の箇条書きを含めて、ここまでの本論の論旨はいずれも裏付けられたということになろう。

ただしひとつだけまったく予想外だったのは、御所本の直接の親本が時雨亭文庫本だったとみられるにも関わらず、時雨亭文庫本の方が御所本より四十二首も多い内容を持っていたということである。御所本は全二括りの列帖装、一方の時雨亭文庫本は全三括りの列帖装で、新出の四十二首はすべて第三括りに記載されている。言い換えれば第二括りまでは両者に歌の出入りはないということである。この現象について小林氏は、

書陵部本が時雨亭文庫蔵本の忠実な転写本であることは間違いない。書陵部本は四〇ウに一杯まで書写されていたが、それは該本のちょうど第二括の最終丁にあたる。該本が第一括と第二括のみで存在していた時期に、書写がなされたと考えるのが妥当であろう。そうであれば、すでに江戸時代前期には、現在の第三括にあたる部分は離脱していたことになる。

のように推定しており、全面的に従ってよいと思われる。

それともうひとつ、新出の四十二首を収める時雨亭文庫本の第三括り自体にも、実は複雑な問題が存しているということを、やはり小林氏が指摘している。すなわち第三括りは間剥ぎされた九枚の料紙を寄せ集めたものであり、よって各料紙の各面の間は連続していない場合があり、また現在の綴じ順も必ずしも正しいとは限らないというのである。

そこでこの問題を検討すべく、第三括りの料紙の状態をより詳細に述べていきたい（以下ぜひとも影印本と見較べながら読み進めていただきたい）。列帖装は言うまでもなく、二つ折りにされた一紙四面分の料紙によって構成されるが、[11]この第三括りはそうした料紙が間剥ぎされて、

(A)外側の二面分が残ったもの…四十一オ（綴じ順①、以下同じ意味）＋五十五ウ（⑮）の一枚・四十三オ（③）＋五十一ウ（⑪）の一枚・四十五オ（⑤）＋四十九ウ（⑨）の一枚、の合計三枚

(B)内側の二面分が残ったもの…四十四ウ（④）＋五十オ（⑩）の一枚・四十六ウ（⑥）＋四十八オ（⑧）の一枚・五十三ウ（⑬）＋五十四オ（⑭）の一枚、の合計三枚

(C)さらに中央折目で裁断されて片側一面分だけが残ったもの…四十二ウ（②）・四十七オ（⑦）・五十二オ（⑫）、の合計三枚

という状態となった合計九枚を重ね綴じしたものとなっている。そのため丁をめくっていくと、墨付き面ばかりではなく間剥ぎ面（裏打ちはされている）も頻繁に現れてくることとなるので、当然そこには脱落があるはずだろうと思われてくる。ただし小林氏によると、間剥ぎ面の料紙の状態から、(A)③（四十三オ）＋⑪（五十一ウ）の一枚と(B)④（四十四ウ）＋⑩（五十オ）の一枚、及び(A)⑤（四十五オ）＋⑨（四十九ウ）の一枚と(B)⑥（四十六ウ）＋⑧（四十八オ）の一枚という二組に関しては、それぞれ間剥ぎ以前はもと同一料紙だったことが確かめられる由である。それは取りも直さず③と④、⑤と⑥、⑧と⑨、⑩と⑪に関しては、それぞれ現在の綴じ順どおりに内容的にも連続していると認めてよいことを意味する。よってこれらの四箇所以外について以下、内容的な連続・不連続を綴じ順に沿って検討していくこととしたい。

(A)①（四十一オ）は「むすひをく契のすゑもたのまれす」という恋歌の上句から始まる。直前の四十ウ（第二括りの末尾丁）は巻四・冬部の「同五年に百首哥よみ侍しに」という詞書で終わるので、明らかにこの間不連続である。またこの①は「さきに物申侍ける女に又あひて侍けるかもとゆいをおとして侍けるに」という詞書で終わる。これに接続しそうな歌を持つ面は第三括りや西宮切の中には見出せないので、①は前後とも欠ということになる。

(C)②（四十二ウ）は「いたつらにまたれぬくれとなりにけり」という上句から始まる。これに接続しそうな詞書もしくは歌題を持つ面は見出せない。一方②は、

嘉元三年名所百首に恋

人はよもおもひもしらしゝかま川なかれのすゑにうらみありとも

という一首で終わるが、次の(A)③（四十三オ）は、

あけぬとてゆふつけ鳥になきわたれなみたとまらぬあふさかの関

という一首で始まる。「あふさかの関」が詠まれた恋歌というのは、②最後の「嘉元三年名所百首に恋」という詞書とよく合致しているようである。この嘉元三年（一三〇五）名所百首歌については、ほかにも『自葉集』に、

嘉元三年名所百首に杜郭公

ほとゝきすよそになくねもきこゆなりたかまのもりのあけほのゝ空　（巻三・夏・一〇七）

かきくもるいくたのもりのむらさめにをのれことゝふほとゝきすかな　（同一〇八）

嘉元三年に名所の百首よみ侍しに月

みやきのは木のしたはかりのこれともよそにくまなき秋のよの月　（巻四・秋下・一九〇）

くれ行は月そやとかる草枕たこのいりのゝ秋のしら露　（同一九一）

のように見られる。これらの例から同百首においては、同一の題で複数の歌が詠まれる場合があったということが知られる。よって②の終わりから③の始めにかけての二首についても、本来的に連続していた可能性を考えてみてよいかもしれない。

③が(B)④（四十四ウ）に連続すること（つまり後欠でないこと）は前述のとおり。その④は「恋哥中に」という詞書のもと「今よりそおもひしりぬるかくはかり」という上句で終わる。ここで興味深いのは、続く(A)⑤（四十五オ）が「身のかすならて人になれしと」という下句で始まるということで、これは両者合わせて、

今よりそおもひしりぬるかくはかり身のかすならて人になれしと

という一首の歌を構成していると読めるのではなかろうか。このように③④のみならず、④⑤もまた内容的に連続していたとなると、列帖装の特性として、⑤と同一料紙の(A)⑨（四十九ウ）と、④と同一料紙の(B)⑩（五十オ）もまた内容的に必ず連続することになる。実際⑨は「たのむこゝろをあはれとおもはゝ」という神祇歌の下句で終わり、⑩は「神祇哥中に」という詞書で始まるので、両者繋がっていると認められないことはない。これらのことから③④の一丁はさらに⑤⑥の一丁と、また⑧⑨の一丁はさらに⑩⑪の一丁と、それぞれ本来的にも連続していた可能性が考えられそうである。ちなみにその場合、③～⑥の二丁と⑧～⑪の二丁とがまた同様に連続していた可能性も考えてみたくなってくる。それは換言すれば完本時、(B)⑥＋⑧という内側二面分の一紙が括りの一番内側に位置していたのではないかという見通しである。が、しかし今問題としている四丁においては、見開いた状態で右側に当たる③～⑥の二丁はすべて恋歌、一方左側に当たる⑧～⑪の二丁はすべて神祇歌となっているので、両者の間に内容的な断絶があるのは明らかである。

ところで現状において⑥と⑧との間には(C)⑦（四十七オ）が挟まっている。⑥が「正安元年に六帖題にて哥よみ侍しに」という詞書で終わるのに対し、この⑦は、

たえはつるうつゝのうさにくらふれは夢はたのみのあるよなりけり

という一首で始まる。⑥の詞書において詠まれた六帖題は具体的には不明だが、『古今六帖』第四・恋の歌題は、

恋　かたこひ　ゆめ　おもかげ　うたたね　なみだがは　うらみ　うらみず　ないがしろ　ざふの思

のようになっており、⑦の一首目とよく整合しそうな「夢」題がある。そうした点、⑥の六帖題は「夢」題であり、それに基づき詠まれたのが⑦の一首だった、すなわち⑥はこの⑦とこそ連続していたと認めることができるかもしれ

ない。⑥の詞書に具体的な歌題が書かれていないのは一見不審なようでもあるが、『自葉集』にはほかにも、

　　正安元年六帖題にて哥よみ侍しに

あさかすみたちそふ雲もなかりけりた丶そのま丶のはるさめの空　（巻一・春上・二一）

　　正安元年に六帖題にて哥よみ侍しに

御点　春風のさそふを花やまちつらん木すゑにもろくちる桜かな　（巻二・春下・六一）

　　正安元年六帖題にて哥よみ侍しに

たまかはのなみよせかくるうのはなやぬれてさらせるころもなるらん　（巻三・夏・九〇）

　　正安元年六帖題にて哥よみ侍しにかるかや

みたれ行こ丶ろのうちにくらふれはなをわけつへきのへのかるかや　（巻四・秋上・一七三）

という例があり、当該六帖題和歌に関してはむしろ明記されない方が多かったことがわかるので、特に異とする必要はない。一方⑥の三行目には「絶恋」題が存するが、⑦の四行目にも「絶恋」題、十行目にも「絶久恋」題がそれぞれ存する。このように歌題を共有していることも、⑥と⑦とが本来相当近い位置にあった傍証たり得るのではなかろうか。

次に進もう。⑦は「絶久恋といふことを」という詞書で終わり、⑧は「ちきりあれや人はふみ丶ぬ一すちのそのあとたのむ神のみやつこ」という神祇歌一首で始まる。それぞれに接続しそうな歌や詞書を持つ面は見出せないので、⑦は後欠、⑧は前欠ということになる。また前述のとおり⑧〜⑪はすべて神祇歌となっているので、まず間違いなく⑦から⑧の間のとある丁において部立が恋から神祇へと移っていたものとみられる。『自葉集』において冬部の直後に恋部があったとすると、恋部が巻六で、それに続いて巻七に神祇部があったとみるのが適切だろう。

⑧〜⑪が連続するのも前述のとおり。うち最後の⑪は「弘長元年の御百首題にて哥よみ侍しに神祇」という詞書で終わり、次の(C)⑫（五十二オ）は、

ゆくすゑの身のあらましも《か》すかやまつかふるあとのみちは、なれす

という一首で始まる。両者繋がるとも繋がらないとも言えそうであり、その他の徴証は見出せないので、ここは不連続として扱っておく。よって⑪は後欠、⑫は前欠ということになる。また⑫は「おなし心（神祇）を」という詞書で終わるが、これに接続しそうな歌を持つ面は見出せないので、⑫は後欠ということにもなる。

ここで一旦整理しておくと、①と②とは不連続、②と③とは連続する可能性あり、③から⑥までが連続、⑥と⑦とは連続する可能性あり、⑦と⑧とは不連続、⑧から⑪までが連続、⑪と⑫とが不連続で、うち①から⑦までが恋部、⑧から⑫までが神祇部だろうと推定される。そこで今度は恋部の面に記されている歌題を通覧してみると、①に「稀逢恋」（三首目）、③に「遇不逢恋」（三首目）「月前恋」（四首目）、④に「遇不逢恋」（二首目）、⑤に「片恋」（三首目）「忘恋」（四首目）、⑥に「絶恋」（二首目）、⑦に「絶恋」（二首目）「絶久恋」（四首目）などが見られる。稀逢恋→遇不逢恋→片恋→忘恋→絶恋→絶久恋という順番は、例えば『大納言為家集』下・恋部の冒頭に列挙されている恋題の順番ともよく合致しており、恋部の配列としてまずは自然と言うことができる。よって第三括りにおける恋部の面の綴じ順は、完本時のそれとほぼ等しいと認めてよさそうである。そうした場合、これも列帖装の特性として、片面の綴じ順が正しければもう片面の綴じ順も正しいということになるので、少なくとも⑧から⑪までの神祇部の配列もまた、完本時のそれとほぼ等しいはずだということになろう。問題は片面のみの⑫であるが、これは内容的に⑧の前だったとも⑪のあとだったとも考え得るので、判断は保留しておく。

さて残るは(B)⑬（五十三ウ）＋⑭（五十四オ）と(A)⑮（五十五ウ）の二枚三面分である。うち⑬は、

いと丶身にそ丶ひけると申侍しかへしに

つらかりし心つよさも今は丶やわすれてしのふ人のおもかけ

という一首で始まり、

羇中嵐

なをさへは雪になるへきくもそとてあらしにこえぬさやのなかやま

という一首で終わる。また⑭は、

うたかひし人もつゐにはさとりけりこ丶ろのほかにみのりなしとは

という一首で始まり、「左近権中将殿す丶めさせ侍し尺教哥中に厳王品に於空中滅」という詞書で終わる。小林氏が指摘するように⑬は羇旅部、⑭は釈教部とみてよいだろう。よって⑬と⑭とが内容的に繋がらないのは明らかであり、また両者とも接続しそうな内容を持つ面は見出せないので、いずれも前後欠ということになる。

ところで第三括りのうち、①＋⑮・②（右側に位置）・⑫（左側に位置）・③＋⑪・④＋⑩・⑤＋⑨・⑥＋⑧・⑦の合計八枚は、この順番で外側から内側に向けて重ね綴じされている。ところが今問題としている⑬＋⑭に限っては、まずこの二面のみを二つ折りにした上で、⑫と⑮との間に差し入れる形となっている。これは言うまでもなく列帖装における本来の綴じ方ではない。また小林氏によると、⑬＋⑭には「他の丁には見られない独自の虫穴（略）が共通して存在して」いること、及び⑬が羇旅歌、⑭が釈教歌であるのは「第三括の残りの各丁が恋歌ないしは神祇歌であるのと趣を異にしている」ことなどから「憶測すれば、該本はあるいはもともと四括構成であり」、⑬＋⑭の「一枚は現状第三括の残りの各丁と、本来の括を異にしていたのかもしれない」という。これも従うべき見解であろう。つまり内容的にも形態的にも、⑬と⑭は第三括りのいずれの面とも繋がらないということである。また西宮切の中にも連続しそうな面は存していないので、⑬⑭とも前後欠ということになる。

なお⑬と⑭が内容どおりにそれぞれ羇旅部と釈教部であり、また西宮切の断簡Cが雑部だったとみてみると、『自葉集』の残る巻八～十にちょうど当てはまってもいくようである。⑬と⑭とが同一料紙となっている点、羇旅部と釈教部とが連続していたことはほぼ確実だろうが、では雑部は羇旅部の前か、それとも釈教部のあとだったのか。これは現時点では特定する手立てがないので、ひとまずは巻八が羇旅部、巻九が釈教部、巻十が雑部だったと考えておく。

最後の⑮は白面であるが、小林氏によるとそこは次のようになっているという。

対向する面の文字が薄く墨あとをとどめている。ノド付近の墨あとは、集名と巻名（部立名）の墨うつりとおぼしく、改行して詞書、さらに作者「中臣祐臣」に相当する位置にも墨のあとが残っている（ただし判読はできない）。五五オは間剥ぎ面で、五五ウは当初より白面である。つまり、五五オの間剥ぎ部分（和歌が書かれていたはずである）までで当該部立が終わり、五五ウに対向する面すなわち次丁表から、新しい部立がはじまっていたことになる。この墨あとは、まだ他に、未知の部立が『自葉和歌集』には確かに存在していたことを示す物証として貴重である。

そうした場合前述のとおり、⑮に先立つ①～⑫の綴じ順が完本時のそれに確かにほぼ等しいとすると、巻六・恋部と巻七・雑部はすでに書写されているので、⑮の次面の未知の部立は巻八・羇旅部だった可能性がかなり高いと思われる。⑬＋⑭の二面も本来は、この⑮のあとに続いていた別の括りの中に綴じられていた丁なのだろう。

さて第三括りに属している各面が本来的には以上のような順番だったと推されるとして、もうひとつ考察しておく必要があるのは、それらに対して前掲の西宮切五葉がどのあたりに位置していたかということである。そこで確認していくと、まず断簡Aには「忍逢恋」（1）「逢恋」（2）、また断簡Bには「忍恋」という各題があるので、これら二葉は恋部とみられる。すると先にも利用した『大納言為家集』では、①に見えた「稀逢恋」に先立ち「忍恋」次いで「逢恋」が挙げられている。よっておそらくは①より前に断簡B・断簡Aの順番で位置していたはずである。次に断簡Cには「述懐哥中に」（7）という詞書があるので、前述のとおりおそらくは雑部とみられる。よって⑭よりあとに位置していたはずである。また断簡Dには「霰」（11・12）という題があるので冬部とみられる。よって①より前の断簡Bよりもっと前、かつ時雨亭文庫本における冬部二丁目（四十ウ）よりはあとに位置していたはずである。残る断簡Eには「旅の心を」（15）という詞書があるので羇旅部とみられる。よって⑬の前後いずれかに位置していたはずである。その特定は困難なので、便宜上⑬の前にあったと考えておく。

新出本文翻刻

以上の考察結果を踏まえ、それでは時雨亭文庫本の新出部分、及び西宮切の本文を改めて次に翻刻しておく。翻刻に際しての措置は次のとおり。

一、内容的なまとまりごとに一歌群とし、確証は得られないながらも連続する可能性のある面同士については「（コノ間連続カ）」と記入した。

一、便宜上、歌頭に通し番号を付した。『私家集大成』『新編国歌大観』は二三九番歌までであるが、その次の「同五年に百首哥よみ侍しに」という詞書のみの一首を240と数え、ここでは開始番号を241とした。以下の考察においてもこの歌番号に拠っていく。

一、字体は漢字・仮名とも通行のものに改めた。ただし「哥」など一部の異体字は活かした。
一、文字の大小・字配りは必ずしも底本に忠実ではない。
一、欠損部分は「□」、推定可能部分は「[月]」のように示した。
一、詞書中の改行、及び上句と下句の間の改行は追い込みとした。
一、詞書は歌に対して二字下がりとした。
一、改面位置は　」のように示した。

【翻刻】

〈第一歌群＝断簡D〉

241　かせさえてけさはしくれのたえ〲にわかる丶雲にあられふる也

　　霰を

242　御点　吹まよふ山かせさむき雲まよりひかけはみえてふるあられかな

　　□百首哥よみ侍しに霰

243　冬さむみこほりてよとむたきつせになをたまちるやあられなるらん」

〈第二歌群＝断簡B〉

　　永仁二年に名所百首よみ侍しに恋

244　行すゑをたれにとはまし丶のふ山人はこ丶ろを丶くのかよひち

　　忍恋の心を

245 みせはやな人にしられて白なみのよる〳〵さわく袖のみなとを

246 御点 しられしな袖のみなとによる浪のうへにはさわくこゝろならねは

永仁元年に百首哥よみ侍しに」

247 （歌欠）

〈**第三歌群＝断簡A**〉

永仁三年に千首哥よみ侍しに忍逢恋

248 をのつからしたにこゝろそとけそむるこほりのひまのにほのかよひち

同六年に左近権中将殿すゝめさせおはしまし侍し春日社十五番の哥合に逢恋

249 をのつからまとろまてみるあふこともなをゆめなれやうつゝともなき」

〈**第四歌群＝①**〉

250 むすひをく契のすゑもたのまれすたえまかちなる谷川の水

251 かひなしやたえまかちなるうき中のいのちとなれるなさけはかりは

東北院にて八月十五夜に三首哥講せられ侍しに稀逢恋

252 ちきりあれはまたわたりつるみちのくのをたえのはしをなにうらみけん

さきに物中侍ける女に又あひて侍けるかもとゆいをおとして侍けるに」

253 （歌欠）

〈**第五歌群＝②～⑦**〉

254 円光院殿御点 いたつらにまたれぬくれとなりにけりわかこゝろとはおもひすてねと

恋哥中に

255 うらみすよさらてもうときなか川のこゝろとたえんすゑはしらねと

256 まくすはらうらみてかへれされはとてわけ入道のすゑもとをらし

嘉元三年名所百首に恋

257 人はよもおもひもしらしゝかま川なかれのすゑにうらみありとも」

（コノ間連続カ）

258 あけぬとてゆふつけ鳥になきわかれなみたとまらぬあふさかの関

永仁二年に古今哥ことに一首の哥よみ侍し中に恋

259 うたてなといけらはのちとちきりてもあるよなからにうとくなるらん

遇不逢恋

260 今もまたなを身をさらてうとくなるこゝろにゝぬは人のおもかけ

月前恋」

261 月になをみしおもかけやしのはましなみたのしらぬかたみなりせは

嘉元々年に仙洞御百首題にて哥よみ侍しに遇不逢恋

262 いまゝてもあるはつれなきいのちにてまたはいかてかあふにかふへき

恋哥中に

263 御点 あふまてとおもひしよりもなからへてつらさをみるはいのちなりけり

264 今よりそおもひしりぬるかくはかり」身のかすならて人になれしと

永仁元年百首哥よみ侍しに恋

265 わすられぬつらさをのちのかたみにてうきにもそへるなさけなりけり

同二年に父中臣祐春連家にて人々題をさくりて千首哥よみ侍しに片恋

266 故左中将殿御点 せめてたゝわすれなはてそもろともにおもふとまては身にもたのます

忘恋」

267 つらくともわすれなはてそ今はたゝあらぬさまなるしる人にせん

絶恋のこゝろを

268 つらかりしいつはりなからたのめしはなをもなさけのあるよなりけり

永仁二年に古今哥ことに一首の哥よみ侍しに恋

269 御点 身のほとをしらぬになしてたつねはやなにゆへにかくうとくなるそと

正安元年に六帖題にて哥よみ侍しに」

（コノ間連続カ）

270 たえはつるうつゝのうさにくらふれは夢はたのみのあるよなりけり

同三年に三十五首哥よみ侍しに絶恋

271 御点 いかゝせんまたもかよはぬみちのくのをたえのはしのなかのちきりを

永仁三年千首に恋

272 たえはてぬほとこそむすへ山の井のあさきなからのちきりたになし

絶久恋といふことを」

273　（歌欠）

〈第六歌群Ⅱ⑧〜⑪〉

274　御点　ちきりあれや人はふみゝぬ一すちのそのあとたのむ神のみやつこ

275　一条法印御房御点　代々へぬるあとならてはとおもふにそわかまつみちはふたつともなき

276　隆博卿合点　ふみかへぬみちのすゑそとみかさやまつかふるあとに身をたのむかな

277　さりともとしらぬわか身のすゑまても神にまかせて猶たのむかな

小蔵大納言家・子息中将季孝五首哥をよみて若宮にたてまつらせ給し」中にわきてなと神もあはれとか
けさらんすゑはもおなしきたのふちなみと侍しをみ侍て

278　すゑはとてちかひはくちしかすか山神のめくみのきたのふちなみ

おなしき哥の中にいのる事神もうけすはいかゝせんまたたのむへきかたしなけれは

279　いのることなとかは神のうけさらんたのむこゝろをあはれとおもはゝ」

神祇哥中に

280　人にこそいひてかひなき身のほとを神たにいのるしるしあらはせ

281　よをいとふこゝろはゆるせつかふとて身をこそすてぬならひなりとも

父中臣祐春連社務のゝち六帖題哥中に瀬を代々かけて神につかふる名とりかはかゝるせまてと身をそ
いのりしと侍を見侍て

282　御点　たえすのみ神につかふるなとりかは」身にもそのせをたのむはかりそ

法橋重挙すゝめ侍し唯識論の裏の哥に神祇

283　御点しるへをは神にまかせてみかさ山あとあるみちを身にたのむかな

神祇

284　かゝりけるちきりもうれし春日山めくみあまねき神のみやつこ

弘長元年の御百首題にて哥よみ侍しに神祇」

285　（歌欠）

〈第七歌群＝⑫〉

286　御点ゆくすゑの身のあらましも・す《か》かやまつかふるあとのみちはゝなれす

神事の次に

287　今こそはちりにましはる光ともわか身つかへておもひしりぬれ

永仁六年三月に題をさくりて哥よみ侍しに神祇

288　つかへくるあとまよはすなかすか山たゝひとすちのみちたのむ身に

おなし心を」

289　（歌欠）

〈第八歌群＝断簡E〉

290　なかれ江のあしまかくれに舟とめてをのゝみなとに日をすこすなり

同年に後撰哥一句を題にさくりて人々哥よみ侍しにゆくもかへるも

291　あまをふねゆくもかへるも大□のた□まてはかよふものかは

旅の心を

292 こきいてしけさはのさかの□みしまにちかくゆふ浪そたつ」

〈第九歌群＝⑬〉

いとゝ身にそゝひけると申侍しかへしに

293 つらかりし心つよさも今はゝやわすれてしのふ人のおもかけ

羇中霞といふことを

294 かすむともおもはていてしあふさかの山そいつしかみえすなりぬる

羇中嵐

295 なをさへは雪になるへきくもそとてあらしにこえぬさやのなかやま」

〈第十歌群＝⑭〉

296 うたかひし人もつゐにはさとりけりこゝろのほかにみのりなしとは

心清浄故有情清浄の心を

297 いさきよき心の月のはれぬれは身にものこらぬくまとこそきけ

永仁三年千首哥中に尺教

298 いつもわかこゝろの雲にかきくれてはるゝときなきむねの月かけ

左近権中将殿すゝめさせ給し尺教哥中に厳王品に於空中滅」

299 （歌欠）

〈第十一歌群＝断簡C〉

300 しるしなくはいかゝはせんとおもひしにいのりしまゝときくそうれしき

述懐哥中に

301 一すちにうきをわか身のとかそとはおもひなせとも人もうらめし

302 御点 あらましにおもひすつるはやすけれとけにそむかれぬよをなけくかな

303 ゆくすゑをたのむこゝろのあれはこそうきにいのちを猶をしむらめ

永仁二年古今哥ことに一首の哥」

304 （歌欠）

詞書の考証

それでは以上の新出部分を含める形で、あらためて『自葉集』の内容を検証していくことにする。まずは『自葉集』の詞書に見られる各種の詠作・催しなどを年次別に整理してみたいが、その前にもうひとつだけ確認しておく必要のあることがある。すなわちこの『自葉集』において、とある歌の詞書がその次以降の歌にまでかかる場合があるかないかについてである。例えば、

永仁五年名所百首よみ侍しに
うちなひく煙のすゑもさひしきは秋のゆふへのしほかまの浦　（巻四・秋上・一六二）
しほくまてほすとも袖のいかならんいそまのうらの秋のゆふくれ　（同一六三）

などにおいては、一首目（「しほかまの浦」）のみならず二首目（「いそまのうら」）にも名所が詠み込まれており、おそらくはいずれも「永仁五年名所百首」だったとみてよさそうである。このように二首目に詞書がない場合は、一首目の

それが及ぶと考えられるが、それでは、

嘉元三年八月十五夜に三首哥講し侍しに月前風

なかむれはあたりにかゝる雲もなし月のよそまてはらふ嵐に　（巻五・秋下・二〇〇）

野亭月

すみなれしもとのあるしは月なれや露もてむすふのへのかりいほ　（同二〇一）

のような場合はどうであろうか。ここでは一首目の「嘉元三年八月十五夜に三首哥講し侍しに」という詞書が、「野亭月」という歌題を持つ二首目にまでかかるか否か（つまり「野亭月」題も同三首歌中のものなのか）が問題となり、いずれのようにも受け取れるので実に厄介だけれども、しかしながら『自葉集』にはまた、

永仁三年に千首哥よみ侍しに海辺七夕といふことを

あふことのまたもなきさにうきてよるみるめも秋のこよひはかりそ　（巻四・秋上・一四九）

おなしき千首哥中に七夕

吹かはるかせのをとより袖ぬれてめにみぬ秋をしる涙かな　（同一五〇）

といった例がある。このうち二首目の「おなしき千首哥中に」という詞書からは、並んだ数首が同じ催しの詠にして歌題だけを異にしているという場合には、そうである旨を明記するという『自葉集』の編纂態度を読み取ることができるだろう。従って先の三首歌などのように特に断りがない場合は、一首目とそれ以降とは切り離して考えるのが穏当ということになる。

そのような判断に基づきつつ『自葉集』の詞書を整理してみると、おおよそ次のようになる。

正応六年＝永仁元年（一二九三、八月五日に改元）　祐臣十九歳

(1)「（正応六年）宝治二年後嵯峨院御百首題にて哥よみ侍しに」…九（題「若菜」）
(2)「（正応六年）百首哥よみ侍りしに」…五二（題「花」、御点）・二三〇（題「暮秋」）・二六五（題「恋」）
(3)「（正応六年）堀川院御百首題にて歌よみ侍しに」…一五四（「萩」）
(4)「（永仁元年）百首哥よみ侍し中に」…一一二（題「名所郭公」、御点）・二四七

永仁二年（一二九四）二十歳

(5)「三月父中臣祐春連家にて題をさくりて人々千首哥よみ侍しに」…四四（題「花下忘帰」、御点）・九七（題「人伝郭公」、合点・御点）・二六六（題「片恋」、故左中将殿御点）
(6)「古今哥ことに一首の哥よみ侍し中に」…五三（御点）・八三（題「春哥」、隆博卿合点）・一三八（題「夏哥」）・一三九（題「夏哥」、御点）・一六九（題「すゝき」）・二一九（題「虫」、隆博卿合点）・二五九（題「恋」）・二六九（題「恋」）・三〇四
(7)「百首哥よみ侍し中に」…八二（御点・一条法印御房御合点）・一五五（御点）・二〇二（題「月」、一条法印御房御点）
(8)「名所百首に」…二三三（題「秋」、御点）・二四四（題「恋」）

永仁三年（一二九五）二十一歳

(9)「千首哥よみ侍しに」…一九（題「海霞」、隆博卿合点）・二〇（題「梅移水」）・二四（題「花」）・三九（題「花」）・四五（題「古木花」）・五八・一四九（題「海辺七夕」）・一五〇（題「七夕」）・二三九（題「時雨洩袖」）・二四八（題「忍逢恋」）・二七二（題「恋」）・二九八（題「尺教」）
(10)「百首哥よみ侍しに」…六〇

永仁四年（一二九六）二十二歳

(11)「八月のころ月哥百首よみ侍し中に」…一九三

永仁五年（一二九七）　二十三歳

(12)「潤十月名所百首よみ侍しに」…四八・一一四（題「郭公」）・一三五（題「夕立」）・一四五・一六二・一六三・一八八（題「月」、御点）

(13)「百首哥よみ侍し中に」…三・一五（題「鶯」）・七九（故左中将殿御点）・一〇五・一二三（題「五月雨」）・一四〇（故左中将殿御点）・一四四（題「夏」）・一九二・二〇九（題「月」）・二一〇（題「月」）・二四〇

永仁六年（一二九八）　二十四歳

(14)「三月当座に三十六番哥合し侍しに」…八九（題「卯花」）・二三二（題「暮秋」）

(15)「二月に題をさくりて哥よみ侍しに」…二八八（題「神祇」）

(16)「当座に歌合し侍しに」…七三（題「墻款冬」）

(17)「左近権中将殿すゝめさせおはしまし侍し春日社十五番の哥合に」…二四九（題「逢恋」）

正安元年（一二九九）　二十五歳

(18)「九月十三夜に十首哥たてまつり侍し中に」…一九八（題「月多秋友」、御点）・一九九（題「湖上秋月」、御点）・二〇七（題「古寺秋月」）・二一一（題「河月似水」）

(19)「後撰哥一句を題にさくりて哥よみ侍しに」…一一（題「山は雪ふる」）・二九一（題「ゆくもかへるも」）

(20)「六帖題にて哥よみ侍しに」…二一・六一・九〇・一七三（題「かるかや」）・二七〇？

正安三年（一三〇一）　二十七歳

(21)「（同三年）三十五首哥よみ侍しに絶恋」…二七一？

正安四年（一三〇二）　二十八歳

(22)「庚申会に」…二三一（題「秋のくれ」）

嘉元元年（一三〇三）　二十九歳

(23)「きさらきの廿日あまりに社頭の御たひ〳〵し侍しに花のちり侍しかは」…六六

(24)「仙洞御百首題をもちて哥よみ侍しに」…八（題「山霞」）・三二（題「花」）・五四（題「花」）・九一（題「郭公」）・一一五（題「盧橘」）・一二九（題「蛍」）・一四一（題「納涼」）・一六四（題「秋夕」、円光院殿御点）・一七九（題「霧」）・一八〇（題「霧」、御点）・一八四（題「月」）・二六二（題「遇不逢恋」）

嘉元二年（一三〇四）　三十歳

(25)「正月庚申会に」…一六（題「山霞」）

(26)「三月のころ花哥百首よみ侍し中に」…二五・二六・二九・三〇（円光院殿御点）・三一・四〇・四一・五九・六七（御点）・六八・六九・七八

(27)「卯月のころみやこにてよみ侍し」…九六

(28)「百首哥よみ侍しに」…八七（題「残花」）

嘉元三年（一三〇五）　三十一歳

(29)「卯月廿日朝大中臣泰方ともの申侍しに郭公のなき侍しをたかひにはしめてきゝ侍よし申侍て」…九九（御点）

(30)「五月庚申会に」…一一三（題「聞郭公」）・一一七（題「河五月雨」）

(31)「八月十五夜に三首哥講し侍しに」…二〇〇（題「月前風」）

(32)「九月庚申会に」…二二二（題「擣衣」）

(33)「名所百首よみ侍しに」…七（題「残雪」）・四二・七〇（題「春月」）・七七（題「藤」）・一〇七（題「杜郭公」）・一〇八（題「杜郭公」）・一六一・一七七（題「雁」）・一九〇（題「月」）・一九一（題「月」）・二一二（題「月」）・二五七（題「恋」）・二五八？（題「恋」？）

(34)「持明院殿三十首題御会題にて哥よみ侍しに」…一三（題「早春鶯」）・二二（題「庭春雨」）・一〇〇（題「聞郭公」）・一二〇（題「五月雨久」）・一三〇（題「水辺蛍」、御点）・一四二（題「樹陰納涼」、御点）・一七二（題「草花露」）・一九七（題「深夜月」）

(35)「六ヶ名所にて百首の哥よみ侍し中に」…八四（題「山」）・九二（題「杜」）

年次記載ナシ

(36)「法橋宗円すゝめ侍し東大寺八幡宮哥合に」…一四（題「朝鶯」、御点）

(37)「法橋重挙すゝめ侍し唯識論の裏の哥の中に」…三三（題「深山花」）・九四（題「里郭公」）・二八三（題「神祇」）

(38)「父中臣祐春連新後撰集に入侍てのち家にて人々あつまりて花契遐年といふことを講し侍しに」…三八

(39)「題をさくりて哥よみ侍しに」…四七（題「暁花」）・二二四（題「菊」）

(40)「二蔵院僧正範憲すゝめ侍し布留社三十六首哥中に」…七二（御点）・一〇一（題「郭公」、御点）

(41)「鷹司のおほきおほいまうちきみの春日社哥合に」…七六（題「藤」）・一〇六（題「郭公」、入庭林）

(42)「弘長元年の御百首題にて哥よみ侍しに」…八五（題「三月尽」、御点）・一二一（題「五月雨」、合点）・一四八（題「七夕」）・一五三（題「萩」、御点）・一六五（題「秋夕」）・二二九（題「紅葉」）・二三五（題「初冬」）・二八五（題「神祇」）

(43)「東北院にて残花色稀といふことを講せられ侍しに」…八八

(44)「秋たつひよみ侍し」…一四六（御点）
(45)「八月十五夜に人々題をさくりて哥よみ侍しに」…一八五（題「浦月」）
(46)「東北院にて月前露といふことを講せられ侍しに」…二一四（御点）
(47)「庭のもみちを、りて人につかはすとて」…二二五
(48)「□百首哥よみ侍しに」…二四二（題「霰」）
(49)「東北院にて八月十五夜に三首哥講せられ侍しに」…二五二（題「稀逢恋」）
(50)「さきに物申侍ける女に又あひて侍けるかもとゆいをおとして侍けるに」…二五三
(51)「小蔵大納言家・子息中将季孝五首哥をよみて若宮にたてまつらせ給し中に」…二七八（季孝詠「わきてなと神もあはれとかけさらんすゐはもおなしきたのふちなみ」）・二七九（季孝詠「いのる事神もうけすはいか、せんまたたのむへきかたしなけれは」）
(52)「父中臣祐春連社務の、ち六帖題哥中に」…二八二（祐春詠「瀬を代々かけて神につかふる名とりかはか、るせまてと身をそいのりし」）
(53)「いと、身にそ、ひけると申侍しかへしに」…二九三
(54)「左近権中将殿す、めさせ給し尺教哥中に」…二九九（題「厳王品に於空中滅」）

すでに井上氏も指摘しているが、『自葉集』には正応六年（一二九三）の祐臣十九歳から、嘉元三年（一三〇五）の三十歳までの歌が収められているということが、この一覧からまずわかる。その約十年間という時期はまだ祐臣が父祐春から神主職を譲られる以前であり、そのため比較的時間に余裕があったという事情もあるのかもしれないが、それにしても毎年毎年熱心に詠作に励んでおり、若年の頃から相当和歌に打ち込んでいたらしい様子が知られる。そこ

でこれらの催しの中で興味深く思われるものをいくつか指摘していくと、例えば⑴に「宝治二年後嵯峨院御百首題にて哥よみ侍しに」とあり、また⑹に「古今哥ことに一首の哥よみ侍し中に」とあるように、祐臣は既存の作品の歌題なり所収歌なりに基づく形での詠作を実に頻繁に行っている。ほかに依拠した作品としては⑶の『堀河百首』、⒆の『後撰集』、(34)の『伏見院三十首』、(42)の『弘長百首』などが挙げられるのだが、それらの中で特に注目されるのが嘉元元年（一三〇三）の(24)「仙洞御百首」である。これは言うまでもなく『新後撰集』撰進のために召されたいわゆる『嘉元百首』のことを指す。井上氏は『嘉元百首』の詠進の時期を、乾元元年（一三〇二）の冬から翌嘉元元年の秋までだったかと推定しているが、『自葉集』の、

　嘉元々年に仙洞の御百首題にて哥よみ侍しに花
をのつからわれとちるとて山さくらのこらはさそへはるの山かせ　（巻二・春下・五四）

という詞書から明らかなように、その百首題を祐臣はすでに嘉元元年のうちに詠んでしまっているわけである。この例からは祐臣が、常日頃からどれだけ中央歌壇の情勢に気を配り敏感に反応していたか、ということが実によく窺えるように思われる。

次に嘉元三年（一三〇五）の(31)「八月十五夜に三首哥講し侍しに」という詞書だが、内閣文庫蔵『春日若宮神主祐春記』（つまり祐臣の父祐春の日記）の同年八月十五日条には、

　八月十五夜、此亭一会在之、三首題、

という記事があり、その歌会の催行を裏付けることができる。この嘉元三年の記事を有する『祐春記』は、外題には「祐忝記」とあるが、そのような人物は神主中に見当たらず、加えて嘉元三年時の春日若宮神主は祐春なので、おそらく「忝」は「春」の誤りとみられる。また内閣文庫にはこれとは別に『祐春記』六冊が蔵され、「永仁四年四季」

「正安三年四季」「正安四年自正月至十二月　延慶二年十二月」「応長二年自正月至八月」「正和二年春夏七八月」「徳治二年四季」という各年次を伝えている。これらの『祐春記』は井上氏も、

　玉葉の奏覧月日は過去に諸説があったが、増鏡に三月廿八日とある事、祐春記四月二日の条に「去月廿八日勅撰奏覧之間風聞南都」（以下欠文）とあり、三月二十八日が正しい事はあきらかである。

などのように数度にわたって活用しているが、このたび論者も小川剛生氏の助力を得ながら読み進めてみたところ、さらにいくつかの興味深い記事を拾い上げることができた。例えば永仁四年（一二九六）八月条の、

　十八日、天晴、現葉集上一巻舜尭房ニ借了、
　十九日、雨降、自舜尭房許現葉一巻返之テ又二巻借遣了、

という二条は、散佚した二条為氏撰『現葉集』(12)の流布状況の一端を示すもの。また応長二年（一三一二）三月十一日条の、

　今月五日、三蔵院僧正房範憲可来由被示間、罷向之処、房中輩夜前当座哥合有之、仍予判之処、御慮之判所望之由申之とて其衆五六輩出テ、彼等前ニテ可付勝負之由被示之間、以爪點注付、

という一条は、祐春が歌合の判者をも務めることがあったという事実を伝えるものである。

そしてまたこれら『祐春記』の記事の中には、『自葉集』を読解していく際に役立ちそうなものも少なからず見出せた。具体的に、前掲の詠作・催し等一覧に即して指摘していくと、まず(30)嘉元三年の五月に「聞郭公」「河五月雨」の二題を詠んだという庚申会。これは『祐春記』同年五月十五日条の、

　雨降、今日庚申会奉之、頭人権預鎮主大夫、題二首、聞郭公・五月雨、述懐等也、

という記事とほぼ一致し、おそらくはこの折の詠であろうと考えられる。次に(43)の「東北院にて残花色稀といふこと

を講せられ侍しに」、⑷の「東北院にて月前露といふことを講せられ侍しに」、及び⑭「東北院にて八月十五夜に三首哥講せられ侍しに」という各詞書だが、『祐春記』正安四年（一三〇二）八月三日条には、

東北院得業御房覚円御参籠、御座所へ参了、種々雑談在之、哥物語在之、

という記事が見られる。この覚円というのは西園寺実兼男で、興福寺東北院の大僧正となった人物である。また京極派歌人としても知られており、岩佐美代子氏もこれまでにたびたび言及しているが[13]、ともあれ右の記事からは、覚円と若宮神主との間に和歌を介しての交流があったということが知られる。一方問題の⑷⑷⑭には「講せられ侍しに」とあり、尊敬の助動詞「らる」が使われているので、この時東北院で歌題を講じたのは祐臣本人ではなく、祐臣が敬うべき立場にいる、とある人物だったということがわかるが、以上のような点からすると、それは覚円であるとみてまず間違いないだろう。従って⑷⑷⑭に見える催しは、覚円の南都における和歌事績のひとつとして今後扱っていくことができそうである。

それからもうひとつ、⑻の「父中臣祐春連新後撰集に入侍てのち家にて人々あつまりて花契遐年といふことを講し侍しに」について。『新後撰集』の祐春の歌は、

冬歌の中に　　中臣祐春
かれ行くも草葉にかぎる冬ならば人目ばかりは猶や待たまし　（巻六・冬・四六五）

（恋歌中に）　　中臣祐春
いとはるる憂き身のほどをしのばずはつらきたぐひも人にとはまし　（巻十六・恋六・一一八三）

（題不知）　　中臣祐春
散りやすき花の心を知ればこそ嵐もあだに誘ひそめけん　（巻十七・雑上・一二五七）

という三首で、ここではその入集を祝して歌会を催したもののようである。この詞書にそのまま当てはまる記事は残念ながら『祐春記』には見出せないが、しかし嘉元三年三月二十四日条には、

神宮預・権預・木工助合力シテ勅撰悦事構之、哥人等来此亭了、三首題、款冬・暮春・遇恋等也、

のようにある。同年の時点ではまだ『玉葉集』は成立していないので、ここに言う「勅撰」とは問題の『新後撰集』を指しており、右の記事ではその『新後撰集』への入集を悦んでいたと考えられよう。よって(38)もおそらくはこれに近い時期、嘉元三年の春頃に催されたものと推測することができそうである。(38)の歌が、

父中臣祐春連新後撰集に入侍てのち家にて人々あつまりて花契遐年といふことを講し侍しに
おりをしり時をわすれてとしふるは春とはなとのちきりなりけり
（巻一・春上・一三八）

のように春の歌であり、『自葉集』でも春部に配列されていることも、その春頃という季節とはよく合致すると言えるだろう。

ところで『新後撰集』の成立時期について、九州大学附属図書館細川文庫蔵『代々勅撰部立』[14]には、まず正安三年（一三〇一）十一月に後宇多院から為世へ撰集下命があり、その二年後の嘉元元年（一三〇三）十二月十九日に奏覧されたと記されている。問題はこのように奏覧が嘉元元年十二月だったとすると、嘉元三年春頃開催の祐春の入集を悦ぶ歌会との間に、一年以上もの空白が生じてしまうということである。これについてはよくわからず、保留にせざるを得ないと思っていたところ、小川剛生氏から口頭にて、奏覧と言っても二十巻すべてが完成していたとは限らず、十三代集でたまにあるように、その時点では例えばまだ四季部だけだったと考えればよいのではないか、つまり奏覧後も撰集作業は続けられていて、その後返納されて世間に流布し始めたのが『祐春記』に言う嘉元三年春頃だったのではないか、という示教を得た。そうすると『祐春記』のこの記事は、それこそ『新後撰集』の返納と流布の具体的

な時期を知らせる貴重な資料ということになるのだが、それはまた別の問題でさらなる考証を要するので、今は指摘に留めておきたい。

合点注記の検討

以上『自葉集』のいくつかの詞書と、それらから垣間見られる和歌史的事実について若干の考察を加えてきた。続いて今度は『自葉集』に存する合点注記に目を向けてみよう。すでに簡単に触れたように、『自葉集』所収歌の中には「＼」「御点」などの合点注記が付されているものがある。具体的には、

a「＼」（合点、意図するところは不明）…八二・九三・九七・一〇二・一二一・一三四・一八九

b「御点」（おそらく二条為世）…二一・一二・一四・一八・二七・二八・三四・四三・四四・五〇・五一～五三・五六・五七・六一・六三・六七・七二・七四・八〇～八二・八五・九三・九五・九七・九九・一〇一・一〇二・一一二・一三〇・一三四・一三六・一三九・一四二・一四六・一四七・一五三・一五五・一八〇・一八二・一八八・一八九・一九八・一九九・二〇四・二一四・二二三・二二七・二三四・二四二・二四六・二六三・二六九・二七一・二七四・二八二・二八三・二八六・三〇二

c「隆博卿合点」（九条隆博）…一九・八三・一五六・二一九・二七六

d「円光院殿御点」（鷹司基忠）…三〇・五五・一三四・一六四・二五四

e「故左中将殿御点」（二条為道）…七九・一一〇・一四〇・二〇六・二六六

f「一条法印御房御合点」（定為）…八二・二〇二・二二〇・二七五

g「入庭林」…一〇六

という七種類だが、これらは先に紹介した井上氏説のとおり、祐臣が「自詠を京の有力歌人に送って批点を求め、それを書き入れたもの」であろうと考えられる。より詳しく説明すると、おそらく祐臣は頻繁に歌を詠んでは彼ら在京の歌人たちに詠草を送り、そうして加点された詠草を用いて今度は『自葉集』を編纂し、その際に評価を受けた歌については明示しようという意図で、「御点」「隆博卿合点」などと注記を加えていったのだろう。もっとも『自葉集』内容上の年次的な下限（判明する範囲では嘉元三年、前述）と、注記が付され得た時期（正和二年以降、後述）には八年ほど間があるので、注記は『自葉集』編纂後しばらくしてから加えられたものかもしれない。いずれにせよこれらの注記（合点はともかく）はおそらくは祐臣自身が付したものとしてよいだろうから、とりあえずはそのような前提で論を進めていくことにする。

そうすると、まず注目されるのはdの「円光院殿御点」である。基忠が「円光院殿」と呼ばれ得るのは薨年の正和二年（一三一三）七月七日（『公卿補任』）以降であるので、この注記が記されたのは（またそれが編纂と同時期ならば『自葉集』が成立したのは）少なくともそれよりはあとと考えられよう。一方『自葉集』にはほかに、

鷹司のおほきおほいまうちきみの春日社哥合に藤

ゆふひさす雲こそかゝれみかさやまおなしたかねのまつのふちなみ　（巻二・春下・七六）

鷹司のおほきおほいまうちきみの春日社哥合に郭公

入庭林なきすつるたゝ一こゑも身にそひてこゝろにすきぬほとゝきすかな　（巻三・夏・一〇六）

のような詞書があり、ここに登場する「鷹司の太政大臣」も基忠を指すとみられる。仮にこの「太政大臣」という官職表記が詠歌年次のものだったとするると、基忠が太政大臣となったのは弘安八年（一二八五）四月二十五日のことだ

から（『公卿補任』）、歌合の開催（及びもちろん『自葉集』の成立）はそれ以降ということになろう。なお右の二首目「入庭林」（前掲g）という注記によると、当該歌は散佚私撰集『庭林集』に入集していたようである。『庭林集』については本書第二章第四節を参照されたい。

次に取り上げるべきはbの為世の「御点」である。『自葉集』では計六十一首もの歌に「御点」が付されており、この数の多さからは、祐臣が実に頻繁に為世の加点を求めていたことが知られる。おそらく祐臣は為世の門弟のような立場にいたのだろう。本論の冒頭で祐春筆・為氏加点の詠草断簡を取り上げたことがあったが、祐臣もそのような父に倣ってそのような形で為世の指導を仰いでいたものとみられる。では具体的に、どのような場で詠まれた歌に「御点」が付されているのかということについては、すでに前節で掲げた詠作・催し等一覧に併せて示してあるのでご参照願いたい。今はそれらの中から、正安元年（一二九九）の⒅「九月十三夜に十首哥たてまつり侍し中に」という一例だけを取り上げることにする。

この時の歌は『自葉集』には、

正安元年九月十三夜に十首哥奉り侍し中に月多秋友といふことを
御点あきをへてなれぬる月の影のみそこゝろかはらぬともとなりける　（巻五・秋下・一九八）
同十首に湖上秋月
御点しかの浦や秋はみきはの外までもさゝなみよせてこほる月かけ　（同一九九）
正安元年九月十三夜に十首哥たてまつり侍し中に古寺秋月
月ならて誰にとはましとふとりのあすかのてらのよゝのむかしを　（同二〇七）
正安元年十三夜十首哥たてまつり侍し中に河月似氷

山河のいはまの月のうす氷むすふとみれはかけそなかるゝ　（同二一二）

のように四首見出すことができ、うち最初の二首が「御点」を有する。詞書自体はやや不明瞭で、「十首哥奉り侍しに」とありながら誰に奉ったのかという点が明記されてはいないのであるが、しかしながらこの「御点」の存在によって、十首歌を為世が披見していたことが知られよう。従って「奉り侍し」というのは、祐臣が為世に直接献上したことを示すもの、と考えるのがまずは適切なようである。

ところで『自葉集』が祐臣の自撰家集とみられることについては本論の最初で確認を済ませたが、また詞書において「侍り」が多用されていること、のみならず十巻仕立てとされていたり、部立が設けられていたりなど、かなり整然と構成されていることからは、『自葉集』が草稿や手控えの類ではなく、第三者に見せることを前提とした、対外的な目的のために編纂されたらしいことが見て取れよう。ではその第三者とは具体的に誰だったのかというと、もちろんいろいろと想定することはできるだろうが、右のような「御点」の多さから推して、やはり最も有力な候補は為世であろうと思われる。これはあくまで可能性のひとつに過ぎず、推測の域を出るものではないが、しかしそのように考えてみると、例えば『自葉集』の次のような問題に対して、それなりに納得のいく答えが得られるようになるのである。

それは今も取り上げたばかりの「正安元年九月十三夜十首哥」に関してである。『自葉集』では基本的に祐臣以外の人物が登場する際は、

法橋宗円すゝめ侍し東大寺八幡宮哥合に朝鶯

御点 春風のしるへはをそき谷のとにけさはこゝろとうくひすそなく　（巻一・春上・一四）

法橋重挙すゝめ侍し唯識論の裏の哥の中に深山花

かへりみるとやまも花のさかりにてなをゆきやらぬみよしの、おく　（同二二）

三蔵院僧正範憲す、め侍し布留社三十六首哥中に

御点 おほかたのかけやはかはる春くれは月のなたてにかすむそらかな　（巻二・春下・七三）

東北院にて残花色稀といふことを講せられ侍しに

おほかたの山はあをはのいろなからそれかとのこるはなのしら雲　（巻三・夏・八八）

永仁二年三月のころ父中臣祐春連家にて題をさくりて人々千首哥よみ侍しに人伝郭公といふことを

御点＼人つてになくとはしりぬほと、きすわか身にきかぬはつねなれとも　（同九七）

のようにその名前や総称、もしくは特定できるだけの情報を必ず詞書中に記している。ところが「正安元年九月十三夜十首哥」の場合だけは異なって、誰にこの十首歌を奉ったのかということが詞書には示されていない。為世であろうという推測は、たまたま『御点』が存していたからできたのであり、詞書の記述だけからそうと判断することはほとんど不可能に近いだろう。このように「正安元年九月十三夜十首哥」の詞書は、為世という登場人物に関する手掛かりを何も記していないという点で、『自葉集』では例外的な書かれ方となっているのである。ではなぜこれに限ってそうなのかと言うと、それは前述のように『自葉集』そのものが、為世に献上されたものだったからではなかろうか。つまり為世が目を通すことが前提となっていたために、為世の名前をあらためて記したりする必要がなかった、記さなくても十分通じた、ということだろうと思われる。またそれと同様のことは、それこそ「御点」という注記についても言えるだろう。ほかの注記が「隆博卿合点」「円光院殿御点」などと記されている中で、「御点」にだけは為世の名が冠されていないというのも、この『自葉集』がほかならぬ為世相手のものだったから、ということでほぼ説明がつきそうである。

このように『自葉集』は、おそらくは為世に献上されたものだったのだろうと推定してみたいのだが、ここでもう少しだけ論を進めると、前述のとおり『自葉集』への注記の付加（あるいは同集の成立そのもの）が正和二年以降という点は注意すべきと思われる。と言うのはそれからわずか五年後の文保二年（一三一八）十月に、『続千載集』撰進の命が後宇多院から下されているからである。その際に撰者の為世が、歌人であるか否か、堪能であるか否かに関わらず、広く人々に詠草を募ったという『井蛙抄』のエピソードは有名であるが、そうするとやはり想像されるのは、その時の為世の求めに応じた人々の中に祐臣がいて、結果献上されたのがこの『自葉集』だったのではなかろうか、ということである。そのように考えてみた場合、例えば「御点」や「入庭林」といった注記の類は、自らの実績を示して勅撰作者たり得ることを主張しようとしたものだったと理解できるし、また例えば『自葉集』における、

父中臣祐春連新後撰集に入侍てのち家にて人々あつまりて花契遐年といふことを講し侍しに

おりをしり時をわすれてとしふるは春とはなとのちきりなりけり　（巻一・春上・三八）

といった歌の存在も、『新後撰集』の撰者でもあった為世への配慮だったと受け取ることができるだろう。もっともそうした見方にすべての要素が当てはまるわけでもなくて、例えば祐臣の歌は『続千載集』に、

題不知　　中臣祐臣

知られじな袖のみなとによる波の上にはさわぐ心ならねば　（巻十一・恋一・一〇九二）

（題不知）　　中臣祐臣

過ぎやすき時雨を風に先だてて雲の跡行く冬の夜の月　（巻十六・雑上・一七八四）

題不知　　中臣祐臣

世々経ぬる跡とは人に知らるとも身にしのばれん言の葉ぞなき　（巻十七・雑中・一八九四）

のように三首入集しているが、その中で『自葉集』所収歌と一致するものは一首もない。この場合、一首目は恋歌、二首目は雑歌あるいは冬歌、三首目は雑歌であるから、あるいは『自葉集』の散佚部分にかつては存していたものか、と憶測することもできるが、しかしないものを根拠にしても説得力は得られないので、そうみることは控えたい。また例えば祐臣の歌は『続現葉集』にも、

（題不知）　　　　　　　　　　　　　　　中臣祐臣
秋の夜は我よりほかも飛火野の野守やいでて月をみるらん　　（巻五・秋下・三四五）

若宮神主になりてよめる　　　　　　　中臣祐臣
春日山同じ跡にと祈りこし道をば神も忘れざりけり　　（巻九・神祇・六八一）

のように二首入集しているが、やはりいずれも『自葉集』には見出せない。この『続現葉集』は福田秀一氏によって、おそらくは為世の撰にして『続千載集』の撰外佳作集的な性格を持つと推定されている私撰集だが(15)、特にこのうちの一首目が秋の歌であるにも関わらず、秋部の現存している『自葉集』に入っていないということは、『自葉集』が『続千載集』の撰集資料に供されたとする見方に対して少なからず否定的に働くだろう。従って『続千載集』との関わりについては、当面はあまり想定しない方が無難であるのかもしれない。ただ可能性が皆無となったというわけでもないので、あえて言及した次第である。この問題は今後の西宮切の発掘によって、次第に明確になっていくだろう。

さて、そのほかの注記の中でもうひとつ触れておきたいのは、dの為道の「故左中将殿御点」である。為道が没したのは永仁七年（一二九九）五月五日なので（『尊卑分脈』）、それ以降の内容を含む『自葉集』の注記で「故左中将殿」とされること自体に不審は特にない。ただそのように成立以前に亡くなっている為道であるから、当然ながら『自葉

集』を目にすることも書き写すこともできたはずがなく、つまり伝為道筆の西宮切及びそのツレたる冷泉家時雨亭文庫本は、実のところ為道筆ではあり得ないことになるわけである。それでは一体誰の筆蹟かというと、鎌倉時代末期頃というその書写年代からして、まず最初に疑うべきはやはり祐臣その人だろう。もっとも現在のところ、祐臣の確実な仮名資料は見出されていないので、それに基づいた検討というのは残念ながら為し得ない。しかし祐臣を伝称筆者とする古筆切は数種類伝わっており、中に本書第二章第四節で取り上げている『庭林集』第一種断簡がある。この第一種断簡の筆蹟は勢いよく一気に書き進められた印象で、一方の西宮切及び時雨亭文庫本は非常に丁寧に書写された趣なので、なかなか比較は難しいのだが、それでも一文字一文字の特徴はかなり通じ合うのではないかとみられる。仮に両者が同筆であったとすると、『庭林集』断簡とともに西宮切に関しても祐臣の筆蹟だったというそれなりの可能性が生じてくるだろう。ならばまた伝為道筆とされ、しかも西宮切と同筆とおぼしき古筆切(16)についても、実際は祐臣筆だったと考えてよいことにもなる。あるいは祐臣は詠作のみならず、歌書の書写にも熱心に取り組んでいたのかもしれない。このような祐臣の、また祐臣に限らず歴代の春日若宮神主たちの書写活動に関しても、今後あらためて注意を向けるべき問題のように思われる。

正和四年京極為兼南都下向と春日社司

以上『自葉集』に関する基礎的な考察を行い、またそれから派生するいくつかの問題について検討を加えてきた。最後にとある興味深い資料をもうひとつだけ紹介して本論を締め括りたい。

正和四年（一三一五）四月、京極為兼は一族側近を引き連れて南都に下向、春日社において『法華経』などを供養し、併せて蹴鞠や和歌の披講をも行った。その時の為兼の振る舞いは豪奢を極めて分を越えており、結果権門の反発を招いて同年十二月の失脚、及び翌年一月の土佐配流に繋がったとされる有名な出来事であるが、従来この南都下向を伝える資料としては、『公衡卿記』と『続史愚抄』のふたつが知られるばかりであった。ところが早く永島福太郎氏は、当日の記事を有する祐臣の日記が千鳥家に現存することを二度にわたって報告し、のみならずその具体的な内容をも紹介していたのであった[17]。その文章を次に掲げよう。

春日社家の人々が、二条京極両家に対し、どの様な態度に出で(ママ)たかは未だ研究してゐない。祐春が為世に師事し、知遇を蒙つてゐることは明かである。京極為兼や冷泉為相に対しても面識はあつたらうが、それ以上の資料は見当らない。祐世や祐臣も為兼為相等に面接したことがあるが、その指導をどの程度に受けたか明かでない。唯一つ、その関係を見るのに、新資料があるので紹介して置く。正和四年四月に京極為兼冷泉為相は、鞠歌奉納の宿願を果す為に、賀茂社の禰宜等を引連れて春日社参に下向した。（鞠道に賀茂社家が加はつた早い例である）予告によつて春日社司等もともに懐紙を奉納しようとして準備をしてゐた。祐臣は折柄重服に当つてゐたので、その父(ママ)祐世が詠進すべく用意してゐたところ、当日、跡(ママ、既にカ)に人数が定つて居るというて春日社司は除外せられ、為相が読師となつて披講した。これを祐世[18]は残念がり、当社の披露に、その祠官が勅撰にも預る輩が洩れるといふことは不便のことだと述懐してゐる。此の時、伏見法皇・後伏見上皇の御歌も進められ、為兼の懐紙は特に絶品であつたといはれて居る。（正和四年祐臣記）これを見ると、京都の歌道家の人々からは、春日社司の如きは単に一巧人として遇せられてゐた程度と考へられる。従つて春日社司が、二条京極両派のいづれかに立つて、論争にまで加つたことはなかつたと見られるのである。

日記の原文引用が一切ないのは残念であるが、しかし歴代の春日若宮神主の日記群を長年にわたって調査・研究していた永島氏によるものなので、まず大枠では信頼してよいのだろうと思われる。ではこの要約文の一体どこが興味深いのかというと、例えば為兼の春日参詣の宿願というのが、具体的には蹴鞠と和歌とを奉納することであったこと、また為兼と並んで冷泉為相の存在も大きく取り上げられていること、さらに為相が和歌披講の読師であったことなども、もちろん見逃すわけにはいかない。ただ本論の関心からすると最も注目されるのは、当時神主だった祐臣の代わりに詠んだ叔父祐世の奉納和歌が、すでに定員に達しているからといって不要とされたという点である。『新後撰集』『玉葉集』に各一首ずつ入集という勅撰歌人でもあった祐世にとって、この一件は大変な屈辱だったに違いなく、また祐臣にしても、それは神主がないがしろにされたのとほとんど同じことだろうから、やはり相当不快に感じただろう。為兼が春日大明神に一方ならぬ信仰を寄せていたことは、すでに岩佐美代子氏が指摘しているが(19)、しかしそうした尊崇の念は、春日大明神に仕える人々にまで及ぶことはなかったようである。永島氏もこのことから、右の傍線部のように「京都の歌道家の人々からは、春日社司の如きは単に一巧人として遇せられていた程度と考えられる」と説いている。ただ「京都の歌道家の人々」と一口に言っても、為世をはじめとする二条家の人々は本論でみてきたとおり、祐春・祐臣ら春日若宮神主との関わりを決して疎かにはしていなかった。すなわち以上のことからは、京極派以外の歌人にはほとんど関心を寄せようとしない為兼と、包容力ある二条派というそれぞれの歌壇における在り方が、かなりはっきりと浮かび上がってくるのではないだろうか。鎌倉時代末期の和歌史を考察する際、京極派の主要歌人、二条派の主要歌人を中心に据えて検討していくことは、もちろん何より重要だろうが、また時には祐臣のような、他への影響力があまりあったとは言えない一歌人の資料を追っていくことによっても、当時の歌壇状況の一側面を垣間見ることはできるのだろうと思われる。

注

（1）春名好重氏『古筆大辞典』（一九七九年十一月、淡交社）「中臣祐春詠草」項に図版掲載。また本書第二章第四節で翻刻もしている。
（2）永島福太郎氏『奈良文化の伝流』（一九五一年二月、目黒書店）。
（3）注（2）に同じ。
（4）『冷泉家時雨亭叢書　第七十五巻　中世私家集十二』所収（小林一彦氏解題、二〇〇八年六月、朝日新聞社）。
（5）宮内庁書陵部編『桂宮本叢書　私家集八』「自葉和歌集」解題（一九五八年三月、養徳社）。
（6）以下井上氏の説は『中世歌壇史の研究　南北朝期』（一九六五年十一月初版、一九八七年五月改訂新版、明治書院）に拠る。
（7）京都国立博物館編『国宝手鑑　藻塩草』解説（一九六九年五月、淡交社）。
（8）久保田淳氏「手鑑の複製本から」（『和歌史研究会会報』第六十九号、一九七九年二月）。
（9）古筆手鑑大成編集委員会編『古筆手鑑大成　第四巻　藻塩草』解説（一九八五年一月、角川書店）。
（10）この難読極まりない極印が「拝」という一字であったことについては、中村健太郎氏「朝倉茂入の極印」（『若木書法』第五号、二〇〇六年三月）参照。
（11）以下列帖装に関してより具体的には、本書第二章第二節を参照のこと。
（12）福田秀一氏「中世私撰和歌集の考察――現葉・残葉・続現葉の三集について――」（『中世和歌史の研究　続篇』所収、二〇〇七年二月、岩波出版サービスセンター、初出『文学・語学』第十六号、一九六〇年三月）。なおこの『現葉集』の成立時期については本書序章も参照のこと。
（13）岩佐美代子氏『京極派歌人の研究』（一九七三年三月初版、二〇〇七年十二月改訂増補新装版、笠間書院）。
（14）『在九州国文資料影印叢書〔第二期〕六　代々勅撰部立　神祇和歌　連歌新式』（一九八一年五月、在九国文資料影印叢書刊行会）。

(15) 注(12)に同じ。
(16) 『徳川黎明会叢書　古筆手鑑篇二　霜のふり葉』(一九八六年二月、思文閣出版)所収の『千載集』断簡、また小林強氏が初めて紹介・考察した御所本『和漢兼作集』散佚部分の断簡(「中世古筆切点描――架蔵資料の紹介――」〈『仏教文化研究所紀要』第三十六集、一九九七年十一月〉)、及びそのツレにして御所本の親本たる冷泉家時雨亭文庫本(『冷泉家時雨亭叢書　第四十六巻　和漢兼作集』所収、二〇〇五年四月、朝日新聞社)など。
(17) 永島福太郎氏『春日社家日記』(一九四七年十一月、高桐書院)、及び『中世文芸の源流』(一九四八年五月、河原書店)。なお以下の引用文は後者に拠る。
(18) 『春日社家日記』の方の要約文では「祐臣」とする。
(19) 岩佐美代子氏『京極派和歌の研究』(一九八七年十月初版、二〇〇七年十二月改訂増補新装版、笠間書院)。

第七節　松吟和歌集

研究史概観

『松吟和歌集』は今日完本が見出されておらず、諸文献中にも痕跡を一切留めず、わずかに二条為遠を伝称筆者とする古筆切によってのみ、その存在と内容の一部とが知られる大変珍しい作品である。最初に久曾神昇氏が「松吟和謌集巻第六／冬哥」という巻頭部分の一葉（後掲の断簡B）、及びそのツレ一葉（断簡G）を翻刻のみで紹介し(1)、次いで池田和臣氏が同じく伝為遠筆の一葉（断簡F）を図版と共に取り上げた(2)。その際池田氏は久曾神氏の論は参照しておらず、ただ『古筆大辞典』「松吟和歌集」の項に基づきツレと推定したのであるが、先年刊行された久曾神氏『私撰集残簡集成』(3)七六〜七七に最初の二葉の図版が掲載されたので、ツレたることが確実となった。そのほか林原美術館蔵手鑑『世々の友』に貼られている伝為遠筆「歌集切」一葉（断簡D）について、『古筆手鑑大成』解説では「私撰集の冬部かと思われるが、具体的にどういう形態の、どういう規模の歌集かは不明」とされていたところ、これもやはり『松吟集』とみるべきことを田中登氏が指摘した(4)。また最近になって別府節子氏も、出光美術館蔵手鑑『聯珠筆林』所収という伝為遠筆の一葉（断簡I）を『松吟集』のツレとして報告している(5)。なおこれらの断簡の料紙は楮紙、寸法は後掲の断簡Jが最大で縦二十三・〇cm×横十五・九cmである。

断簡翻刻

さて論者はそれら五葉以外にさらに五葉、伝為遠筆『松吟集』断簡を見出しているので、十葉まとめて次に翻刻してみよう。

断簡A（今治市河野美術館蔵手鑑『藁叢』所収）

　　梅薫袖といふことを
　　　　　　　　道喜法師
1おもひやるさとやいつくの梅か香を
　わか衣てにはるかせそふく
　　待花を　　　　藤原定宗朝臣
2まつほとのあたら日かすをおなしくは
　花のさかりとおもはましかは
　　題不知　　　　道恵ほうし
3さかぬまはそれとはかりのおもかけの

断簡B（久曽神昇氏『私撰集残簡集成』七六）

　松吟和謌集巻第六
　　冬哥

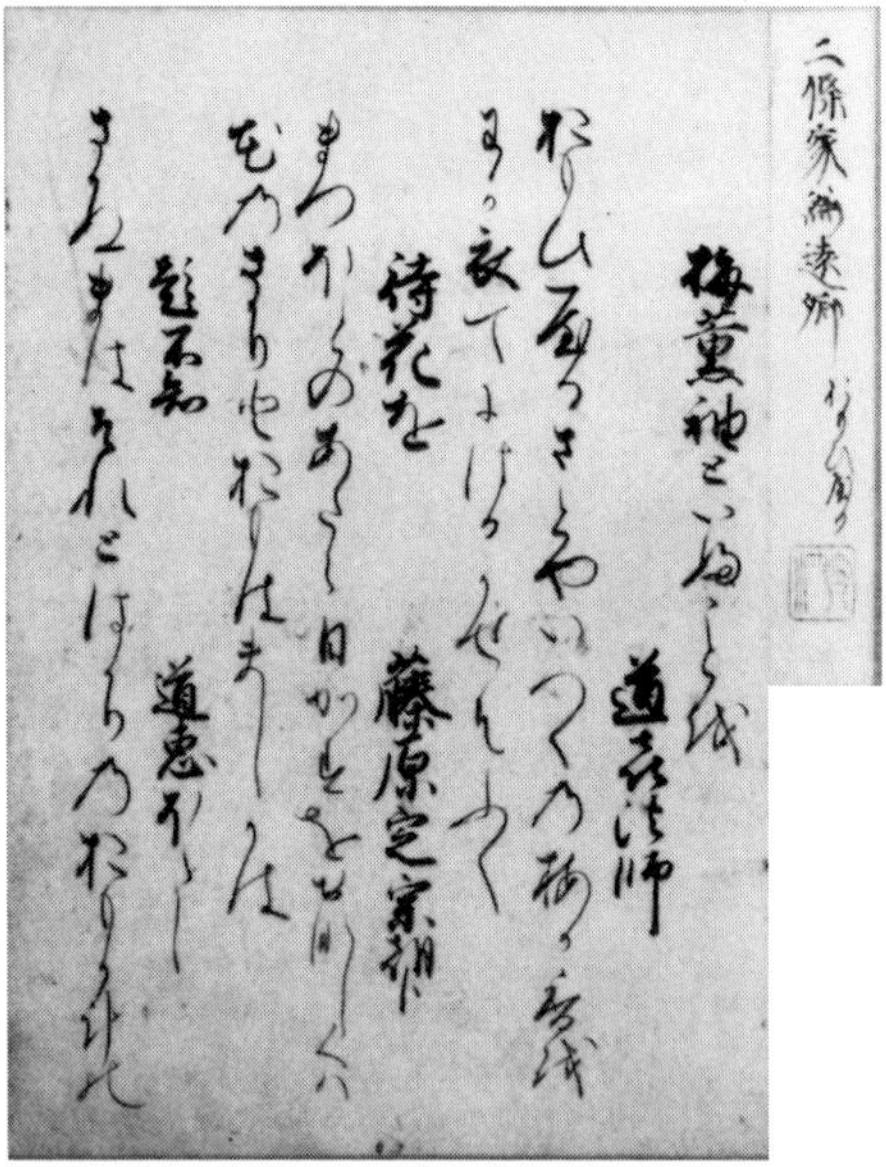

山時雨といふことをよみ侍ける

正二位隆教卿

4みわ山にしくれふるらしかくらくの

はつせのひはら雲かゝるみゆ

題不知　　藤原冬隆朝臣

5ときはなる松も今朝よりふくかせの

いとゝしくれて冬はきにけり

断簡C（東大寺図書館蔵手鑑所収）

6うら浪のよするいそへはかつきえて

とをきしほひにつもる白雪

題不知　　藤原為秀朝臣

7ふりそめてあといとはしき雪の中に

わかとはぬをも人はうらみし

宣旨三位

8をとつるゝたかならはしもしら雪の

つもれは庭に人そまたるゝ

雪にはといひてとはさりける人につかはしける

断簡D（林原美術館蔵手鑑『世々の友』所収）

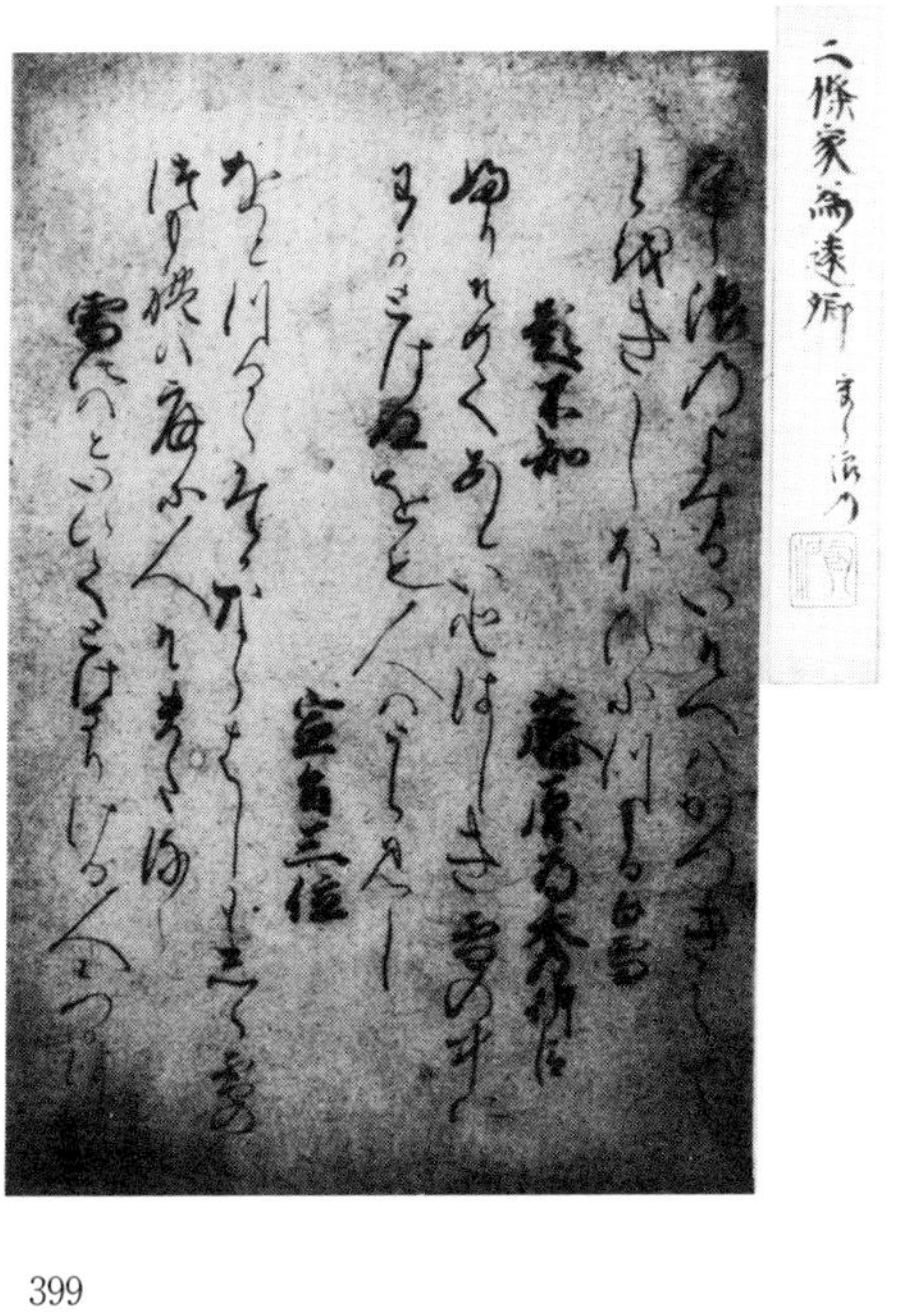

9けさはゝや人めもたえて柴の戸も
雪にとちたる山のおくかな
立后御屏風の哥奉ける中に
正二位隆教卿
10事とふもさひしき松のあらしさへ
ゆきにをとせぬ冬の山さと
山路雪　高階宗尚
11ふる雪にもとのいはねはうつもれて
木かけをわくる山人のあと

断簡E（星名家蔵手鑑『藻塩草』所収）

12あはれしらはなをいかならむ雪もよに
月と花とをともになかめて
藤原盛徳
13ふりつもるいろこそ見えねむはたまの
やみはあやなし庭のしら雪
権僧正静伊
行路雪を　前参議雅孝卿
14今はゝやかちよりかよふ道もなし

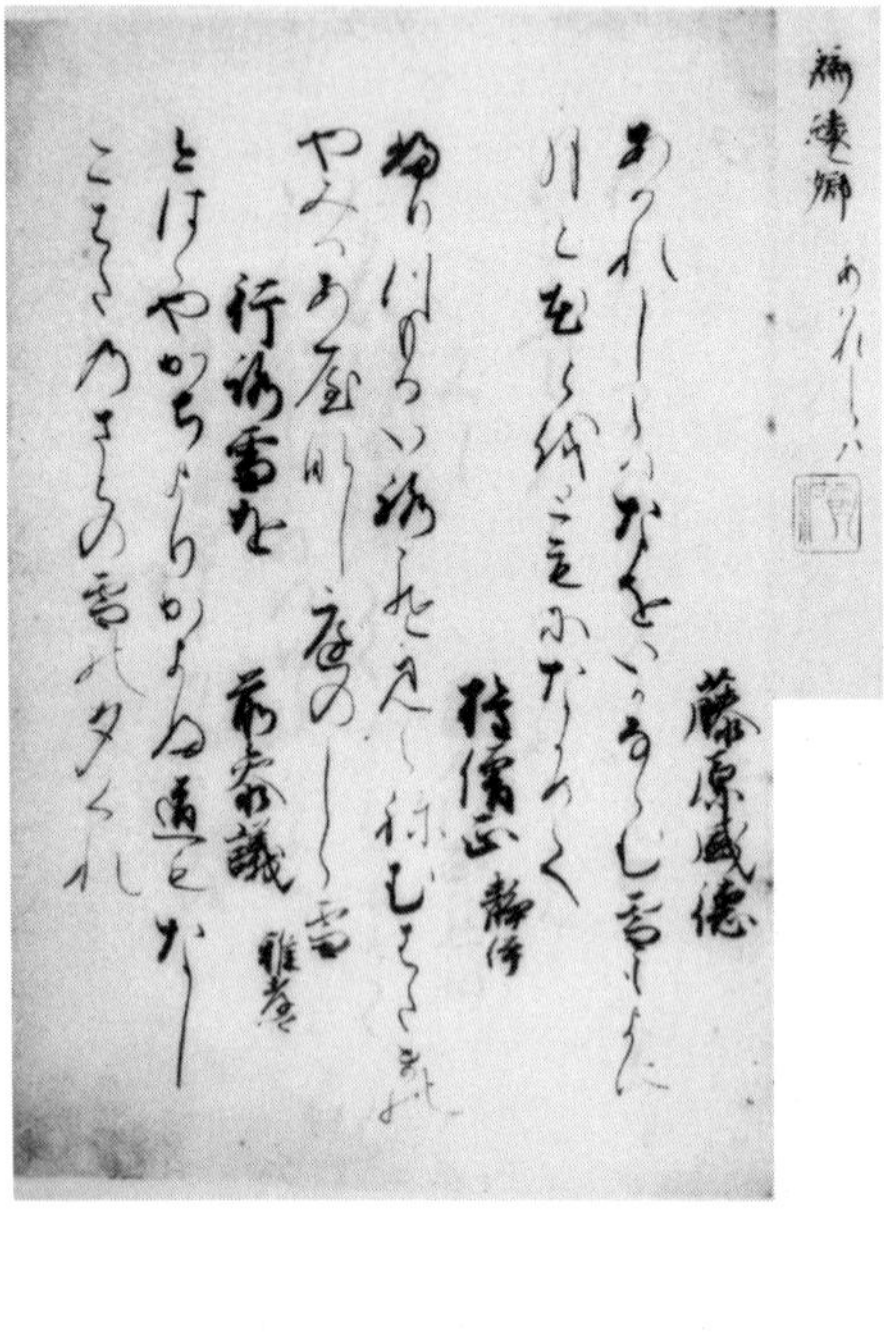

こはたのさとの雪の夕くれ

断簡F（池田和臣氏「国文学古筆切資料拾遺」）

歳暮をよめる　女蔵人万代

15うきにたになれつるとしはしたはれて
わか身にしらぬ春はまたれす

後宇多院新兵衛督

16いくたひかおくりむかへむ行としの
つもるはかりをおもひてにして

二品法親王慈

17百とせのなかはにおほくこよろきの
いそかぬ老のとしのくれかな

断簡G（久曾神昇氏『私撰集残簡集成』七七）

藤原雅宗朝臣

18せきかへしおさふる袖にならひきて
なみたもつゝむ程やしるらん

百首哥のなかに

民部卿為定卿

19いかにせむたえぬおもひのゆふけふり

心の中にけつかたはなし

後醍醐院少将内侍

20いかにしてくちたにはてむ名とり川
せゝのむもれ木あらはれぬまに

断簡H（青蓮院旧蔵手鑑『もしの関』所収）

21ふしのねのけふりのすゑを人とはゝ
うはのそらにや[お　　　]

寄雲恋　　頓阿法師

22山かけにかせのふき[し]くしら雲の
したにはれぬ[は]おもひなりけり

遊義門院兵衛佐

23物おもふかき[り]しられて[ゆふ]くれの
雲のはたてをすくる秋かせ

題不知　　従三位経有卿

断簡I（出光美術館蔵手鑑『聯珠筆林』所収）

後二条院御時題をさくりて哥
つかうまつりけるにすゝか河を

丹波忠守朝臣

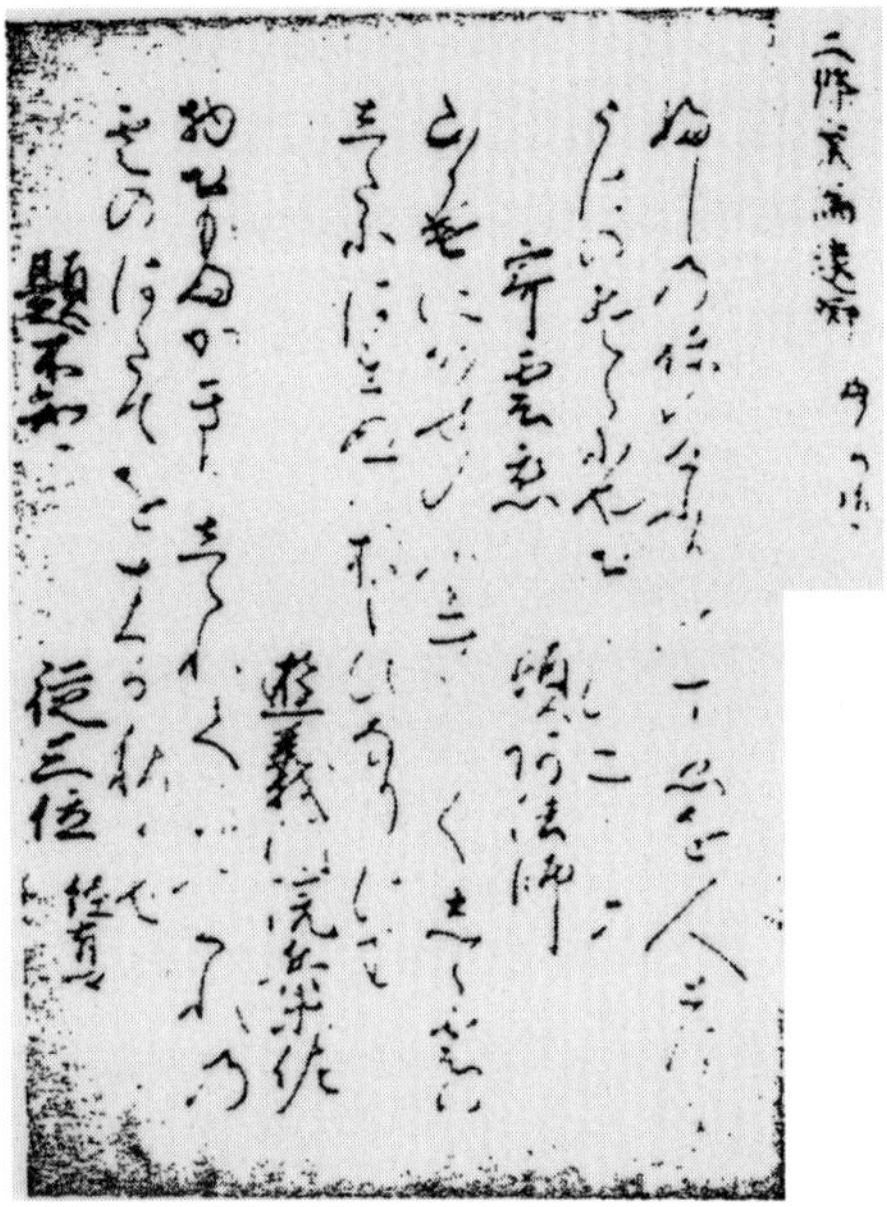

24はしたかのをふさにかゝるすゝか河
かりのつかひや浪をわくらむ
権大納言尊氏卿箏をかりて返し
侍るとてことちのつゝみ紙に敷島の
しるへはかりとおもひしにこと道まて
もたとらさりけりとかきつけ侍ける返し

断簡J（原美術館蔵手鑑『麗藻台』所収）

25いたつらにふみみる道はくらくとも
あつめやせまし窓のしら雪
住吉社に奉哥ニ　源頴氏
26すみよしのきしのひめ松いく千代か
神にちきりてとしのへぬらん
藤原良尹朝臣
27うきなからなにとこの世にすみの江の
松こともなき身をなけくらむ
聖源法師

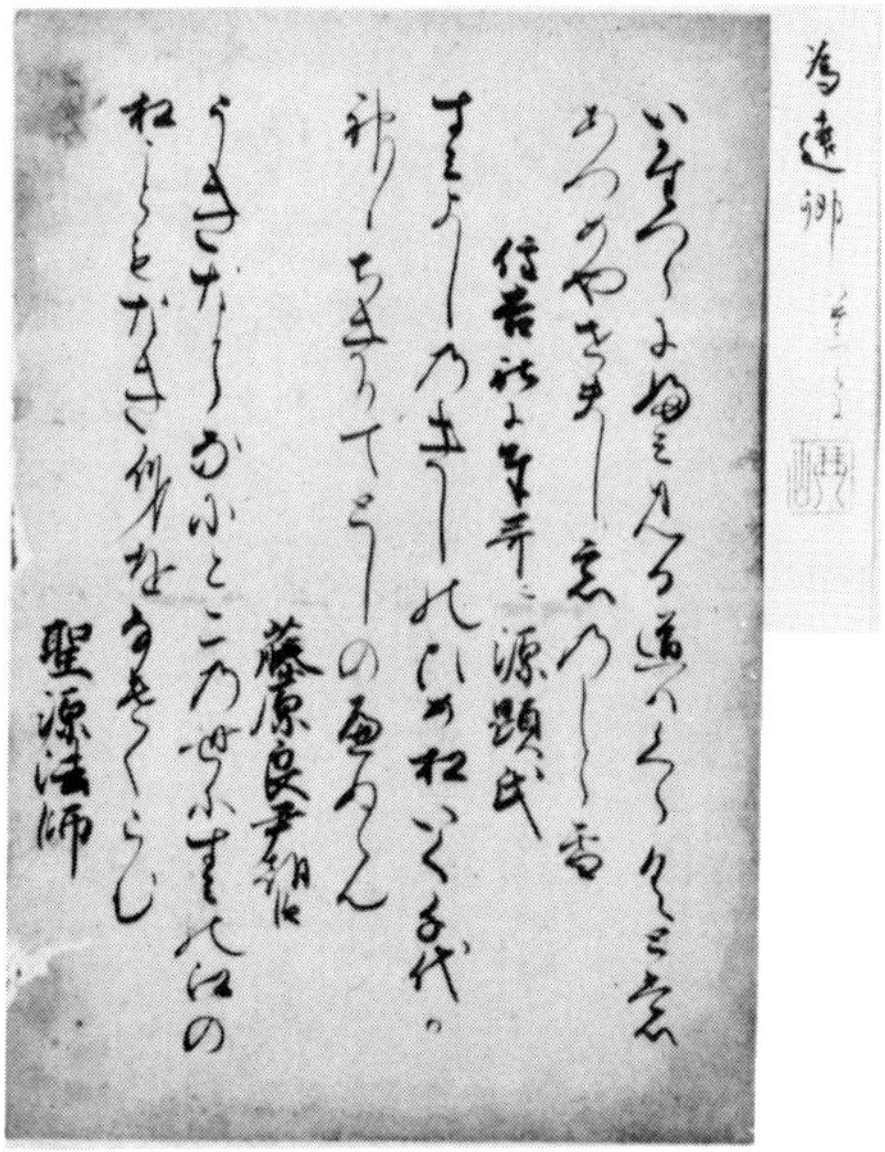

成立・性格

部立としては断簡Aが春部、B～Fが巻六・冬部、G～Hが恋部、Iが雑部、Jが神祇部もしくは雑部とみられる。ただし冬部については巻頭部分の断簡Bと、「歳暮」と言うから巻末近くのFとを除いてその配列は明らかではない。断簡C末尾の「雪にはと言ひて訪はざりける人につかはしける」という詞書は一見、D冒頭の「今朝ははや人目もたえて柴の戸も雪に閉ぢたる山の奥かな」という一首に連なるようにも読めるけれども、両葉とも右側に綴穴痕が存しているのでそうした見方はあたらない。また配列がはっきりしないのは断簡G～Jについても同様で、右に並べた順番はあくまで便宜的なものである。ともあれ裁断された列帖装の典籍が一帖だったと想定すれば（二帖だったという確率よりは高いだろうか）、『松吟集』は巻一～六が春上下・夏・秋上下・冬の各部で、巻七～十に恋部・雑部（また神祇部？）が含まれるという十巻仕立ての撰集だったと考えられよう。

次に『松吟集』の成立年次について久曾神氏は、断簡BGの作者名表記に基づき「暦応二年（一三三九）八月～康永二年（一三四三）正月の間」ながらも、3の作者「藤原雅宗朝臣」が「暦応三年五月二十日に右兵衛督となつてゐるので、それ以前」かと考証している。では久曾神氏以後に見出された断簡を含める形で、この問題をあらためて考えてみるとどうなるか。手掛かりとなるのは次の人物表記であろう（以下すべて『公卿補任』に拠る。煩瑣になるので必要最小限にとどめる）。

2作者名「藤原定宗朝臣」…元弘四年（一三三四）正月五日叙従四位下～貞和五年（一三四九）九月十三日任参議

4 10作者名「正二位隆教卿」…元弘二年（一三三二）八月三日叙正二位～同三年（一三三三）復従二位、建武五年

（一三三八）正月七日叙正二位～貞和四年（一三四八）十月十五日薨

7作者名「藤原為秀朝臣」…康永三年（一三四四）正月五日叙従四位下～延文三年（一三五八）正月六日叙従三位

14作者名「前参議雅孝卿」…文保二年（一三一八）二月十一日辞参議～貞和元年（一三四五）八月二十五日任権中納言（武家推挙）

18作者名「藤原雅宗朝臣」…正中二年（一三二五）正月二十九日叙従四位下～康永二年（一三四三）正月五日叙従三位、同年八月三十日薨

19作者名「民部卿為定卿」…建武四年（一三三七）七月二十日兼民部卿～貞和二年（一三四六）十二月五日任権大納言（この時点までは確実に任民部卿）

20作者名「後醍醐院少将内侍」…暦応二年（一三三九）八月十六日崩御・諡号

23次作者名「従三位経有卿」…暦応四年（一三四一）四月十六日叙従三位～康永二年（一三四三）五月四日薨

24次詞書「権大納言尊氏卿」…建武三年（一三三六）十一月二十五日任権大納言～康永元年（一三四二）年十二月廿二日服解・康永二年（一三四三）三月七日不可復任

以上の中では、7作者の冷泉為秀が「朝臣」と呼ばれるようになる康永三年（一三四四）正月五日が上限として最も遅く、それを基準とするならば、14作者の飛鳥井雅孝が「前参議」から権中納言となった貞和元年（一三四五）八月二十五日が下限として最も早いことになる。ただしそのように『松吟集』の成立を康永三年正月以降とみた場合、18作者の藤原雅宗はすでに「朝臣」ではなくなっており、24次詞書中の足利尊氏も「権大納言」ではなくなっており、それぞれ従三位、前権大納言と呼ばれていてしかるべきである。このように官位表記に関する齟齬が生じてしまうという点で、右の推定は決して十全とは言えないが、それでもやはり為秀の「朝臣」から導き出される上限自体は

動かし難いと思われる。そこで官位表記の統一に不徹底なところがあったとみておいて、とりあえず『松吟集』の成立は、康永三年正月五日から貞和元年八月二十五日までの間のいずれかの時点だったと考えておくことにしたい。

すると注目されてくるのは、これが『風雅集』撰集当初の時期とちょうど重なっているということである。すなわちまず光厳院が康永二年中に勅撰のことを幕府に申し入れており、翌三年十月に足利直義が内諾したのち幕府からも承諾の旨が公式奏上されており、翌四年（＝貞和元年）四月についに勅撰事始が行われ、かつ歌稿の提出方法が定められており、同年七月には実際に歌人からの詠草が届けられ始めていた、という状況に当時の歌壇はあったのである。（7）

一方、ここであらためて『松吟集』における作者の顔触れを眺めてみると、大覚寺統から慈道法親王（17）・後宇多院新兵衛督（16）・宣旨三位（8、後醍醐天皇後宮にして法仁法親王生母）・女蔵人万代（15、後醍醐天皇女房）・後醍醐院少将内侍（20）が、二条家・二条派から二条為定（19）・頓阿（22）・丹波忠守（24）・静伊（13）が、冷泉家から冷泉為秀（7）が、飛鳥井家から飛鳥井雅孝（14）・同雅宗（18）・同経有（23次）が、九条家から九条隆教（4・10）が、それぞれ入集しているのに対して、あくまで現存断簡の範囲内ではあるにしろ、持明院統や京極派に連なる歌人が皆無に等しく、わずかに中山定宗（2）ひとりだけという事実は頗る注目されてこよう。このことと、右の歌壇状況を考え合わせてみるならば、『松吟集』の成立事情も自ずと浮かび上がってくるようである。『松吟集』はおそらくのところ、南朝と対峙しつつも小康を得た持明院統の北朝において、再び京極派の勅撰集が撰ばれようとしつつある、その動向に相当批判的な立場から編まれた私撰集だったのだろうと思われる。

相当、と言うのは例えば、ほぼ同時期の康永三年十二月～同四年八月頃に成立した小倉実教撰『藤葉集』が、「二条家・二条派優先」でありながら「やはり現実に京で政務を執っている持明院統の両院及びその皇族の詠を多く入集せしめ」、京極派の詠も「一応は無難な数を採っている」[8]というのと較べて、『松吟集』における持明院統・京極派排除の姿勢というのはかなり際立っているように想定されるからである。従って、もとより『松吟集』の撰者は不明とせざるを得ないけれども、まずは当時不遇をかこっていた二条派の、その中でも政治的バランスを考慮しなくても済むような、すなわち中心的立場にはいなかった歌人がその撰にあたった、とみるのが妥当なのではなかろうか。

資料的価値

ところで現存断簡記載の歌数は、詞書もしくは作者名表記のみの8次・23次・24次・27次、及び24次詞書中の一首を含めて三十二首分。うち他文献には、

4…『新拾遺集』巻六・冬・五六六「元弘三年立后屏風に」「正二位隆教」・初句「三輪山は」
6…『文保百首』三三六四「(少将内侍)」「(冬十五首)」・初句「白波の」
17…『慈道親王集』一五二「歳暮」
19…『文保百首』二五六八「(冬日侍太上皇仙洞同詠百首応製和歌)」「(正四位下行左近衛権中将兼美濃介臣藤原朝臣為定上)」「恋二十首」・四句「心のうちに」
20…『続千載集』巻十一・恋一・一〇九九「百首歌奉りし時」「少将内侍」、『文保百首』三三六七「少将内侍」「(恋二十首)」・五句「あら〔　〕」
22…『続草庵集』巻三・恋・三三九「藤原基世来りて歌よみ侍りしに寄雲恋」・二句「風の吹きしく」・四句「下にはれぬは」

という六首が見出せるのみであり、残りはすべて新出歌とみてよいようである。それらの中に、為秀（7）・隆教（10）・藤原盛徳（12）・雅孝（14）・忠守（24）・尊氏（24次詞書）といった著名な歌人の詠のみならず、従来歌壇史的な業績がさほど確認されてこなかった歌人たちの詠があるのは見逃せない。すなわち雅孝男として飛鳥井家に生まれながらも早逝した経有（23次）と雅宗（18）の兄弟、九条基家曾孫の月輪良尹（27）、「歌壇の片隅に名を僅かに知られる程度」（井上氏）だったという壬生家末裔の冬隆（5）、『とはずがたり』において後深草院二条と贈答歌を詠み合っている遊義門院兵衛佐（23）、『藤葉集』に一首入集の後宇多院新兵衛督（16、なお『続千載集』『続現葉集』に一首入集、『拾遺現藻集』に二首入集の「新兵衛督」と同一人物か）、『増鏡』に「宮の宣旨」として登場する二条為道女の「権大納言三位局」（『本朝皇胤紹運録』）こと宣旨三位（8）、盛徳女という女蔵人万代（15）、『遺塵集』に三首入集の高階宗尚（11）、『続千載集』『風雅集』『新千載集』に各一首入集、また『為世十三回忌和歌』ほかに出詠の権僧正静伊（13）、『新後拾遺集』に一首入集、また源頼数の俗名で『藤葉集』に四首入集の道喜法師（1）、武家歌人斎藤基綱の法名であろう道恵法師（3）、等々である。これらの歌人は現存実作数が決して多くはないだけに、『松吟集』記載の新出歌は大変貴重と言えるだろう。

そのほかいまだ言及されていない一、二の知見を取り上げてみると、例えば2については『延文百首』に、

花　　　　　　　　　　　　　　　　（空静）　　　　　　　　　　　（二三一二）

まつほどのあたら日数をくはへても花のさかりとおもはましかば

という大変よく似た歌が見出せる。作者の空静は正親町公蔭のこと。2の作者の定宗同様京極派和歌の流れを汲むということで、両首の関係が興味深い。また10は、元弘三年（一三三三）珣子内親王立后屏風歌の復元に役立つ一首と位置づけられる。それから26・27・27次の三首は、小川剛生氏の示教によれば、尊氏・直義兄弟が建武頃から諸社寺

に頻りに奉納していた法楽和歌に連なるものではなかろうかという。うち26作者の顕氏が『新千載集』に、

左兵衛督直義賀茂社に奉るべき歌とて詠ませ侍りけるに、神祇を　　源顕氏

ちけやぶる神のちかひもいたづらにならじとばかり身にたのむかな（巻十・神祇・九六三）

という、首を残し、かつ暦応二年（一三三九）の春日社奉納和歌、及び康永三年（一三四四）の金剛三昧院奉納和歌にも出詠している点からしても、その可能性は高そうである。住吉社法楽和歌としては、建武三年（一三三六）に尊氏が奉納したものが現存するが、26・27・27次の作者三人ともそこに含まれてはいないので、それとは別に奉納された住吉社法楽和歌がかつてはあったということだろう。

以上のように『松吟集』は、鎌倉末〜南北朝期の歌壇に関する有益な情報を多数もたらしてくれるようである。現存十葉とツレの数に恵まれている伝為遠筆断簡の、さらなる出現に期待したい。

注

（1）久曾神昇氏「私撰集と古写断簡の意義」（『国語と国文学』一九七一年四月特集号）。
（2）池田和臣氏「国文学古筆切資料拾遺」（『中央大学文学部紀要（文学科）』第七十七号、一九九六年三月）。
（3）久曾神昇氏『私撰集残簡集成』（一九九九年十一月、汲古書院）。
（4）古筆手鑑大成編集委員会編『古筆手鑑大成　第五巻　世々の友』（一九八五年八月、角川書店）。
（5）田中登氏「『古筆名葉集』記事内容考」（『国文学（関西大学）』第七十八号、一九九九年三月）。
（6）別府節子氏「手鑑の中の和歌——鎌倉時代の歌切——」（『悠久』第一〇五号、二〇〇六年十月）。
（7）岩佐美代子氏『風雅和歌集全注釈』解題（二〇〇四年三月、笠間書院）。

（8）　井上宗雄氏『中世歌壇史の研究　南北朝期』（一九六五年十一月初版、一九八七年五月改訂新版、明治書院）。

付　古筆切のツレの認定――公経集・六条切未詳私撰集などを例として――

「ツレ」とは何か

周知のように、古筆切の研究においては「ツレ」という用語を頻繁に使用している。「この古筆切にはツレが何葉ある」「ツレがないので大変貴重な古筆切だ」などのように言うのであるが、こうした「ツレ」とはそもそも何を指しているのか。古筆切の場合に即してまとめてみると、おおよそ次のようになろうか。

今は分割されて別々の状態になっているが、本来は同じ写本を構成していた断簡と断簡、もしくは断簡と残簡・残欠本同士。

具体的にみてみたい。例えば国文学研究資料館編『古筆への誘い』(1)に掲載されている古筆切のうち、13・14には伝小倉実名筆『藤葉集』断簡二葉が掲載されている。この二葉はいずれも『藤葉集』という南北朝時代成立の私撰集を書写内容としており、また筆蹟も書式も料紙も同一のようにみられるので、まずは本来同じ写本だったのだろうと判断される。そうした場合に、この『藤葉集』断簡二葉はツレ同士である、と言うのである。

ただしツレと認定できるのは、必ずしも古筆切同士に限るというわけでもない。『古筆への誘い』20の伝二条為貫筆『歌枕名寄』断簡は、静嘉堂文庫に蔵される伝三条実任筆『歌枕名寄』残欠本と筆蹟・料紙が一致するので、おそらくはその散佚部分に該当するとみることができる。このように古筆切同士というばかりではなく、古筆切と、切とは呼べないような残簡や残欠本とがツレだったという場合も少なからずあるようである。

ともあれ古典文学の研究に際し、何らかの古筆切を取り上げようとするならば、ツレをなるべく多く見つけ出し、その切に関する情報量を可能な限り増やしていくこと、またその切が典籍だった時の状態にまで、少しでも復元されるよう試みること、が必要だろうと思われる。

ツレ認定の問題点

しかし理想的にはそうであっても、ある古筆切とある古筆切（もしくは残簡・残欠本）とをツレ同士と認めることには、困難が伴う場合も時に存する。基本的に、もと同じ写本を構成していたツレ同士と認定できるのはおそらく、
・作品が同じであり、かつその作品の別々の箇所が書かれていること（内容上の重複がないこと）。
・筆蹟・書式が一致すること。
・寸法や種類といった、料紙の状態が齟齬しないこと。
という条件が重なった時であろう。ところがツレの認定にこのような条件が必要となると、特に散佚文献に関する古筆切を扱おうとする場合、どうしてもその条件を満たせないという状況に陥ってしまうのである。

例えば『古筆への誘い』9の伝津守国冬筆断簡（便宜上Aと呼ぶ。以下B・C・D…と示していくのも同様の措置）は、現存する和歌作品中に一致する本文が見出せないので、まずは何らかの散佚私撰集の一部とみられる。そこでツレの可能性がある切を探していくと、図版一のような「続現葉和歌集巻第十五」という内題を持った断簡（B）が見つかる。『続現葉集』は鎌倉時代末期に成立した私撰集で、断簡Bはその散佚部分（巻十一以降）の一部を伝える貴重な資

料として周知のものだが、さてそうすると、この断簡Bと筆跡が同じであり、料紙も酷似している断簡Aは、断簡Bのツレで『続現葉集』の一部だったという可能性が出てくるだろう。しかしここが難しいところだが、そのような可能性が出てきたとしても、本当にこの断簡Aが同じ『続現葉集』だったかどうかは、何しろほかに伝本がなく本文比較ができないのだから、結局のところ確認のしようがないのである。もしかすると断簡Aは、断簡Bと同筆同体裁だけれども、内容的にはまったく異なる、別の散佚私撰集だったという可能性も考えられないことはない。

逆の見方を示してみたい。『古筆への誘い』3の『拾遺集』断簡（C）は、二条為忠に関わる資料として重要であるが、伝為忠筆の古筆切はほかにも多く、例えば図版二の『後撰集』断簡（D）などの存在も知られている。この断簡Cと断簡Dとは筆跡も体裁も大変よく似ているけれども、Cは『拾遺集』、Dは『後撰集』と、それぞれの出典が判明するから別々の作品の断簡であると判断できる。しかし仮に、この二葉が『拾遺集』と『後撰集』ではなく、それぞれ別個の散佚歌集だったとすると、きっと我々は違う作品とは思わずに、同一の散佚歌集のツレ同士として扱ってしまうのではないかと思う。

このように、実は異なる作品の断簡を同じ作品のツレ同士と認定してしまう危険性が、散佚文献の古筆切にはおそ

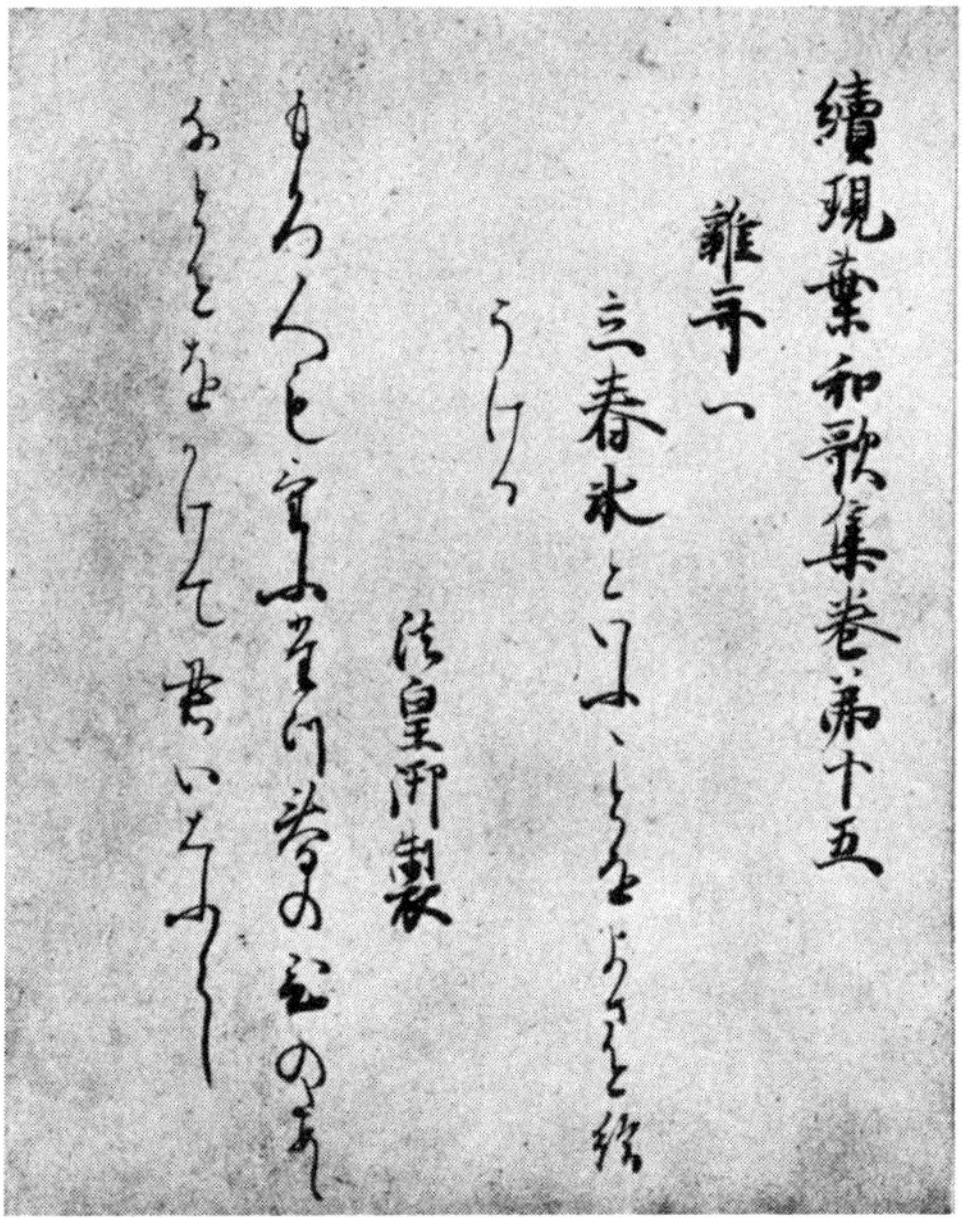

図版一　伝津守国冬筆『続現葉集』断簡（林原美術館蔵手鑑『世々の友』所収）

らく常につきまとうのである。が、しかしそのような危険性があるからといって、ツレの認定を放棄するわけにもいかない。危険性はあるにしろ、やはり同じ作品のツレ同士だった可能性も依然残っている以上、その可能性はどこまでも追求し続けるべきだろう。よって少なくとも論者の場合、散佚文献の古筆切に関しては、

・筆蹟・書式が一致すること。
・料紙の状態が齟齬しないこと。
・複数の作品に分けられるという明徴がないこと（いささか消極的ではあるが）。

という条件が揃っていれば、一応はツレである可能性が高いと考えられるので、そうと認めて論を進めることにしている。それは逆に言えば、ツレと認定するためには、最低でもこれだけの条件は揃える必要があるということである。また条件が全部揃ったとしても、ツレであることが完全に論証できたというわけではなく、それはあくまで仮定の話でしかないということを、常に自覚しておいた方がよいのだろうと思われる。

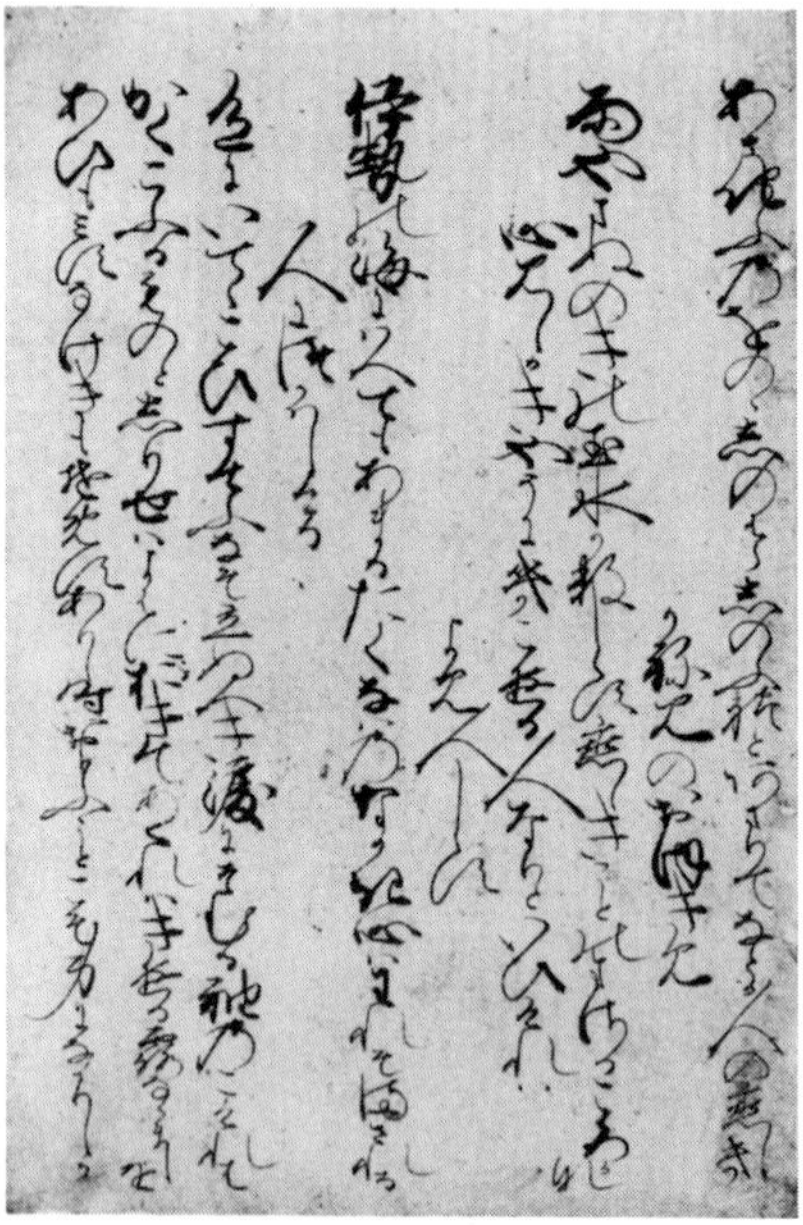
図版二　伝二条為忠筆『後撰集』断簡（田中登氏蔵）

　結局古筆切というものは、あくまで写本の断片であり、資料としては極めて不完全なものなのである。そのため古筆切を用いて何か論じることを目指しても、相当の制限が必然的に伴ってしまう。従って、そうした制限の中で説得力のある論証を試みようとする場合、その論を組み立てる方法と、論を成り立たせる条件について、古筆切それぞれ

の特徴に即しながら、常に慎重に判断していく必要があると言えよう。その上で研究を進めるならば、やはり相当の制限があったとしても、古筆切から学術的に意義のある様々なことが判明していくはずである。

伝慈円筆『公経集』断簡

ひとつだけ例を挙げよう。以前、拙稿『散佚歌集切集成　本文篇』[2]において、論証を省き結論だけ示したことがあった資料だが、金沢市立中村記念美術館蔵手鑑には図版三のような未詳私家集の断簡（E）が貼られている。また小松茂美氏『古筆学大成』も、このEを含めたツレ三葉を取り上げている。[3]これらは伝慈円筆と極められているもので、縦三十cm近くのもと巻子本。記載歌はいずれも他文献には見出せないが、例えば「権中納言」なる人物との贈答歌なども記されており（断簡E詞書）、非常に興味深い内容を有していると言えるので、何とか出典を明らかにできないものかと考えていた。それでも当初は何の手掛かりも得られずにいたところ、ある時、もしかするとこれのツレなのではないかと思い当たった資料があった。それは曾根誠一氏・伊豆野町子氏によって紹介された『西園寺公経集』の模写断簡（F）で、

さくらをうゑて侍し花さかりに一枝お
りてつかはすとて
かすならぬやとにさくらのおり〳〵は

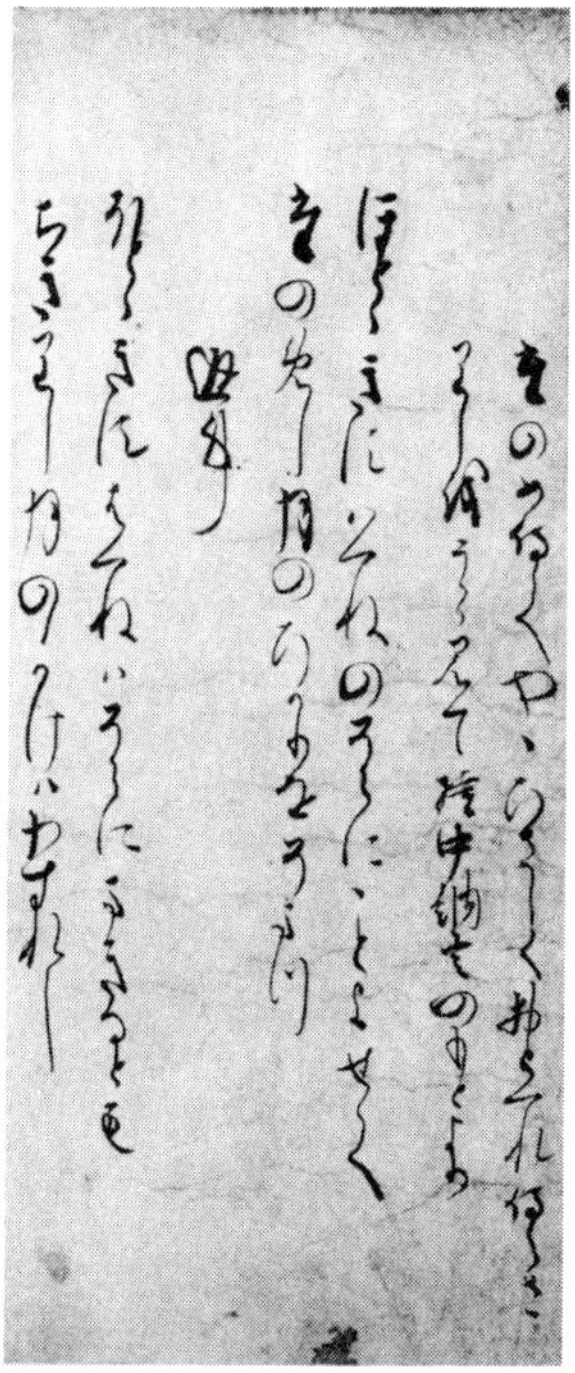

図版三　伝慈円筆未詳私家集断簡（金沢市立中村記念美術館蔵手鑑所収）

とへかし人のはるのかたみに

返し　　　　権中納言

おほかたのはるにしられぬならひゆへ

たのむさくらもおりやすくさん

という本文を持つものである(4)。『新編国歌大観』で検索しても一致する作品は見当たらないが、この「権中納言」との贈答歌自体は、『拾遺愚草』に西園寺公経と藤原定家との贈答歌として見出される（二一六四〜二一六五）ので、おそらく断簡Fは公経の側の家集の一部と考えられよう、と指摘するのが曾根氏の論で、確かにその可能性は非常に高いと思われる。公経の家集というのは従来伝存が確認されていなかったので、大変貴重な資料と言えよう。しかもここで注目されるのは、曾根氏によるとこの断簡、伝慈円筆にして縦のサイズが二十七・五cmもある由であり、つまり本来は巻子本だったと判断されるのである。そうすると、これは問題の未詳私家集断簡と特徴的にまったく同じということになり、しかもいずれにも「権中納言」が登場するので、内容的にも非常に近い。ならば、これはもう両者はツレではなかろうか、つまりEをはじめとする三葉の未詳私家集断簡は『公経集』の一部と考えてよいのではないか、と思われてきたので、そうしたことを前掲拙稿において一言指摘しておいた。ただ曾根氏の論には断簡Fの翻刻だけしか掲載されていなかったため、右の段階では筆蹟の比較まではできなかったが、その後曾根氏に実地調査の機会を与えていただいた。図版四がそれである。模写断簡にも関わらず、一見して断簡Eと共通する筆蹟であることがわかるのではなかろうか。おそらく断簡Fの原資料となった一葉と、Eをはじめとする三葉の未詳私家集断簡とは同筆だったと思われる。またそれに加えて、これら計四葉の断簡が複数の作品に分けられるという明徴も現在のところ特にはない。以上によって前述の、ツレと認定できるだけの条件がすべて揃ったのであるから、未詳私家集断簡に関しては、やはり断簡Fすなわち『公経集』のツレである可能性が高く、今後はその前提で論を進めてよさそうだ、ということになろう。ならばこれまで誰の作だかわからなかったそれぞれの記載歌についても、公経の新出歌として今後扱っていけるようにもなろう。また断簡E詞書の「権中納言」は、断簡F同様に定家と考えてよいだろうから、他文献に見られないこの一首は、定家の新出歌として位置付けられるようにもなろう。このように未詳私家集断簡を『公経集』のツレと認定できたことで、こうしたことが一度に次々明らかとなったわけである。

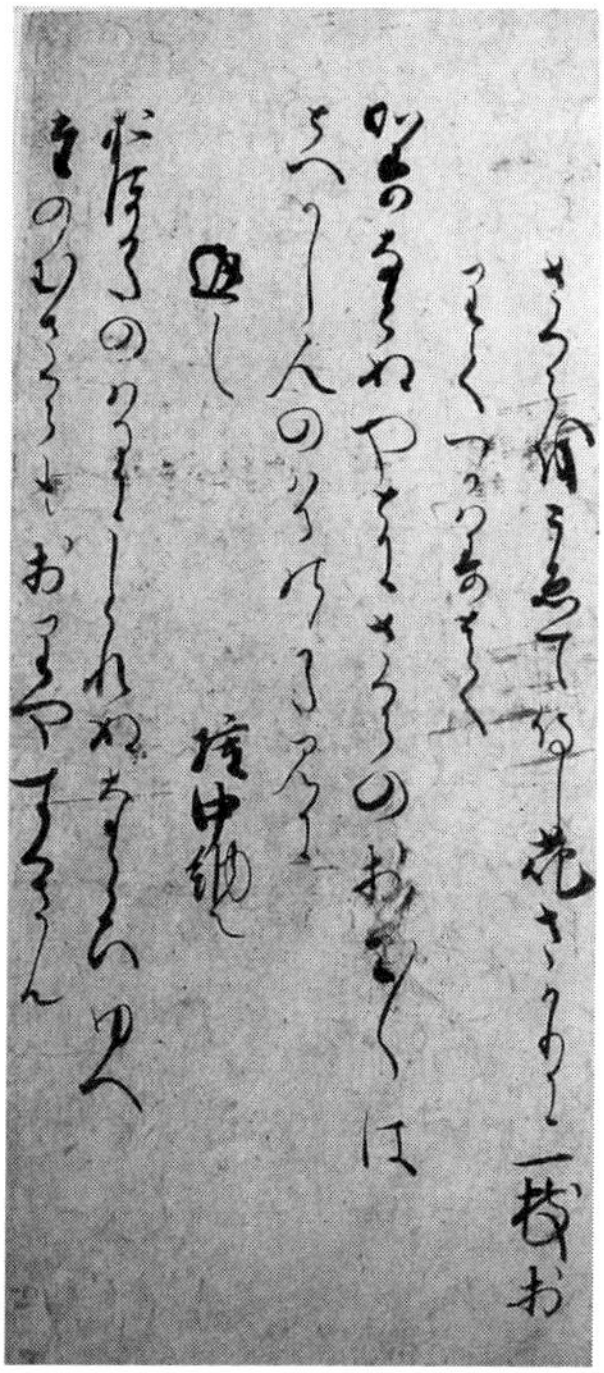

図版四　伝慈円筆『公経集』模写断簡（曾根誠一氏蔵模写手鑑所収）

　ちなみに『公経集』の新出のツレは『古筆への誘い』28にも一葉掲載されており、また本論初出後に日比野浩信氏、及び小島孝之氏によってもさらに発掘されている。[5] いずれも『公経集』の輪郭を浮かび上がらせる大変興味深い書写内容となっている。

伝光厳院筆六条切をめぐる問題

　このように古筆切のツレの認定によって、今までどうしても明らかにできなかった問題が解明されたり、考えもしなかったような新しい知見が得られたりすることがある。こうした発見のあることが、古筆切研究の醍醐味のひとつであるに違いなかろう。が、その一方で、そうたやすくはツレとは認定できないという場合も存する。その一例として次に取り上げてみたいのが、伝光厳院筆の六条切と呼ばれる未詳私撰集断簡である。

『古筆への誘い』8にも新出の一葉が載っているこの六条切については従来、池尾和也氏[6]・小松茂美氏[7]・井真弓氏[8]がそれぞれ検討を加えてきたが、中でも六条切の研究に関して一石を投じたのが池尾氏の論である。氏は六条切の出典を明らかにするために、六条切のみならず、さらに伝光明院筆天龍寺切（図版五）・伝後光厳院筆兵庫切（図版六）という名物切をも取り上げた。いずれも従来未詳私撰集として扱われてきた断簡であるが、ただし兵庫切に関してはやはり池尾氏によって、伝明融筆『八代和歌抄』断簡[9]のツレであることが明らかにされた。『八代和歌抄』は、これも池尾氏が指摘したことだが、鎌倉時代中期のいわゆる反御子左派の歌人真観、もしくは中務卿宗尊親王の手になるとみられる私撰集である。

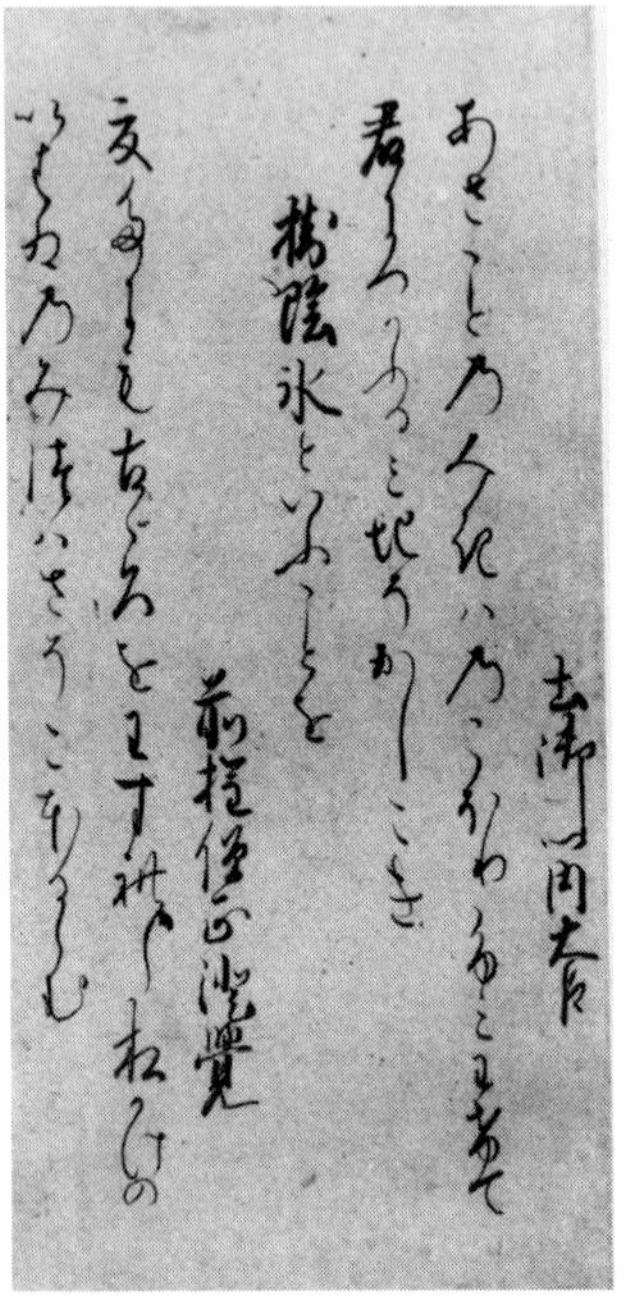

図版五　伝光明院筆天龍寺切（出光美術館蔵手鑑『見ぬ世の友』所収）

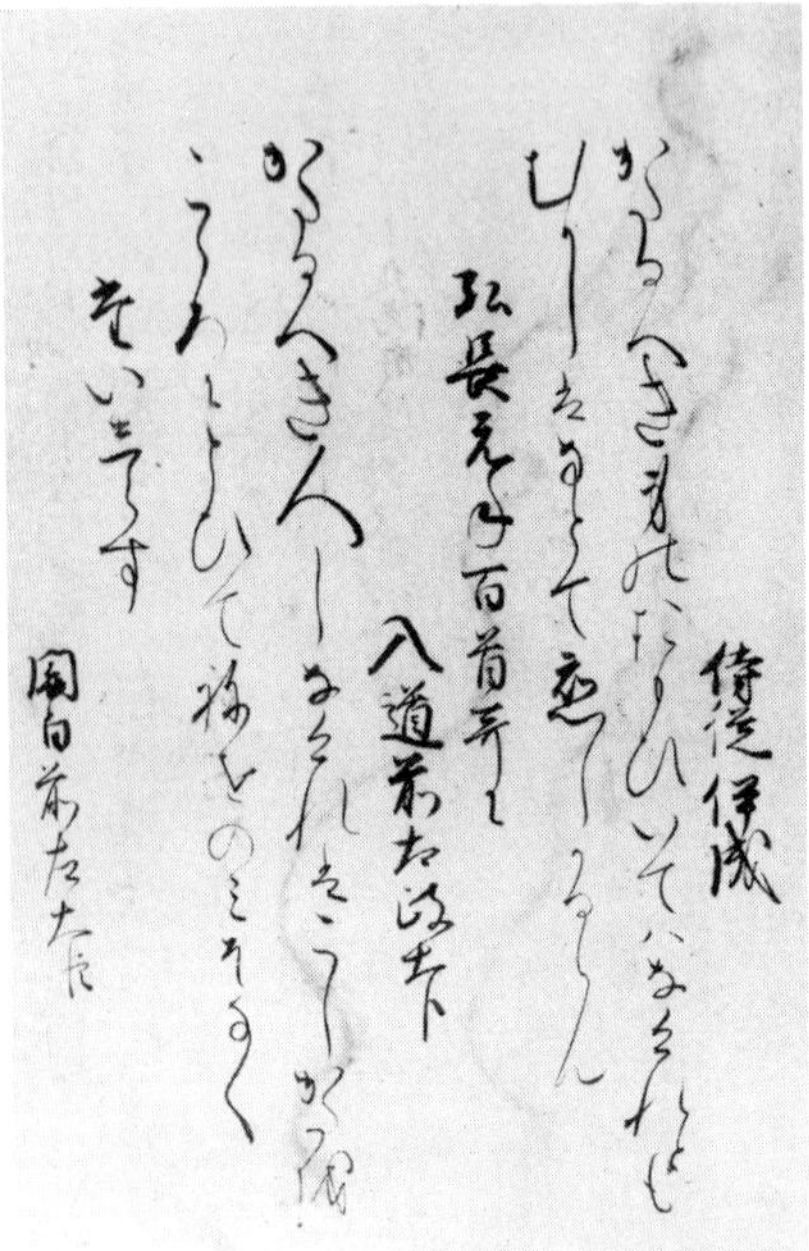

図版六　伝後光厳院筆兵庫切（出光美術館蔵手鑑『見ぬ世の友』所収）

そうした上で池尾氏は、これら天龍寺切・兵庫切と六条切とが、実は同じ作品の一揃いの写本から切り出されたツレ同士であり、すなわち兵庫切のみならず、六条切も天龍寺切もすべて『八代和歌抄』の断簡だったと論じたのである。ただし一見して明らかなように、六条切・天龍寺切・兵庫切はいずれも異なった筆蹟を持ち、また六条切だけに限っても、小松氏は二種類の筆蹟に分けられるとして六条切（一）（二）と整理している（図版七・八）。このように筆蹟が一通りでないというのはやはり問題となるところだが、これについて池尾氏は、おそらくもとの写本が寄合書き――一点の写本を、一人ではなく複数の筆者が書写すること――だったとする見方を示して片付けた。そうした論理の根拠として池尾氏が挙げているのは、主に次のような徴証である。

・成立年代が近いこと。六条切・天龍寺切・兵庫切はそれぞれの内部徴証から、いずれも文永年間（一二六四～一二七五）頃の成立とみられるとい

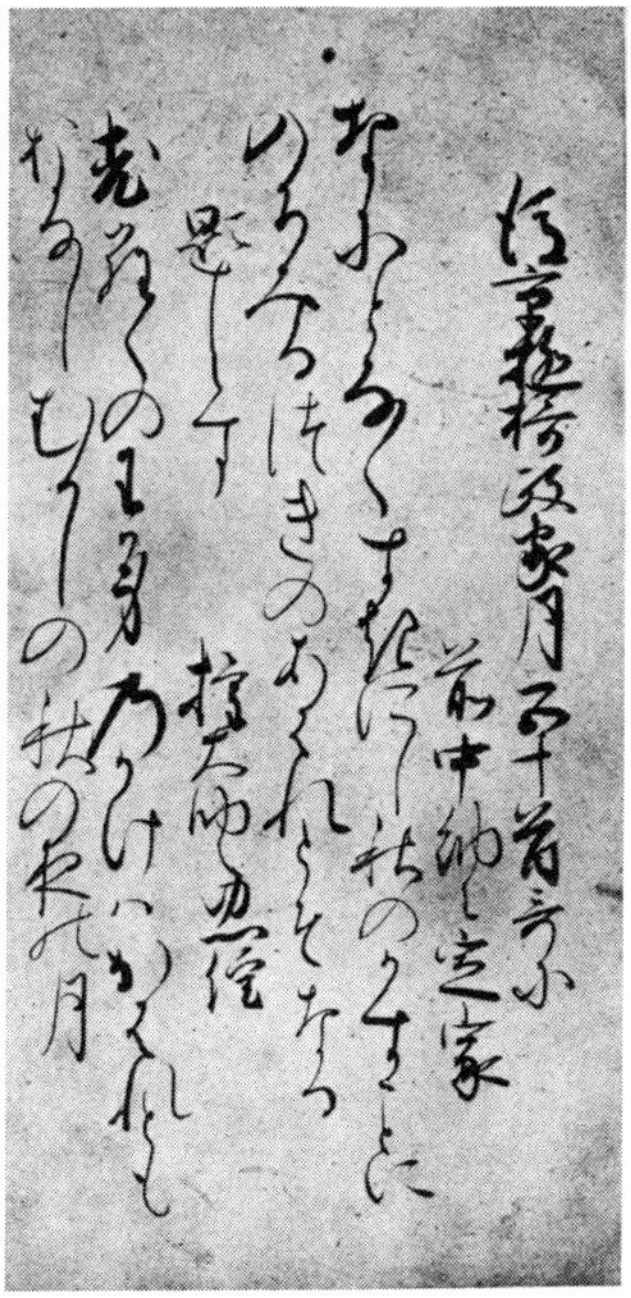

図版七　伝光厳院筆六条切（一）（林原美術館蔵手鑑『世々の友』所収）

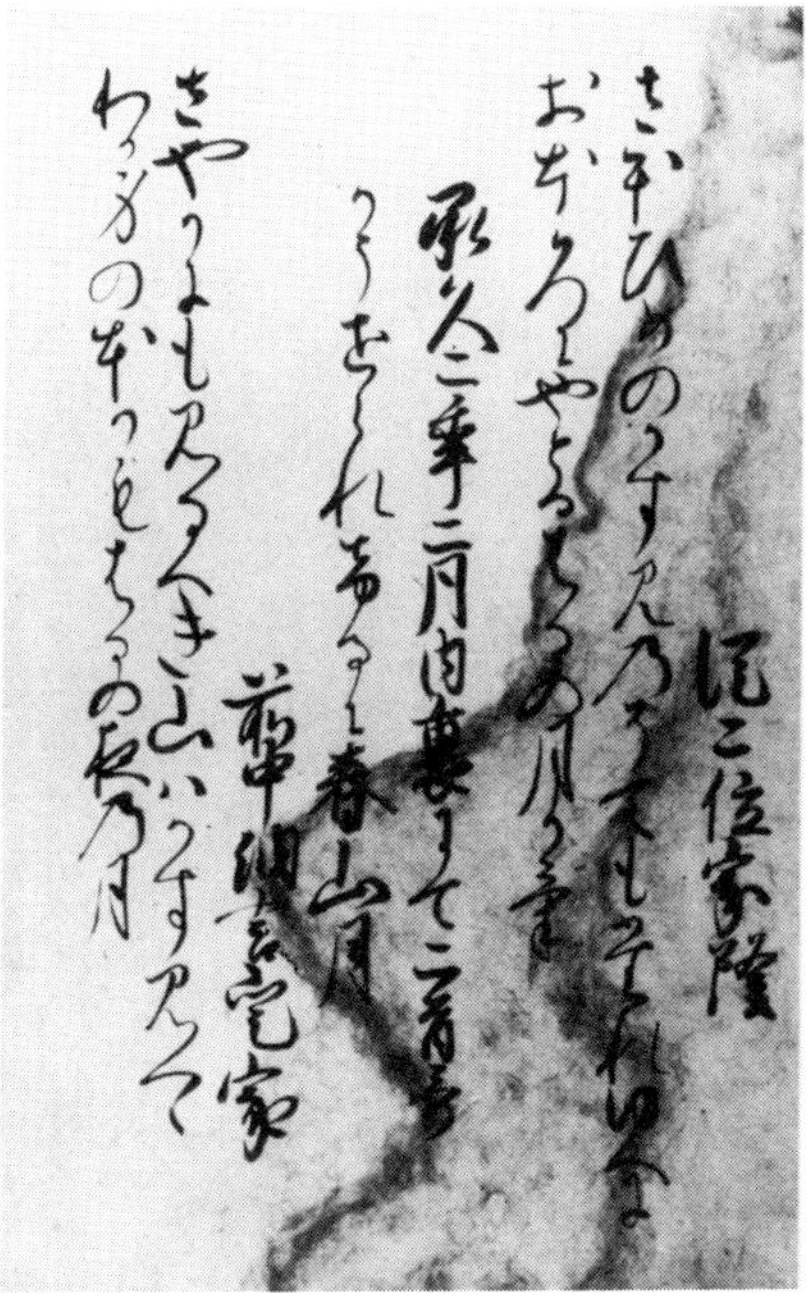

図版八　伝光厳院筆六条切（二）（出光美術館蔵手鑑『見ぬ世の友』所収）

う。

・それぞれの内容的な性格が酷似すること。記載歌の他出状況を調べてみると、勅撰集未収歌に加えて、『新古今集』をはじめとする先行勅撰集の入集歌と一致する歌がいずれにおいても見出せるという。

・それぞれの部立が重ならないこと。各断簡の記載内容から、六条切（二）が春・夏、六条切（一）が秋、天龍寺切が冬、兵庫切が雑・神祇という具合に、それぞれの内容を部立別に分類できるという。

・料紙の状態が一致すること。縦横の大きさがほぼ同じであることだけでなく、いずれも雲紙と素紙を併用しており、かつ雲紙の雲が縦方向に向いているという特徴を持っているという。

すなわち主に内容的な共通性・統一性から池尾氏は、六条切・天龍寺切・兵庫切をツレと認定しているのである。この池尾氏の論、とりわけ成立年代に関してはいささか考証に強引さも認められるが、可能性としてまったくあり得ない見方であるとも言い切れない。例えば六条切・天龍寺切・兵庫切の内容というのは、いずれも先行する勅撰集入集歌を除外することなく採っている点で、確かに非常によく似てはいる。この時代の私撰集の在り方としては、勅撰集入集歌は採らないというのが一般的であろうから、これは大変特徴的だと言えるだろう。また四種の切が部立別に分類されるという点も、完全にそうであるとは判断できない場合もあるが、全体としてそうした傾向があること自体は否めない。ならば池尾氏が指摘するとおり、部立ごとに筆者を変えていったという可能性もないわけではないようにも思われてくる。

こうなると、これらの切を同一作品と考えてみたくなるのは、むしろ当然かもしれない。六条切・天龍寺切・兵庫切の間に近似性・整合性があることを見出したのは、確かに池尾氏の論の功績であると言えるし、そこで提唱されている可能性、これらが同じ『八代和歌抄』だったという可能性自体は検討されていってもよいと思われる。が、では池尾氏の論がその可能性を論証し切れているかというと、残念ながらそうとは言えないようである。なぜかと言うと、ツレと認定する際に必要な手続きが、ここではほとんど踏まれていないからである。

先に確認したとおり、散佚文献の古筆切の場合、ツレと認定したければ、書式や料紙の状態が異ならないことに加えて、やはり同筆であること、かつ複数の作品に分けられるという明徴がないこと、という条件を揃えることが不可欠で、これらの条件が揃って初めて、ツレであると仮定して論を進めてよいことになる。そのような条件が、では池尾氏の論で満たされているかというと、繰り返し述べているように四種の切の筆蹟が異なる以上、別々の作品に分けられるという可能性も当然残っているわけであり、むしろ別々の作品と考える方が自然な判断かとも思われるので、これは満たされていないと言わざるを得ない。そうであればやはり、別筆の断簡同士をツレとする池尾氏の論は認められないことになろう。内容的に整合性があるから、料紙の状態が共通するから寄合書きのツレである、という論理は、ツレの認定に関する方法的な反省を欠いているという点で、飛躍があるように思われる。

ただし寄合書きのツレと認定する点を除くと、先程も触れたように、池尾氏の論には魅力的な部分も多い。確かにそれぞれの間に内容上の近似性がある以上、この四種の切が同じ『八代和歌抄』だったという可能性は考えてみてもよささそうである。

要するに池尾氏の論というのは、おそらく論じ方が逆なのである。氏はこれら四種の切は、内容が近いから同じ作品である、同じ作品であるからツレである、ツレであるから寄合書きである、と論を進めているけれども、そうではなく、まずこれらが寄合書きのツレであることをこそ論証すべきだったのだろう。その上で、ツレであるから同じ作品と考えられそうである、と論じていくのが筋道だったのではなかろうか。ならばその場合は何よりもまず、これらが寄合書きのツレであるという明徴を見つけることに重点を置くのがよかろう。もちろん特に散佚文献に関しては、この切とこの切とが寄合書きの同じ作品であると認めたくても、そもそも同じ作品であるかどうかすら確認できないわけだから、そう論証するのは至難の業には違いない。論証ができないならば、これはいくら内容的に似ていたとしても、やはり同じ作品とは認められないことになろうから、池尾氏の説については一端白紙に戻さざるを得ないだろう。

もっとも散佚文献の古筆切でも、寄合書きのツレ同士と認定できる場合がまったくないわけでもない。例えば虫喰いの痕が一致するとか、あるいは一葉の断簡の中に複数の筆蹟が存在し、それが筆蹟の異なる断簡同士を結び付ける役割を果たすとか、そうした誰もが納得するような根拠を見出すことができればよいわけである。ただ今回の問題に関しては、残念ながら現在のところそういった明徴は認められないようなので、別の何らかの方法を探っていった方がよい。

最も望ましいのは、すでに田中登氏の言及(10)もあるとおり、やはり六条切（一）（二）及び天龍寺切の巻頭部分の断簡が世に現れることであろう。そしてそれぞれに「八代和歌抄」という作品名が書かれていれば、これはもう同じ作品と認めてよいかと思われる（→〔追記〕参照）。もちろん同じ作品であっても同じ写本だったとは必ずしも限らないはずであるから、これで寄合書きのツレと論証できたということにはならない。ただツレと論証したいのは、結局四種の切すべての作品名を明らかにしたいためであるから、作品名が判明してしまえば、もう強いて寄合書きのツレであることを論証しようとしなくてもよくなるのではなかろうか。

もっともこの場合、見出された巻頭部分に、実は『八代和歌抄』とはまったく異なる別の散佚私撰集の作品名が書かれていた、といった事態も想定されないことはない。その場合は池尾氏の説も、池尾氏の説に可能性自体はあると認めた論者の判断も適切ではなかったことになってしまうが、何にせよこれら未詳私撰集の出典が判明し、作品として的確に位置づけられるようになるのが最も望ましいのであるから、それはそれでも構わない。

あるいは『源承和歌口伝』(11)には、

平義政

本　八代抄

あけぬとてたが名はたゝじかへるかりよぶかき空になにいそぐらん（九二）

のように『八代和歌抄』の佚文一首が見出せるので、この歌を記載した六条切関連の断簡を探し出すという方法もあろう。そうした断簡が実際現存していれば、少なくともそれと同筆のツレに関しては『八代和歌抄』だったと位置づけることが可能となるはずである。その場合、右の一首は春歌だから、春部の内容を持つ六条切（二）のツレの中に存在している可能性が考えられよう。もちろんこれも巻頭部分と同様に発見するのはかなり困難かもしれないが、それでも博捜は心懸けるべきであろう。

それともうひとつの方法は、作品は『古今集』でも『新古今集』でも何でもよいので、とにかく問題の四種の断簡の筆蹟をすべて備えた寄合書きの写本を見出すことである。もしそうした写本が発掘されれば、これらの筆蹟による寄合書きが実際にあり得るということになるので、四種の断簡がツレであるという蓋然性は高くなるのではなかろうか。

以上のような方法がどこまで現実的に可能であるかは心許ないところもあるが、それで六条切の問題が解決に向かうのであれば、追求していく価値はそれなりにあるのだろうと思われる。

注

（1）国文学研究資料館編『古筆への誘い』（二〇〇五年三月、三弥井書店）。以下本論においてしばしば引くことがあるので、ぜひとも併せて参照されたい。
（2）拙稿『散佚歌集切集成　本文篇』（『調査研究報告』第二十三号、二〇〇二年十一月）。
（3）小松茂美氏『古筆学大成　第二十五巻　仏書・漢籍・その他』（一九九三年十一月、講談社）。
（4）曾根誠一氏・伊豆野町子氏「〈資料紹介〉架蔵手鑑の和歌・物語切抄稿」（『九州女子大学紀要』第二十二巻第一号、一九八六年二月）。
（5）日比野浩信氏「伝慈円筆『公経集』切について」（『和歌文学研究』第九十三号、二〇〇六年十二月）、小島孝之氏「中世私家集の断簡三種――『公経集』・『道玄集』・存疑『親清四女集』等について――」（『成城文藝』第二百五号、二〇〇八年十二月）。
（6）池尾和也氏「『原・続古今集』の痕跡を求めて――古筆切資料の再検討――（上・下・補遺）」（『中京国文学』第十・十一・十五号、一九九一年三月～一九九六年三月）。
（7）注（3）に同じ。
（8）井真弓氏「八代和歌抄切の検討と解釈――中世散逸私撰集の一考察――」（『詞林』第三十三号、二〇〇三年四月）。
（9）小松茂美氏『古筆学大成　第十六巻　新撰朗詠集・私撰集』掲載（一九九〇年六月、講談社）。
（10）田中登氏「『古筆名葉集』記事内容考」（『国文学（関西大学）』第七十八号、一九九九年三月）。
（11）本文は源承和歌口伝研究会『源承和歌口伝注解』（二〇〇四年二月、風間書房）に拠る。

［追記］
本論初出後、日比野浩信氏「伝光厳院筆「六条切」の巻頭断簡――『八代和歌抄』という書名――」（『汲古』第五十二号、二〇〇七年十二月）によって、六条切（二）の巻頭部分に該当する次の一葉が紹介された（□内は擦り消し）。

八代倭歌抄［巻第一］
春謌［上］

後法性寺入道前関白家百首歌
皇太后宮大夫俊成
あまのとのあくるけしきものとかにて
雲井よりこそはるはたちけれ
建仁元年五十首哥合謌

この大変貴重な発見によって、六条切（二）に関しては『八代和歌抄』だったと確言できるようになり、かつ「少なくとも兵庫切と六条切（二）が寄合書きであった可能性は完全否定されるべきではなくなった」（日比野氏）ということにもなった。六条切（一）や天龍寺切をも含め、これら四種の関係性が明らかとなるようなさらなる徴証の出現を期待したい。

なお本論については右日比野氏の論を取り入れながら、大幅に書き改めることを検討したが、そうするとツレ認定の方法論に関する問題提起をいくつか削除せざるを得なくなる。本書で例外的に［追記］を設けた所以である。諒とされたい。

第三章　資料紹介

第一節　彰考館徳川博物館蔵「本朝書籍目録」

緒言

財団法人水府明徳会彰考館徳川博物館蔵の古典籍目録たる『彰考館図書目録』[1]に、

本朝国史目録　一（冊数）
本朝法家文書目録　連
本朝書籍目録　什證校　大永四年　連

と記載される一点のうちの「本朝書籍目録」（以下「彰考館目録」と呼ぶ）は、通行の『本朝書籍目録』と書名が一致するためか、これまでほとんど取り上げられてはこなかったらしい[2]。しかしながらこの目録、確かに『本朝書籍目録』と書目を同じくする一方で、『本朝書籍目録』には見られない書目や注記をも豊富に有し、中に散佚文献に関する種々の記載を含むという、なかなか注目すべき資料なのである。和田英松『本朝書籍目録考証』[3]では、彰考館目録を『本朝書籍目録』の一伝本と見なしているが（その上で独自記載をごく一部ながら引用もする）、実は彰考館目録の内題においても「本朝」の二字は冠されておらず、また何よりその掲載書目の異同から『本朝書籍目録』とは別書と認めるべきである。

国文学研究資料館蔵紙焼写真（請求番号J五〇）に拠る限り、彰考館目録は袋綴一冊本、江戸時代中期頃の写、墨付きは四十五丁。外題に『本朝国史目録』『本朝法家文書目録』『本朝書籍目録』の三書名が並んでいるとおり複数の書籍目録類が合写されたうちのひとつで、全体の構成は次のようである。

1オ～6ウ　本朝国史目録／記載書目数＝六部
7オ～24オ　本朝法家文書目録／四十三部
24ウ（白紙）
25オ～45オ　本朝書籍目録／三百二十八部

〈内訳〉

篇目①一条経嗣の著作一覧／四部
篇目②一条兼良の著作一覧／二十五部
篇目③二条良基の著作一覧／十三部
篇目④「家々撰集抄」／九十九部
篇目⑤「国史」／三十五部
篇目⑥「別記」／二部
篇目⑦儀式典礼・有職故実に関する書目／四十三部
篇目⑧先例に関する書目／七部
篇目⑨法律に関する書目／二十二部
篇目⑩雑事に関する書目／三十一部
篇目⑪仮名に関する書目／四十七部

奥書

45ウ（白紙）

※篇目④〜⑥以外は次述のように翻刻許可範囲外であるので、各篇目名は文章に書き換え示した。

そこで本論では「本朝書籍目録」に該当する二十一丁分の半分以下の範囲内（財団法人水府明徳会の規定による）で、特に重要と認められる記載を部分翻刻して研究の資としたい。具体的には篇目④「家々撰集抄」すべてを収める六丁と、それ以外の篇目に属する書目中、散佚文献の存在や素性を伝える、他文献の記載の理解の変更を迫る、彰考館目録の性格の一端を仄めかす、などの点で役立ちそうな書目を収める三丁、及び最後の奥書部分を収める一丁の計十丁百五十七書目、ということになる。翻刻のあとに若干の考察も付す。

翻刻凡例

一、㈶水府明徳会彰考館徳川博物館蔵「本朝書籍目録」（亥七）の部分翻刻である。
一、字体は漢字・仮名とも通行のものに改めた。ただし「哥」など一部の異体字は活かした。
一、改行位置・文字の大小・字配りは必ずしも底本どおりではない。
一、割注の中にある割注については〈　〉で括り、改行位置を「／」で示した。
一、各書目の頭の数字は「本朝書籍目録」全体に付した通し番号である。部分翻刻のためその番号は飛ぶことがある。
一、誤植等でないことを示すために「（ママ）」と傍書したところがある。

翻刻

（前略）

家々撰集抄〈次第不同〉

43 新撰万葉集以詩続歌号菅家万葉集二巻之序云寛平五載九月廿五日下巻延喜十三年八月廿一日云云

44 新撰和歌集四巻貫之古今歌二（ママ）百六十首在之古今後撰奉勅但不奏

45 古今六帖貫之女撰　或者具平親王六条宮　兼明親王

46 樹下集一巻多々法眼源賢撰有仮名序

47 玄々集一巻能因撰有序

48 山伏集撰者不知

49 後拾遺四巻資仲可撰不具」　28オ

50 五葉集廿巻尾張守橘盛忠撰有両序敦光作五代歌也後冷泉後三白川堀川鳥羽

51 山階集南都中歌

52 月詣集加茂重保所為

53 良玉集十巻兵衛督顕仲撰大治元年十二月廿五日

54 拾遺古今廿巻教長撰有序永範作

55 続詞花集廿巻清輔下撰有序長元（ママ）逢二条院崩不奏之止勅撰儀

56 三巻集隆経朝臣

57 十巻抄経衡撰」　28ウ

---

58 良暹打聞

59 念（ママ）

60 尼草子尼公持来経信卿家売也仍為名

61 現存集敦頼撰

62 万葉集貫之撰一（ママ）院梨壷五人抄之

63 同廿巻不知撰（ママ）歟

64 類聚詞（ママ）山上憶良撰在法性寺宝蔵在平等院宝蔵通憲説〈勝命／説〉

65 金玉集一巻公任卿

66 深窓秘抄一巻公任卿」　29オ

67 亀鏡抄十巻伊勢室山入道

68 拾遺抄十巻花山院或公任拾遺内五百八十六首

69 続新撰通俊撰後拾遺内三百六十首

70 明月集顕季卿

71 悦目抄基俊

72 蓮露集三巻

73 桑門集二巻顕昭

74 今撰集三巻顕昭

75 題抄一巻能因抄」29ウ
76 前十五番公任
77 後十五番道雅或定頼
78 卅六人撰公任
79 類林抄五十巻仲実有序
80 題林抄百廿巻清輔歌合卅巻三（ママ）百首卅雑々卅
81 諸家部類撰者不知知足院被伝献左府
82 相撲立基俊
83 六々集範兼卿可尋
84 上科抄二巻大江広経上下巻近代人上巻故人」30オ
85 恋集作者可尋
86 類聚古集廿巻万葉敦隆抄
87 山戸菟田集子細見類林序
88 続川六人撰基俊
89 麗化集一巻
90 一字抄清輔抄
91 古後拾抄
92 古今佳句類聚十巻不知誰人抄天養元七三抄之
93 九品抄公任卿」30ウ
94 扶桑葉林二百巻清輔
95 現存六帖

---

96 万葉集廿巻
97 雲葉集十巻
98 人家集十巻
99 石潤（ママ）集十巻
100 三井集覚助親王
101 和漢朗詠二巻公任基俊
102 新撰朗詠二巻　基俊
103 松風集」31オ
104 秋風集二十巻
105 八代抄京極中納言入道抄
106 現葉集廿巻前大納言為氏続拾遺集撰之
107 言葉集
108 兼作集前関白家鷹司仰詩在副（ママ）朝臣歌元（ママ）俊朝臣和漢
109 庭林集十巻大閤鷹司家中所読之歌集之
110 崑崙集一巻順徳院
111 忠岑十躰
112 道済十躰」31ウ
113 新深窓秘抄
114 春葉抄寂恵抄
115 西往集一帖不知撰者之趣見後拾遺

116 蓮露集上中下 或僧撰諸集 哀傷部
117 古今和歌集注 勝命
118 伊勢物語註 同
119 大和物語 同 已上三部治承 三年註之
120 歌徑標式（或歌標） 参議藤浜成奉　勅撰有序 式四家
121 喜撰式 奉勅」 32オ
122 孫姫式 有序
123 石見女式 是安倍清行式同物歟或云先花後実嫌卑随名 所奇寄物異名花之中求花玉之中採玉云云
124 髄脳 五家
125 新撰髄脳 公任卿
126 能因歌枕
127 無名抄 俊頼
128 綺語抄 仲実
129 奥義抄四巻 清輔」 32ウ
130 口伝集 隆源
131 古来風躰 俊成卿
132 八雲抄 順徳院
133 袖中抄廿巻 顕昭
134 懐中抄五十巻 勝命
135 宮司袋六巻 清輔
136 和歌色葉三巻 目肥前
137 童蒙抄三巻 範兼
138 白女口伝 作者歟」 33オ
139 初覚（ママ）抄 清輔
140 一字抄 清輔
141 歌曼荼羅次第三巻

国史

142 古事記三巻 太安麻呂
143 先代旧事本紀十巻 馬子大臣奉勅 撰神代以下記之
144 古語拾遺上下一巻 斎部広成撰 神代注之
145 〻本（大）倭本紀上下二巻 上官（宮）記神代 〻已下記之

（中略）

161 国後抄十六巻 敦基抄自仁 和至堀川院
162 扶桑略記卅巻 皇円阿闍 梨等抄
163 帝系図一巻 舎人親 王
164 帝王系図 仁和 以後
165 新抄 本（大カ）外記師重依鳥羽 院仰抄之
166 国後史要抄二巻 中御門右大臣抄 自仁和至長承
167 天書帝紀十巻
168 官書事類卅巻
169 国史以後臨時大事抄」 35オ

170 暦録四巻
171 肥人書五巻
172 日本略雑記一巻
173 姓氏録 嵯峨弘仁五年六月中務卿万多親王右大臣園人等詔令撰之
174 薩人書
175 月旧記一巻
176 外勘記五十巻 大外記伝説諸公事例
別記
177 風土記
178 海外記卅巻 異朝伝来明事」 35ウ

（中略、以下篇目⑩雑事に関する書目）

264 逐中抄十巻
265 掌中暦十巻
266 法鏡抄八巻 泰覚抄此成守事
267 日本国秘抄一巻
268 江談三巻 江帥口伝注也
269 楚忽抄二巻 法成寺殿御抄炎上事
270 嵯峨御遺誡一巻
271 寛平御遺誡
272 言談抄一巻 雑事」 41オ
273 本朝要鈔 禁裏事

---

274 上宮十七条憲法一巻
275 九条右丞相御遺誡一巻
276 善家秘記 清行卿雑事
277 名所抄一巻 大外記師遠抄
278 居宅抄一巻 地相事也
279 貞信公御教命二巻
280 小野宮教命一巻
281 斉光卿天聴書事」 41ウ

（中略、以下篇目⑪仮名に関する書目）

298 東屋日記一巻 松殿遠行事
299 讃岐典侍日記三巻 自記堀川院崩鳥羽院代始事
300 六代勝事記一巻 信乃守行長記順徳院以下以遠行事 本ノママ、
301 今物語 信実朝臣抄雑事
302 肥後物語 隆信抄自身事
303 難波物語 同上
304 清少納言枕草子 自抄定子中宮々中事歌事
305 同注十巻 季経卿注
306 閑居友二巻 証月上人抄」 43オ
307 宝物集
308 高家口伝 仲行抄知足院殿

309 隆聴抄二巻隆国卿抄雑事
310 雅抄六巻装束事
311 中外抄二巻大外記師光（ママ）抄知足院仰
312 大槐秘抄二巻九条相国伊通抄政道事
313 秘記抄三巻雑事
314 虫クヒ、和宣旨日記一巻

---

315 続古事談三巻」43ウ
（中略）
此本者以陰陽寮在冨本書写之者也文字不審多之重而
可校合而已
大永四年甲申七月十七日　什証廿六歳」45オ

考察

まず奥書によって彰考館目録の祖本が、大永四年（一五二四）七月十七日に「陰陽寮在冨」の所持本を「什証」が書写した一本であったと知られる。当時二十六歳だったという「什証」なる人物の素性は未詳、もう一人の「陰陽寮在冨」は、『系図纂要』第十五「賀茂氏」に、

在重（注記略）――在富 母正三位 本名在秀 暦博士 陰陽 漏刻博士 大永二年宮内卿 享禄四年従三 天文四年正三 同五年従二 同廿一年正二 永禄八年八ノ十薨七十六

と見られる賀茂在富のことだろう。その在富所持本の段階ですでに「文字不審」が多かったというので、在富所持本も原本ではなく転写本だったとみられる。原本の成立は大永四年よりしばらく以前と考えられよう。一方、彰考館目録の篇目のうち④「家々撰集抄」以降に限ると、[4] 現在確認できる範囲内では109「庭林集」が最も新しい書目のような

ので、その推定成立時期の嘉元～徳治年間（一三〇三～一三〇七）[5]頃が彰考館目録成立の上限ともなる。大永四年とは二百年以上も離れているが、右のように鎌倉時代末期以降の書目が載ってはいないらしい点、ひとまず彰考館目録の成立時期は、南北朝～室町時代前期あたりとみておきたい。もとより編者は不明ながらも、その頃存したひとつの認識を今に伝えるものとして、彰考館目録には相応の資料的価値を認めてよかろう。

彰考館目録の記載の中には、同目録成立以前に編纂されていた『本朝法家文書目録』『和歌現在書目録』『八雲御抄』『代集』『本朝書籍目録』『私所持和歌草子目録』などの書籍目録・歌学書類にすでに見出せる書目や注記も少なくない。特に『和歌現在書目録』とは、篇目④「家々撰集抄」記載の書目九十九部のうち実に六十七部が、また『八雲御抄』（私記部分を含む）とは七十二部（不確実な分も含めれば七十三部）がそれぞれ重なっているのみならず、次のように注記も似ていることがある。

彰考館目録	和歌現在書目録	八雲御抄
44　新撰和歌集四巻貫之古今歌二（ママ）百六十首在之古今後撰奉勅但不奏	新撰和歌集四巻。右紀貫之撰古今集。撰了後。更蒙勅命抽其勝。但不奏崩御云々。	新撰四巻貫之古今後撰。但不奏之。古今歌三百六十首
48　山伏集撰者不知	山伏集。（撰者不分明。）	山伏集撰者不知
52　月詣集加茂重保所為	（ナシ）	称月詣集賀茂歌重保所為
60　尼草子尼公持来経信卿家売也仍為名	尼葉子。（尼公持来経信卿家売之。故為名。）	尼草子持来経信家

68	拾遺抄十巻花山院或公任拾遺内五百八十六首	拾遺抄一部十巻。（五百八十六首。）右撰定本集後更抄出云々。	拾遺抄十巻拾遺内五百八十六首。花山或公任
81	諸家部類撰者不知知足院被伝献左府	諸家集部類。（撰者可尋。在富家入道殿。被伝献故左府云々。）	諸家部類撰者不知知足院許有之
84	上科抄二巻大江広経上下巻近代人上巻故人	上科抄。（上下。上巻古人。下巻近代江広経撰。）	大江広経上科抄二巻
116	蓮露集上中下或僧撰諸集哀傷部	蓮露集。（上中下。或僧侶集。諸集哀傷部。）	蓮露抄三巻

これらに加えてもうひとつ、通行『本朝書籍目録』とも（今回の未翻刻部分を含むため具体的には示し得ないが）篇目⑤「国史」～⑪仮名に関する書目に記載の百八十七部のうち、百六十一部（不確実な分も含めれば百七十一部）が共通しており、時に注記・配列も等しい場合が存する点、彰考館目録は以上の三書等を主要な情報源としていた可能性が高そうである。彰考館目録の、

124　髄脳五家
125　新撰髄脳公任卿
126　能因歌枕
127　無名抄俊頼
128　綺語抄仲実

129　奥義抄四巻清輔

という連続する六部のうち124「髄脳五家」などは、『八雲御抄』の、

五家髄脳

新撰髄脳公任卿　能因歌枕　俊頼無名抄　綺語抄仲実　奥義抄四巻清輔

の「五家髄脳」という篇目を書目と読み誤ったものであるのに違いなかろう。彰考館目録は基本的にはこのように、『和歌現在書目録』『八雲御抄』『本朝書籍目録』といった先行する書籍目録・歌学書類（ちなみにこれら三書以外の特定は困難である）の書目と注記を再編集した資料とみられる。従ってこれからいくつか取り上げる、彰考館目録独自の書目や注記に関しても、散佚した何らかの書籍目録・歌学書類に拠っていたものと考えることができるだろう。もちろん中には彰考館目録の編者周辺に実在していた書目なり、編者自身の知見に基づいて施した注記なりも混ざっているかもしれないが、今日その判別は不可能である。また『八雲御抄』『本朝書籍目録』と一致する書目に彰考館目録のみが施している注についても、残念ながらいつ誰によるものなのかは明らかにし得ない。ちなみに篇目④「家々撰集抄」に関しては、通行『本朝書籍目録』の、

勅撰以下別有目録、勅撰家集等外、如抄物打聞之類、七十部有之、然而見懐中抄歟之間略之、

という記載との関連が疑われないわけでもないが、前述のように彰考館目録には『本朝書籍目録』成立下限（奥書に拠る）の永仁二年（一二九四）八月四日以後に編まれたとおぼしい『庭林集』といった書目も含まれており、書目数も九十九部と「七十部」とで一致しないので、今後余程の徴証が見つからない限りは両者を結び付けない方がよさそうである。

一方、彰考館目録よりあとに編まれた書籍目録類の中には、彰考館目録の独自記載と同様の書目や注記を持つもの

がある。管見に及んだのは岡山大学附属図書館池田家文庫蔵「歌書目録」(6)（以下「池田家目録」と呼ぶ）で、一部を挙げれば次のようである。

彰考館目録	池田家目録
94　扶桑葉林二百巻清輔	643　扶桑葉林　清輔朝臣　二百巻
108　兼作集前関白家鷹司仰詩在副(ママ)朝臣歌元(ママ)俊朝臣和漢	727　和漢兼作集　二十巻　前関白鷹司殿仰ニヨツテ在嗣朝臣詩ヲ集同元(ママ)俊朝臣ニ仰テ和哥ヲ撰ハシム
109　庭林集十巻大閤鷹司家中所読之歌集之	612　庭林集　十巻　鷹司太閤家中ニ読所哥之集也

ほか今回の未翻刻部分に含まれるので詳細は論じ得ないが、これまで池田家目録の特有だった、

2・秋津嶋物語　自神代至順徳院　入道信乃守行長作
6・弥世継　自高倉院至後鳥羽院　二冊イ二廿冊
30・義孝日記　男女ノ振舞　二冊
38・和漢雑事イ談　有康抄　二冊
50・蓮胤伊勢記　下巻伊勢之事　鴨長明　一冊

といった興味深い記載(7)についても、やはりほぼ同文のまま（異なるのは「冊」がすべて巻になっているなどの点）彰考館目録に見出せたりする。池田家目録もやはり彰考館目録同様、既存の書籍目録・歌学書類を再編集した内容を中心と

する目録なので、おそらくその原拠資料のひとつとして彰考館目録なり（ただし彰考館本そのものに拠ったとは限らない）、それに類する資料なり（と言うのは語句や冊数注記に異同も見られるからである）が活用されていたのだろう。従ってまず池田家目録によって従来も知られ、時に注目もされてきた右をはじめとする記載についても、彰考館目録にも載っていたということでその資料的信頼性がかなり高まるはずである。

あるいは池田家目録と記載がほぼ重なりながらも、なお彰考館目録によってしか得られない知見も多い。例えば池田家目録において離れて記載されている、

152・同（古今集）集注　勝命　五冊
206・同（伊勢物語）集注　勝命
218・大和物語抄　勝命　二冊

という書目三部などは、平安時代末期の歌人・歌学者勝命の注釈活動を伝えるものとして有益であるが、彰考館目録はこれらを、

117　古今和歌集注勝命
118　伊勢物語註同
119　大和物語同　已上三部治承三年註之

のように列挙した上で、いずれも治承三年（一一七九）の成立だったとまで伝えるのである。また例えば同じく勝命の業績を伝える池田家目録の307「懐中抄　勝命　五十冊」という記載に対し、彰考館目録のそれは134「懐中抄五十巻勝命」となっている。「五十冊」と「五十巻」では散佚『懐中抄』の作品理解に相当の差が生じよう。そのほか池田家目録では文意不通だった、

590・類聚歌林集　山上憶良集之
在法性寺宝蔵勝命院又在平等院宝蔵

という記載が、彰考館目録によって、

64　類聚聚謌（ママ）山上憶良撰在法性寺宝蔵〈勝命／説〉在平等院宝蔵通憲説

という非常に珍しい説を伝えるものだったと明らかになることもあるので、これらに基づき勝命については本書第一章第八節でより詳しく考察している。

さて最後に、以上に触れてきたこと以外にもなお挙げられる、彰考館目録の記載の意義のいくつかについて言及しておく。ひとつは従来認知されていなかった散佚文献の存在を新たに、もしくはあらためて明らかにするという意義。一部について書目を挙げれば、天養元年（一一四四）七月三日の抄出という撰者未詳の92『古今佳句類聚』十巻、順徳院撰という110『崑崙集』一巻（池田家目録では「崑崙和歌集」、冷泉家時雨亭文庫蔵『私所持和歌草子目録』記載「崑崙集」と同一だろう）、寂恵撰という114『春葉抄』（柳原紀光編『歌書類目録』(8)にも記載あり）、藤原清輔撰という135『宮司袋』六巻（池田家目録では「宮笥袋　六十冊」）、141『歌曼荼羅次第』三巻（『私所持和歌草子目録』記載「倭歌曼荼羅記」と関連するか）、などである。

もうひとつは既知の書目に関する何らかの新たな知見を伝えるという意義。これも一部のみ取り上げてみると、165の「本《大カ》外記」中原師重撰『新抄』が「鳥羽院」（後鳥羽院の誤りか）の命によって編纂されていたということ、166の「中御門右大臣」藤原宗忠撰『国後史要抄』二巻（『本朝書籍目録』では『国後要抄』）が仁和～長承年間（八八五～一一三五）に関する内容だったということ、269の「法成寺殿」藤原道長（ただし『本朝書籍目録』の「法性寺殿」藤原忠通の方が是か）撰『楚忽抄』二巻が「炎上事」を抄した内容だったということ、277『名所抄』一巻の撰者が「大外記」中原師遠だったということ、298『東屋日記』一巻が松殿基房のおそらくは備前配流を取り扱っていたということ、303『難波物語』のみならず[9]302『肥後物語』もまた「自身事」を記した藤原隆信の作だったということ、308『高家口伝』が「仲行抄知足院殿」という注記からすると『富家語談』の別名だったらしいということ、309『隆聴抄』二巻が「隆国卿抄雑事」という注記によって源隆国作『宇治大納言物語』と何らかの関連を持つ可能性が浮上してくるということ、などである。それぞれに関するより詳しい考察は、いずれ機会があるごとに試みていきたい。

注

（1）『彰考館図書目録』（一九一八年十一月初版、一九七七年十一月増補影印版、八潮書店）

（2）次掲『本朝書籍目録考証』を除くと、所功氏「『本朝書籍目録』に関する覚書」（『国書逸文研究』第十九号、一九八七年六月）において「大永四年（一五二四）七月の本奥書を有する彰考館文庫蔵「書籍目録」は、流布本と構成も内容も頗る異っている」と言及されているのが唯一か。

（3）和田英松『本朝書籍目録考証』（一九三六年十一月、明治書院）。

（4）彰考館目録のうち①一条経嗣の著作一覧・②一条兼良の著作一覧・③二条良基の著作一覧という最初の三篇目は、そのひとまとまりで別に流布しているとのことで（小川剛生氏の示教）、④以下の篇目とは成立事情を異にしているものらしい。この三篇目が彰考館目録に取り込まれた時期は不明であるが、いずれにしても④以下の篇目の成立年次考証に際しては除外してよさそうである。

（5）本書第二章第四節参照。

（6）本書第三章第二節参照。

（7）ついでに各書目の傍線部の意義にも言及しておくと、2は『秋津島物語』が神代から順徳院の時代までを取り上げていたこと（すなわち神代のみの現存本が残欠本だったこと）を、6は藤原隆信作『弥世継』が高倉院から後鳥羽院までの時代に関する内容だったことを、30は『義孝日記』が「男女振舞」を描いた仮名作品だったことを、38は『和漢雑事《イ談》』（『本朝書籍目録』記載「和漢雑談」と同一だろう）の撰者が中原有康だったことを、50は鴨長明作『蓮胤伊勢記』に伊勢滞在中の出来事を内容とした「下巻」が存していたこと（ならば上巻が下向の道中記であったか）を、それぞれ知らせる点で貴重。

（8）宮内庁書陵部蔵。本文は関口祐未氏「柳原家旧蔵『歌書類目録』の解題・翻刻（前編・後編）」（『文学研究論集』第二十〜二十一号、二〇〇三年十月〜二〇〇四年九月）に拠る。

（9）太田晶二郎氏「「桑華書志」所載「古蹟歌書目録」」（『太田晶二郎著作集　第二冊』所収、一九九一年八月、吉川弘文館）において、同氏は同目録記載「難波物語三帖上中□下隆□　私云隆信朝臣歟」という記載に対し、「「本朝書籍目録」假名に「難波物語一巻」が有る、同じきかどうか」と注している。

第二節　岡山大学附属図書館池田家文庫蔵「歌書目録」

解題

岡山大学附属図書館池田家文庫に「歌書目録」という一冊が蔵されている（貴―三〇）。これは総数千四百三十六点に及ぶ古典文学関連書目（和歌に限らず）を、「仮名雑々」以下十二の篇目のもとに列挙した書籍目録である。書目の下には多くの場合、作品としての性格や内容に関する注記、編著者名、冊数などが示されている。編者は不明。「楢山拾葉　五冊」（512）など江戸時代前期頃までの書目が挙がっているようなので、それ以降（後述のとおり土肥経平の書き入れが存することから）ほぼ江戸時代中期頃までの成立か。

当該目録は有職故実家土肥経平（一七〇七～一七八二）の旧蔵書群、いわゆる「経平秘函（土肥秘函とも）」にかつて属していたもので、早く蔵知矩氏が紹介した経平編『経平秘函目録』に「歌書目録　一巻」とあり、同氏も（すでに実見済みだったらしく）「一寸注意を要する本」と指摘している。[1]その「経平秘函」は一八九六年に土肥家から池田家に献納されて池田家文庫の一角を成し、池田家文庫は一九四九年に岡山大学に寄贈された。中に当該目録も含まれており、池田家文庫の整理中に赤羽学氏がその存在をあらためて報告、[2]続いて福田秀一氏が次のように具体的に取り上げた。[3]

江戸中期写、土肥経平の書入あり。内容は、書陵部にある「歌書目録」（元禄頃の禁裏本目録）や「歌書類目録」

（柳原紀光編の書目）に近く、歌書（和文・物語・連歌を含む）の目録であるが、特定の収蔵書の目録なのか、いわば観念的な、世の中に存在する本を列記したものなのか、明かでない。冊数の欄がある点からは、前者のようにも思われ、冊数欄を空白としているものは確かに散佚作品（略）と認められるが、冊数を明記したものにも、現存しないものが多く（略）この点は、この書目の信憑性如何によっては、少なからぬ問題を提起しそうである。他にも（略）「庭林集　十巻　鷹司太閤家中ニ読所哥之集也」（略）「和漢兼作集　二十巻　前関白鷹司殿仰ニヨッテ在嗣朝臣詩ヲ集　同元俊朝臣ニ仰テ和哥ヲ選ハシム」（以上「家々撰集和歌」の部）「閑放集　真観　一冊」の如き注目すべき記載がある。

のちに島津忠夫氏は傍線部Cの記述を、別本『和漢兼作集』の撰者が真観たることの傍証に用い[4]、また安井久善氏は傍線部Dの記述を手掛かりに、当時誰の家集か不明とされていた『閑放集』を真観のものと推定した[5]が、しかしながらそれら以外に当該目録が引かれた例というのはさほど多くはないようである。一方論者は本書第二章第四節において傍線部Bの記述を活用し、有吉保氏蔵の未詳中世私撰集残簡などの正体を明らかにした[6]が、その際当該目録を通覧してみたところ、傍線部B〜D以外にも興味深い記述を少なからず見出し得た。例えば「俊綱集　号伏見長者　二冊」（787）は藤原頼通男で和歌を能くした風流人、橘俊綱に家集が存していたことを窺わせる好資料、それも二冊というからかなり大部なものであったと推される。また例えば「秋津嶋物語　自神代至順徳院　入道信乃守行長作」（2）は、孤本たる宮内庁書陵部桂宮本（神代の記事のみ）が完本であるか残欠本であるかという問題[7]の決め手となり得るかもしれない。のみならず従来未詳とされている『秋津島物語』の作者を、『平家物語』成立論に関わる人物として有名な信濃前司行長と伝えている点もなかなか注目されるだろう。このように当該目録の記事は、特に散佚文献の研究において大いに役立ちそうに思われるので、以下に全文を翻刻しておくこととした。

当該目録の性格については、福田氏も不分明とした傍線部Aの問題が一番の論点となる。確かに「かなつかひ近道板行ト相違　一冊」（522）「柳風和歌集　残篇也半紛失　一冊」（677）「衆妙集　外題仙洞　奥書雅章　玄旨法印　一冊」（855）などは各書目を実見した上での記述であるようにも受け取れ、その点当該目録が「世の中に存在する本を列記したもの」だった可能性は考えてみた方がよい。ただしそうした書目が含まれているにしても、それらはあくまで限られた数に過ぎないのではなかろうか。むしろ「類聚歌林集　山上憶良集之　在法性寺宝蔵勝命院又在平等院宝蔵」（590）や「歌林園和歌　俊恵法師集之」（622）などのような稀覯の書目や、また「漢語抄　順和名ニ引用　一冊」（57）や「新玉集　一条禅閤撰古今連歌集之応仁乱ニ紛失之由竹林集序ニ見ヘタリ」（1374）などのように明らかに先行文献から採取してきた書目が多数見られることからすると、基本的には「観念的な、世の中に存在する本を列記したもの」と位置づけるのがよさそうである。もう少し言うと、福田氏ののち『日本古典籍書誌学辞典』において稲田利徳氏が、

> 表紙中央に「歌書目録」と題簽を貼付するが、歌書に限らず、物語・説話・随筆・紀行・連歌書などの書目を整理分類している。単なる作品の書名だけでなく、内容や作者にも簡潔に触れ、また、書目のなかには現在散佚したものもみえるなど貴重である。E この目録は、特定の文庫の蔵書目録の類ではなく、種々な書物から書目を集成・整理してまとめたものであろう。

と簡潔明快に指摘した、[8] この傍線部Eのように捉えるのがおそらく最も適切なように思われる。もっともその場合でも、当該目録の原拠資料として指摘できそうなのは、現在のところ彰考館徳川博物館蔵「本朝書籍目録」ぐらいであるので、[9] それと重ならない書目についての記載の価値は依然失われていないと言えよう。

次に記述の信憑性だが、時に「延慶両卿訴陳抄出　為家卿　為兼卿　一冊」（456）などのような明らかな誤謬も見つかりはする。しかし現存する作品に関して言えば、全体的には正確な記述を有する方が多いようで、そのことは散

佚文献のそれに関する信憑性をもある程度は保証するだろう。安井氏も一、二の内部徴証から本書の「記載を、ある時点に現存した歌書の、比較的信頼できる書目と認定し」てよいとしている。

いずれにせよ今後、当該目録記載の書名を現在知られる作品にひとつひとつ比定していくこと、その上で各作品の伝本の残存状況とも照合していくこと、さらに各種文献や書籍目録類との比較検討を進めていくことなどによって、本書の価値はより一層明確になるはずである。

最後に当該目録の書誌を記すと、縦二十三・〇㎝×横十七・六㎝の袋綴一冊本。表紙は無地縹色、その中央に金箔散らしの題簽があり「歌書目録」と墨書。内題なし。料紙は楮紙。全七十七丁。前後に遊紙一丁ずつあり。江戸時代中期頃写か。第一丁ウラ面中央に「岡山大学蔵書」の朱方印一顆、第二丁オモテ面右上に「本池田家蔵書」の朱方印一顆、同面右中央に柏の葉の墨印（これは土肥経平の蔵書印である）(10) 一顆がそれぞれ捺される。ところどころに本文とは別筆の書き入れが存し、福田氏が指摘されるように土肥経平の筆蹟とみられる。

翻刻凡例

一、字体は漢字・仮名とも通行のものに改めた。ただし「哥」など一部の異体字は活かした。
一、改行位置・文字の大小・字配りは必ずしも底本どおりではない。
一、改面位置は 」1ォのように示した。
一、便宜上、各書目の頭に通し番号を付した。
一、底本において、書目の多くには頭に点が打たれている。意味するところは不明だが、ともあれそれは「・」で示した。

一、文字の重ね書きが存する場合は二度目に書かれた本文を採り、最初の本文は「……世尊寺伊行（「行」ノ下ニ「木」トアリ）卿作の奥入ニ是ヨリ……」のように傍書してそれを示した。

一、本文と別筆の経平の書き入れについては「（コノ注記別筆）」のように傍書してその旨示した。

一、誤植等でないことを示すために「（ママ）」と傍書したところがある。

翻刻

（遊紙）」　1ウ

仮名雑々
仮名日記
歌書抄物
和哥読方
勅撰和哥集
家々撰集并和漢詩哥
家之集
歌合部類
千首以下和哥
紀行
連歌之書」　2オ

（一面分空白）」　2ウ

仮名雑々

1・水鏡　自神代至文徳天皇　中山内府忠親作
三冊
2・秋津嶋物語　自神代至順徳院　入道信乃守行長作

3・世継物語　自宇多天皇堀河院御宇載之　四十冊
4・大鏡　自文徳至後一条載之　六冊
5・続代系記　自後一条院至高倉院　十冊イニ廿冊
6・弥世継　自高倉院至後鳥羽院　二冊
7・今鏡　茂範卿作　十冊
8・唐鏡　十冊
9・光源氏物語　紫式部作
五十四帖
家々称正本本々多就中河内前司光行以八本校合ス
取捨多為家本是ハ心得にくき所ハ詞ヲそへ或ハ詞
ヲけつれり義理ヲ付たるほとに」3オ色々の或説
か出来て作意の本意とは違ふたる也
青表紙といへる一本ハ京極定家卿の本也作者の本
意を失はすして正本也尤此旨を守るへきもの也と
云々明星抄御説
寛弘ノ始ニ出来康和末ニ流布ス
10・源氏物語　非光源氏物語　是ハ紫式部か作の光源氏
物語ヨリ以前ニ有之由則紫式部か日記寛弘
六年の記ニ見えたり
又世尊寺伊行(「行」ノ下ニ「木」トアリ)卿作の奥入ニ是ヨリ先源氏
物語と云物アリト云々
11・栄花物語　御堂関白道長公ノ御事ヲ記ス
赤染衛門作　四十帖
12・狭衣　源氏物語ニ残レル趣向ヲ書顕ハス
大弐三位紫式部女　四冊
13・増鏡　後鳥羽院ヨリ後醍醐帝迄ノ事ヲ記ス
一条冬良公作
14・伊勢物語　伊勢御ノ作又業平自記トモ云　二冊
15・大和ものかたり　在原滋春作或ハ花山院制作トモ云　二冊
16・清少納言枕草子　中宮定子御事ヲ租記
清原元輔女　二冊
17・同　世間流布ノ本ト相違　一冊」3ウ
18・今ものかたり　信実朝臣抄　一冊
19・たけとり物語　万葉集ニ出タリ

20・竹取《たかとり》物語　物語ノ出来始ト源氏絵合ニいへり　源順作　一冊
21・四季物語　鴨長明作　四冊
22・今昔物語　天竺唐土日本三朝ノ古キ物語也　二十八冊
23・うつほ物語　俊蔭事をかけり　源順作河海抄　三巻
24・宇治拾遺物語　大納言隆国　二十冊
25・古今著聞　成季或ハ季茂　二十冊
26・方丈記　鴨長明　一冊
27・発心集　同　三冊
28・西行発心物語　一冊」4オ
29・和泉式部物語　一冊
30・義孝日記　男女ノ振舞　二冊
31・閑居の友　慈鎮和尚　二冊
32・肥後ものかたり　隆信朝臣自記　一冊
33・難波物語　同断　一冊
34・三国物語　一冊

35・松殿物語　一冊
36・高家口伝　知足院殿　仲行朝臣抄　二冊
37・中外抄　知足院殿仰　大外記師光抄　二冊
38・和漢雑事イ談　有康抄　二冊
39・国中抄　一冊」4ウ
40・雅抄　装束之事　六冊
41・隆聴抄　雑事　宇治大納言隆国抄ス　二冊
42・大槐秘抄　政道之事　九条相国伊通公作　二冊
43・松の戸　一冊
44・助无智秘抄　四冊
45・秘記抄　雑事　三冊
46・芳聞記　雑事　三冊
47・古事談
48・続古事談　帝道臣下諸道ノ故事　三ノ巻紛失諸本　六冊
49・大后事談イ御記　一冊
50・蓮胤伊勢記　下巻伊勢之事　鴨長明　一冊」5オ
51・東屋日記　一冊
52・六代勝事記　順徳院遠行事

信乃守行長記之　一冊
53・前栽秘記　一冊
54・夜鶴庭訓抄　入木之事　一冊
55・住吉ものかたり　二巻
56・十訓抄　菅為長卿作　三冊
57　漢語抄　順和名ニ引用　一冊
58・残夜抄
59・暁筆抄　雑事　一条禅閤桃花老人　八冊
60・国中抄　男女会合之事　一冊
61・中興日記」5ウ
62・寝覚の記　雑事　一条禅閤　六冊
63・遊心集
64・万一記
65・上古問答
66・勢陽雑記
67　平家勘文録　一冊
68　鞠口伝抄　一冊
69　楊弓射礼　一冊

70・暮山之記
71　犬著聞
72　十種香之記　一冊」6オ
73　人国記　西明寺時頼
74・千種日記　十三冊
75　扶桑拾葉　仮名々文類聚異本ヲ集書写転語ヲ並記ス　水戸黄門　三十巻
76・宇治大納言物語　一冊
77・苔ころも　二冊
78・浜松中納言物語　四冊
79・なてしこ物語　一冊
80・何陋亭記　一冊
81・禁秘集　女装束之事　一冊
82・宗長尺八之記　一冊
83・北野物語　家仁　一冊」6ウ
84・横座坊物語　一冊
85・うたゝねの記　一冊
86・西行記　撰集抄トモ　九冊

87 つれ〳〵草　雑事見得之上ヲ談
吉田兼好法師　上下
88・定家物語　一冊
89・しくれ物語　一冊
90・初瀬物語　一冊
91・さか野物語　一冊
92・山畤記　一冊
93・中書物語　一冊
94・石清水物語　二冊」7オ
95　松梅《下ト》論　二冊
96・松浦宮物語　三冊
97・さよのねさめ　二条良基公　一冊
98・東斎随筆　一条禅閤　一冊
99・平仲日記　一冊
100・出雲物記　一冊
101・堤中納言物語　兼輔卿ノ事　一冊
102・簾中抄　雑事　少納言資隆　二冊
103・うつほ物語　二十巻

104　立花抄　池之坊専栄　一冊
105・為盛発心物語　一冊」7ウ
106・片野少将物語　枕草子ニ見是ヨリハコヤ迄古物語ト云々　一冊
107・こまの丶少将物語　同　一冊
108・正三位物語　源氏ゑあはせの巻ニ見
109・かくれみの
110・岩屋
111・おちくほ
112・唐守
113・藐姑屋
右八ケ帖古キ物語ト一条禅閤の抄物ニ見ヘタリ
114・桜人・八橋・巣守・さしくし・花見・嵯峨野上下
此六ケ帖ハ光源氏物語ニ清少納言作加フ巻々也
禅閤御説」8オ
115・御湯殿の記　一冊
116・高光日記　一冊
117・宝物集　非世間流布本　平判官入道康頼　六冊」8ウ

序之類
118 古万葉集序　一冊
119 同序　源順　一冊
120 新古今和哥集序　正通　一冊
121 同序　為正　一冊
122 同序　後鳥羽院　一冊
123 後拾遺抄序跋　通俊　一冊
124 拾遺詞(ママ)花抄序　中原時元　一冊
125 月端(ママ)和哥抄序　一冊
126 拾葉和哥集序　一冊
127 大井河行幸和哥序　紀貫之　一冊」9オ

（一面分空白）」9ウ

仮名日記文類
128・蜻蛉日記 大鏡云東三条兼家公通玉ヒケル程ノ事ヲ記　道綱母 本朝美人三人ノ内倫寧女　一冊
129・和泉式部日記　帥宮ニ通スル事ヲ記ス　自記　一冊

130・弁内侍日記　一冊
131・紫式部日記　上東門院由奉　自記　二冊
132・春夢草　真名仮名　牡丹花 肖柏老人トモ　一冊
133・三愛記　香花酒ヲ愛　同人　一冊
134・中務内侍日記　一冊
135・初度影供日記　一冊
136・阿仏カナ諷誦　一冊
137・雲ゐの御法　二条良基公　一冊」10オ
138・後陽成院悼物　水無瀬殿是空　一冊
139・俊成卿九十賀記　賀賛記トモ云　一冊
140・同賀次第　一冊
141・法の筵　一冊
142・万の御法　一冊
143 都の土産　一冊
144・大和宣旨日記　一冊
145・若草の記　基綱卿　一冊
146・讃岐内侍日記　四冊
147・白鷹日記　尭孝　一冊

148・雲ゐの春」10ウ
149・光源氏物語表白　安居院法印聖覚　一冊」11オ
抄物之類
150・古今和哥集抄　宗祇　五冊
151・同汻　顕昭　五冊
152・同集注　勝命　五冊
153・同々々　教長卿　五冊
154・同秘抄　為世卿　一冊
155 同々々　一冊
156 同秘注抄
157・同相伝秘密抄
158・同延五秘抄　三冊
159 同七通抄　一冊」11ウ
160・同灌頂　津守国夏　一冊
161・同々々　氏好　二冊
162 同々々　一冊
163 同和哥口伝灌頂 イ灌頂口傳　一冊

164・同栄雅抄　飛鳥井殿　四冊
165 同延五記　三冊
166・同童蒙抄　範兼朝臣　三冊
（コノ注記別筆）拾葉集ニ出タル序ニ兼良公童蒙の求ニよりて書をき侍るよし自序なれは禅閤ノ御作か若範兼ニ替りて序をかゝしめ給ひけるか可尋　経平
167・同打聞　良暹
168 同両度聞書　五冊
169・同釈義　一条禅閤
170 同序注　両通アリ　三冊」12オ
171 同序秘抄　一冊
172・同大哥所抄　桃花老人　一冊
173 同混乱義　二冊
174・同血脈抄　西三条殿　六冊
175 同十唫抄　四冊
176 同十口抄　五冊
177 同相伝深秘抄　一冊
178・同秘伝抄　冷泉家　二冊

179・同秘受抄　二条家　二冊
180・同切紙秘伝　宗祇　一冊
181 同難哥抄　一冊」12ウ
182・同無名作者　尭恵　一冊
183 同作者付哥数　一冊
184・同抄　宗条卿　五冊
（二行分空白）
185・万葉集抄　仙覚
186・青葉丹花抄　遊行上人　一冊
187 万葉集抜椊（ママ）　一冊
188 同佳詞　二冊
189・同難義抄　一冊
190 同鏡曇抄　一冊」13オ
191 同抄　一冊
192 同難字　一冊
193・同字林採葉　由阿　六冊
194・同見安　二冊
195・和万葉集　源順

（二行分空白）
196・伊勢物語抄　二冊
197・同肖聞　牡丹花肖柏　三冊
198・同愚見抄　一条禅閤　二冊
199・同髄悩（ママ）　一冊」13ウ
200・惟清抄　一冊
201・環翠抄　外記常忠　一冊
202 伊勢物語聞書
203・同注　冷泉家　一冊
204・同古注　一冊
205・同注　宗祇　一冊
206・同集注　勝命
207 同系図　一冊
208・同秘要抄　二冊
209・同難義抄イ註　一冊
210・同抄　中興　二冊」14オ
211 同抄　基綱卿　二冊
212・同秘抄　一冊

213・しのふすり　一冊
214・しのふくさ　一冊
215　伊勢物語切紙　一冊
216・知顕抄　(コノ語別筆)大納言　経信卿　(コノ語別筆)愚見抄ニ　四冊
　(コノ注記別筆)一禅ノ愚見抄ニ又云経信の名をかりて擬作せるにや
　とそ覚え侍る云々
217・闕疑抄　玄旨法印　三冊
　(二行分空白)
218・大和物語抄　勝命　二冊
219・同座右　一冊」14ウ
220・後撰和哥集集注　為家卿　一冊
221・同正義　一冊
222・同私抄　一冊
223・同聞書　一冊
224・同秘説哥　定家卿　一冊
225・同作者伝　一冊
226　催馬楽注秘抄　一冊
227　神楽注秘抄　一冊

228・ほの〳〵抄　一冊
229・拾遺和哥抄拾遺内五百八十六首抄出シテ勅撰ヲ破事恐アル事歟　公任卿　十冊
230・拾遺私抄　一冊」15オ
231・光源氏物語紫明《シミヤウ》抄　河内本ノ注
　河内守光行子親行弟紫雲寺素寂作　十巻
232・同水原抄　河内守光行
233・同河海抄水原ノ宜ヲ取古事来暦委ク記セラル
　四辻左府善成公順徳院三世号松岩寺　二十巻
234・同花鳥余情《クハテウヨゼウ》　両本少相違之事アリ
　後成恩寺兼良公　五十四巻
235・源語秘決　十五ヶ条秘決　同作　一冊
236・和秘抄　同　一冊
237・源氏口伝　同　一冊
238・同年立《トシタテ》　同　一冊
239・同和字抄　同
240・紫塵愚抄　宗禅トハ宗祇ト禅閤トナリ　四冊」15ウ
241・源氏不審抄出河花両抄ノ外ノ事ヲ尋申サレシナリ　宗祇問禅閤答　一冊
242・同哢花《ロウクハ》　青表紙ノ本文実隆公闘色

牡丹花夢庵　八冊
243・同細流　西三条称名院公条公　二十巻
244・同明星抄　同三光院実澄公　二十巻
245・同三源一覧　二十巻
246・同孟津抄　九条稙通公東光院玖山公　二十一巻
247・同覚性院抄　五十四帖
248・一葉抄　十冊
249・林逸抄　四十六冊
250・岷江入楚　玄旨法印　五十五冊
251・万水一露　能登永閑宗碩弟子　五十四冊」16オ
252・源氏奥入　青表紙ノ奥ニ書入　世尊寺伊行　一冊
253・奥入迄注加　定家卿
254・仙源抄　耕雲南朝右大将長親
255・続源語
256・浅聞抄　三巻
257・源氏大綱抄　三巻
258・源概抄　三巻
259・源氏無外題　三巻

260・同聞書　一冊
261・同千鳥抄　二冊
262・源中最秘抄　源氏中秘説　素寂作親行弟」16ウ
263　水原三五ヶ条
264・はゝきゝ別注　宗祇　一冊
265・品定私抄　一冊
266・源氏男女装束抄
267・同系図　一冊
268・同提要　十冊
269・同論義　弘安年中伏見院東宮ノ時源氏ノ難義ヲ論
左右八人出問題二ヶ条決勝負
270・同小鏡　呈将軍義持公　耕雲　三冊
（コノ注記別筆）寛延四年に版行せし源氏小鏡三冊は連哥師紹巴集
めしものにて巻々の詞を少宛抄出して連哥の為に
せしものや耕雲の書給ひし小鏡亦あるへし」17オ
271・清少納言枕草子抄　季綱卿　十冊
272　栄花物語系図　一冊
273　同左右　一冊

274・八代集抄　二冊
275・九代集抄　後撰ヨリ続後撰迄　牡丹花　四冊
276・新古今抄　八冊
277・同略抄　宗祇　一通
278 百人一首抄　非板行　二通
279 自賛歌抄　板行ノ外　六通
280・拾遺愚草略抄　常縁東野州　一冊
281・藤河百首抄　一通」17ウ
282・同克恵抄　一冊
283 新続古今作者部類　一冊
284・詠哥大概抄　玄旨法印　六冊
285・新古今秘註　一冊
286・堀河百首抄　一冊」18オ
和歌読方
287・歌経標式　奉光仁勅有序宝亀三年
参議浜成　一冊
288・喜撰式　奉勅　一冊

289・孫姫式　有序　一冊
290・石見女式　是ハ安倍清行式同物歟　一冊
或云先花後実隠早随名所寄物異名花之中求花玉之
中採玉云々
291 柿本講式　一冊
292 柿本傭材抄　二冊
293・柿本人丸勘文　一冊
294・新撰髄悩(ママ)　一冊
295・能因哥枕　能因ハ長能弟子　六冊」18ウ
296・無明抄　俊秘抄トモ　俊頼朝臣　二冊
297・無名抄　鴨長明　二冊
298・綺語抄　仲実朝臣　三冊
299・奥義抄　清輔朝臣　八冊
300・袖中抄　顕昭法師　二十冊
301・宮笥袋　清輔　六十冊
302・八雲御抄　順徳院　六冊
303・和哥口伝　隆源　一冊
304・古来風躰抄　俊成卿　二冊

305・近来風躰抄　良基公　一冊
306・後鳥羽院口伝　一冊」19オ
307・懐中抄　勝命　五十冊
308・和歌色葉　月肥前　三冊
309・白女口伝
310・阿古根口伝
311・初学抄　清輔朝臣
312　歌曼陀羅次第　三冊
313・水蛙眼目　定家卿　一冊
314　韻哥　同作　一冊
315　定家裏書　同　一冊
316　小倉問答　同　一冊
317・和哥庭訓　同　一冊」19ウ
318　同愚見抄　非伊勢　同　一冊
319　同手ならひ　同　一冊
320　同灌頂秘密抄　家隆卿　一冊
321　同灌頂伝　一冊
322　西行談　西公談抄《トモ》　一冊

323・莫伝抄　俊頼朝臣　一冊
324　和哥要事　一冊
325・同難義抄　顕昭　一冊
326・同深秘抄　尭恵　一冊
327　同随筆抄　一冊
328　和哥書様　一冊」20オ
329　新撰帝訓抄　俊成卿　一冊
330　迴月集　為家卿　一冊
331　口伝抄　同　一冊
332・和哥肝要　俊成卿　一冊
333・六義秘伝　一冊
334・袋草子　清輔朝臣　二冊
335・詠哥一躰　一冊
336・秘蔵集　躬恒 上中下　一冊
337　和哥作法　一冊
338　二十四問答　一冊
339・師説自見抄　一冊」20ウ
340　頓阿秘蔵　一冊

341 詞延集　一冊
342・宋世よみかた　一冊
343 肖遥和文　一冊
344 類題二歌　一冊
345 歌仙文　三通
346 師説撰哥抄　一冊
347・歌林良材　禅閤　二冊
348・秘伝集　飛鳥井
349・あまのかるも　四冊
350・伝受抄　飛鳥井」21オ
351・こしへの尼消息
352・六葉抄
353・和哥一字抄　清輔朝臣　二冊
354 雲玉和哥抄　二冊
355 和哥制之詞　一冊
356 神風小名寄　一冊
357・東野州聞書　一冊
358 題書出　一冊

359・風雅抄
360 和哥秋風抄　上下
361・正風躰抄　一冊」21ウ
362・一花抄　一冊
363・玉伝深秘　一冊
364・代始和抄
365・二条殿和哥故実　一冊
366・六部抄
367・六家集抄　六冊
368・九六新注
369・七通抄　一通
370・三躰和哥聞書　一冊
371・忠岑十躰　一冊
372・道済十躰　一冊」22オ
373・松下抄　正広日比　一冊
374・文道抄　一冊
375・以呂波拾葉　二冊
376 以呂波集三代集抜書　一冊

377　秘哥　長公　一冊
378・近情抄　一冊
379　遠情抄　二冊
380・落書露顕　今川了俊　一冊
381・和哥秘々抄　一冊
382　先達加難詞　一冊
383・顕注密勘　顕注ハ顕昭密勘ハ慶祐
慶祐為家卿息　一冊」22ウ
384　和哥十七ヶ条　一冊
385・秀歌五百首　一冊
386・三十六人歌仙伝　一冊
387・和哥用意　一冊
388・三代集間事　一冊
389・十躰和哥　忠岑道済之外歟可尋　一冊
390　歌仙落書　一冊
391　俊成卿女ノ文　一冊
392・遂加　一冊
393　家隆卿口伝　一冊

394　筆のまよひ　一冊」23オ
395・隠岐院御百首抄　二冊
396・下聞抄　一冊
397・耕雲口伝　明魏庭訓トモ云　南朝右大将長親
398・種葉聞書和歌　一冊
399・和哥二言集　一冊
400・詠哥一躰抄　一冊
401・六花集註　一冊
402・黄点哥勅撰抄　後鳥羽御点　一冊
403・人丸秘伝抄　一冊
404・別哥百首注　一冊
405・拾遺愚抄　一冊」23ウ
406・代々集目録　付撰哥諸物語　一冊
407・百首聞書注　一冊
408・為世和哥庭訓抄　一冊
409・常縁ヨリ宗祇江五十八首相伝　一冊
410・帝説抄　一冊
411　阿仏秘抄　為家後妻為相為守母安嘉門院四条ト云

一冊
412・愚問賢注　良基公問　頓阿答　一冊
413・同尭恵抄　尭孝門人　一冊
414・蓮性陳状　宇都宮弥三郎友（ママ）綱入道也　一冊
415・顕昭陳状　一冊
416・蛍玉抄　鴨長明　一冊」24オ
417・知題抄　哥之伝　飛鳥井正親卿　一冊
418・｜題抄　定家卿　一冊
419・毎月抄　同　一冊
420・未来記　同　一冊
421・雨中吟　同　一冊
422・和哥道標　謙徳寺
423・和語雑々
424・耳底記　玄旨法印説　光広卿記之　一冊
425・勅撰作者部類　三冊
426・僻案抄（コノ注記別筆）定家卿兼良公古今童蒙抄ノ序ニ僻案抄といふ物は三代集の難義を京極中納言のかゝれたる物やとこそ　経平
427・詠哥大概　定家卿　一冊」24ウ
428・さよのねさめ　兼良公　一冊

429・徹書記物語　樵談記トモ　正徹自記　一冊
430・清厳茶話　正徹談ヲ聞書非板行本
蜷川新右衛門記　一冊
431・和哥難題聞書
432・和哥所不審条々　今川了俊　一冊
433・簸川上　一冊
434　和哥合次第　一冊
435　歌仙之文　一通
436・和哥玉屑抄　一冊
437・蔵玉抄　物之異名　俊頼　一冊
438　和哥玄旨　一冊」25オ
439・新続三智目録　一冊
440　和哥左右　二通
441・和哥風躰抄　一冊
442・桂明抄　尭孝　一冊
443・文字鎖　鴨長明　一冊
444・長歌文字鎖　為兼卿　一冊
445・花月抄　清輔卿　一冊

446　和哥書様端作次第　一冊
447　八代名所和哥　二冊
448・窓中抄　一冊
449・肖柏口伝　牡丹花老人　一冊」25ウ
450　会故実　一冊
451・和哥故実口伝　飛鳥井　一冊
（一行分空白）
452・二十代和哥抄　一冊
453・頓阿よみかた　一冊
454・西行上人贈定家卿文　一冊
455・故実撰要　目録アリ　三冊
456・延慶両卿訴陳抄出　為家卿　為兼卿　一冊
457・和歌縁起　一冊
458・和哥秘書部類　一冊
459　人丸秘密抄　一冊」26オ
460・人丸影供記　永久六年四月三日　一冊
461・内外口伝抄《イ和哥》　一冊
462・六義抄　一冊

463　懐紙短冊寸法　飛鳥井家　一冊
464　簀子　一冊
465・二条家和歌故実　一冊
466・金句抄　一冊
467・撰詞抄　一冊
468・和哥受用抄　一冊
469・冷泉家秘伝　為和卿冷泉為広子　一冊
470・私語抄出　一冊」26ウ
471・宗訊《柏歟》逍遥問答　宗訊ハ肖柏門弟　一冊
472・和哥てにをはの書　基綱卿姉小路　一冊
473・六帖和歌用捨新撰　今川了俊　一冊
474・和歌淵底秘書　一冊
475・融覚一札　一冊
476・和哥三部抄聞書　一冊
477・和哥次第秘書　一冊
478・聴伝抄　一冊
479・嬰児抄　一冊
480・色葉和難抄《集イ》　十冊

481・名歌聞書　一冊」27オ
482・二条家《和哥イ》よみかた　一冊
483・黒白最要抄　四冊
484・和歌論義
485・和哥密抄
486・俊成古語抄
487・深窓秘抄　公任
488・野守鏡　源有房作　二冊
489・亀鏡抄　伊勢室山入道　十巻
490・さらしなの記　悦目抄トモ　基俊　一冊
491・上科抄　大江広経　二巻
492・八代秀逸　二巻」27ウ
493・和歌奥義題　一冊
494・和歌大綱抄　一字伝トモ　基俊作　三冊
495　愚得抄　一冊
496・無外題　三冊
497・種心秘要抄　三冊
498・唯独自見抄　三冊

499・古往今来秘歌大躰　二冊
500・秘歌集　一冊
501・香文木　一冊
502・後撰集秘説哥　定家卿　一冊
503・八雲口伝　一冊」28オ
504・鷹言葉口伝《注イ》　一冊
505・似我呪詞詩　二冊
506・木芙蓉　一冊
507・話訓　一冊
508・名誉歌仙　一冊
509　いほぬし　袋草子ニ庵主日記ト増基法師作云々
　　正徹　一冊
510・温故抄　一冊
511・題出抄　雅教卿　一冊
512・楢山拾葉　五冊
513・寄之撰　一冊
514・斜月抄　一冊」28ウ
515・和哥土代　桂光院　一冊

516・和哥講私記　一冊
517・かりまくら　二冊
518・よみかた　雅教卿　一冊
519・書初草子事　逍遥院　一冊
520・初深雪并忍山　一冊
521・閑居自珍抄　一冊
522・かなつかひ近道　板行ト相違　一冊
523・草木異名　十二月　一冊
524・法印定為申文　一冊
525・色葉清濁三智抄　一冊」29オ
526・歳云（ママ）暮矣　一冊
527・至富人　一冊
528・無心無事　一冊
529・宗祇返札　一冊
530・教訓百首和哥　一冊
531・俊頼髄悩（ママ）　五冊
532・載公抄　基綱跋　一冊
533・祇良問答　宗祇ト兼良公　一冊

534・瞽捜集　沢庵　一冊
535・幽斎聞書　二冊
536・もしほ草　和哥詞　十帖」29ウ
537・蔵司百首抄　女房之歌　一冊
538・夜林抄　一冊
539・君臣師解　一冊
540・慈元抄　一冊
541・三五記　定家卿
542・竹園抄　一冊」30オ

（一面分空白）」30ウ

勅撰集部類

543・万葉集　二十巻
哥数四千三百十三首但本々不同数不定云々
奈良帝聖武天皇御宇橘諸兄公ニ仰テ撰ハシム又孝謙
帝ノ時中納言家持ニ仰テ撰継シムト云々平城帝桓
武ノ御宇ト云ハ非歟天平元年正月十四日奏諸哥云々
544・古万葉集　四巻　神代近キ人々歌也嵯峨天皇御撰歟

源氏物語ニさかの御門のこまんよう集といへり私云万葉集ヨリ後撰なれ共哥古キ故古万葉といふ歟

545・古今和歌集　二十巻　哥数千九十九首
　延喜五年四月十八日奉　詔紀貫之紀友則凡河内躬
　恒壬生忠岑撰之かな序貫之真名序紀淑望

546・後撰和歌集　二十巻　歌数千四百二十六首袋草子ニ千三百九十六首ト云々
　村上天皇天暦五年十月於梨壺大中臣能宣元輔順時
　文望城等撰之袋草子ニ云此集未定ニテ止仍本無四度
　計証本ハ朱雀院塗籠本又青表紙云々是ハ範永本也」31オ

547・拾遺和哥集　二十巻　哥数千三百五十七首一首袋
　長徳年中花山院御自撰云々古今ヨリ以来三代集ト云

548・後拾遺和哥集　二十巻　哥数千二百十九首三百五十一首袋
　白河院御宇承保二年九月奉詔　通俊撰自序

549・金葉和歌集　十巻　哥数六百四十四首五袋
　天治元年依　白河院勅俊頼撰之

550・詞花和哥集　十巻　哥数四百十三首九首袋
　天養元年六月二日依崇徳院勅顕輔撰之

551・千載和哥集　二十巻　哥数千二百八十七首
　寿永二年二月依　後白河院々宣俊成撰之かなの自
　序

552・新古今和哥集　二十巻　哥数千九百八十一首」31ウ
　元久二年三月廿六日依　後鳥羽院々宣通具有家定
　家家隆雅経等撰之かな序ハ後京極良経公真名序親
　経　古今集以来ヲハ八代集ト云

553・新勅撰和歌集　二十巻　歌数千三百七十六首
　貞永元年十月二日依　後堀河院倫言定家撰之

554・続後撰和哥集　二十巻　歌数千三百七十七首
　宝治二年七月依　後嵯峨院々宣為家撰之　千載新
　勅撰続後撰ヲ家三代集ト云

555・続古今和歌集　二十巻　歌数千九百二十七首
　文永二年十二月廿六日依　後嵯峨院々宣為家行家
　光俊前内大臣等撰之真名序菅原長成書之

556・続拾遺和哥集　二十巻　哥数千四百六十三首
　文永十一年依　亀山院々宣為氏撰之」32オ

557・新後撰和哥集　二十巻　哥数千六百十二首
　正安三年十一月依　後宇多院々宣為世撰之

558・玉葉和哥集　二十巻　哥数二千七百九十六首
正和二年八月依　伏見院々宣為兼撰之
559・続千載和歌集　二十巻　哥数二千百四十四首
文保三年四月十九日依　後宇多院々宣為世撰之
560・続後拾遺和歌集　二十巻
元亨三年七月二日奉　後醍醐院々宣為藤撰之而不
終篇死去ノ間為定相続撰之
561・風雅和哥集　二十巻　哥数二千二百八首
花園院御自撰于時貞和二年」32ウ
562・新千載和哥集　二十巻
延文元年六月依　後光厳院倫言為定撰之
563・新拾遺和歌集　二十巻　歌数千九百二十首
後光厳院貞治二年奉倫言為明撰之
564・新後拾遺和哥集　二十巻　歌数千五百六十四首
後円融院永和元年六月奉勅為遠而後為遠死去依之
為重撰之仮名序良基公
565・新続古今和哥集　二十巻　哥数二千百四十八首
後花園院御宇永亨(ママ)十年八月廿三日奏之雅縁撰之仮
名真名共ニ兼良公書之　古今以来二十一代集ト云」33オ

家々撰集和歌
566・新撰万葉集　菅家　二冊
567・新撰和歌集　紀貫之撰之　四冊
古今以後撰之哥数三百六十首
568・古今六帖　貫之女撰之　六冊
或具平親王又兼明親王御撰共いへり
569・樹下集　かな序有　多々法眼源賢撰　二十巻
570・山伏和歌集　撰者不知
571・玄々集　序有　能因法師撰　一冊
572・五葉和歌集　尾張守橘守忠撰之　二十巻
両序有敦光作後冷泉後三条白河堀川鳥羽五代ノ哥
也」33ウ
573・山階和哥集
574・月詣集　加茂重保　一冊
575・良玉集　大治元年十二月　兵衛督顕仲　十巻

576・拾遺古今　序有　永範撰　廿巻
577・続詞花集　序有　清輔撰　廿巻
奉勅後二条院崩御不奏之止勅撰之義云々
578・二巻集　隆経朝臣
579・十巻集　経衡撰
580・良暹打聞
581・念西打聞　一冊
582・尼草子　経信卿家江尼公持来売之仍為名　一冊」34オ
583・現存集　敦頼撰
584・撰吟集　三冊
585・続撰吟集　八冊
586・現葉集　前大納言為氏　三冊
587・後葉集　五冊
588・藤葉和哥集　三冊
589・摘題和哥集　六冊
590・類聚歌林集　山上憶良集之
在法性寺宝蔵勝命院又在平等院宝蔵
591・金玉集　公任卿　一冊

592・続新撰和哥集　通俊卿」34ウ
593・続現存　六冊
594・明月集　顕季卿
595・蓮露集　三冊
596・桑門和歌集　顕昭法師　二冊
597・今撰集　顕輔卿　三冊
598・三十六人撰　公任撰　一冊
599・現存三十六人詩哥　健治二年　一冊
600・類林抄　仲実有序　五十巻
601・恋集　作者不知
602・麗花集　一通
603・現存六帖」35オ
604・古今集句類聚　十巻
誰人之抄出不知之天養元三七ト云々
605　和歌九品　公任卿　一冊
606　同　定家卿　一通
607・雲葉集　五冊不足残篇　五冊
608・人家和哥集　十巻

609・石澗(ママ)集　十巻
610・三井和哥集　覚助法親王
611・松風集　二十巻
612・庭林集　十巻
鷹司太閤家中ニ読所哥之集也」35ウ
613　崑崙和歌集　順徳院　一巻
614・春葉抄　寂恵
615　西住集　撰者不知　一帖
616・難後拾遺抄　袋草子ニ大納言経信ノ作といへり
一帖
617・類題和哥集　後水尾院勅撰　十七冊
618・一字御抄　同勅撰　二冊
619　漢肇(ママ)和哥抄　一冊
620　元用集　一冊
621・奈良帝御集
622・歌林園和歌　俊恵法師集之
623　万代和哥　真観光俊法名　六冊」36オ
624　御会類聚　二十一冊

625　内裏月次読哥　自永正五戊辰正月至十二月
626　近代集
627　一人三臣和歌　二冊
628　山家心中抄　一冊
629　詩哥御会
630　熊野御幸和哥　後鳥羽院建仁元年十月九日
一冊
631　中殿御会和哥　一冊
632　北山行幸和歌　一冊
633　大井河行幸和哥　一冊
634　西園寺行幸和哥　一冊」36ウ
635　太上天皇八十賀和哥　一冊
636　祖師集　一冊
637　新葉和哥集　南朝之勅撰　二十巻
638　居知集　五冊
639　山戸菟田集　子細有類林之序
640　寛元六帖
641　相撲立　基俊私記詩歌也　二十巻

642 六々集　範兼朝臣
643 扶桑葉林　清輔朝臣　二百巻
644 言葉集
645 勅撰名所集　二冊」37オ
646 禁裏仙洞御会和哥　一冊
647 六家秀逸　二冊
648 楽府《ルフ》和哥　二冊
649 紀氏曲水宴和哥　一冊
650 化女集　一冊
651 以呂波落書　一冊
652 為兼配所和哥　一冊
653 秀哥三百首　一冊
654 和歌見聞集　建永二年　一冊
655 四天王院障子和哥　一冊
656 纂題和哥集　九冊」37ウ
657 如心哥枕　一冊
658 東撰六帖　第一
659 法文百句和歌　一冊

---

660 名所方角和歌　兼載　一冊
661 類聚名所和歌抄　一冊
662 高野和歌　一冊
663 南都八景詩哥　一冊
664 修学八景詩歌　一冊
665 紫野子日和歌并序兼盛　一冊
666 名所御障子和歌　定家卿　一冊
667 室町殿障子絵十二月詩歌　一冊」38オ
668 仙洞詩歌御会　寛永十八五月二日　一冊
669 千載佳句　二冊
670 六十四卦歌　慈鎮和尚　一冊
671 三玉和歌　一冊
672 御会写　禁裏　三冊
673 拾遺風体和哥集　一冊
674 発心和歌集　選子内親王　一冊
675 玄玉和哥集　一冊
676 五代集歌枕　二冊
677 柳風和歌集　残篇也半紛失　一冊

678 諸歌集　三冊」38ウ
679 撰集一人撰者自歌　一冊
680 屏風押色紙和歌　中院通村公　一冊
681 紀氏名所集　一冊
682 古六家集　二冊
683 法文和歌　長禄二十十六　道堅　一冊
684 狂歌百人一首　一冊
685 美濃肖山奉納和歌　藤利綱　一冊
686 隠岐後鳥羽御廟奉納和歌　氏成卿　一冊
687 三席御会　寛正五　一冊
688 中将姫和歌　一冊
689 竹内僧正句題和哥　浜雅詩　長享元十一月廿五日
一冊」39オ
690 夫木和歌抄　諸家ノ哥ヲ集　三十六帖
691 源氏巻名和歌　為家　一冊
692 文明短冊和哥四十首　一冊
693 十三夜詩歌禁中　寛永四年十二月　一冊
694 障子尽和哥禁中　同年　一冊

---

695 二十八品并九品詩哥　亀山御宇　一冊
696 二八明題　今川相良　十六
697 続五明題　八冊
698 題林愚抄　八冊
699 名所哥抄出類聚　今川礼部　永正十七年　二冊
700 以呂波集　三代集抜書　一冊」39ウ
701 新続哥仙　一冊
702 女歌仙　一冊
703 宇治別業和哥并序　一冊
704 新撰哥枕　十冊
705 類句和歌　但新古共　百二十冊
706 哥仙部類　一冊
707 臨永和哥集　一冊
708 名所要歌集　一冊
709 膳所八景詩歌　近衛信尹公　一冊
710 とりかへはや　三冊
711 二十四孝詩哥　一冊」40オ
712 蒙求和歌　三冊

713　商山和哥　一冊
714　草木和歌集　一冊
715　百官和歌　一冊
716　漢古事和歌　一冊
717　百詠和歌　源光行　一冊
718　法花訳和集　一冊
719　勅撰名所和歌　宗碩（月村斎）　四冊
720　狂哥集　雄長老（玄旨公姉宮川殿息■）　二冊
721　武家百人一首　通村公撰　一冊
722　新続女歌仙　一冊」40ウ
723　三十一字和歌　准三宮義俊　一冊
724　和漢朗詠集　公任卿撰　上下
725　同新撰朗詠集　俊頼卿撰　上下
726　同拾遺朗詠集　二冊
727　和漢兼作集　二十巻
前関白鷹司殿仰ニヨッテ在嗣朝臣詩ヲ集同元俊
朝臣ニ仰テ和哥ヲ撰ハシム」41オ
（九行分空白）

728　（コノ項別筆）人丸集　顕昭陳状云世間流布の人丸集は不慥之由存
侍り其故は人丸哥万葉集に四百余首入たり
先其哥大旨皆入ての上に万葉の哥共を可入
侍や而万葉残《（マヽ）》は残うちに侍めるそれはさる
事にて年来人丸集数十本うかゝひ見侍しに
一本にても金山――」41ウ
家集
729　歌仙家集　公任卿撰三十六人家之集也　三十六帖
730　菅家御詠集　一冊
731　菅家御集　一冊
732　天神御詠歌　一冊
733　西宮左大臣集　高明公　一冊
734　守覚法親王家集　白河院第二ノ御子　一冊
735　北院御室集　守覚親王　一冊
736　清慎公集　小野宮実頼公　一冊
737　御堂関白集　道長公　一冊

738　檜垣女集　肥後国遊女　一冊」42オ
739　本院侍従家集　一冊
740　伊勢集　一冊
741　伯母集　二冊
742　あまのてこら集　師氏家集也　一冊
743　大江千里集　一冊
744　清少納言集　清原元輔女　一冊
745　和泉式部集　上東門院女房弁内侍トモ　一冊
746　同続集　一冊
747　紫式部家集　一冊
748　赤染衛門集　栄花物語作者赤染時用女実兼盛子　一冊
749　大弐三位家集　紫式部女さころもの作者　一冊」42ウ
750　伊勢太(ママ)輔集　輔親女　一冊
751　二条院讃岐家集　源三位頼政女　一冊
752　待賢門院堀川集　顕仲女　一冊
753　弁乳母家集　一冊
754　式子内親王集　白河院第三皇女萱斎院　一冊

755　相模集　源頼光女乙侍従相模守大江公資妻　一冊
756　小馬命婦集　一冊
757　一宮紀伊集　従五位下経方女　一冊
758　後深草院弁内侍　信実朝臣女　一冊
759　宮内卿家集　後鳥羽院女房家隆卿女　一冊
760　俊成卿女集　新勅撰ニハ侍従具定母　一冊」43オ
761　建礼門院右京太(ママ)夫集　平資盛ニ通スル人　二冊
762　曾根好忠集　号曾丹　一冊
763　恵慶法師集　一冊
764　平忠盛集　一冊
765　貞敦集　邦高親王子二品中務卿伏見殿　一冊
766　邦高集　貞常親王子土御門帝御養子二品式部卿伏見殿　一冊
767　紫禁和哥集　順徳院　一冊
768　順徳院御集　三冊
769　後鳥羽院御集　三冊
770　瓊玉集　宗尊親王　一冊

771 前大納言実国集　一冊」43ウ
772 散木和歌集　金葉撰者俊頼家集也　一冊
773 四条大納言公任家集　一冊
774 長能集　一冊
775 源順集　一冊
776 橘為仲集　一冊
777 実方集　中将　一冊
778 大中臣輔親集　祭主　一冊
779 顕輔家集　一冊
780 清輔家集　一冊
781 顕季家集　五冊
782 雅経集　新古今撰者　飛鳥井　二冊」44オ
783 土御門院集　一冊
784 加茂保憲集　一冊
785 西行家集　二冊
786 鴨長明集　一冊
787 俊綱集　号伏見長者　二冊
788 讃岐入道集　顕綱　一冊

789 山家集　西行法師
790 長秋詠草　俊成卿
791 月清集　後京極良経公
792 拾玉集　慈鎮和尚
793 拾遺愚草　定家卿」44ウ
794 玉吟集　家隆卿
795 為家集　二冊
796 為氏集　二条家為家子　二冊
797 為相集　藤谷和歌《トモ》　為家二男　藤谷冷泉祖　一冊
798 為兼集
799 為忠集
800 為明集
801 為定集　左中将為遠子
802 為広集
803 為重集　一冊
804 為冬集」45オ
805 為基集

806 柏玉集　後柏原御集　六冊
807 雪玉集　西三条実隆　四冊
808 碧玉集　冷泉政為　三冊
809 聴雪集　西三条実隆　一冊
810 閑放集　真観　一冊
811 光経集　一冊
812 林葉集　俊恵　二冊
813 梅納言集　長方卿　一冊
814 業平集　清輔卿袋草子ニ見えたり
815 資賢集　三冊」45ウ
816 隆房集　四条大納言　一冊
817 隆祐集　家隆息　一冊
818 隆季集
819 寂蓮集　俗名定長　一冊
820 寂然集　俗名為業　一冊
821 兼好集　吉田　一冊
822 慶運集　頓阿ト道ヲ挑争述懐シテ詠草ヲ埋棄ト云々　一冊
823 元可法師集　薬師寺公義　一冊

---

824 寂照集　三河寺慶保胤也入唐　一冊
825 師光集　一冊
826 済継集」46オ
827 資道集
828 栄雅集　飛鳥井
829 悪(ママ)槐集　飛鳥井雅親卿　二冊
830 黄葉集　飛鳥井光広卿　二冊
831 資慶集　飛鳥井
832 金槐集　鎌倉右大臣実朝公　一冊
833 資方集　前大納言　一冊
834 隣女和哥集　飛鳥井雅有　一冊
自大(ママ)永二年至同六年但第二計有余ハ紛失
835 紀式部集
836 源義政公集　東山殿　一冊」46ウ
837 葛葉和歌集　一冊
838 李花集　南朝宗良親王　二冊
839 草庵集并続集　頓阿法師
840 三条西称名院集　実澄公

841　基佐和歌集　桜井京洛　一冊
842　宗祇家集　一冊
843　後奈良院御集
844　大江元就集　毛利大膳太夫　一冊
845　覚眠集　一冊
846　定頼集　一冊
847　肖柏集　牡丹花老人　三冊」47オ
848　尭孝集　常光院頓阿曽孫
849　岩山道堅集　一冊
850　草根集　正徹　十巻
851　同続集　同　九冊
852　佳林集　有頼　一冊
853　風葉集　四冊
854　閑谷集　一冊
855　衆妙集　外題仙洞　奥書雅章　玄旨法印　一冊
856　星窩和歌集　一冊
857　仏国禅師和哥集　一冊
858　仏徳禅師和哥集　一冊」47ウ

859　山家心中集　花月集トモ　一冊
860　朝光集　閑院大将　一冊
861　二条太后大弐集　一冊
862　師輔集　九条殿　一冊
863　小侍従集　一冊
864　常徳院殿集　義尚公　一冊
865　田上集　一冊
866　頼実集　源　一冊
867　夢窓国師集　一冊
868　北畠親顕詠草　一冊
869　心珠詠草　序ハ三条西実隆公　一冊」48オ
870　東野州家集　常縁　一冊
871　洞院公賢集　一冊
872　藤原相如集　一冊
873　義政公詠草　一冊
874　蔵懐集　一冊
875　沙王（ママ）和哥集　後崇光院　一冊
876　後奈良院詠草　一冊

877 為重詠草　一冊
878 源頼政家集　二冊
879 挙白集　長嘯子　八冊
880 源仲綱集　一冊」48ウ
881 菅原在良朝臣集　一冊
882 孝範集　一冊
883 松下集　日比正広　一冊
884 佐忠集　天暦比之人　一冊」49オ

（一面分空白）」49ウ

歌合之類

885 天徳歌合　四年三月卅日　判アリ　一冊
886 昌泰女郎花合　亭子院　一冊
887 是貞親王歌合　一冊
888 寛平后宮歌合　一冊
889 寛平菊合　一冊
890 円融院扇合　一冊

---

891 天禄哥合序跋アリ　一冊
892 後京極摂政家六百番哥合　判俊成卿（コノ注記別筆）
893 千五百番歌合　建仁元年
894 元暦三年歌合　九月十三夜　一冊」50オ
895 同哥合　壬九月十九日　判定家卿　一冊
896 後鳥羽院歌合　判家隆卿　一冊
897 御室撰哥合　正治三年三月五日　判俊成卿　一冊
898 文亀三歌合　判為広　一冊
899 文明歌合　文明十年《四七》九《ミ》月三日　判栄雅　一冊
900 光明峯寺家歌合　百十番　判定家卿　一冊
901 歌合　貞永元八月十五夜　一冊
902 後京極殿自哥合百番　一冊
903 内裏歌合百三十番　宝治二年　一冊
904 法住寺殿々上歌合　嘉応二十十六　一冊
905 加茂別雷社歌合　一冊」50ウ
906 月卿雲客妬歌合　判家隆　一冊
907 住吉社歌合　嘉応二年十月十九日　一冊

908 歌合　後光厳院文和ノ比　一冊

909 なでしこ合　東三条院皇太后宮　一冊

910 四十番歌合　建保五年十月十九日　勅判　一冊

911 卿相侍臣歌合　建永元年七月廿五日　一冊

912 影供哥合　建仁元年八月三日　判俊成卿　一冊

913 斎宮女御哥合　左右哥忠岑一人読之云々袋草子　一冊

914 麗景殿女御哥合　左歌兼盛右哥中務ト云々天暦十年　一冊

915 百番自歌合　俊成卿

916 十五番歌合　永禄六年八月廿三日　一冊」51オ

917 五百番歌合　南朝　宗良親王判　一冊

918 内大臣家歌合　両判俊頼基俊　一冊

919 五十番歌合　判定家卿家隆卿　一冊

920 哥合　応仁元八月十五夜　一冊

921 関白大臣家歌合　保安二九月十二日（「二」ノ下ニ「元」トアリ）　一冊

922 哥合　建仁二八月十六日　一冊

923 百番自歌合　京極太政大臣

924 家隆自歌合百番　判定家卿　一冊

925 建仁二年九月十三夜歌合　釈阿判　一冊

926 知家自歌合　日吉二十二社　定家卿判　一冊

927 内裏詩哥合　建保六年二月廿六日　一冊」51ウ

928 住吉歌合　嘉応元年二月廿六日　一冊

929 新名所絵歌合　為世卿判　一冊

930 通宗女子達歌合　通俊判　一冊

931 仙洞哥合　亀山殿　衆議判　一冊

932 将軍家十五番歌合　雅親判　一冊

933 百番哥合　後京極殿　判釈阿

934 将軍家歌合　文明十四六月十四日　判雅親卿　一冊

935 広田社歌合　承安二年十月十七日　一冊

936 殿上根合　永承六年五月五日　一冊

937 遠嶋哥合　十題哥合トモ　嘉禎二七月　一冊

938 建春門院北面哥合　判俊成卿　一冊」52オ

939 新宮撰哥合　建仁十九元二月廿九日　判俊成卿　一冊

940 東塔東谷歌合　永長二年 一冊
941 日吉社哥合　判俊成卿 一冊
942 日吉七社哥合　嘉禎元十二月廿四日 一冊
943 実行家哥合　永久四六月四日　判顕季卿 一冊
944 内裏歌合八月十五夜　判俊成卿 一冊
945 河合社哥合　寛元十一月十七日 一冊
946 准后自哥合　五十番　判栄雅 一冊
947 石清水若宮歌合　寛喜四三廿五 一冊
948 三十六番歌合　三十六人　弘長二九月 一冊
949 根合　康和三年五月五日　判仲実 一冊」52ウ
950 みもすそ河哥合　西行自歌　判俊成卿 一冊
951 宮河哥合　西行自歌　判定家卿 一冊
952 実国家哥合　嘉応二五月 一冊
953 近江御息女歌合 一冊
954 水無瀬釣殿哥合　当座六首　建仁二年六月
一冊
955 同十五番歌合　恋　建仁二九月十三夜　判釈阿
一冊

956 仙洞歌合　治暦三九月九日庚申 一冊
957 仙洞歌合　寛永十六十月十五日
判前内大臣 一冊
958 建保七年哥合 二冊
959 建仁二年九月十三夜歌合　判釈阿 一冊
960 岩清水若宮五十一番歌合　判定家 一冊」53オ
961 平経盛歌合　判清輔朝臣 一冊
962 五百番歌合 二巻
963 老若五十首歌合　建仁九年二月 一冊
964 重家和哥合　永正二　判清輔朝臣 一冊
965 京極家歌合　判直親 一冊
966 宝治歌合　判為家卿
967 かも哥合　重保興行 一冊
968 堀川艶書合 一冊
969 五十番歌合　判逍遥院殿 一冊
970 百五《三ィ》十番歌合　宝治二年　判為家卿 一冊
971 新羅社歌合　七十五番
判俊成　承安三年八月十五夜」53ウ

972 康正元十二廿七日歌合　判正親　一冊
973 月卿雲客歌合　判家隆卿　建保二九月尽日　一冊
974 仙洞十人歌合　勅判　正治二年九月　一冊
975 新玉津哥合　判為邦卿　貞治六三月廿三日
976 前関白家三十番歌合　判定家卿　建保五九月　一冊
977 年中行事歌合五十番　三冊
978 前後三十番歌合　一冊
979 頓阿勝負付歌合　一冊
980 時代不同歌合　後鳥羽院御撰　一冊
981 後陽成院歌合　五十番　題虫月恋判　一冊
982 二百六十番歌合　一冊」54オ
983 五十番歌合　判栄雅　一冊
984 常徳院歌合　判雅親　一冊
985 経平家歌合　応徳三三月十九　一冊
986 源宰相中将家歌合　公方義佺（ママ）公　一冊
987 親長卿家歌合　判禅閤　一冊

988 多武峯歌合　判紀伊入道　多武峯住生院千代君
989 住吉歌合　判神祇伯顕仲　一冊
990 祐子内親王家歌合　一冊
991 同家康申歌合　一冊
992 細川左京太夫家歌合《非常桓》三十番　判逍遥院　一冊
993 狂哥合　永承五四二　衆義判　一冊」54ウ
994 五十番自歌合　貞徳　一冊
995 五十番哥合　勅判　一冊
996 調度歌合　一冊
997 野々宮歌合　判源順　一冊
998 地下歌合　判正広　一冊
999 歌哥合　九条基家公家詠之　一冊
1000 同　一番題野外秋望　判一条禅閤　一冊
1001 公武二十四番歌合　一冊
1002 殿中十五番歌合　一冊
1003 明応武家歌合　一冊
1004 永縁奈良坊歌合　一冊」55オ
1005 伏見院歌合　判為兼卿　一冊

1006 和歌所四十番五 歌合　衆儀判　建保三年　一冊
1007 細河高国自歌合　常桓　一冊
1008 前摂政家歌合　嘉喜(ママ)三年　一冊
1009 若宮撰哥合　判女房後京極殿也　建仁二年　一冊
1010 夏十首歌合　一冊
1011 二十八番歌合　判為兼卿　一冊
1012 蜷川親当家歌合　号智温(ママ)法師　一冊
1013 石清水歌合　建仁元年十二月　一冊
1014 建保秋歌合　十五題又乱哥合トモ云　判定家卿
一冊
1015 源氏狭衣歌合　一冊」55ウ
1016 伏見院哥合　乾元二五月　一冊
1017 城南寺影供哥合　一冊
1018 左大将家百首哥合　一冊
1019 五条哥合　一冊
1020 右大臣家歌合　一冊
1021 前五十番歌合　公任卿　一冊
1022 後五十番歌合　定頼卿　一冊

1023 内裏詩合　一番題山中花夕　建保元年二月廿六日
一冊
1024 定家家隆哥合　御点後鳥羽注為家　一冊
1025 兼実公家歌合　判清輔朝臣　一冊
1026 同　判俊成卿　治承三三十八日　一冊」56オ
1027 民部卿経房家哥合　一冊
1028 建保四年八月廿四日歌合　衆義判　一冊
1029 百番歌合　判定家卿　建保四壬六月九日　一冊
1030 道堅五十首自歌合　明応六年十二月四日　一冊
1031 親長卿家歌合　判一条禅閤　文明五十一七日
一冊
1032 摂政家歌合　判真観　建治元九月十三夜　一冊
1033 仙洞御歌合　後鳥羽院　判俊成卿　一冊
1034 仙洞御歌合　亀山殿　為家真観両判　一冊
1035 実行家歌合　判顕季卿　永久四年　一冊
1036 職人尽歌合　建保第二九月十三夜　一冊
1037 弘徽殿女御十番歌合　判義忠朝臣　一冊」56ウ
1038 后宮歌合　寛平　百番

1039 十番歌合　判常徳院殿義尚公　一冊
1040 十首　十八番歌合　一冊
1041 鴨御祖社歌合　建永二年三月七日　一冊
1042 撰哥合　判家隆　嘉禄二四月廿一日　一冊
1043 北野宮歌合　衆義判　元久元年十一月十一日　一冊
1044 十番詩合　一冊
1045 烏哥合　一冊
1046 歌合　建保五年十一月十一日　衆義判　一冊
1047 詩歌合　守遍　判尊円親王　一冊
1048 七百番歌合　序耕雲　一冊」57オ
1049 国信家歌合　一冊
1050 廿四番自歌合　一冊
1051 哥合　時代不知可考　一冊
1052 将軍家歌合百番　判折句歌　出題宋世　一冊
1053 永禄(ママ)歌合　判日野一位大納言　一冊
1054 尭孝自歌合十番　判為広卿　一冊
1055 永万二年歌合　題作者アリ　一冊

1056 建仁二年内裏歌合　一冊
1057 清輔家歌合　永暦元七月判為輔　一冊
1058 十番歌合　赤染衛門　一冊
1059 乾元二年歌合　一冊」57ウ
1060 拾遺百番歌合　一冊
1061 女房哥合　判通俊卿　応徳三三月　一冊
1062 松下自歌合　三百六十首　日比正広
1063 六十番詩哥合　衆儀判　一冊
1064 五十四番詩歌合　一冊
1065 嘉元三年三月歌合　一冊
1066 仙洞哥合　題川紅葉　暁千鳥　両判　一冊
1067 経平大弐家歌合　一冊
1068 摂政左大臣家歌合　文治元八月　一冊
1069 新時代不同歌合　九条基家公　一冊
1070 永仁元《五イ》年哥合　一冊」58オ
1071 長元八年歌合　一冊
1072 源氏物語歌合　一冊
1073 遠忠自哥合　一冊

1074 文永二年八月十五夜歌合　一冊
1075 院歌合　治暦三年九月九日　一冊
1076 同　治暦四年五月五日　一冊
1077 同　治暦四年十二月廿三日　一冊
1078 有心無心歌合　一冊
1079 嘉元二年正月四日歌合　一冊
1080 建保二年七月二日歌合　一冊
1081 同三年六月十一日歌合　一冊」58ウ
1082 同五年四月廿日歌合　一冊
1083 同五年八月十五夜歌合　一冊
1084 同七年二月十一日歌合　一冊
1085 禖子内親王家歌合　一冊
1086 同家庚申歌合　一冊
1087 同家夏歌合　一冊
1088 三十六人大歌合　序頓阿　一冊
1089 恋十番恋歌合　一冊
1090 詩歌贈答　十首　一冊
1091 漁父樵客歌合　慈鎮　後京極　一冊

1092 治承二八歌合　判亮公　顕昭　一冊」59オ
1093 文明十年九月二日歌合　判一禅閤　一冊
1094 同九月尽歌合　一冊
1095 定綱家歌合　一冊
1096 源広綱家歌合　長治元年五月日　一冊
1097 前摂政家歌合　衆義判　嘉吉三年　一冊
1098 無名歌合　判俊頼　長治二年七月　一冊
1099 内裏九十六番歌合　一冊
1100 十番艶書合　附立聞　一冊
1101 三十番詩歌合　点逍遥院殿　一冊
1102 鳥羽殿前栽合　判堀川右府　一冊
1103 百番歌合　判定家卿　建保壬六月九日　一冊」59ウ
1104 三十講歌合　十訓抄ニ長元八年　後拾遺十一ニ宇治太政大臣家ノ卅講云々　一冊
1105 承暦歌合　一冊
1106 賀陽院歌合　一冊
1107 中将御息所歌合　一冊
1108 （コノ項別筆）中納言行平家哥合玉葉ニ見タリ」60オ

十首以下和歌部類

1109 大神宮十百首　一冊
1110・信太森千首　宗良親王 南朝　一冊
1111・千首和歌　両度　為家卿　二冊
1112・同　為尹卿　一冊
1113・同　師兼　一冊
1114・同　両度　宋雅　二冊
1115・同　兼家　一冊
1116・同　飛鳥井入道点　一冊
1117・同　雅縁　一冊
1118・同　正徹　一冊」60ウ
1119・同　牡丹花　一冊
1120・同　耕雲　一冊
1121・同　将軍家　一冊
1122・亀山院　一冊
1123・白河殿　一冊
1124・六百首和歌　一冊
1125・百五十首和歌　実枝点　一冊

1126 鷹三百首　定家卿　一冊
1127・内裏名所千二百首　順徳院　定家　家隆　一冊
1128・内裏名所三百首聞書　二冊
1129・二百首和歌　為相卿　一冊」61オ
1130・高野百二十首　一冊
1131・内侍所千首　貞亨《（ママ）》三年　一冊
1132・百首　後鳥羽院　一冊
1133・同遠嶋　同院　一冊
1134・同　土御門院　一冊
1135・同　順徳院　一冊
1136・難題百首　定家卿　一冊
1137・同　為家卿　一冊
1138・同　為遠卿　一冊
1139・同　阿仏　一冊
1140 藤河百首　一冊」61ウ
1141・中院百首　点定家　家隆　一冊
1142・百首和歌　頓阿法師　一冊
1143・同　後柏原院　一冊

1144・同　実隆公　一冊

1145・同　政為卿　一冊

1146・同　勅点　牡丹花　一冊

1147・同　弘長　一冊

1148・同　両度　正徹　二通

1149・同　嘉元度々　三冊

1150・同　延文　三冊

1151・同　後成恩寺殿南都　一冊」62オ

1152・百首　道堅　一冊

1153・同　仙洞御着到　一冊

1154・同　平忠度　一冊

1155・同　禁御着到　雅庸　一冊

1156・同　別歌　一冊

1157・同　栄雅　一冊

1158・同　尭孝　一冊

1159・五社五百首　伊勢　加茂　春日　住吉　日吉

俊成卿　一冊

1160・百首和歌　丹後守家　一冊

1161・同　点光広　沢庵　一冊

1162・同　西明寺　一冊」62ウ

1163・同世中　同　一冊

1164　玄旨詠草　法印幽斎　一冊

1165・百首和哥　北野社　為定　一冊

1166・同　逍遥院　一冊

1167・同　日吉社　永亨(ママ)十三年　一冊

1168・同　北野　為兼　一冊

1169・同　同　為遠　一冊

1170・同　綱元　一冊

1171・同　初度　堀川院太郎ト称　一冊

1172・同　後度　同　次郎ト称　一冊

1173・同　光行河内守源氏物語河内本作者　一冊」63オ

1174・百首　岩清水社　永亨(ママ)五年八月十五夜　一冊

1175・同　後度　正治二年　二冊

1176・同　鷹　公経公　一冊

1177・同　同　実兼公　一冊

1178・同　中院　一冊

1179・同　住吉社　永亭(ママ)　一冊
1180・水無瀬奉納五十首　文明九十一　一冊
1181・五十首和哥　陽光院　一冊
1182・二十首和哥　道堅　一冊
1183・同　公条公　一冊
1184・同　政為　一冊」63ウ
1185　厳嶋和哥奉納　一冊
1186・十五首和哥　点玄旨　八条智(ママ)人親王　一冊
1187・十首和歌　公賢　実隆　公為　公命　道堅　一冊
1188・同　春日社　実隆公　一冊
1189・同　実隆　政為　道堅　一冊
1190・同　摂州天満天神奉納　僧正尊海　牡丹花　一冊
1191・九条大納言五首会　一冊
1192・光台院五十首　御点　後鳥羽院　但二十二人五首宛
1193・春日社法楽五十首詩哥　一冊
1194　為景奉納詩哥　一冊

1195・無題百首　一冊」64オ
1196・宝治百首　二冊
1197・円位上人勧進百首　一冊
1198・文治百首　一冊
1199・法文五十首和歌　尭空　一冊
1200・建仁仙洞句題五十首　点者六人　作者六人　一冊
1201・宗尊親王三百首　一冊
1202・正治御百首　初度　一冊
1203・五十首教歌　三善為清　一冊
1204・仙院御百首　一冊
1205・文明千首　一冊
1206・同　度々　一冊」64ウ
1207・百首　十河冬康　一冊
1208・同　雅世　一冊
1209・同　覚恕法親王　一冊
1210　永正年中和哥　孤園　一冊
1211・百首　長明　一冊

1212・同　久安　一冊
1213・黄門百首　長嘯　一冊
1214・一夜百首　光広　一冊
1215・後○《小》松院御百首　一冊
1216・百首　徽安門院　一冊
1217・同　季経　一冊」65オ
1218・同　定為法印　一冊
1219・二百首和歌　前斎院　一冊
1220・百首　尊海　一冊
1221・同　慶運　一冊
1222・同　経乗　一冊
1223・同　長綱　一冊
1224・三百首　公条公　一冊
1225・室町殿月次百首　長禄二年　一冊
1226・九条大納言五首会　一冊
1227・柏逍冷集　永正八年三月三日　一冊
1228・禁裏御会懐紙写　大永五年十一月廿五日　一冊」65ウ
1229・長門国住吉百首　明応四年十二月十三日　一冊

1230・両吟三吟和哥　三百三十三首　一冊
1231・藤谷百首　為相卿　一冊
1232・着到百首　尭空　永正五九月　一冊
1233・百首　玄旨　一冊
1234・宇治別業和歌　嘉応元年十一月廿六日　一冊
1235・水無瀬殿百首　一冊
1236・永正御月次和歌　一冊
1237・享禄御月次和歌　一冊
1238・三唫百首　一冊
1239・百首和歌　聖護院道澄　一冊」66オ
1240・難題百首　頓阿　一冊
1241・通村詠草　中院　一冊
1242・百首和歌　為忠　一冊
1243・同　宋雅　一冊
1244・同　尊道　一冊
1245・同　円雅　一冊
1246・同　兼成　一冊
1247・同　宗闇　一冊

1248・同　後花園院　一冊
1249・同　内経　一冊
1250・同　為世　一冊」66ウ
1251・同　円雅常光院　一冊
1252・同　北野社続哥　一冊
1253・同　将軍家　一冊
1254・同　毎日一首　一冊
1255・同　為秀　一冊
1256・同　宗仲　一冊
1257・同　重誠　一冊
1258・同　祇園社奉納　一冊
1259・同　国直高階　一冊
1260・同　資直　一冊
1261・同　義政東山殿　一冊」67オ
1262・同　実隆　基綱　一冊
1263・同　恋　西行　一冊
1264・同　良恕竹門　一冊
1265・同　正親町院　一冊

1266・同　守覚法親王　一冊
1267・詠百首物名　三友　一冊
1268・着到和歌　文明十七九月九日　一冊
1269・顕仲五十首　一冊
1270・津守国冬五十首　一冊
1271・御会五十首　恋　一冊
1272・尊円親王五十首　一冊」67ウ
1273・智仁親王五十首　八条殿　一冊
1274・撰百首和哥　一冊
1275・百首和歌　冥之夢一字私云冥之ハ沢庵也　一冊
1276・同　点杉原宗伊　之平美作守　一冊
1277・同　宗勲武田　一冊
1278・百篇詩哥　為景下冷泉　一冊
1279・平忠度具足肌百首　一冊
1280・近衛尚道公三十首　一冊
1281・続五十首和歌　一冊
1282・九月十三夜三首一続　一冊
1283・点取十首和歌　天正六年　一冊」68オ

1284・八条殿十五首和歌　一冊
1285・玄旨十五首和歌　一冊
1286・前久公三十首和歌　一冊
1287・伏見院御製　一冊
1288・所々詠草　一冊
1289・多々良義興詠　大内殿　一冊
1290・二十首和歌　紹鴎法橋茶人　一冊
1291・宗増狂哥二百首　一冊
1292・越前前司利長十首　一冊
1293・百首狂哥　雄長老　一冊（ママ）」68ウ

（一面分空白）」69オ

紀行

1294 富士御覧記　永享四年九月　一冊
1295 柳営道之記　一冊
1296 真光院紀行　僧正尊海　一冊

1297 一禅紀行　一条禅閤兼良公　一冊
1298 藤河紀一名東行記トモ　禅閤　一冊
1299 光広紀行　烏丸殿　一冊
1300 住吉紀　将軍義詮公　一冊
1301 武蔵野　平氏康北条　一冊
1302 路行記　十住心院心敬　一冊
1303 吾妻土産　宗祇　一冊」69ウ
1304 道之記　正広日比　一冊
1305 遠嶋紀行　沢庵　一冊
1306 謙府日記　鎌倉日記ト同物歟可尋　一冊
1307 尭孝日記　一冊
1308 おもひのまゝの日記　一冊
1309 鹿園院殿厳嶋詣日記　今川了俊　一冊
1310 石山月見記　一冊
1311 難波御覧記　一冊
1312 高野詣　一冊
1313 関東道之記　一冊
1314 海道路次之記　世ニ長明作トイヘトモ非也源光行作也

一冊」70オ
1315 宗長紀行　一冊
1316 吾妻道之記　尭恵　一冊
1317 濃路紀行　一冊
1318 陸奥紀行　一冊
1319 善光寺紀行　一冊
1320 北国紀行　尭恵　一冊
1321 筑紫紀行　宗祇　一冊
1322 湘泰紀行　一冊
1323 宋世紀行　飛鳥井殿　一冊
1324 春のあけほの　光広　一冊
1325 海東諸国記　一冊」70ウ
1326 所歴日記　一冊
1327 高野参詣記　称名院殿　一冊
1328 覧富士紀行　尭孝　一冊
1329 関東路記　智仁親王　一冊
1330 海道記　沢庵　一冊
1331 明石日記　普光院殿御尋ニ付答日記　一冊

1332 須磨日記　一冊
1333 日光山路行記万里江山記トモ　一冊
1334 吉野之記　雅章　一冊
1335 土佐日記　貫之　一冊
1336 篁日記　一冊」71オ
1337 東国陳道記　玄旨　天正十七年　一冊
1338 筑紫紀行　同　天正十五年　一冊
1339 氏郷紀行　蒲生飛騨守　一冊
1340 綱政道之記　自肥前上下　一冊
1341 龍野侍従道行（コノ注記別筆）　一冊
1342 東国紀行　下河辺長流（コノ注記別筆）　一冊
1343 塔沢紀行　同　一冊」71ウ

（一面分空白）」72オ

連歌

1344 菟玖波集　二条良基公撰　救済傍侍　誹諧部アリ　二十巻

1345 連珠合璧
1346 本式　建治ノ比鎌倉ニテ為相卿作ト云又為藤作トモ云　一冊
1347 新式　二条良基公宗砌ト公談　一冊
1348 同追加　一条兼良公新式ノ上ニ加フ
1349 同今案　牡丹花新式追加ノ上ニ加フ
1350 同等
1351 同増抄　心前法師　二帖
1352 さゝめごと　十住心院心敬僧都　二帖
1353 連歌初学抄　宗祇　一冊」72ウ
1354 筑波問答後福光園殿　宗祇　一冊
1355 連歌髄(ママ)悩秘伝抄　宗祇　一冊
1356 同隅田河　宗祇　一冊
1357 同吾妻問答　宗祇　一冊
1358 同秘伝　宗祇　一冊
1359 同大原三問答　宗祇　宗長　基佐　一冊
1360 同てにをは　宗祇　一冊
1361 新撰菟玖波集　宗祇撰　序　二十巻

1362 竹林集　宗祇撰　宗砌 心敬 専順 能阿 賢盛 知温 行助 七人ノ句を集　十巻
1363 老のすさひ　宗祇　古今名句ヲ集註ス　一冊
1364 老のねさめ　宗祇　一冊」73オ
1365 長尾孫六江文　宗祇於武五十子陣所
1366 壁草　宗祇自句
1367 連歌秘説抄　兼載
1368 園塵　兼載自句
1369 連歌知連抄　三儀五躰　周防大内殿江周阿持参
1370 同三心問答　心敬
1371 同芝草　心敬自歌自句　二帖
1372 同下草　同
1373 一紙品さため　良基公
1374 新玉集　一条禅閤撰古今連歌集之応仁乱ニ紛失之由竹林集序ニ見ヘタリ
1375 続菟玖波集　兼良公撰集可有と云々」73ウ
1376 連歌砌塵抄　宗砌ノ談ヲ聖説記之　一冊
1377 同秘袖抄　宗砌作　一冊
1378 同袖下　梵灯庵　一冊
1379 同初心抄　紹巴　一冊

1380 同玉談十躰　一冊
1381 同秘中抄　宗養半松斎　一冊
1382 同奇合　賢舜　一冊
1383 九々の記　宗長　一冊
1384 宗祇終焉記　宗長　一冊
1385 宗砌の文　一冊
1386 春雨抄　古今発句附句類聚　二十冊」74オ
1387 多々羅政弘前句附　点宗祇　一冊
1388 百二十番連歌合　点宗長　宗碩句　一冊
1389 百番連歌合　両判　西三条殿　牡丹花　一冊
1390 連歌誹判付　自宗祇至宗長　一冊
1391 自然斎発句帳　宗祇事　一冊
1392 紹巴発句帳　一冊
1393 里村家発句帳　二冊
1394 大発句帳　諸家　四帖
1395 雨夜の記　一冊
1396 天水抄　一冊
1397 連歌きらひ詞　宗長　一冊」74ウ

1398 同言葉清濁　紹巴　一冊
1399 同賦物集　一冊
1400 同三部抄　宗養　一冊
1401 同至宝抄　一冊
1402 同通材集　連歌詞ヲ集　紹巴奥書アリ　四冊
1403 同無言抄　木食上人　三冊
1404 同され物語　宗長　一冊
1405 同三浦問答　定環法師　紹巴ヲ詰　一冊
1406 うつの山　宗長　一冊
1407 畑山次郎殿へ文　宗長　一冊
1408 連歌てにをは　紹巴　一冊」75オ
1409 連歌言葉読曲　宗碩　一冊
1410 姉小路十三ヶ条　一冊
1411 名匠雑談　一冊
1412 連歌十躰　宗祇　一冊
1413 連集良材　古事来暦　一冊
1414 連歌八十躰　一冊
1415 琢式　昌琢　一冊

1416 比興抄　宗長　一冊
1417 連歌四道　紹巴　一冊
1418 伊勢千句　細川高国願主大永二　宗長宗碩両吟　一冊
1419 毛利千句　紹巴　昌叱　一冊」75ウ
1420 大原千句　玄旨興行西山大原野花之寺ニ懐紙アリ　十一綴
1421 玄仍七百韻　紹巴追善独吟　一冊
1422 鎌倉千句　兼如独吟　一冊
1423 伊庭千句　一冊
1424 分葉　宗祇　一冊
1425 丸山千句　一冊

1426 東山千句　一冊
1427 基佐五百句抜句　一冊
1428 和漢千句　弘治二年八月　一冊
1429 連歌付所之詞　宗牧　一冊
1430 藤河千句　能勢因幡守興行　一冊」76オ
1431 伊勢千句　心敬　一冊
1432 石清水奉納千句　細河政元　一冊
1433 白峯奉納千句　慈照院殿　一冊
1434 長谷寺千句　北畠大納言殿　一冊
1435 (コノ項別筆)老葉集　宗祇
1436 (コノ項別筆)若草記　兼載　一冊」76ウ

注

（1）蔵知矩氏「土肥経平に関する報告（上・下）」（『国語と国文学』一九三五年三月号・五月号）。

（2）赤羽学氏「岡山大学付属図書館蔵池田家文庫紹介（一）」（『和歌史研究会会報』第十三号、一九六四年三月）。

（3）福田秀一氏「訪書報告——岡山地区の近況」（『和歌史研究会会報』第二十二号、一九六六年五月）。以下福田氏の説は同論に拠る。

（4）島津忠夫氏・日比野純三氏『別本和漢兼作集と研究』（一九七六年七月、未刊国文資料刊行会）。
（5）安井久善氏『藤原光俊の研究』（一九七三年十一月、笠間書院）。以下安井氏の説は同書に拠る。
（6）有吉保氏「中世散佚私撰集の残葉紹介」（『和歌史研究会会報』第百号、一九九二年十二月）。
（7）福田景道氏「『秋津島物語』の輪郭――「歴史物語の範囲と系列」補説――」（『国語教育論叢』第四号、一九九四年二月）など。
（8）『日本古典籍書誌学辞典』（一九九九年三月、岩波書店）「歌書目録2」の項目。
（9）本書第三章第一節参照。
（10）注（1）論文（下）に影印掲載。

おわりに

本書では、平安時代から南北朝時代までの間に成立した散佚歌集十七作品と、散佚文献についての貴重な情報源たり得る書籍目録二点を取り上げ考察してきた。もちろん、論じるべき対象がこれで尽きたということではなく、手許にすでに資料があっていずれ詳しく研究したい散佚歌集は依然多いし、翻刻したい書籍目録類もさらにいくつか見出している。また今後の文献調査によって新たに発掘し得る関連資料も決して少なくないだろう。特に古筆切の新出はこれから先も十分期待できるので、引き続き調査を行っていきたいと思う。

ところで散佚歌集研究に際して考えるべき課題のひとつは、個々の論考において紹介された散佚歌集の本文を、いかにして広く学界に知らしめるかということである。論考内で翻刻されているせっかくの新出本文も、結局『新編国歌大観』や『私家集大成』のような叢書に入れられない限りは検索対象とはされず、検索対象とされない以上は存在しないにほぼ等しく、存在に気づかれなければ各作品の価値については（またそれらを検証した各論考の意義については）一部の専門家が知るばかり、という状況に陥りかねない。すなわち散佚歌集研究によってもたらされる成果のより一層の周知のためには、何よりその本文の周知が不可欠ということである。

そうした問題意識に基づき、誰もが使いやすい形で本文を提供するべく試作したのが、本書でもたびたび言及してきた拙稿『散佚歌集切集成　増訂第一版』だった。『新編国歌大観』『私家集大成』に掲載されていない散佚歌集百一作品の、古筆切によって知られる本文を一括翻刻し、併せて主要参考文献をも掲載したこの拙稿についてはしかし、論者はすでにひとつの欠点を自覚している。それは集成する対象を古筆切に限ってしまっていることである。おそらく理想的なのは、主要参考文献と古筆切本文に加えて、諸文献中の佚文資料や関連情報をも可能な限り網羅し掲載していくことであり、併せて各作品についての解題をも提示していくことである。前述のように散佚歌集関連資料の個別研究を継続していく一方で、そのような散佚歌集の本文付き解題書の編纂をも将来的には構想したい。

もうひとつの懸案は、例えば次のような未詳歌集切の存在である。

断簡A（イェール大学バイネキ稀覯書図書館蔵手鑑所収）

百首哥たてまつりし中に
従二位隆教卿
1おもはすよまとのくれたけかくはかり
うきふししけきともとなれとは
題不知　源重之
2松かえにすみてとしふるあしたつの
こひしきものはくもゐなりけり
名所障子　後久我太政大臣
3和かのうらやしほひをさしてゆくたつの
つはさのなみにやとる月かけ

断簡B（醍醐寺蔵大手鑑所収）

題不知　藻壁門院少将

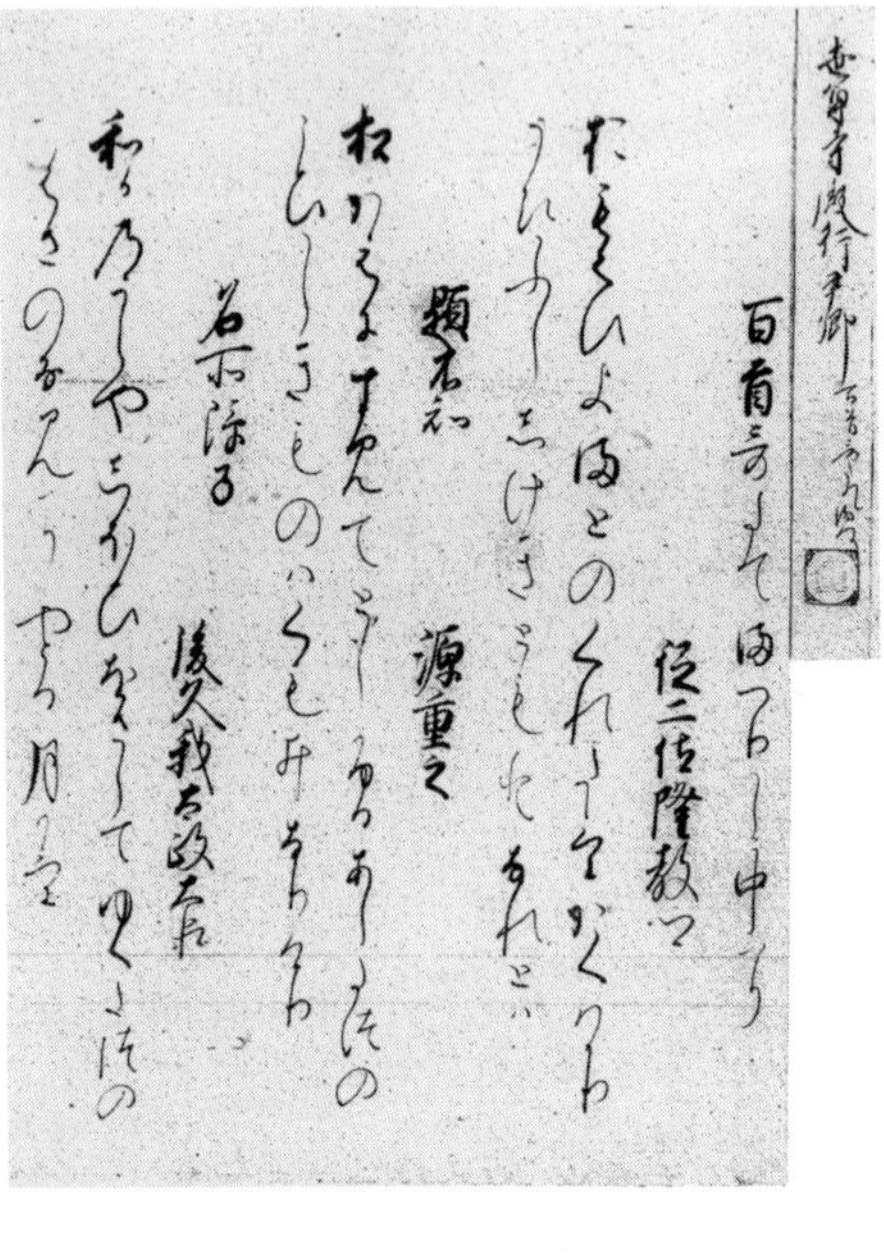

4ひとなみにたれかはかけん和哥の浦に
よるへもしらぬあまのすてふね
前大僧正行遍
5おひのなみよるわか身こそかなしけれ
よそにのみきくわかのうらかせ
法眼慶融
6おもひかはたえぬなかれのすゑとたに
しらるゝほとのうたかたもかな

断簡Aは伝世尊寺行尹筆、縦二十七・三cm×横十八・七cm、料紙は楮紙。一方の断簡Bは伝慶雲（慶運）筆で断簡Aとは異なるが、筆蹟・書式・体裁などからおそらくはツレと認めてよいものである。記載歌は2が『重之集』一（ただし三句「しらつるも」）、3が『最勝四天王院障子和歌』一〇三、4が『宝治百首』三五五八（ただし作者は藻壁門院但馬、三～四句「和歌の浦やよるべなぎさの」）とそれぞれ一致しているが、1・5・6については他文献には見出せず、つまりは今日存在の知られていない散佚私撰集ということになる。残念ながらその作品名を明らかにする手立ては現時点ではないようで、わずかに1の作者名表記によって、九条隆教が従二位だった延慶三年（一三一〇）十月二日から正慶元年（一三三二）八月三日までの間の成立だったと推定される程度である。

こうした未詳歌集切については、作品名が特定されるまでは学界に報告されることのないのがほとんどだろう。しかし作品名はわからなくても、記載歌それぞれが歌人研究なり歌壇史研究なりに役立つ場合はあるのであって、右においても6の慶融の新出歌——御子左家の末裔であると認められるぐらいの歌を詠みたいという、頗る興味深い内容を持つ――などはその好例であると言えそうである。このように現存資料の範囲内では作品名を明らかにしがたいけれども、資料的価値は決して低くはないという未詳歌集切も相応に見出している。それらについては一度「未詳歌集切集成」のような形で本文を一括翻刻し、併せてひとつひとつに可能な限りの考察を加えてみる必要性を痛感している。和歌文学研究に役立つ新たな知見が、きっとそこには数多く含まれることになるだろう。

中古中世散佚歌集に関する課題は当分尽きないようである。本書で提示した方法論に基づきながら、同時に新たな方法論をも模索しながら、今後も研究を継続していく所存である。

初出一覧

本書に収録した各論の初出は次のとおりである。いずれの論も初出後の研究成果を踏まえて大幅に改稿してある。

はじめに――散佚歌集研究の方法と意義――

書き下ろし。ただし「散佚歌集切集成　本文篇」（『調査研究報告』第二十三号、二〇〇二年十一月）及び「散逸私撰集」（田中登氏・山本登朗氏編『平安文学研究ハンドブック』所収、二〇〇四年五月、和泉書院）を一部取り入れている。

第一章

第一節　「伝藤原為家筆『道真集』断簡」（『国文学研究資料館紀要　文学研究篇』第三十一号、二〇〇五年二月）

第二節　「伝寂然筆大富切『具平親王集』断簡」（『語文』第百二十二輯、二〇〇五年六月）

第三節　「大斎院御集原態試論――栄花物語「殿上の花見」年次考証から――」（『和歌文学研究』第七十九号、一九九九年十二月）

第四節　「『良玉集』考――四天王寺国際仏教大学図書館恩頼堂文庫蔵「序」の紹介を兼ねて――」（『国語と国文学』二〇〇五年六月号）

第五節　「伝飛鳥井雅親筆未詳歌集断簡――源仲正『法輪百首』か――」（頼政集輪読会『頼政集夏部注釈』所収、二〇〇八年一月、早稲田大学戸山リサーチセンター個別研究課題研究成果報告書）及び「伝飛鳥井雅親筆未詳歌集（法輪百首カ）断簡・続稿」（頼政集輪読会『頼政集本文集成』所収、二〇〇九年一月、同上）

第六節　「『歌苑抄』再考――藤原資経筆断簡の紹介から――」（『文学』第三巻第二号、二〇〇二年三月）

第七節　「伝鴨長明筆『伊勢滝原社十七番歌合』断簡――西行最晩年の自歌合『諸社十二巻歌合』か――」（『国文学研究資料館紀要』第二十六号、二〇〇〇年三月）

第八節　「勝命作『懐中抄』――佚文の整理と考証――」（夫木和歌抄研究会編『夫木和歌抄　編纂と享受』所収、二〇〇八年三月、風間書房）

第二章

第一節　「天理大学附属天理図書館蔵「類聚歌苑巻第十三」解題・翻刻」（『和歌文学研究』第八十八号、二〇〇四年六月）及び「源承撰『類聚歌苑』――天理図書館蔵残欠本の考察――」（『国語国文』第七十三巻第六号、二〇〇四年六月）

第二節　「伝後伏見院筆歌集残簡――京極派歌人の贈答歌集――」（『国文学研究資料館紀要』第二十七号、二〇〇一年三月）

第三節　「伝伏見院筆「嘉元元年十月四日歌合」一巻（部分）」（『語文』第百八輯、二〇〇〇年十二月）

第四節　書き下ろし

第五節　「伝藤原清範筆『新撰風躰和歌抄』断簡」（『語文』第百六輯、二〇〇〇年三月）

第六節　「『自葉集』と伝二条為道筆西宮切」（『国文学研究資料館紀要』第二十八号、二〇〇二年二月）

第七節　「伝二条為遠筆『松吟和歌集』断簡」（久保木哲夫氏編『古筆と和歌』所収、二〇〇八年一月、笠間書院）

付　「古筆切のツレの認定――伝光厳院筆六条切の問題を中心に――」（国文学研究資料館編『古筆への誘い』所収、二〇〇五年三月、三弥井書店）

第三章

第一節　「彰考館文庫蔵「本朝書籍目録」部分翻刻並びに考察」（『国文学研究資料館紀要　文学研究篇』第三十二号、二〇〇六年二月）

第二節　「岡山大学附属図書館池田家文庫蔵『歌書目録』翻刻」（『調査研究報告』第二十二号、二〇〇一年十一月）

おわりに　書き下ろし

索引

凡　例

和歌索引

一、基本的に二句目までを掲げ、初句（同一の場合は次いで二句）の五十音順に配列した。
一、初句を欠く場合は下句を掲げ、四句（同一の場合は次いで五句）の五十音順に配列した。
一、すべて仮名にひらき、歴史的仮名遣いに統一し、濁音は清音とした。

書名・事項索引

一、作品・催し・名物切などについて、なるべく一般的なよみを採用して五十音順に配列した。
一、一事項に複数の表記や呼称が認められるものについては、なるべく一般的なひとつを選び、残りについては必要に応じてミヨ項目を立てた。
一、例えば「悪槐集」が「亜槐集」の誤りであるというように、明らかにそうと認められるものについては、「亜槐集」と訂した上で立項し、頁数のあとに「（悪槐集ト誤）」と注記した。
一、例えば「漢肇和歌抄」が「漢故事和歌抄」の誤りかというように、そうと推定されるものについては、ひとまずそのまま立項した上で「（漢故事和歌抄ノ誤カ）」と注記し、かつ「漢故事和歌抄」項の方にも頁数を示し、そのあとに「（漢肇和歌抄ト誤カ）」と注記した。
一、歌合類・定数歌・手鑑については、それぞれ「歌合」「百首」「千首」「手鑑」といった親項目のもとに一括して掲げた。
一、引用資料中に現れる事項については省略した場合がある。

人名索引

一、名（同一の場合は次いで姓）の音よみ五十音順に配列した。
一、一人に複数の名称・呼称がある場合は、なるべく一般的なひとつを選び、残りについては必要に応じてミヨ項目を立てた。
一、例えば「為家」を「為世」と誤っていると明らかに認められるものについては、「為世（二条）」項の方に頁数を示した上で「（為家ト誤）」と注記した。
一、古筆切・古典籍の筆者（含伝称）として現れる場合は、頁数のあとに「（筆者）」と注記した。
一、引用資料中に現れる人名については省略した場合がある。

研究者・所蔵者索引

一、五十音順に配列した。
一、敬称は省略した。

和歌索引

あ

あかつきのしくれのなこり……297・298・301・303
あきかせのたよりにしもは……130
あきかせのふきたちかはの……197
あきかせはたえてなふきそ……181
あききりのたちてゆくらむ……71
あきとてやいまはかきりの……280
あきなれはいなふちやまの……174
あきなれはおもほゆるかな……179
あきのいろはあさこのやまの……177
あきのみそいふきのやまの……174
あきのよはわれよりほかも……391
あきをへてなれぬるつきの……387
あけぬとてたかなはたたし……423
あけぬとてゆふつけとりに……360・369
あさかすみたちそふくもも……362
あさきりのうきたるそらに……255・268・273・281
あさきりのそらにまかひて……257・268・273・280
あさくなしそみつくきのあと……260・275
あさなきにつりするあまの……187
あさみつのはしはしのひて……179
あさゆふにおもひのみやる……144
あさゆふにさためなきよを……181
あさりせししかのうらまに……186
あしたつのふるえのうらに……186
あしねはふさはへのほたる……315
あしのつるしまにもさはに……194
あしひきのこなたかなたに……24
あしひきのやまはとのみそ……101
あすかゐにかけやとしつる……190
あたならむひとにはみせし……196
あたひとのあきのかきりと……222
あたひとはみみなしやまの……192
あつさゆみつるかのやまを……84
あつさゆみはるのやまへに……318
あつまちにさしてこむとは……189
あつまちをゆきつくしつつ……177
あとたゆるひとこそあらめ……228
あとたれしひたちのかみの……319
あはちしましほつをさして……182
あはちのやうらのかすみや……155・174
あはぬよのこころゆかしの……119
あはれしらはなほいかならむ……400
あはれてふひともなきよに……185
あはれとやねらふさつをも……125
あひみしもしははかりそ……217
あひみつつなほおほつかな……177
あふくまをいつれとひとに……179
あふことのこころもしらぬ……198
あふことのまたもなきさに……375
あふことはかけてもいはし……218
あふことはなすのゆりかね……84
あふことはなほかたいとの……180
あふはかりなくてのみふる……279
あふひとのこころもしらす……193
あふまてとおもひしよりも……369
あふみなるいかこのいけの……182
あふみなるいほのゐかはの……183
あふみなるこころみのさき……189
あまたたひきみかこころを……195
あまつかせふかすもあるらし……199
あまつほしみちもやとりも……26
あまのかはおなしわたりに……220
あまのかるみるめのしまに……181
あまのとのあくるけしきも……425
あまのとをいつるひかけも……347
あまのはらあかねさしいつる……24
あまのはらあさゆくつきの……103

あまをふねゆくもかへるも……356・372
あまをふねわれをはよそに……217
あめのしたかわけるほとの……26
あめのしたのかれぬひとの……29
あめのなこりこのはぬれたる……301
あめふれはやとのしつくの……195
あめやまのあたりのくもは……197
あやめふくむくらのやとの……336
あら□□てうつろふいろの……218・229
あらしのみこたへぬえたに……298
あらためてたのむのみかは……182
あらひとのかけやはらくる……139
あらましにおもひすつるは……352・374
あられふるたかみのやまの……194
あられふるたまのはらに……84
あらをたにほりまかせつる……183

い

いか□□むひとのちきりの……221
いかかせむまたもかよはぬ……370
いかこなるもきやまの……194
いかさまにうらみよとてか……216
いかていかてわすれむこ□よ……262・276・285
いかてわれくりこまやまの……175
いかてわれしのふのうらに……81
いかてわれつほめるはなに……100
いかなれはおとにのみきく……290
いかなれはとふのうらなみ……82
いかにしていかによるらむ……189
いかにしてくちたにはてむ……402
いかにせむうらのはつしま……231
いかにせむたえぬおもひの……401
いかにせむとふひもいまは……176
いかにせむみにもやくると……73
いくあきかつれなきつまを……169
いくさみてやはきのうらの……186
いくたひかおくりむかへむ……401
いけみつにみきはのさくら……131
いさいきてこほりにきしる……104
いさきよきこころのつきの……373
いさきよくさそすみぬらむ……145
いさひきてこほりをきしる……101
いさやまたかはりもしらす……282
いさやわれまちみむことも……212
いせのうみちきりもふかき……84
いせのうみなみにたけたる……168
いせのうみにかきあつめてそ……145
いせのうみはなこりたになく……187
いそかくれあまのすさみに……50・53
いそのかみふるのわさたの……221
いたつらにさきてやちらむ……332
いたつらにふみみるみちは……403
いたつらにまたれぬくれと……368
いつくとてふみまとはせる……189
いつしかとおもふあたりへ……196
いつしかとわれをまちつつ……190
いつはりのあるよかなしき……238
いつはりのことのはしるき……211・212
いつはりのなきよなりとも……211・212
いつみかはこまのわたりの……183
いつみなるたかしのはまの……191
いつもわかこころのくもに……373
いつれをかはなはうれしと……110・111
いてそむるこのまのひかけ……301
いてはなるなそのしらはし……194
いとせめてまつにたへたる……211・212
いととまたあはれそふよの……292
いとはるるうきみのほとを……383
いなみののあさちいろつく……353
いにしへのはなみしひとは……63
いにしへはかくやはききし……194
いにしへはたためのまへの……310
いのることかみもうけすは……371
いのることなとかはかみの……371
いは□□みかさなるやまの……216
いはたかはたにのくもまに……82
いひおきしこころもしるし……145
いへはえにふかくかなしき……58
いまこそはちりにましはる……372
いまこむとたのめてとはぬ……220
いまそしるわれをふるせる……222・251
いまはたたひとのこころの……218
いまははやかちよりかよふ……400
いままてもあるはつれなき……369

いまもまたなほみをさらて……369
いまよりそおもひしりぬる……361・369
いまよりはみとりしられて……318
いまよりはもしかよははの……257・273
いもによりよはにやこゆる……160・178
いろいろのかひありてこそ……187
いろいろのはなはさかりに……76
いろいろのみむろのもみち……81
いろかへてのやまたあると……198

う

うきことをおもひつくしの……176
うきせにはゆきかへりなむ……192
うきなからなにとこのよに……403
うきにたになれつるとしは……401
うきみにはそれやおもひいて……309
うきみにもさしてそたのむ……307
うきみゆへつきのあはれの……333
うきよをはいとひなからも……282
うくつらきよそのせきもり……214
うくひすのはかせになひく……58
うたかひしひともつひには……373
うたてなといけらはのちと……369
うちつけにみつのをやまの……178
うちとけてみつもむすはす……185
うちなひきはるさりくれは……192
うらなひくけふりのすゑも……374
うちむれてもみちたつぬと……340
うちよするみるかひありて……186
うつつこそぬるよひよひも……231
うつもるるまつのしつえや……298
うつもれぬおとこそのこれ……350
うつりやすきためしをみする……260・277・285
うつりゆくこころのはなの……218
うつれはやかはるつらさの……251
うつろはむものとやひとに……221
うのはなのさかりになれは……332
うみならすたたへるみつの……25
うらかるるのへのちくさの……302
うらちとりかよふとみれと……308
うらなみのよするいそへは……399
うらみこしひとのこころも……250
うらみすよさらてもうとき……369
うらみわひゆめてふことも……221
うらみわひわれからぬるる……216

え

えたもなきからきのうらも……195

お

おいぬとてまつはみとりそ……25
おいのなみよるわかみこそ……499
おいのよにとしをわたりて……161・179
おしてるやよさのはまこそ……187
おしねほすいほのかきしは……333
おとたかきなみたちよりて……186
おとつるるたかならはしも……399
おのつからわすれむとおもふ……215
おひかせにとしをわたりて……161
おほかたのかけやはかはる……389
おほかたのはるにしられぬ……416
おほかたはうきをしるへの……309
おほかはのをちかたのへに……160・161・184
おほつかなうたのはやしに……120
おほつかなたれそむかしを……282
おほゐかははやせのなみの……315
おもかけはとまらぬけさの……316
おもしろやはなにむつるる……101
おもはすよまとのくれたけ……498
おもひ□のわかこころより……215・229
おもひあまりいかてもらさむ……290
おもひあまりみにしむかせも……145
おもひいつるときのうらにも……186
おもひいててこころにそむる……314
おもひいてよたかきぬきぬの……220・228
おもひかはたえぬなかれの……499
おもひすてむよはおほかたの……259・274・282
おもひやるこころしきみを……45
おもひやるさとやいつくの……398
おもひやれましはのとほそ……332
おもふことなくてやはるを……104
おもふひとちかみのやまと……175
おもへともひとめをつつむ……182

か

かかみともみるへきものを……182
かからすはいかてかみまし……308
かかりけるちきりもうれし……372
かきくもるいくたのもりの……360
かきたえていくひになりぬ……222
かきりなきひとにあふよの……192
かきりなくおもふこころは……175
かきりなくふかきみやまの……184
かくてのみわひおもひこの……197
かくはかりさくてふふちの……168
かけてたにまたいかさまに……221
かけみむとおもひしものを……183
かけろふのいはかきふちの……183
かしきはくこしのやまちの……101
かすかやまおなしあとにと……391
かすかやまかみのめくみも……307
かすならぬひかりをそらに……332
かすならぬみのせきうらに……197
かすならぬやとにさくらの……415
かすみしくたにのあさとの……318
かすみたつかすかのさとの……190
かすむともおもはていてし……373
かせかよふやましたみつの……353
かせさえてけさはしくれの……354・367
かせさむきをののあさちの……354
かせさむみなほ□□さへて……318
かせそよくみねのささやに……353
かせになひくふしのけふりに……144
かせになひくふしのけふりの……144
かせのおとのふききのみまさる……292
かせはやみたつしらなみを……176
かせふけはいけのふちなみ……87
かせをいたみしたはのうへに……284
かせをいたみまつそやまへを……63
かせをいたみまつやまへをそ……65・75
かたをかのみかきかはらの……180
かつまたのいけにありてふ……171
かつみてもこひしきものを……220
かはかみにとはこたへよ……179
かはすそてさへつゆけかりけり……213・225
かはふねのはやきつなてに……337
かはやしろしのにふりはへ……119
かはやしろしひしはかくれ……336
かはるなよちきりむすへる……213・225・226
かひなくてあかしのうみの……181
かひなしやたえまかちなる……368
かへりこむほとはくもゐに……203
かへりてはよはけそみえむ……106
かへりますみちのおくりの……139
かへりみるとやまもはなの……389
かみかせやいせのうらはに……168
かみちやまたまかきこしに……204
かみなつきやまのけしきは……169・190
かみなひのやまのけしきは……169
かみのますうらうらのことに……196
かみやまのみをうのはなの……174
かめのをのやまのいはねを……157
かめやまにとるさかきはの……86
かもかはらかはらにさらす……84
からころもぬふさむかはの……197
かりかねのあきなくことは……26
かりかねのあきにときくは……29
かりにとはおもはぬたひを……188
かるかやのせきもりにのみ……25・28
かれゆくもくさはにかきる……383
かわくまもなきひとりねの……219・226・227・251

き

ききすなくかたのののへの……81
ききてしもなほそねられぬ……115
きてみらむことをたのまぬ……176
きてもまたしをれそまさる……214
きぬきぬのなこりをゆめと……316
きのくにのなくさのはまに……163
きのふこそいもかありしか……198
きのふといひけふとさえてや……325
きみかすむやとのこすゑの……35
きみかためひとときにちよを……197
きみかよはきふねのみやに……84
きみこすはたれにみせまし……184
きみしるやそのきさらきと……144
きみなくてひとりぬるよの……160・181

きみはよしひさしくおもへ……145
きみみねはかほのみなとに……188
きみもこすわれもゆかすの……197
きみもまたしのははかたり……259・270・274・282
きみゆゑはとこのやまなる……216
きみをおきておもふはやまの……176
きみをとふみちのなかては……178
きみをわかおもふこころの……82
きりたらててるひのもとは……24

く

くさはにはたまとみえつつ……26
くさまくらゆめそたえぬる……174
くすのはのうらふきかへす……129
くちたてるいひなかりせは……90
くまのなるおとなしかはに……179
くもかくれさやかにみえぬ……74
くものうへにちれるさくらの……115
くものたつうりふのさとの……191
くもりなくよをてらせとや……307
くりこまのまつにはいとと……175
くるあまのそこらかりおく……188
くるひともなきねぬなはの……195
くれかかるいりひのをかの……353
くれたけのよよのふること……280
くれゆけはつきそやとかる……360
くろかはとひとはみるらむ……184

け

けさきけはひとのことのは……100
けささくらことにみえつる……27
けさはやひとめもたえて……400
けさもなほはれぬゆきけの……317
けふあふさかのかひやなからむ……213・225・226
けふにそいととあやめられける……115
けふまつるおほはらのへの……174
けふもなをわけゆくすゑは……325

こ

こからしのかせはふけとも……191
こきいつるおきつなみまの……217
こきいてしけさはのさかの……356・373
こころあらはなほいかならむ……333
こころからあくかれそめし……218
こころさしふかきにたへす……146
こころさしふかくそめける……146
こころしてもろよせかはの……195
こころしるとりのねならは……255・264・273・281
こすやあらむきやせむとのみ……281
こちふかはにほひおこせよ……29・33・34
ことしおひのたけにつくへし……194
こととふもさひしきまつの……400
ことのはのあきにはあへす……222
ことのはもあきにはあへす……251
ことのはもしたにかれゆく……221
ことのはもわかみしくれの……222・251
ことわりやたゆれはこそは……119
こぬひとをおもかけさそふ……213
このはしくあさけのにはに……301
このもとをたのむこころも……181
こひしきをおもひのかると……191
こほりゐしみつのしらなみ……148
こよろきのいそたちならし……163
ころしもあれいくへのゆきに……260・275・284
こをおもふみちこそやみと……74

さ

さかぬまはそれとはかりの……398
さかみなるたちののやまの……159・175
ささなみのしかのうらわに……81
さしのほるたかせのさとの……192
さためなきこころはまたも……218
さつきやみしけきはやまに……114
さのみこそことひきやまと……176
さひしさのいまよりつらき……353
さみたれにかさとりやまは……81・95
さもこそはかりそめならめ……219・251
さやかなるつきのひかりを……103
さよころもかへすはかりの……215
さよふけてかたらひやまの……82
さよふけてつきたけしまの……181
さりともとしらぬわかみの……371
さるさはのいけのうすらひ……123

されはこそそはまほしけれ……256・273・280

し

しかのうらやあきはみきはの……387
しかのねをねさめにきけは……130
しきしまのしるへはかりと……403
しくれゆくもみちのしたの……222・251
したのうらのこきいつるふねの……187
したはなほしくるるまつの……214
しなかとりゐなのはまやに……118
しなのなるいなのこほりと……190
しなのなるなすのみゆをも……190
しの□□なかのわかれなりせは……316
しはしこそこぬよあまたを……220・228
しほかせにけさひえにけり……189
しほくまてほすともそての……374
しほのやまさしてのいそに……159・199
しほひかまひとはかしまの……198
しほるるやしるひともなき……81
しまつたひとわたるふねの……196
しめのうちのはなのにほひを……76
しもむすふいりえのまこも……336
しらさりきたのめしことを……180
しらつゆをならしのをかの……343
しらなみのたちのほりこし……193
しらなみのたちのみかくす……182
しらまゆみいつはのやまの……174
しられしなそてのみなとに……351・368・390
しるしあれはこれをやかみに……195
しるしおくゆめのをしへを……204
しるしなくはいかかはせむと……352・373
しるへをはかみにまかせて……372
しるやきみつららひまなき……174

す

すきこしもさすかにちかき……310
すきぬるかあしやのおきの……316
すきやすきしくれをかせに……390
すきゆけとおもふにものの……196
すすかやまいせちにかよふ……185
すすかやまいせのはまかせ……178
すつるよのあとまてのこる……204
すつるよのかたみとみすは……204
すてやらぬたたひとことの……260・269・276・285
すまのうらのなきたるあさは……91
すみかをはとへともたれを……52
すみそめのそてはそらにも……43
すみまさるこころのみつの……307
すみよしのきしのひめまつ……403
すみれつむたよりにのみそ……112
すゑはとてちかひはくちし……371

せ

せきあらしよさむにふけや……84
せきかへしおさふるそてに……401
せきとむるひともなきよに……183
せめてたたわすれなはてそ……370

そ

そこふかきふちなけれはや……185
そなたのそらをなかめてそふる……257・273
そへてけりふしのすそのに……106
そへてみはあはれそみえむ……261・276・284
そらさむみつきのひかりは……185
そらにたつはるのかすみの……336

た

たえすのみかみにつかふる……371
たえにししかのやまこえそする……86
たえはつるうつつのうさに……361・370
たえはてぬほとこそむすへ……370
たかさこのをのへのさくら……115・117
たくなはをちひろのはまの……187
たくひなくふしのけむりを……145
たけくまのはなはにたてる……171
たしまなるいつしのさとの……190
たちよれとあめふりやまの……177
たつねきてわれこそはまた……177
たつねむとおもふこころも……63
たてきるかひやうふのうらの……101
たなはたにたえぬおもひは……220
たなはたのくものはたたて……123
たにふかみはるのひかりの……25
たの□□やまたこむとしの……220

たのましなくもまのつきの……214
たのめおくちきりもいさや……213・225・238
たのめこしわかふるてらの……149
たのめしはこよひもいかに……212
たのめしはたたなほさりの……212
たのめすはうきみのとかと……209・211
たのめてもむなしくふくる……213
たのめともあまのこたにも……197
たのもしきなにもあるかな……196
たひひとのそてのかにしむ……192
たまかつままつゆふくれの……91
たまかはのなみよせかくる……362
たまくらにむすふすすきの……213・225・225
たまさかにあふせはなくて……81
たれかまたはなたちはなに……114
たれここのありすなるらむ……180

ち

ちきらすよこころにあきは……222
ちきりあ□□よひ□むすふ……213
ちきりあれはまたわたりつる……368
ちきりあれやひとはふみみぬ……362・371
ちきりおきしことのはかれて……222
ちきりこそいまはあたなれ……218
ちきりしにまたひきかへて……216
ちきりしをたかいつはりに……218
ちはやふるかみにたむくる……144
ちはやふるかみのちかひも……409
ちはやふるかみもしるらむ……179
ちりにけるあきのなこりの……188
ちりぬへきうたのはやしの……120
ちりのこるはなのゆくゑを……314
ちりやすきはなのこころを……383
ちるはなをはにもとめす……315

つ

つかへくるあとまよはすな……372
つかへませしらかのかみを……185
つきくさのうつろひやすき……221
つきことになかるとおもひし……24
つきならてたれにとはまし……387
つきになほみしおもかけや……369
つきもまたかたふくかけそ……333
つくしにもむらさきおふる……25
つくつくとひとりおきぬて……292
つつむなるひとめよさらは……255・272・279
つなてなはひききるほとに……187
つねならすしくるる□□□……52
つのくににありといふなる……184
つはくらめはつかのくもに……11
つはなぬくたよりにとこそ……181
つまこひのはるのききすに……112
つみふかきみはほろふやと……186
つゆしものそむるはかりは……334
つらからぬなかにあるこそ……283
つらかりしいつはりなから……370
つらかりしこころつよさも……364・373
つらくともわすれなはてそ……370
つらくのみなりゆくこひの……217
つらけれとおもひはなるる……198
つらしとははなもうきよを……353
つるのすむいはさかやまの……195
つれなさをいかにしのひて……212

と

ときはなるまつもけさより……399
としことにますたのさとの……191
としふれとみつたにすまし……185
としをへてそてひつかはの……185
としをへてわかなをつむと……48
とはてわれあるへきものか……261・275・284
とはれぬもあふもわかみの……216
とふほたるそれかあらぬか……219
とほさかるみはうつせみの……219
ともしするさつきのやまは……114
とりとりのわかれのほとも……74
とりのねやこころしりけむ……255・273・281

な

なかからむなけきはたれも……258・275・283
なかきよにこほりかたしき……223
なかつきのありあけのつきは……220
なかむれはあたりにかかる……375
なかむれはおほろつきよの……315

なかめやるとほさとをのは……148
なからへてわれのみしるは……212
なからやまいさなからへし……175
なかれいてていはまひひかす……138
なかれえのあしまかくれに……355・372
なかれきとたつしらなみと……25
なかれきもみとせありては……26
なかれてはよるせになると……198
なかれゆくわれはみくつと……26・29
なきすつるたたひとこゑも……312・386
なきなかなしむひとそきこえぬ……27
なきなをはすすきやすると……187
なきわたるこゑうつりせは……81
なくさますなをたつひとは……196
なこりとはこころのみこそ……259・275・282
なつかりのあしのかりねの……219
なつきてもころもはほさぬ……331
なつけつるすすのみまきの……195
なにことのすくれはとても……310
なにことをおもひいてとしは……309
なにことをおもひいてにてか……106
なにしおふつきにとははや……316
なにとかやなさへわするる……223・227
なにとたたさそとはみてし……258・274・281
なにかはかけてみるへき……194
なにはかたうらかせさむみ……124
なひきこしたもとのうらの……186
なへてそのふかしのやまに……176
なほいさやことのはこそは……256・273・280
なみた□□□にのうきせに……217
なみたかはそてゆくみつの……223
なみたせくそてのこほりを……223
なみたたにおきところなき……347
なみたてるまつかさきなる……189
なみとみえてをはなかたよる……138・141
なみのうつおとのみそせし……198
なみのうへにあふことかたき……84
なみのうへにいつるもいるも……168
なみのやのうらにすむてふ……198
ならやまのこのてかしはの……198
なるたきのこほりはいまや……195
なをさへはゆきになるへき……364・373

に

にしのうみよせくるなみも……326
にはにさすあさひのいろは……302
にほとりをこほりのしたに……104

ぬ

ぬるかうちにさてもこころの……215

ね

ねかはくははなのもとにて……144
ねぬなはのねぬなもくるし……325

の

のこりなくたつぬなれとも……62・65・75
のこりなくなりぬるはるに……63
のちにまたつらきこころの……214
のちのよまてをいかかたのめむ……258・265・274

は

はかなしやわれのみかよふ……215
はきかえのつゆにこころの……143
はしたかのをふさにかかる……403
はなさくらにほへるなかに……192
はなたにもをしむとはしれ……346
はなたれてもなくうきぬる……139
はなとちりたまとみえつつ……24・29
はなのいろはいつもちくさに……192
はるかせのさそふをはなや……362
はるかせのしるへはをそき……388
はるかなるいりうみかけて……336・337
はるかなるなかこそうけれ……180
はるかなるねのひかさきに……199
はるかにもおもほゆるかな……188
はるかにもかすみのさきを……189
はるさめのそのふることは……259・270・274・282
はるのうちのひとさかりには……101
はるのひのさしてたのむと……308
はるのひのはるかにみちの……196
はるのよのつきゆみはりに……177

はるはなほこぬひとまたし……47・48

ひ

ひきかへてこころのうちは……284
ひきわかれいるそらそなき……84
ひくるれはあはてのさとの……191
ひくれなはをかのやにこそ……180
ひこほしのゆきあひをまつ……25
ひさかたのつきのみやこの……139
ひたちなるたなへのいそに……189
ひとこゑはさやかにすきて……102
ひとしくれすきにけらしな……123
ひとしれすくるしきものと……188
ひとしれすこひをのみこそ……178
ひとしれぬゆめのかよひち……216
ひとすちにいとふそかたき……343
ひとすちにうきをわかみの……352・374
ひとたひとさこそはやすく……257・275・283
ひとつしてよろつよてらす……184
ひとつてになくとはしりぬ……389
ひとなみにたれかはかけむ……499
ひとにこそいひてかひなき……371
ひとはいさおもひもいてぬ……215
ひとはゆききりはまかきに……281
ひとはよもおもひもしらし……360・369
ひとよとてよかれしとこの……123
ひとよりもおもひのほれる……199
ひとをわくこころはうしと……189
ひにそへてあきこそふかく……316
ひるしのふことたにことは……285

ふ

ふかきよのゆめちもたえて……317
ふかけれはこゑもきこえす……175
ふかみとりかひあるはるに……193
ふきかはるかせのおとより……375
ふきしほるあらしをこめて……298
ふきまよふやまかせさむき……354・367
ふしのねのけふりのすゑを……402
ふちのすゑはをなほやかこたむ……309
ふねとむるかとりのうらの……317
ふねならぬよとのみなとや……193
ふねよするいさりのしまは……181
ふみかへぬみちのすゑそと……371
ふゆさむみあさけのこほり……193
ふゆさむみこほりてよとむ……355・367
ふりそめてあといとはしき……399
ふりつもるいろこそみえね……400
ふりにけるかみよのはるを……314
ふりはへてたれはたきなむ……283
ふるゆきにいろまとはせる……25
ふるゆきにもとのいはねは……400

ほ

ほしあひのはまとはなとか……193
ほとときすあかてすきにし……102
ほとときすなこりもとはす……353
ほとときすまたこそきかね……102
ほとときすゆくゑもしらぬ……114
ほとときすよそになくねも……360

ま

まくすはらうらみてかへれ……369
まこもつむよとのにあるる……81
まさきやままさきのかつら……176
まちたのめけにあらためぬ……260・269・275・282
まちつけてちりはてぬとも……74
まちわひてひとりありあけの……214
まつかえにすみてとしふる……498
まつかせのさとにむれゐる……191
まつひとのこぬもさこそと……325
まつほとのあたらひかすを……398・408
まとろますねをのみそなく……27
まとろまてゆめさへうとき……215
まねきさかまねくをたれと……179
まりのをかなにをかかりと……178
まれにきてあかすわかれし……185
まれにきてこひもつきぬに……180

み

みかさやまみれはかすめる……318
みかりするきみかへるとて……184
みかりするたかのおやまに……194
みかりのやましはかくれに……343

みくまのやいしふりかはの……183
みさひいしさひえのはしの……193
みせはやなひとにしられて……351・368
みそきするをのみなとの……188
みたれはまさるこひのなみたも……262・276
みたれゆくこころのうちに……362
みちしけくさはりおほかる……178
みちのくのあこやのまつに……190
みちのくのいはてのもりの……180
みちのくのたまほしかはの……184
みちのくのななしのぬまの……186
みちのくのふたかたやまの……194
みちのくのをかはのはしの……179
みちのへのくちきのやなき……25
みつくきのかきなかせとも……184
みつはらむすかたのいけの……124
みてもあかぬはなさかりなる……182
みとりいろにはるはつれなく……155・193
みなかはのみなはさかまき……156・191
みなかみもしろくそみゆる……183
みねちかみのきはもわかす……305
みねのゆきたにのこほりに……223
みのうさをおもふなみたは……82
みのうはまなにはのなみの……188
みのとかにひとのつ□さを……216
みののくにかまとのやまの……175
みのほとをしらぬになして……370
みはまとはれしよるへありやと……29
みやきのはこのしたはかり……360
みやこいててたひゐのさとを……190
みやこおもふなみたもたへす……298
みやこひとおほつかなしや……177
みやこよりかへりくるまの……191
みるからにことのはしけく……26
みるたひにけふりのみたつ……176
みわのやまふもとめくりの……100
みわやまにしくれふるらし……399
みをしれはあはれとそきく……83

む

むかしよりなつけそめける……197
むすひおくちきりのすゑも……368
むめかえにふくはるかせを……317
むらさきのいとよりかけて……27

も

もえいつるくさはみなから……319
ものおもふかきりしられて……402
ものおもふたもとはおなし……353
ものにふれてあはれそふかき……258・266・274・282
もみちちるきよたきかはを……121
もみちはのこすゑにかよふ……334
ももしきにはるたつそらの……140
ももとせのなかはにおほく……401
もろかつらかたかたかくる……223・226・227
もろともになかむへかりし……144

や

やはらくるかみのひかりも……324
やへふきのひまをはしひて……256・272・279
やまかけにかせのふきしく……402
やまかけやひとははらはぬ……302
やまかはにしつみしことは……144
やまかはのいはまのつきの……388
やまこえてわかるるかりの……217
やましろのやまとにかよふ……183
やましろのやまふちののに……180
やまとなるくちなしやまの……175
やまわかれとひゆくくもの……24

ゆ

ゆきかよふこころのままの……258・274・281
ゆきふれはとよらのたけの……82
ゆくさきをみすみのやまを……178
ゆくすゑのみのあらましも……363・372
ゆくすゑもなほしるへせよ……324
ゆくすゑをたのむこころの……352・374
ゆくすゑをたれにとはまし……351・367
ゆくとしのむなしきそては……250
ゆくみつのはなのかかみの……218
ゆふされはのにもやまにも……26
ゆふしてのあしたふかきに……28
ゆふしてのあらたすきかき……27・28・33

ゆふしてのあらたすきかけ……28
ゆふひかけをはなかすゑに……303
ゆふひさすくもこそかかれ……386
ゆめをたにおもひあはせは……204

よ

よしさらはなかてもやみね……116
よしたのきねにもまつは……178
よしのやまゆきふるほとも……223・227・228
よしみよさらにわれはかはらし……257・269
よしやよしこころもそへし……261・266・276・284
よそなからたつあききりに……71
よとともにあさはたやまに……199
よとともにたのまれぬかな……177
よにふれときみにおくれて……285
よにふれはものおもふとしも……45
よのあくるにそまかせたりける……116
よのなかをすきかてになけ……102
よひなからくものいつこと……219
よひのまとたのめしひとは……212
よひのまにきみをしいはひ……129
よひよひはくもれとそおもふ……214
よふたひにくれともなとや……124
よもすからをしみをしみて……130
よよかけてかみにつかふる……371
よよへぬるあとはひとに……390
よよへぬるあとならてはと……371
よよをへてわれやはものを……283
よろつよをゆくすゑとほく……45
よをいとふこころはゆるせ……371
よをいとふしるしもなくて……149
よをかさねまちかねやまの……81

わ

わかこひ□ひとめをたにも……214
わかこひはくすのうらはの……221
わかこひをしらむとおもはは……280
わかこひをしらむとならは……280
わかこふるやそうちひとに……188
わかためにうきことみえは……193
わかためにつらきこころは……196
わかのうらにあとつけなから……346
わかのうらやしほひをさして……499
わかみよりたちけるものを……309
わかやとのはなそのにまた……192
わきてなとかみもあはれと……371
わするるみのうきことや……174
わすられぬつらさをのちの……370
わすられはやすくすつへき……262・276・285
わすれくさなのみなりけり……26
わたつみはゆきけのやまそ……49
わたつみもゆきけのみつは……51
わたるともつくへくもなし……177
わひぬれはなほやたのまむ……217
わひはてしそのふしふしを……256・266・272・280
わひひとのかたそにかくる……101
われかみやふるかはみつの……103
われすまはまたうきくもも……285
われのみやまよはむみちの……260・270・276・285
われはかりたのむもかなし……213
われもいさたちよりてみむ……182

を

をくろさきみつのこしまに……182
をしほやまほのかにひとを……81
をのつからしたにこころそ……349・368
をのつからまつことあらは……325
をのつからまとろまてみる……349・368
をのつからわれとちるとて……381
をりてうゑしまかきのそひの……100
をりをしりときをわすれて……384・390

書名・事項索引

あ

青葉丹花抄……456
青表紙本……450・457・458
亜槐集……476（悪槐集ト誤）
明石日記……491
赤染衛門集……245・474
秋篠月清集……246・475
顕季集……475
顕輔集……176・194・475
秋津島物語（秋津嶋物語）……440・443・446・449
阿古根口伝……460
朝光集……477
朝集……14・15
飛鳥井家……406・464
明日香井集……247
飛鳥井秘伝集……461
東屋日記……435・443・451
吾妻土産……490
吾妻道之記……491
吾妻問答……492
姉小路十三ヶ条……493
阿仏仮名諷誦……454
阿仏秘抄……462
安倍清行式……434
海人の刈藻……461
尼草子……432・437・437（尼葉子ト誤）・469
海人手古良集……474
雨夜の記……493
在良集……478
或物語……163
粟田口別当入道集……131
安撰集……329

い

家隆卿口伝……462
いほぬし（庵主日記）……465
石山月見記……490
遺塵集……310・320・329・408
和泉式部集……246・281〜284・286・287・289・474
和泉式部続集……246・281・284〜287・289・474
和泉式部日記……454
和泉式部物語……451
出雲物記……453
惟清抄……456
伊勢集……194・199・474
伊勢千句……494
伊勢大輔集……474
伊勢名所拾遺集……168
伊勢物語……157・158・450
伊勢物語聞書……456
伊勢物語切紙……457
伊勢物語愚見抄……456・457
伊勢物語系図……456
伊勢物語闕疑抄……457
伊勢物語古注……456
伊勢物語抄……456
伊勢物語肖聞抄……456
伊勢物語髄脳……456
伊勢物語知顕抄……457
伊勢物語注……441・456
伊勢物語註（勝命）……157・158・434・441・456
伊勢物語難義抄……456
伊勢物語難義註……456
伊勢物語秘抄……456
伊勢物語秘要抄……456
一字伝……465
一字御抄……470
一条禅閣の抄物……453
一人三臣和歌……470
一禅紀行……490
一宮紀伊集……117・245・474
一葉抄……458
一花抄……461
厳嶋和歌奉納……487
一紙品さだめ……492
犬著聞……452
伊庭千句……494
今鏡……450
今物語……435・450
弥世継……440・443・450
以呂波集……461・472
以呂波拾葉……461
色葉清濁三智抄……466
以呂波落書……471
色葉和難抄……464
石清水奉納千句……494

石清水物語……453
石見女式……434・459
岩屋……453
韻歌……460
殷富門院大輔集……11

う

氏郷紀行……491
宇治拾遺物語……451
宇治大納言物語……443・452
宇治入道関白集……10
宇治別業和歌　嘉応元年十一月二十六日……488
宇治別業和歌并序……472
太秦集……203
歌合
　安元元年十月右大臣家―……121
　伊勢滝原社十七番―……13・138～154
　石清水若宮五十一番―……480
　石清水若宮―　寛喜四年三月二十五日……480
　石清水―　建仁元年十二月……482
　院―　治暦三年九月九日……484
　院―　治暦四年五月五日……484
　院―　治暦四年十二月二十三日……484
　有心無心―……484
　右大臣家―……482
　影供―　建仁元年八月三日……479
　永仁元年―……483
　永仁五年―……483
　永仁五年八月十五夜―……277・291
　永万二年―……483
　永禄―……483（永録ト誤）
　遠島―　嘉禎二年七月……479
　円融院扇合……478
　近江御息女―……480
　嘉元元年十月四日―……13・297～305・330
　嘉元三年三月―……483
　嘉元二年正月四日―……484
　兼実公家―……482
　兼実公家―　治承三年三月十八日……482
　亀山殿五首―……236・243
　賀茂―　重保興行……480
　鴨御祖社―　建永二年三月七日……483
　加茂別雷社―……478
　賀陽院―……484
　河合社―　寛元元年十一月十七日……480
　関白大臣家―　保安二年九月十二日……479
　寛平菊合……188・478
　寛平后宮―……478・482
　北野宮―　衆義判　元久元年十一月十一日……483
　京極家―……480
　卿相侍臣―　建永元年七月二十五日……479
　清輔家―　永暦元年七月……483
　漁父樵客……484
　金玉―……298・303
　国信家―……483
　瞿麦合　東三条院皇太后宮……479
　月卿雲客―　建保二年九月尽日……481
　月卿雲客妬―……478
　乾元二年―……483
　乾元二年閏四月二十九日仙洞五十番―……297
　乾元二年五月四日―……297
　乾元二年為兼卿家―……297
　源宰相中将家―……481
　源氏狭衣―……482
　建春門院北面―……479
　建長八年九月十三日百首―……192・335
　建仁二年内裏―……483
　建仁二年九月十三夜―……479・480
　建保秋―　十五題……482
　建保五年四月二十日―……484
　建保五年八月十五夜―……484
　建保三年六月十一日―……484
　建保七年二月十一日―……484
　建保七年―……480
　建保二年七月二日―……484
　建保四年八月二十四日―……482
　元暦三年―　閏九月十九日……478
　元暦三年―　九月十三夜……478
　康正元年十二月二十七日―……481
　公武二十四番―……481
　光明峯寺家―　百十番……478
　光明峰寺摂政家―……244・245・247
　弘徽殿女御十番―……482
　故郷―……130
　五十番―……479
　五十番―……480
　五十番―……481
　五条―……482
　後鳥羽院―……478
　五百番―……480
　五百番―　南朝……479
　後陽成院―　五十番　題虫月

恋判……481
古来……98・167
是貞親王……478
斎宮女御……479
前関白家三十番— 建保五年九月……481
前十五番……433・482（前五十番ト誤）
前摂政家— 嘉喜三年……482・484
左大将家百首……482
定綱家……484
実国家— 嘉応二年五月……480
実行家— 永久四年六月四日……480・482
山家五番……290
三十講……484
三十六人……245
三十六番— 三十六人 弘長二年九月……480
三十六人大……241・248・484
三百六十番……481
地下……481
重家和— 永正二年……480
四十番— 建保五年十月十九日……479
治承三十六人……148
治承二年八月……484
時代不同……481
七百番……483
十五番— 永禄六年八月二十三日……479
拾遺百番……483
十巻本……8
十首 十八番……483
十題……479
十番……483
十番恋……484
承安五年三月重家卿家……124
承安二年十二月八日道因勧進広田社……123
将軍家—百番……483
将軍家— 文明十四年六月十四日……479
将軍家十五番……479
昌泰女郎花— 亭子院……478
常徳院……481
城南寺影供……482
承暦……484
職人尽— 建保二年九月十三夜……482
諸社十二巻……138～154
新羅社— 七十五番 承安三年八月十五夜……480
新時代不同……483
新玉津— 貞治六年三月二十三日……481
新名所絵……479
住吉……481
住吉— 嘉応元年二月二十六日……479
住吉社— 嘉応二年十月十九日……478
摂政家— 判真観 建治元年九月十三夜……482
摂政左大臣家— 文治元年八月……483
前後三十番……481
千五百番……229・232・245～247・478
仙洞— 亀山殿……479
仙洞— 寛永十六年十月十五日……480
仙洞— 治暦三年九月九日庚申……480
仙洞— 題川紅葉 暁千鳥……483
仙洞御— 亀山殿……482
仙洞御— 後鳥羽院……482
仙洞十八人— 正治二年九月……481
平経盛……480
内裏—八月十五夜……480
内裏—百三十番 宝治二年……478
内裏九十六番……484
親長卿家……481
親長卿家— 文明五年十一月七日……482
中将御息所……484
中納言行平家……484
長元八年……483
調度……481
経平家— 応徳三年三月十九日……481
経平大弐家……483
定家……482
定家家隆……482
殿上根合 永承六年五月五日……479
殿中十五番……481
天徳— 四年三月三十日……478
天禄……478
東塔東谷— 永長二年……480
多武峯— 多武峯住生院千代君……481
鳥羽殿前栽合……484
鳥……483
頓阿勝負付……481
内大臣家……479
夏十首……482
二十巻本類聚……8

二十八番―……482
蜷川親当家―……482
女房― 応徳三年三月……483
仁安二年八月太皇太后宮亮平経盛朝臣家―……124
根合 康和三年五月五日……480
年中行事―五十番……481
後十五番―……433・482（後五十番ト誤）
野々宮―……481
禖子内親王庚申―……484
禖子内親王夏―……484
日吉七社― 嘉禎元年十二月二十四日……480
日吉社―……480
百二十番― 宝治二年……480
百番― 建保閏六月九日……484
百番― 後京極殿……479
百番― 判定家卿 建保四年閏六月九日……482
広田社― 承安二年十月十七日……479
伏見院―……481
伏見院― 乾元二年五月……482
冬題―……247
文永五年九月十三夜白河殿五首―……248
文永二年八月十五夜―……484
文亀三―……478
文明― 十年九月三日……478
文明十年九月尽―……484
文明十年九月二日―……484
宝治―……480
法住寺殿々上― 嘉応二年十月十六日……478
細川左京大夫家―三十番……481
堀河院艶書合……290・480
乱―……482
通具俊成卿女―……9
通宗女子達―……479
水無瀬（同）十五番― 恋建仁二年九月十三夜……480
水無瀬釣殿― 当座六首 建仁二年六月……480
源広綱家― 長治元年五月日……484
御裳濯河―……145～148・150・151・480
宮河―……145～148・150・151・480
明応武家―……481
民部卿経房家―……482
宗尊親王百五十番―……244・248
無名― 長治二年七月……484
物語二百番―……148
祐子内親王家―……481
祐子内親王家康申―……481
永縁奈良坊―……481
麗景殿女御― 天暦十年……479
老若五十首― 建仁九年二月……480
六百番―……478
和歌所四十五番― 建保三年……482
―一番題野外秋望……481
―応仁元年八月十五夜……479
―九条基家公家詠之……481
―建仁二年八月十六日……479
―建保五年十一月十一日……483
―後光厳院文和ノ比……479
―時代不知可考……483
―貞永元八月十五夜……478
うたたねの記……452
歌枕名寄……12・79・80・81・84～87・97・155・156・159～161・165～169・172～192・245・247・411
歌曼荼羅次第……434・442・460
雨中吟……463
うつの山……493
うつほ物語……451・453
馬内侍集……247
雲玉集（雲玉抄）……195・461
雲葉集……81～83・166・167・241・248・433・469

え

栄雅集……476
詠歌一躰（八雲口伝）……460・465
詠歌一躰抄……462
詠歌大概……463
詠歌大概抄……459
栄花物語（世継物語）……61～70・75・450・474
栄花物語系図……458
栄花物語左右……458
嬰児抄……464
永正御月次和歌……488
永正年中和歌……487
永仁元年内裏御会……321
恵慶集……474
悦目抄……432・465
延喜式……152・154
延慶両卿訴陳抄出……447・464
遠嶋紀行……490
円融院御集……73・77

お

老のすさび……492
老のねざめ……492
奥義抄……434・439・459
大井河行幸和歌……470
大井河行幸和歌序……454

大江元就集　↓元就卿詠草
大鏡……26・30・32〜35・38・193・450・454
大斎院御集（家集）……16・61〜78
大斎院前の御集……61〜78
大聖武……109・113
大辻草生・雷庵両家所蔵品入札……299
大富切……13・41〜60
大原集……329
大原千句……494
隠岐院御百首抄……462
興風集……280・286
隠岐後鳥羽御廟奉納和歌……472
奥入……450・458
奥入迄注加……458
小倉問答……460
落窪……453
遠近集……10・167・178
小野宮教命……435
おもひのままの日記……490
御湯殿の記……453
温故抄……465
遠情抄……462
女歌仙……472

か

海外記……435
廻月集……460
会故実……464
懐紙短冊寸法……464
懐中抄……12・155〜199・434・441・460
海道記……491
海東諸国記……491
海道路次之記……490
歌苑抄……10・12・13・109〜137・166
河海抄……9・10・12・40・58・173・199・451・457
河花両抄……457
書初草子事……466
柿本講式……459
柿本人麿勘文……459
柿本傭材抄……459
歌経標式……434・459
覚性院抄……458
覚眠集……477
神楽注秘抄……457
隠蓑……453
楽府和歌……471
花月集　↓山家心中集
花月抄……463
蜻蛉日記……454
笠間切……9・203
花山院御集……9
雅抄……436・451
歌書目録
　岡山大学附属図書館池田家文庫蔵……13・137・440・441・442・445〜495
　宮内庁書陵部蔵……15・445
歌書類目録……357・442・445
柏木切……8
春日切……9
歌仙家集……473
歌仙文……461・463
歌仙部類……472
歌仙落書……134・462
交野少将物語（片野少将物語）……453
花鳥余情……9・457
仮名遣近道……447・466
兼澄集……129
壁草……492
鎌倉千句……494
鎌倉日記……490
神風小名寄……461
賀茂ノ日記……164
唐鏡……450
唐守……453
かりまくら……466
歌林苑……111〜137
歌林苑和歌（歌林園和歌）……137・166・447・470
佳林集……477
歌林抄……119・136・137
歌林良材……166・168・169
歌林良材集……461
何陋亭記……452
河内本……486
閑居自珍抄……466
閑居友……435・451
菅家御詠集　↓道真仮託家集
菅家御集　↓道真仮託家集
菅家御伝記……38
閑月集……203
菅家の御日記……40
菅家万葉集　↓新撰万葉集
寛元六帖　↓新撰六帖題和歌
閑谷集……477
漢語抄……447・452
漢故事和歌集……470（漢肇和歌抄ト誤カ）・473
勧女往生義……40
官書事類……434
環翠抄……456
漢肇和歌抄（漢故事和歌抄ノ誤カ）……470
関東路記（関東道之記）……490・491

寛仁元年藤原頼通任摂政大饗料
屏風詩歌……9
寛平御遺誡……435
閑放集……446・476
看聞日記……11

き

疑開抄……166
亀鏡集（亀鏡抄）……11・166・432・465
綺語抄……434・438・439・459
紀氏曲水宴和歌……471
紀氏名所集……472
喜撰式……434・459
北院御室集……473
北野物語……452
北畠親顕詠草……477
北山行幸和歌……470
吉続記……239
紀式部集……476
騎馬菅公図……30
旧篠山藩主青山子爵家御蔵器入札……39
旧日向飫肥藩主伊東子爵家所蔵品入札……112
狂歌合…永承五年四月二日……481
狂歌集……473
狂歌百人一首……472
尭孝集……477
尭孝日記……490
京極関白集（京極前関白集）……9・14・15
京極家・京極派……241・254～305・329・383・394・406～408
京極派贈答歌集……13・254～296
暁筆抄……452
享禄御月次和歌……488
御会写……471
御会類聚……470
玉吟集……244～246・475
玉計集……167
玉伝深秘……461
玉葉集……64・65・73～75・77・130・245・249・283・286・287・320・338・340・346・382・384・394・468・484
御集（実朝）……168
清輔集……244・475
居宅抄……435
居知集……470
挙白集……478
祇良問答……466
金槐集……476
公賢集……477
金玉集……432・469
金句抄……464
近情抄……462
近代集……470
公経集……16・415～417
公任集……475
公時集……15
禁秘集……452
公衡卿記……393
金葉集……79・85・92～96・163・467・475
近来風躰抄……460
禁裏御会懐紙写　大永五年十一月二十五日……488
禁裏仙洞御会和歌……471

く

宮司袋（宮筒袋）……156・162・434・442・459
公卿補任……32・70・295・313・339・386・387・404
九々の記……493
倶舎論……91
九条右丞相御遺誡……435
九条家……141・406
九条大納言五首会……487・488
葛葉和歌集　→心珠詠草
九代集抄……459
口伝集　→隆源口伝
口伝抄……460
愚得抄……465
宮内卿家集……474
邦高親王集……474
九品　→和歌九品
熊野御幸和歌……470
雲井の春……455
雲井の御法……454
愚問賢註……463
愚問賢註尭恵抄……463
九六新注……461
薫集歌抄……118・136
群書類従……108・141
君臣師解……466

け

慶運集……476
瓊玉集……242・243・474
蛍玉抄……463
系図纂要……436
桂明抄……463
外勘記……435
化女集……471
月旧記……435
下聞抄……462
源概抄……458
元可法師集……476
玄玉集……141・143・167・471
玄々集……92・93・167・432・468
兼好集……476

源語秘訣……457
玄旨詠草……486
源氏巻名和歌……472
源氏口伝……457
源氏小鏡（源氏物語小鏡・木芙蓉）……458・465
源氏大綱抄……458
源氏男女装束抄……458
源氏無外題……458
源氏物語（光源氏物語）……119・293・450・451・453・467・483・486
源氏物語聞書……458
源氏物語系図……458
源氏物語小鏡　→源氏小鏡
源氏物語千鳥抄……458
源氏物語提要……458
源氏物語年立……457
源氏物語不審抄出……457
源氏物語論義……458
源氏物語和字抄……457
顕昭歌枕……177・182・189
顕昭古今集注……157・158
玄仍七百韻……494
顕昭陳状……463・473
源承和歌口伝……203・241・320・423
源氏和秘抄（和秘抄）……457
現存三十六人詩歌……469
現存集……120・166・167・432・469
現存六帖……167・433・469
言談抄……435
源中最秘抄……458
顕註密勘……110・462
謙徳寺……463
謙府日記（鎌府日記ノ誤カ）……490
源平盛衰記……58・59
建武三年住吉社法楽和歌……409
元用集……470
現葉集……12・13・166～168・382・395・433・469
言葉集……7・14・15・166・167・433・471
建礼門院右京大夫集……474

こ

恋集……433・469
耕雲口伝……462
高家口伝……435・443・451
光孝天皇御集……57
康治元年大嘗会悠紀方近江国御屏風……194
皇太神宮儀式帳……151・152・154
香紙切……8
江談……435
公朝集（家集）……119
黄点歌勅撰抄　→二四代集
弘文荘待賈古書目……14・18
香文木……465
高野参詣記……491
高野詣……490
高野和歌……471
黄葉集……476
高良玉垂宮神秘書紙背和歌……73・172・174
古往今来秘歌大躰……465
古今佳句類聚……433・442
古今集……80・88・140・157・167・199・381・423・432・437・467・468
古今集打聞……455
古今集栄雅抄……455
古今集延五記……455
古今集延五秘抄……455
古今集大歌所抄……455
古今集灌頂……455
古今集切紙秘伝……456
古今集句類聚……469
古今集血脈抄……455
古今集混乱義……455
古今集作者付歌数……456
古今集七通抄……455
古今集十唫抄……455
古今集十口抄……455
古今集釈義……455
古今集抄……455・456
古今集序注……9・157・455
古今集序秘抄……455
古今集相伝深秘抄……455
古今集注……441・455
古今集注（勝命）……157・434・441
古今集童蒙抄……455
古今集難歌抄……456
古今集秘受抄……456
古今集秘抄……455
古今集秘注抄……455
古今集秘伝抄……455
古今集無名作者……456
古今集目録……157
古今集両度聞書……455
古今集和歌口伝灌頂……455
古今著聞集……451
古今六帖……7・59・81・82・167・180・185・189・190・192・197・199・361・432・468
国後史要抄（国後抄・国後要抄）……434・442
国史以後臨時大事抄……434
国中抄……451・452
黒白最要抄……465
苔の衣……452
古語拾遺……434
古後拾抄……433
古事記……434
小侍従集……337・477

古事談……451
五十首
　顕仲……489
　教歌　三善為清……487
　御会　恋……489
　建仁仙洞句題……487
　光台院　御点　後鳥羽院……487
　詩歌　春日社法楽……487
　尊円親王……489
　続……489
　津守国冬……489
　智仁親王　八条殿……489
　法文　尭空……487
　水無瀬奉納　文明九年十一月……487
　陽光院……487
故実撰要……464
越部禅尼消息（こしべの尼消息・俊成卿女ノ文）……461・462
後拾遺集……66・70・87・92・93・96・432・433・467・484
後拾遺集（藤原資仲撰）……432
後拾遺抄序跋……454
後拾遺抄注……98
五首切……9
古蹟歌書目録……11・15・98・100
後撰集……88・110・279・280・281・283・285〜289・344・381・413・459・467
後撰集聞書……457
後撰集作者伝……457
後撰集私抄……457
後撰集集注……457
後撰集正義……457
後撰集秘説歌……457・465
瞽捜集……466
五代集歌枕……471
小大君集……191
後鳥羽院御集……83・247・474
後鳥羽院口伝……460
後奈良院詠草……477
後奈良院御集……477
古筆展観目録……208
五百首
　五社　伊勢　賀茂　春日　住吉　日吉　俊成卿……486
　秀歌……462
狛野少将物語……453
小馬命婦集……474
古万葉集　→万葉集
古万葉集序……454
五葉集……166・432・468
後葉集……77・96・167・469
後陽成院悼物……454
古来風躰抄……434・459
古六家集……472
金剛三昧院奉納和歌……409
今昔物語……451
今撰集……120・134・167・432・469
崑崙集（崑崙抄）……342・433・442・470

さ

歳云暮矣……466
西往集……433
西園寺行幸和歌……470
西行家集……475
西行記……452
西行上人贈定家卿文……464
西行発心物語……451
斎宮女御集……71
載公抄……466
西公談抄……460
西住集……470
最勝四天王院障子和歌（名所御障子和歌）……471・499
催馬楽注秘抄……457
細流抄……458
榊葉集……346
嵯峨御遺誡……435
嵯峨野……453
嵯峨野物語……453
相摸集（家集）……194・474
砂巌……15
前長門守時朝入京田舎打聞集……10
沙玉集……477（沙王集ト誤）
桜人……453
狭衣物語……450・474
ささめごと……492
さしぐし……453
貞敦親王集……474
定頼集……477
薩人書……435
里村家発句帳……493
讃岐入道集……475
讃岐典侍日記（讃岐内侍日記）……435・454
信明集……31・32・34
実方集……475
実国集……475
実隆公記……11・15
小夜寝覚……453・463
更科之記……465
三愛記……454
山家集……475
山家心中集（花月集）……477
山家心中抄……470
三巻集……432・469
三玉和歌集……471
山月集……11・329
三源一覧……458

三五記……466
三国物語……451
三十首
公条公……487
近衛尚道公……489
前久公……490
道堅……487
伏見院……297・330・381
政為……487
三首 九月十三夜 一続……489
三十一字和歌……473
三十六人歌仙伝……462
三十六人撰……433・469
三席御会……472
三代集間事……462
三躰和歌聞書……461
纂題和歌集……79・80・155・166・167・172・173・188・190・194・195・471
三百三十三首 両吟三吟和歌……488
三百首
公条公……488
秀歌……471
鷹 定家卿……485
宗尊親王……487
散木奇歌集（散木和歌集）……475
残夜抄……452

し

詩合
十番……483
内裏 一番題山中花夕 建保元年二月二十六日……482
詩歌合
五十四番―……483
三十番―……484
守遍……483
相撲立―……433・470
内裏― 建保六年二月二十六日……479
六十番―……483
詩歌御会……470
詩歌贈答十首……484
詞延集……461
自歌合
家隆卿百番―……246・479
尭孝―十番……483
後京極殿御―……148・150・478・479
五十番―……481
五十番― 貞徳……481
慈鎮和尚―……148・150
准后― 五十番……480
松下― 三百六十首……483
定家卿百番―……149・245・246
道堅五十首― 明応六年十二月四日……482
遠忠―……483
知家― 日吉二十二社……479
二十四番―……483
百番― 俊成卿……479
細河高国―……482
詞花集……11・91〜94・467
詞花集注……92
似我呪詞詩……465
四季物語……451
紫禁和歌草（紫禁和歌集）……247・474
しぐれ物語……453
重之集……184・499
慈元抄……466
私語抄出……464
自讃歌抄……459
紫塵愚抄……457
師説自見抄……460
師説撰歌抄……461
下草……492
順集……475
七帖抄……167
七通抄……461
七百首 白河殿……244・246
七百首カ
亀山殿……485
白河殿……485
十巻集……469
十巻抄……432
十訓抄……452・484
十首
越前前司利長……490
春日社 実隆公……487
公賢 実隆 公為 公命 道堅……487
建長三年閏九月二十六日後嵯峨院吹田御幸……248
実隆 政為 道堅……487
述懐……104
正応五年秋……338・339
摂州天満天神奉納 僧正尊海牡丹花……487
点取 天正六年……489
十種香之記……452
十躰和歌……462
耳底記……463
慈道親王集……407
品定私抄……458
自然斎発句帳……493
しのぶぐさ……457
しのぶずり……457
芝草……492
至富人……466
持明院統……329・406・407
紫明抄……457

続草庵集（続集）……407・476
続草根集……477
続菟玖波集……492
続門葉集……167・310・321・322・329
続代系記……450
諸集漢序……12・80・87・89・90・98
初度影供日記……454
助无智秘抄……451
所歴日記……491
白峯奉納千句……494
詞林采葉抄（字林採葉）……456
白鷹日記……454
白女口伝……434・460
人家集……167・433・469
心画帖……331
新玉集……167・447・492
真光院紀行……490
新古今集……23・24・28・32・33・35・38・42・44・60・87・88・116・117・156・229・423・467・475
新古今集序……454
新古今抄……459
新古今秘註……459
新古今略抄……459
人国記……452
新後拾遺集……241・249・408・468
新後撰集……241・242・246・249・252・320～322・330・345・346・381・383・384・394・467
新拾遺集……244・245・247・249・407・468
新修桑門集……10・120・167～169・432
心珠詠草（葛葉和歌集）……476・477
新抄……434・442
新続古今作者部類……459
新続古今集……88・167・244・246・249・343・346・468
新撰歌枕……472
新千載集……346・408・409・468
新撰姓氏録……435
新撰深窓秘抄（新深窓秘抄・新撰深窓集）……10・167・433
新撰髄脳……434・438・439・459
新撰蔵月和歌鈔……10
新撰菟玖波集……492
新撰帝説抄……460（新撰帝訓抄ト誤）
新撰風躰抄……12・14・167・331～344
新撰万葉集（菅家万葉集）……7・432・468
新撰朗詠集……433・473
新撰六帖題和歌（寛元六帖）……167・470
新撰和歌……199・432・437・468
深窓秘抄……432・465
新続女歌仙……473
新続歌仙……472
新続三智目録……463
新勅撰集……60・467・474
新三井集……329
新明題和歌集……167
新葉集……167・470
森葉集……11
新和歌集……167・328

す

水蛙眼目……460
水原三五ヶ条……458
水原抄……457
周防内侍集……245
祐臣記……393
資賢集……476
資方集……476
祐挙集（家集）……195
佐忠集……478
輔親集……475
祐春記……381～384
資道集……476
相如集……477
資慶集……476
簀子……464
須磨日記……491
隅田河……492
住吉紀……490
住吉物語……452
巣守……453

せ

井蛙抄……242・390
惺窩集……477
清厳茶話……463
清少納言集……474
清少納言枕草子→枕草子
清少納言枕草子抄……458
清慎公集……473
勢陽雑記……452
石間集（石澗集）……7・167・240・433・470
雪玉集……476
撰歌合
御室―正治三年三月五日……478
嘉禄二年四月二十一日……483
閑窓―……242・248
新宮―……228・229・246
新宮―建仁元年二月二十九日……479
日吉社―……229・230・243・245
若宮―建仁二年……482
撰玉集……10・167
撰吟集……469
善家秘記……435

仙源抄……458
善光寺紀行……491
千載佳句……471
千載集……105・116・117・123・131・396・467
前栽秘記……452
撰詞抄……464
選子内親王集……73
千首
　飛鳥井入道点……485
　兼家……485
　耕雲……485
　信太森　宗良親王……485
　将軍家……485
　正徹……485
　大神宮……485
　度々……487
　為家……247
　為尹卿……485
　内侍所　貞享三年……485
　文明……487
　牡丹花……485
　雅縁……485
　師兼……485
　両度　宋雅……485
　両度　為家卿……485
撰集抄……452
撰集一人撰者自歌……472
膳所八景詩歌……472
先代旧事本紀……434
先達加難詞……462
仙洞詩歌御会……471
千二百首　内裏名所　順徳院　定家　家隆……485
浅聞抄……458

そ

草庵集……476
蔵懐集……477
桑華書志……11・98・100
宗祇終焉記……493
宗祇集……477
宗祇返札……466
蔵玉抄……463
草根集……477
蔵司百首抄……466
宗訊逍遥問答……464
宋世紀行……491
宗砌の文……493
宋世読方……461
窓中抄……464
宗長紀行……491
宗長尺八之記……452
増補新撰古筆名葉集……41・110・113・349・350
草木異名……466
草木和歌集……473
桑門集……469
続群書類従……118
続源語……458
続古事談……436・451
続三十六人撰……433
続史愚抄……393
即成院預置文書目録……11
楚忽抄……435・442
祖師集……470
袖下……492
園塵……492
尊卑分脈……44・239・391

た

大槐秘抄……436・451
題書出……461
大覚寺統……330・406
待賢門院堀河集……241・474
大后御記……451
大后事談……451
代集……11・203・437
題出抄……465
題抄……433
大嘗会主基方屏風歌……195
大嘗会悠紀方屏風歌……86
大嘗会和歌……176・191・197
代々集目録付撰歌諸物語……462
代々勅撰部立……252・384
大納言為家集……238・242・243・245・246
大弐三位集……474
代始和抄……461
大発句帳……493
内裏月次続歌……470（内裏月次読歌ト誤）
内裏名所三百首聞書……485
題林愚抄……241・242・244〜247・472
題林抄……164・433
鷹言葉口伝……465
鷹言葉注……465
隆季集……476
隆祐集……246・476
鷹司家……306〜330
高遠集（家集）……188・189・192・196・197
孝範集……478
隆房集……476
高光集……31・34
高光日記……453
篁日記……491
琢式……493
竹内僧正句題和歌……472
竹取物語……450・451
太上天皇八十賀和歌……470
田多民治集……118
忠光卿記……288
忠岑十躰……433・461

忠盛集 183・474
多々羅政弘前句附 493
多々良義興詠 490
立聞 484
立野侍従道行 491（龍野侍従道行ト誤）
田上集 477
為明集 475
為家集 475
為氏卿記 239
為氏集 475
為景奉納詩歌 487
為兼卿記 297・299・303
為兼卿和歌抄 293・294
為兼集 475
為兼配所和歌 471
為定集 475
為重詠草 478
為重集 475
為相集→藤谷集
為忠集 475
為仲集 246・475
為広集 475
為冬集 475
為基集 475
為盛発心物語 453
為世十三回忌和歌 408

ち

竹園抄 466
千種日記 452
逐中抄 435
竹風抄 337
竹林集 447・492
知顕抄→伊勢物語知顕抄
千里集 474
知題抄 463
千鳥神主伝 345・346
着到和歌　文明十七九月九日 489
中院詠草 243
中院集 226・242・243・245・246
中外抄 436・451
中興日記 452
中古六歌仙（中古） 80・111・118・121・125〜128・242
中将姫和歌 472
中書王御詠 242・244・337
中書物語 453
中殿御会和歌 470
長歌文字鎖 463
長秋詠草（長秋詠藻） 338・475
聴雪集 476
聴伝抄 464
長明集 475
勅撰作者部類 463
勅撰名所集 471
勅撰名所和歌 473
勅撰名所和歌抄出 166
樗散集 11

つ

遂加 462
月詣集 312・432・437・468
月詣集序 454（月端集序ト誤）
月詣和歌集補 206
筑紫紀行 491
菟玖波集 491
筑波問答 492
土御門院御集 475
堤中納言物語 453
綱政道之記 491
経衡集 129
経平秘函（土肥秘函） 445
経平秘函目録 445
常縁ヨリ宗祇江五十八首相伝 462
貫之集 57
徒然草 453

て

帝王系図 434
定家裏書 460
定家物語 453
帝系図 434
貞信公御教命 435
帝説抄 462
庭林集 14・16・306〜330・387・392・433・436・439・440・443・446・470
手鑑
イェール大学バイネキ稀覯書図書館蔵 351・498
出光美術館蔵―浜千鳥 315
出光美術館蔵―見ぬ世の友 41・58・418・419
出光美術館蔵―聯珠筆林 397・402
今治市河野美術館蔵―藁叢 398
永青文庫蔵―墨叢 315
MOA美術館蔵―翰墨城 27
金沢市立中村記念館蔵 415
観音寺蔵 316
京都国立博物館蔵藻塩草 349
個人蔵 116
個人蔵 314
青蓮院旧蔵―もしの関 351・402
曾根誠一氏蔵模写 417
醍醐寺蔵大 499
高城弘一氏蔵―筆宝帖 354

東大寺図書館蔵―鳳凰台……399
徳川美術館蔵―鳳凰台……57
西本願寺蔵―鳥跡鑑……331
仁和寺蔵……104
林原美術館蔵―世々の友
……397・399・413・419
原美術館蔵―麗藻台……109・403
星名家蔵二号……314
星名家蔵―藻塩草……400
美保神社蔵……315
商山和歌（商山和歌ノ誤カ）
……473
摘題和歌集……469
徹書記物語……463
伝受抄……461
天書帝紀……434
天神御詠歌　→道真仮託家集
天水抄……493
天龍寺切……418～425

と

道因法師集……11
洞花抄……312
道玄集……477
道堅集……109
東行記……490
東国紀行……491
藤谷集（為相集・藤谷和歌）
……475
東国陳道記……491
東斎随筆……453
当市東区某大家所蔵品売立……355
東撰六帖……329・471
塔沢紀行……491
東野州家集……477
東野州聞書……342・461
藤葉集……167・406・408・411・469
栂納言集……476（梅納言集ト誤）
所々詠草……490
土佐切……140
土佐日記……491
俊忠集……246
俊綱集……446・475
俊頼髄脳……98・466
土肥秘函　→経平秘函
具平親王集（なかつかさのみこのしふ・中務親王集・中務の御子の集・中務宮集）
……12・13・41～60
とりかへばや……472
とはずがたり……408
頓阿秘蔵……460
頓阿よみかた……464

な

内外口伝和歌……464
内外口伝抄……464
長尾孫六江文……492
中務集……181
中務親王集　→具平親王集
中務内侍日記……454
中務の御子の集　→具平親王集
中務宮集　→具平親王集
仲綱集……478
長能集……475
仲正集（家集）……100
なでしこ物語……452
難波御覧記……490
難波物語……435・443・444・451
楢葉集……120・125・127・130・133・136・328
奈良帝御集……470
楢山拾葉……445・465
済継集……476
業平集……476
斉光卿天聴書事……435
難後拾遺……96・470
難千載……157
南都八景詩歌……471

に

二四代集（黄点歌勅撰抄・八代和歌抄）……433・462
二十首…紹鴎　法橋茶人……490
西宮切……14・349～352・355・357・391・392
西宮左大臣集……473
二十四孝詩歌……472
二十四問答……460
二十代和歌抄……464
二十八品并九品詩歌……472
二条院讃岐集……474
二条家・二条派……203・241・287・297・330・341・343・394・406・407・456
二条家よみかた……465
二条家和歌故実……464
二条太皇太后宮大弐集（二条太后大弐集）……477
二条殿切……8
二条殿和歌故実……461
日光山路行記……491
二八明題集……166・472
二百首
前斎院……488
宗増狂歌……490
為相卿……485
日本紀歌注……112
日本紀竟宴和歌……184
日本紀略……44
日本国秘抄……435
日本略雑記……435
入道右大臣集……63・65・69・70・77
如意宝集……8

女院小伝……292
如心歌枕……471

ね

寝覚の記……452
念酉打聞……432（念□）・469

の

能因歌枕……192・434・438・439・459
濃路紀行……491
野守鏡……465
範永自筆抄……162
範永集……228・247
法の筵……454

は

梅松論……453（松梅論ト誤）
柏玉集……476
柏逍冷集　永正八年三月三日……488
莫伝抄……460
伯母集……474
藐姑射（藐姑屋）……453
長谷寺千句……494
畑山次郎殿へ文……493
八代秀逸……465
八代集抄……459
八代名所和歌……464
八代和歌抄……7・418〜425
八代和歌抄　↓二四代集
初瀬物語……453
八橋……453
初深雪並忍山……466
花園院宸記……295
花見……453
帚木別注……458
浜千鳥……315
浜松中納言物語……452
浜木綿集……7・9・167・203・329・342
春のあけぼの……491
春の深山路……290
万水一露……458
反御子左派……239・240・241・248・340・418
万里江山記……491

ひ

秘歌……462
檜垣女集……474
東山千句……494
秘歌集……465
光源氏物語……453
光源氏物語　↓源氏物語
光源氏物語表白……455
秘記抄……436・451
比興抄……494
孫姫式……434・459
肥後物語……435・443・451
毘沙門堂古今集注……158・162・172・173・199
肥人書……435
秘蔵集……460
人丸影供記……464
人丸集……473
人丸秘伝抄……462
人丸秘密抄……464
簸川上……463
百詠和歌……473
百五十首
　実枝点……485
　文永三年八月……337・339
百首
　阿仏……485
　一夜　光広……488
　石清水社　永享五年八月十五夜……486
　内経……489
　栄雅……486
　円位上人勧進……487
　円雅……488
　円雅　常光院……489
　遠嶋　後鳥羽院……485
　延文……408・486
　正親町院……489
　覚恕法親王……487
　花月……149
　嘉元……330・381
　嘉元度々……486
　兼成……488
　徽安門院……488
　祇園社奉納……489
　北野社　為定……486
　北野社続歌……489
　北野　為兼……486
　北野　為遠……486
　久安……241・242・488
　狂歌　雄長老……490
　教訓……466
　尭孝……486
　禁御着到　雅庸……486
　国直　高階……489
　慶運……488
　経乗……488
　玄旨……488
　建保名所……192
　弘長……225・242〜244・247・335・338・343・381・486
　後度　正治二年……486
　後度　堀河院……486
　黄門　長嘯……488
　後柏原院……485
　後小松院……488

後成恩寺殿　南都……486
後鳥羽院……485
後鳥羽院遠島……338・339
後花園院……489
西行……489
西明寺……486
実隆公……486
実隆　基綱……489
山家……100・101
三唫……488
治承二年右大臣家……9・339
寿永……339
守覚法親王……489
順徳院……242・485
定為法印……488
将軍家……489
聖護院道澄……488
正治初度……338・339・487
逍遥院……486
初度　堀河院……486
季経……488
資直……489
住吉社　永享……487
撰……489
仙院……487
仙洞御着到……486
宋雅……488
宗闇……488
宗勲　武田……489
宗仲……489
十河冬康……487
尊海……488
尊道……488
平忠度……486
平忠度具足肌……489
鷹　公経公……486
鷹　実兼公……486
為家卿……485
為景　下冷泉……489
為忠……488
為遠卿……485
為秀……489
為世……489
丹後守家……486
着到　尭空　永正五年九月……488
中院……486
中院　点定家　家隆……485
重誠……489
長明……487
勅点　牡丹花……486
土御門院……485
綱元……486
点杉原宗伊　之平美作守……489
点光広　沢庵……486
洞院摂政家……243・245
道堅……486
藤谷　為相卿……488
頓阿法師……485
長綱……488
長門国住吉　明応四年十二月十三日……488
仲正……100
難題　定家卿……485
難題　頓阿……488
日吉社　永享十三年……486
藤河……485
文治……487
文保……407
別歌……486
宝治……244・381・487・499
法輪……13・100〜108
法輪寺……102
堀河……79・119・381
毎日一首……489
政為卿……486
雅世……487
水無瀬殿……488
無題……487
室町殿月次　長禄二年……488
冥之夢一字……489
物名　三友……489
義政　東山殿……489
世中……486
良恕　竹門……489
両度　正徹……486
百首聞書注……462
百二十首　高野……485
百人一首抄……459
百官和歌……473
百篇詩歌……489
兵庫切……418〜425
平等院宝蔵……163
兵藤家系図……12
屏風押色紙和歌……472
屏風詩歌切……9
広沢切……331

ふ

風雅集……88・344・346・406・408・468
風雅抄……461
風葉集……477
袋草紙（袋草子）……93〜95・97・173・187・460・465・470・476・479
富家語談……443
武家百人一首……473
藤河千句……494
藤河紀……490
藤河百首尭恵抄……459
藤河百首抄……459
富士御覧記……490
伏見院御集……302〜304・331・490

伏見殿家集目録……15
風情集……117
扶桑拾葉集……452
扶桑葉林……14・164・167・433・440・471
扶桑略記……434
仏国禅師集……477
仏徳禅師集……477
筆のまよひ……462
風土記……435
夫木抄……10・12・72・73・79・80〜82・84・85・98・100・105・107・108・110〜112・118・119・121・123・125〜130・155・157〜161・163・165〜167・169〜174・177・179・180・183・184・186・187・190〜192・194〜197・199・336〜338・341・344・472
文治六年女御入内月次屏風……148
聞底抄……312
文道抄……461
文明短冊和歌四十首……472
分葉……494

へ

平家勘文録……452
平家物語……446
平仲日記……453
僻案抄……463
碧玉集……476
別歌百首注……462
弁内侍日記……454・474
弁乳母集……474

ほ

法印定為申文……466
法鏡抄……435
方丈記……140・451
宝物集……125〜128・435・453
宝物集抜書……111・125・129
芳聞記……451
法文百句和歌……471
法文和歌……472
法華経……392
暮山之記……452
法華訳和集……473
北国紀行……491
法性寺宝蔵……163
発心集……451
発心和歌集……73・77・471
ほのぼの抄……457
堀河百首抄……459
本院侍従集……474
本朝皇胤紹運録……408
本朝国史目録……429・430
本朝習俗抄（習俗抄）……161・167・179・191
本朝書籍目録（彰考館本）……13・156・157・162〜164・311・429〜444・447
本朝書籍目録（通行本）……429・437〜439・442・444
本朝法家文書目録……429・430・437
本朝要鈔……435

ま

毎月抄……463
枕草子（清少納言枕草子）……435・450・453
枕草子注……435
雅経集……475
増鏡……382・408・450
松殿物語……451
松の戸……451
松浦宮物語……453
鞠口伝抄……452
丸山千句……494
万一記……452
万代集……26・35・73・97・100・167・194・229・242〜246・248・470
万葉集（古万葉集）……156・167・190・194・345・432・433・450・466・467・473
万葉集佳詞……456
万葉集鏡曇抄……456
万葉集時代勘文……156
万葉集抄……110・456
万葉集難義抄……456
万葉集難字……456
万葉集抜萃……456
万葉集見安……456

み

三井集……10・329・433・470
御子左家……57・240・241・252・253・340・343・499
御子左大納言集……11
水鏡……449
道真仮託家集（菅家御詠集・菅家御集・天神御詠歌）……23・28・32〜34・473
道真集……13・23〜40
道済十躰……433・461
道之記……490
陸奥紀行……491
通村詠草……488
光経集……476
躬恒集（家集）……198
光広紀行……490
御堂関白記……44
御堂関白集……473
美濃背山奉納和歌……472（美濃肖山奉納和歌ト誤）
御裳濯集……118・328

都の土産……454
明星抄……450・458
未来記……463
岷江入楚……458

む

無外題……465
武蔵野……490
無心無事……466
夢窓国師集……477
無明抄……459
無名抄（長明）……123・125・128・134・459
無名抄（俊頼）……434・438・439・459
無名草子……134
村雲切……57
紫式部集……474
紫式部日記……450・454
紫野子日和歌并序……471
室町中期連歌学書……11
室町第和歌打聞記……15
室町殿障子絵十二月詩歌……471

め

名歌聞書……465
明鏡……167
明玉集……10・83・85・96・98・167・190
明月記……112
明月集……432・469
名匠雑談……493
名所歌抄出類聚……472
名所御障子和歌　→最勝四天王院障子和歌
名所抄……435・442
名所方角和歌……471
名所要歌集……472
明題抄　→類題鈔
明題和歌全集……167
名誉歌仙……465

も

蒙求和歌……472
孟津抄……458
毛利千句……494
木芙蓉　→源氏小鏡
もしほ草……466
文字鎖……463
基佐五百句抜句……494
基佐集……477
元就卿詠草（大江元就集）……477
盛明親王集……9
師輔集……477
師光集……476
門葉集……167・168

や

夜鶴庭訓抄……452
八雲口伝　→詠歌一躰
八雲御抄（八雲抄・八雲鈔）……59・79・88・93・94・111・120・156・162・193・196・434・437・439・459
保憲女集……475（保憲集ト誤）
山賤記……453
山階集……329・432・468
山戸菟田集……433・470
大和宣旨日記……436・454
大倭本紀……434
大和物語……157・158・173・193・434・441・450
大和物語座右……457
大和物語抄……441・457
山伏集……432・437・468
夜林抄……466
八幡切……8

ゆ

唯心房集……57
唯独自見抄……465
融覚一札……464
幽斎聞書……466
遊心集……452

よ

楊弓射礼……452
耀天記……163
横座坊物語……452
横山由清雑稿……205
義孝日記……440・444・451
好忠集……474
吉野之記……491
能宣集……191
義政公詠草……477
義政集……476
寄之撰……465
よみかた……466
蓬屋集……100・102
頼実集……477
頼政集（源頼政家集）……102・103・108・478
万の御法……454

ら

落書露顕……462
藍田抄……342
覧富士紀行……491

り

李花集……476
李嶠百二十詠……36

六義抄……464
六義秘伝……460
立花抄……453
柳営道之記……490
隆源和歌口伝（口伝集・和歌口伝）……434・459
隆聴抄……436・443・451
柳風集……167・447・471
柳風抄……329
柳葉集……244
良玉集……10〜11・79〜99・167・169・186・432・468
良暹打聞……10・432・469
林逸抄……458
臨永集……167・472
隣女集……476
林葉集……121・136・476

る

類句和歌……472
類字名所外集……84
類字名所補翼鈔……84〜86・168
類聚歌苑……15・203〜253
類聚歌林……163・432・442・447・469
類聚古集……433
類聚名所集……167
類聚名所和歌抄……471
類聚和歌集……167
類題鈔（明題抄）……102・103・107
類題二歌……461
類題俳諧歌集……10
類題和歌集……166・167・470
類題和歌補闕……167
類林 →和歌類林
類林抄 →和歌類林
類林之序 →和歌類林序

れ

麗花集……8・59・190・433・469
冷泉家秘伝……464
冷泉家・冷泉派……241・341・406・455・456
暦録……435
蓮胤伊勢記……440・444・451
連歌合
百二十番——……493
百番——……493
連歌大原三問答……492
連歌玉談十躰……493
連歌きらひ詞……493
連歌言葉清濁……493
連歌言葉読曲……493
連歌され物語……493
連歌三心問答……492
連歌三部抄……493
連歌十躰……493
連歌四道……494
連歌至宝抄……493
連歌初学抄……492
連歌初心抄……492
連歌新式……492
連歌新式今案……492
連歌新式増抄……492
連歌新式追加……492
連歌新式等……492
連歌髄脳秘伝抄……492
連歌砌塵抄……492
連歌知連抄……492
連歌通材集……493
連歌付所之詞……494
連歌てにをは……492・493
連歌八十躰……493
連歌秘袖抄……492
連歌秘説抄……492
連歌秘中抄……493
連歌秘伝……492
連歌詓判付……493
連歌賦物集……493
連歌本式……492
連歌三浦問答……493
連歌無言抄……493
連歌寄合……493
連集良材……493
連珠合璧……492
蓮性陳状……463
簾中抄……453
蓮露集（蓮露抄）……432・434・438・469

ろ

弄花抄（哢花抄）……457
鹿園院殿厳嶋詣日記……490
六十四卦歌……471
六条切……16・417〜425
六帖 →古今六帖
六帖和歌用捨新撰……464
六代勝事記……435・451
六部抄……461
六葉抄……461
六々集……433・471
路行記……490
六花集……179・186・246
六家秀逸……471
六家集抄……461
六花集注（六花集註）……173・179・462
六百首……485
魯敏遜漂行紀略……206

わ

和歌合次第……463
和歌一字抄……10・80・195・433・434・

461
和歌色葉……59・79・111・133・156・157・162・434・460
和歌縁起……464
和歌淵底秘書……464
和歌奥義題……465
和歌書様……460
和歌書様端作次第……464
和歌灌頂伝……460
和歌灌頂秘密抄……460
和歌肝要……460
和歌愚見抄……460
若草の記……454・494
和歌九品（九品）……433・469
和歌現在書目録……11・79・89・437・439
和歌玄旨……463
和歌見聞集……471
和歌講私記……466
和歌故実口伝……464
和歌最要抄……465
和歌作法……460
和歌左右……463
和歌三部抄聞書……464
和歌次第秘書……464
和歌十七ヶ条……462
和歌秋風抄……461
和歌受用抄……464
和歌初学抄（初覚抄・初学抄）……193・196・434・460
和歌深秘抄……460
和歌随筆抄……460
和歌制之詞……461
和歌大綱抄……465
和歌玉屑抄……463
和歌庭訓……460・462
和歌手習……460
和歌てにをはの書……464
和歌道標……463
和歌童蒙抄……162・173・194・434
和歌所不審条々……463
和歌土代……465
和歌難義抄……460
和歌難題聞書……463
和歌二言集……462
和歌秘書部類……464
和歌秘々抄……462
和歌風躰抄……463
和歌曼荼羅記……442
和歌密抄……465
和歌用意……462
和歌要事……460
和歌類林（類林・類林抄）……164・433・469
和歌類林序（類林之序）……470
和歌六人党……130
和歌論義……465
和漢兼作集……98・245・248・396・433・440・446・473
和漢千句……494
和漢雑事……440・444・451
和漢雑談……440・444・451
和漢朗詠集……433・473
老葉集……494
話訓……465
和語雑々……463
私所持和歌草子目録……7・10・79・162・165・312・342・437・442
和秘抄→源氏和秘抄
和万葉集……456
和名類聚抄……452
暦応二年春日社奉納和歌……409

人名索引

あ

阿仏尼（安嘉門院右衛門佐・安嘉門院四条）……214・222・235・241・248・462
安嘉門院右衛門佐　→阿仏尼
安嘉門院四条　→阿仏尼
安心……115・117・122・127
安麻呂（太）……434

い

為遠（二条）……14（筆者）・109（筆者）・397（筆者）・468
為家（藤原）……13（筆者）・15（筆者）・30（筆者）・31（筆者）・36・39（筆者）・84・85・203〜205・212〜214・218・220・222・225・235・238・240・241・253・344・447・457・460・462・464・467・472・480・482
為貫（二条）……411（筆者）
惟規（藤原）……174
為教（京極）……241
為業（藤原）　→寂然
為経（藤原）　→寂超
為兼（京極）……74・75・258・261・274・276〜279・281・289・291・292・295〜305・329・392〜396・447・463・464・468・481・482
惟岡（紀）……157
伊行（世尊寺）……450・458
為広（冷泉）……478・464・483
為子（為教女。藤大納言典侍）……255・256・259・261・262・268・269・272〜282・284・285・289・291・292・298・299・301・302・304
為氏（二条）……12・13・203・206〜208（筆者）・211（筆者）・213・214・217・224（筆者）・228（筆者）・231（筆者）・232（筆者）・235・241・248〜250・252・318・322・328・336・337（為家ト誤）・340・344・345・382・387・433・467・469・475
為守（冷泉）……462
為秀（冷泉）……399・405・406・408
為重（二条）……468
為正（藤原カ）……454
為世（二条）……9・252・330・348・352・384・385・387〜391・393・394・447（為家ト誤）・455・467・468・479
伊勢……280・450
伊勢室山入道……11・432・465
為相（冷泉）……13（筆者）・27（筆者）・31（筆者）・329・341・342・393・394・462・475・492
一言主……184
一条禅閤　→兼良（一条）
一条天皇……240
一禅　→兼良（一条）
為仲（橘）……220・232
為忠（二条）……413（筆者）
為長（菅原）……452
伊通（九条）……436・451
為定（二条）……352（筆者）・401・405〜407・468
為藤（二条）……468・492
為道（二条）……14（筆者）・348・349（筆者）・350・352（筆者）・357（筆者）・385・391・392（筆者）・408
為輔……483
為邦（冷泉）……481
為明（二条）……468
伊与（歓喜苑前摂政家）……316・320・322

う

衣笠内大臣　→家良（衣笠）
為和（冷泉）……464
右おほいまうちきみ　→通雅（花山院）
宇治太政大臣　→頼通（藤原）
宇多天皇（亭子帝）……29・450

え

栄雅　→雅親（飛鳥井）
永覚……81
永閑（能登）……458
永光（藤原）……220・234
永範（藤原）……11・432・469
永福門院（中将・女院）……256〜260・269・272〜283・285・288・289・292・295・296・298・299・302〜304

越後（内大臣）……81
円位 ↓西行
遠興女……283
園人（藤原）……435
円融天皇……77・191

お

応其（木食上人）……493
憶良（山上）……163・432・442・447・469
乙侍従 ↓相摸
恩覚……126・132

か

甲斐（皇后宮）……81
快修……127・132
雅縁（飛鳥井）……468
花苑左大臣 ↓有仁（源）
花園天皇……88・288・468
家基（近衛。近衛関白前右大臣）……311・314・320・322
雅教（飛鳥井）……465・466
覚円……383
覚助法親王……433・470
雅経（飛鳥井）……223・233・467
雅孝（飛鳥井）……400・405・406・408
雅康（飛鳥井。飛鳥井殿・宋世）……483・491
花山天皇……432・438・450・467
家持（大伴）……466
家実（近衛）……311・321
雅重（源）……127・132
雅章（飛鳥井）……447・477
家親（藤原）……84・85
雅親（飛鳥井）……13（筆者）・104（筆者）・107・107（筆者）・290・338・340・463・476・478〜481
家清（源）……213・233
雅宗（藤原）……401・404〜406・408
家長（源）……219・223・227・233
家通（近衛）……311
河内……81
家平（近衛）……322
家輔（近衛）……311
嘉宝麿……329
家隆（藤原）……216・218・220・221・233・467・475・478・479・481・483
家隆女……474
家隆息 ↓隆祐（藤原）
家良（衣笠。衣笠内大臣・前内大臣）……192・336・340・467
歓喜苑前摂政 ↓兼忠（鷹司）
菅家 ↓道真（菅原）
貫之（紀）……432・437・454・467・468
貫之女……432・468
桓武天皇……466

き

紀伊（祐子内親王。経方女）……114・117・126・219・226・227・233・474
紀伊入道……481
基家（九条。後九条内大臣）……85・333・335・340・343・408・480・483
義教（足利。普光院殿）……491
季経（藤原）……128・435
基綱（斎藤）↓道恵
基綱（姉小路）……454・456・464・466
季綱（藤原）……458
紀光（柳原）……357・442・446
基佐（桜井）……492
亀山天皇……249・467・472
基氏（園）……84・85
徽子内親王……72
規子内親王……72
義持（足利）……458
基俊（藤原）……126・432・433・465・471・479
義俊……473
義尚（足利）……15・477・483
基政（後藤）……329
義政（足利。慈照院殿・武家）……11・494
義政（平）……423
義詮（足利）……481・490
基忠（鷹司。大閤鷹司・鷹司太閤）……306・310〜313・320〜322・327・330・348・385・386・433・440・446・470
義忠（藤原）……482
基通（近衛）……311・313
基平（近衛）……311・320
基輔（藤原）……121・124・125
基房（松殿）……435・443
季茂……451
牛庵（畠山）……104
救済……491
宮川殿……473
教家（九条）……31（筆者）・231（筆者）・232（筆者）・247（筆者）
興雅……329
尭恵……456・460・491
業兼（平）……9（筆者）
尭孝……454・463・477・491
京極中納言入道 ↓定家（藤原）
教実（九条。洞院摂政）……215・233
業清（藤原）……229
教長（藤原）……11・93・127・130・

432・455
教通（藤原）……70
興風（藤原）……280
業平（在原）……450
玉淵女……193
近衛関白前右大臣　→家基（近衛）
琴二（赤松）　→香雨（赤松）

く

空仁……115・118・127
空静　→公蔭（正親町）
九条左大臣　→道良（二条）
堀河（待賢門院）……209・211・212・233・474
堀川右府　→頼宗（藤原）
堀河天皇……432・434・435・450・468
具平親王……41〜60・432・468

け

経尹（世尊寺）……308・313
経因……11・329
慶運（慶雲）……499（筆者）
経兼（源）……126
経行（藤原）……317・321
経衡（藤原）……130・131・432・469
桂光院　→智仁親王
経嗣（一条）……430・443
経実（藤原）……87
経信（源）……115・117・126・432・437・457・469・470
経親（平）……315・320・321
契沖……168
経定（藤原）……87
経任（中御門）……213・235・237
経平（衣笠）……321
経平（土肥）……445・448・463
経方女　→紀伊（祐子内親王）
経有（飛鳥井）……402・405・406・408
慶融……218・235・462（慶祐ト誤）・499
月肥前……460　→目肥前
兼家（藤原）……454
顕基（源）……219・232
顕季（藤原）……432・469・480・482
兼空……331（筆者）
兼経（近衛）……311
源賢……9・40・432・468
兼好（吉田）……95（筆者）・453
兼康（源）……219・234
顕綱（藤原）……114・116・126・475
兼行（楊梅）……314・320・321
顕国（源）……81
兼載（猪苗代）……471・492・494
玄旨　→幽斎（細川）
兼実（九条）……339
賢舜……493
兼如（猪苗代）……494
厳助……309
顕昭……10・84・85・90・91・98・109〜112・120・122・128・156・162・163・432・434・455・459・460・462・469・484
源承……9・9（筆者）・15・203（筆者）・203〜253・329
顕氏（源）……403・409
賢辰……10・329
源信……40
賢盛（杉原）　→宗伊
憲盛（藤原）……120
兼盛（平）……471・479
兼盛子　→赤染衛門
権大納言三位局　→宣旨三位
顕仲（源）……86・481
顕仲（藤原）……10・11・12・79〜99・432・468
兼忠（鷹司。歓喜苑前摂政）……311・321
顕仲……191
顕仲女　→堀河（待賢門院）
兼澄（源）……129・130
顕朝（藤原）……192
謙徳寺……463
兼平（鷹司。前関白家鷹司・白鷹司殿・照念院入道前関白太政大臣）……237・310・311・313・318・322・323・433・440・446・473
兼輔（藤原）……453
顕輔（藤原）……91・176・194・467・469
元輔（清原）……188・450・467
顕房（源。六条右大臣）……81・95
元輔女　→清少納言
兼明（源）……41
兼明親王……432・468
兼隆（源）……126・129・130・131
兼良（一条。一条禅閤・一禅・禅閤・桃花老人）……46（筆者）・88・430・443・447・452・453・455〜457・461・463・466・468・481・482・484・490・492

こ

後一条天皇……450
光阿弥陀仏……163・450
行尹（世尊寺）……499（筆者）
公蔭（正親町。空静）……408
香雨（赤松琴二）……206〜208・223・253
耕雲明魏（花山院長親）……458・462・483
高遠（藤原）……196・197
皇円……434
行家（九条）……217・235・236・240・

248・467
国夏（津守）……455
公義（薬師寺）……476
行経（惟宗）……215・234
公経（西園寺）……416・417
広経（大江）……433・438・465
行慶……130
孝謙天皇……466
広言（惟宗）……14
光厳天皇……16（筆者）・406・417〜426（筆者）
光広（烏丸）……355・463・476・490・491
光行（源）……450・457・473・486・490
公光（藤原）……127・132
高国（細川）……482・494
光圀（徳川。常桓）……452
好斎（大倉。古昔菴）……46
康資王母……126
公資妻 →相摸
公実（藤原）……290
公重（藤原）……117
光俊（藤原）→真観
公条（三条西。称名院殿）……458・491
国助（津守）……329
行助……492
公親（三条。前内大臣公）……215・236〜238

光仁天皇……459
広成（斎部）……434
光成（中原）……336・340
行成（藤原）……9（筆者）・208（筆者）
孝善（藤原）……87
高倉（八条院）……223・233
高倉天皇……440・443・450
行尊……126・130
後宇多天皇……384・390・467・468
好忠（曾根）……180
行長（信濃前司。入道信乃守行長）……435・440・446・449・452
公澄……307
公朝……119・333・339・340
国冬（津守）……9（筆者）・412
公任（藤原）……8・41・432〜434・438・439・457・465・469・473・482
行念……215・216・233
行遍……499
公方（藤原）……213・225・234・238・239・248
高明（源）……473
光明天皇……418
高有（平）……310
康頼（平）……453
孤園……487

後円融天皇……468
後花園天皇……468
後京極摂政 →良経（藤原）
後久我太政大臣 →通光（久我）
後九条内大臣 →基家（九条）
後光厳天皇……207（筆者）・418・468
故黄門（定家カ）……199
後嵯峨天皇……240・467
故左府 →有仁（源）……438
後三条天皇……87・432・468
後水尾天皇……470
後崇光院……406・450・468
古昔菴 →好斎（大倉）
後醍醐天皇……477
後鳥羽天皇……82・83・112・231・234・332・339・340・442（鳥羽院ト誤）・443・450・454・462・467・470・481・482
後二条天皇……330
後白河天皇……111・128・130〜132・134・467
後柏原天皇……476
古風（加藤）……167
後伏見天皇（新院・藤原範春）……13（筆者）・254（筆者）・262（筆者）・264（筆者）・298・299・301〜304・331（筆者）・393・432・467・468
今川礼部 →氏親（今川）

さ

在嗣（菅原）……433（在副ト誤）・440（在副ト誤）・440・446・473
在秀（賀茂）→在富（賀茂）
在重（賀茂）……436
在富（賀茂。在秀）……436
嵯峨天皇……435・466・467
左府 →有仁（源）
讃岐（二条院。頼政女）……123・128・134・214・233・248・474

し

師遠（中原）……435・442
慈円（慈鎮）……144〜146・148・218・229・233・334・340・415（筆者）・415・416（筆者）・451・471・475・484
時家（高階）……315・320
資季（二条）……214・217・235
慈基……311
式子内親王……474
師継（花山院）……216・217・235・236
資経（甘露寺）……110（筆者）・116（筆者）・118（筆者）
資経（藤原）……13（筆者）・109・110（筆者）・113（筆者）

時継（平）……320
師元（中原）…436（師光ト誤）
慈兼……311
時元（中原）……122・454
師光（源）……128
師光（中原）……451
氏康（北条）……490
氏好……455
氏郷（蒲生）……491
師氏（藤原）……474
紫式部……450
紫式部女　→大弐三位
師実（藤原）……87
資実（藤原）……176
資子内親王……74
師重（中原）……434・442
時俊（惟宗）……315・320
滋春（在原）……450
慈照院殿　→義政（足利）
氏親（今川。礼部）……472
氏成（水無瀬。是空）…454・472
資盛（平）……474
慈禅……311
時村（北条）……340・333・340
資仲（藤原）……432
慈鎮　→慈円
実雲……81
実叡……130
実家（藤原）……128・146
実基（源）……82・147
実教（小倉）……406
実経（一条。前関白）…215・221・235〜237
実兼（西園寺）……250・291
実国（藤原）……15
実枝（三条西。実澄）…458・476
実資（藤原）……70
実清（藤原）……125
実静……311
実朝（源。鎌倉右大臣）…168・253（筆者）・476
実澄（三条西）　→実枝（三条西）
実冬（滋野井）……203
実任（三条）……411
実名（小倉）……411（筆者）
実雄（洞院。前左大臣）…225・238・239
実頼（藤原）……473
実隆（三条西。西三条殿・逍遥院）…457・466・476・477・480・481・484・493
資定（柳原。日野一位大納言）……483
慈道法親王……401・406
時文（紀）……467
資平（源）……221・235・237
資平（藤原）……70
時方（高階）……315・320
時房（藤原）……81
釈阿　→俊成（藤原）
寂延……328
寂恵……204・205・235・250・433・442・470
寂身……10
寂然（藤原為業・唯心房）…13（筆者）・41〜60・128・132・476
寂超（藤原為経）…57・93・127・132
寂念……128・132
寂蓮……118（筆者）・145・146
舎人親王……434
周阿……492
重家（藤原）……109・112
重義（藤原）……127・132
重之（源）……171・498
重時（北条）……332・340・344
什証……429・436
重保（賀茂）……128・432・437・468
周防内侍……81・219・232・251・290
守覚法親王……15・98・473
淑望（紀）……467
順（源）…88・447・451・452・454・456・467・481
俊蔭……451
俊恵…10・12・111〜137・447・470・476
俊憲（藤原）……86
俊綱（橘）……446
俊嗣（藤原）……321
珣子内親王……408
俊成（藤原。釈阿）…31・32・84・86・116・128・141・332・340・425・434・459・460・467・475・478〜480・482
俊成卿女……474
春誓……10
俊忠（藤原）…8（筆者）・114・221・233
順徳天皇…88・156・211・212・222・234・251・433〜435・440・442・443・446・449・451・457・459・470・474
俊頼（源）…9（筆者）・92・95・118・126・434・438・459・460・463・467・473・475・479・484
時用女　→赤染衛門
常縁（東）……343・459・477
常桓　→高国（細川）
上宮　→聖徳太子
証月……435
彰子（上東門院）……67・69・454
小侍従……332・340
昌叱（里村）……494
少将（藻壁門院）……499
少将内侍（後醍醐院）……402・

405〜407
証心……329
小大君……8（筆者）
昌琢（里村）……493
常忠……456
上東門院 ↓彰子
照念院入道前関白太政大臣 ↓兼平（鷹司）
少納言（普賢寺入道前摂政家）……308・313・327
紹巴（里村）……458・492〜494
肖柏（牡丹花。夢庵）……454・456・458・459・464・477・492・493
小弁（祐子内親王）……223・227・228・232
勝命（藤原親重）……12・114・116・123・124・128・155〜171・432・434・441・442・444・455〜457・460
称名院殿 ↓公条（三条西）
逍遥院 ↓実隆（三条西）
証蓮……229・230
稙通（九条）……458
諸兄（橘）……466
女房 ↓伏見天皇
時頼（北条）……452
實隆（藤原）……128・453
信尹（近衛）……472
信蔭（藤原）……215・229・230・233
新院 ↓後伏見天皇
新右衛門（蜷川） ↓親当（蜷川）
信家（坊門）……215・235・236・248
真観（藤原光俊）……168・192・219・222・235・240・251・321・418・433（元俊ト誤）・440（元俊ト誤）・446・446（元俊ト誤）・467・470・473（元俊ト誤）・476・482
親経（藤原）……88・467
心敬……490・492・494
親賢（藤原）……156
親行（源）……457・458
信実（藤原）……222・229・234・251・435・450
親重（藤原） ↓勝命
親子（権大納言三品）……298・299・301〜304
親子（中納言典侍）……211・212・235・240
真昭……213・234
心前……492
信忠（藤原）……229・230・233
親忠（楊梅）……320・321
親当（蜷川。新右衛門・智蘊）……463・482・492（知温ト誤）
信乃守行長 ↓行長
新兵衛督（後宇多院）……401・406・408
親方（藤原）……309・317・321
人麻呂（柿本。人麿・人丸）……180・473

す

帥宮 ↓敦道親王
水戸黄門 ↓光圀（徳川）
崇徳天皇……131・141・467

せ

政為（下冷泉）……476
静伊……400・406・408
聖覚……455
成季（橘）……451
正兼……169
聖兼……307・310・311・316・318・321〜323
政元（細川）……494
聖源……403
清行（安倍）……459
西行（円位）……9（筆者）・103・110（筆者）・113（筆者）・117（筆者）・141〜154・475・480
清行（三善）……435
正行（楠）……253（筆者）
正広……461・478・481・483・490
西三条殿……455
西三条殿 ↓実隆（三条西）
聖実……311
成助（賀茂）……84
清少納言（元輔女）……453・474
斉信（藤原）……63・64・66・70
聖尋……311
盛忠（橘）……432（守忠）・468
成仲（祝部）……156・164
聖忠……307・309〜311・318・322・323
正通（橘カ）……454
正徹……463・465・477
盛徳（藤原）……400・408
聖徳太子（上宮）……434
清範（藤原）……14（筆者）・331（筆者）・332（筆者）・334（筆者）
聖武天皇……466
清輔（藤原）……14・93・94・127・156・164・216・233・432〜434・439・440・442・459〜461・463・469・471・476・480・482
成保（賀茂）……117
成明（賀茂）……84
静誉……311
宗砌……476・492
赤染衛門（時用女・兼盛子）……179・179（時国女ト誤）・223・227・232・240・251・450・474・483
是空 ↓氏成（水無瀬）

専栄（池之坊）……453
仙覚……456
前関白 ↓実経（一条）
前関白家鷹司 ↓兼平（鷹司）
前関白鷹司殿 ↓兼平（鷹司）
禅基……311
禅閤 ↓兼良（一条）
前左大臣 ↓実雄（洞院）
詮子（東三条院）……479
宣旨（二条院）……81・82・97
宣旨三位（権大納言三位局）……399・406・408
選子内親王……61～78・471
専順……492
善成（四辻）……457
仙洞……447・477
前内大臣 ↓家良（衣笠）
前内大臣 ↓基家（九条）
前内大臣公 ↓公親（三条）

そ

宗伊（杉原賢盛）……492
宗円……217・236・307・310
宗祇……455～459・466・490～494
増基……311・319・322・323
増基……465
荘子女王……44
宗尚（高階）……400・408
宗条（中御門カ）……456
宗仁（長谷川）……452（家仁ト誤）
宗訊……464
宗成（高階）……329
宋世 ↓雅康（飛鳥井）
増静……311
宗碩……458・473・493・494
宗尊親王（中務卿親王）……8（筆者）・8（筆者）・84・85・119・188・204・205・212・214・217・235・238～240・331・339・340・418・474
宗忠（藤原）……434・442
増忠……311
宗長……492～494
増遍……216・236
宗牧……494
相摸（頼光女・公資妻・乙侍従）……194・474
宗養……493
宗良親王……479
素寂……457・458
素俊……328
素暹……211・212・234
尊円親王……483
尊海……490
尊基……309～311
尊氏（足利）……405・408・409
村上（大伴）……190
村上天皇……41・44・61・74・197・467

た

泰覚……435
泰光（源）……222・234
大閤鷹司 ↓基忠（鷹司）
大内殿……492
大弐三位（紫式部女）……450・474
大泊瀬天皇……184
大輔（殷富門院）……128・220・233
代明親王……44
沢庵……466・490・491
但馬（藻壁門院）……217・234・499
探幽（狩野）……30

ち

智蘊 ↓親当（蜷川）
知家（六条）……10・31・32・83・221（元家ト誤）・234（元家ト誤）・240
智仁親王（桂光院）……465・491
知足院殿 ↓忠実（藤原）
忠家（藤原）……8（筆者）
忠季（源）……126
仲久（藤原）……319・322
中興……456
中宮大納言……255・261・272・276～279・284・289・291・292
忠景（惟宗）……216・235
忠兼（藤原）……169
仲行（高階）……435・443・451
仲実（藤原）……164・433・434・438・439・459・469・480
忠実（藤原。知足院殿・富家入道殿）……433・435・436・438・443・451
忠守（丹波）……402・406・408
中将（選子内親王）……73・77
忠資（藤原）……310
中将 ↓永福門院
忠岑（壬生）……462・467・479
忠親（中山）……449
仲正（源）……100～108・112・113・126・134
忠盛（平）……126・131
忠説……492（聖説ト誤）
忠通（藤原。法性寺殿・法性寺入道前大政大臣）……116・127・132・134・442
中納言典侍 ↓親子
中務（選子内親王）……73・77
中務……188・479
中務卿親王 ↓宗尊親王
忠良（藤原）……333・336・340
鳥羽天皇……81・432・434・435・

長家（藤原）……334・338・340
長継（鴨）……119〜121・127・132・156
朝光（藤原）……191
長公……462
長嘯子（木下）……478
長親（花山院）→耕雲明魏
長成（菅原）……88・467
長能（藤原）……459
長方（藤原）……476
長明（鴨）……13（筆者）・120・121・140・156・440・444・451・459・463・490
澄誉……311
長流（下河辺）……491
直義（足利）……406・408
直親……480
陳経（藤原）……38

つ

通雅（花山院。右おほいまうちきみ）……218・236・238
通具（源）……467
通憲（藤原）……163・432・442
通光（久我。後久我太政大臣）……498
通宗（藤原）……126・130
通俊（藤原）……87・92・130・432・454・467・469・479・483
通清（源）……116・118・127・
通村（中院）……472・473
通能（源）……127・132

て

定為……348・385・484
定家（藤原。京極中納言入道）……9（筆者）・11（筆者）・23（筆者）・37（筆者）・38・41（筆者）・42（筆者）・53（筆者）・56（筆者）・57・57（筆者）・58・60・85・218〜222・228・229・231・232・234・355（筆者）・416・417・433・450・457・458・460・463・465〜467・469・471・475・478〜482
定環……493
貞玄（竜）……168
定子……435・450
亭子帝→宇多天皇
定宗（中山）……109（筆者）・398・404・406・408
貞敦親王……474
定頼（藤原）……433・482

と

道因（藤原敦頼）……120・123・127・432・469
洞院摂政→教実（九条）
道家（九条。光明峰寺入道前摂政左大臣）……222・231・234・251
道雅（藤原）……433
桃花老人→兼良（一条）
冬基（鷹司）……308・310・311・313・317・321〜323
道喜（源頼数）……398・408
道恵（斎藤基綱）……398・408
道堅（岩山）……472
道綱母……454
道済（源）……171・462
東三条院→詮子
道宗（藤原）……126・129・131
道真（菅原。菅家）……7・23〜40・468
藤大納言典侍→為子（為教女）
道長（藤原。法成寺殿）……340・435・442・450・473
道珍……311
道風（小野）……8（筆者）
冬平（鷹司）……311・322
冬隆（壬生）……399・408
冬良（一条）……450
冬良（衣笠）……316・320・321
道良（二条。九条左大臣）……218・234
読人不知……82・87・129・132・155・159・160・163・168・169・174〜199・195・197・199・279・281・318・322・337・340・
土御門天皇……84・85・250・346
登蓮……119・127
頓阿……402・406・463・476・484
敦基（藤原）……434
敦光（藤原）……432・468
敦道親王（帥宮）……454
敦頼（藤原）→道因
敦隆（藤原）……433

な

奈良帝……466

に

尼公……432・437・469
二条（後深草院）……408
二条（後鳥羽院）……214・235・241
二条天皇……432・469
日野一位大納言→資定（柳原）
入道信乃守行長→行長

の

能阿……492
能因……92・432・433・459・468
能勢因幡守……494
能宣（大中臣）……191・467

は

吠若麿……329
白河天皇……432・467・468・473
馬子（曾我）……434
馬内侍……223・232・240
範永（藤原）……228・467
範兼（藤原）……433・434・455・471
範春（藤原）→後伏見天皇
範忠（藤原）……215・234

ひ

肥後……82
飛鳥井……461・455・464
飛鳥井殿→雅康（飛鳥井）
浜雅……472
浜成（藤原）……434・459

ふ

武家→義政（足利）
富家入道殿→忠実（藤原）
伏見天皇（女房・頼成）……13（筆者）・255〜262・268・270・273〜286・288・288（筆者）・289・290・292・293・295・298・299・299（筆者）・300（筆者）・301〜304・393・458・468
普光院殿→義教（足利）
文義（小野）……70
文徳天皇……449・450

へ

兵衛（上西門院）……112・128・132
兵衛佐（遊義門院）……402・408
兵衛内侍（順徳院）……223・233
平城天皇……466
弁内侍（後深草院）……474
弁乳母……81・82

ほ

保胤（慶慈）……476
房教（藤原）……320
邦高親王……474
望城（坂上）……467
法仁法親王……406
法性寺殿→忠通（藤原）
法成寺殿→道長（藤原）
法性寺入道前大政大臣→忠通（藤原）
邦泰（高階）……307・310
房通（藤原）……315・320・321
坊門局……57
北畠大納言殿……494
輔仁親王……87
梵灯庵……492

ま

万代（女蔵人）……401・406・408
万多親王……435

み

躬恒（凡河内）……198・460・467

む

夢庵→肖柏（牡丹花）
むねをか（大とねりのすくね）……190

め

明融……418（筆者）

も

光明峰寺入道前摂政左大臣→道家（九条）
木食上人→応其
目肥前……156・434→月肥前
茂範（藤原）……450

ゆ

唯心房→寂然
由阿（遊行）……456
有家（藤原）……467
祐挙（平）……195
祐賢（中臣）……345
有康（中原）……440・444・451
有恒……184
遊行→由阿
幽斎（細川。玄旨）……447・457〜459・463・473・477・486・491・494
祐春（中臣）……325（筆者）・326（筆者）・345・348・380〜382・384・387・393・394
祐臣（中臣）……14（筆者）・312〜330・345〜396
有仁（源。花苑左大臣・故左府・左府）……114・117・126・433・438
祐世（中臣）……393
由清（横山）……206・208・224・253
祐盛……128
友則（紀）……467
雄長老……473
祐定（中臣）→祐茂（中臣）
有穂（藤原）……184
有房（源）……465
祐茂（中臣。祐定）……345
有頼……477

よ

鷹司太閤→基忠（鷹司）

ら

頼綱（宇都宮）……463（友綱ト誤）
頼綱（源）……126・134
頼行（源）……126・131〜133
頼光女　→相摸
頼氏（藤原）……216・234
頼宗（藤原。堀川右府）…63〜66・70・77・484
頼数（源）　→道喜
頼政（源）……103・107・127・134
頼成　→伏見天皇
頼政女　→讃岐（二条院）
頼通（藤原）…63〜66・70・446・484

り

利綱（藤原）……472
隆教（九条）…399・400・404・406〜408・498・499
隆経（藤原）……432・469
隆源……434・459
隆国（源）……436・443・451
隆信（藤原）…116・124・128・435・443・444・451
隆博（九条）…333・339・340・385
隆祐（壬生。家隆息）…221・234・476
隆頼（藤原）……85
良尹（月輪）……403・408
了音（古筆）……30
良基（二条）…430・443・453・454・460・463・468・491・492
良経（藤原。後京極摂政）…88・148・220・228・233・331（筆者）・334（筆者）・467・475・478・482・484
了佐（古筆）……207
良俊（惟宗）……320
了俊（今川）…462〜464・472・490
良信……310・311・317・322・323
良聖……311
良暹……10・455
了仲（古筆）……206・207・211
了仲（古筆別家三代目）…107
了仲（古筆別家十三代目）……262・264
了祐（古筆）……39
倫寧（藤原）……454

れ

霊元天皇……167
鎌倉右大臣　→実朝（源）

ろ

六条右大臣　→顕房（源）

わ

和泉式部（上東門院女房）……220・232・240・283・287・474

研究者・所蔵者索引

あ行

赤瀬信吾……344
赤羽学……445・494
秋葉安太郎……76
浅田徹……39・98・156・163・164・170
浅見和彦……156・170
荒木尚……96・173
有吉保……23・24・27・28・30・39・306・310・330・446・495
安西奈保子……77
伊井春樹……41・58
イェール大学バイネキ稀覯書図書館……351・498
池尾和也……205・238・253・418〜425
池田和臣……60・117・135・397・401・409
池田尚隆……77
石川暁子……137
石澤一志……253
石田吉貞……240・241・252
伊豆野町子……415・424
出光美術館……41・315・397・402・418・419
伊藤嘉夫……143・145・154
稲田利徳……173・447
井上寿彦……253
井上宗雄……101・103・105・108・136・156・170・173・239・253・278・288・295・299・305・330・343・344・348・350・351・354・380〜382・386・395・408・410
猪熊信男……80・117
井真弓……418・424
今井源衛……96・173
今治市河野美術館……398
岩佐美代子……75・77・278・288・291・293・295・296・299・305・383・394・395・396・409
岩野祐吉……77
永青文庫……12・80・97・119・136・172・173・315・344
MOA美術館……27
大垣博……117・334
大曾根章介……60
太田晶二郎……18・108・444
大取一馬……132・137
大野順一……296
岡崎知子……77
岡山大学附属図書館池田家文庫……13・137・440・445
小川剛生……382・384・408・443
沢潟久孝……85

か行

春日井市道風記念館……59
片桐洋一……173・344
片山剛……97
加藤英夫……253
金沢市立中村記念美術館……415
加畠吉春……253
刈谷市中央図書館村上文庫……171
川上新一郎……98
川村晃生……98・170・173
観音寺……316
菊池正行……18
岸上慎二……76
九州大学附属図書館支子文庫……157
九州大学附属図書館細川文庫……252・384
久曾神昇……8・17・59・135・145・154・156・170・173・316・319・334・343・397・398・401・404・409
京都国立博物館……349
京都大学附属図書館……82・98・173
金原理……96・173
久遠寺……111・125・129
宮内庁書陵部……12・15・81・97・108・119・136・172・173・344・347・357・444・446
久保木哲夫……9・17・41・58・61・66・77・135
久保田淳……44・59・143・154・350・395
蔵知矩……445・494
黒岩三由里……287・296
小池光……253
小泉弘……137
国文学研究資料館……30・42・59・136・171・429
国立国会図書館……253
国立歴史民俗博物館……83・141・173
小島孝之……41・57・417・424
小林一彦……253・357・358・364・365・395

松村博司……67・143・145〜147・150〜154
美保神社……315
三村晃功……173
明治大学附属図書館……170・172・173
毛利家……170
桃裕行……344
守屋省吾……97

や行

安井久善……10・18・80・85・96・446・448・495
安田徳子……253
簗瀬一雄……10・18・80・83・84・86・96・97・111・118〜122・125・132〜136
柳瀬喜代志……39
山口邦子……253
山田洋嗣……79・96
大和文華館……136
山中裕……77
山之内恵子……136
山本寿恵子……170
陽明文庫……157・173

ら行

冷泉家時雨亭文庫……14〜16・58・72・110・162・170・172・173・312・342・347・356・442

わ行

和田英松……10・17・67・429・443

あとがき

研究はどうやら面白いものらしいということに気がついたのは、大学四年生になり卒業論文に取り組み始めてからだった。それまではなにしろ所属していた映画サークルでの活動が楽しくて仕方なく、毎日ほとんどの時間をサークル室と、アルバイト先の映画館とで過ごす生活を送っていたので（それはそれで大変に有意義だった）、何とか大学院には進めたものの、知識と技術と認識不足にかなりの間悩まされることとなった。よって古筆切なるものの存在を初めて知ったのも、大学院で杉谷寿郎先生の演習に参加してからのことだった。もちろん不勉強の身であるから、それらの学術的価値をすぐに理解できようはずもなく、古筆切によって何と散佚文献の復元ができてしまうということを知り、かつそのこと自体に驚けるようになるまで、さらに数年の時間を要した。

そのような遅々とした歩みの中で、それでも次第にわかってきたのは、『新編国歌大観』では検出し得ない、未詳歌集を書写内容とする古筆切の残存量の想像以上の多さであった。しかもよくよく調べてみると、その正体を明らかにできるといった事例に出会える場合もあった。これは一体何だろう、と思わず考え込んでしまうような、謎に充ち満ちた資料を見出した時の高揚感と、調査研究の積み重ねによって自分なりの見通しが得られた時の達成感は何物にも代え難かった。そこでどうせならば一度徹底的に未詳歌集切を集めてみたらよいのでは、と閃いたのが、散佚歌集研究を第一の研究テーマとしていくようになるきっかけだった。以後試行錯誤を繰り返しながらの、約十年にわたる研究成果をまとめたものが本書ということになる。各論をあらためて読み返してみるにつけ、至らないところばかりが目につくけれども、それでも今後の研究の一助となれば幸いである。

大学・大学院を通じての指導教官は杉谷寿郎先生である。先生は、研究に関する資料や知識、技術、そして何より考え方を、現在に至るまで、本当に惜しみなく分け与え続けて下さっている。誰よりもまず自分自身が楽しみながら続けていける研究方法、というものを掴みたくても掴めなかった初学の段階を何とか抜け出し、今に繋げることができたのは、先生の根気強いご指導と、ある時ふとかけて下さった「あなたは考証をやりなさい」という一言のおかげだった。まださほど長くはない研究人生の、それでも節目々々をご報告申し上げるたび「ああ、そう、それはよかった」と笑顔でおっしゃって下さるのが、常に励みになっている。

また有吉保先生は、おそらくは周知のとおり、古筆切研究には厳しい姿勢で臨んでおられる。古筆切の論文を書き始めた頃、「ある歌人の知られていなかった一首を古筆切から発見するより、その歌人のすでに知られている十首を熟読する方が大事です」と言って下さったのは忘れ難い。本書の各論において極力、古筆切のみを話題とすることを避け、それ以外の諸資料を含める形で論点を広げるように努めているのは、そのご意見に触発されてのことである。

出身校である日本大学の方々、勤務先である国文学研究資料館の方々、学会・研究会等様々な場でお会いする研究者の方々にも、おひとりずつお名前を挙げていくことはできないが、常日頃のご学恩に対して御礼申し上げたい。また本書は二〇〇七年度に総合研究大学院大学文化科学研究科日本文学研究専攻へ提出した学位論文をさらに増訂したものである。国文学研究資料館を基盤機関とする同専攻の教官の方々、及び外部から審査に加わって下さった田中登氏・佐々木孝浩氏にも御礼申し上げたい。

本書のような、いささか地味と言わざるを得ない論文集の出版をお引き受け下さり、万事迅速的確にお取り計らい下さった青簡舎の大貫祥子氏にも御礼申し上げたい。なお本書は幸い、二〇〇九年度日本学術振興会科学研究費補助金・研究成果公開促進費・学術図書（課題番号二一五〇二四）の交付を受けることができた。本当にありがたいことである。

古筆切・古典籍研究というものは何と言っても、ご所蔵機関・ご所蔵者の方々の深いご理解・ご協力を得られなければ成り立ち得ない。貴重な資料の調査・研究・引用をご快諾下さったすべての方々に御礼申し上げたい。

最後に、かつて学問にほとんど関心を示さなかった私に半ば呆れつつ、それでも気長に勉強の機会を与えてくれた両親と、そしてパートナーの中谷いずみに、感謝の意を表することを許されたい。

二〇〇九年十一月

著者

久保木秀夫（くぼき ひでお）
一九七二年 東京都 生
一九九四年 日本大学文理学部国文学科 卒業
一九九八年 日本大学大学院文学研究科国文学専攻 博士後期課程 中途退学
二〇〇八年 総合研究大学院大学文化科学研究科日本文学研究専攻 博士（文学）取得
現職 人間文化研究機構国文学研究資料館助教
編著 『林葉和歌集 研究と校本』（二〇〇七年二月、笠間書院）、『平安文学の新研究 物語絵と古筆切を考える』（共編著、二〇〇六年九月、新典社）、『奈良・平安期の日中文化交流 ブックロードの視点から』（共編著、二〇〇一年九月、農山漁村文化協会）等

中古中世散佚歌集研究

二〇〇九年一一月三〇日 初版第一刷発行

著 者 久保木秀夫
発行者 大貫祥子
発行所 株式会社青簡舎
〒一〇一-〇〇五一
東京都千代田区神田神保町一-二七
電 話 〇三-五二一八三-二二六七
振 替 〇〇一七〇-九-四六五四五二
印刷・製本 藤原印刷株式会社

ISBN978-4-903996-21-9 C3092